CHRISTINA RAIN

GAME of SINNERS

MEINE SÜNDE BIST DU

Game of sinners – Meine Sünde bist du

Neuauflage 2023

Covergestaltung: Kristina Licht – Coverdesign

Kontakt: kristina.licht@hotmail.com

Kristina Möller
Köln-Berliner Str. 17
44287 Dortmund

Für alle Lesenden, die das moralisch Graue und Dunkle bevorzugen.

Vorwort

Willkommen in Haze Falls.

Unter dem dichten Nebel der Kleinstadt liegen dunkle Schatten. Doch wenn sich dieser lichtet, kommen strahlende Fassaden und weiß gestrichene Verandazäune zum Vorschein. An diesem Ort hat jeder Geheimnisse. Manche davon sind tief vergraben unter der Rosenhecke im Vorgarten, manche liegen unter feinsäuberlich aufgetragenen Schichten Make-Up und andere wiederum hört man nur nachts, versteckt in dem Klang unserer schneller schlagenden Herzen.

Wieso hüten wir diese Geheimnisse mit unserem Leben?

Wieso trauen wir uns nicht, unseren Mitmenschen zu zeigen, wie dunkel unsere Seelen und Gelüste sein können? Selbst so etwas Schönes wie Liebe kann dunkel sein. Grausam. Zerstörerisch. Sie verstößt gegen Regeln und macht keinen Unterschied zwischen richtig und falsch.

Machst du es?

Mögliche Triggerthemen für sensible Leser/innen: Häusliche Gewalt, sexuelle Übergriffigkeit, Gesetzesbruch, Mobbing. Enthält ausführliche sexuelle Szenen, die für den ein oder anderen moralisch fraglich erscheinen können.

prolog

MAYA

Wie vom Teufel besessen renne ich in Unterwäsche durch den Wald. Mein Körper zittert – nicht nur von der Kälte und dem Orgasmus, der mich vor wenigen Minuten noch überrollt hat, sondern vor allem aufgrund des Schocks, der meine Beine in Wackelpudding verwandelt.

Der Nebel wird immer undurchsichtiger und die Person, die ich verfolge, gewinnt immer mehr an Abstand. *Nein. Ich kriege dich!* Ansonsten war alles umsonst. Ich renne, als ginge es um mein Leben. Und in gewisser Weise tut es das auch.

Noch immer hallt der Schuss in meinem Kopf wider. Klingelt in meinen Ohren. Noch immer spüre ich den Rückstoß in meinen Gliedern ... Und noch immer habe ich sein Blut an meinen Händen. *Ich kann jetzt nicht aufgeben. Dafür habe ich zu viel aufs Spiel gesetzt.*

Äste und Steine bohren sich in meine nackten Fußsohlen. Ich nehme den Schmerz kaum wahr. Mit einem schwindelerregenden Tempo hämmert mir das Herz gegen die Rippen. Mein Körper ist es nicht gewohnt, sich in einer solchen Ausnahmesituation wiederzufinden. Und mein Herz ist dieses Gefühl nicht gewohnt, das meine Brust von innen zerfetzt und mir die Luft zum Atmen raubt. Es fühlt sich an, als hätte die Kugel *mich* durchbohrt und nicht ihn.

Wer hätte gedacht, dass mein Neuanfang in dieser Stadt sich innerhalb weniger Wochen in den schlimmsten Albtraum verwandelt? Oder dass ausgerechnet ein minderjähriger Schüler mein Untergang sein wird?

Ich habe mit, für und gegen ihn gekämpft. Wir haben mit der Dunkelheit gespielt, sie herausgefordert, wir waren selbst die Dunkelheit. Wir haben alles riskiert und doch konnten wir nie etwas gewinnen. Ist jetzt alles vorbei? Haben wir das Spiel verloren?

Die schemenhafte Gestalt, die beinahe vom Nebel verschluckt wird und die genauso keuchend durch den Wald stolpert wie ich, stürzt auf einmal zu Boden. Nur ein paar Meter vor mir. *Das ist meine Chance!* Ich sehe die Person fallen und zeitgleich fällt auch mein Herz die letzte Schlucht hinunter, die uns dieses Spiel zu bieten hat.

eins

MAYA

Tag 1 in Haze Falls

»Hi, ich bin Maya und ich habe eine verbotene Vorliebe.«

Nein, nicht für Alkohol. Auch wenn das vielleicht so klingen mag, befinde ich mich gerade *nicht* bei einer Vorstellungsrunde der Anonymen Alkoholiker. Ich schüttele meiner neuen Nachbarin die Hand, die nebenbei bemerkt ziemlich offensichtliche Silikonbrüste hat.

Warum ich der rothaarigen Barbiepuppe direkt von meinen Vorlieben erzähle? Sie hat mit dieser komischen Art der Begrüßung angefangen, ich schwöre.

Spulen wir zehn Sekunden zurück (in denen ich ihr fünf davon stumm auf die Brüste gestarrt habe, aber wieso zieht man im September auch ein hauchdünnes weißes Shirt ohne BH an?).

»Hi, ich bin Lola und ich äh … habe ein außergewöhnliches Anliegen.«

Aha. Deine Brüste jeden Tag einmal an die frische Luft zu lassen? Eine Petition für freie Nippel?

Statt zu fragen, welches Anliegen sie denn hat, habe ich beschlossen, in ihr Alliteration-Spiel einzusteigen. Außergewöhnliches Anliegen. Verbotene Vorliebe. So etwas macht man auch in Kennenlern-Runden in der Unterstufe. Obwohl ich Senior High Lehrerin bin, weiß ich so etwas. Das gehört quasi zum Repertoire unserer Trickkiste. Lehrkräfte sind in der Hinsicht wie Zauberer: Wir haben eine Kiste voller abstruser Dinge und seltsamer Methoden.

»Oh«, macht Lola, die mit meiner Antwort wohl nicht gerechnet hat. Sie fragt aber auch nicht nach, welche Vorliebe ich habe. Nicht, dass ich ihr die verraten hätte, dafür kenne ich sie nicht gut genug, aber das wäre zumindest eine naheliegende Option für die Fortführung unserer eigenartigen Konversation. Und meine Stiefschwester meint immer, *ich* sei diejenige, die sich in erwachsenen Gesprächen seltsam verhält.

»Worum geht's?«, frage ich. Ich will nicht schon am ersten Tag in dieser Stadt meine Nachbarin vergraulen, die aussieht, als wäre sie soeben einer Folge *Desperate Housewives* entsprungen. Damit würde ich nur die Vorurteile meiner Schwester bestätigen, dass ich nicht in der Lage sei, vernünftig mit anderen Menschen meines Alters zu interagieren. Laut Rina bin ich infantil, naiv und auf dem Niveau einer partymachenden Collegestudentin zurückgeblieben – was ein paar Dinge in meinem Leben durchaus erklären würde. Aber Rina würde ich bei solchen Einschätzungen nicht als Maßstab nehmen. Sie hat einen Stock im Arsch und denkt, jeder, der auf die dreißig zugeht, darf keinen Spaß mehr im Leben haben und sollte sich tagtäglich so benehmen, als würde der Präsident persönlich bei einem vorbeischauen.

Wahrscheinlich verbietet es ihr auch die *Höflichkeit*, jetzt diesem Gespräch zu lauschen, obwohl sie sich hinter mir irgendwo im Haus aufhält. Wir haben gerade die letzte Fuhre meiner Umzugskartons hineingetragen, bevor Lola geklingelt hat. Wäre ich an Rinas Stelle, würde ich vor Neugierde an der anderen Seite der Tür kleben und jedes Wort aufsaugen. Neugier ist aber auch eine meiner ungesünderen Eigenschaften – oder vielleicht mische ich mich auch nur gerne in fremde Angelegenheiten ein.

Abwartend und mit gehobenen Brauen starre ich Lola an. Ein wenig wundert es mich, dass sie sich direkt mit ihrem Vornamen vorgestellt hat. Sie ist ein paar Jahre älter als ich, vermutlich schon jenseits der dreißig, und laut Rina leben in Haze Falls nur die spießbürgerlichsten Vorstädter, die man sich vorstellen kann. Einer der Gründe, weshalb sie meint, dass ich hier nicht reinpasse und mich verstellen soll, damit niemand merkt, was für eine freakige Schwester sie hat. Gut, dass Verstellen für mich ohnehin auf dem Programm stand.

»Ich habe gesehen, dass du soeben eingezogen bist, und wollte fragen, ob ich kurz nach hinten in deinen Garten kann. Unsere Grundstücke trennt ein nicht gerade niedriger Zaun und bevor ich da rüber klettere und bei meinem Glück in einer Dornenhecke lande, du eine Bulldogge hast, die sich in meinen Hintern verbeißt, oder du mich für eine verrückte Einbrecherin hältst und die Cops rufst, dachte ich, ich frage mal eben.« Sie schmunzelt und ihre grünen Augen funkeln mich an wie Smaragde.

Für einen Wimpernschlag macht sie mich tatsächlich sprachlos. Hat sie ernsthaft mit dem Gedanken gespielt, über meinen Zaun zu klettern? Seltsame Frau. Kein bisschen versnobt oder spießbürgerlich. Mein Bild von ihr als Bree aus der Wisteria Lane bröckelt bereits. Ich mag sie – und ihre gemachten Titten.

»Was willst du in meinem Garten?« Meine Neugierde ist geweckt.

Sie reibt sich den Nacken. Ein Windhauch kommt auf und weht ihr die roten Haare ins Gesicht. Kein knalliges, gefärbtes Rot, sondern ein natürliches. »Das Handy meines Sohnes liegt dort. Kann sein, dass ich es gestern Nacht bei einem Streit über den Zaun geworfen habe.«

Sie hat *was*? Ich kann ein Auflachen nicht unterdrücken. Ihre Ehrlichkeit imponiert mir. Ha, Rina, kannst du mal sehen! Deine Stadt ist gar nicht so schlimm, wie du mir die letzten Wochen gepredigt hast. Während Rina hier das perfekte Kleinstadtleben führt, einen perfekten, reichen Ehemann hat, schwanger mit ihrem ersten Baby ist und die brave, perfekte Hausfrau spielt, habe ich eine Nachbarin, die nachts das Smartphone ihres Sohnes auf fremde Grundstücke wirft. Jackpot! Eine Erziehungsmaßnahme, die auch von mir stammen könnte – falls ich je Mutter werden sollte. Momentan bin ich zig Sonnensysteme davon entfernt, auch wenn Frauen wie Rina mir einreden wollen, dass meine biologische Uhr bereits zu ticken begonnen hat.

»Klar, komm rein«, sage ich und trete einen Schritt zurück, damit Lola ins Haus kann. »Ignorier bitte die vielen Kartons. Ich bin gerade erst angekommen.« Moment, entschuldige ich mich gerade wirklich für die Unordnung hier? Wow, ich bin echt gut im Schauspielern. Rina, wo bist du? Hast du diese Glanzleistung mitbekommen? Vielleicht färbt das spießbürgerliche Kleinstadtleben aber auch nur ungewöhnlich schnell auf mich ab. Wenn meine Anpassungsfähigkeit weiterhin exponentiell zu meiner Aufenthaltszeit hier steigt, sollte meinem Neubeginn nichts im Wege stehen.

Gott, zumindest kann niemand meinem wirren Gedankenkarussell lauschen. Früher als Kind hatte ich öfter die Sorge, Umstehende könnten meine Gedanken lesen. Ich hatte regelrechte Angstzustände deswegen. Vermutlich wäre ich dann schon mehrmals in geschlossene Kliniken eingewiesen worden, meine Eltern hätten mich schon früh in ein christliches Camp zur Austreibung von sexuellen Gedanken geschickt, und im Knast säße ich bestimmt auch bereits. Kann man für Verbrechen verhaftet werden, die man nur in seinem Kopf begeht?

»Wohnst du allein hier?«, fragt Lola, während sie mir durch

das Wohnzimmer Richtung Terrasse folgt, und reißt mich aus meinen Gedanken.

Ich weiß, dass dieses Haus im Vergleich zu den anderen in der Gegend eher klein und heruntergekommen wirkt, aber dennoch zu groß für eine Person ist. Es war ein ziemlicher Glücksfall, dass ich hier einziehen konnte. Der perfekte Mann meiner Schwester ist nämlich Immobilienmakler und ich vermute, dass ich dieses Haus nur aufgrund unserer angeheirateten Verwandtschaft bekommen habe – genauso wie meinen neuen Job. Mein normales Lehrergehalt von früher hätte niemals für die Miete hier ausgereicht, besonders nicht seit der hohen Bußgeldzahlung, die mich umgehend verschuldete. Aber als Lehrerin einer privaten Eliteschule sieht das schon anders aus.

»Äh ja«, antworte ich etwas verspätet und ziehe die gläserne Gartentür auf. Dass Rina wie vom Erdboden verschluckt ist, irritiert mich immer noch, aber ich versuche, mir nichts anmerken zu lassen. Wenn meine Schwester sich verstecken will, bitte schön, aber dann soll sie nie wieder behaupten, *ich* sei sozial inkompetent.

Da es früh am Morgen ist und die Sonne sich noch hinter den Wolken verbirgt, liegt ein seichter Nebelschleier über dem Garten. Der viel zu hohe Rasen wird von einer feinen Tauschicht überzogen.

»Dieser Nebel hat mich schon die ganze Hinfahrt irre gemacht«, sage ich kopfschüttelnd und trete mit meinen schwarzen Vans auf die gepflasterte Terrasse. Der weiße Schleier scheint im gesamten Tal zu liegen und verleiht dem Morgen eine kühle, gespenstische Atmosphäre. Als würde sich die Stadt absichtlich zu meinem Einzug verstecken wollen.

»Der Nebel gehört zu unserer Stadt dazu – hat man dir das nicht gesagt, als du den Kaufvertrag unterschrieben hast? Haze Falls, das sagt doch schon der Name.«

Ich sehe Lola verdutzt an. »Ach ja? Deshalb heißt die Stadt

so?« Dass ich das Haus lediglich gemietet und nicht gekauft habe, verbessere ich nicht.

»Klar, was dachtest du denn? Darf ich?« Sie zeigt auf die Rasenfläche und ich nicke ihr zu.

»Als ich zum ersten Mal gehört habe, wie die Stadt heißt, habe ich gedacht, meine Schwester verarscht mich«, erkläre ich, während Lola im feuchten Gras nach dem Handy zu suchen beginnt. Ihr langes kupferfarbenes Haar fällt ihr dabei wie ein Vorhang vors Gesicht. »Auf meine Frage hin, ob hier alle kiffen, hat sie mich nur wütend angefunkelt.« Bei der Erinnerung daran muss ich grinsen.

Lola sieht kurz zu mir rüber und bricht in Gelächter aus. »Nein, Cannabis findest du hier leider nicht besonders häufig. Die Drogen, die hier im Umlauf sind, sind definitiv andere. Aber das hast du nicht von mir. Offiziell würden die Bewohner von Haze Falls natürlich *niiiiieemals* Drogen anrühren. Aber Haze mit der Bedeutung von Dunst und Nebel passt ganz gut. Wie du ja siehst.« Sie lacht wieder, schüttelt den Kopf und läuft an dem weiß gestrichenen Lattenzaun entlang, der unsere Grundstücke voneinander trennt.

Der Zaun reicht ihr bis zu den Schultern und auf ihrer Seite des Grundstücks sehe ich eine ordentlich geschnittene Hecke – irgendein hübsches Grünzeug, das ich nicht näher definieren kann. Pflanzen und ich standen schon immer auf Kriegsfuß. Mir passt es demnach ganz gut, dass mein neuer Garten bis auf die Wiese nichts Lebendiges beherbergt. Würde ich Blumen und Bäume anpflanzen, würden sie ohnehin nur in Rekordzeit dahinraffen und ich hätte, ehe ich mich versehe, einen botanischen Friedhof hinter meinem Haus. Und Geld für einen Gärtner bleibt trotz Spitzengehalt bei den Mietpreisen hier in der Stadt nicht übrig. Dafür muss ich mir wohl wie Rina erst einen reichen Mann anlachen.

»Ah, hier ist es ja!« Lola bückt sich und fischt etwas aus dem Gras. Ich hoffe für ihren Sohn, dass das Telefon noch zu gebrauchen ist nach den Stunden, die es im frischen Morgentau verbracht hat.

Als die rothaarige Frau zu mir zurückkommt, reibt sie das Handy im Gehen an ihrem halbdurchsichtigen T-Shirt trocken. Ich bemühe mich, mir ein Schmunzeln zu verkneifen.

»Ich muss zugeben, du bist anders, als ich mir die Bewohner von Haze Falls vorgestellt habe«, gestehe ich und lasse ihr den Vortritt zurück in mein von Kartons zugestapeltes Wohnzimmer. Hinter mir ziehe ich die Glastür wieder zu und sehe Lola fasziniert an, die mir wissend zunickt. Offenbar ist sie sich des Rufes dieser Kleinstadt bewusst.

»Das kannst du laut sagen. Aber eine Sache haben wir hier trotzdem alle gemeinsam.«

Ich hebe fragend die Augenbrauen. Was kommt jetzt?

»Wenn du ein Geheimnis hast, passt du perfekt in diese Stadt. Jeder hier verheimlicht etwas. Hast du ein Geheimnis, Maya?« Ihre Stimme klingt dabei beinahe verschwörerisch.

Ein kalter Schauer rieselt mir den Rücken hinunter. Ich muss mir Mühe geben, nicht verräterisch zusammenzuzucken. »Äh.« Ist das eine Fangfrage?

»Pass auf, mit wem du dich einlässt. Der Nebel verbirgt mehr, als es vielleicht den Anschein macht.« Mit dieser kryptischen Warnung dreht sie sich um und stakst auf ihren hohen Schuhen durch mein Wohnzimmer.

»Wie meinst du das?«, hake ich nach.

Als sie sich zu mir umdreht, liegt ein nachdenklicher Ausdruck in ihrem blassen Porzellangesicht. »Man denkt auf den ersten Blick, dass hier nur engstirnige Kleinstädter wohnen, Hausfrauen, die sich reiche Geschäftsleute geangelt haben, Kinder, die Privatunterricht nehmen und auf die beste Schule gehen sollen. Wenn in deinem Garten ein Pflänzchen Unkraut wächst, wirst du bereits schief angeguckt. Als hättest du dein Leben an die Wand gefahren.« Sie verdreht die Augen und läuft über den flauschigen beigefarbenen Teppich, der auf dem Dielenboden ausgebreitet ist. Währenddessen sieht sie sich neugierig in dem Zimmer um. Viel wird sie aus der Einrichtung über mich jedoch nicht schließen können, da der Großteil meines Eigentums noch in den Kartons verpackt ist. Um mein Leck an Pflanzen mit irgendetwas zu kompensieren, habe ich in den letzten Jahren eine skurrile Sammelleidenschaft für unnötiges Dekozeug entwickelt, die man diesem Haus noch nicht ansieht.

»Du weißt gar nicht, wie man angeguckt wird, wenn man alleinerziehend ist und der Sohn deshalb nicht auf die berüchtigte private Haze Falls High gehen kann, sondern die städtische Silver Haze High School besuchen muss.« Lola schiebt die Hände in die Taschen ihrer beigefarbenen Stoffhose. Selbst die Kleidungsstücke, die sie trägt (oder nicht trägt), zeugen sowohl von Widersprüchlichkeiten wie auch von ihrer Lässigkeit. Es fällt mir schwer, sie in eine Schublade zu stecken, was sie mir nur noch sympathischer macht.

Lolas Blick gleitet von dem gelben Sofa, das ich mir damals nach meiner Studienzeit für meine erste Wohnung gekauft habe, über die modernen gläsernen Kommoden. Die Möbelstücke hat ein Umzugsunternehmen schon vor ein paar Tagen von meinem alten Apartment in New York in dieses Haus befördert. Rina und ich hätten sie niemals allein tragen können. Rinas Mann ist zu beschäftigt, um seiner Schwägerin beim Umzug unter die Arme zu greifen, und ich selbst habe keinen Mann, keinen festen Freund, keinen Lebensabschnittsgefährten, nicht einmal einen guten Kumpel, der nach dem Prozess noch zu mir stünde und Packesel spielen wollte. Carry ist wohl die einzige Freundin, die ich nach dem Skandal *nicht* verloren habe.

»Wieso heißt die städtische Schule Silver Haze?«, greife ich die Konversation auf, um mich von meinen Gedanken abzulenken. Obwohl ich innerlich abgedriftet bin, während ich Lola angestarrt habe, habe ich ihr tatsächlich auch zeitgleich zugehört. Ich fokussiere mich wieder auf das Thema Schule. Als neue Lehrerin hier sollte ich jede Information aufsaugen, die ich kriegen kann. Normalerweise sollte man annehmen, dass die städtische Schule den Namen der Stadt trägt. Haze Falls High. Kein normaler Mensch würde aber auch auf die Idee kommen, dass dieses fünfhundert Seelen Dorf überhaupt zwei Schulen braucht.

»Weil sie direkt am Silver Haze Lake liegt. Die Schule ist vollkommen in Ordnung, trotzdem wird Jordan in der Nachbarschaft behandelt, als hätte er Tollwut oder die Pest.«

Jordan? Das muss dann wohl ihr Sohn sein.

»Ich unterrichte ab morgen an der Haze Falls High«, gebe ich zu, auch wenn ich in ihrer Rede durchaus die unterschwellige Abneigung gegen die Privatschule vernommen habe.

Lolas Augen weiten sich für eine Sekunde, dann blinzelt sie schnell. »Oh. Mein Beileid.«

Beileid? Ich dachte, Lehrerin an einer renommierten Privatschule zu sein, wäre wie ein Lottogewinn. Ehe ich verwirrt nachhaken kann, deutet Lola bereits Richtung Eingangstür.

»Ich muss jetzt leider gehen. Jordan wartet auf sein Handy und ich muss ihn zu einem Football-Spiel fahren.«

»Äh, ja klar, wir sehen uns bestimmt nochmal.« Ich begleite meine neue Nachbarin zur Tür und starre ihr eine Weile nach, als sie zu ihrem Haus geht, vor dessen Tür bereits ein mies dreinschauender Teenager steht und auf sie wartet.

Noch ganz in Gedanken schließe ich die Tür, drehe mich um und zucke prompt erschrocken zusammen.

»Scheiße, Rina!«, rufe ich aus und lege eine Hand auf meine Brust. »Willst du die Rolle eines Geistes in ’nem verwunschenen Haus übernehmen oder was?«

Sie hat sich lautlos wie aus dem Nichts vor der Treppe zur oberen Etage materialisiert. Fehlt nur noch, dass sie ein weißes mit Blut besudeltes Nachtkleid trägt, und der Herzinfarkt wäre perfekt.

Rina verzieht missmutig ihr Gesicht – und ich weiß auch genau weshalb. Sie ist der Ansicht, dass ihr ungeborenes Baby bereits alles mitkriegt, und hat mich schon die ganze Fahrt hierher gerügt, wann immer ich geflucht habe. Ihr zu sagen, dass ihr Baby gerade erst einer vertrockneten Walnuss gleicht und man noch nicht einmal sieht, dass sie schwanger ist, hat auch nicht geholfen.

»Wer war das?«, fragt sie nun.

»Wärst du nicht wie ein Geist verschwunden, wüsstest du das«, sage ich und gehe ins Wohnzimmer, wo ich mich auf das gelbe Sofa fallen lasse und mich der Länge nach ausstrecke. Mein Puls beruhigt sich allmählich wieder. Ich war schon immer äußerst schreckhaft – was mich aber nie davon abgehalten hat, mir jeden Horrorfilm reinzuziehen, über den ich stolpere.

Ich schließe die Augen und seufze tief. Jetzt ein kleines Mittagsschläfchen? Das ganze Schleppen hat mich geschafft.

»Wo warst du überhaupt?«, will ich von Rina wissen.

»Ich war oben im Schlafzimmer und habe schon einmal angefangen, ein paar Kartons auszupacken.« Wie kann man so übermotiviert sein? Dabei ist es nicht einmal ihr neues Haus, sondern meines. »Du gehörst aber keiner satanischen Sekte an, oder?«, fragt sie.

Die Frage irritiert mich so sehr, dass ich im Liegen den Kopf hebe und sie ansehe. Sie steht im Türbogen an die Wand gelehnt, mit perfekt hochgesteckten braunen Haaren und einer rosafarbenen Bluse, und bedenkt mich mit einem so skeptischen Blick, als würde sie wirklich glauben, ich würde ihr ungeborenes Baby in einem Ritual an Satan persönlich opfern.

»Wie kommst du denn auf diese bescheuerte Idee?«

»Ich habe in einer der Kisten weiße Kerzen gefunden. Sehr viele weiße Kerzen. So viele Kerzen hat kein Mensch. Entweder du bist Pfarrerin und bereitest in deiner Freizeit Taufen vor, oder du-«

»Oder ich stelle sie in einem Kreis auf den Boden und bete Satan an?« Lachend lasse ich meinen Kopf zurück auf die Couch fallen. Wie war das noch mit meiner seltsamen

gepaart mit einem Selbstbewusstsein, das jegliche logischen Grenzen sprengt. Ihren jugendlichen Leichtsinn und ihre Naivität. Solange sie volljährig sind, ist es in den meisten Fällen auch kein Problem, mich mit Jüngeren zu verabreden. Ich habe in New York gewohnt – die Stadt ist sowas von tolerant und niemand zeigt mit dem Finger auf dich, wenn eine achtundzwanzigjährige Frau mit einem Typen Anfang zwanzig flirtet. Wenn dieser Junge allerdings neunzehn ist und den Abschlussjahrgang der High School besucht, an der du Lehrerin bist, sieht das Ganze leider etwas anders aus.

zwei

MAYA

Tag 2 in Haze Falls
Wo bin ich hier gelandet?

Ich spüre die Blicke der Schüler, als ich über das großzügige Schulgelände auf das dunkelgemauerte Gebäude mit den Spitzdächern und Türmchen zulaufe. *Sei einfach eine langweilige Lehrerin. Das kann ja nicht so schwer sein.*

Ich streiche meinen Rock glatt und kontrolliere mit einem kurzen Blick die Knöpfe meiner Bluse. Wäre auch zu peinlich, wenn sich einer über meinen Brüsten geöffnet hätte. Die Bluse ist mir nämlich etwas zu klein, ich habe sie jahrelang nicht getragen. Doch sie war heute Morgen das Erste, was ich aus den gepackten Kartons in die Finger bekommen habe und was nicht bis zur Unkenntlichkeit zerknittert war. Aber nein, alles sitzt noch. Ich sehe ordentlich und vorzeigbar aus. Wieso fühle ich mich dann wie eine neue Schülerin an ihrem ersten Tag?

Auf den gepflegten Grünanlagen sitzen die Teenager und warten auf den Schulgong, andere stehen in Grüppchen auf den zwischen Rosenhecken gepflasterten Wegen und tuscheln. Sie alle tragen die vorgeschriebene Schuluniform, weshalb sie sich deutlich von mir unterscheiden: Karierte Faltenröcke, weiße Blusen mit waldgrünen Schleifen oder Krawatten, darüber dunkelgrüne Blazer, die mit dem Schulwappen über der Brust bestickt sind. Ich brauche mich nicht wie eine von ihnen zu fühlen.

Tief durchatmend straffe ich die Schultern. Die Luft hier riecht so anders als in New York. Irgendwie frischer und ... feuchter, als kündige sie einen bevorstehenden Regen an. Während ich die neue Umgebung mit all meinen Sinnen aufsauge, gehe ich die Steinstufen zu dem antiken Gebäudekomplex hoch. Von außen wirkt die Schule beinahe wie eine kleine Burg, dennoch weiß ich von der Website und Rinas Erzählungen, dass sie im Inneren mit Modernität und einiges an Technik aufwarten kann.

Als ich die doppelflügelige Tür passiere, greife ich den ledernen Riemen meiner Tasche fester, damit sie mir nicht von der Schulter rutscht. Rechts an der Wand erblicke ich einen Gebäudeplan, auf den ich zusteuere. Obwohl ich mich im Voraus im Netz über diese Privatschule schlau gemacht habe, habe ich online keinen Lageplan zum Runterladen gefunden, sodass ich nun wie eine Idiotin nach dem Büro des Direktors suchen muss. Zum Glück ist es noch früh genug, dass die Gänge von den Schülermassen verschont bleiben und mich niemand so verloren herumstehen sieht. Ich blicke auf meine Smartwatch. Noch zehn Minuten, dann wird das Ganze hier anders aussehen.

Ich reiße mich von dem Gebäudeplan los und mache mich auf den Weg. Meine Absätze klackern unangenehm laut in den leeren Gängen. Die Decken sind hoch und mit kunstvollen Verzierungen versehen. An der Tür von Mr. Hendrickson klopfe ich.

Von der anderen Seite höre ich Papier rascheln. Unschlüssig trete ich von einem Bein aufs andere. Als ich merke, dass ich von der Seite betrachtet bestimmt wirke, als würde ich mir gleich ins Höschen machen, begradige ich meine Haltung und zwinge meine Füße zum Stillstand. Gar nicht so leicht, sich nicht bewegen zu dürfen.

»Kommen Sie rein!«, tönt es endlich von der anderen Seite der Tür.

Das lasse ich mir nicht zwei Mal sagen. Ich reiße mich aus meiner selbstauferlegten Starre und drücke die geschwungene Klinke hinunter. Als ich ins Büro trete, und die Tür hinter mir schließen möchte, rutscht mir jedoch meine Tasche die Schulter hinunter. Mit einem dumpfen Geräusch landet sie auf dem Holzboden.

»Fuck«, entschlüpft es mir im Flüsterton und ich bücke mich schnell, um sie aufzuheben. Aber das Bücken macht meine Bluse nun doch nicht mit. Es gibt ein leises *Plopp* und der weiße Knopf fliegt mir fast ins Auge, als er aus meinem Ausschnitt springt. *Oh oh.*

Mit heißen Wangen hebe ich erst meine Tasche vom Boden auf und dann den Knopf, der sich rollend auf das Pult des Direktors zubewegt hat. Als ich mich wieder aufrichte, streiche ich meine Frisur zurecht und prüfe dann verlegen den Sitz meiner kaputten Bluse. *Fuck! Fuck! Fuck!*, schallt es in meinem Kopf. Zum Glück ist nur einer der oberen Knöpfe abgesprungen, die ich in meiner Freizeit ohnehin nicht schließen würde. Welche Frau knöpft ihre Blusen auch bis oben hin zu? Meine Brüste machen es mir bei den meisten Oberteilen mit Knöpfen ohnehin unmöglich, sie bis oben zu schließen. Und kaum versucht man es, wird man von einer höheren Macht dafür bestraft. Als würde der Allmächtige nicht wollen, dass mein Ausschnitt vor der Welt verborgen bleibt.

»Entschuldigen Sie.« Räuspernd strecke ich die Hand über den Tisch aus und schüttele die des Schulleiters. Sein Händedruck ist mir eine Spur zu fest und zu feucht, doch ich erwidere ihn mit einem Lächeln.

Als er meine Hand loslässt, setze ich mich auf einen der

zwei Stühle, die vor seinem langen Schreibtisch stehen. Den abgetrennten Knopf schiebe ich unauffällig in die Tasche meines dunkelblauen Rocks.

»Etwas nervös heute?«, fragt der Mann mit der Hornbrille und der Halbglatze. Er legt den Kopf schräg und mustert mich eindringlich.

»Ähm vielleicht. Das Pech scheint mich im Moment zu verfolgen.« Okay Letzteres hätte ich vermutlich nicht sagen sollen. Nachher kriegt Mr. Hendrickson noch Angst, das Unheil würde wie ein schwarzer Schatten an mir haften und ich würde überall Chaos hinterlassen. Schuleinrichtungen und Klassenräume lasse ich aber für gewöhnlich heil, das Chaos erstreckt sich lediglich über mein Privatleben. Und nervös bin ich vor Fremden für gewöhnlich auch nicht, es liegt nur an dieser Burg, ihrem vorauseilenden gehobenen Ruf und dass die Menschen hier drin Schuhe tragen, die mein früheres Jahresgehalt übersteigen.

»Vielleicht sollten Sie Ihr erstes Gehalt dazu nutzen, Ihren Vorrat an Blusen aufzustocken. Am besten welche von ... besserer Qualität. Und in maßgeschneiderter Passform.« Er schürzt seine Lippen und noch ein Schwall Hitze steigt in meine Wangen. Scheiße. Hoffentlich sieht man das unter meiner Make-Up-Schicht nicht. Mich zum Erröten zu bringen, ist wahrlich eine Kunst, aber dass mein neuer Boss mir bei unserer ersten Begegnung sagt, dass mir die Bluse zu eng ist, kam recht unerwartet. Ich weiß, dass das so ist, doch ich hatte gehofft, das würde nicht jedem direkt auffallen. Aber wenn einem beim Bücken der oberste Knopf abspringt, darf man sich wohl nicht wundern.

»Das sollte keine Beleidigung sein. Sie sind ja schlank und in Form – nur Ihre Oberweite sprengt wohl die Standardgröße.« Er schmunzelt und faltet die Hände auf seinem Schreibtisch.

Ich weiß nicht, ob diese Bemerkung das zuvor Gesagte irgendwie besser oder schlechter macht. Außerdem starrt er nun ziemlich offensichtlich in mein Dekolleté und ich bin zu verwirrt, um einen passenden Konter zu finden. Spitze Wortgefechte gehören sonst zu meinen Hobbys, aber ich habe nicht damit gerechnet, meine große Klappe im Büro des Direktors unter Beweis stellen zu müssen. Wo sind denn die ganzen Spießbürger, von denen Rina mir erzählt hat? Langsam glaube ich, in der falschen Stadt gelandet zu sein.

»Soll ich die anderen Knöpfe auch noch öffnen?«, frage ich schließlich, als sein Starren den üblichen Rahmen kurzer Neugierde sprengt. Dass Brüste für Männer wie ein Magnet sind, weiß ich schon etwas länger, doch das Funkeln in seinen Augen hinter der Hornbrille gibt mir langsam das Gefühl, als würde er sich gleich die Lippen lecken und mich in seinem Kopf über den Tisch legen. Leider ist er mir für so eine Nummer ein paar Jahrzehnte zu alt. Selbst wenn ich wie andere Frauen auf Gleichaltrige stehen würde. Mr. Hendrickson ist schon jenseits seiner Vierzig, hat aber leider nichts von einem Ryan Gosling oder Ian Somerhalder, die wohl selbst ich nicht von der Bettkante stoßen würde.

»Verzeihung, Miss Rivers«, holt Mr. Hendrickson mich zurück. »Ich habe zwar von Ihrer Schwester bereits die höchsten Lobeslieder über Sie gehört, aber ich habe nicht mit einer solchen Augenweide gerechnet. Gebildet, klug, motiviert und dann auch noch schön. Sie sind, wie versprochen, eine Bereicherung für diese Schule.«

Oh herrje, was hat Rina ihm bloß erzählt, um mich hier rein zu kriegen? Ich frage mich nicht zum ersten Mal, wieviel Schmiergeld geflossen sein muss, damit der Direktor einwilligte, ausgerechnet mich einzustellen. Dafür muss er nicht einmal etwas von den heiklen Vorkommnissen an meiner alten Schule mitbekommen haben. Laut Rina weiß niemand in Haze Falls Bescheid. Aber auch ohne eine Suspendierung hätte ich nie mit einer Stelle an einer solchen Schule rechnen können. Meine bisherige Berufserfahrung ist schwindend gering und ich war auch auf keiner der Ivy League Universitäten. Ganz zu schweigen davon, dass Hendrickson mich ohne persönliches Vorstellungsgespräch eingestellt hat und ohne mein Führungszeugnis zu verlangen. Es ist also eine Menge Geld geflossen – keine Frage. Ich hoffe, Mr. Hendrickson wurde nicht zusätzlich noch etwas versprochen. Normalerweise könnte ich unter den Umständen Angst bekommen, dass Rina ihn mit ihrem Körper bezahlt hat, aber da ich meine Schwester kenne, habe ich eher die Sorge, dass *ich* hierfür noch mit meinem Körper werde bezahlen müssen.

»Das freut mich, Mr. Hendrickson. Ich fühle mich geehrt, hier sein zu dürfen.« Ich lächele charmant und versuche zumindest, einen professionellen Schein zu wahren.

»Maya Rivers oder Madalyn? Irgendwie habe ich verschiedene Angaben über Ihren Vornamen vorliegen.«

»Madalyn ist korrekt, aber ich werde schon seit Kindheitstagen von allen Maya gerufen.« Das ist nicht einmal gelogen und das soll hier definitiv auch so bleiben. Wenn sich in der Schule herumspräche, wie mein richtiger vollständiger Name lautet, würde jeder Schüler, der mich einmal durch Google jagt, schneller von meinem Geheimnis erfahren, als ich meine Umzugskartons auspacken kann. Was praktisch wäre, denn dann könnte ich die gepackten Kisten direkt wieder mitnehmen, wenn ich erneut die Stadt wechsle – am besten dann auch das Land.

»Ah okay. Gut.« Mr. Hendrickson nickt und ich hoffe, er hat begriffen, dass er mich niemals mit meinem echten Namen ansprechen soll. »Den Stundenplan, das Curriculum und die Unterrichtsmaterialien haben Sie vergangene Woche erhalten, Miss Rivers?«

»Ja, ich habe alles erhalten und bin bestens vorbereitet.«

»Sehr schön.« Er lächelt mich schmierig an. Ja, er will definitiv irgendwann noch Sex von mir. Verdammt. »Ich hoffe, Sie haben sich auch mit unserer Schulordnung vertraut gemacht?«

»Das habe ich, Sir.«

»Nennen Sie mich doch Michael, Liebes.«

Darf ich auch über dein Pult speien, Michael?

Der Schulgong ertönt und erlöst mich von dieser seelischen Qual, hier sitzen zu müssen und mich von diesem Greis begaffen zu lassen. Ja, ich weiß, dass ich übertreibe, und Rina würde Michael Hendrickson bestimmt als gute Partie für mich ansehen, aber ich würde tausendmal lieber seinem Sohn den Schwanz lutschen – wenn er denn einen hat. Gibt es hier irgendwo Familienbilder?

Mr. Hendrickson und ich stehen gleichzeitig auf und reichen uns förmlich die Hand.

»Willkommen in Haze Falls. Ich wünsche Ihnen einen angenehmen ersten Schultag, Miss Rivers.«

Ein angenehmer erster Schultag? Der sähe anders aus. Ich bin hier, um Mathe und Sport zu unterrichten. Zusätzlich springe ich dieses Halbjahr für den Schwimmcoach des Jungenteams ein, weil er in Vaterschaftsurlaub gegangen ist. Wofür ich nicht hier bin: um mir von pubertierenden Teenagern auf der Nase herumtanzen zu lassen.

Normalerweise kann ich ziemlich gut mit Jugendlichen. Ich bin nicht besonders streng, sondern eher die coole, witzige Lehrerin. Doch hier bin ich die *neue* Lehrerin, die natürlich erst einmal auf die Probe gestellt wird. Zusätzlich habe ich das Problem, dass ich in dieser Stadt vorhatte, die langweilige, strenge Lehrerin zu spielen. Ich will nur meinen Job machen und unter den Bewohnern von Haze Falls nicht weiter auffallen. Auf die spießige Lehrerin, die zu viele Hausaufgaben verteilt und das hohe Lernpensum durchzieht, das auf so einer Schule erwartet wird, wird niemand einen zweiten Blick werfen. So zumindest die Theorie.

Als ich also an dem Whiteboard stehe, mit dem Rücken zur Klasse, und mit Papierkügelchen beworfen werde, befinde ich mich vor einem Dilemma.

Die strenge, langweilige Lehrerin würde sich wütend umdrehen, den Schuldigen ausfindig machen und ihm Nachsitzen aufbrummen. Die coole, witzige Lehrerin würde einen Scherz reißen, sich hinsetzen und solange den Unterricht pausieren, bis jemand freiwillig die Kügelchen aufhebt und wegwirft. Das hier sind schließlich alles perfekt erzogene Kinder aus gutem Hause. Ihre Eltern bezahlen viel Geld für ihre Bildung und jeder der Schüler hier will etwas werden. Keiner würde es ernsthaft wagen, seinen Notendurchschnitt zu gefährden. Glaube ich zumindest.

Ich lasse den Stift sinken und drehe mich um. Mein Blick schweift über die aufgereihten Einzeltische. Zwanzig Augenpaare von Siebzehnjährigen sind auf mich gerichtet. Einige schauen ängstlich oder ertappt, andere unterdrücken nur mit Mühe ein Kichern oder verstecken sich hinter ihren Tablets und MacBooks. Einer der Schüler, in der zweiten Reihe am Fenster, hängt besonders lässig in seinem Stuhl und sieht mich herausfordernd an. Auf seinem Tisch liegen mehrere zusammengeknüllte Papierkugeln. Er versucht nicht einmal, sie zu verstecken, sondern grinst, als er meinen Blick bemerkt.

Ich weiß sofort mehrere Dinge über diesen Jungen mit den schwarzen Haaren und den vollen Lippen – und damit meine ich nicht, dass sein Grinsen zu der Sorte gehört, die Mädchenschlüpfer schon aus Entfernung feucht machen kann. Er ist ein Anführer-Typ, der sich seine Stellung mit solchen Späßchen sichert. In dem Alter braucht man nicht viel, um von anderen angehimmelt zu werden. Geld haben die Schüler an dieser Privatschule alle, jeder von ihnen bekommt im Monat vermutlich mehr Taschengeld als ich Lohn, also brauchen Schüler wie er etwas anderes, um sich von der Masse abzuheben. Sein gutes Aussehen hilft ihm durchaus, aber da ist noch mehr – eine Überheblichkeit, der Kick, andere zu unterdrücken, und die Fähigkeit, die Masse zum Schweigen oder zum Lachen zu bringen. Sei ihr Clown und sie verehren dich wie einen König. Trampele andere nieder und sie werden dich auf Händen tragen. Ein primitives System und doch findet es sich überall wieder.

Das alles denke ich mir während der einen Sekunde, in der ich ihn ansehe. Danach wende ich mich an die ganze Klasse: »Ich bevorzuge Rosenblätter oder Konfetti, wenn ihr mir schon etwas auf die Bühne werfen wollt.« Ich schenke meinen Schülern ein Lächeln und tue so, als würden mich die Papierkugeln nicht jucken. Dafür ernte ich ein paar Lacher und Schmunzler. Für die meisten habe ich den Test bereits bestanden, indem ich mich nicht unnötig aufgeregt und mit Strafen um mich geschmissen habe. Aber als ich mich wieder zum Whiteboard drehe und dabei zufällig *seinen* Blick erhasche, weiß ich, dass seine Prüfung für mich gerade erst begonnen hat.

Nach dem Ende der Stunde rufe ich ihn zu mir. Ich habe einen der Schüler während des Unterrichts gebeten, einen Sitzplan anzufertigen, sodass ich die Namen zuhause auswendig lernen kann. Durch den Plan weiß ich, dass der Typ mit dem arroganten Grinsen Davis heißt. Davis Rogan.

Ich weiß nicht wieso, aber irgendwie passt der Name zu ihm.

Als er mit den anderen Schülern aus dem Klassenzimmer schlendern will, rufe ich ihn zurück. Es fühlt sich seltsam an, seinen Namen zum ersten Mal auszusprechen, doch ich lasse mir nichts anmerken. Überrascht bleibt er vor der Tür stehen und dreht sich zu mir um. »Ja, Miss Rivers?«

»Kann ich dich kurz sprechen?«

Sein rechter Mundwinkel zuckt amüsiert, dann wendet er sich an das blonde Mädchen an seiner Seite und flüstert ihr etwas zu. Vermutlich, dass er gleich nachkommt. Die restlichen Schüler verlassen den Raum und Davis geht mit selbstsicheren langsamen Schritten auf mein Pult zu.

Was habe ich mir noch gleich dabei gedacht?

Gemeinsam mit meinem Puls steigen auch meine Zweifel.

Vielleicht wäre es schlauer gewesen, ihn nicht so offen zu konfrontieren. Keine schlafenden Hunde wecken und so.

Erst hatte ich vor, hinter meinem Schreibtisch sitzen zu bleiben, lässig meine Beine zu überschlagen, aber die Art, wie er im Stehen auf mich herunterblickt, gefällt mir ganz und gar nicht, weshalb ich mich kurzerhand erhebe. Nun sind wir gleich groß – was einzig meinen High Heels zu verdanken ist.

Ich straffe die Schultern und lege ein Lächeln auf meine Lippen. »Ich kenne Jungs wie dich. Du hältst dich für ganz schlau und cool und möchtest, dass die anderen Schüler zu dir aufschauen. Das kann man auch anders erreichen, dafür musst du nicht über die Stränge schlagen und den Klassenclown spielen.«

Davis hebt seine dunklen Augenbrauen. Sie sind so schwarz wie sein Haar. Seinen Gesichtszügen nach tippe ich auf koreanische Wurzeln in der Familie. »Clown?«, fragt er und legt seine Handflächen auf den Tisch zwischen uns. Seine Stimme ist akzentfrei und rau wie Schmirgelpapier. »Wirke ich auf Sie wie ein Clown?«

Nein, ganz und gar nicht. Aber sich nicht von ihm einschüchtern lassen, hat oberste Priorität. Ich muss ihm zeigen, wer das Sagen hat, und das ist ganz bestimmt nicht er.

»Ich habe ein Auge auf dich. Ich rate dir also, in meinem Unterricht nicht weiter aufzufallen außer durch ausgezeichnete Mitarbeit und geistreiche Beiträge. Falls dir etwas davon möglich ist.«

Davis' dunkelbraune Augen taxieren mich viel zu eindringlich. Ich weiß, dass er es nicht nur als Warnung, sondern auch als Kampfansage auffassen könnte. Womit ich jedoch nicht rechne, ist das kokette Grinsen, das sich plötzlich um seine Mundwinkel kräuselt. »Ich fühle mich geschmeichelt, dass Sie ein Auge auf mich werfen, Miss Rivers. Gefalle ich Ihnen etwa so gut?«

Was? Einen Herzschlag lang starre ich ihn perplex an. Für einen winzigen Moment keimt in mir die lächerliche Befürchtung auf, dass er es wissen könnte. Dass er von meiner Affäre letztes Schuljahr gehört hat, aber dann fange ich mich wieder. Paranoid zu werden, ist das Letzte, was mir hier passieren darf. Davis Rogan hat einfach eine zu große Klappe und findet solche Sprüche vermutlich cool. In seinem Alter hat die Bestätigung von Frauen einen hohen Wert für sein Ego und mit siebzehn dreht sich bei Jungs im Kopf ohnehin fast alles um das Thema Sex. Der Kommentar hat also rein gar nichts mit mir zu tun.

»Pass auf, was du sagst, Davis«, ermahne ich ihn.

»Sonst was, Miss Rivers? Rufen Sie meine Eltern an oder erzählen dem Direktor, dass ich unangemessen mit Ihnen geredet habe?« Er setzt einen gespielt mitleidigen Blick auf, der mir zeigen soll, wie traurig er es findet, dass ich nicht allein gegen ihn klarkomme.

Verdammt, dieser Bastard hat es faustdick hinter den Ohren, das merke ich jetzt schon. Ich beschließe, die Wogen erst einmal zu glätten und das Schuljahr nicht mit dem Kriegsbeil zu beginnen.

»Ich denke, das ist nicht nötig. Du scheinst mir ein schlaues Bürschchen zu sein. Also hoffe ich, morgen statt deiner Wurftechnik mit Papiergeschossen etwas von deinen Mathematikkenntnissen bestaunen zu dürfen.«

Er lehnt sich zurück und schmunzelt – viel zu schmutzig für einen Jungen in der elften Klasse. »Sie werden noch so einiges bestaunen, Miss Rivers.«

Und mit diesen zweideutigen Worten dreht er sich um, wirft sich seinen Rucksack über die Schulter und schlendert aus dem Klassenzimmer.

Ungewollt muss ich ihm nachstarren. Mein Puls rast. *Verfluchte Scheiße.* Passiert das hier wirklich? Eines steht bereits fest: Das Schicksal stellt meine Bewährung mit diesem Jungen härter auf die Probe als jeder Richter.

drei

DAVIS

Der zweite Schultag im neuen Jahr
und meine Mathelehrerin gefällt mir jetzt schon

Ihre Schuhe sind hoch, ihre Röcke kurz. Fast so kurz wie die einiger Schülerinnen. Vermutlich gerade an der Grenze, um nicht vom Direx gefeuert zu werden.

Das sind nur zwei der Dinge, die uns männlichen Schülern in den ersten beiden Tagen des neuen Jahres an Miss Rivers auffallen. Innerhalb kürzester Zeit wurde sie zum Gesprächsthema Nr. 2, direkt hinter der Frage, wer auf wessen Yacht und an welchen exklusiven Privatstränden die Sommerferien verbracht hat.

Ob Mr. Hendrickson unsere neue Mathelehrerin bereits so herumlaufen sehen hat? Ich wette, nicht mehr lange, und die ersten Beschwerden der Eltern trudeln bei ihm ein und Miss Rivers wird eine Ermahnung bekommen. Spätestens ab nächster Woche werden ihre Röcke um ein paar Zentimeter länger sein, darauf würde ich mein halbes Taschengeld setzen.

Ich reiße einen Zettel aus meinem Collegeblock, hole einen Stift aus meinem Mäppchen und klemme mir den Deckel zwischen die Zähne.

Wetteinsätze: Rivers Röcke werden ab Montag länger sein

Zusätzlich kritzele ich in meiner unordentlichen Handschrift noch meinen Namen drunter und die erste Summe: 200$. Ein solider Start.

Ich drücke den Deckel zurück auf den Stift und schiebe den Zettel zu meinem Sitznachbarn und besten Freund Marco Rodriguez. Dann richte ich meinen Blick wieder auf *sie*.

Ihre haselnussbraunen Haare sind heute ordentlich hochgesteckt, nur vorne haben sich zwei Strähnen aus der Frisur gelöst und fallen ihr in sanften Wellen bis auf die Schultern.

Wie sie mich gestern nach dem Unterricht zu sich gerufen hat, geht mir nicht aus dem Kopf. Beinahe hoffe ich, dass sie den Zettel bemerkt, den ich in Umlauf gegeben habe, um ihr eine Reaktion zu entlocken. Wird sie mir wieder eine Predigt halten? Wird sie mich zum Direktor zitieren oder mich zum Nachsitzen verdonnern?

Dass sich unsere gemeinsame Zeit nicht nur über die täglichen Mathestunden, sondern auch über die Trainingszeiten beim Schwimmen erstreckt, hat mich gestern nach der Schule schon ein wenig überrascht. Es ist das erste Mal, dass wir einen weiblichen Coach haben, und ein paar der Jungs sorgen sich schon um unsere Platzierungen bei den Meisterschaften, doch ich mache mir da keinen Kopf. Meine Schwimmleistung hängt nicht von einer Frau mit Trillerpfeife ab – ich allein bin dafür verantwortlich, wie schnell ich mich im Wasser fortbewege.

Als ihr Blick den meinen auffängt, grinse ich sie unverhohlen an. Sie hält mich für einen Unruhestifter, aber ich bin weitaus schlimmer.

Sie werden mich niemals kontrollieren können, Miss Rivers. Aber versuchen Sie es ruhig.

Ich spüre, wie mein Handy in der Hosentasche vibriert. Ohne jegliche Scheu ziehe ich das Smartphone heraus und checke die eingegangene Nachricht. Mein Blick springt dabei zwischen dem Display und Miss Rivers hin und her. *Siehst du, was ich tue?* Oh ja, sie sieht es.

LIZZY:

1.Pause, hinter der Schulmauer?

Ihre Nachricht wundert mich nicht. Die letzten zwei Wochen war Elisabeth in Europa, was sie sexuell ausgehungert haben muss. Ich kann mir nicht vorstellen, dass sie sich irgendeinen dahergelaufenen Italiener klargemacht hat. Seelenruhig tippe ich eine Antwort und verziehe nicht einmal das Gesicht, als Miss Rivers ermahnend meinen Namen in die Klasse ruft.

DAVIS:

Geht klar. Aber nur n schneller Fick.

»Davis, du weißt, was in der Schulordnung bezüglich Handys im Unterricht steht, oder? Ich habe die Schulordnung vermutlich noch frischer in Erinnerung als du, aber an Demenz solltest du in deinem Alter noch nicht leiden.«

Ihr Tonfall klingt leicht verärgert, aber sie gibt sich Mühe, streng und professionell zu klingen. Ich hasse diesen typischen Lehrer-Tonfall. Er hängt mir zum Hals raus.

Ich sperre mein Handy, hebe mein Gesäß und schiebe das Telefon zurück in meine Hosentasche. »Bin fertig. Musste nur ein paar Termine koordinieren. Sie können fortfahren, ich höre Ihnen durchaus zu.« Dabei zwinkere ich ihr zu.

Ein paar Schüler lachen oder kichern unterdrückt. Ich spüre, wie die gesamte Aufmerksamkeit der Klasse an meiner Haut leckt und mich in Brand steckt. Ich liebe diese prickelnde Hitze. Ohne meinen Blick von Miss Rivers zu wenden, warte ich auf ihre Antwort. Oder soll ich noch nachlegen, weil sie bereits sprachlos ist? Wir können unser Publikum doch nicht jetzt schon enttäuschen. Unser Schlagabtausch hat doch gerade erst begonnen.

Ihre Nasenflügel beben und ihre zart geschminkten Lippen zucken leicht. Oh diese Lippen sollten lieber meinen Schwanz lutschen, anstatt mir Predigten zu halten. Zu gern würde ich ihr das ins Gesicht sagen. Doch wenn ich jetzt vor der gesamten Klasse »Sie können mir einen lutschen« raushaue, dann riskiere selbst ich einen Verweis. Dann können auch das Geld und der Ruf meines Vaters nicht mehr helfen. Ich kenne meine Grenzen – und ich weiß, wie ich sie geschickt umgehe. Ein anderer Ort, ein anderer Zeitpunkt, irgendwann werde ich dieser heißen Lehrerin mit ihrem zu kurzen Rock schon sagen, dass ihr Mund nur zu einem einzigen Zweck gut ist. Vielleicht wird ihr dabei dann endlich der Stock rausfallen, den sie sich in den Arsch geschoben hat. Ob alle Lehrer mit einem geboren werden oder sich den erst nach dem Studium hinten reinschieben, kann ich noch nicht beurteilen. Vermutlich wurden sie nie richtig durchgenommen, weil sie ihre Nase immer nur in Bücher gesteckt haben. Vielleicht sollte ich Miss Rivers die Nummer von meinem Alten zustecken. Für sie scheint noch nicht alle Hoffnung verloren. Dad hat die Ehe mit meiner Mom ohnehin schon ruiniert, da tut ein bisschen Fremdvögeln auch nicht mehr viel zur Sache. Vor allem da ich weiß, dass Mom mit dem Gärtner schon seit Jahren dasselbe tut.

»Dann zeig uns doch bitte vorne an der Tafel an einem Beispiel, was ich soeben über das Kreuzprodukt erklärt habe. Solltest du es nicht können, werde ich dein Handy konfiszieren.«

Oh, sie stellt mich auf die Probe? Süß. Und wenn ich bestehe, lässt sie Gnade walten? Ich schnalze mit der Zunge. »Wollen Sie mit mir wetten, Miss Rivers? Falls Sie es noch nicht wissen, ich liebe Wetten und Herausforderungen.«

Mein Handy ist zwar ein läppischer Einsatz, aber ich stehe auf und gehe auf die Tafel zu, ohne ihre Antwort abzuwarten. Dabei gehe ich etwas zu dicht an ihr vorbei, so, dass ich sogar ihr Parfum riechen kann (was übrigens nicht schlecht riecht für eine Frau in ihrem Alter). Und dann zeige ich es ihr, indem ich das Paradebeispiel eines Vektorproduktes an die Tafel kritzele. Die Erklärungen dabei gehen mir so locker von der Zunge, als würde mir jemand die richtigen Antworten zuflüstern. Dabei gehört Mathe lediglich zu den Dingen, die mir so leicht fallen wie atmen, reden und wichsen. Außerdem habe ich Miss Rivers tatsächlich zugehört, bevor ich meine Wett-Liste geschrieben und über ihre Rocklänge nachgedacht habe. Multitasking gehört ebenfalls zu meinen Talenten.

Ich beende meine Ausführungen mit einem überheblichen Lächeln in Richtung meiner Mitschüler. Die wenigsten haben mir wirklich zugehört, die meisten warten lediglich auf Rivers Antwort, um zu sehen, ob ich *bestanden* habe. Der Großteil der Mädels starrt mich aus anderen Gründen schmachtend an. In ihren Köpfen gehen bestimmt nicht gerade jugendfreie Szenen ab, die sie allerdings doch nie wahrmachen werden. Nicht nur, weil ich bei den wenigsten bereit wäre mitzumachen, sondern weil die meisten zu prüde und verklemmt sind, um sich ihren Fantasien hinzugeben. Kein Wunder bei den Eltern dieser reichen Arschkriecher.

»Kann ich mich wieder setzen?«

»Ganz wie du willst, Davis. Du darfst auch gern meinen Job haben und den Rest der Stunde übernehmen.«

»Nein, aber danke für das Angebot, Miss Rivers.« Als ich zurück zu meinem Platz gehe, klatscht Marco mich lachend ab. Ich will in den letzten zwei Jahren der High School bestimmt nicht als Streber bekannt werden und damit meinen hart erarbeiteten Ruf ruinieren.

. . .

Ich springe über die Mauer und lande fast auf Elisabeths Kopf, die bereits hinter dem Steinwall auf mich gewartet hat.

»Was hockst du denn da unten?«, frage ich sie.

Rasch kommt sie auf die Füße und streicht den karierten Faltenrock glatt. »Soll ich mir die Beine in den Bauch stehen, während ich auf dich warte, oder was?«

»Du kannst ruhig unten bleiben«, sage ich mit einem schelmischen Grinsen und einem Nicken Richtung Boden.

Elisabeth braucht ein paar Sekunden, bis sie versteht, was ich meine, dann funkelt sie mich gespielt wütend an. »Das mache ich nicht. Das weißt du!«

Ja, ja ich weiß. Ich verdrehe die Augen und ziehe sie nicht gerade sanft zu mir heran. Genug geredet. Meine Finger krallen sich in ihre blonde Mähne und mein Mund drückt sich ohne Umschweife auf ihren, damit sie schweigt. Alles, was sie sagt, verdirbt mir nur letztendlich die Lust. Sie macht dieses nicht, sie macht jenes nicht. Ein Wunder, dass sie überhaupt die Beine für mich spreizt.

»Davis ...«, murmelt Lizzy unzufrieden an meinen Lippen. Ich vergrabe zur Strafe meine Zähne in dem zarten Fleisch ihrer Unterlippe. Sie wimmert leise auf, schlingt aber brav ihre Arme um meinen Nacken und gibt sich mir hin.

Meine Hände wandern aus ihrem Haar ihren Körper hinunter und schieben sich ohne zu zögern unter ihren Rock. Ich spüre ihre weiche, nackte, sonnengebräunte Haut an meinen Handflächen. Als meine Finger nach dem Stoff ihres Slips tasten wollen, werde ich überrascht.

Ich löse mich von ihren Lippen und sehe sie an. »Wo ist dein Höschen?«

Sie grinst mich verschmitzt an. »Hab' es wohl verloren.«

Ich schnaube belustigt. »Hätte nicht gedacht, dass du mich noch überraschen kannst, Lizzy Babe.« Eigentlich wollte ich sie demnächst abservieren, aber vielleicht taugt sie doch noch etwas. Vielleicht gefällt sie mir doch mehr, als ich zugebe. Vielleicht ist sie das, was ich suche. Oder was ich brauche.

Für einen Herzschlag schiebe ich sie von mir, um meinen Gürtel zu öffnen und den Reißverschluss herunterzuziehen. Ohne lange zu fackeln, lege ich meinen halb steifen Schwanz frei und drücke ihn gegen Elisabeths nackte Pussy. Zwei, drei gezielte Handbewegungen und ich kann mich in sie schieben. Ohne Gummi, weil ich weiß, dass ich eh ihr Erster und Einziger bin und sie schon länger die Pille nimmt.

Lizzy schnappt laut nach Luft und bringt sich dann sofort selbst zum Verstummen, indem sie in meinen Hals beißt. Ihr ist es wichtiger, dass uns niemand hört, als mir. Wenn es nach mir ginge, könnte sie mit ihren Schreien ruhig den ganzen Schulhof wissen lassen, was hier vor sich geht. Vielleicht bringt das ein paar Zuschauer oder eine Lehrkraft auf den Plan.

Je verbotener der Sex, desto heißer macht er mich. Je mehr Risiko, desto größer die Leidenschaft, eine einfache Rechnung.

Ich greife Lizzys knackigen Hintern – Cheerleaderkörper sind nicht zu verachten – hebe sie an und drücke sie dann gegen die Mauer, um mich bequemer in sie zu stoßen. Eng und feucht umschließt sie meinen Schwanz und obwohl das Gefühl göttlich ist, reicht es nicht. Etwas fehlt.

In meinem Unterleib prickelt und zieht es vor unstillbarer Gier. Je schneller ich mich bewege, desto schmerzhafter werden Lizzys Bisse. Ich weiß, dass sie es sanft lieber mag. Aber heute ist mir nicht nach sanft.

»Lass mich dich einmal ficken, wie ich es will«, knurre ich und kralle meine Finger so stark in ihre Oberschenkel, dass es mit Sicherheit blaue Flecken geben wird. Meine Abdrücke auf ihrem Körper. Als wären es Brandzeichen.

»Au, du tust mir aber weh«, beschwert sie sich.

Ihre Stimme vermischt sich mit dem Rauschen des Blutes in meinem Kopf und dem dröhnenden Herzschlag, den ich im ganzen Körper spüre. Je länger ich sie ficke, desto größer wird die Verzweiflung in mir. Bald ist die Pause schon rum, dabei wollte ich mit Marco doch noch in der Cafeteria etwas essen.

»Los, sag irgendwas Heißes«, verlange ich, da die Reibung

nicht ausreicht, die ihre Pussy um meinen Schwanz erzeugt. Aber ich will unbedingt kommen, um den Druck in meinem Inneren loszuwerden.

»Ich – kann – nicht«, japst sie im Rhythmus meiner heftigen Stöße. »Davis- Bitte – Au. Fuck. Was ist – los – mit dir?«

Vielleicht hilft mir der Anblick ihrer Titten. Ich dränge uns enger an die Mauer, damit sie nicht fällt, wenn ich sie nur noch mit einer Hand halte. Mit der freien Hand greife ich von oben in ihren Ausschnitt, doch die Knöpfe ihrer Bluse sind zu hoch geschlossen. Sie jetzt alle zu öffnen, dauert mir zu lange. Sie abzureißen, würde mich vermutlich einen Kopf kürzer machen. Ich ziehe mich aus ihr heraus.

»Dreh dich um.«

»Was?«

»Du hast mich schon verstanden.« Ungeduldig drehe ich sie selbst um und presse ihr Gesicht an die steinerne Mauer. Ihr Anblick dabei versetzt mir einen Stromstoß. Fuck ja, genau das brauche ich. Ihre Wangen sind gerötet, ihre hellblauen Augen glitzern verräterisch. Sie öffnet ihren Mund, als würde sie etwas sagen wollen, doch im nächsten Moment habe ich mich von hinten bereits in sie geschoben. *Gott, ja.*

Mit einer Hand drücke ich ihr Gesicht weiter gegen die Steinmauer, mit der anderen kralle ich mich in ihre Hüfte und presse ihren Arsch immer wieder gegen meinen Schritt. Wie ein Wahnsinniger vögele ich sie hinter der Schule, während sie ihre Lippen zusammenbeißt, um nicht zu schreien.

Ich schließe die Augen und stelle mir vor, wie sie komplett nackt und entblößt auf allen Vieren vor mir kniet und ich meinen Handabdruck knallrot auf ihrem Arsch verewige.

Als der Orgasmus endlich anrollt, stöhne ich in den bewölkten Himmel hinaus. Ich lege meinen Kopf in den Nacken, öffne die Augen und starre auf die Äste des großen Ahorns, dessen Blätter sich langsam gelb färben. Ich erzittere und ziehe im letzten Moment meinen Schwanz aus Lizzy, damit mein Sperma auf ihr und nicht *in* ihr landet. Trotz ihrer Pille vermeide ich es, in ihr abzuspritzen.

Ich atme tief aus und spüre mit dem letzten Zucken meines Schwanzes, wie der Rausch mich verlässt. Nach dem Kommen folgt ein bitterer, mittlerweile typischer Nachgeschmack, ein unendliches Loch in meinem Magen, das nichts füllen kann. Eine ernüchternde Erkenntnis: Egal, was mir fehlt, das hier war es nicht.

Fuck. Ich lasse Elisabeth los und trete einen Schritt zurück.

Mit hochrotem Kopf und bebender Brust dreht sie sich zu mir um. Auf ihrer Wange hat die Steinmauer Spuren hinterlassen. »Was sollte das?«, faucht sie mich an. Ihre Stimme zittert – oh nein, heult sie gleich?

»Du wolltest doch gefickt werden. Finde dich damit ab, wie ich es mache, oder such' dir einen anderen.« Ich schließe meinen Gürtel. Mir ist es egal, ob sie sich einen anderen sucht, aber ich weiß, dass sie es eh nicht tun wird. Dafür kenne ich sie mittlerweile zu gut.

Elisabeth beugt sich zu ihrer braunen, ledernen Umhängetasche und kramt ein Päckchen Taschentücher heraus, mit denen sie mein Sperma wegwischen kann. Zumindest hoffe ich, dass sie es nur für die Wichse braucht und nicht für aufkommende Tränen.

Scheiße, kriege ich jetzt ernsthaft noch ein schlechtes Gewissen?

»Wir sehen uns«, sage ich betont gleichgültig, lege meine Hände links und rechts an die mannshohe Wand und ziehe mich daran hoch.

vier

MAYA

Dienstag,
Es ist schlimmer als gedacht

»Sag mir bitte nicht, dass du das in der Schule anhattest!«

»Dir auch einen wunderschönen Nachmittag, Schwesterherz.« Ich schließe mein Auto – einen roten alten Zweisitzer – ab und gehe die Einfahrt hoch. Rina steht vor meinem Haus, in ihrer Hand ein geflochtener Korb – mit Lebensmitteln?

»Wofür ist der?«, frage ich verwirrt und gehe an ihr vorbei, während ich an dem Schlüsselbund den Hausschlüssel suche. An dem Bund hängen so viel Krimskrams und andere Schlüssel, dass ich eine Weile brauche, bis ich den richtigen finde.

»Der ist für dich, damit du was im Haus hast. Ich dachte, du hast bestimmt noch keine Zeit gefunden, einkaufen zu gehen.«

Richtig. Ich habe gestern nach Feierabend nicht einmal daran gedacht, in einen Lebensmittelladen zu fahren, und mir stattdessen eine Pizza bestellt. Zum Glück gibt es selbst in diesem Provinznest einen online Lieferdienst. Bisher ist mir aber auf meinem Arbeitsweg auch noch kein Supermarkt aufgefallen – vielleicht war ich aber auch zu sehr in Gedanken und bin, ohne es zu merken, an einem vorbeigefahren. Im Moment habe ich ohnehin keinen Kopf dafür, weil ich vor dem Schwimmtraining nur schnell zuhause vorbeispringen wollte, um meine Sporttasche zu holen.

»Danke, lieb von dir, Schwesterherz, aber ich bin in Eile«, sage ich und öffne die Haustür.

»Den Korb kriegst du nicht, wenn du weiter rumläufst wie eine Hure.«

Perplex bleibe ich auf der Türschwelle stehen und drehe mich zu Rina um. »Was hast du gesagt?« Verständnislos schaue ich von ihr zu den Klamotten, die ich am Leib trage. Nichts davon ist freizügig. Ich habe mir heute früh extra den längsten Rock ausgesucht, den meine Garderobe beherbergt, und die unschuldigste Bluse. Heute hat sie sogar noch alle Knöpfe!

»Du kannst doch nicht an der Schule unterrichten mit einem Rock, der nicht einmal deine Knie berührt, mit einer *durchsichtigen* Strumpfhose und einer Bluse, bei der du nicht einmal den obersten Knopf zugemacht hast!«

»Weil der nicht zu geht!« Wieso versteht das denn keiner? Haben andere Frauen dieses Problem etwa nicht?

»Willst du es etwa wieder provozieren?«

Die darauffolgende Stille ist für einen Moment so drückend, dass ich die Vögel in der Ferne zwitschern höre. Fassungslos starre ich meine Stiefschwester an, dann schüttele ich den Kopf. »Bring den Korb rein oder nimm ihn wieder mit, mir egal.«

Ich marschiere ins Innere, ziehe mir die Pumps im Laufen aus und haste dann die Treppen hoch. Für Rinas Tiraden habe ich jetzt weder Zeit noch Lust. Allerdings hat mein Outfit tatsächlich Schwachstellen: Die hauchdünne Nylonstrumpfhose ist auf den polierten Treppenstufen so rutschig, dass ich mich beinahe hinlege und mein Kinn um ein Haar auf die Stufen schlägt.

»Fuck!« Ich halte mich noch rechtzeitig am Geländer fest und ordne meine Beine. Mit rasendem Herzen eile ich weiter ins Schlafzimmer, ohne Zeit zu verlieren.

»Nicht fluchen! Das Baby!«, ruft Rina von unten.

Ich verdrehe die Augen. Nicht auszumalen, wenn ich gleich beim Schwimmtraining mit einer aufgeplatzten Lippe angekommen wäre und bei meinem Pech auch noch einen Zahn weniger hätte. *Miss Rivers, was haben Sie gemacht? - Kinder wusstet ihr nicht, dass die meisten Unfälle im Haus passieren? Rennt ja nie mit einer Feinstrumpfhose eine Treppe hinauf.*

Da in meinem Schwimmteam nur Jungs sind, wird das mit der Strumpfhose allerdings bei den wenigsten je ein Problem sein.

Ich nehme die gepackte Sporttasche, die ich heute früh vergessen habe, weil meine Gedanken mal wieder woanders waren, und renne wieder zurück. Auf der Treppe verlangsame ich diesmal das Tempo.

»Möchtest du nachher mit mir einkaufen fahren? Ich zeige dir Dillans Freshmarket und die Boutique, in der ich mir die meisten Sachen kaufe. Nora hat die schicksten Blusen der Stadt!« Rina hat sich in der Zwischenzeit bis in mein Wohnzimmer vorgearbeitet und steht zwischen all den gepackten Umzugskartons. »Die sind ja immer noch nicht ausgepackt.« Sie blinzelt mich verständnislos an.

Nein wirklich? Seltsam, dass ich gestern Abend nach meinem ersten Arbeitstag nichts Besseres vorhatte.

»Ich bin noch bis sechzehn Uhr an der Schwimmhalle, danach rufe ich dich an, okay?«, versuche ich sie abzuwimmeln.

Ich werde sie vermutlich nicht anrufen. Dass ich einwilligte, ihre Hilfe anzunehmen und in ihre Nachbarschaft zu ziehen, war für mich nicht gleichbedeutend mit einem Blutsbrüderpakt. Wir sind weder Freundinnen, noch wirkliche

Schwestern. Waren wir nie, werden wir nie sein. Sie ist lediglich die Tochter von der Frau, die mein Vater vor zehn Jahren geheiratet hat. Das macht Rina und mich weder blutsverwandt, noch im Geiste oder im Herzen verwandt. Bis vor kurzem wohnte sie noch zweitausend Meilen von mir entfernt und wir sahen uns vielleicht zwei Mal im Jahr. Weihnachten und Thanksgiving. Das war's.

An der Tür fängt sie mich ab, indem sie mein Handgelenk festhält. Verwirrt sehe ich sie an.

»Wir müssen keine Freundinnen werden, May. Ich will nur, dass du dich hier gut einlebst und sichergehen, dass alles glatt läuft.«

Offenbar ist diese Frau eine bessere Menschenkennerin als ich annahm, oder sie hat Superkräfte, von denen ich nichts weiß. Was ich aber weiß, ist, was sie mir mit ihren Worten *eigentlich* sagen will. Sie will sichergehen, dass ich keine Fehler mache und ihr Ruf durch mich nicht in den Schmutz gezogen wird. Verstanden.

»Es wird alles glatt laufen. Ich bin erwachsen und kriege das hin.« Sowohl das Einkaufen, wie auch das Auspacken der Kartons und sogar das prüde Ankleiden, das kriege ich auch noch hin. Doch wieso wirkt Rinas Blick aus den grau-blauen Augen so, als glaube sie mir nicht? Hat sie wirklich ein so schlimmes Bild von mir?

Scheiße, ich ertappe mich selbst dabei, wie ich von all den zwölf Jungs aus dem Schwimmteam Davis am häufigsten ansehe. Wie er durchs Wasser gleitet, wie er sich an der Treppe des Beckenrandes hochzieht, wie er auf den Startblock steigt, seine breiten Schultern durchdrückt, das Wasser seinen trainierten, aber schlanken Körper hinunterperlt und wie er sich in Position stellt. Die angewinkelten Beine, die nach unten ausgestreckten Arme – jeder Muskel seines Körpers ist durchgehend angespannt – und mein Blick ist beinahe durchgehend auf ihn gerichtet. *Heilige. Verfickte. Scheiße!* Wieso tue ich das?

Jeder Versuch, ihn nicht anzustarren, endet nur schlimmer. Zum Beispiel wandert mein Blick dann statt über seinen Oberkörper hinunter zu seiner Badehose. Normalerweise sorgen diese engen Höschen an Männern dafür, dass meine Yoni sich in eine trockene Savanne verwandelt – wer kann solche Slips bei Männern auch heiß finden? Aber die Vorstellung von dem, was darunter ist ... Okay, nein, Maya. Erde an Maya. Bitte kommen. Bitte konzentrieren Sie sich auf Ihren Job.

Ich schaue auf die Uhr und erleichtert pfeife ich das Ende der Stunde ab.

Die Jungen steigen aus dem Becken, schnappen sich ihre Handtücher und trocknen sich ab. Ich versuche mir währenddessen mein schlechtes Gewissen wegzublinzeln. Vielleicht haben die Menschen recht und ich bin doch krank. Obwohl wir den Prozess von der Öffentlichkeit zum Großteil fernhalten konnten, sind die ein oder anderen Sätze von Anwälten, Lehrern oder Eltern an meine Ohren gedrungen und seitdem irgendwo zwischen meinen Synapsen haften geblieben: *Wie pervers muss man sein, um als erwachsene Frau einen Schüler anzufassen? Sie gehört eingesperrt!*

»Sehr gut heute, Raoul«, lobe ich einen der Schüler, der gerade an mir vorbeigeht. Mit der Lautstärke versuche ich meine eigenen Gedanken zu übertönen. Raoul war zwar nicht der Beste – das war zu meinem Ärgernis Davis, aber den will ich nicht loben – doch er hat sich im Vergleich zu gestern deutlich gesteigert.

Raoul streicht sich mit einer Hand das nasse Haar nach hinten, lächelt mich dankbar an und geht dann zu seinen Kameraden. Schweigend.

»Bis morgen, Jungs!«, rufe ich in die Runde, auch wenn ich genau wie gestern das Gefühl vermittelt bekomme, hier nur dauernde Monologe zu führen. Offenbar ist das von den Jungs ein stummer Protest gegen eine weibliche Trainerin. Das hat mir gerade noch gefehlt.

Ich gehe zu meiner Sporttasche und lasse die Stoppuhr, das Klemmbrett mit den Notizen und meine Trillerpfeife darin verschwinden. Während ich mich innerlich noch selbst dafür geißele, einen meiner Schützlinge auf so eine verdorbene Weise angeschaut zu haben, dringen ein paar Gesprächsfetzen an meine Ohren. Als ich unter anderem auch Davis' Stimme erkenne, werde ich hellhörig.

»Nein, das mit Elisabeth ist nichts Ernstes. Es läuft nicht sonderlich gut im Moment.«

»Zoe könnte was für dich sein. Mars hat sie nach dem letzten Footballspiel rangenommen und meint, sie kann gut was wegstecken und ist nicht so zimperlich wie die anderen in unserem Jahrgang.«

»Alle in unserem Jahrgang sind zimperlich«, erwidert Davis. »Lad mich mal lieber ein, wenn deine große Schwester Besuch von ihren Freundinnen kriegt.«

»Du willst dir die Freundinnen meiner Sis klären? Träum weiter.« Der andere Junge lacht. »Niemals, Alter. Die sind alle gut drei Jahre älter als wir. Die gehen nur mit Collegestudenten aus.«

»Lass das mal meine Sorge sein.« Die Stimmen entfernen sich, als die Jungs die Halle verlassen und zu den Duschen schlendern.

Ich reiße mich aus meiner Starre und ignoriere mein schneller schlagendes Herz. Das war nur normales typisches Gerede unter Teenager-Jungs, sage ich mir. Hastig schließe ich die Sporttasche, nehme sie in die Hand und gehe zu den Umkleiden.

Eigentlich sollte ich keinen einzigen Gedanken an das Sexleben meiner Schüler verschwenden, umso mehr ärgert es mich, dass ich diese Gesprächsfetzen überhaupt aufgefangen habe. Das kurbelt mein Kopfkino nur unnötig an – und ich hatte schon immer eine ausgeprägte Fantasie, die sich alles bildlich ausmalt. Gerade jetzt verfluche ich mich für diese Fähigkeit.

In der Umkleidekabine lasse ich mir heute besonders viel Zeit, obwohl ich nur die kurze rote Sporthose mit dem weißen Schulwappen gegen meine skinny Jeans tauschen muss. Vor dem Spiegel öffne ich meinen Pferdeschwanz und lasse mein braunes, langes Haar über die Schultern fallen. Eine geschlagene Ewigkeit starre ich mein Spiegelbild an. Besonders meine großen braunen Augen, die schon unzählige Männer als Bambiaugen bezeichnet haben. Ich versuche durch sie in meine Seele zu blicken und zu erkennen, ob etwas mit mir nicht stimmt. Vielleicht sollte ich diesen Job aufgeben und etwas völlig anderes machen. Doch für einen Kassenjob im Supermarkt oder fürs Kellnern ist die Miete meines neuen Hauses zu hoch und für alle gut bezahlten Jobs brauche ich eine neue Ausbildung. Mit achtundzwanzig ein neues Studium zu beginnen, kommt allerdings nicht in Frage, weil ich dann das Haus ebenfalls aufgeben müsste. Dann wäre all die Hilfe, die Rina mir in den letzten Wochen erwiesen hat, umsonst gewesen.

Ich straffe die Schultern und hebe das Kinn. Nein, ich ziehe das jetzt durch. Ich werde mir zur Not in der Nachbarschaft einen heißen Vater oder Lehrer anlachen, der mich auf andere Gedanken bringt – auch wenn das gegen mein Keuschheitsgelübde verstößt, das ich Rina am Sonntag erst gegeben habe. Aber ihr wäre es bestimmt lieber, wenn meine schmutzigen Gedanken einem Vater gelten statt einem Siebzehnjährigen. Eigentlich habe ich aber auch gedacht, dass sich meine Libido seit Alexander voller Scham für die nächsten fünf Jahre in die hinterste Ecke verkriechen würde.

Siebzehn! Heilige Scheiße, das ist selbst für meine Verhältnisse zu jung. Davis sieht allerdings auch nicht aus wie siebzehn, ganz zu schweigen davon, dass er nicht so wirkt. Ich muss dringend in seine Akte sehen. Vielleicht hat er eine Klasse wiederholt und ist zumindest schon achtzehn. Das würde mein Gewissen immerhin ein ganz klein wenig beruhigen.

Auf einmal klopft es an meiner Tür zur Umkleidekabine. »Miss Rivers? Sind Sie noch da?« Die atemlose Stimme eines Schülers.

Schnell schaue ich kontrollierend an mir herunter, ob alles sitzt, dann öffne ich die Kabinentür. »Ja?«

»Kommen Sie schnell! Davis und Lias gehen sich gegenseitig an die Gurgel. Das sieht echt schlecht für Lias aus. Auf mich hören sie nicht und die anderen sind schon weg.«

Shit. Ich lasse all meine Sachen zurück und renne barfuß über den gefliesten Boden. Der Junge – ich kenne seinen Namen noch nicht, da es einer der unscheinbaren Schüler ist – läuft vor und zeigt mir den Weg. Als wir durch eine Glastür eilen, höre ich bereits Davis' Stimme, bevor ich ihn sehen kann.

»Willst du etwa abstreiten, dass du mich beim Duschen angeglotzt hast, du kleine Schwuchtel?«

Ich beschleunige meine Schritte und haste um die nächste Ecke von Umkleidekabinen und Schränken. Davis und der andere Junge stehen oberkörperfrei mitten im Gang, wobei Davis den Jungen gegen einen Spind drückt, sein Unterarm gegen den Hals des Jungen gepresst.

»Hey!«, rufe ich. »Sofort aufhören!«

Die beiden zeigen keinerlei Reaktion auf mich. Es scheint mir, als würde Davis den armen Jungen noch gröber gegen den Spind drücken. Lias' Gesicht läuft bereits blau an.

»Davis! Lass ihn los!« Mittlerweile stehe ich genau hinter ihm und versuche ihn von seinem Mitschüler wegzuzerren. Als ich mich von hinten komplett um ihn schlinge, damit ich ihn auch nur einen Millimeter bewegen kann, lässt er tatsächlich von Lias ab und dreht sich abrupt zu mir um.

Ich nehme meine Hände von ihm, als hätte ich mich an seiner nackten Haut verbrannt und starre ihn an. Ein paar Herzschläge zu spät fällt mir auf, dass ich meinen Einsatz soeben verpasst habe, in dem ich etwas sagen sollte.

»Was soll das? Was geht hier vor?«, fahre ich ihn schnell an.

Mein Blick schnellt kontrollierend zu dem anderen Jungen, der etwas blass um die Nase ist und sich den Hals hält.

Keiner von beiden sagt ein Wort. Ich sehe zu dem dritten Jungen im Bunde, der gerade seine Sporttasche gegriffen hat und sich unauffällig aus dem Staub machen will.

»Meine Mom holt mich ab, ich muss gehen«, erklärt er mit zerknirschtem Gesicht und nimmt die Beine in die Hand. Mir entgeht nicht, wie er dabei verängstigt versucht, Davis' Blick auszuweichen. Offenbar glaubt er, dass er von ihm noch Ärger dafür bekommen könnte, dass er mich gerufen hat.

Ich lasse den Jungen gehen und drehe mich dann wieder zu dem Unruhestifter. »Du ärgerst also nicht nur Lehrer, sondern verprügelst auch deine Klassenkameraden? So einer bist du, ja?«

In Davis' Gesicht zucken mehrere Muskeln, doch er presst seine Lippen hart aufeinander, anstatt zu antworten.

»Ist schon gut, Miss Rivers«, schaltet sich überraschenderweise Lias ein. Ich sehe entsetzt zu ihm rüber. Er lehnt immer noch atemlos gegen den Spind. Wie kann er Davis in Schutz nehmen? »Ich habe bei der Abschussstunde verlor ...«

Davis schneidet ihm das Wort ab. »Halt die Klappe!«, zischt er so laut wie eine Dampflock. Sein Blick dabei wirkt selbst auf mich einschüchternd. Ich habe nicht die geringste Ahnung, wie ich mich verhalten soll. Außerdem stehen die beiden immer noch halbnackt vor mir.

»Könnt ihr euch fertig anziehen, ohne euch an die Gurgel zu gehen?«, frage ich und will das Gespräch zumindest um ein paar Minuten nach hinten verschieben. Vielleicht fällt mir bis dahin etwas Schlaues ein.

Davis schnaubt. »Die kleine Schwuchtel soll demnächst bei den Frauen duschen.«

Entsetzt über seine Wortwahl schlägt mein Herz schneller. Sogar meine Hand zuckt kurz und ich balle sie schnell zur Faust. »Selbst wenn Lias eine andere sexuelle Orientierung hat als du, benutzt man solche Wörter nicht! Und gewiss würgt man seine Klassenkameraden nicht, bis sie blau anlaufen! Dass ich das überhaupt erwähnen muss! Offenbar legst du es wirklich darauf an, dass ich deine Eltern so schnell wie möglich kennenlerne, Davis Rogan.« Meine unterdrückte Wut ist in jeder einzelnen Silbe zu hören und ich starre ihn so ernst an, dass ich hoffe, etwas in ihm zu erreichen. Doch der Ausdruck in seinen Augen macht mir bewusst, dass ich vergebens hoffe. Es ist nicht einmal Gleichgültigkeit, die mir entgegensticht – damit könnte ich umgehen – es ist ein amüsiertes Funkeln. »Zieht euch an, ich warte draußen!«, setze ich wütend nach. Bevor ich herumfahre, hebe ich noch den Zeigefinger und richte ihn drohend auf Davis. »Fass ihn noch einmal an oder nenn ihn Schwuchtel, und du wirst nie wieder das Innere der Haze Falls High sehen.«

»Guten Abend, Mister Rogan. Hier ist Miss Rivers von der Haze Falls High.« Nervös trommele ich mit den Fingernägeln auf der Küchentischplatte herum. Mit der anderen Hand drücke ich das Handy fester an mein Ohr und halte den Atem an. Scheiße, wieso bin ich so nervös, wenn ich einen Elternanruf tätige?

»Guten Abend. Hat Davis in der Schule etwa Probleme gemacht?« Die tiefe Männerstimme am anderen Ende der Leitung klingt verwirrt und einschüchternd zugleich. Außerdem ist ein leichter Akzent zu vernehmen.

»Das kann man so sagen.« Ich schlucke und konzentriere mich auf den von mir vorbereiteten Text. »Er war heute sehr aggressiv einem Mitschüler gegenüber. Außerdem ist er auch innerhalb des Unterrichts ständig für Unruhen verantwortlich. Ich bin erst seit zwei Tagen an der Schule und –«

Die Stimme am anderen Ende der Leitung fällt mir ins Wort. »Moment. Zwei Tage kennen Sie meinen Jungen erst und meinen jetzt schon, über ihn urteilen zu müssen und mir zu sagen, dass er ständig den Unterricht stört?«

»So sollte es nicht rüberkommen, Mr. Rogan«, versuche ich sofort zu schlichten. Ich hasse Menschen, die mir die Worte im Mund verdrehen. »Eben weil ich ihn noch nicht lange kenne, möchte ich nicht vorschnell urteilen und wollte wissen, ob es derzeit vielleicht familiäre Probleme oder ähnliches gibt, weshalb Davis sich so auffällig in der Schule verhält.«

»Wie war noch gleich Ihr Name? Miss Rivers? Hören Sie mir mal zu.« Unwillkürlich halte ich die Luft an. »Sie sind die einzige Lehrerin, die sich über meinen Sohn beschwert. Wenn er Ihnen Probleme macht, dann liegt es also an Ihnen und nicht an meinem Sohn – und gewiss nicht an unserer Familie.«

Verdattert blinzele ich in die Luft. Ist das sein Ernst?

»Wenn das alles wäre. Einen angenehmen Abend noch, Miss Rivers.«

Tut, tut, tut.

Ich stoße den angehaltenen Atem aus und brauche ein paar Sekunden, bis ich mich rühren kann, um mein Handy sinken zu lassen. Woher Davis sein ignorantes Verhalten hat, weiß ich jetzt zumindest.

fünf

DAVIS

Das Gesetz des Dschungels

Ich liege auf dem Bett, die Hand in meinen Boxershorts und starre an die Zimmerdecke. Mein halb steifer Schwanz liegt locker zwischen meinen Fingern, ab und zu streiche ich geistesabwesend meinen Schaft auf und ab. In meinem Kopf drehen die Gedanken Runden, so unermüdlich, wie ich jeden Tag Bahnen ziehe.

Normalerweise dringt aus meiner Anlage jede Sekunde, die ich in meinem Zimmer verbringe, Musik. Heute sind die Boxen stumm. Auch meine Gamingkonsole bleibt aus. Ich habe keine Lust zu zocken oder mich mit Serien vollzuballern. Ich habe auf gar nichts Lust. Deshalb liege ich hier. Habe nicht einmal Bock, mir richtig einen runterzuholen.

Vielleicht werde ich krank. Das würde Mom zumindest denken. Vielleicht schreibt sie mir eine Entschuldigung für den Rest der Woche, dann müsste ich diese Dreckschule mit all den Losern für eine Weile nicht mehr sehen. Und was fällt

Rivers überhaupt ein, dazwischen zu gehen, wenn ich mich mit einem Klassenkameraden unterhalte? Sie hat sich nicht in unsere Angelegenheiten einzumischen. Mich juckt es herzlich wenig, ob Lias homo, hetero, bi, a- oder pansexuell ist. Von mir aus kann er es mit Tieren treiben. Als würde ich rumheulen, wenn mir jemand auf den Schwanz starrt! Soll doch jeder glotzen, bis ihm vor Neid die Augen ausfallen. Seine Blicke in der Dusche heute waren lediglich ein Aufhänger, um ihn runterzumachen. Um ihn persönlich zu treffen, seine Schwachstelle zu nutzen. Und das habe ich nur für das System getan. Für die Hierarchie, die an der Haze Falls High herrscht. Ohne eine klare Rangordnung geht jedes System zugrunde. Die Regeln, die in unserer Klasse gelten, sind klar und unmissverständlich. Ich habe sie vor einem Jahr selbst mitgestaltet, wenn nicht gar erschaffen. Die Tradition des Spiels besteht an der Schule schon lange, doch ich habe das gesamte Prinzip reformiert. Lias hat die Mutprobe der letzten Abschussstunde vergeigt, was ihn bis zum nächsten Spiel dem Hohn und Spott der Sieger aussetzt. So ist das eben. Man muss dazu aber sagen, dass Lias regelmäßig zu den Verlierern unserer Spiele und Aufgaben gehört. Der Wechsel vom Schachclub zum Schwimmteam wird ihm da auch nichts bringen. Armes Würstchen.

Ob Rivers wegen dem Zwischenfall den Direx verständigt hat oder glaubt sie noch, allein mit mir fertig zu werden? Ich kann sie noch nicht einschätzen. Das Einzige, was ich weiß, ist, dass sie mich aufregt. Normalerweise zeige ich den Lehrern recht deutlich und schnell, wer das Sagen hat. Die meisten kapieren rasch: wenn sie mich machen lassen, lasse ich sie ebenfalls ihren Unterricht machen. Für beide Seiten ein Gewinn. Ob Rivers das verstanden hat, weiß ich nicht. Das wütende Funkeln heute in ihren Augen wirkte beinahe, als würde sie glauben, dass sie das Sagen hat. Als würde sie wirklich erwarten, dass ich auf sie höre. Offenbar ist sie nicht nur neu an unserer Schule, sondern auch neu in der Stadt.

Niemand sonst würde sich mit dem Sohn von Shiwon Rogan anlegen.

Doch was es auch sein mag, was Miss Rivers zu ihrem Verhalten verleitet – Unwissenheit, Naivität, ein unverbesserlicher Moralkodex oder schiere Dummheit – sie wird ihre Lektion noch erteilt bekommen. Mir zu drohen, mich von der Schule zu nehmen, war das Dümmste, was sie hätte tun können.

Ich merke, dass mein Schwanz in meiner Hand etwas fester geworden ist, und pumpe genüsslich einmal hoch und runter. Meine Eier ziehen sich kurz zusammen bei der Vorstellung, wie Miss Rivers mich zornig anfunkelt, und ein angenehmes Kribbeln geht durch meinen Unterleib. In ihren haselnussbraunen Augen hat wahrlich ein Feuer gewütet, das sie vermutlich nur allzu gern an mir ausgelassen hätte. Ich schließe die Augen und rufe mir ihr Puppengesicht in Erinnerung. Klar ist sie ein wenig alt, und strenge Lehrerinnen machen mich für gewöhnlich auch nicht heiß, sie widern mich höchstens an, aber Rivers hat irgendetwas Zerbrechliches, Weiches in ihren Zügen. Ihre Augen sind – wenn sie einen nicht gerade wütend anfunkelt – kugelrund und groß, ihre Lippen voll und ihre Haut hell und makellos wie Porzellan. Außerdem schminkt sie sich entweder weniger als die Mädchen in meiner Stufe oder sie kann es deutlich besser. Ich hasse den neuen Trend unter den Cheerleaderinnen, sich die Augenbrauen dicker zu malen und goldenes Glitzerzeug über die Wangenknochen zu schmieren. Als hätten wir jeden Tag Nutten-Fasching.

Rivers betont lediglich ihre ansehnlichen Lippen und das gefällt mir eigentlich ganz gut. Ihr zarter Lippenstift von heute kurbelt meine Fantasie an und ich frage mich, ob die Farbe an meinem Schwanz haften würde, wenn ich ihn ihr zwischen die Lippen schiebe.

Plötzlich klopft es an der Tür und ich fahre vor Schreck zusammen. Gerade rechtzeitig schaffe ich es noch, meine

Hände von mir zu nehmen und meine Latte mit der Bettdecke zu verstecken, als die Tür zu meinem Zimmer aufgerissen wird.

Bereits an seinem Blick sehe ich, dass etwas nicht stimmt.

»Deine Schule hat angerufen.«

Scheiße. Ich setze mich etwas aufrechter hin und versuche nicht so auszusehen, als wäre ich nur Sekunden an einem geilen Orgasmus vorbeigeschrammt. Ich räuspere mich. »Wieso?«

Dabei weiß ich ganz genau wieso. Es gibt nur eine einzige Lehrkraft, die so dumm wäre, meinen Vater anzurufen. Jeder Funken Lust, der sich bis eben noch in meinem Körper befand, wird durch Hass ersetzt. Er rauscht durch meine Venen, erhöht meinen Puls.

»Die Lehrerin sagt, du seist aggressiv und hättest Probleme mit Autoritäten. Ist das so? Machst du Probleme in der Schule? Habe ich dich so erzogen?«

Vater kommt ins Zimmer und schließt die Tür hinter sich. Wie eine dunkle Wolke nimmt seine Präsenz den Raum ein. Ich presse die Kiefer aufeinander, weil ich weiß, dass eine Antwort mir sowieso nichts bringt.

Rivers hat mich tatsächlich verpetzt.

»Aufstehen«, befiehlt er und öffnet seinen Gürtel.

Als ich mit gestrafften Schultern aus dem Bett steige, fixiert mein Blick das schwarze Leder, das er in den Händen hält. Ich denke nicht einmal daran, mich zu verteidigen oder mir irgendwelche Entschuldigungen auszudenken. Mein Kopf ist leer.

»Ausziehen.«

Ich greife nach dem Saum meines T-Shirts und ziehe es mir über den Kopf. Das Rauschen in meinem Kopf wird immer leiser, weil die Kälte, die sich in meinem Körper ausbreitet, alles betäubt.

»Umdrehen.«

Ich drehe mich um. Starre an die grau gestrichene Wand. Ich wollte immer ein blaues Zimmer, doch eine andere Farbe als Weiß, Grau oder Sandfarben kam für meine Eltern in diesem Haus nie in Frage.

»Siehst du, du weißt doch, wie gehorchen funktioniert. Wieso kannst du das in der Schule nicht?«

Zeitgleich mit dem letzten Wort trifft der Gürtel auf meine nackte Haut. Ich schreie nicht, ich keuche nicht, stöhne nicht. Meine Muskeln zucken nur kaum merklich zusammen und warten auf den nächsten Hieb. Ich kneife nicht einmal die Augen zusammen, sondern fixiere einen imaginären Punkt an der grauen, leeren Wand.

sechs

MAYA

Mein dritter Abend in diesem fremden, großen Haus
und jedes Licht wirft Schatten

Zufrieden falte ich den letzten leeren Karton zusammen und stelle ihn an die Wand zu den anderen. Nach dem ernüchternden Anruf hatte ich das dringende Bedürfnis, etwas Sinnvolles zu erledigen. Ich stemme meine Hände in die Hüften und sehe mich in dem freigeräumten Schlafzimmer um. Ein Zimmer von dreien wäre geschafft. Natürlich hat dieses Haus noch mehr Zimmer, doch die werden noch eine ganze Weile leer stehen. Ein Schlafzimmer, ein Wohnzimmer und eine Küche reichen mir vollkommen. Falls ich mich hier irgendwann einleben und tatsächlich für längere Zeit bleiben sollte, würde ich mich an ein Arbeitszimmer oder ein Gästezimmer wagen, doch vorerst ist das den Aufwand nicht wert.

Ich gehe zu der weißglänzenden Kommode, um die unterste Schublade zu schließen, die ich als letztes eingeräumt habe, als ich kurz innehalte. Mein Blick landet auf dem hellblauen Vibrator, der neben ein paar anderen Spielzeugen liegt. Kein Hardcore-Zeug, aber ich habe schon einiges an vibrierenden Gegenständen ausprobiert. Außerdem liegen in der Schublade sämtliche Gleitmittel und Gummis herum, direkt neben einer schwarzen Augenbinde und ebenso schwarzen Plüschhandschellen, die ich bisher nur einmal in meinem Leben verwendet habe. Ich schüttele entschieden den Kopf und schiebe die Schublade mit mehr Kraft zu als nötig.

Stirb, Libido! Wage es gar nicht, zu Wort kommen zu wollen. Mein letzter Sex ist schon ein paar Monate her, doch die Strapazen, die er mit sich gezogen hat, haben dafür gesorgt, dass ich die letzten Wochen nicht einmal Lust hatte, mich selbst zu befriedigen. Vollkommene Abstinenz. Und das soll auch noch eine Weile so bleiben.

Noch bevor ich meinen inneren Kampf fortführen kann, lässt mich ein Geräusch von draußen herumfahren. Mein Fenster steht einen Spalt weit offen und der Nachtwind bauscht die leichten Vorhänge auf, die links und rechts die Wand herunterfließen. Das Geräusch eines heranrollenden Wagens dringt zu mir hoch. Ich blicke zu meinem Nachttisch, auf dem ein kleiner altmodischer Wecker mir anzeigt, dass wir schon nach Mitternacht haben. Und das unter der Woche. Neugierig gehe ich zum Fenster und linse heraus. Gerade erstirbt das Motorgeräusch und ich sehe, wie in der Nachbareinfahrt eine Frau aus einem alten Jeep steigt. Lola.

Ihre rote Mähne wirbelt herum, als sie sich hastig zu allen Seiten umsieht, bevor sie die Tür des Wagens so behutsam und langsam schließt, als würde sie Angst haben, ein zu lautes Geräusch zu verursachen. Mir fällt auf, dass ihre Haare total verwüstet aussehen und warte – hat sie nur einen Schuh an? Sie eilt zu ihrer Haustür und bevor sie sie aufsperrt, schaut sie sich nicht nur auf der Straße um, sondern sieht auch hoch in die Fenster der umliegenden Häuser. In allen ist das Licht natürlich schon seit Stunden erloschen – doch dann sieht Lola zu meinem Haus. Zu genau diesem Fenster.

Scheiße! Schnell wirbele ich herum und presse meinen Rücken flach an die Wand. Mein Blick schnellt zu der Nachtlampe, die mein Zimmer in ein gedimmtes warmes Licht taucht.

Ob Lola mich gesehen hat? Und selbst wenn – es ist ja wohl nicht verboten, nachts aus dem Fenster zu schauen. Aus irgendeinem Grund fühle ich mich trotzdem ertappt, obwohl es offensichtlich *sie* ist, die etwas zu verbergen hat.

Jeder hier verheimlicht etwas. Hast du ein Geheimnis, Maya?

Noch allzu gut habe ich ihre Stimme im Ohr. Doch ich bin nicht hier, um in der dreckigen Wäsche meiner Nachbarn zu wühlen. Ohne einen weiteren Blick gehe ich vom Fenster weg und steuere das Bad an, um mich fertig fürs Bett zu machen. Dieser Tag war schon viel zu lang.

Ich finde den Zettel noch vor Beginn der ersten Stunde. Beziehungsweise: jemand wollte, dass ich ihn finde, denn er wurde mitten auf mein Pult gelegt. Er sieht etwas zerknittert und mitgenommen aus, doch die Schrift darauf ist noch deutlich zu lesen: *Wetteinsätze – Rivers Röcke werden ab Montag länger sein.* Darunter eine Liste von Namen. Davis' steht ganz oben.

Ich stöhne und reibe mir mit zusammengekniffenen Augen den Nasenrücken. Wieso macht dieser Junge mir das Leben so schwer? Ich schlage die Augen wieder auf, zerreiße den Zettel in kleine Streifen und werfe sie dann allesamt in den Papierkorb unter meinem Schreibtisch.

Wieso achtet er überhaupt auf meine Rocklänge? Hat Rina etwa recht und ich bin tatsächlich zu freizügig gekleidet? In New York an der Schule hat sich niemand je über meine Garderobe beklagt.

Obwohl sich alles in mir dagegen sträubt, auf meine ältere

Stiefschwester zu hören, beschließe ich, heute Nachmittag tatsächlich ein paar neue Kleidungsstücke zu besorgen. Meine bisherigen Versuche, mich in das kleinbürgerliche Leben hier einzugliedern, waren offenbar noch nicht gut genug. Nein, wem mache ich etwas vor? Ich bin seit drei Tagen hier und bin bereits kläglich gescheitert. Es wird Zeit, härtere Geschütze aufzufahren, auch wenn das heißt, mich in eierschalfarbene Cardigans und gebügelte Stoffhosen zu zwängen. Ich könnte mir eine Katze zulegen, Katzenladys sind doch immer unschuldig, oder? Aber vermutlich würde die Katze bei mir draufgehen und dann wäre ich auch noch eine Mörderin.

Die ersten Stunden verlaufen reibungslos und ich frage mich, wieso nicht alle Klassen so unkompliziert sein können. Klar hat jeder Jahrgang seine eigenen Macken und Problemschüler, doch niemand ist so auffällig wie Davis. Ich ertappe mich selbst dabei, wie ich immer wieder auf die Uhr sehe und den Stundenzeiger verfolge, der sich immer weiter der elf nähert.

Ob mein Anruf gestern Abend irgendwelche Auswirkungen auf Davis' Verhalten haben wird oder hat Mr. Rogan seinem Sohn nichts von dem Anruf erzählt? Schließlich hält er seinen Sohn für einen Heiligen. Ich schnaube frustriert.

In der kurzen Pause zwischen den Stunden eile ich noch schnell auf die Lehrertoilette. Die Erinnerung an das Telefonat macht mich noch immer wütend. Wie kann man als Elternteil nur so ignorant sein? Und wie soll ich mich verhalten, wenn Davis' Verhalten in den nächsten Tagen nicht besser wird? Ich hoffe, dass er es mir nicht notwendig machen wird, zu Mr. Hendrickson zu gehen. Den Schuldirektor wollte ich am liebsten nicht so schnell wiedersehen. Außerdem möchte ich nicht wirklich, dass Davis Gefahr läuft, von der Schule zu fliegen oder dass er einen Kommentar in sein Zeugnis bekommt, der ihm seine Zukunft verbaut. Ich will lediglich, dass der Junge eine Abmahnung erhält und versteht, dass er sich nicht wie der König des Dschungels aufführen kann.

Ich wasche mir die Hände und trete wieder hinaus auf den Schulkorridor. Es ist für mich immer noch seltsam, an einer so kleinen Schule zu unterrichten. Die Flure hier sind nie von Schülern überlaufen wie an der öffentlichen High School, an der ich früher unterrichtet habe. Es sind zwei ganz verschiedene Welten. Irgendwie fehlen mir der Trubel, die Hektik und die Menschenmassen.

Ich passiere den Gang mit den Schließfächern und sehe aus dem Augenwinkel eine bekannte Gestalt. Lias – der Junge, der ebenfalls in Davis' Klasse geht und den er gewürgt hat. Ich will gerade auf ihn zugehen und ihn fragen, ob alles in Ordnung ist, als er seinen Spind aufschließt und ihm all seine Sachen entgegenfallen. Erschrocken macht er einen Hechtsprung nach hinten und rückt dann mit dem Zeigefinger seine Brille zurecht.

»Warte, ich helfe dir!« Ich eile zu ihm und bücke mich, um seine Habseligkeiten vom Flur aufzuheben. Dabei fällt mir auf, dass seine Bücher und Hefte von einer glibbrigen grünen Masse überzogen sind.

»Nicht nötig, ich mach schon!« Lias geht neben mir in die Knie, um das Chaos aufzusammeln. Ich sehe ihn an und erkenne, dass seine Wangen rot leuchten. Ihm ist es offenbar furchtbar unangenehm, dass ich das mitbekommen habe.

»Wer steckt dahinter?«, frage ich ruhig. Davis' Name liegt mir bereits auf der Zunge, doch ich will nicht vorschnell urteilen.

Lias schüttelt nur den Kopf, sodass seine braunen Locken in alle Richtungen wippen, und stapelt hektisch seine Bücher. Plötzlich fällt mir am Boden eine Spielkarte auf. Eine rote Ereigniskarte aus dem *Monopoly*-Spiel.

Seltsam. Mit gerunzelter Stirn greife ich nach der Karte und drehe sie um. Statt dem offiziellen Kartentext wurde ein weißes Blatt auf die Rückseite geklebt, welches mit einem eigenen Text bedruckt wurde:

Freitagabend – 23:30. Neue Abschussstunde.

Und darunter Koordinaten vom Längen- und Breitengrad.

Mein Gehirn prägt sich die Ziffern ein, ehe Lias mir die Karte entreißt.

»Was ist das?«, frage ich mit schneller schlagendem Herzen, obwohl ich schon weiß, dass ich keine Antwort erhalten werde.

»Nichts. Ich muss jetzt in den Unterricht.« Er steht auf, stopft die Bücher in sein Schließfach und nimmt nur sein Mathematikbuch mit, als er praktisch vor mir davonrennt.

Zu blöd, dass ich ihm folgen muss, weil er seinen Unterricht jetzt bei mir hat.

Als ich nach Lias den Klassenraum betrete, sind die meisten Schüler schon an ihren Plätzen. Ich wische mir mit den Händen über den Rock, um das Gefühl des Glibberzeugs loszuwerden, und setze mich hinter meinen Schreibtisch. Gerade will ich meine Sachen aus der Tasche holen, als ein Schatten auf mich fällt, weil jemand vor den Tisch getreten ist. Bevor ich hochsehe, nehme ich allerdings einen Kugelschreiber und notiere mir die Koordinaten auf den Rand meines Terminplaners, ehe ich sie noch vergesse. Sicher ist sicher.

Ich hebe den Blick und schaue in tiefbraune, mandelförmige Augen. *Davis.* Schlagartig wird jede Zahlenkombination aus meinem Gehirn gefegt. Vermutlich könnte ich nicht einmal mehr meine Handynummer oder mein Geburtsdatum aufsagen.

»Ja?«, frage ich, da ich nicht mehr als ein Wort herausbringe.

»Ich werde ein paar Tage nicht zum Schwimmtraining kommen.« Ohne eine weitere Erklärung legt er mir einen Zettel auf den Tisch, den ich als von seinen Eltern unterschriebene Entschuldigung erkenne, auch ohne nur ein Wort davon zu lesen.

»Äh okay«, stottere ich, doch Davis hat sich schon umgedreht und geht zu seinem üblichen Fensterplatz.

Irgendetwas an ihm und seinem Verhalten ist anders. Doch im nächsten Moment bin ich über diesen Gedanken irritiert.

Ich habe Davis gerade mal zwei Sekunden gesehen und kennen tue ich diesen Jungen auch nicht, also bin ich wohl auch nicht in der Position, irgendwelche Schlüsse aus seinem Verhalten zu ziehen.

Ich starre ihn noch eine Weile an, wie er sich auf seinen Stuhl setzt und aus dem Fenster blickt, ohne seine Unterrichtsmaterialien aus seinem Rucksack zu holen. Sein Gesichtsausdruck ist verschlossen.

Die ganze Stunde über sagt er kein Wort, er stört auch nicht den Unterricht und hängt nicht einmal an seinem Handy. Obwohl ich ihn am ersten Tag aufgefordert hatte, mir seine Mathematikkenntnisse unter Beweis zu stellen, nehme ich ihn heute nicht dran. Ich kann froh sein, dass er nichts weiter tut, als ruhig auf seinem Platz zu sitzen. Vielleicht hat mein Anruf bei seinem Vater ja doch etwas bewirkt. Vielleicht wird er sich ab jetzt benehmen.

»Am Freitag gibt es einen kleinen Zwischentest zum Thema Skalar- und Kreuzprodukt, bevor wir nächste Woche mit Matrizen beginnen«, kündige ich am Ende der Stunde an.

Sofort schießen einige Hände nach oben. Davis' Hand bleibt unten. Auch die von Lias, der genauso geistesabwesend in die Leere starrt. Was ist nur los mit den beiden Streithähnen? Mein Blick bleibt eine Sekunde zu lange an Lias' zugeklapptem Mathematikbuch hängen, an dessen Ecke noch immer etwas grüner Glibber zu sehen ist. Es kostet mich einiges an Anstrengung, meine Gedanken von der roten Monopolyspielkarte wegzureißen.

»Ja, Elisabeth?«, nehme ich ein Mädchen in der hintersten Reihe dran. Sie hat sich bisher noch nie gemeldet und als ich ihr im Unterricht ein paar Mal über die Schulter gesehen habe, habe ich gemerkt, dass sie kein besonderes Talent für Mathe hat.

»Wird dieser Test in die Abschlussnote mit einfließen?«, will sie wissen.

»Natürlich.« Zeitgleich ertönt auch der Gong zum Ende

der Stunde. »Ich gebe euch morgen eine Liste von Übungsaufgaben mit, die für den Test relevant sind.«

Es ist schon nach sieben Uhr, als ich mit dem Wagen meine Einfahrt hochfahre. Einen Supermarkt und ein Geschäft für Klamotten zu finden, hat länger gedauert, als ich gedacht hätte. Warum hat dieses Kaff auch keine normalen Textilwarengeschäfte? Es gibt nur zwei kleine Modeboutiquen, die aussehen, als würde meine Großmutter darin einkaufen. Ich frage mich, wo die Jugend ihre Freizeitklamotten besorgt. Fahren sie dafür in die nächstgelegene Stadt, die eine Stunde Autofahrt entfernt ist, oder bestellen sie alles online?

Ich vermisse New York von Tag zu Tag mehr. Nein, von Stunde zu Stunde.

Was ist nur in mich gefahren, dass ich ausgerechnet hier mein neues Leben aufbauen wollte? Ach ja – ich weiß ganz genau, was in mich gefahren ist. Ein neunzehnjähriger Schüler.

Ich schlage die Fahrertür etwas zu fest zu und gehe um das Auto herum zum Kofferraum, als plötzlich Lola aus ihrem Haus kommt. Mit roten wehenden Haaren läuft sie den gepflasterten Weg hinunter und hält mit ausgestrecktem Arm einen durchsichtigen Beutel vor sich – mit einem Fisch darin? Meine Augen weiten sich, während ich beobachte, wie sie die Tüte Richtung Müllcontainer trägt.

»Lola!«, rufe ich und eile ihr kurzerhand entgegen. »Du willst den Fisch doch nicht wegwerfen, oder?«

Überrascht sieht sie mich an und bleibt vor der Mülltonne stehen.

»Du weißt schon, dass man Fische in der Toilette entsorgen kann? Einfach runterspülen...« Mein Blick wandert zu dem orangenen Exemplar. Ein Goldfisch, wenn ich mich nicht irre. »Oh, er lebt ja noch«, stelle ich verdutzt fest. Eigentlich hatte ich damit gerechnet, dass der Fisch leblos an der Wasseroberfläche treiben würde.

Lola seufzt und wischt sich mit der freien Hand übers Gesicht. »Mein Sohn bringt mich um den Verstand. Ich habe ihm ganz klar gesagt, dass er kein Haustier bekommt. Fische sind in dieser Definition miteingeschlossen! Und in die Toilette wollte ich ihn nicht werfen. Ich würde dann jedes Mal, wenn ich drauf sitze, Angst bekommen, dass er die Rohre wieder hoch schwimmt und dann unter meinem blanken Hintern herumschwimmt oder vielleicht sogar zu mir hochspringt!«

Ich ziehe skeptisch die Augenbrauen hoch. »Unwahrscheinlich.« Schnell greife ich nach dem Beutel mit dem Fisch und presse ihn schützend an die Brust. »Ich lasse nicht zu, dass du Fischi tötest, nur weil dein Sohn kein Haustier haben darf. Wo hat er den Fisch überhaupt her?«

»Fischi?« Meine Nachbarin sieht mich verwirrt an.

Ich grinse. »So wollte ich meine Tiere schon immer nennen. Aber ich hatte als Kind nur ein Kaninchen, das ich Hasi getauft habe. Eigentlich wollte ich immer eine Katzi, aber meine Eltern haben mir nie eine erlaubt.«

Lola lacht herzlich auf. »Zum Glück.«

Ja ... Hasi hatte nur ein Jahr bei mir überlebt. Und das vermutlich auch nur, weil sich hauptsächlich meine Mutter um ihn gekümmert hat – bis zu ihrem Tod. Kurz danach ist Hasi ihr gefolgt.

Ich überlege gerade, ob Fischi in der Mülltonne nicht doch bessere Überlebenschancen hat als bei mir zuhause, als Lola sich bei mir einhakt und mich zu ihrem Haus zieht. »Komm, wenn du den Fisch retten willst, dann kannst du auch gleich das Aquarium und den ganzen Schnickschnack haben, den mein Sohn heute gekauft hat.«

Oh Gott, das klingt nach ganz schön viel Verantwortung. Eine Frau in meinem Alter und mit meinem Beruf sollte keine Angst vor Verantwortung haben, das weiß ich, aber *Hilfe*! Mein Beschützerinstinkt war wohl etwas übereifrig. Bei mir überlebt noch nicht einmal ein Kaktus, wie soll ich dann für ein richtiges Lebewesen sorgen?

Ich umklammere den Beutel mit Fischi fester und lasse mich von Lola in ihr Haus ziehen. Meine Hände sind so schwitzig, dass ich Fischi vermutlich gleich fallen lasse und drauf trete. Das würde meine Unfähigkeit definitiv untermauern.

Als wir über die Türschwelle treten, bemerke ich direkt zwei Dinge: erstens ist das Haus noch um einiges größer und teurer, als ich bisher von außen vermutet habe, und zweitens ist es herrlich unperfekt. Obwohl Lola nicht nur einen Flur, sondern eine ganze verdammte Eingangshalle hat, glänzt hier nicht alles, als würde täglich eine Putzkraft den Marmorboden wischen. Es liegt hier sogar ziemlich viel Zeug rum: es stehen mehrere Schuhpaare neben der Eingangstür und zwei Handtaschen, auf der anderen Seite der Eingangshalle liegt eine halb aufgeblasene Luftmatratze und ein zerknülltes Handtuch.

Wir gehen die Treppe rauf, auf der Inliner, noch mehr Schuhe und sogar eine leere Kaffeetasse stehen. Doch nicht nur der Boden zieht meine Blicke auf sich, auch die Wände haben einiges zu bieten: unzählige Gemälde.

»Wow von wem sind die?«, frage ich. Sie sind so bunt und die Pinselführung so exzentrisch, dass die Bilder mich für einen Moment komplett einnehmen. So sehr, dass ich über die nächste Stufe stolpere und mich eine Sekunde später am Boden vorfinde. Meine Hände haben den Sturz abgefangen, doch dafür ist mir Fischi runtergefallen. Auf den Knien drehe ich mich um und sehe zu, wie der Beutel Stufe für Stufe nach unten purzelt.

Plopp. Plopp. Plopp.

»Super Mom, du hast einen Auftragskiller für den Fisch organisiert?«

Die Stimme lässt meinen Kopf um hundertachtzig Grad herumfahren. Meine Wangen glühen, als ich drei Stufen über mir einen schlanken, großgewachsenen Jungen mit verschränkten Armen sehe, der mich ansieht, als hätte ich gerade sein Haustier umgebracht. Ups, genau das habe ich ja fast.

Schnell rappele ich mich auf. »So schnell sterben Fische nicht«, sage ich und eile die Stufen hinunter, um den Wasserbeutel einzusammeln. Als ich ihn hochhebe und prüfend in die Luft halte, bete ich, dass ich Recht behalte.

Lola ist direkt neben mir und wirft ebenfalls einen inspizierenden Blick auf den Goldfisch.

»Alles gut«, verkünde ich schnell. Ich lasse den Beutel wieder sinken und gehe die restlichen Stufen hinauf. »Hi, ich bin Maya. Von nebenan.« Ich strecke Jordan meine freie Hand hin. Erst jetzt fällt mir auf, dass er ein schwarzes *Game of Thrones* T-Shirt trägt mit einem Zitat von Tyrion Lannister. Der Junge hat einen guten Geschmack. Während ich ihn dumm angrinse, entgeht mir nicht, dass er zögert, meinen Händedruck zu erwidern. Ziemlich missmutig reicht er mir dann aber doch die Hand.

»Maya hat sich bereiterklärt, den Fisch aufzunehmen. Ich habe ihr gesagt, sie kann das Aquarium und all das Zeug direkt mitnehmen, dann musst du es nicht zurückbringen.«

Der Junge presst seine Lippen aufeinander und ich sehe seine Kiefer malmen. Offenbar ist er ganz schön wütend darüber, dass ich ihm sein Haustier wegnehme. Beziehungsweise, das seine Mutter ihm wegnimmt und mir gibt. So oder so, er ist vermutlich sauer auf uns beide.

»Nächste Mal solltest du es vielleicht mit deiner Mutter absprechen, bevor du dir ein Tier kaufst«, gebe ich oberlehrerhaft von mir und hätte mir für den Kommentar am liebsten selbst die Zunge abgebissen.

»Ich habe ihn nicht gekauft. Ich habe ihn aus der Schule mitgehen lassen.«

Das macht es nicht unbedingt besser. Überrascht schaue ich zu Lola, um zu sehen, ob sie davon wusste. »Sollte er ihn dann nicht dorthin zurückbringen?« Ich will Diebstahl ungern unterstützen, wenn ich mit dem Gesetz ohnehin schon auf Kriegsfuß stehe.

»Nein«, mischt sich Jordan ein. »Dort kümmert sich niemand um ihn und die anderen Schüler werfen immer nur Kaugummi und Müll in das Aquarium.«

Diesmal sehe ich Jordan mit anderen Augen an. Er hat den Fisch gerettet. Genauso wie ich ihn vor der Mülltonne gerettet habe. Auch wenn er Lola offenbar hin und wieder um den Verstand bringt, scheint Jordan ein guter Junge zu sein. Er sieht ihr sogar recht ähnlich, auch wenn seine Haare anstatt in einem Kupferton zu leuchten, dunkelblond sind. Sie haben dieselbe helle Haut und die gleichen eleganten Gesichtszüge.

Er wendet sich von uns ab und öffnet die Tür zu einem Zimmer. »Hier, kannst alles haben.«

Mit etwas Abstand folge ich ihm in sein Zimmer. Es könnte aber auch als Schrein für sämtliche Fantasyfilme und Serien durchgehen. Ich versuche die ganzen Merchandise-Produkte zu ignorieren und fokussiere stattdessen sein Bett, das aussieht, als hätte er ein Zoo-Fachgeschäft leergeräumt. Offenbar habe ich die Folgen meiner spontanen Rettungsaktion etwas unterschätzt.

»So viel braucht dieser eine kleine Fisch? Reicht nicht ein einfaches Goldfischglas?«

Jordan wirft mir wieder einen bösen Blick aus stahlblauen Augen zu, dann sieht er zu seiner Mutter. »Mom bist du sicher, dass sie ihn nicht umbringen will?«

Lola zuckt lachend mit den Schultern. »Ich habe keine Ahnung, Schatz, aber du hilfst deiner netten neuen Nachbarin jetzt beim Tragen, ansonsten werde ich diesen Fisch eigenhändig umbringen.«

sieben

MAYA

Zwei Tage später,
Tag 6 in Haze Falls

Bis vor zwanzig Minuten noch hätte man meinen können, ich sei zu einer Bilderbuch-Kleinstädterin mutiert. Bis zu dem Zeitpunkt, an dem ich mitten in der Nacht in meinen Wagen gestiegen bin, kontrolliert habe, dass mir niemand folgt, und in einen Wald hinausgefahren bin.

Davor verlief alles nach Plan: an meiner Garderobe hat selbst Rina nichts mehr auszusetzen, meine Röcke gehen mir bis zu den Knien und statt durchsichtiger Strumpfhosen trage ich jetzt schwarze oder braune. Ich habe alle meine Umzugskartons ausgepackt und Ordnung ins Haus gebracht, habe mich an mein Keuschheitsgelübde gehalten und gehe jeden Abend joggen, nachdem ich den Rasen vorne und hinten mit dem Gartenschlauch abspritze. Und mein Goldfisch lebt auch noch. Es hat sich sogar herausgestellt, dass so ein lebendes

Etwas in einem großen Haus gegen Einsamkeit hilft. Oder es fördert psychotische Neigungen – wie man es nimmt. Zum Beispiel habe ich mit Fischi kurz bevor ich aufgebrochen bin, noch eine rege Diskussion darüber geführt, ob ich heute Nacht zu diesen Koordinaten fahren soll oder nicht. Fischi hat verloren. Seine Argumente waren einfach nicht überzeugend genug.

Vielleicht hätte ich diese Diskussion lieber mit Carry führen sollen – meiner besten Freundin aus New York. Sie hat mich heute Mittag angerufen und gefragt, wie es mir hier ergeht und an welchem Wochenende ich sie besuchen kommen kann. Ich habe mich über ihren Anruf gefreut, wirklich, aber der Grund, weshalb ich ihr die letzten Tage nicht geschrieben habe und weshalb ich in naher Zukunft auch erst einmal nicht nach New York reisen werde, ist der, dass Carry in keinster Weise förderlich für mein Kleinstadtleben hier ist. Sie kennt eine Version von mir, die ich hier nicht sein will. Nicht sein kann. Zumindest für die nächsten paar Jahre nicht, bis sich alles beruhigt hat und meine Straftat in Vergessenheit geraten ist.

Das Geäst knackt unter meinen Füßen, als ich mit meinen Vans durch das Unterholz schleiche. Oder eher wie ein Hirsch trampele. So viel zum Thema ich bemühe mich um eine vernünftigere, langweilige Version von mir.

Bei meiner Joggingrunde gestern Abend habe ich bereits den Ort der Koordinaten ausgekundschaftet, und weiß heute daher genau, wo ich hinmuss und was mich erwartet. Mir war zwar schon vorher bewusst, dass Haze Falls mitten im Nirgendwo liegt, umringt von kilometerweiten Wäldern und Hügellandschaften, aber erst wenn man nachts durch einen dieser stockdunklen Wälder läuft, merkt man, wie abgeschottet man wirklich von der Zivilisation ist.

Warum treffen sich die Schüler auch ausgerechnet hier?

Ein bisschen näher an der Landstraße hätte es auch getan und dann müsste man keine Sorge haben, von einem Bären gefressen zu werden oder sich hoffnungslos zu verirren. Ein toter Handyakku und du bist für immer verloren.

Ich bin eine halbe Stunde zu früh dran, damit ich als Erste hier bin und mir ein geeignetes Versteck suchen kann, von dem aus ich alles Weitere beobachte.

Eigentlich sollte es mich nichts angehen, was meine Schüler außerhalb der Schulzeit treiben, aber da die Einladungen hierfür offenbar in der Schule herumgingen und diese ‚Abschussstunde' sich auf das zwischenmenschliche Verhalten meiner Schüler auswirkt, rede ich mir ein, dass es in meiner Pflicht liegt, hier zu sein und herauszufinden, was hinter diesem Treffen steckt.

Außerdem wird Davis hier sein.

Aus irgendeinem Grund hat sein Schweigen in den letzten drei Tagen an meinen Nerven gezerrt. Es steht im glatten Widerspruch zu seinem Verhalten in den ersten beiden Schultagen. Offenbar habe ich komplett den Verstand verloren, wenn ich mir schon wünsche, er würde wieder Papierkügelchen nach mir werfen oder mir irgendeinen dummen Spruch drücken, um mir daraufhin zu zu zwinkern. *Wo ist diese Seite an dir hin, Davis? Bist du so schnell zur Vernunft zu bringen oder ist das bloß die Ruhe vor dem Sturm?*

Während ich mit meinem Handy als Taschenlampe durch den Haze Falls Forest laufe, bin ich innerlich auf den Sturm gefasst. Jede Zelle meines Körpers wartet auf das Gewitter. Und als ich in der Stille seine Stimme höre, ist es, als würde der erste Regentropfen fallen.

»Hast du das Zeug mit?«

»Klar, aber nur genug für uns beide, also halt die Klappe, wenn die anderen kommen.«

»Aber sicher doch. Du bist ohnehin der Einzige, mit dem ich gerne teile.«

Ich weiß nicht, worüber die beiden reden. Zu sehr bin ich damit beschäftigt, ihren Stimmen zu folgen und dabei selbst kein Geräusch zu verursachen. Wieso lernt man an keiner Universität das Anschleichen oder Spionieren? Ich wette, diese Tätigkeiten haben im realen Lebensgebrauch eine höhere Anwendungsquote als lineare Algebra. Das sollte ich meinen Schülern gegenüber aber lieber nicht erwähnen.

Der Wald lichtet sich langsam und ich nähere mich der Lichtung, die ich gestern ausfindig gemacht habe. Ich lösche das Licht meines Handys, da ich es ohnehin nicht mehr brauche. Auf der Lichtung ist es so hell, dass ich den Verdacht habe, einer der Jungs hat einen Baustrahler mitgebracht.

Hinter einem dicken Baumstamm bleibe ich stehen. Meine Hände liegen auf der leicht feuchten Rinde, als ich aus meinem Versteck spähe, um mir einen Überblick zu verschaffen.

Der leichte Nebel verschafft dem Szenario eine beinahe gespenstische Atmosphäre. Davis und ein anderer Junge scheinen bisher die Einzigen hier zu sein. Zum Glück ist der Nebelschleier heute Nacht so hauchfein, dass ich die beiden trotzdem bestens erkennen kann. Sie sitzen auf einem umgekippten Baumstamm und der andere Junge – wenn ich mich nicht irre, heißt er Marco – hat ein Buch auf seinem Schoß, auf dem er ...

Warte, ist das etwa *Koks*?!

Meine Kinnlade klappt herunter, als ich sehe, wie der Typ eine Line vorbereitet und Davis das Pulver unter die Nase hält. Auf einem Mathematikbuch!

Verdammte Scheiße! Was mache ich jetzt? Ich kann doch nicht seelenruhig dabei zusehen, wie die beiden sich das weiße Zeug schnupfen. Aber genau das tue ich. Ich stehe hier und kann mich nicht rechtzeitig rühren.

Im nächsten Moment ist es sowieso zu spät. Davis legt seinen Kopf in den Nacken und johlt. Marco nimmt ihm das Röllchen ab, setzt es an und zieht das Pulver ebenfalls durch die Nase.

Fuck. Ich kneife meine Augen zusammen und drücke

meine Stirn gegen die Rinde des Baumes. Am liebsten würde ich meinen Kopf mehrmals dagegen schlagen. *Gratulation, zur gewissenhaftesten Aufsichtsperson des Jahres, Miss Rivers.*

Wieso nehmen die solche Drogen auch schon in diesem Alter? Damit hätte doch keiner rechnen können! Ich dachte, das hier wäre ein wohlbehütetes Viertel mit Bilderbuchkindern. *Verflucht Rina, was für Märchen hast du mir über diese Stadt erzählt?*

Bevor ich weiter in Schuldgefühlen zerfließe, bringt Davis' Stimme mich dazu, wieder aufzusehen. »Soll ich dir schon mal den Parkour für heute zeigen?«, fragt er.

»Ist der noch krasser als beim letzten Mal?«

Davis lacht. »Man versucht sich doch immer zu steigern, nicht wahr?«

»Hast du die Messer dabei?«

»Selbstverständlich.« Er kramt in einem Rucksack, der vor ihm auf dem Waldboden steht, und zieht etwas heraus. Im Licht des Baustrahlers blitzen zwei Klingen auf. Meine Knie werden weich.

»Hoffentlich stichst du heute niemanden ab. Also ich laufe nicht gegen dich, damit das klar ist.« Marco lacht.

Mir ist alles andere als nach Lachen zumute. Wo bin ich hier bloß reingeraten? Das wirkt auf mich nicht wie ein typisches geheimes Treffen von High School Schülern, die sich am Wochenende heimlich betrinken und ein wenig mehr Freiheit schmecken möchten. Das hier ist geradezu ein ganzes Buffet von Leichtsinn und Kriminalität. Und wenn *ich* das sage, will das schon etwas heißen. Ich war in meiner Jugend auch kein Engel – bin es auch heute noch lange nicht. Ich weiß genau, wie gut es sich anfühlen kann, Regeln zu brechen und sich mit etwas Verbotenem aus dem Gefängnis zu befreien, in das wir von unseren Eltern, von der Gesellschaft oder von uns selbst gezwängt wurden. Manchmal brauchen wir diesen Gefängnisausbruch, um wieder frei atmen zu können. Manchmal brauchen wir das Adrenalin in unserem Blut, um zu erkennen, dass wir noch leben. Manchmal verhalten wir uns absichtlich falsch, um zu beweisen, dass wir selbst die Entscheidungen über unser Leben fällen. Wir haben einen freien Willen – und wir können ihn nutzen, wozu auch immer wir wollen.

Als ich beobachte, wie Davis über einen Graben springt, seine athletische Figur über den Abgrund hinwegfliegt, bilde ich mir ein, genau zu wissen, wie er sich fühlt. Ich fühle mich ihm plötzlich so verbunden, obwohl ich selbst nie Koks genommen habe oder mit Küchenmessern nachts durch den Wald gerannt bin. Und ich bin mir sicher, dass es erst richtig losgeht, wenn die anderen Schüler eintreffen.

Erst dann werde ich begreifen, was die ‚Abschussstunde' wirklich bedeutet. Und ich kann in dem Moment bei Gott nicht sagen, ob mein Herz vor Angst so rast oder wegen eines anderen Gefühls.

Okay, es handelt sich um eine lebensgefährliche Mutprobe und es wird höchste Zeit, der Spielverderber zu sein.

Mittlerweile befinden sich etwa fünfzehn Jugendliche auf der Lichtung, einige haben Bierflaschen oder noch härteren Alkohol mitgebracht, der süße Geruch von Marihuana liegt in der Luft und Davis hat eine schwungvolle Rede zum Einläuten der ersten Abschussstunde des neuen Schuljahres gehalten. Da bereits Zweier-Teams gebildet wurden und Davis dabei ist, das erste Wettrennen einzuläuten, gehe ich davon aus, dass nun alle gekommen sind, die eingeladen wurden. Höchste Zeit, diese kleine Party zu sprengen, bevor die Jugendlichen high oder betrunken mit Messern über diese Schlucht springen und versuchen, sich gegenseitig abzustechen.

Zwei Mädchen gehen gerade auf die Startposition, als ich hinter dem Baum hervorkomme.

»Stopp!«, rufe ich so laut ich kann und trete mit großen

Schritten und straffen Schultern auf die Lichtung. In meiner Hand halte ich gut sichtbar mein Handy erhoben. »In ein paar Minuten kommen die Cops, ich an eurer Stelle würde also ganz schnell verschwinden.«

Der Baustrahler blendet mich. Ein Murmeln geht durch die Gruppe. Ich halte mir eine Hand vors Gesicht und versuche Davis ausfindig zu machen. Er scheint so etwas wie der Anführer zu sein. Wenn er sagt, die Schüler sollen bleiben, werden sie auch bleiben. Meine Warnung hin oder her. Und in ein paar Minuten wird auffallen, dass ich nur bluffe. Ich habe niemanden angerufen.

»Was macht die denn hier?«

»Scheiße, lass uns gehen.«

»Meine Eltern, wenn die –«

Die Wortfetzen, die ich aufschnappe, erleichtern mich. Offenbar scheint meine Warnung zumindest bei vielen der Mädchen eine Angst geweckt zu haben, die sich nun in Unruhe ausbreitet.

Aber ich warte immer noch auf Davis' Reaktion. Unsere Blicke treffen sich. Ich schaue ihm finster ins Gesicht. Er mir. Er schweigt.

Zu meiner Überraschung ist Marco der, der das Wort ergreift. »Komm, lass es uns nicht drauf anlegen.« Er stößt seinen Freund mit dem Ellbogen in die Seite.

Davis nickt in seine Richtung, ohne den Blick von mir abzuwenden. Es sind gut sechs Meter zwischen uns, trotzdem spüre ich seine Kälte hautnah an mir. Sein Blick ist nicht wütend, aber eisig.

»Ja, hau ab, wenn du Schiss hast. Ihr könnt alle gehen.«

Aus den Augenwinkeln bemerke ich, wie die meisten der Schüler anfangen, das Weite zu suchen. Ein paar andere warten noch unschlüssig, doch da keine weiteren Anweisungen folgen, sammeln schließlich auch die Letzten ihre Sachen zusammen und verschwinden murmelnd zwischen den Bäumen. Marco bleibt als Einziger bei uns.

»Komm mit, Davis! Wenn die Bullen dich catchen und einen-«

»Ja, ich weiß!«, fährt Davis ihm ins Wort und dreht sich zu ihm um.

Die Unterbrechung unseres Blickkontakts fühlt sich an, als hätte mich jemand von Fesseln befreit. Oder einen Fluch aufgehoben, unter dem ich stand. Die letzten zwei Minuten habe ich mich nicht rühren können und mich kaum getraut zu atmen.

»Geh! Wir sehen uns morgen«, blafft Davis seinen Freund alles andere als nett an. Dieser hört auf ihn und zwei weitere Minuten später stehen nur noch wir beide auf der Lichtung.

Ein kühler Windhauch fährt durch die Baumkronen und lässt die Blätter rascheln. Zittrig atme ich aus. Das ist der Moment, ihm eine gute Nacht zu wünschen, sich umzudrehen und zurück zum Wagen zu gehen. Meine Aufgabe hier ist erfüllt.

Langsam kommt Davis auf mich zu. Die Äste knacken unter seinen Turnschuhen. Ich rühre mich nicht. Es ist gewöhnungsbedürftig, ihn so zu sehen, ohne Schuluniform. Er trägt eine graue Jogginghose und ein schwarzes T-Shirt mit V-Ausschnitt, welches sich perfekt um seinen schlanken Oberkörper schmiegt.

Aus sechs Metern werden fünf. Vier. Drei. Zwei.

Eins.

Seine schwarzen Haare waren ursprünglich nach hinten frisiert, doch das Herumrennen und der Wind haben seine Frisur etwas zerzaust. Keine Ahnung, wieso mir das jetzt auffällt.

»Die Bullen werden nicht kommen, richtig?«

Ich blinzele ihn an und lasse mein Handy sinken. Peinlich, dass ich es immer noch hochhalte. Schnell schiebe ich es in die hintere Tasche meiner kurzen Jeansshorts.

Nun ist es Davis' Blick, der mich von oben bis unten mustert. Vermutlich denkt er sich dasselbe wie ich gerade: es fühlt sich seltsam an, sich in Freizeitklamotten gegenüberzustehen. *Oder er mustert meine Beine, weil sie viel mehr nackte Haut zeigen als sonst.*

»Wenn du wusstest, dass ich bluffe, warum hast du die anderen dann nicht aufgehalten?«, frage ich.

»Wir hätten unsere Mutprobe nicht machen können, während Sie zugucken, Rivers. Sie haben ohnehin schon zu viel gesehen. Und ich weiß ja, dass Sie kein Problem damit haben, andere zu verpfeifen.«

Offenbar hat sein Vater also doch mit ihm geredet. Seine Worte treffen mich mehr, als ich zugeben will, und ich gebe mir Mühe, meinen Mund nicht zu verziehen. *Es ist okay, dass er mich als spießige Lehrerin sieht. Genau so soll es sein. Dreh dich um und geh nach Hause. Jetzt!*

Meine innere Stimme hat keine Chance, als Davis seine Arme verschränkt. Automatisch fällt mein Blick auf seine Oberarmmuskeln, die nun besser zur Geltung kommen.

Er deutet mit dem Kopf zur Seite in Richtung der Schlucht. »Gehörten Sie immer zu der Sorte, die sich vor solchen Mutproben drückte?«

Was? Ich schüttele irritiert den Kopf. »Glaube nicht, mich zu kennen, nur weil ich eine Lehrerin bin.« *Okay, ich habe genug gesagt! Das ist meine letzte Chance, umzukehren!* »Glaubst du wirklich, alle Lehrer sind verklemmte, brave Erwachsene, die ein langweiliges Leben führen?«, kommt es stattdessen aus meinem Mund. Aus irgendeinem Grund will ich wirklich wissen, was er über mich denkt.

Er zuckt nur mit den Achseln.

Fordert er mich heraus oder was soll das?

Ich atme tief durch und schaue mir das Gelände an, das er für den Parkour ausgewählt hat. Da er zuvor die Route erklärt hat, bin ich bestens im Bilde. Seine Selbstsicherheit und der Spaß, der ihn bei dieser Sache antreibt, lassen mich annehmen, dass er das Rennen noch nie verloren hat. Außerdem habe ich von den anderen Jugendlichen bezüglich der Messer einige Dinge mitangehört. Offenbar sind sie Requisiten, die bei jedem Rennen eine entscheidende Rolle einnehmen. Wer als Erster das Messer an einen bestimmten Ort bringt – oder wie heute in einen bestimmten Baum rammt – ist der Gewinner.

»Es gibt eine Taktik, die dich immer gewinnen lässt«, mutmaße ich.

»Möglich.«

»Ein paar der Jungs haben sich diese Taktik abgeguckt und eifern dir nach.«

»Dadurch trennt sich die Spreu vom Weizen. Man sieht direkt, wer der Feigling ist.«

Ich schnaube. »Man könnte auch denjenigen feige nennen, der dem anderen ein Messer in den Rücken jagt, weil er Angst hat, dass er mit fairen Mitteln nicht gewinnen kann. Wenn man eben langsamer und schwächer als die anderen ist, muss man hinterhältig sein.« Ich mustere ihn provozierend und warte, bis die Bedeutung meiner Worte bei ihm ankommt. »Nicht wahr?«

Davis' dunkle Augen verengen sich und er tritt noch einen Schritt näher an mich heran. »Ich bin nicht langsamer und schwächer.«

Natürlich nicht. »Dann beweise es.«

Himmel, habe ich das gerade wirklich gesagt? Mein rasendes Herz und meine Vernunft wollen mir beide erschrocken die Hand vor den Mund schlagen und die Wörter ungeschehen machen. Das Adrenalin in mir jagt durch meine Adern.

»Ich soll gegen Sie rennen?« Er lacht ungläubig.

Doch seine Reaktion stachelt mich nur noch weiter an. »Traust du dich nicht? Ist doch eine Mutprobe, oder?«

Verdammt, ich weiß nicht, ob ich ihm oder mir etwas beweisen will. Aber irgendwem werde ich gleich mit Sicherheit etwas beweisen.

»Verzeihung, Miss Rivers, aber Sie haben keine Chance. Ich bin Leistungssportler und den Parkour schon mehrere Male gelaufen. Ich habe ihn *erschaffen*. Sie können den Weg nicht in kürzerer Zeit zurücklegen als ich.«

Sein Hochmut trifft bei mir einen wunden Punkt. Ich will, dass er damit aufhört, sich für etwas Besseres zu halten. Nur weil ich eine Frau bin. Oder eine spießige Erwachsene, für die er mich hält.

»Du kennst deine Mitschüler, du kannst sie einschätzen, außerdem hast du dich immer auf das Messer verlassen. Du musstest deshalb noch nie *wirklich* rennen. Ich wage zu bezweifeln, dass du deiner Mathelehrerin ein Messer in den Rücken rammen wirst.« Damit lehne ich mich weit aus dem Fenster, sehr weit – doch der Ausblick von hier oben reizt mich zu sehr. Die Dunkelheit des Waldes, der feine Nebel, der uns einhüllt, das alles wirkt wie eine surreale Parallelwelt auf mich – oder ein Traum.

»Wollen Sie es darauf ankommen lassen, Miss Rivers?«

Und wie ich will.

Wann genau habe ich beschlossen, dass ich mein Gehirn heute Nacht nicht brauche? Habe ich es bei Fischi zuhause gelassen oder es hier im Wald irgendwo verloren?

Davis erklärt mir gerade ein weiteres Mal den Ablauf. Schließlich weiß er nicht, dass ich schon länger auf der Lichtung bin und ihm zugehört habe. »Wir springen über den Felsvorsprung – bitte fallen Sie dabei nicht in die Schlucht, die ist sehr tief und ich will nicht für das Verschwinden meiner Mathelehrerin verantwortlich sein. Danach rennen wir zu dem Baum mit den Messern. Keine Sorge, Sie werden ihn erkennen, es ist der, der leuchtet. Dafür werden Sie ein wenig klettern müssen. Sollten Sie das Messer bekommen, geht es zurück zum Graben – auf dem Rückweg müssen Sie jedoch über die Baumstämme balancieren.« Ich folge seinem ausgestreckten

Finger und nicke die Info ab. Das Blut in meinem Kopf rauscht zu laut und mein Herz schlägt zu schnell, um irgendeine geistreiche Antwort zu produzieren. Seit ich auf dem Startpunkt stehe, hat sich meine große Klappe klammheimlich verabschiedet und mich allein gelassen.

»Derjenige, der zuerst sein Messer in diesen Baum rammt, hat gewonnen.« Er klopft dabei auf die Rinde des Ahorns, vor dem wir stehen. »Alles ist erlaubt. Es gibt keine Regeln. Nur der Weg ist vorgegeben.«

Alles ist erlaubt. Die Worte klingen noch in mir nach, während Davis sich neben mir positioniert. Unser jeweils rechter Fuß berührt den Stamm hinter uns. Meine einzige Hoffnung liegt darin, dass Davis gegen seine Lehrerin nicht so schmutzig spielen wird wie gegen seine Mitschüler. Außerdem habe ich den Vorteil, dass er mich haushoch unterschätzt. Offenbar hat er vergessen, dass ich nicht nur Mathe- sondern auch Sportlehrerin bin. Ich habe es in seinen Augen gesehen und in seinem Tonfall gehört: er hält mich nicht einmal annähernd für einen ebenbürtigen Gegner – und das ist sein Fehler.

Als Davis »Los!« brüllt, lösen sich meine Füße vom Erdboden. Ich sprinte so schnell nach vorne, dass ich Davis auf den ersten Metern tatsächlich hinter mir lasse. Doch ich weiß, dass ich mich auf dem Überraschungseffekt meiner sportlichen Leistungen nicht ausruhen kann. Ich rase auf den Abgrund vor mir zu, als würde ich das klaffende Loch im Boden gar nicht sehen. Ich darf keine Sekunde zögern oder Angst zulassen, sonst habe ich direkt verloren.

Fast wünsche ich mir, dass ich die Mutprobe vorhin nicht abgebrochen hätte, bevor das erste Paar antreten konnte. Dann hätte ich mir zumindest ansehen können, wie die anderen Schüler dabei abschneiden. Ob es überhaupt möglich ist, über diesen Graben zu springen, der auf einmal zehn Meter breit wirkt. Klar, ich habe Davis schon vor einer halben Stunde darüber fliegen sehen, da wirkte es ganz leicht. Doch er ist auch ein sportlicher Kerl mit langen Beinen. Hätten es die

Mädels aus seiner Klasse ebenfalls geschafft? Von hier wirkt die Schlucht unüberwindbar. Es gibt einen kleinen Felsvorsprung, auf den ich gerade zu renne, und ich hoffe inständig, dass die Felsen nicht unter mir wegbröckeln, als ich mich mit großen Schritten dem Rand nähere – und abspringe.

Für einen Moment fliege ich.

Der Wind rauscht mir um die Ohren, reißt meine Haare nach hinten, streift jeden Zentimeter meiner erhitzten Haut. Mein Herz befindet sich im freien Fall – und als ich auf der anderen Seite des Grabens lande, schlägt mein Herz genauso schmerzhaft auf wie mein Körper. *Shit!* Meine Beine geben nach und ich lande auf allen Vieren. Nackte Knie auf steinhartem, felsigen Grund. *Autsch!*

Das ist auch der Moment, in dem Davis an mir vorbeifliegt. Im Gegensatz zu mir landet er leichtfüßig wie eine Gazelle und sprintet weiter, als wenn nichts wäre. *Fuck!* Ich werde nicht gegen einen siebzehnjährigen Knirps verlieren, der ohnehin schon ein Ego hat, das ihn irgendwann noch umbringt!

Innerhalb einer Sekunde rappele ich mich auf und renne Davis hinterher. Wir schlängeln uns zwischen dicht aneinander stehenden Bäumen hindurch, springen über Wurzeln, ducken uns unter tiefhängenden Ästen. Je weiter wir uns von der Lichtung entfernen, desto dunkler wird es und ich kann kaum sehen, wohin ich meinen nächsten Schritt setzen muss. Eigentlich bin ich sogar froh, nun hinter Davis zu rennen, denn so kann ich ohne zu überlegen, seinem Pfad folgen. Er scheint den Weg in und auswendig zu kennen und zu wissen, zwischen welchen Bäumen man am besten durchkommt. Schließlich sehe auch ich den leuchtenden Baum, auf den wir zu sprinten. Eine gelb leuchtende Lichterkette umschlingt seinen dicken Stamm und schlängelt sich nach oben in die Dunkelheit.

Mein Blick schießt die Rinde hoch, bis ich zwischen zahlreichen Ästen die zwei Messer sehe.

Im selben Moment hat Davis den Baum erreicht und springt an einem der ausladenden Äste hoch, als wäre er Tarzan. Mein Herz hüpft mir fast aus der Brust, als mir ein weiterer Trick einfällt, mit dem Davis meine Siegchancen von jetzt auf gleich in den Sand setzen kann. Wenn er als Erster an die Messer kommt kann er sich einfach beide schnappen. Das darf nicht passieren!

Ich springe nach vorne und greife dabei Davis' Fuß. Mit einem Ruck ziehe ich ihn herunter. Und ich weiß nicht, ob ich so kräftig gezogen habe oder ob er einfach nur überrascht war, von mir aufgehalten zu werden, Fakt ist, dass er tatsächlich vom Baum fällt und auf dem Waldboden aufschlägt.

Das dumpfe Geräusch des Aufpralls vermischt sich mit seinem Aufkeuchen.

»Scheiße!«, kommt es von ihm, halb stöhnend, halb ... lachend?

Für einen Herzschlag lang bin ich hin und hergerissen. Ich habe gerade meinen Schüler von einem Baum gerissen! Aber dann denke ich daran, dass ihm diese Lektion nur guttut und greife nach einem dicken Ast, um mich daran hochzuziehen, bevor Davis wieder auf den Beinen ist.

In meinen jungen Zwanzigern waren Kletterwände mein zweites Zuhause. Ich habe mit dem Bouldern angefangen, kurz nachdem mein Vater das zweite Mal geheiratet hat. Ich war von dieser Ehe wenig begeistert und hatte mir in den Kopf gesetzt, eine Weltreise zu machen und die höchsten Berge zu besteigen, nur um nicht bei meiner zweiten Familie zu sein. Aus finanziellen Gründen – und weil mein Studium mir in die Quere kam – habe ich nie eine Weltreise gemacht und noch keinen Berg bestiegen. Aber die vielen Stunden in den Kletterhallen zahlen sich nun trotzdem aus. Ich besteige diesen Baum, als wäre er der Kilimandscharo.

Durch das Ächzen der Äste und das Rascheln der Blätter höre ich, dass Davis genau unter mir ist. Ich hoffe, er kommt nicht auf die Idee, es mir gleichzutun, und mich ebenfalls von diesem Baum zu werfen. Die Höhe, die ich mittlerweile erreicht habe, wäre bei einem Sturz nicht mehr angenehm.

Ich wage keinen Blick nach unten, sondern strecke meine Hand nach dem Messer aus. Ein Glücksgefühl durchströmt mich, als ich tatsächlich als Erste den Griff zu fassen bekomme und die Klinge aus der Rinde ziehe.

Nun wage ich doch einen Blick nach unten. Genau im selben Moment schießt Davis' Arm neben mir in die Höhe, greift einen der Äste und zieht sich zu mir rauf.

Einen Herzschlag lang schauen wir uns an. Ich vergesse, meinen Vorsprung auszunutzen und nach unten zu klettern.

»Wir spielen also mit Körpereinsatz, ja?«, fragt er mich schnaufend. Sein Gesicht wird von den kleinen gelben Lämpchen der Lichterkette beschienen.

»Du hast gesagt, alles ist erlaubt«, erinnere ich ihn atemlos. Und ich will ihm beweisen, wie unerschöpflich meine Kreativität dabei ist. Man muss nicht immer jemandem direkt das Messer in den Rücken rammen – es gibt so viel mehr Möglichkeiten. Kurzerhand – ehe Davis unser kleines Intermezzo von sich aus beendet – greife ich nach dem zweiten Messer. Ich ziehe es so schnell heraus, dass er nicht die Chance hat zu reagieren. Vermutlich hat er einfach – schon wieder – nicht damit gerechnet. Ehe er etwas tun kann, habe ich auch schon ausgeholt und es in den Wald geworfen. Für einen Moment bin ich stolz, als ich seine entgeisterte Miene sehe.

»Sind Sie wahnsinnig?«, ruft er aus. Verzweifelt sieht er der Klinge hinterher, die die schwarze Nacht verschluckt hat.

Das ist mein Stichwort, um die Beine in die Hand zu nehmen. Doch der Abstieg erweist sich als um einiges schwieriger als der Aufstieg. Ich kann mich nicht einfach bloß abseilen, wie ich es gewohnt bin. Ich muss immer wieder nach unten sehen und aufpassen, wo ich meinen Fuß hinsetze. *Scheiße.* Das Blut rauscht mir so laut in den Ohren, dass ich mich nicht konzentrieren kann. Dass ich in einer Hand nun das Messer halte, ist auch nicht hilfreich. Und Davis ist schneller als ich. Zu meiner Überraschung klettert er in Windeseile an mir vorbei, ohne mich anzugreifen oder mir zu versuchen, das Messer aus den Händen zu reißen.

Was hat er vor? Will er wirklich das zweite Messer suchen gehen? Ich habe es weit in die Dunkelheit hinausgeschleudert. So leicht wird er es nicht finden. Fuck, das war ein Fehler, das wird mir jetzt bewusst. Jetzt wird er um jeden Preis *mein* Messer haben wollen.

Ich halte in meinem Abstieg inne – etwa zwei Meter über dem Boden. Davis springt gerade den letzten Meter hinunter und landet geschickt auf den Beinen. Als er zu mir hochblickt – erwartungsvoll – läuft ein eisiger Schauer über meinen Rücken. Instinktiv tue ich das, was er eben nicht erwartet: ich ändere die Richtung und klettere wieder nach oben. Dabei klemme ich mir den Griff der Waffe zwischen die Zähne, damit ich beide Hände frei habe.

»Was wird das, Rivers?«, ruft Davis von unten. »Sie können an diesem Baum nicht gewinnen.«

Und du kannst nicht ohne Messer gewinnen.

Obwohl ich im Moment nicht einwandfrei denken kann, gibt es nur einen Ausweg aus meiner Lage. Sobald ich von diesem Baum steige, wird Davis mir das Messer abnehmen. Das ist so sicher wie die Gefährdung meiner Bewährung, wenn jemand wüsste, dass ich mich um Mitternacht allein mit einem Schüler im Wald herumtreibe.

Jetzt nicht daran denken. Auch nicht daran, wie er mit Körpereinsatz versuchen könnte, mir das Messer aus den Händen zu entwenden. Es würde zwar einen gewissen Reiz haben, mich auf dem Waldboden mit ihm zu rangeln, doch es würde mich nicht zum Sieg führen. Und ich muss gewinnen, um mir seinen Respekt zu verdienen.

»Hey!«, ruft Davis noch immer von unten. Er hat offenbar nicht die geringste Ahnung, was ich vorhabe. Als ich ziemlich weit oben auf einem der ausladenden Äste knie, ziehe ich mein Handy heraus und schalte die Taschenlampe an. Den Lichtstrahl lasse ich durch den ansonsten dunklen Wald huschen und richte ihn in die Richtung, in die ich vorhin das Messer geworfen habe. *Komm schon.*

Ich hoffe, dass es im Schein des Lichts irgendwo aufblitzt und nicht zu sehr vom Geäst oder dem Nebel verschluckt wird.

Davis scheint dahinter gekommen zu sein, was ich hier oben tue, denn er rennt plötzlich los. Vielleicht hat er das Messer entdeckt. Ich hoffe sogar, dass er es entdeckt hat und glaubt, dass er es schneller schafft, es sich zu holen und zurück zu rennen, als dass ich brauche, um von diesem Baum herunter zu klettern.

Ich lasse das Licht noch eine Weile zwischen den Baumkronen hin und her huschen und beleuchte den Erdboden und das am Boden liegende Laub. Plötzlich sehe auch ich von hier oben das Messer aufblitzen, als mein Lichtstrahl darüber fällt.

Das ist der Moment. Ich schaue nach unten – Davis ist schon längst über alle Berge – und lasse mein eigenes Messer in die Tiefe stürzen. Mein Kiefer ist schon ganz angespannt, um es weiter zwischen den Zähnen zu halten, und in meiner Hand ist es zu störend. Ich lösche das Licht meiner Taschenlampe, schiebe das Handy wieder in meine Shorts und klettere dann so schnell ich kann nach unten. Diesmal komme ich besser voran, da ich nun weiß, wie es geht, und die Äste des Baumes durch mein doppeltes Hin und Her klettern auswendig kenne.

»Tja, netter Versuch, aber du ... bist einfach nicht schnell genug!«, kommt es plötzlich schnaufend und abgehackt von Davis, der mit einer solchen Geschwindigkeit an mir vorbeirennt, dass ich ihn nur noch von hinten sehe.

Ich springe auf den Waldboden, greife nach der Klinge am Boden und sprinte ebenfalls los. Die paar Meter Vorsprung sind definitiv aufzuholen!

Nein, sind sie nicht.

Selbst beim Balancieren über die Schlucht schaffe ich es nicht, die zwei Meter aufzuholen, die uns trennen. Ich kneife die Augen zusammen und treibe meine Beine auf der Zielgeraden zur Höchstleistung an, doch es ist umsonst. Davis wird knapp vor mir das Ziel erreichen. Ich sehe den Baum mit dem weißen X schon vor uns und Davis, der im Baustrahlerlicht auf den Stamm zu rennt. Nur noch wenige Schritte, dann kann er sein Messer hineinstoßen. In diesem Moment hole ich ein weiteres Mal bei diesem Wettstreit aus, ziele auf das weiße X – und werfe.

acht

MAYA

Gewonnen?

Als meine Klinge sich in die Rinde bohrt, bleibt Davis schlagartig an der Zielgeraden stehen. Als hätte man die Zeit angehalten oder die Fäden einer Marionette durchtrennt. Den Arm mit dem Messer noch erhoben, als wolle er es gerade dort versenken, wo meines ihn nun verhöhnt.

Langsam lässt Davis den Arm sinken und dreht sich zu mir um.

Keuchend bleibe ich vor ihm stehen und halte mir die Seiten. Meine Lunge kollabiert beinahe, weshalb es schwer ist, mich an seiner Niederlage zu ergötzen. In ein paar Sekunden werde ich mich vollkommen der Schadenfreude hingeben und mir den Ausdruck auf seinem Gesicht für immer einprägen, doch jetzt gerade kann ich mich nur mit meinen Unterarmen auf den Knien abstützen und nach Luft ringen.

»Du hast das Messer ... nur Millimeter an meinem Kopf vorbeigeworfen.«

Ich kann den Unterton in seiner Stimme beim besten Willen nicht deuten. Ist er bloß überrascht, ist er sauer oder gar besorgt? »Du hättest mich treffen können.«

Na ja, Zielgenauigkeit war schon immer eine meiner Stärken, egal bei welcher Sportart. Offenbar ist Davis nicht bewusst, dass ich ein komplettes Sportstudium hinter mir habe, bei dem ich die unterschiedlichsten Dinge ausprobieren konnte.

Ich antworte ihm nicht, stattdessen schauen wir uns in die Augen, während wir beide nach Luft ringen. Auch sein Gesicht ist etwas gerötet und kleine Schweißperlen ziehen sich über seine Stirn. Plötzlich bricht er in schallendes Gelächter aus. Er wirft seinen Kopf in den Nacken und lacht.

»Ich fasse es nicht.« Er schüttelt den Kopf und dreht sich um, zieht das Messer aus dem Baum und geht dann davon.

Irritiert sehe ich ihm nach. Er läuft zu dem umgekippten Baumstamm, an dem sein Rucksack steht, schiebt die Messer in die Tasche und holt dann eine Wasserflasche heraus.

Schlagartig ist meine Kehle trocken wie die Sahara, als wäre meinem Körper jetzt erst wieder die Existenz von Wasser eingefallen. Doch Davis macht nicht den Anschein, als hätte er vor, diese kostbare Flüssigkeit mit mir zu teilen. Nachdem er gefühlt einen Liter in sich hineingeschüttet hat und ich gerade meinen Stolz in die letzte Ecke verbannt habe, um ihn nach etwas Wasser zu fragen, kippt er die geöffnete Flasche über sich aus.

Ich kann das Wimmern, das über meine Lippen kommt, nicht aufhalten. Fassungslos sehe ich dabei zu, wie das Wasser über seinen Kopf läuft, sein Gesicht herunter, als stünde Davis unter einem Wasserfall. Sobald die Flasche leer ist, schüttelt er seinen Kopf wie ein zufriedener Hund. Seine nassen Haare peitschen durch die Gegend, ehe er sie mit seinen Händen nach hinten streift.

Das wäre durchaus anregendes Kopfpornomaterial gewesen, wenn er mich damit nicht absichtlich auf dem Trockenen sitzen gelassen hätte.

Ich gehe ein paar Schritte auf ihn zu und schnalze missbilligend mit der Zunge. »Na, brauchte der Verlierer eine Erfrischung?«, gifte ich absichtlich.

Er wirft die leere PET-Flasche lässig über seine Schulter, bevor er mich schief angrinst. »Oh, Sie wollten doch nicht auch etwas, oder? Sie haben doch bestimmt selbst etwas mit.«

Natürlich. Ich verschränke die Arme und gebe mir Mühe, seinem provokativen Blick standzuhalten. »Ich hoffe, du lässt deinen Müll nicht im Wald liegen.«

»Warum so bissig? Hier sind Sie nicht meine Lehrerin, Rivers. Hier können Sie mir keine Befehle erteilen.«

Er tritt einen Schritt auf mich zu, sodass uns nur noch wenige Zentimeter trennen. Da ich im Moment keine High Heels trage, muss ich mein Kinn etwas heben, um den Blickkontakt nicht zu unterbrechen.

Manchmal schaut man Leuten in die Augen und da ist – nichts. Gar nichts. Und manchmal sieht man jemandem in die Augen und dahinter liegt eine ganze Welt, in die man eintauchen möchte. Auch wenn die Wasseroberfläche dunkel und gefährlich ist, ist sie wie ein Sog. Ich sehe die Herausforderung zwischen den hellbraunen Sprenkeln in seiner Iris, ich sehe Wut, Hochmut, Adrenalin, Hass, Leidenschaft. Es ist, als würde ich die tiefsten und schwärzesten Ecken seiner Seele sehen können, und sie erschrecken mich genauso sehr, wie sie mich fesseln. Angst und Faszination breiten sich prickelnd in mir aus und berühren sich dort, wo der Verstand aufhört. Für einen Moment verschmelzen sie zu ein und demselben Gefühl.

Hier sind Sie nicht meine Lehrerin.

Mein Blick huscht zu seinen Lippen. Nur ganz kurz. Hitze breitet sich in meinem Unterleib aus und zieht sich bis hoch in mein Gesicht. Die Vorstellung, herauszufinden, wie sich seine vollen Lippen an meinen anfühlen, krempelt mein Innerstes um, als würde mich eine Achterbahn über Kopf katapultieren.

Scheiße, ich muss hier dringend weg!

Ich reiße meinen Blick von ihm los und will den Rückzug antreten, als er nach meinem Handgelenk greift.

Nein, nein, nein, nein.

Er darf nicht denselben Sog gespürt haben wie ich. Sein Magen darf sich nicht im gleichen Looping befinden wie meiner. Das hier ist Irrsinn! Trotzdem drehe ich mich langsam wieder zu ihm um und hoffe, dass mein Blick mich nicht verrät.

Bevor ich etwas sagen kann, zieht er an meinem Handgelenk, nicht fest, doch so unerwartet, dass ich fast gegen seine Brust pralle.

»Da Sie gegen mich gewonnen haben, wissen Sie, was das bedeutet, oder?«, raunt er so dicht vor mir, dass sein Atem meine Wangen streift.

Mein Herz rast schneller als bei unserem Wettrennen vorhin. Ich glaube, ich werde gleich ohnmächtig.

»Nein. Ich habe keine Ahnung«, gebe ich leise zu. Ich habe nicht den geringsten Schimmer, worauf er hinauswill. Ich weiß nur, dass sein Atem nach frischer Minze riecht, und dass er lieber ein paar Schritte zurücktreten sollte. Für unser beider Wohl. Damit das Ganze nicht in einer Katastrophe endet. Er will bestimmt nicht von seiner Mathelehrerin geküsst werden. Keiner will so etwas.

»Ich werde eine Revanche verlangen.«

Als seine Finger plötzlich mein Gesicht berühren, zucke ich zusammen. Er streicht mir eine Haarsträhne aus der schweißnassen Stirn. Doch anstatt seine Hand schnell wieder zu entfernen, verweilen seine Fingerkuppen viel zu lange auf meiner Haut. Ich sollte sie auf der Stelle wegschlagen. Doch stattdessen streifen sie meine Schläfe hinunter, meine Wange entlang und als sie sich meinen Lippen nähern, öffne ich sie einen Spalt breit. Als hätte mein Körper gar keine andere Wahl und würde von unsichtbaren Fäden gezogen werden, die allein Davis kontrolliert.

»Sie tragen keinen Lippenstift«, merkt er an. Sein Finger gibt meinen Mund wieder frei und ich presse schnell meine Lippen zusammen. Er beugt sich zu meinem Ohr. »Sie wissen gar nicht, wie oft ich mir Ihre so züchtig geschminkten Lippen schon an meinem Schwanz vorgestellt habe.«

Seine Worte pressen jegliche Luft aus meinen Lungen. Im selben Moment tritt Davis zurück und geht zu seinem Rucksack, als wenn nichts wäre.

Die plötzliche Abwesenheit seines Körpers ist wie ein kalter Windzug.

Erstarrt – als hätte eine höhere Macht mich in eine Steinskulptur verwandelt – stehe ich da, während Davis seine Sachen zusammenpackt, den Baustrahler in die Hand nimmt und mir zur Verabschiedung zunickt. Seine Worte hallen noch immer in meinem Kopf nach.

... wie oft ich mir Ihre züchtig geschminkten Lippen schon an meinem Schwanz vorgestellt habe.

»Ruhen Sie sich auf Ihrem Sieg aus, so lange Sie noch können. Wir sehen uns Montag in der Schule. Und ich hoffe für Sie, dass ich beim Mathetest heute gut abgeschnitten habe.« Er zwinkert mir zu, bevor er geht. Bevor er mich vollkommen erschüttert – und nass – stehen lässt. Nicht nur vor Schweiß, der überall an meiner Haut klebt.

DAVIS

Was zur Hölle ist gerade passiert?

Als ich sie stehen lasse und auf die Schlucht zu marschiere, geht mein Atem noch immer stockend. Als hätte jemand meine Lungenflügel zerrissen oder einen Stein auf ihnen platziert. Mein Herz. Es schlägt so kräftig in meiner Brust, dass es meine Lunge bei der Arbeit stört.

Außerdem stört mich mein halbsteifer Schwanz, der sich gegen den Stoff meiner Jogginghose drückt. *Verfickte Scheiße!* Hoffentlich ist ihr die Ausbeulung nicht aufgefallen.

Es ist das Eine, mir abends in meinem Zimmer auf meine neue heiße Lehrerin einen runterzuholen – aber was vollkommen anderes, live in ihrer Gegenwart einen Ständer zu bekommen. Eine Frau wie sie dürfte mich gar nicht so scharf machen, dass ich die Kontrolle über meinen Körper verliere. Es ist nicht nur peinlich, auf seine fast doppelt so alte Lehrerin zu stehen, sondern auch armselig. Außerdem ist *Lehrer* der wohl langweiligste und spießigste Job, den ich mir vorstellen kann.

Aber wie sie das Messer an deinem Kopf vorbeigeworfen hat, um in letzter Sekunde zu gewinnen, war überhaupt nicht langweilig.

Ich balanciere auf dem Baumstamm über den Graben, als in meiner Hosentasche das Handy vibriert. Um diese Uhrzeit? Ist meinem Dad etwa aufgefallen, dass ich nicht in meinem Zimmer bin?

Als ich Elisabeths Namen auf dem Display angezeigt bekomme, runzele ich irritiert die Stirn. »Ja?«

»Bist du noch da?«

»Wenn du mit da den Haze Falls Forest meinst, dann ja. Wo warst du?« Normalerweise ist Lizzy bei den Spielen immer dabei, doch heute ist sie nicht aufgetaucht.

»Meine Eltern waren lange auf und ich konnte mich grade erst aus dem Haus schleichen. Hatte gehofft, ein paar von euch sind noch da.«

Ich springe vom Baumstamm und laufe weiter Richtung Lichterkettenbaum. »Es gab kein Rennen heute. Ist was dazwischen gekommen.« Ich habe keinen Bock, mich länger zu fassen oder ihr irgendetwas zu erklären. Sie soll umkehren, wo auch immer sie gerade ist, und zurück in ihr rosarotes Himmelbett steigen.

»Bleib doch mal kurz stehen.«

Was? Verdattert bleibe ich tatsächlich stehen und drehe mich – Böses ahnend – um. Scheiße. Sie ist wirklich hier.

Die Lampe in meinen Händen bestrahlt ein zierliches Mädchen in ihrer Cheerleading Uniform, wie sie über die Schlucht balanciert. Ich lege auf. »Was tust du hier?«

»Ich habe doch gesagt, ich habe gehofft, dass ihr noch hier seid. Oder ich dir zumindest beim Aufräumen helfen kann.«

Okay, ich habe die falsche Frage gestellt. Die richtige wäre wohl gewesen: *Wie lange bist du schon hier und wieviel hast du gesehen?*

»Seit wann bist du hier?«

»Bin gerade erst angekommen und dem Licht gefolgt, wieso?«

In ihren blauen Augen versuche ich zu erkennen, ob sie lügt. Und ob sie Rivers noch gesehen hat. Aber dann würde sie mich darauf ansprechen, oder nicht?

Lizzy hebt schützend die Hand vors Gesicht, weil ich sie mit dem Baustrahler immer noch blende. »Komm, lass uns die Lichterkette abmachen und es dann in deinem Auto treiben.« Sie grinst mich an, doch etwas an diesem Lächeln ist falsch.

Bin ich paranoid oder kann es tatsächlich sein, dass sie mich mit Rivers gesehen hat? Mein Blick huscht ihren Körper hinunter, zum Saum ihres grün-weißen Rocks, ihre nackten Beine entlang. Enttäuschung breitet sich in mir aus. Ihr Anblick löst rein gar nichts in mir aus. Vielleicht fühlt sich ihr Lächeln auch nur deshalb falsch an: weil ich sie nicht hierhaben will.

Mir war klar, dass sie mir früher oder später langweilig wird. Ich habe sie schon länger um mich als die meisten anderen Frauen meines Lebens. Anders als Marco zum Beispiel halte ich nicht viel von bedeutungslosen einmaligen Geschichten mit namenlosen Püppchen. Obwohl ich durchaus einen Ruf als Frauenheld habe, bin ich niemand der One-Night-Stands sammelt oder auf eine hohe Anzahl an Frauen hinarbeitet. Qualität steht bei mir über Quantität. Und es ist leider schwer für mich, jemanden zu finden, der mich wirklich reizt.

»Ich bin heute nicht in Stimmung«, sage ich ehrlich und gehe weiter.

Ich höre, wie Lizzy mir trotzdem folgt. »Ist alles in Ordnung?«

Auf so eine Frage antworte ich nicht. Und das sollte sie auch wissen, wenn sie in dem halben Jahr, das wir jetzt was am Laufen haben, nicht vollkommen neben sich gestanden hat. Manchmal habe ich Angst, dass sie mich *zu* gut kennen könnte. Dass sie ganz genau weiß, was mein Schweigen bedeutet. Dass absolut nichts in Ordnung ist. Die blauen Flecken und roten Striemen auf meinem Rücken sind zwar mittlerweile verblasst und kaum noch sichtbar, und die oberflächlichen Verletzungen der aufgeplatzten Haut durch die Gürtelschnalle waren wie immer nicht tief genug, um für bleibende Narben zu sorgen, doch sie halten mich dennoch vom Schwimmen ab. Etwas, was mir so fehlt, dass ich es niemals in Worte fassen könnte. Der Parkour heute sollte eine Art Ersatz sein, doch auch der fiel ins Wasser. Und für beides verantwortlich ist eine Frau, die mich zu allem Überfluss auch noch bei meinem eigenen Wettkampf geschlagen hat.

Wohlmöglich habe ich Miss Rivers in allen Bereichen unterschätzt.

neun

MAYA

Die Katastrophe nimmt seinen Lauf

Wie war das noch mit ›kein normaler Schüler will von seiner Lehrerin geküsst werden‹? Nach Davis' letzten Worten im Wald bin ich mir nicht mehr so sicher.

Andererseits war er nicht wirklich zurechnungsfähig, ich habe ihn schließlich vorher Drogen nehmen sehen. Vielleicht haben ihm das Koks und der anschließende Adrenalinrausch beim Rennen den Kopf so sehr vernebelt, dass er sich gar nicht im Klaren war, was er da gesagt hat. Und vor allem zu wem.

Ich sitze um halb zwei nachts in Unterwäsche auf dem Rand meiner Badewanne und säubere mit einem nassen Schwamm meine Wunden.

Meine Beine und Arme sind übersät von zahlreichen Schürfwunden und Kratzern. Meine Knie und meine Handflächen hat es am schlimmsten getroffen. Zumindest, was meinen Körper angeht. Weitaus schlimmer ist, dass ein Teil von mir sich über diese Verletzungen *freut.* Sie sind wie kleine

Andenken an die heutige Nacht. Außerdem tut es auf verkorkste Weise gut zu sehen, dass das Geschehene nicht konsequenzenlos an mir vorbeigezogen ist. Wäre mein Körper makellos und heil aus dem Wald gekommen, würde es den Anschein machen, als wäre nichts passiert. Aber es *ist* etwas passiert. Und ich bin froh, dass diese Schrammen ein Zeugnis davon sind.

Ich lasse den Schwamm sinken und schließe frustriert die Augen. Meine Gedanken sind beinahe noch verrückter als die Tatsache, dass Davis eine anziehende Wirkung auf mich hat.

Wie es wohl gewesen wäre, wenn einer von uns die letzten Millimeter zwischen uns überbrückt hätte? In meiner Vorstellung wäre es der beste Kuss gewesen, den ich in meinem gesamten Leben je hatte. Was nicht unbedingt Davis zuzuschreiben ist, sondern eher meinem mangelnden Liebesleben.

Gott, Davis Rogan wird noch zum Hauptdarsteller meiner feuchten Träume, wenn das so weitergeht. Kurz spiele ich mit dem Gedanken, mir die Badewanne einzulassen und den Duschkopf den Rest machen zu lassen. Aber vermutlich würden meine frischen Kratzer in dem Wasser viel zu sehr brennen, als dass ich mich entspannen könnte. Deshalb verlege ich das Szenario kurzerhand ins Schlafzimmer. Ich öffne die unterste Schublade der weißen Kommode, während ich mein Gewissen in die hinterste Ecke meines Verstandes sperre. Für das, was sich in meinem Kopf abspielt, kann mich schließlich niemand verurteilen – außer ich selbst.

Fünf Minuten starre ich schon auf Davis' handgeschriebenen Namen, den er oben rechts auf den Zettel gekritzelt hat. Er hat eine ziemliche Sauklaue. Ich habe schon gut die Hälfte der Test korrigiert, die in einem ordentlichen Stapel links neben mir liegen. Normalerweise achte ich vorher nicht auf die Schülernamen, sondern konzentriere mich darauf, die Lösungen abzugleichen und die Punkte zusammenzurechnen. Aber Davis' Name ist mir direkt ins Auge gesprungen. Seinem abwesenden Verhalten der letzten Tage nach, rechne ich schon fast damit, dass der Test eine Katastrophe ist. Doch als mein Blick nach unten über seine Rechnungen schweift, überrascht mich dieser Junge erneut.

Fehlerlos.

Sein Test ist absolut fehlerlos. Wie kann das sein?

Meine trockene Kehle bringt mich dazu, aufzustehen und in die Küche zu gehen. Das Beinevertreten tut mir gut. Zu lange sitze ich schon an diesem Schreibtisch. Draußen geht gerade die Sonne unter und mir fällt ein, dass ich gleich noch den Rasen wässern muss. Irgendwie habe ich mich mit dieser Aufgabe schon angefreundet. Und die Tatsache, dass mein Rasen noch nicht vertrocknet ist, sondern kräftig grün leuchtet, hat mich sogar letztens auf die dumme Idee gebracht, mir vielleicht doch ein paar andere Pflanzen zu besorgen und in den Vorgarten zu pflanzen.

Gedankenverloren starre ich aus dem Fenster über der Spüle, während ich mir ein Glas Wasser eingieße. Als ich es an meine Lippen führe und einen Schluck nehme, sehe ich Lolas Jeep in die Nachbareinfahrt rollen. Ich beobachte sie beim Aussteigen und wie sie dann eine hölzerne Kiste vom Beifahrersitz zieht und auf dem Boden abstellt. Eine zweite Kiste folgt. Sieht aus wie Wein.

Ich setze kurzerhand das Glas ab und verlasse die Küche. Als ich aus der Haustür nach draußen trete, spüre ich die letzten warmen Sonnenstrahlen des Tages auf meinem Gesicht und meinen nackten Armen.

»Hey, soll ich dir beim Tragen helfen?«

Lola hat den Kopf gerade im Wageninneren und zuckt bei meiner Stimme ertappt zusammen.

»Autsch«, entfährt es ihr, und sie zieht ihren Kopf aus dem Auto.

»Sorry. Ich wollte dich nicht erschrecken.«

»Schon gut, ich äh ...«

»Sag mir bitte nicht, dass dein Geheimnis ist, dass du Alkoholikerin bist.« Mein Blick schweift amüsiert über die drei Kisten Wein.

Lola lacht und entspannt sich ein wenig. »Nein, ich äh, war übers Wochenende auf einem Landgut mit Weinplantage und da konnte ich nicht gehen, ohne etwas mitzunehmen.«

Ich runzele irritiert die Stirn. »Warst du allein dort?« Eine Weinplantage ist nicht unbedingt ein Wochenendtrip, den ich mit meinem siebzehnjährigen Sohn machen würde. Außerdem sehe ich Jordan nirgendwo. Lola schließt die Beifahrertür und hievt eine Reisetasche von der Ladefläche des Jeeps.

»Mit einer Freundin. Und wie hast du das Wochenende verbracht?«

Ich hebe eine der Weinkisten und gehe neben Lola her zu ihrem Haus. *Ach, ich habe nur im Wald ein Rennen gegen meinen Schüler gewonnen und die letzten beiden Tage damit verbracht, mir auszumalen, wie gut er wohl ficken kann.*

»Einen Test benotet und die nächsten Stunden geplant. Lehrerkram halt«, wiegele ich ab und hoffe, dass meine Stimmlage mich nicht verrät.

Als Lola ihre Tür aufschließt, sieht sie mich missbilligend an. »Das ganze Wochenende nur gearbeitet? Das müssen wir ändern.«

»Ach ja?«

Eine Stunde später sitzen wir auf ihrer Veranda und öffnen die zweite Flasche Chardonnay.

»Aber nach diesem Glas muss ich wirklich gehen. Ich habe noch eine Handvoll Tests vor mir, die ich bis morgen durchhaben möchte.« Mein Tonfall erinnert mich an Rina und ich muss lachen. Aber dann fällt mir auf, dass Rina an einem Sonntag überhaupt nicht trinken würde. Nicht einmal einen Schluck. Auch wenn sie nicht schwanger wäre. Verblüffend, wie schnell die Zeit verfliegt ... bald ist meine Stiefschwester Mutter, dabei kommt es mir vor, als wäre es erst gestern, dass wir uns über den gedeckten Weihnachtstisch hinweg angefunkelt und um die Aufmerksamkeit meines Vaters gebuhlt haben.

»Deine Schüler werden dir schon nicht an den Kragen gehen, wenn du ihnen ihre Note erst am Dienstag gibst. Oder du schreibst auf die restlichen immer abwechselnd A und B. Ach und ein paar A+ mit Sternchen.« Lola kichert und lehnt sich in ihrer Gartenliege zurück. Die Sonne hat sich mittlerweile endgültig verabschiedet und Lolas eindrucksvolles Gartenparadies in dunkle Grautöne getaucht. Das Plätschern ihrer kleinen Minifontäne im Gartenteich mischt sich mit dem Zirpen von Grillen.

»Sind die an der Schule echt alle so superschlau?«, will Lola wissen.

Ich denke kurz nach, bevor ich antworte. Tatsächlich habe ich mir bisher darüber wenig Gedanken gemacht, aber die Unterschiede zu der Leistungsdifferenz meiner früheren Arbeitsstelle sind deutlich spürbar. Natürlich merke ich, dass auch hier ein paar Schüler nicht so gut mit Zahlen umgehen können, doch vermutlich wird das bei ihnen mit so viel privatem Nachhilfeunterricht glattgebügelt, dass ich am Ende des Halbjahres niemandem eine schlechtere Note als ein C geben muss. Und selbst das wird eine Ausnahme sein. Ich kann mir vorstellen, dass viele der Eltern bei einem B- schon an meiner Tür stehen und sich beschweren. Das war in New York definitiv nicht der Fall gewesen. Mir graut es schon jetzt vor den ersten Elterngesprächen und ich nehme schnell einen weiteren großen Schluck aus dem Glas.

Für Lola ist das offenbar Antwort genug, denn sie schmunzelt wissend und nickt. »Jordan ist auch nicht gerade dumm, aber ich bin froh, dass er nicht auf dieser Privatfestung ist. Selbst wenn ich das Geld für die Schulgebühren hätte, würde ich ihn da nicht hinschicken.«

»So schlimm ist es nicht«, murmele ich, weiß aber selbst nicht, ob ich mein Kind auf eine private Eliteschule schicken würde, wenn ich eins hätte. Bodenständigkeit und Normalität wären für mich vermutlich wichtigere Werte als die Ambition, der Beste der Besten zu sein. Der Leistungsdruck ist bestimmt nicht so leicht wegzustecken, weshalb ich für Davis' draufgängerische Art durchaus Verständnis habe. *Davis.* Wieso denke ich ausgerechnet jetzt wieder an ihn?

»Wo ist Jordan eigentlich?« Diese Frage ist nicht wirklich besser. Sofort schießt mir das Blut in die Wangen und ich merke langsam etwas von dem Alkohol. Lola soll auf keinen Fall denken, ich hätte irgendein Interesse an Jordan. Was ich ja auch nicht habe. Ich habe mich nur gewundert, wo er gerade ist, und Lola hat ihn ja selbst erwähnt und –

»Er schläft das ganze Wochenende bei einem Freund und kommt erst morgen Mittag wieder«, antwortet sie und unterbricht meine gedanklichen Rechtfertigungen. Sie scheint an der Frage nichts Seltsames gefunden zu haben.

»Ich brauche mehr davon«, entscheide ich und kippe den Rest des Weins hinunter, bevor ich Lola das leere Glas hinhalte.

»Machen dich die Schüler so fertig, ja?«, gluckst sie und schüttet mir großzügig nach. Ich bin froh über Lolas lockeren Umgang mit Alkohol, was mich kurz an Carry erinnert. Mit ihr haben wir abends über den Dächern von New York auch oft eine Schampusflasche nach der anderen geköpft und uns über die Ungerechtigkeiten des Lebens ausgelassen.

»Du hast keine Ahnung wie sehr«, sage ich. In meinem Tonfall muss etwas mitgeschwungen haben, denn sie zieht neugierig eine Augenbraue hoch.

»Jemand bestimmtes?«

Offenbar stehen die Leute hier auf Klatsch und Tratsch. Das erinnert mich schlagartig daran, wo ich mich befinde und das jedes Wort ein Wort zu viel sein könnte.

Ich schüttele schnell den Kopf, obwohl meine Wangen mich Lügen strafen. Ich spüre, wie heiß mein Gesicht brennt, und kann nur hoffen, dass die Dunkelheit es zur Genüge verschleiert. Im Moment mag es sich zwar anfühlen, als könnte

Lola so etwas wie eine Freundin werden, aber unter dem leichten Nebel des Alkohols bin ich mir durchaus bewusst, dass ich diese Frau noch nicht wirklich kenne.

»Ich muss jetzt wirklich gehen«, sage ich und stehe auf. Da morgen Montag ist, nimmt sie mir das abrupte Ende unseres Abends hoffentlich nicht übel.

»Wenn du mal wieder eine Pause von deiner Arbeit brauchst, können wir das gern wiederholen!«, ruft sie mir noch nach, nachdem sie mich zur Tür begleitet hat. »Du gefällst mir, Maya. Bist anders als die anderen hier.«

Aber ist anders in diesem Fall gut?

Als ich mit klopfendem Herzen und flatterndem Magen nach Hause komme, ist mir nicht danach, die restlichen Tests durchzugehen oder meinen Rasen zu gießen, wie die anderen Bewohner von Haze Falls es machen würden.

Auf direktem Weg wanke ich ins Schlafzimmer und schmeiße mich aufs Bett. Vor meinen geschlossenen Augen sehe ich Davis' Gesicht. Kantig. Aalglatt. Seine Haut von einem wunderschönen oliv-goldenen Teint. Wäre ich jetzt mit ihm im Wald, würde ich auf alle Regeln scheißen. Er hat mir in die Augen gesehen und ziemlich direkt gesagt, was er sich wünscht. Dass er sich wünscht, ich würde ihn in den Mund nehmen.

Nichts lieber als das.

Vielleicht hat ein Teil von mir gehofft, meinen Fantasien gedanklich freien Lauf zu lassen, würde ihnen den verbotenen Reiz nehmen. Es mir auszumalen, würde mich daran hindern, es mir in unpassenden Situationen vorzustellen. Eine fatale Fehlkalkulation meinerseits.

Als am Montag die Mathematikstunde der elften Klasse beginnt, kann ich an nichts anderes denken. Mein Verstand wird von Bildern geflutet, die mir direkt die Eintrittskarte in die Hölle sichern.

Zumindest ist Davis heute wieder mehr er selbst. Nicht, dass er sich bemerkenswert am Unterrichtsgeschehen beteiligen würde, doch er tauscht kurze Sätze mit seinem Sitznachbarn, grinst hin und wieder, zieht sogar zwei Mal sein Handy raus und tippt etwas darauf herum, wobei ich ihn auch beide Male ermahne.

»Ich passe doch auf. Ich dachte, ich hätte Ihnen meine Multitasking Fähigkeit bereits unter Beweis gestellt.«

»Selbst wenn du gleichzeitig auf TikTok surfen und mit der anderen Hand einen Graphen und sämtliche Ableitungen der Funktion einzeichnen könntest, gibt es Dinge, die einfach nicht in meinen Unterricht gehören. Und nie gehören werden.«

Mein Kopfkino zum Beispiel. Das wird niemals hier reingehören.

Davis verdreht die Augen. »So kleinlich können nur Erwachsene sein, die selbst keine Ahnung von social media unserer Generation haben.« Seine Klassenkameraden belohnen ihn prompt mit ein paar Lachern. »Keiner sagt mehr surfen. Sie sollten mit der Zeit gehen, Rivers, bevor Sie in Sachen Technik nicht mehr hinterherkommen.«

Erneutes Tuscheln und Kichern. Mein Magen zieht sich zusammen. Um Geduld bemüht, presse ich die Lippen aufeinander. Legt er es darauf an, dass ich mich *alt* fühle? Dass er mit mir so redet, als wäre ich seine Großmutter, die den Anschluss an die Jugend verloren hat? Oder interpretiere ich zu viel in seine Worte hinein?

»Keine Sorge, dieser Schule liegt sehr daran, zeitgemäß aufzutreten. Meine Technikkompetenzen sind in keinster Weise eingerostet. Wenn ihr wollt, könnt ihr mit eurem Englischlehrer absprechen, mal eine Petition zu schreiben und dem Direktor vorzulegen. Vielleicht könnt ihr damit ja eine Änderung der Schulregeln initiieren, die das Handyverbot im Unterricht aufhebt. Bis dahin haltet ihr euch aber an die Regeln, genauso wie ich. Davis –« Ich warte, bis er mich ansieht. »Komm doch bitte nach der Stunde kurz zu mir.«

Und das habe ich lediglich aus dem Grund angefügt, damit seine Mitschüler sehen, dass sein Verhalten Konsequenzen hat und ich ein ernstes Wort mit ihm reden muss, wenn er vor der Klasse *so* mit mir redet. Nicht auszumalen, wenn andere Schüler sich ein Beispiel an ihm nehmen und ebenfalls denken, einen solchen Tonfall bei mir anschlagen zu können. Doch sobald Davis amüsiert die Lippen kräuselt und mich wissend mustert, bereue ich es. Hätte ich es doch einfach dabei belassen.

»Wir sollen uns also an die Regeln der Schulordnung halten?«

Davis lehnt an seinem Tisch. Der Rest der Klasse hat den Raum bereits verlassen. Nun sind nur noch er und ich hier.

Ungewollt gleitet mein Blick zu der offenen Tür. Als ich zurück zu Davis sehe, sieht er ebenfalls zur Tür. Verdammt, hat er meinen Blick bemerkt? Oder warum guckt er zur Tür?

Jetzt nur nicht die Ruhe verlieren. Dass ich an diesem Wochenende zum ersten Mal in meinem Leben auf einen siebzehnjährigen Jungen masturbiert habe – und das gleich mehrmals, darf nichts an meiner Professionalität einbüßen. Es ändert rein gar nichts.

Ich gehe zu den großen Fenstern, die sich über die komplette linke Seite des Klassenzimmers erstrecken. Ich lege meine Handflächen auf die Fensterbank und schaue für ein paar Sekunden in den klaren Himmel.

»Was sagt denn die Schulordnung zu Treffen außerhalb der Schulzeit?«, fragt Davis. »Heute Nacht zum Beispiel?«

Ich bin froh, dass ich vor dem Fenster stehe, denn den Schock, der mir über die Gesichtszüge gleitet, könnte ich mit Sicherheit nicht verbergen. Sobald ich meine Mimik wieder unter Kontrolle habe, fahre ich zu ihm herum. Doch bevor ich den Mund öffnen kann, kommt er mir zuvor: »Sie sind mir noch eine Revanche schuldig.«

Ich schüttele den Kopf. »Diese Wettrennen und Spielchen sind ab sofort untersagt. Sie sind gefährlich, außerdem weiß ich, dass ihr illegale Substanzen konsumiert. Legt es also nicht darauf an. Das nächste Mal rufe ich wirklich die Cops.« Und diesmal bluffe ich nicht.

Davis stößt sich vom Tisch ab und kommt auf mich zu. Ein mitleidiger Ausdruck auf seinem Gesicht. »Oh, sind wir jetzt wieder die Spielverderberin und die spießige Petze?«

Ich straffe die Schultern. »Rede nicht so mit mir. Ich bin –«

»Ich weiß ganz genau, wer Sie sind. Oder zumindest, wer Sie *nicht* sind.« Er bleibt direkt vor mir stehen und zieht eine Karte aus seiner Hosentasche. Ehe ich mehr erkennen kann oder die Chance habe, seine Worte sacken zu lassen, schiebt er mir die Karte in den Ausschnitt meiner Bluse. »Die nächste Vorstellung ist nur für Sie. Die Cops können zuhause bleiben. Aber ich hoffe, Sie kommen.«

Ein letztes Augenzwinkern und er geht.

Mann, dieser Junge hat ein Händchen für dramatische Abgänge.

Als ich seine Schritte nicht mehr höre und nur noch das Ticken der Uhr die Stille im Klassenraum bricht, sehe ich hinunter in meinen Ausschnitt. Meine Brüste beben im Takt meines Herzschlages. Wieviel Dreistigkeit muss ein Junge in seinem Alter besitzen, um etwas zwischen meine Brüste zu schieben?

Schnell angele ich die Karte hervor, bevor die nächste Stunde beginnt und der Klassenraum mit neuen Schülern gefüllt wird. Meine Befürchtung bewahrheitet sich. Es handelt sich um eine rote Monopoly-Spielkarte mit einer gefälschten Rückseite: *Silver Lake. 24 Uhr.*

Wenn Sie die Revanche gewinnen, lasse ich Sie ein langweiliges Lehrer-Leben führen.

Wieso geht Davis noch immer nicht zum Schwimmtraining? Die Entschuldigung für seine Abwesenheit läuft zwar erst morgen aus, doch ich war mir irgendwie sicher, dass er nach dem Wochenende fit genug dafür wäre. Von einer Erkältung sehe ich keine Spur. Hat er die Entschuldigung gefälscht? Vielleicht sollte ich in den Schulakten nach einer Vergleichsunterschrift seiner Eltern suchen, um das zu kontrollieren.

Oder ich frage ihn heute Nacht einfach, warum er nicht mehr zum Training kommt.

»Nein«, sage ich laut und tippe mit meinem Zeigefinger gegen das Aquariumglas.

»Aber wenn du gewinnst, lässt er die Sticheleien gegen dich und du musst dich mit seiner provokanten Art nicht mehr herumschlagen«, übernehme ich Fischis Part.

»Sag mal, auf welcher Seite bist du eigentlich? Ich dachte, du wärst der Vernünftige von uns beiden.« Ich schüttele seufzend den Kopf und bette das Kinn auf meine Arme. Meine Nase nur Millimeter vor der Glasscheibe, meine Gedanken meilenweit weg. Vielleicht sollte ich Carry anrufen und ihr von meiner Lage erzählen. Sie wäre vermutlich ein besserer Gesprächspartner als Fischi.

»Ich muss herausfinden, was hinter seinen Worten steckt«, murmele ich abwesend. »Was meinte er mit ›Ich weiß, wer Sie nicht sind‹? Glaubst du, er könnte wissen, d-«

Plötzlich höre ich von unten dumpfe Schritte. Sofort verstumme ich und halte inne. Selbst mein Herz bleibt stehen. Die Härchen auf meinen Unterarmen stellen sich auf.

Mit angehaltenem Atem lausche ich in die Stille hinein. Ein leises Poltern dringt zu mir herauf. Dann wieder Schritte. Und ein plötzlicher Windzug, der durch das Haus fährt, bevor ich das leise Klicken der Haustür höre.

Scheiße! Panisch springe ich auf und renne los. Aus dem Schlafzimmer raus, die Treppe hinunter. Erst stehe ich ratlos im Flur, sehe mich um, renne weiter ins Wohnzimmer, doch hier ist alles beim Alten. Kurz zweifle ich an meiner eigenen Zurechnungsfähigkeit, als ich in der Küche stehen bleibe und die Blumen sehe.

Mir wird schlecht.

Als hätte mir jemand in den Magen geboxt, taumele ich rückwärts. Auf dem Küchentisch liegt ein Strauß Vergissmeinnicht, der vor einer halben Stunde definitiv noch nicht hier gelegen hat. Mit hämmerndem Puls drehe ich mich um und renne zur Haustür. Als ich sie aufreiße und hinaus stolpere, blicke ich die Straße hoch und runter. Nichts, außer einem Kind auf dem Fahrrad. Die Nachmittagssonne taucht die Straße in ein goldenes, unschuldiges Licht. Ich blicke nach links zu Lolas Haus – und erstarre. Wenn ich mich nicht irre, hat just in diesem Moment jemand den Vorhang in der unteren Etage zugezogen.

Für eine Sekunde bleibt die Welt stehen.

Ich atme tief ein, sauge die frische September-Luft ein, die hier immer etwas schwer und feucht ist, und gehe wieder rein. Selbst wenn meine Nachbarin etwas gesehen haben sollte, ist es zu überstürzt, zu ihr rüberzurennen und sie auszufragen. Meine Fragen wären vermutlich noch verdächtiger als mein plötzlicher Abgang gestern.

Langsam nähere ich mich dem Küchentisch. Die blauen Blumen sind allerdings nicht das Einzige, was dort für mich hinterlassen wurde. Ein Kloß bildet sich in meinem Hals, als ich den weißen Briefumschlag neben dem Strauß entdecke.

Wer schleicht sich in mein Haus, um mir Blumen und einen Brief zu hinterlassen? Irgendwie bezweifle ich, dass es sich um eine romantische Geste handelt, hinter der ein geheimer Verehrer steckt. Das Ganze hat nicht einen Hauch Romantik an sich. Ich komme mir eher vor wie in einem scheiß Psycho-Thriller. Die Blumen schreien geradezu nach »Ich weiß, was du diesen Sommer getan hast.«

Wie kam der Eindringling überhaupt ins Haus? Ich hatte

die Tür unmöglich offen gelassen. Vielleicht würde ich mehr herausfinden, wenn ich den Brief lese, doch noch zögere ich.

Ich schaue mich um, als erwarte ich, dass mich jemand beobachtet. Mein Blick gleitet zum Fenster. Auch dort steht niemand davor und spioniert mich aus.

Nicht paranoid werden. Es gibt bestimmt eine logische Erklärung. Vermutlich hat Rina mir die Blumen und den Brief hingelegt und sie hat einen Schlüssel, weil ihr Mann dieses Haus ja an mich vermietet hat. Alles halb so wild.

Ich greife nach dem Umschlag und reiße ihn auf.

`Sieh diese Blumen als Warnung an. Ich weiß, was du tust. Und ich weiß, was du getan hast.`

Meine Finger krampfen sich um das weiße Blatt Papier mit den gedruckten schwarzen Buchstaben.

Fuck. Diese Nachricht ist gewiss nicht von Rina. Und sie ist alles andere als halb so wild.

Die ganzen zwanzig Minuten im Auto klebt mein Blick im Rückspiegel. Normalerweise braucht man nur zehn Minuten bis zum Silver Lake, doch ich bin absichtlich einige Umwege gefahren, um zu sehen, ob mir jemand folgt. Was echt ein Witz ist, weil die Straßen um diese Zeit wortwörtlich ausgestorben sind. Der Nachteil daran: mein Wagen fällt umso mehr auf. Falls irgendjemand um diese unchristliche Stunde noch wach ist und aus dem Fenster sieht, ist es in dieser Stadt ziemlich verdächtig, so spät noch unterwegs zu sein.

Fünf Minuten nach Mitternacht ruckelt mein alter Mustang über einen schmalen, holprigen Weg, auf den mein Handy-Navi mich geführt hat.

»Sie befinden sich nun vor Ihrem Ziel. Das Ziel ist nur zu Fuß erreichbar.«

Danke für die Info. Und ich dachte, ich statte dem See in meinem Auto einen Besuch ab.

Ich bleibe stehen und stelle den Schaltknüppel auf Parken. Vor meiner Windschutzscheibe hängt eine solche Nebelschicht, dass die Scheinwerfer meines Wagens nicht hindurchdringen können. Mit einem mulmigen Gefühl im Magen schalte ich den Motor ab.

Stille.

Undurchdringbare Dunkelheit.

Was tue ich hier?

Plötzlich wird mir etwas bewusst, so klar, als würde ich zum ersten Mal nach einem wirren Albtraum meine Augen öffnen.

In meinem Leben will ich stets die Lichter ausschalten und mich in der Dunkelheit bewegen. Andere Leute haben Angst vor ihr, doch ich fühle mich in ihr wohl. Ich will, dass niemand sieht, was ich tue, wie ich lebe, nach wem ich mich verzehre. Ich will unter dem schützenden Mantel der Nacht Dinge tun, für die ich am Tag nicht belangt werden kann. Die Dunkelheit verleiht uns Mut. Sie verbindet uns. Sie wiegt uns in Sicherheit, gibt uns das Gefühl, unantastbar zu sein. Das Gefühl ist wie ein Adrenalinrausch.

Ich spüre, wie es auch jetzt durch meine Adern pumpt. Es wäre so leicht, hinauszugehen, und mich in dem Sog zu verlieren. Nur für eine Stunde. Und aus irgendeinem Grund geht es Davis vermutlich genauso. Das ist die einzige Erklärung, die es hierfür gibt. Das Einzige, was uns verbindet. Der Rausch.

Aber es wäre ein Fehler. Wir können am Tag sehr wohl für Dinge belangt werden, die wir in der Nacht tun.

Davis ist jung – er wird noch so viele Fehler in seinem Leben machen. Aber für mich ist die Zeit der Fehler fürs Erste vorbei.

Egal was heute Nacht zwischen Davis und mir am See

passieren würde – und sei es das sauberste, unschuldigste Wettschwimmen, das es gibt – es darf nicht passieren. Es hat keinen Platz in meinem Leben. *Er* hat darin keinen Platz – nicht einmal nachts, wenn alle anderen Menschen schlafen. Erst recht nicht dann. Denn die Dunkelheit ist trügerisch, sie macht nur den Anschein, unser Freund zu sein. In Wahrheit ist sie unser schlimmster Feind.

Und irgendjemand in dieser Stadt weiß von meinem Geheimnis.

Ich werde niemals die Nacht vergessen, in der ich in Handschellen abgeführt wurde. Die Nacht, in der Alexander und ich erwischt wurden.

»Tut mir leid, Davis, aber diesen Fehler mache ich nicht noch einmal.«

Ich drehe den Schlüssel im Zündschloss und lege den Rückwärtsgang ein.

zehn

DAVIS

Dienstag, Homecoming Woche
Sie wird büßen

Das Stimmengewirr in der Cafeteria kratzt an meinen Nerven. Wie so alles an diesem verschissenen Morgen.

Ich stelle das Essenstablett auf meinem Stammplatz ab und setze mich neben Marco. Elisabeth sitzt gegenüber von mir und schiebt sich lasziv eine Pommes in den Mund. An ihrem zierlichen Handgelenk funkelt ein mit Strass besetztes Armband, das bestimmt so teuer ist wie so mancher Kleinwagen.

»Ich habe eine Idee«, sagt sie in die Runde. Sie beugt sich vor und schmunzelt mich an. »Wir sollten den Trubel der Homecoming Woche nutzen und den Unterricht mit ein paar klassischen Streichen auffrischen, findet ihr nicht?« Da sie von ihrer besten Freundin Samantha den schnellsten Zuspruch erwartet, dreht sie sich nach rechts zur Cheerleaderkapitänin um.

Die dunkle Schönheit zuckt unbeeindruckt mit den Schultern. »Mag sein. Hast du etwas Bestimmtes im Sinn, Honey?«

»Ich finde, unsere neue Mathelehrerin braucht eine kleine Erfrischung. Sie ist so ... enthusiastisch und motiviert. Das kotzt mich an.« Witzig, dass Rivers auch Elisabeths Unmut auf sich gezogen hat. Normalerweise versteht sie sich ziemlich gut mit allen Lehrkräften. Vielleicht hat Elisabeth aber auch nur mehr Langeweile, seit ich sie nicht mehr ficke.

»Hat sie dir im Mathetest etwa eine schlechte Note verpasst?«, fragt Sam lachend.

Elisabeth wirft ihr einen bösen Blick zu, was also Ja bedeutet.

»Und Erfrischung heißt?«, schaltet sich nun auch mein bester Freund ein.

Ich verfolge das Gespräch schweigend. Keine Ahnung, was ich dazu beitragen kann. Rivers im wahrsten Sinne des Wortes nass zu machen, erscheint mir wie Kinderkram – zumindest wenn man Wasserbomben dafür verwendet. Sie hat eine Abreibung verdient, das steht fest, auch wenn auf meinem Test heute ein rot leuchtendes A+ stand. Sie braucht trotzdem jemanden, der sie vom hohen Ross stößt. Niemand lässt Davis Oktavian Rogan bei einer Verabredung einfach sitzen. Ich kann es immer noch nicht fassen, dass sie vergangene Nacht nicht aufgekreuzt ist. Ich hätte alles darauf verwettet, dass ich Freitagabend im Wald ein Stückchen ihrer echten Persönlichkeit gesehen habe, die sie tagsüber hinter der langweiligen Fassade versteckt. Aber vielleicht habe ich mich getäuscht und sie ist genau das, wofür ich sie von Tag eins an gehalten habe: eine arrogante, von der Gesellschaft eingezwängte Frau, die in ihrer grenzenlosen Naivität glaubt, die Welt durch ihren Beruf zu einem besseren Ort zu machen. Sie glaubt, dass der Unterrichtsstoff und die Regeln dieser Schule wirklich Bedeutung hätten. Dass sie das Leben verstanden hat und wir nicht. Aber das alles macht sie in meinen Augen nur zu einer Witzfigur, die sich für etwas abstrampelt, was keinerlei Auswirkung auf das *echte* Leben da draußen hat.

»Also bist du dabei, Davis?«, fragt Elisabeth mich. Gleichzeitig tippt sie mich unter dem Tisch mit ihrem Fuß an. Offenbar hat sie gemerkt, dass ich in Gedanken abgedriftet bin.

»Klar.« Das ist die Antwort, die sie alle von mir erwarten. Nach dem Klingeln werde ich Marco beiseite ziehen, und ihm meinen eigenen Plan verraten.

»Das wird niemals aufgehen, Mann.«

Wir stehen auf dem Schulgelände und lassen die Sonne auf unsere Nacken knallen. Die letzte Stunde ist vorbei und für Marco geht es gleich zum Footballtraining, während ich zum Schwimmen gehe. Ich habe das Training vermisst. Die erzwungene Pause hat an meinen Nerven gezerrt.

»Doch, wird es, glaub mir.«

Er schüttelt ungläubig den Kopf. »Never. So gut bist du nicht.«

»Wie gut ist er nicht?«

Elisabeths Stimme lässt uns herumfahren. Mit verschränkten Armen steht sie direkt vor uns. Ihr blondes Haar ist zu zwei dünnen Zöpfen geflochten, die mit großen weißen Schleifen zusammengehalten werden. Offenbar ist sie gerade auf dem Weg zum Cheerleadertraining, denn sie hat ihre Sporttasche in der Hand.

»Nichts, was für deine Ohren bestimmt ist«, sage ich schnell, bevor Marco auf dumme Gedanken kommt und etwas verraten kann.

Mein bester Freund grinst mich diabolisch an. Er würde nur zu gern etwas ausplaudern, das weiß ich. »Davis meint damit, unser Gesprächsthema ist zu versaut, um mit Mädchen darüber zu reden.«

»Ugh«, macht Elisabeth und sieht uns abwertend an. »Sagt nicht, ihr seid so kindisch und vergleicht eure Sexleistungen.«

»Jap, Lizzy. Genau das machen wir. Wir reden darüber, wer von uns länger kann und wer Frauen schneller zum Orgasmus bringt.«

Sie verdreht die Augen. »Na in diesem Punkt kannst du ja gar nicht gewinnen.«

Überrascht blinzele ich sie an. Das hat sie gerade nicht laut gesagt.

»Uuh, die hat es dir gegeben!«, johlt Marco, während Lizzy sich bereits schwungvoll herumdreht. In ihrem kurzen Faltenrock und den kniehohen Strümpfen stolziert sie davon. Nein, sie *flieht*, weil sie zu feige ist, meine Reaktion abzuwarten. Dummes Miststück. Glaubt sie echt, sie kann mir vor meinem Freund solche Sprüche drücken und dann einfach abhauen? Am liebsten würde ich ihr hinterherrennen, sie ins nächste Klo zerren und meinen Frust an ihr auslassen. Sie hat Recht: ich gebe einen Fick auf ihre Orgasmen. Aber nur weil ich nicht will und nicht, weil ich nicht kann.

Marco klopft mir auf die Schulter. »Entspann dich. Sie ist bestimmt nur zickig, weil du sie die letzten Tage nicht mehr angerührt hast.«

Ich ignoriere seinen Kommentar und blicke auf mein Handy. Nur noch ein paar Minuten bis zum Training. Ich habe keine Zeit für das hier.

»Das morgen steigt wie geplant«, sage ich zu Marco mit erhobenem Zeigefinger, ehe ich mit angespannten Schultern die Schwimmhalle ansteuere.

Es passiert hin und wieder, dass ich nicht zum Training kommen kann. Meine Mitschüler und die Lehrer sollen nichts von den Blessuren wissen, die meinen Oberkörper zieren, wenn mein Vater mir mal wieder einen Denkzettel verpassen möchte. Aber noch nie habe ich so kurz vor einem Wettkampf so lange gefehlt. Und als würde mir das Leben die letzten Tage eins reinwürgen wollen, war mein Abstand zu meiner Bestzeit noch nie größer.

Bevor ich heute ins Becken gesprungen bin, habe ich das Wasser wirklich vermisst. Die Sehnsucht nach diesem Element hat mir körperlichen Schmerz bereitet. Mich im Wasser zu bewegen, sollte sich großartig anfühlen. Aber das tut es nicht. Die ganze Stunde über verlange ich von meinem Körper sein Bestes, nur um jedes Mal aufs Neue zu merken, dass es nicht genug ist.

Am Ende dieser Stunde verfluche ich das Wasser. Ich hasse es. Genauso wie Rivers und ihre Stimme, ihre Trillerpfeife und ihre Blicke. Ich spreche kein Wort. Mit niemandem. Wir gehen duschen. Die anderen gehen sich umziehen. Ich bleibe in der Dusche.

Ich kann nicht sagen, wieviel Zeit vergeht. Das heiße Wasser prasselt an mir herunter. Nackt stehe ich da, den Kopf gesenkt, die Augen geschlossen. Ich spüre, wie der Dampf mich einhüllt und den ganzen Raum füllt, die Fliesen beschlägt, meine Lunge von innen heraus wärmt.

Wenn ich am Wochenende bei dem Wettkampf im Mittelfeld abschneide, werde ich mir das niemals verzeihen. Ich werde Dad und Rivers niemals verzeihen. Siegen ist das Einzige, was ich kann. Das Einzige, was mir in meinem Leben Kontrolle verschafft. Ganz oben zu stehen, bedeutet nämlich auch, dass über einem niemand anderes steht.

»Davis?«

Ihre Stimme lähmt mich. Mein Herzschlag jagt in die Höhe. *Was will sie hier?* Es kommt mir so unwirklich vor, dass ich kurz das Gefühl habe, zu halluzinieren.

Obwohl ihre Stimme durch das Rauschen des Wassers und durch die Dicke der Tür nur gedämpft bei mir ankommt, verstehe ich jedes Wort. »Ich komme jetzt rein«, warnt Rivers mich. Vermutlich, weil ich nicht antworte und sie sich Sorgen macht. Irgendeiner der Jungs muss ihr gesagt haben, dass ich nicht aus der Dusche rausgekommen bin. Diese Petzen. Ich hätte nichts dagegen gehabt, heute Abend hier in der Halle eingeschlossen zu werden. Das Becken ganz allein für mich. Ich wäre die ganze Nacht geschwommen.

Stille.

Wasserrauschen.

Ich sage absichtlich nichts, weil ich weiß, dass Rivers dann reinkommen muss, um nach mir zu sehen. Offenbar ist so viel Zeit verstrichen, dass meine Abwesenheit in die Kategorie ›besorgniserregend‹ oder ›selbstverletzungsgefährdet‹ gerutscht ist.

»Davis?«

Plötzlich ist ihre Stimme viel näher als gedacht. Ich habe das Öffnen der Tür und ihre näherkommenden Schritte verpasst. Ich öffne die Augen, doch da ich mit dem Rücken zu ihr stehe, begrüßt mich nur der Anblick des gekachelten, türkisfarbenen Fliesenspiegels.

Vielleicht mag ich die Duschräume hier deshalb so sehr. Sie haben blaue Wände. Nicht grau, nicht weiß, nicht sandfarben.

Mir ist bewusst, dass ich endlich meinen Mund öffnen und Miss Rivers sagen sollte, dass bei mir alles okay ist. Ich sollte ihr sagen, dass ich gleich nachkomme und sie gehen kann. Aber die Worte kommen einfach nicht aus mir heraus.

MAYA

Zeig mir dein Innerstes. Zeig mir die Schrammen deines Körpers, die sich wie Abbilder deines Schmerzes auf der Haut spiegeln.

Ich klopfe an die Tür zum Duschraum der Jungen. Von innen höre ich nur das Rauschen des Wassers – was wohl heißt, dass Davis tatsächlich noch da drin ist.

»Davis?«

Ich bekomme keine Antwort. Vermutlich sollte ich in die Halle zurück und sehen, ob der Bademeister noch da ist. Vielleicht holt sich Davis einen runter und ist nur deshalb noch immer da drin. Ganz toll. Mit dieser Möglichkeit im Hinterkopf sollte ich die Tür erst recht nicht öffnen.

Vorsichtig schiebe ich sie einen Spalt auf. Sofort schlägt mir warmer Wasserdampf ins Gesicht. Ich schlüpfe in den gefliesten großen Raum hinein. An den Wänden rechts und links reihen sich je sechs offene Duschen – nur aus einer von ihnen fließt Wasser. Prasselt auf einen nackten, schlanken Körper, der mir den Rücken kehrt.

Ich kann nicht wegsehen.

Er trägt keine Badehosen, sondern steht komplett nackt da – lediglich umhüllt von dem Wasserdampf, der sich weiß und schwer in der Luft ausgebreitet hat wie Nebelschwaden.

Die Tür fällt hinter mir zu und löst mich aus meiner Starre. Langsam und mit nackten Fußsohlen tapse ich über die Fliesen. Davis' nackter Rücken ist wie ein Magnet. Seine Schultern sind angespannt, doch er dreht sich nicht zu mir um. Ist ihm überhaupt bewusst, dass ich hier bin? Hat er gehört, wie ich seinen Namen gerufen habe?

Als ich direkt vor seinem Rücken stehenbleibe, fällt mir etwas auf. Etwas, das ich vorhin beim Training unmöglich sehen konnte. Die blauen Flecken sind größtenteils verblasst und nur noch von einem dumpfen Gelb. Ich schaue genauer hin, wie auf eine Leinwand, die mir etwas sagen will, obwohl sie von allen anderen Betrachtern als weiß und unbemalt angesehen wird. Unter die verblassten Farbflecken mischen sich kaum dunklere Striemen, die sich in einem leichten rosa-Ton von der restlichen Haut abheben.

Was hat er getan? Wie ist das passiert? Bilder davon, wie

Davis sich mit seinem Klassenkameraden angelegt hat, fluten mein Gedächtnis. Durch sein aggressives Verhalten habe ich zwar schon angenommen, dass er häufiger in Schlägereien verwickelt ist, doch dass er nicht nur austeilt, sondern auch einsteckt, habe ich mir bisher nicht ausgemalt. Aber noch mehr drängt sich in mir die Frage auf, in welcher Prügelei sein Gesicht verschont bleibt und nur sein Rücken kassiert? Steckt er in irgendwelchen Schwierigkeiten, von denen ich nichts weiß?

Alles in mir drängt danach, meine Hand zu heben und über seine nackte Haut zu fahren. Als wären die verblassten grün-gelben Flecken das Zeugnis von etwas, was für alle anderen verborgen bleibt. Ich bin gebannt und fasziniert davon, wie der menschliche Körper ein Spiegel unserer Innenwelt sein kann, wenn er doch viel zu oft das Gegenteil dessen ist.

»Davis?« Diesmal klingt meine Stimme gebrochen. *Sag mir, dass es dir gut geht und ich gehen soll.*

Ich stehe mittlerweile so dicht an ihm, dass das Wasser aus der Dusche auch mich trifft. Mein weißes T-Shirt und meine Jeans sind binnen Sekunden durchnässt. Die Tropfen prasseln auch auf mein Gesicht, doch ich weiche nicht zurück. Im Gegenteil. Mein Arm hebt sich von ganz allein und überbrückt die letzten Zentimeter zwischen uns, als ich mit meinen Fingerspitzen seine Schulter berühre.

Endlich kommt Bewegung in ihn. Langsam dreht er sich zu mir um und ich bin froh, dass er es in Zeitlupe tut. Vielleicht kommt mir das aber auch nur so vor. Ich gebe mir größte Mühe, meinen Blick nach oben in sein Gesicht zu richten. Als ich auf seine Augen treffe, ist das auch nicht weiter schwer, denn der Ausdruck darin nimmt mich gefangen.

Er ist traurig. Resigniert. Verloren.

Sein sonstiges amüsiertes Funkeln fehlt und das trifft mich unvorbereitet. Wieso habe ich diese Traurigkeit an ihm nicht schon beim Training bemerkt? Er hat sich zwar anders verhalten als sonst und auch seine Leistungen waren schlechter, aber ... Meine Gedanken verlieren den Faden, als sein verlorener Blick meine Augen verlässt und über den Rest meines Gesichtes streicht. Ich weiß nicht, ob er etwas in meiner Mimik zu finden versucht, oder ob er mich nur zum allerersten Mal wirklich ansieht. Was ich weiß, ist, dass es sich anfühlt, als würde er mich körperlich berühren und nicht nur mit seinem Blick.

Alles in mir schreit danach, einen Schritt nach hinten zu machen und dieser Intimität zu entfliehen. *Ich darf nicht hier sein.*

»Ist alles okay?«, frage ich stattdessen. Die Frage ist überflüssig, weil ich die Antwort kenne, und weil ich weiß, dass er mir die Wahrheit ohnehin niemals sagen wird. Aber ich muss ihn einfach fragen.

»Ich werde das Wettschwimmen am Samstag nicht gewinnen.«

Zu meiner Überraschung klingt das ehrlicher als alles, was ich aus seinem Mund erwartet hätte. Aber es passt zu der Situation, in der er nackt vor mir steht. Entblößt. Ohne Mauern. Und nie hätte ich gedacht, dass das Fehlen seiner üblichen Arroganz meinen Puls mehr rasen lässt als das Fehlen seiner Kleidung.

»Du bist einer der besten Schwimmer, die ich kenne«, antworte ich leise. So leise, dass ich durch meinen dröhnenden Herzschlag selbst kaum ein Wort verstehe. »Bis Samstag ist noch genügend Zeit, um zu trainieren.«

»Sie glauben also, ich kann immer noch gewinnen?«

»Ja.« *Wenn du dich bis dahin nicht mehr prügelst.*

Er nickt kaum merklich. »Danke.« Seine tiefbraunen Augen huschen schon wieder über mein Gesicht, meine Lippen und dann meinen Körper hinunter. Das Dröhnen und Rauschen in meinen Ohren nimmt zu. Mir wird bewusst, wie ich aussehen muss: meine Wimperntusche verlaufen, das T-Shirt halbdurchsichtig. Hitze steigt mir in die Wangen und ich höre endlich auf die kreischende Stimme meiner Vernunft, die schon vor drei Minuten wollte, dass ich einen Schritt zurücktrete.

»Hey.« Davis sieht mich schon fast anklagend an, als ich den Schritt zurückweiche. »Sie machen ausgerechnet jetzt einen Rückzieher?«

Ich blinzele ihn an, während mir mein Herz bis zum Hals klopft. Gott, was ist nur los mit dem Ding? »Natürlich. Ich hätte schon viel eher gehen müssen. Dir geht es gut und du bist nackt, ich sollte also ... verschwinden.«

»Sie haben nicht einmal hingesehen.«

Was? Meine Wangen glühen noch heißer. Mein Blick verhakt sich in seinen Gesichtszügen. »Natürlich nicht. In meinen Augen bist du quasi ein Kind.« Die letzten Worte würge ich nur mit Mühe heraus.

Etwas in Davis' Ausdruck verändert sich. Falten zeichnen sich auf seiner Stirn ab. Er schüttelt den Kopf, tritt auf mich zu, sodass sein Rücken mich vor dem Wasser abschirmt. Und ehe ich mich versehe, nimmt er mein Gesicht in beide Hände und beugt sich zu mir herunter.

Was? Nein!, ruft meine Vernunft eine Millisekunde zu spät.

Ich schnappe nach Luft und gleichzeitig küsst Davis mich.

Als seine von Wasser benetzten Lippen auf meine treffen, zersplittert etwas in mir. Geht unwiderruflich kaputt. Eine Sekunde lang bin ich von dem Gefühl in meiner Brust wie gelähmt. Ich kann mich nicht rühren. Dieser Kuss fühlt sich an wie eine Brandmarkung. Als würde sich ein glühendes Eisen auf meine Lippen pressen. Und die Hitze zieht sich durch meinen gesamten Körper. Das Verlangen, alles zu vergessen und mich an ihn zu drücken, ist beinahe übermächtig. Beinahe.

Als ich endlich einen Schritt zurücktrete, ist in der Wirklichkeit nur eine Sekunde vergangen, für mich jedoch eine Ewigkeit, die wir nie wieder ungeschehen machen können.

Völlig entsetzt starre ich in seine Augen. Für einen Herzschlag lang sehe ich seinen gequälten Blick und meine Knie werden weich. In der nächsten Sekunde renne ich davon.

Mit weichen Knien und einem stechenden Schmerz in der Brust, mit nassem T-Shirt und einem sehnsuchtsvollen Ziehen im Magen.

Als ich durch die Tür stürme und zu meiner Umkleidekabine haste, bereue ich es fast, nicht einen einzigen Blick auf seine nackte Vorderansicht geworfen zu haben. Das war schließlich meine einzige und letzte Chance gewesen. Nie mehr werde ich Davis Rogan nackt vor mir stehen haben.

Nie mehr werde ich es zulassen, irgendwo mit ihm allein zu sein.

elf

MAYA

Gerade mal eine Woche habe ich dem verbotenen Apfel widerstehen können. Bin ich damit besser oder schlechter als Eva?

Oh. Mein. Gott.

Sobald ich die Tür hinter mir geschlossen habe, fahren meine Fingerspitzen zu meinen Lippen. Davis Rogan hat mich geküsst. Ein Schüler! *Mein* Schüler! Und ich bin erstarrt und habe ihn machen lassen, anstatt ihn von mir zu stoßen und zurecht zu weisen. Was ist nur los mit mir? Wieso kann ich nicht zu der Sorte Mensch gehören, die aus Fehlern lernt? Die sie nicht immer und immer wieder aufs Neue begeht. Oder generell die Sorte Mensch, die nicht auf zehn Jahre Jüngere steht – das würde mir mein Leben ungemein erleichtern.

Als ich in den Spiegel der Umkleide blicke, starrt mir ein scheinbar fremdes Gesicht entgegen: Meine Wangen sind hektisch rot gefleckt, die Schminke verlaufen und meine Haare kräuseln sich von der Feuchtigkeit. Perfekt. Ich bin nicht nur innerlich, sondern auch äußerlich ein Wrack! Wo ist die nächste psychiatrische Einrichtung? Ich bin bereit, mich freiwillig einweisen zu lassen.

Energisch reiße ich mir das durchnässte T-Shirt über den Kopf und wische mir damit die Mascara von den Wangen. So gut es zumindest geht. Diese Wimperntusche ist die ungünstigste Mischung aus wasserfest und ‚verläuft trotzdem beim Duschen'. Anschließend zwänge ich mich aus der eklig klebenden Jeans. Da ich keine anderen Klamotten dabei habe, bleibt mir nichts anderes übrig, als zurück in meine Sportsachen zu schlüpfen, das heißt wieder in die rote Hotpants mit dem Schulwappen und das weiße Tanktop. Mein Gesicht und die Frisur sind allerdings nicht zu retten, weshalb ich einfach aus der Umkleide trete und bete, auf dem Weg nach Hause niemandem zu begegnen.

Schon gar nicht Davis ...

Tatsächlich scheine ich Glück zu haben. Ich erreiche den Lehrerparkplatz ohne jemandem entgegenzulaufen. Doch als ich gerade den Wagenschlüssel aus meiner Tasche krame, endet mein Glück. Offenbar gibt es davon für mich nicht mehr viel. Leute wie ich verdienen es nicht. Ich bin zwar weder religiös, noch glaube ich an Karma, aber ich sehe es nur allzu deutlich, wenn das Leben mir den Mittelfinger zeigt.

»Hey, Sie sind so spät auch noch hier?«

Ich hebe den Kopf und sehe einen Mann in Anzug und in meinem Alter auf einen Wagen neben meinem zugehen. Genau genommen sind unsere beiden Autos die letzten auf dem Parkplatz.

»Ja, scheint so«, gebe ich knapp von mir und will zur Fahrerseite meines roten Mustangs eilen, doch plötzlich steht der Typ genau vor mir und schneidet mir den Weg ab. Wirklich? Ausgerechnet jetzt?

»Habe ich einen Regenschauer verpasst?«, fragt er lachend und schaut dann hoch in den strahlendblauen Himmel.

Haha. Witzig.

Er sieht wieder zu mir herunter. »Oder hat ein Schüler Sie ins Schwimmbecken geschubst?«

Ich streiche mir die feuchten Strähnen aus dem Gesicht und mustere den Mann mit einer Mischung aus Trotz und Skepsis. Was ich darauf antworten soll, weiß ich nicht, deshalb schweige ich einfach weiter. Die Wahrheit – dass ich zu einem Schüler unter die Dusche gestiegen bin – kann ich ja schlecht erzählen.

»Sie sind die Vertretung für unseren Coach Mr. Kingly, richtig? Ich bin Jared Edwards. Lehrer für Englisch und Literatur.« Er streckt mir die Hand entgegen und ich blicke sie an wie eine giftige Schlange. Als mir das auffällt, schaffe ich es endlich, mich zusammenzureißen. Ich gebe mir einen Ruck, setze ein Lächeln auf und ergreife seine Hand.

»Schön, Sie kennenzulernen, Edwards. Ich bin Maya Rivers. Sport und Mathematik.«

Hoffentlich lässt er mich gleich in Ruhe. Doch er hält meine Hand länger fest als nötig. Und zu meiner Überraschung finde ich das gar nicht mal so schlimm. Als mein Blick diesmal über sein Gesicht wandert, fällt mir das helle Blau seiner Augen auf, der Drei-Tage-Bart und seine dunklen, etwas gelockten Haare. Er ist gar nicht mal so unansehnlich – und er ist nicht *siebzehn*. Verdammt nochmal, vielleicht hat mir das Schicksal diesmal gar nicht den Stinkefinger gezeigt, sondern mir die Hand gereicht, um mich aus meiner Katastrophe zu ziehen!

Meine Zungenspitze befeuchtet meine Lippen und ich versuche mich an einem koketten Augenaufschlag. Gott, wie lange ist es her, dass ich mit jemandem flirten wollte? Definitiv zu lange. Aber das Gefühl, welches Davis in meinem Unterleib geweckt hat, sollte gestillt werden, bevor ich noch mehr Dummheiten mache. Der Kuss hat mich nicht kalt gelassen, und ich kenne meinen Körper zu gut: Ich werde den Moment immer und immer wieder in meinem Geiste wiederholen, bis mein Körper bekommt, was er will.

Zeit, dem einen Riegel vorzuschieben. Einen mit Bart und feinen Altersfältchen. Was hat Rina mir am ersten Tag noch gleich gesagt? Ich sollte erwachsen werden und mir einen richtigen Mann suchen?

Mir ist bewusst, dass Lust auch von erwachsenen Männern gestillt werden kann. Vermutlich sogar besser als von arroganten Jugendlichen. Ich habe zwar noch nie mit jemandem über dreiundzwanzig geschlafen, aber jetzt gerade halte ich es für die beste Idee, die ich je hatte.

»Wie alt sind Sie, Edwards?«, frage ich.

Er schmunzelt, offenbar froh über meinen Sinneswandel von mürrisch zu interessiert. »Bin gestern dreißig geworden. Wieso fragen Sie?«

»Oh«, gebe ich etwas überrascht von mir. »Herzlichen Glückwunsch.« *Lust auf ein nachträgliches Geburtstagsgeschenk?* Meine Libido ist zwar noch etwas skeptisch, aber sie soll mal nicht so wählerisch sein. Schwanz ist Schwanz.

Der Englischlehrer reibt sich verlegen den Nacken – ist Jared Edwards etwa schüchtern? War ich zu forsch? Doch dann fragt er: »Hören Sie, das kommt jetzt vielleicht plötzlich, aber hätten Sie vielleicht Lust –«

Vermutlich will er mich nach einem Date fragen. Das ist aber nicht ganz das, was ich im Sinn habe. Deshalb unterbreche ich ihn mitten im Satz, indem ich mich auf die Zehenspitzen stelle und meinen Mund auf seinen drücke.

Er verstummt. Doch die darauffolgende Stille macht meine eigenen Gedanken nur lauter. Mein Herz klopft schneller, doch es ist ein anderes Klopfen als vorhin unter der Dusche. Nichts hiervon passiert in Zeitlupe. Und der schreiende Wunsch, durch diesen Kuss das Gefühl von Davis' Lippen zu vergessen, hallt in meinem ganzen Körper wider.

DAVIS

Wenn dir die Kontrolle entgleitet, für die du so hart kämpfst

In Gedanken versunken laufe ich zum Schülerparkplatz. Was ist bloß in mich gefahren? Ein Kuss – wirklich? Hätte ich sie wenigstens auf die Knie gebeten, damit sie meinen Schwanz in den Mund nimmt, wäre das ja noch legitim, aber ein *Kuss*?

Verdammt, ich hoffe, das spielt mir in die Karten und hilft mir bei dem Plan für morgen. Wenn ich es gut auslege, dann könnte man meinen, ich hätte es kalkuliert. Ich *wünschte*, ich hätte es kalkuliert und aus Berechnung getan.

Das einzig Positive an der Sache: Sie bereut es noch mehr als ich. Sie wird niemandem von meinem Moment der Schwäche erzählen. Dass ich mich beinahe vor ihr ausgeheult habe; dass sie mich gesehen hat, als ich am Boden war ...

Mein Kopf schnellt in die Höhe, als ich aus dem Augenwinkel eine bekannte Gestalt sehe. Als ich *sie* sehe. Sie steht auf dem Lehrerparkplatz und unterhält sich mit Mr. Edwards. Ich verziehe das Gesicht. Genau in diesem Moment höre ich eine Autotür ganz in der Nähe zuschlagen.

Ich drehe mich um und entdecke Elisabeth, die mit wippenden Zöpfen auf mich zu kommt. Die ist auch echt überall.

»Ich hab' auf dich gewartet«, flötet sie.

»Dein Ernst?« Ich schüttele den Kopf und will sie gerade noch einmal in Kenntnis darüber setzen, dass sie nicht meine verfickte Freundin ist, als mein Blick wieder nach links zum Lehrerparkplatz gleitet. Eigentlich nur beiläufig, doch er bleibt dort kleben, als ich sehe, wie Rivers und Edwards sich küssen.

Was zur Hölle?!

Mir klappt beinahe die Kinnlade auf den Boden. Es schießen so viele Gedanken durch meinen Kopf, dass ich Elisabeth komplett vergesse. Sind Rivers und Edwards ein Paar? Seit wann läuft was zwischen denen? Oder macht Rivers mit allen männlichen Lebewesen rum, die vor ihr stehen? Egal wer sie küsst – sie ist dabei.

»Hallo? Erde an Davis!« Elisabeth wedelt mit ihrer Hand vor meinem Gesicht herum. Ich sehe trotzdem, wie das Geknutsche zwischen meinen beiden Lehrern immer heftiger wird, wie sie ihre Autotür öffnet und Edwards mitreinzieht. Er wird seine Chance vermutlich nutzen und nicht lange fackeln.

»Davis, ich habe gefragt, ob du Lust hast-«

»Verschwinde!«, fauche ich.

»Was?« Lizzy sieht mich verdattert an und legt eine Hand auf meine Brust.

Diese Art von Berührung ist zu viel. Etwas in mir reißt. So viel aufgestaute Wut peitscht durch meine Venen und färbt alles rot. Ehe ich mich versehe, stoße ich Elisabeth von mir. So fest und bestimmt, wie ich kann.

Sie schreit auf, als sie auf dem Boden aufschlägt. »Davis!«

Von Fassungslosigkeit getränkt schrillt mein Name mir in den Ohren. Mit großen Kulleraugen starrt sie von unten zu mir rauf. Die Wut in meiner Brust lässt keinen Platz für Mitleid oder Bedauern. Wäre Elisabeth ein Kerl und kein Mädchen, hätte ich meine Faust in ihre Fresse gedonnert, bis ich Blut sehe und die Wut in meinem Körper einem dumpfen Gefühl von Befriedigung weicht. Stattdessen laufe ich zu meinem Wagen und trete gegen das schwarze Metall. Das blecherne Geräusch und der Schmerz in meinem Fuß können meinen Ärger jedoch nicht betäuben. Meine Hände sind zu Fäusten geballt und ich kann mich nur im letzten Moment davon abhalten, mit ihnen die Seitenspiegel einzuschlagen und entweder das Glas oder meine Knochen zu zertrümmern.

Scheiß auf den Benz! Scheiß auf meinen Vater!

»Du hast ein Mädchen geschlagen?«

»Ich habe sie geschubst. Und sie ist unglücklich gefallen«, erkläre ich augenrollend. Um ehrlich zu sein, verstehe ich nicht, wo das Problem liegt. Ich kann jeden Kerl krankenhausreif prügeln und die Jungs hätten mir anerkennend auf die Schulter geklopft. Kaum gehe ich auf ein Mädchen los, schauen sie mich an, als hätte ich einen Hundewelpen gehäutet.

»Wieso? Wie kam es dazu? Und jetzt sag nicht, sie hat dich genervt! Es ist Elisabeth, sie nervt immer.«

War ja klar, dass sich das herumspricht. Der heutige Morgen ist die Hölle für mich. Elisabeth hat ihre Story so ausgeschmückt, dass ich als komplettes Arschloch dastehe. Aber die Sorte von Arschloch, die keine Coolness-Punkte dafür bekommt.

»Wer nicht hören will, muss eben fühlen. Es war nur ein Schubser, damit sie endlich die Finger von mir lässt. Sie ist zu einer echten Klette geworden«, gebe ich genervt von mir. Den wahren Grund kann ich ihnen schließlich unmöglich sagen. Dass ich Miss Rivers im Wagen kurz vorm Sex erwischt habe, kurz nachdem *ich* sie geküsst habe, und mich das so rasend gemacht hat, dass ich nur noch rot gesehen habe. Lizzy war dann lediglich zur falschen Zeit am falschen Ort.

Eigentlich wollte ich mich heute bei ihr sogar dafür entschuldigen, dass ich sie einfach so liegen gelassen habe und davongefahren bin, doch nachdem sie dermaßen rumgetratscht hat, ist mir die Lust auf eine Entschuldigung vergangen. Die Schlampe kann sich ab jetzt selbst ficken.

Ich schließe den Spind ein wenig zu energisch und das Scheppern dringt durch den ganzen Flur. Marco schenkt mir ein aufmunterndes Lächeln, als die anderen Jungs ihre mit Wasserbomben vollgestopften Taschen packen und Richtung Klassenzimmer gehen.

»Du bist dir sicher?«, fragt Marco nach und richtet seine Krawatte. »Elisabeth wird dann noch abgefuckter sein, das weißt du?«

Ich verdrehe die Augen. »Elisabeth ist mir sowas von egal. Sie will Rivers eins auswischen und ich auch. Aber ich mache es eben besser.«

Beinahe schade, dass ich Lizzys Gesichtsausdruck nicht sehen werde, wenn sie bemerkt, dass ihr Streich ins Wasser fällt.

Das Klingeln zur nächsten Stunde schrillt durch die Gänge.

»Okay, ich gehe dann mal auf Position. Bis nachher«, sagt Marco grinsend und läuft zu unserem Klassenraum.

Ich drehe mich in die andere Richtung und halte Ausschau nach Miss Rivers, die jeden Moment kommen müsste.

zwölf

MAYA

Mittwoch, Homecoming-Woche

Der Gong zur nächsten Stunde hallt durch die Flure. Vereinzelte Schüler eilen von den Spinden zu ihren Klassenräumen. Für meine Verhältnisse bin ich etwas spät dran, was daran liegt, dass ich vorhin Edwards begegnet bin und wir ein unangenehmes Smalltalk-Gespräch geführt haben, bei dem keiner so genau wusste, was er sagen soll.

Normalerweise ist mir nichts so schnell peinlich und ich überspiele jedes Fettnäpfchen mit einem frechen Grinsen oder Kommentar, aber die Nummer gestern auf dem Parkplatz kann man vermutlich nicht einfach mit einer lässigen Handbewegung wegwischen. Auch wenn ich es gern tun würde. Ich bin über den Englischlehrer dieser Schule hergefallen wie ein rolliger Teenager, nur um dann im letzten Moment doch zu kneifen. Eigentlich hatte ich gehofft, ihn nicht so schnell wiederzusehen. Am ärgerlichsten ist es, dass es am helllichten Tag passiert ist und ich es deshalb nicht einmal auf Alkohol schieben kann. Alkohol eignet sich so gut als Sündenbock. Oder als Mittel zum Vergessen. Meine Gedanken driften zu gestern Abend, als ich mit Lola erneut in ihrem Garten saß. In meinem Kopf spielte sich in Dauerschleife der Kuss mit Davis ab, währenddessen habe ich ihr bei einer Flasche Wein von meinem peinlichen Intermezzo mit dem Englischlehrer erzählt. Das ist wenigstens die Sorte Klatsch, die mich nicht ins Gefängnis bringt. Außerdem scheint Lola bisher die Einzige in dieser Stadt zu sein, mit der ich über so etwas reden kann. Mit der ich überhaupt reden kann. Fischi zählt nicht und wenn ich Rina von dem Vorfall erzählt hätte, würde sie vor lauter Empörung vermutlich bereuen, mich je nach Haze Falls geholt zu haben. Sie würde nicht verstehen, wieso ich über einen fremden Mann hergefallen bin und direkt an seine Wäsche wollte anstatt ein gemütliches Abendessen mit ihm auszumachen. Das war bestimmt nicht ganz die Art von Aktion, die sie mit ›du sollst dir einen Mann suchen‹ im Sinn hatte.

Zum Glück hat Edwards heute nicht gefragt, was das gestern sollte, sondern hat direkt angefangen, über die Arbeit zu reden. Wie anstrengend seine letzte Stunde war und dass er noch die kommenden Prüfungen vorbereiten musste. Beinahe ist mir ein »Sorry, dass ich Sie auf den Rücksitz meines Wagens gezogen und Ihre Hose geöffnet habe« rausgerutscht, doch ich konnte es mir noch im letzten Moment verkneifen und das Weite suchen.

Nun eile ich mit diesen Worten, die noch in meinem Hals stecken, zur Mathestunde der elften Klasse. Neunzig Minuten mit Davis Rogan in einem Raum. Zwanzig Augenpaare, die auf mich gerichtet sein werden und mich beobachten. Wunderbar. Der Tag wird von Minute zu Minute schlimmer. Was, wenn ich Davis nur eine Sekunde zu lange ansehe und irgendjemand Verdacht schöpft? Was, wenn meine Gedanken für jeden sichtbar auf meiner Stirn stehen?

»Miss Rivers!«

Seine Stimme kommt eine Minute zu früh. Ich bin noch gar nicht in seinem Klassenzimmer angelangt.

Ehe ich mich nach ihm umsehen kann, werde ich plötzlich am Arm gepackt und zur Seite gezogen. Er zerrt mich um die nächste Ecke. In einen menschenleeren Flur.

Verdattert starre ich Davis an. Heute sind wir dank meiner Schuhe wieder auf Augenhöhe. »Was soll das, Davis?«

In meinem Kopf gehe ich alle möglichen Szenarien durch. In allen davon hat er seinen Verstand verloren. Hastig entreiße ich ihm meinen Arm, doch dort, wo seine Finger meine nackte Haut berührt haben, bleibt ein warmes Gefühl zurück. Sofort beginnen auch meine Lippen zu prickeln, als würde seine Anwesenheit sämtliche Erinnerungen an gestern wachrufen. Verrückt, dass das noch keine vierundzwanzig Stunden her ist ... Wäre es sehr wahnsinnig, ihn in die nächste Abstellkammer zu zerren und ihm seine Schuluniform vom Leib zu reißen? Schuluniformen gehören auf einmal zur heißesten Garderobe, die ich mir an einem Kerl vorstellen kann.

»Sie sollten heute lieber nicht zum Unterricht gehen.«

»Wie bitte?«

Davis seufzt und verdreht die Augen, als würde ich zu dumm für das Offensichtliche sein. »Es ist Homecoming-Woche, das haben Sie mitbekommen, oder?«

Ich verstehe nicht, worauf er hinauswill, und sein arroganter Tonfall nervt mich ebenfalls. »Ja, es gab gestern ein Hotdog-Wettessen in der Cafeteria und am Freitag nach dem Footballspiel ist der Ball. Die Plakate sind nicht zu übersehen.« Ich deute mit dem Finger auf eins der Plakate, die in regelmäßigen Abständen die Flure säumen und zum Märchenball einladen. Und nein, das ist keine Metapher, das ist offenbar das diesjährige Motto.

»In dieser Woche werden den Lehrern auch gern Streiche gespielt.«

Ich runzele die Stirn. »Aber ihr seid nicht die Abschlussklasse.«

»Das ist den Schülern herzlich egal. Also wollen Sie jetzt in den Unterricht und mit einem Dutzend Wasserbomben beworfen werden und heulend aus dem Zimmer rennen oder wollen Sie lieber mit mir die Stunde schwänzen?«

Ein Satz hatte noch nie so viele verstörende Faktoren an sich. »Denkst du wirklich, ich würde weinen?«

Das entlockt Davis so etwas wie ein Schmunzeln. Er zuckt mit den Schultern. »Bei Frauen weiß man nie.«

Ich schüttele entschieden den Kopf und sehe mich dann erneut zu allen Seiten um, als befürchte ich, dass uns jemand beobachtet. »Danke für die Warnung, Davis. Aber ich komme mit einem kleinen Streich schon klar. Ich bin die Lehrerin, da kann ich ja wohl unmöglich den Unterricht schwänzen.«

Auch wenn ich dieses Angebot tatsächlich für eine Sekunde in meinem Kopf durchgespielt habe. Das muss er aber nicht wissen. Noch nie hat mich in meiner ganzen Berufslaufbahn ein Schüler gefragt, ob ich mit ihm den Unterricht schwänze. Und nie hätte ich das auch nur eine Sekunde in Betracht gezogen, aber bei Davis ... *Nein. Stopp.*

Davis' Blick wird ernst. Seine braunen Augen sehen direkt in meine und ich halte die Luft an. »Das sollten Sie aber wirklich, wenn Sie nicht zum Gespött der ganzen Schule werden wollen. Sie kennen Elisabeth nicht. Sie will Sie hier rausjagen und dafür sind ihr alle Waffen recht.«

Etwas in der Luft hat sich verändert. Die Art, wie er mit mir spricht, gibt seiner Warnung einen ernsten Unterton. Beinahe wie eine Drohung ... Sein Angebot ist kein dummer Scherz und auch der Streich, der mich erwartet, ist offenbar mehr als eine witzig gemeinte Aktion der Schüler. Kann es sein, dass mir jemand aus seiner Klasse wirklich schaden will?

»Wenn Sie da reingehen, werden Sie nicht nur mit ein paar Wasserbomben beworfen werden. Sie werden nass und gedemütigt werden und es werden Fotos gemacht. Elisabeth wird sie verbreiten, davon können Sie ausgehen.«

Ich schlucke den Kloß in meinem Hals hinunter. Fotos im

Netz bedeuten Aufmerksamkeit und das ist genau das, was ich hier um jeden Preis vermeiden muss. Ich kann nicht riskieren, dass die ganze Schule über mich spricht.

Plötzlich kommt mir ein anderer Gedanke. Ich verenge die Augen. »Wieso warnst du mich?«

Meine Frage scheint ihn zu überraschen, das sehe ich in seinem Gesicht, obwohl er unbeeindruckt mit den Schultern zuckt. »Sie waren gestern auch nett zu mir und haben versucht, mich aufzubauen. Da will ich nicht, dass Sie gedemütigt werden. Elisabeths Streiche sind dafür bekannt, unter die Gürtellinie zu gehen, und das will ich Ihnen nicht antun.«

Ich war gestern *nett* zu ihm? So nennt er das? Leider kann ich nicht sagen, ob er lügt. Ich kann auch beim besten Willen nicht sagen, was er über das denkt, was gestern unter der Dusche passiert ist. Denkt er überhaupt noch daran? Ist es ein Spiel für ihn? Ein Streich? Ist es ein Wettkampf um Macht? Ich traue ihm alles davon zu. Ich habe ihn mehr als einmal herausgefordert, sowohl im Unterricht als auch persönlich. Und nichts an seiner Körperhaltung deutet darauf hin, dass er Herausforderungen scheut. Ich würde auf der Stelle und ohne mit der Wimper zu zucken mein ganzes Gehalt dafür opfern, um herauszufinden, wie weit Davis für dieses Spiel gehen würde.

Wird er es wagen, erneut zu versuchen, mich zu küssen? Ist das der Weg, den er einschlagen will, um mich unter Kontrolle zu bekommen? Dummer, überheblicher Junge. Ich bin doch keine seiner naiven Klassenkameradinnen, die er mit so etwas um den Finger wickeln kann.

Als ich nicke, tue ich es nicht nur, weil ich seiner Warnung glaube und mit seinem Angebot einverstanden bin. Ich nicke auch, weil ich einwillige, unser Spiel fortzuführen. Er soll sehen, dass sein Plan kindisch ist. Ich bin kein hormongesteuerter Teenager und Davis ist nicht so unwiderstehlich, wie er glaubt.

»Du scheinst dich mit Schulschwänzen auszukennen«, gebe ich betont spießig von mir. Ich will in meiner Rolle bleiben. Zur Sicherheit. Außerdem kann ich mit sinnlosem Geplapper gut meine Nervosität überspielen.

Davis dreht den Kopf zu mir. Seine schwarzen Haare wehen im Wind, eine Sonnenbrille verbirgt seinen Blick. Doch anhand seines Grinsens kann ich mir den Ausdruck auf seinem Gesicht deutlich genug ausmalen. Offenbar geht es ihm schon bedeutend besser als gestern Nachmittag. War das in der Dusche vielleicht nur Show gewesen? Diese zerbrechliche, traurige Seite an ihm?

»Überrascht Sie das?«, will er wissen.

Wir fahren mit offenem Schiebedach vom Schulgelände. Davis' erste Regel zum Schwänzen besagte, die Schule so schnell und so selbstverständlich wie möglich zu verlassen. Ich kann nicht leugnen, dass mein normaler Menschenverstand mir hierfür eine Ohrfeige nach der anderen gibt. Wenn mich jemand hier sieht, bin ich meinen Job genauso schnell los, wie ich ihn bekommen habe.

Mein Geheimnis zu hüten, indem ich vor Aufmerksamkeit und möglichen Bildern im Netz fliehe, ist zwar ein solides Argument, aber bei weitem nicht der einzige Grund, weshalb ich mich auf Davis' Beifahrersitz befinde. Immer wieder wechsle ich meine Sitzposition oder schiele in den Seitenspiegel. Die Möglichkeit, dass uns jemand gesehen hat und folgt, ist abwegig, doch seit dem Brief und dem Blumenstrauß folgt mir die Paranoia auf Schritt und Tritt.

Warum sitze ich dann dennoch mitten am helllichten Tag neben meinem Schüler und lasse mich von ihm wer weiß wohin kutschieren? Ist mein Stolz, in seinen Augen nicht als Verlierer unseres Spiels dazustehen, so groß, dass ich alles andere dafür opfere? Oder geht es um mehr als den Beweis, seiner Herausforderung gewachsen zu sein?

Neugierig spähe ich wieder zu ihm, als würde sein Anblick mir eine Wahrheit offenbaren, die ich selbst noch nicht kenne. Aber oft ist genau das, was nicht sichtbar für uns ist, das, was uns magisch anzieht. Was uns den Verstand raubt. Weil wir für etwas fallen, das wir nicht verstehen können.

Ich kann nicht leugnen, dass ich mich in seiner Nähe anders fühle als bei allen anderen Menschen in meinem Umfeld. Sogar anders als bei Alexander damals.

Das mit Alex und mir hatte sich langsam entwickelt. Ich habe ihm Nachhilfestunde nach Unterrichtsschluss angeboten und irgendwann hat er mir seine Nummer gegeben und nach einem Date gefragt. Ich fand ihn attraktiv und anziehend – nach zwei Wochen Nachrichten schreiben, willigte ich schließlich ein, mich mit ihm zu treffen. Er war nett und süß und seine jungenhafte Ausstrahlung hat mich schwach gemacht. Das Verbotene hat gewisse Saiten in meinem Inneren angeschlagen, sie zum Schwingen und die Außenwelt zum Verstummen gebracht. Für ein paar Wochen befand ich mich mit Alex in meiner eigenen Blase.

Bis sie schließlich platzte.

»Wohin fahren wir?«, frage ich Davis.

»Silver Lake.«

Der See befindet sich auf der anderen Seite der Stadt, in der Nähe der städtischen High School. Sofort verdoppelt sich das Tempo meines Herzschlages. Ich halte es für ziemlich riskant, am helllichten Tag ausgerechnet dorthin zu fahren. Auch auf die Gefahr hin, dass ich mich wie eine Memme anhöre, frage ich: »Glaubst du nicht, dass uns dort jemand sehen wird?«

»Wer denn? Um die Zeit sind alle in der Schule oder arbeiten. Es wird niemand am See sein, vertrauen Sie mir.«

Ihm und vertrauen? Dass ich nicht lache. Mit Davis Zeit zu verbringen ist, als würde man freiwillig über ein Minenfeld spazieren. Ich habe mitangesehen, wie er Mitschüler würgt, wie alle vor ihm kuschen, habe gehört, dass er gestern sogar eine

Schülerin auf die Straße geschubst hat und die sich böse den Knöchel verstaucht hat. Ich habe miterlebt, dass er ohne mit der Wimper zu zucken, mit Lehrpersonen flirtet – und mehr. Einem Jungen wie ihm kann man niemals vertrauen. Trotzdem sage ich nichts, denn ein Teil von mir ist gespannt darauf, warum er sich ausgerechnet den Silver Lake als Zielort ausgesucht hat.

Ich liebe das Wasser und eigentlich hätte ich schon längst die Zeit seit meinem Einzug nutzen sollen, um den See in dieser Stadt auszukundschaften. Wenn man darin schwimmen kann, komme ich demnächst nach Feierabend vielleicht auch mal privat hin. Obwohl die Schwimmhalle der Haze Falls High an einigen Tagen auch außerhalb von Trainingszeiten für Besucher offensteht, sind mir natürliche Gewässer lieber als das chlorhaltige Becken mit seinen vorgegebenen abgetrennten Bahnen und Startblöcken.

Während wir im gemütlichen Tempo durch das verschlafene Städtchen rollen, lasse ich die Umgebung auf mich wirken und versuche mich zu entspannen. Je weiter wir uns von der Schule entfernen, desto unwahrscheinlicher ist es, dass wir auf jemanden treffen, der uns erkennt. Es ist noch sehr warm für Mitte September und da wir in Davis' Cabrio direkt unter der Sonne sitzen, beginne ich in meiner Bluse zu schwitzen. Auf den Straßen ist wirklich kaum jemand zu sehen. Ein paar Frauen gehen mit ihren Hunden Gassi und ein paar Mütter schieben Kinderwagen durch die sauberen, ordentlichen Viertel mit den bunten Einfamilienhäusern, großen Rasenflächen und weißen Gartenzäunen. Alles wirkt so ruhig und harmlos, dass ich für den Moment tatsächlich vergesse, wie schlimm das ist, was ich gerade tue. Es fühlt sich nicht schlimm an. Ein bisschen verboten und aufregend vielleicht, aber nicht dramatisch.

Als wir die Wohngegend verlassen, fahren wir durch einen kleinen Wald – zumindest ist für mich als Großstädter alles ein Wald, was mehr als zehn Bäume umfasst. Ein paar der Blätter färben sich bereits gelb oder rot und sind wie bunte Farbsprenkel in den ansonsten grünen Baumkronen. Schließlich rollen wir von der Straße ab und ruckeln über einen Trampelpfad.

Hier war ich auch schon Freitagnacht. Doch da war es so dunkel und so nebelig, dass ich nichts von meiner Umgebung mitbekommen habe.

Die Bäume um uns herum lichten sich und werden von Gebüschen und Sträuchern abgelöst. Davis fährt langsamer, bis er schließlich ganz hält. Von dem See fehlt jedoch noch jede Spur. Kurz flackert Misstrauen in mir auf. Was, wenn Davis gelogen hat? Aber wieso sollte er mich mitten in einen Wald entführen? Er mag ein arroganter, hochmütiger Schüler sein, aber noch lange kein Mörder oder Vergewaltiger.

Das Zirpen der Grillen und unschuldiges Vogelgezwitscher trällert durch die Luft. Davis schnallt sich ab und das metallische Klicken bringt auch mich wieder zurück in die Realität.

»Wenn du schwimmen willst, hast du hoffentlich deine Badesachen mit.« Ich weiß nicht, wieso ich das sage. Das klingt schon wieder so oberlehrerhaft. Entweder steht mir die Rolle als unsichere, spießige Lehrerin ausgezeichnet gut oder Davis' Anwesenheit richtet etwas in meinem Gehirn an, was mich nur Müll reden lässt. Aber lieber rede ich harmlosen Schwachsinn, als an schmutzige Dinge zu denken.

»Keine Sorge, wenn Sie sich nicht ausziehen wollen, können wir auch mit Klamotten reinspringen. Bei dem Wetter trocknen die Sachen schnell.«

Wir steigen aus dem Wagen und er geht vor. Irgendwie ist Davis im Moment viel zu nett. Meine Skepsis ihm gegenüber wächst. Was hat der Junge vor?

Wir schlängeln uns zwischen Brombeersträuchern einen etwas steinigen Abstieg hinunter – und dann sehe ich die glitzernde Wasseroberfläche.

Für einen Moment bleibe ich sogar stehen, um die Schönheit des Sees zu bewundern. Kristallklar liegt er vor uns und er ist definitiv groß und tief genug, um darin zu schwimmen. Hinter dem See ragen gelbe und grüne Bäume in den Horizont und leichte weiße Wolkenschwaden ziehen über den ansonsten makellos blauen Himmel.

So etwas sieht man in New York nicht.

»Ladys first?« Davis steht inmitten von Schilfrohr und hat sich zu mir umgedreht. Die Sonnenbrille hat er im Auto gelassen, sodass ich wieder das amüsierte Funkeln in seinen Augen sehen kann. Sofort kehrt mein Herzklopfen mit voller Wucht zurück. Irgendetwas stimmt hier nicht.

Misstrauisch mustere ich erst ihn, dann das Ufer. »Lauert darin ein Seeungeheuer, das mich auffrisst, wenn ich reingehe?«

»Nein. Ich richte mich nur nach Ihnen, was unseren Kleidungsverlust angeht. Sie entscheiden.«

Er lässt mich entscheiden? Hat er Fieber? Ein schneller Blick an mir herunter und die Entscheidung ist gefallen. Ich werde ganz sicher *gar nichts* ausziehen. Hat er auch nur eine Sekunde mit etwas anderem gerechnet? Langsam glaube ich zu wissen, was sein Plan ist. Er will mich verführen. Denkt er, der nette Davis kann schneller bei mir punkten?

»Wie du meinst«, sage ich und gehe an ihm vorbei. Am Ufer schlüpfe ich lediglich aus meinen Schuhen, lasse meine Tasche von der Schulter gleiten und wate dann ins Wasser. Soll Davis sich doch die Zähne an mir ausbeißen. Ich werde hier bloß eine nette Runde schwimmen und das Wetter genießen. Schlauer wäre es natürlich gewesen, barfuß anstatt mit einer Feinstrumpfhose durch den Schlamm zu waten, doch mir vor Davis' Augen die Strumpfhose auszuziehen, kam nicht in Frage. Ich versuche also, nicht so zimperlich zu sein, nehme Schwung und stoße mich vom matschigen Grund ab, um mit dem ganzen Körper ins Wasser zu gleiten.

Kühl schwappt es über meine erhitzte Haut und tränkt den Stoff meiner Klamotten. Am liebsten würde ich einen euphorischen Laut ausstoßen, doch ich weiß nicht, wie dicht Davis hinter mir ist, deshalb presse ich meine Lippen zusammen und stöhne nur leise auf. Den Kopf tauche ich nicht unter, weil ich mein Make-Up nicht zerstören will. Ich schwimme ein paar Züge und drehe mich dann zurück zum Ufer um.

Von Davis ist keine Spur.

Was ...? Ist er mir bereits hinterhergesprungen oder hat er sich vom Acker gemacht?

Die Oberfläche des Sees ist undurchsichtig. Deshalb hole ich überrascht Luft, als jemand plötzlich direkt vor mir auftaucht. Davis' Kopf bricht durch die Wasseroberfläche und mit einer schnellen Handbewegung streicht er sein nasses Haar nach hinten. Sein Keuchen paart sich in der Luft mit dem Zwitschern der Vögel. Wassertropfen rennen über seine gebräunte, goldene Haut, verfangen sich in seinen schwarzen Wimpern, perlen von seinen vollen Lippen.

»Also die brave Variante, okay«, sagt er grinsend. »Wir bleiben angezogen.«

»Hast du mich anders eingeschätzt?«

»Ich bin mit meiner Einschätzung noch nicht fertig, sagen wir so.«

Erst jetzt fällt mir auf, dass ich eigentlich automatisch hätte zurückweichen müssen, als er so dicht vor mir aufgetaucht ist. Bin ich aber nicht.

Für eine Sekunde treiben wir still gegenüber voneinander im Wasser. Ich habe nicht das Bedürfnis, von ihm wegzuschwimmen, und eigentlich sollte mir das Sorgen machen, doch stattdessen fühle ich mich ... wohl.

»Haben Sie eigentlich einen Ehemann, Rivers?«, durchbricht er die Stille.

Beinahe lache ich auf. Wieso fragt er so etwas? »Ein bisschen spät für die Frage, oder?«

Sein rechter Mundwinkel zuckt nach oben. »Wieso spät? Noch habe ich Sie doch gar nicht gevögelt.«

Gevögelt. Das Wort jagt durch meinen Körper wie siedendes Feuer. Seine gespielte, harmlose Nettigkeit hat nicht lange angehalten.

»*Noch?*«, wiederhole ich mit hochgezogenen Brauen und scharfem Unterton. Als hätte er vor, das in naher Zukunft zu ändern. War der Kuss bloß der Anfang? Wo nimmt dieser Junge überhaupt diese Dreistigkeit her? Mein schneller schlagendes Herz ignoriere ich. Trotzdem kann ich nicht leugnen, dass seine Worte etwas in mir anrichten. Seine direkte Ausdrucksweise gefällt mir irgendwie, gleichermaßen wie sie mich empört. Die Verwirrung, die er in mir stiftet, ist genau das, was mich so anzieht. Wenn Davis eins nicht ist, dann langweilig.

Könnte er nicht wenigstens Schüler einer anderen Schule sein? Oder zumindest ein Jahr älter? In diesem Bundesstaat gilt das Schutzalter bis achtzehn, das war eins der ersten Dinge, die mir Rina für meinen Umzug hierher eingetrichtert hat. Warum verkörpert Davis gleich zwei schwerwiegende Gesetzesbrüche?

Ich beiße mir auf die Unterlippe, bevor ich etwas Unpassendes sage. Wie zum Beispiel die Frage nach seinem Geburtstag.

»Sie sind interessanter, als ich anfangs dachte …«

Mit größter Mühe schlucke ich ein »Wirklich?« herunter. *Er spielt doch nur mit dir!* »Du solltest lieber ein paar Bahnen schwimmen, anstatt mit deiner Lehrerin zu flirten. Mich zu umgarnen, wird dir keine besseren Noten verschaffen«, stelle ich klar, um die Situation zu entschärfen.

Vielleicht konnten seine Flirtereien andere Lehrer verunsichern oder ihnen schmeicheln, aber bei mir läuft er damit gegen geschlossene Türen. Zumindest soll er das glauben. In Wahrheit würde ich mich nur allzu gerne mehr als bloß von ihm küssen lassen. Aber ich weiß, dass das falsch ist. Vielleicht sollte ich Edwards doch noch eine Chance geben, und mich von ihm ausführen lassen.

Davis schwimmt zu mir ran, bis die letzten Zentimeter zwischen uns überbrückt sind und Edwards schlagartig aus meinem Kopf verschwindet. Seine Nasenspitze schwebt genau vor meiner. Unser Atem trifft aufeinander, deshalb halte ich den meinen an.

»Und was ist, wenn ich es nicht für gute Noten tue?«

Schwimme einen halben Meter zurück! Bring Abstand zwischen euch!

Stattdessen sehe ich ihn kalt an. Langsam atme ich aus. Zucke nicht einmal mit der Wimper. »Egal wofür du es tust, ich bin nicht interessiert.«

Sein Blick ist forschend. »Das wirkte gestern unter der Dusche aber anders. Sie haben zwar gesagt, ich sei ein Kind, aber Sie sind nicht zurückgewichen, als ich sie küsste.«

Gestern hast du mir etwas Echtes gezeigt. Heute bist du nur eine Fassade.

Und in diesem Moment höre ich es. Vielleicht weil meine Paranoia nur darauf wartete, vielleicht weil ich es in den vergangenen Monaten vor dem Gerichtsgebäude zu oft gehört habe: Das Klicken, wenn jemand mit dem Handy ein Foto schießt und vergessen hat, auf lautlos zu stellen.

Mein Blick huscht sofort zum Ufer. Zwischen dem meterhohen Schilf sehe ich gerade noch, wie sich jemand duckt. Ein Rascheln geht durch das Süßgras und in meinem Kopf springen alle Alarmsirenen an.

Jemand hat uns gesehen! Und ein Foto geschossen?!

Ich schwimme so schnell zum Ufer zurück, als hätte mich eine Tarantel gestochen. Ohne Erklärung laufe ich über den matschigen Erdboden in die Richtung, in die ich unseren Stalker vermute, und stolpere dabei fast über meine eigenen Füße. Das Blut rauscht so schwindelerregend schnell durch meinen Körper, dass mein Blickfeld verschwimmt. Als ich die kleine Anhöhe erklimme und durch das Schilfrohr breche, sehe ich gerade noch, wie ein schwarzer Wagen vom Schotterweg abfährt. *Nein!*

Der BMW wendet und rast davon. Staub wirbelt unter seinen Rädern auf. Mein Blick bleibt an dem Nummernschild kleben, dessen Zahlen in der Ferne immer kleiner werden.

»Hey, was ist los?« Davis hat mich eingeholt und bleibt neben mir stehen, doch das Auto ist schon weg.

»Uns hat jemand gesehen«, sage ich beinahe tonlos. Fassungslos. Die Tragweite von dem, was hier passiert, wird mir urplötzlich bewusst. Genau in diesem Moment. Und meine ganze Welt bricht über mir zusammen. Mir wird schwindelig von all den Erkenntnissen, die auf mich einprasseln.

Was tue ich hier? Ich habe mein *Leben* riskiert – für was? Für einen Jungen, mit dem ich eh niemals mehr haben werde als das hier?

»Und?«, gibt Davis unbeeindruckt von sich. »Wir sind für Außenstehende nur zwei erwachsene Menschen, die in diesem See baden. Weiß doch keiner, dass Sie meine Lehrerin sind.«

Als ich zu ihm herumfahre, frage ich mich, ob er es wirklich nicht begreift oder ob er es absichtlich herunterspielt. Natürlich hat er keine Ahnung davon, dass ich strikte Bewährungsauflagen habe, die mir jeglichen privaten Kontakt zu meinen Schülern untersagen. Er hat keine Ahnung davon, dass ich schon einmal zu weit gegangen bin. Er hat nicht die leiseste Ahnung, wie sehr sich etwas in mir nach ihm verzehrt. Nach dem Davis, der er sein kann, wenn er seine Arroganz für einen Moment beiseite schieben würde. Oder wie kurz davor ich jedes Mal bin, alles über den Haufen zu werfen, nur um herauszufinden, wie es sich anfühlt, von ihm berührt zu werden.

»Halt dich von mir fern!«, warne ich ihn und trete in klitschnassen Klamotten den Rückzug an. Obwohl die Bluse und der lange Rock unangenehm an meinem Körper kleben, bin ich in diesem Moment mehr als froh, mich nicht ausgezogen zu haben. Nicht auszumalen, wenn der Stalker schon länger am Ufer war und mich in Unterwäsche mit Davis fotografiert hätte.

Scheiße, er hat definitiv Fotos von uns gemacht! Und so nah, wie wir gerade voreinander im Wasser schwammen, sah es bestimmt alles andere als harmlos aus. Man wird auf den Bildern nicht erkennen können, ob wir nackt waren oder Klamotten tragen. Man wird nur zwei Köpfe sehen, die Millimeter voneinander entfernt sind. Ich kann bloß hoffen, dass unsere Gesichter auf die Distanz kaum zu erkennen sind. Unser Stalker wird wohl kaum mit einer hochauflösenden Spiegelreflex und einem Teleobjektiv hier raus gefahren sein und auf uns gewartet haben ... Es sei denn Davis hat das geplant ... *Nein, das kann nicht sein ...*

Kopfschüttelnd stampfe ich zum Ufer zurück, um meine Schuhe und meine Tasche zu holen. Ich muss hier dringend weg und einen klaren Kopf bekommen.

Davis folgt mir. »Jetzt beruhigen Sie sich. Ich fahre Sie zurück zur Schule.«

»Nein! Du bleibst hier und schwimmst ein paar Runden. Ich fahre allein zurück.« Umständlich schlüpfe ich mit meinen feuchten, dreckigen Füßen erst in den einen Pump, dann in den anderen. Beinahe verliere ich das Gleichgewicht, doch als ich wanke, hält Davis mich fest. Seine Hand umschließt meinen Oberarm.

»Warum der Rückzug? Wovor haben Sie Angst? Vor mir – oder vor sich selbst?« Seine braunen Augen bohren sich mit solcher Intensität in meine, dass mir die Luft wegbleibt. »Was glauben Sie, was hier passieren könnte, wenn Sie nicht gehen?«

Ist seine Frage ernst gemeint? Ich entreiße ihm meinen Arm und bücke mich nach meiner ledernen Umhängetasche. »Ich will nicht, dass jemand uns sieht und falsche Schlüsse zieht.«

»Und welche Schlüsse wären das?«

Ich schnaube. »Du weißt genau welche.«

Er schüttelt den Kopf. »Verzeihung, Miss Rivers, aber das weiß ich nicht. Denken Sie etwa, ein Junge wie ich würde mit seiner verklemmten Lehrerin etwas anfangen, die gut dreizehn Jahre älter ist? Denken Sie, ich habe nicht genug heiße knackige Cheerleaderhintern, die ich ficken kann?« Seine

Worte sind wie ein Fausthieb in meine Magengrube. Bei jedem weiteren Wort wird mir übler. »Dass ich Sie mit meinen Sprüchen manchmal aufziehe, liegt nur daran, dass ich Ihre spießige Schale knacken will. Und dass wir uns hier am See befinden, liegt nur daran, dass ich dachte, Ihnen liege als meine Trainerin wirklich daran, dass ich meine Schwimmzeit wieder verbessere. Vielleicht dachte ich auch, Sie mögen das Wasser, wenn Sie Schwimmcoach sind.«

Mir wird schwindelig. Einzelne Gedankenfetzen schwirren wirr und zusammenhanglos durch meinen Kopf. Prallen von einer Wand zur nächsten, wie Pingpong Bälle. Habe ich mich zu weit in etwas hineingesteigert, das gar nicht existierte? Gibt es diese Anziehung zwischen uns gar nicht, vor der ich jedes Mal davonlaufe? Wie krank muss mein Hirn sein, um sich das alles eingebildet zu haben?

»Entschuldige mich. Ich muss zurück zum Unterricht«, bringe ich erstickt hervor. »Und du hast recht, mir liegt etwas daran, dass du wieder zum besten Schwimmer der Haze Falls High wirst. Wir sehen uns heute Nachmittag beim Training.«

Das war das Schwerste, was ich jemals gesagt habe. Ich drehe mich um und gehe. Auch wenn es mehr ein Davonwanken ist.

»Wie wollen Sie denn ohne Auto zurück?«, ruft Davis mir nach.

»Ich rufe mir ein Taxi!«, antworte ich, ohne mich noch einmal umzudrehen.

Davis' Lachen vermischt sich mit dem Wind und dem Rascheln der Blätter. »Sie sind wirklich neu hier. In Haze Falls fahren keine Taxis!«

dreizehn

MAYA

Das Spiel beginnt

Meiner schnellen Recherche nach könnte man aus der Nachbarstadt zumindest ein Uber rufen, aber dies würde eine Stunde Wartezeit beinhalten und wäre reiner Selbstmord für meine Brieftasche.

Nach dieser Erkenntnis beschließe ich lieber zu laufen. Zu mir nach Hause brauche ich laut meinem Handy dreißig Minuten und von dort kann ich den Bus zurück zur Schule nehmen. Am liebsten hätte ich mich zwar auf direktem Wege zu meinem Arbeitsplatz begeben, doch ich muss ohnehin etwas Neues anziehen. Auf meinem Fußmarsch werden die Klamotten an der Luft wohl schnell trocken, doch das Wasser des Sees ist nicht gerade das sauberste.

Ich stackse also durch die Pampa, auf hohen Schuhen und mit klitschnassen Klamotten und wundere mich nach fünf Minuten, dass Davis mir nicht nachfährt. Im nächsten Moment ohrfeige ich mich innerlich für diesen Gedanken. Die

Erwartung ist lächerlich und unpassend. Ich will gar nicht, dass er mir nachfährt und mich einsammelt – dennoch muss ich daran denken. *Ich habe jetzt größere Probleme*, erinnere ich mich selbst. Irgendjemand hat uns gesehen und ich muss herausfinden, wer. Meine Laune erreicht einen neuen Tiefpunkt. Mit jedem Schritt, den ich tue, falle ich in tiefere Resignation. Zumindest habe ich jetzt Zeit, um über meine Dummheit nachzudenken und daraus zu lernen, außerdem speichere ich mir das gemerkte Nummernschild in meine Notizen und lege mir vorsichtshalber schon eine Ausrede für Mr. Hendrickson zurecht, falls er mich auf mein Fehlen anspricht – was er bestimmt tun wird. Ich werde ihm erzählen, dass ich aufgrund plötzlichen Durchfalls für zwei Stunden nach Hause gefahren bin und dort die Zeit auf der Kloschüssel verbracht habe. Diese Info wird hoffentlich sowohl als Entschuldigung durchgehen, als auch weitere Anmachversuche von ihm im Keim ersticken. Niemand will Sex mit jemandem, den er sich beim Durchfall vorstellt.

Sex ... Lust ... Das ist Etwas, was mich überhaupt erst in diese beschissene Lage gebracht hat. Ich sollte einfach nie wieder Sex haben.

Als ich endlich in die Clove Street einbiege, tun meine Füße weh. Diese Schuhe sind definitiv nicht für lange Spaziergänge geschaffen. Die Einfahrt zu meinem Haus gerät in mein Sichtfeld und ich will gerade schon nach meinem Schlüsselbund kramen, als ich sehe, wie die Haustür geöffnet wird und eine Person aus meinem Haus schlüpft.

Schlagartig bleibe ich stehen, dann kauere ich mich instinktiv hinter das nächst parkende Auto, um mich zu verstecken. Das Herz klopft mir bis zum Hals, während ich beobachte, wie die mir bereits vertraute rothaarige Frau sich zu allen Seiten umschaut und zu ihrem eigenen Haus rennt.

Was hat Lola bei mir zuhause getan? Wie ist sie überhaupt hineingekommen? Hundert Fragen schießen mir durch den Kopf, doch eine einzige ist es, die mir den Schweiß in den

Nacken treibt: Ist Lola für die Warnung und für die Blumen am Montag verantwortlich? Weiß sie von meinem Geheimnis?

Sobald meine Nachbarin nicht mehr zu sehen ist, komme ich aus meiner Deckung. Ich fühle mich wie ein Zombie, der in Zeitlupe auf die Veranda zusteuert. Nur mein viel zu lauter Herzschlag zeugt davon, dass ich noch keine Untote bin.

Vielleicht sollte ich direkt bei Lola klingeln und sie zur Rede stellen, aber das drängende Bedürfnis danach, zu sehen, ob sie mir eine weitere drohende Nachricht hinterlassen hat, ist größer.

Was ist, wenn sie auch hinter der Paparazzi-Aktion am See steckt? Sie fährt zwar einen weißen Jeep und keinen schwarzen BMW, aber vielleicht hat sie mich von jemand anderem beschatten lassen?

Ich schließe die Tür auf und trete ein. Obwohl alles wie immer ist, hat sich doch die ganze Atmosphäre des Hauses verändert. Es fühlt sich fremd an. Durch das Wissen, dass sich hier jemand reinschleicht, wie immer es ihm passt, werde ich mich hier vermutlich niemals mehr sicher oder heimisch fühlen. Ich kämpfe gegen das Engegefühl in meiner Kehle an und versuche mich nicht mit der Frage zu beschäftigen, wieso Lola mir so etwas antut. Meine Beine führen mich von selbst zuerst in die Küche. Ich schaue auf die dunkle Esstischplatte, doch außer dem Brotkorb und einer halb vollen Wasserflasche ist sie leer. Keine Blumen. Kein Brief. Schnell durchsuche ich auch die anderen Zimmer, doch ich finde weder etwas, was hier hinterlassen wurde, noch etwas, das fehlt.

Hätte ich Lola nicht mit eigenen Augen gesehen, würde ich nicht glauben, dass jemand während meiner Abwesenheit hier war. *Was wird hier gespielt?*

Da mir die Zeit im Nacken sitzt und ich zu meinen letzten beiden Unterrichtsstunden noch pünktlich kommen will, bleibt mir vorerst nichts anderes übrig, als mich schnell umzuziehen und das Haus zu verlassen. Lola werde ich mir noch früh genug vorknöpfen.

Als ich nachmittags zur Schwimmhalle gehe, hält meine Nervosität noch immer an. Die zwei Mathematikstunden in den unteren Jahrgängen haben Lola und die Ereignisse am See zwar vorerst aus meinem Kopf verdrängen können, doch jetzt kehrt das unsichere Gefühl zurück.

Während ich über die säuberlich angelegten Wege zwischen den Blumenbeeten laufe und die Sonne mir mitten ins Gesicht scheint, kommt mir diese Schule vor wie aus einem surrealen Märchen. Als wäre sie ein verwunschenes Schloss. Von außen eine perfekte Idylle, doch hinter den alten Mauern und Spitzdächern lauern die schmutzigsten Geheimnisse. Vielleicht gehöre ich wirklich hierhin. Jeder in Haze Falls scheint nicht so zu sein, wie er nach außen hin vorgibt.

Inklusive mir.

Als ich an den Parkplätzen vorbeilaufe, bleibt mein Blick länger als üblich an den einzelnen Wagen hängen. Besonders die Nummernschilder der schwarzen Autos fangen automatisch meine Aufmerksamkeit. Ich sehe mich prüfend um und beschließe, sowohl auf dem Schülerparkplatz als auch auf dem der Lehrer eine Extrarunde zu machen. Ich kann mir zwar nicht vorstellen, wer uns heute Morgen von hier aus gefolgt sein könnte, doch die Wahrscheinlichkeit, dass uns jemand, der uns kennt, beobachtet, ist viel höher, als dass ein Fremder Fotos am See von uns geschossen hat. Aber war es jemand aus der Schule oder sollte ich mich doch lieber in meinem privaten Umfeld nach dem Täter umschauen? Kann es vielleicht nicht doch nur ein Landschaftsfotograf gewesen sein oder ein Spaziergänger, der die schimmernde Wasseroberfläche ablichten wollte und wir waren in seiner Linse nichts weiter als ein anonymes Pärchen? Auf die Entfernung könnte ein Fremder nicht einmal sagen, dass ich viel älter bin als Davis.

Vielleicht habe ich überreagiert. Ich *hoffe,* ich habe überreagiert.

Ich will gerade aufgeben und zur Schwimmhalle gehen, als ich tatsächlich das Nummernschild wiedererkenne. Zur Sicherheit ziehe ich mein Handy aus der Tasche, um in meinen Notizen die Ziffernfolge abzugleichen.

Identisch.

Ein kalter Schauer rieselt mir den Rücken hinunter und mein Puls jagt in die Höhe. Okay, es war also doch kein zufälliger Spaziergänger. Jemand ist uns gefolgt. Ich gehe um den Wagen herum, spähe ins Innere, doch nichts gibt mir ein Anzeichen darauf, wem der Wagen gehören könnte. Einem Schüler, so viel ist klar. Aber mehr kann ich nicht sagen. Scheiße. Da ich nicht zu spät zum Training kommen darf, bleibt mir auch nicht die Option, mich hier auf die Lauer zu legen. Langsam entferne ich mich von dem Wagen und lasse den Parkplatz mit einem flauen Gefühl im Magen hinter mir.

Doch der Wagen und meine wachsende Paranoia sind nicht die einzigen Gründe für meine innere Unruhe. In der Umkleide wird mir bewusst, dass ich Davis gleich wiedersehe. Nach unserem letzten Gespräch muss ich mich ihm gegenüber professioneller und kühler denn je verhalten, um ihm keine Angriffsfläche zu bieten. Und Kühlsein ist etwas, das ich verabscheue. Bei anderen und auch bei mir.

›Denken Sie etwa, ein Junge wie ich würde mit seiner verklemmten Lehrerin etwas anfangen, die gut dreizehn Jahre älter ist?‹ Zumindest haben seine abweisenden Worte am See meine Libido zum Verstummen gebracht. Sie sitzt gekränkt mit einer Schachtel Eis in der hintersten Ecke meines Kopfes und verflucht die knackigen Cheerleaderhintern, mit denen Davis sich vergnügt.

Er wird sich niemals mit uns vergnügen. Und das ist auch gut so.

Unser Spiel ist vorbei. Das ist das Mantra, mit dem ich bis zum Ende der Woche durchhalte. Mittwoch und Donnerstag ziehen wie im Nebel an mir vorbei, ohne dass ich mich aus meiner Deckung hinaustraue. Alles verwandelt sich in mechanische Abläufe. Nicht einmal Lola konfrontiere ich mit dem, was ich gesehen habe. Der Anfang unserer Freundschaft, so wie die Weinabende haben ein jähes Ende gefunden. Auch Davis' und meine Auseinandersetzungen im Unterricht bleiben aus. Ich ignoriere ihn und er mich. Alles in mir wartet. Worauf kann ich nicht genau sagen. Zumindest zum jetzigen Zeitpunkt noch nicht. Aber ich spüre, dass etwas in der Luft liegt.

Ich sitze auf der Tribüne des Footballfeldes, in einer der unteren Reihen mit den anderen Lehrern der Haze Falls High. Der Lärm und die Jubelrufe liefern sich einen Wettstreit mit der Musik und den Trompeten, doch ich bin nicht wirklich anwesend. Mein Blick schweift immer wieder über die unzähligen Gesichter von Schülern und Lehrern und ich frage mich, wer von ihnen mein Geheimnis kennen könnte und wann er es auffliegen lässt. Ist es nur eine Frage der Zeit, bis die Polizei auftaucht und mich mitnimmt? Oder reichen die Fotos am See nicht für eine Verurteilung aus? Je mehr Tage verstreichen, ohne dass etwas passiert, desto mehr glaube ich, dass die Fotos unbrauchbar sein müssen.

Ich sitze direkt am Durchgang der Tribünen, weshalb ich es nicht sofort merke, als eine Person neben mir stehen bleibt. Stattdessen sehe ich weiter den Cheerleadern zu, die gerade zur Musik eine akrobatische Performance hinlegen. Ich kann nicht leugnen, dass ich ihre Sportlichkeit und Spagatübungen mit grimmigen Hintergedanken verfolge. *So ein biegsamer Körper ist bestimmt auch beim Sex von Vorteil.*

»Miss Rivers? Das ist für Sie«, macht sich die Person neben mir bemerkbar. Ich wende meinen Kopf und schaue einem jungen Mädchen mit Pferdeschwanz und einer blauen Cap mit Sonnenschirm in die Augen. Sie trägt die Uniform der Catering-Angestellten und hält mir einen Hotdog hin.

»Ich habe nichts bestellt«, winke ich ab.

»Es wurde schon bezahlt und die Anweisung lautete, es an Sie zu übergeben.«

Anweisung? Ich runzele die Stirn und schaue auf das Essen in ihren Händen, dann sehe ich mich auf den Tribünen um, mit der irrationalen Vorstellung, ein bekanntes Gesicht zu entdecken, das mir vielsagend zunickt. Vergebens.

»Äh danke. Wer hat das denn bezahlt?«, will ich wissen und nehme den Hotdog entgegen. Mein Magen knurrt dankbar, da ich ohne voriges Mittagessen zum Spiel gefahren bin. Heute hatten alle einen verkürzten Schultag, damit um sechzehn Uhr jeder die Schulmannschaft im ersten Spiel der Saison anfeuern kann.

»Irgendein Schüler.« Das junge Mädchen wünscht mir einen guten Appetit und geht. Genau in dem Moment, merke ich, dass der Hotdog nicht das Einzige ist, was sie mir überreicht hat.

»Moment, du hast was verges-…«, rufe ich ihr nach, werde aber still, als ich merke, was ich da neben der Serviette in den Händen halte.

In der Sekunde wünsche ich mir, das Mädchen wäre an Frauen interessiert und hätte mir ihre Nummer zugesteckt. Stattdessen starre ich auf eine rote Ereigniskarte aus Monopoly. Als ich sie umdrehe, weiß ich gar nicht, was ich als Erstes tun soll: den Text lesen oder die durchsichtige kleine Tüte anstarren, in der eine weiße Tablette liegt, und die mit einem Tesafilmstreifen auf der Rückseite befestigt ist.

Das Blut rauscht schwindelerregend schnell in meinen Ohren, als ich den Text überfliege. Die roten kleinen Buchstaben verschwimmen beinahe vor meinen Augen:

Du hast die Warnung ignoriert. Hier also deine offizielle Einladung zum Spiel. Ich kenne dein Geheimnis. Spiel mit, wenn du nicht ins Gefängnis wandern willst. Denn

dann gehst du nicht über Los und ziehst auch keine 4000$ ein.
Die Regeln sind einfach. Erzähle niemandem von dem Spiel, folge den Anweisungen und mein Schweigen ist dir sicher.
Du hast beim Rummel eine Tüte Bonbons gewonnen. Wirf sie heute Abend ein.

Drei Mal lese ich den Text. Weder das Stimmengewirr, noch die Blaskappelle nehme ich noch wahr. Alles um mich herum rückt in weite Ferne. Als mein Blick sich nach einer Ewigkeit von der Karte löst, schweift er über die vollen Tribünen. Suchend. Zielsicher. Ich weiß nicht, wieso ich ausgerechnet nach Davis Ausschau halte. Vielleicht weil Davis mir vor ein paar Tagen eine solche Monopolykarte zwischen meine Brüste geschoben hat. Vielleicht weil ich weiß, dass er auch hinter den Spielen im Wald steckt, die ebenfalls mit solchen Ereigniskarten eingeleitet werden. Ist die hier also auch von ihm? Aber was für einen Grund hätte er, mich zu erpressen?

Mein Blick findet ihn nicht. Schnell schiebe ich die Karte in meine Handtasche, bevor die Lehrer neben mir Wind davon bekommen. Links von mir sitzt Edwards, der mit unserem peinlichen Intermezzo auf dem Parkplatz besser umgehen kann, als ich erwartet habe. Er ist immer noch außergewöhnlich nett zu mir und sucht immer wieder meine Nähe. Nach einer Verabredung hat er allerdings nicht erneut zu fragen gewagt.

Als die Cheerleader auf dem Feld unserer Footballmannschaft Platz machen, steht Edwards auf und feuert die Jungs an, die in voller Montur auf die Rasenfläche rennen und sich in Position stellen. Offenbar ist er ein großer Sportfan oder er will seine Schüler voller Elan unterstützen. So oder so – er merkt nichts davon, dass ich eine anonyme Drohung erhalten habe und jetzt appetitlos auf meinen Hotdog starre, als wäre ich schlagartig zum Vegetarier mutiert. Mein zuvor noch knurrender Magen hat sich so klein gemacht, als würde er sich am liebsten aus dem Staub machen.

Sobald Edwards sich wieder setzt, reiche ich ihm das Brötchen. »Hier, hast du Hunger?«

Überrascht sieht er mich an. »Du möchtest nicht?«

Ich schüttele den Kopf. Obwohl ich sonst was Essen angeht zu der Kategorie Scheunendrescher gehöre, bekomme ich im Moment keinen Bissen herunter. Und ganz gewiss nicht von etwas, was mir ein Erpresser geschenkt hat. *Einladung zum Spiel.* So etwas kann nur ein Schüler geschrieben haben. Sich auf das Spiel einzulassen, wäre ein Fehler – vor allem, weil ich ziemlich sicher sein kann, dass es sich bei diesem *Bonbon* um eine Droge handelt. Aber was ist meine Alternative? Nichts tun und abwarten, ob derjenige seine Drohung wahrmacht? Oder zur Polizei gehen? Ich glaube nicht, dass sie anhand einer anonymen Botschaft auf der Rückseite einer Spielkarte viel unternehmen können. Außerdem würden sie wissen wollen, welches Geheimnis der Erpresser gegen mich in der Hand hat. Und irgendwie glaube ich nicht, dass hierbei nur die Rede von meiner Vergangenheit ist. Ich glaube, dass der Erpresser von mir und Davis weiß. Wahrscheinlich sogar Beweisfotos hat. Und vielleicht ist es Davis selbst ... Aber warum? Um das herauszufinden, bleibt mir keine Wahl, als das Ganze laufen zu lassen und zu beobachten. Wer auch immer dahinter steckt, unterschätzt mich oder will mir wohlmöglich nur einen gehörigen Schrecken einjagen. Doch ich werde vor Angst nicht die Nerven verlieren. Ich habe in den letzten Tagen genug gezittert und gewartet, ohne etwas tun zu können.

Jetzt muss ich nach dem Strohhalm greifen, der mir geboten wird. Außerdem gibt es einen guten Grund, die Dinge positiv zu sehen: hätte derjenige es gewollt, hätte er mich längst an die Behörden verpfeifen können. Da die Person das nicht getan hat, hat sie ein anderes Ziel. Mein Erpresser will mich nicht verpetzen. Er will *spielen.*

Ich merke, dass neben dem Adrenalin und einer gewissen

Portion gesunder Angst auch noch etwas anderes durch meine Adern pumpt: Aufregung.

Die Sorte von Aufregung, die in deinen Fingerspitzen kribbelt und Schmetterlinge in deinem Magen erzeugt. Die süchtig macht, weil sie sich so gefährlich und lebendig zugleich anfühlt. Die Sorte, die dich ganz oben in einem Freefall Tower überkommt, kurz bevor du nach unten fällst.

Vielleicht merken wir immer erst, was wir am Leben haben, wenn wir gleichzeitig unserem drohenden Untergang ins Auge blicken.

vierzehn

MAYA

Freitagabend
Ich weigere mich, die Maus zu sein

Wenn ich bei diesem Spiel nicht verlieren will, muss ich meinem Erpresser auf die Schliche kommen und ihm einen Schritt voraus sein. Was heißt, dass ich den Kreis der Verdächtigen so schnell es geht einkreisen muss. Deshalb ist das Erste, was ich nach dem Ende des Footballspiels tue, mich in mein Auto zu setzen und nach Hause zu fahren. Die anderen Lehrer und Schüler lasse ich in Feierlaune zurück. Die ganze Rückfahrt über fühle ich mich wie Sherlock Holmes, der jedes kleine Detail aus der Vergangenheit in das große Ganze einzuordnen versucht. Das Adrenalin regt mein Gehirn zur Höchstleistung an und die Gedanken rauschen durch meinen Kopf genauso schnell wie das Blut in meinen Adern. Als wäre die Spielkarte der Startschuss, auf den ich die letzten Tage gewartet habe. Den mein Körper gebraucht hat, um aus seiner Schockstarre zu erwachen. Vielleicht haben Davis und ich noch mehr gemeinsam als gedacht. Vielleicht stehen wir ja beide auf Spielchen.

Ein rascher Blick auf die Uhr sagt mir, dass ich gut zwei Stunden Zeit habe. Heute Abend bin ich als Aufsichtsperson bei einer Schülerparty eingeteilt, was definitiv besser ist als die Alternative beim Schulball zu helfen. Meinen letzten Schulball in New York habe ich noch zu gut in Erinnerung und das sind Bilder, die ich nicht wieder wachrufen möchte. Um einundzwanzig Uhr muss ich demnach zurück an der Haze Falls High sein, doch bis dahin habe ich noch etwas zu erledigen.

»Lola, wir müssen reden.«

Meine Nachbarin hat mir im Bademantel die Tür geöffnet, ihre Haare sind feucht und sie ist nur zur Hälfte geschminkt. Was seltsam aussieht, weil ein Auge durch das ganze Make-up größer wirkt als das andere.

»Worüber?« Sie scheint verwirrt, aber auch leicht nervös. Wie jemand, der ertappt wurde. »Du siehst nicht so aus, als hättest du Lust auf ein Glas Wein.«

Richtig. Irgendwie erleichtert es mich, dass sie das Schauspielern nicht so draufhat. Davis' aalglatte Maske wird da viel schwieriger zu knacken sein. Davis. Davis. Davis. Ich stöhne, weil ich schon wieder an ihn denke, und versuche mich stattdessen auf die Frau vor mir zu konzentrieren.

Wir streichen einen Verdächtigen nach dem anderen.

»Ich weiß, dass du letztens in meinem Haus warst. Willst du etwas dazu sagen?«, komme ich direkt auf den Punkt. Die ›Mit dem Kopf durch die Wand‹-Methode war schon immer meine Lieblingsmethode. Und bei Lola scheint sie zu funktionieren, denn anstatt es zu leugnen, weicht ihr jegliche Farbe aus dem Gesicht. Außer das Rouge auf der rechten Wange.

»Es war nicht das, wonach es aussah.«

Zufrieden verschränke ich die Arme vor meiner Brust und verberge somit auch gleichzeitig das leichte Zittern meiner Hände. »Es sah nach Einbruch aus, doch ich glaube nicht, dass du etwas stehlen wolltest. Darf ich reinkommen?« Ich will das hier ungern zwischen Tür und Angel klären und ich habe nicht vor zu gehen, bis Lola mir sagt, was ihr Geheimnis ist. Denn dass sie eins hat, weiß ich nicht erst seit dem Einbruch bei mir, sondern seit der Nacht, in der sie sich mit nur einem Schuh nach Hause geschlichen hat.

»Ich hab' nicht viel Zeit.« Lola beißt sich nervös auf die Unterlippe, öffnet aber die Tür so, dass ich reinkommen kann. Sie führt mich durch die große Eingangshalle nach rechts in einen Teil des Hauses, den ich bisher noch nicht kannte. Wir befinden uns in einem Atelier. Zumindest sieht es aus wie eins. Es stehen drei Staffeleien auf dem dunklen Parkett, zwei davon mit bemalten Leinwänden. In den Regalen stehen Bilder, Skulpturen und Lehmfiguren. Der Geruch von frischer Farbe liegt in der Luft.

»Es wird nicht wieder vorkommen, ich verspreche es«, sagt sie und reißt meine Aufmerksamkeit damit wieder zurück auf unser Gespräch.

»Was hattest du dort zu suchen?«, will ich wissen. »Du hast doch etwas gesucht, oder? Informationen über mich? Hast du in meinen Unterlagen gewühlt?«

»Was?« Verdattert sieht sie mich an. »Nein, natürlich nicht.«

Die Verwunderung in ihrem Gesicht wirkt echt. Aber irgendetwas muss sie dort ja gesucht haben. »Was dann?«

Sie schließt ihre Augen und seufzt. »Hör zu, ich kann es dir nicht sagen.«

»Natürlich kannst du. Sonst hättest du mich nicht reingebeten.« Wäre sie nicht bereit zu reden, hätte sie mir sofort die Tür vor der Nase zugeschlagen. Die Frage ist nur, ob das, was sie sagen wird, der Wahrheit entsprechen wird oder sie mir versuchen wird, eine Lüge aufzutischen.

Unruhig beginnt sie im Zimmer auf- und abzulaufen. Ich frage mich beiläufig, ob all die Bilder hier – auch die, die ich beim letzten Mal über der Treppe gesehen habe, von ihr sind. Dann wäre sie eine wahnsinnig talentierte Künstlerin. Ich selbst bin mit dem Pinsel oder mit Stiften unbegabt, doch ich nutze mein Auge für Ästhetik hin und wieder beim Fotografieren. Wie kann es sein, dass wir bei unseren bisherigen Gesprächen nie auf ihren Beruf zu sprechen gekommen sind? Mir fällt auf, dass ich wirklich gar nichts über diese Frau weiß, sie aber schon viel zu viel von mir.

Lola seufzt ein zweites Mal und lässt sich auf der tiefgelegenen Fensterbank nieder. Sie schaut unsicher zu mir rüber. »Dir wird die Wahrheit nicht gefallen.«

»Davon gehe ich aus. Niemandem gefällt es, wenn jemand in seiner Abwesenheit in sein Haus einbricht.« Oder in seiner Anwesenheit. Mir fällt wieder ein, wie ich am Montag jemanden in meinem Haus gehört habe, kurz bevor die Blumen und der Brief auftauchten. »Warst du schon öfter dort?«, frage ich. Mein Hals fühlt sich auf einmal ganz trocken und rau an.

Lola antwortet nicht sofort, was Antwort genug ist. Mein Puls beschleunigt sich. Obwohl ich sie bereits verdächtigt habe, trifft mich ihr Eingeständnis unvorbereitet. Eine Mischung aus Wut und Fassungslosigkeit wächst in meinem Magen. »Wieso?« Ich schlucke die Verbitterung hinunter. »Wieso drohst du mir? Was habe ich dir getan?«

Ihr Gesichtsausdruck verändert sich. Verwirrt runzelt sie die Stirn. »Drohen?«

»Der Brief. Die Blumen. Sie waren von dir, richtig?«

Sie schüttelt langsam den Kopf. Die Verständnislosigkeit in ihren grünen Augen scheint echt zu sein. »Ich weiß nicht, wovon du sprichst. Ich war Mittwoch dort, weil ich ... etwas gesucht habe. Meinen Ehering, um genau zu sein.«

Nun bin ich diejenige, die irritiert innehält. »Deinen – *was*?«

Sie hebt mit einem entschuldigenden Lächeln die Hand, an deren Ringfinger ich das goldene, feine Schmuckstück sehen kann. »Dein Haus war ... bevor du letzte Woche darin eingezogen bist, der geheime Treffpunkt für mich und äh ...

meine Affäre. Normalerweise ziehe ich meinen Ehering schon vorher ab, aber an dem Abend hatte ich es vergessen. Also musste ich ihn im Bad ablegen und habe ihn dort auf die Fensterbank gelegt. Anschließend habe ich ihn vergessen.«

»Warte.« Ich hebe die Hand und starre sie an. Die ganzen Informationen muss ich erst einmal verdauen. »Du bist verheiratet?« Hatte sie nicht am Tag meines Einzugs etwas von alleinerziehend gesagt?

»Nein. Schon länger nicht mehr. Aber ... nun ja, den Ring trage ich dennoch immer bei mir. Als Erinnerung an ihn.« Ihre Wangen röten sich ein wenig und sie schaut peinlich berührt zur Wand.

»Und wann hattest du das letzte Mal Sex in meinem Haus?«, bringe ich das Thema zurück auf die relevanten Dinge.

»In der Nacht vor deinem Einzug. Es hat ein paar Tage gedauert, bis ich den Ring vermisst habe und anschließend noch ein paar Tage, bis mir dämmerte, wo ich ihn wohl liegen gelassen habe.«

»Oh Gott.« Ich verdrehe die Augen. Wenn diese Geschichte stimmt ... »Und das ist dein ach so schlimmes Geheimnis? Eine geheime Affäre, mit der du es in einem leerstehenden Haus getrieben hast?« Na super. Ich hatte mit etwas Spannenderem gerechnet.

Lola macht ein zerknirschtes Gesicht und spielt mit dem flauschigen Gürtel ihres himmelblauen Bademantels. »Nun ja, er ist verheiratet. Wenn die Leute hier wüssten, mit wem ich es treibe ... sie würden die Mistgabeln rausholen und mich aufspießen wollen.«

Ich schüttele den Kopf und kämpfe innerlich mit einem Lachen. Das ›Wer‹ ist mir hierbei herzlich egal. Moralisch schlimmer als mein Objekt der Begierde kann ihre Auswahl schon nicht sein. Wer bin ich also, um ausgerechnet *darüber* zu urteilen? Die andere Frau tut mir zwar leid, aber darum brauche ich mich nicht zu kümmern. Ich will mich gerade verabschieden, als mir plötzlich noch etwas einfällt.

»Warte ... wie bist du überhaupt in mein Haus gekommen?«

»Oh.« Lola springt von der Fensterbank auf und eilt aus dem Zimmer. Irritiert sehe ich ihr nach. Soll ich ihr folgen? Doch fünf Sekunden später ist sie wieder da. Sie bleibt vor mir stehen und hält mir in der ausgestreckten Hand einen Schlüssel entgegen. »Tut mir leid, den hätte ich dir schon längst wiedergeben sollen.«

Ich nehme ihn ihr ab. »Woher hast du den?«

Sie beißt sich auf die volle Unterlippe. »Von dem Mann, mit dem ich schlafe. Er hat mir den Schlüssel schon vor einem halben Jahr gegeben.«

Ich stutze. Heißt das, sie hatte etwas mit meinem Vormieter? Hat er einen der Schlüssel bei seinem Auszug unterschlagen? Ich habe mich nie erkundigt, wie lange das Haus leer stand und wem es vorher gehörte. Während ich versuche, all die Informationen aufzunehmen und zu sortieren, fällt mir etwas ein. »Vermutlich sollte ich das Schloss austauschen, für den Fall, dass er noch anderen diesen Schlüssel gegeben hat.« Das notiere ich mir auf meine imaginäre to-do Liste, direkt unter dem Punkt ›Alarmanlage kaufen‹, welchen ich eigentlich gestern schon abarbeiten wollte.

Lola blinzelt mich entgeistert an, doch ich entschuldige mich nicht für meine Aussage. Glaubt sie echt, sie ist die Einzige, mit der der treulose Wichser in einem leerstehenden Haus gevögelt hat? Menschen sind scheiße. Ich traue ihnen alles zu.

»Danke, dass du mich eingeweiht hast. Dein Geheimnis ist bei mir sicher«, sage ich und wende mich zum Gehen. Ich habe alles herausgefunden, was ich wissen musste.

»Hey, warte.«

Kurz vor der Haustür bleibe ich stehen und drehe mich fragend zu ihr um.

»Ich habe zwar jetzt keine Zeit, weil ich mit ihm verabredet bin, aber ... Die Drohung und die Blumen, die du erwähnt hast … wenn du auch jemanden zum Reden brauchst und jemandem, dem du deine Geheimnisse anvertrauen kannst – meine Tür steht für dich immer offen.«

Ich kann das Schmunzeln nicht verhindern, das meinen rechten Mundwinkel nach oben zieht. »So wie meine bisher für dich offenstand?«

Über meinen Sarkasmus verzieht Lola den Mund, doch ihre Augen lächeln mich freundlich an, als ich gehe.

Irgendwie bin ich erleichtert, dass sie es nicht ist, die hinter dem Brief und der Drohung steckt. Aber gleichzeitig heißt es auch, dass es jemand anderes ist. Und um meinen zweiten Verdächtigen von der Liste zu streichen, wird es bestimmt mehr brauchen als ein zwanzigminütiges Gespräch.

Ich werfe einen letzten prüfenden Blick in den Rückspiegel, um meinen Lippenstift zu kontrollieren. In allen anderen Bereichen mag mein Äußeres mittlerweile gut an das Kleinstadtleben angepasst sein, aber auf die dunkelrote Farbe heute Abend wollte ich nicht verzichten, auch wenn sie die Aufmerksamkeit auf mich ziehen wird. Früher habe ich ständig knalligen Lippenstift getragen, dass ich nun tagsüber darauf verzichte, sollte genug sein. Ich will nicht noch mehr von mir an Haze Falls abtreten.

Als ich aus dem Wagen steige und auf das angrenzende Wohnheim der Schule zusteuere, bin ich innerlich auf alles gewappnet, was heute Abend passiert. Irgendjemand scheint etwas mit mir vorzuhaben, also *wird* etwas passieren.

Die Tablette aus der kleinen Tüte habe ich zuhause gegen eine ebenfalls weiße Kopfschmerztablette getauscht. Selbst wenn der Erpresser – oder *Spielmacher* – mich irgendwie beobachtet, wird er den Unterschied auf die Distanz ja nicht erkennen können. Ich werde die Wirkung faken und mich etwas anhänglich, euphorisch und entspannt verhalten.

Zumindest hoffe ich, dass es sich bei der Tablette um eine Partydroge wie Ecstasy handelt und nicht um Rohypnol, welches dann natürlich die gegenteiligen Symptome hervorrufen müsste. *Verdammt.* Ich mache einfach eine Mischung aus beidem und hoffe, dass der Täter auf meine Schauspielkünste hereinfällt und sich in irgendeiner Form zu erkennen gibt, sobald er glaubt, dass meine Zurechnungsfähigkeit sich verabschiedet hat.

Wann sollte ich die Pille am besten einwerfen? Jetzt schon?

Ich bleibe auf dem Weg zwischen Schule und Wohnheim stehen. Links und rechts von mir erstrecken sich Blumenbeete und Rasenflächen. Zwischen den zwei Türmen der Haze Falls High geht gerade die Sonne unter und taucht alles in ein goldenes Licht. In einiger Entfernung höre ich Stimmen und Gelächter, doch hier in meiner Nähe ist niemand. Ich will gerade die Pille aus meiner Umhängetasche ziehen, als plötzlich mein Handy vibriert.

Überrascht ziehe ich es heraus. Eine SMS von einer anonymen Nummer:

Hol deine richtige Bonbontüte bei M.C. ab.

Das kann nicht sein! Ich reiße meinen Kopf hoch und drehe ihn in alle Richtungen. Werde ich tatsächlich beobachtet? Jetzt in diesem Moment? Oder war dem Spielmacher von Anfang an klar, dass ich versuchen würde, ihn auszutricksen, und er mir die echte Pille deshalb sowieso erst auf der Party geben wollte? Auf der Party wird es ihm noch leichter fallen, ein Auge auf mich zu werfen. So viele fremde Menschen, und ich habe nicht den leisesten Schimmer, auf wen ich achten soll.

Auf Davis! Auf wen denn sonst?

Ich ignoriere die Stimme in meinem Kopf, schiebe mein Handy zurück in die Tasche und setze meinen Weg fort. Vermutlich brauche ich mich nicht einmal zu wundern, dass der Erpresser meine Handynummer kennt. Ein kleiner

Einbruch im Sekretariat und jeder Schüler oder Lehrer hätte sie. Obwohl die laue Abendluft angenehm warm ist, läuft es mir eiskalt den Rücken hinunter.

Habe ich vielleicht zu vorschnell beschlossen, das Spiel mitzuspielen?

Um den Eingang des Wohnheims tummeln sich mehrere Schülergrüppchen. Der Lautstärke und dem Lachen nach zu urteilen, haben die Kids schon einiges getrunken. Offiziell ist Alkohol auf dem Gelände natürlich verboten, mal abgesehen davon, dass alle Schüler hier unter einundzwanzig sind. Wir Lehrer sind angehalten, diesen zu konfiszieren, falls wir welchen entdecken, aber ganz ehrlich – selbst Mr. Hendrickson müsste bewusst sein, dass Schüler wie Davis und seine Freunde trotzdem eine Möglichkeit finden, das Zeug heimlich irgendwo zu trinken. Ich werde bestimmt nicht an jedem der roten Plastikbecher schnüffeln, um herauszufinden, ob die Schüler Cola und alkoholfreie Bowle trinken oder etwas reingemischt haben.

Ich grüße die Teenager, die allesamt aus den unteren Jahrgängen zu sein scheinen, und gehe die Steinstufen hoch durch eine offene doppelflügelige Tür.

Die Eingangshalle des Wohntraktes erstreckt sich in einem rustikalen Stil vor mir, der Boden und selbst die Wände sind zum Großteil mit dunklem Holz verkleidet. Ein dunkelgrüner Teppich liegt vor einer großen Treppe, die in die oberen Stockwerke hinaufführt. Ein schwarzer Kronleuchter hängt in der Mitte des Raumes an der hohen Decke. Schülergrüppchen stehen am unteren Fuß der Treppe oder links und rechts an den Rundbogendurchgängen zu weiteren Räumen. Ein paar von ihnen tragen noch die Schuluniform, während andere sich in schicke Abendgarderobe geworfen haben. Die dunkle Barocktapete und die braunen Ledermöbel geben der Räumlichkeit einen alten Charme, als wäre dies hier der ehemalige Landsitz einer Adelsfamilie aus dem letzten Jahrhundert. Die Musik hingegen, die von den Wänden widerhallt, ist modern und passt so gar nicht zum Ambiente.

Ich beschließe, mich erst einmal ein wenig umzusehen. Da das Ganze hier als Arbeitszeit gilt, sollte ich mir zumindest einen groben Überblick über die Gegebenheiten verschaffen. Mr. Hendrickson, der soweit ich weiß, auch selbst vor Ort sein soll, hat mir zwar erklärt, dass wir an solchen Abenden als Aufsichtspersonen ruhig etwas Spaß haben dürfen und nicht nur ernst am Rand stehen müssen, aber ich habe keine Ahnung, was der Direktor unter Spaß versteht. Vermutlich gibt es ab dreiundzwanzig Uhr in der Küche eine eigene kleine Runde für die Lehrkräfte. Laut Plan sind wir heute zu viert hier. Die Chance, entweder Edwards oder Hendrickson in die Arme zu laufen, ist also ziemlich hoch. Die Chance, etwas Dummes zu tun – etwas Lebensvernichtendes, Dramatisches – wenn ich von diesem M.C. wirklich Drogen bekommen sollte, noch höher.

Eine Stunde später ist der Wohntrakt gut gefüllt. Ich habe auch schon die ein oder andere Bierflasche konfisziert, die ein paar Jungs wie selbstverständlich in der Hand hielten. Und ich habe M.C. gefunden. Er ist ein schmächtiger Schüler aus der zehnten Klasse mit Piercings im Ohr, schwarzen Haaren und dunklem Eyeliner. Ich habe mitangehört, wie ein paar der Mädchen über ihn geredet haben und so seinen Namen aufgeschnappt.

Da ich im Moment ohnehin Langeweile habe, gehe ich zu ihm rüber. Es weiter aufzuschieben, würde mir sowieso keinen Vorteil verschaffen, außerdem ist er gerade allein. Er kommt die Treppe aus dem zweiten Stockwerk hinunter, als ich ihn abfange.

»Hey, du bist M.C., oder?«

Seine Augen werden schmal. »Wer will das wissen?«

Na, wer wohl? Die Person, die vor dir steht. »Ich habe gehört, du hättest was für mich.«

Sein Blick wird misstrauischer. »Ich brauche einen Namen.«

»Äh … Rivers?« Ich fühle mich, als würde ich ein geheimes Codewort benutzen. Und dabei dachte ich, die Stadt und die Schule hier seien so klein, dass mittlerweile jeder die neue Lehrerin kennen würde.

Er nickt und sieht sich dann schnell um, bevor er etwas aus seiner hinteren Hosentasche zieht und mir in die Hand drückt. »Aufmachen und runter damit.«

Ungläubig reiße ich die Augen auf. »Jetzt?«

Er nickt wieder. »Wenn du es nicht tust, soll ich Bescheid geben.«

»Wem?« Das Blut rauscht übertrieben laut in meinen Ohren, vermischt sich mit dem schnellen Beat der Musik und lässt mein Herz höherschlagen.

Der schwarzhaarige Typ zuckt mit den Achseln. »Ist anonym, weiß ich nicht.«

»Dir ist egal, für wen du diesen Auftrag erfüllst?«

»Geld ist Geld.« Mein Blick muss sich verfinstert haben, denn er hebt unschuldig die Hände. »Tue es oder lass es. Ich bin nur der Bote.«

»Ja, ja, schon gut.« Ehe ich noch länger mit diesem Teenager diskutiere, der bestimmt noch nicht einmal Haare am Sack hat, reiße ich die Tüte auf, nehme die kleine weiße Tablette zwischen die Finger und verziehe den Mund. »Kannst du mir wenigstens sagen, was das ist?«, frage ich hoffnungsvoll. *Bitte sei keine Vergewaltigungsdroge.*

M.C. schüttelt den Kopf – und ich schlucke die Pille.

Meine Kehle ist so eng, dass sie kaum runtergeht, und selbst, als sie meine Speiseröhre schon hinuntergewandert ist, habe ich das Gefühl, sie noch immer in meinem Rachen zu fühlen. Mein Herzschlag beschleunigt sich, als ich begreife, dass es jetzt kein Zurück mehr gibt. Aber es hinauszuzögern, hätte mir auch nicht weitergeholfen, bleibt jetzt nur noch zu hoffen, dass es nichts weiter als Ecstasy ist. In meiner Studienzeit hatte ich einen Freundeskreis, der hin und wieder Partydrogen beim Feiern reingeschmissen hat, weshalb meine Panik vor der Wirkung sich in Grenzen hält. Der entscheidende Unterschied ist nur, dass ich mich als Lehrerin an meiner Arbeitsstelle befinde und dass ich mir nicht sicher sein kann, was für eine Droge mit welcher Wirkstoffkonzentration man mir untergeschoben hat ... Auf einen halluzinogenen Trip kann ich jetzt gut verzichten.

»Ach ja und bevor du gehst...«, setzt M.C. an. *Was kommt jetzt noch?* »Ich soll dir ausrichten, dass du gar nicht erst versuchen sollst, es im Bad wieder auszukotzen.«

Beinahe hätte ich die Augen verdreht. Das habe ich mir schon denken können. Ich bedanke mich bei M.C. (obwohl mir am liebsten danach wäre, seine Mutter anzurufen und ihr zu erzählen, was für Geschäfte ihr Sohn so treibt) und steuere auf direktem Weg die Küche an. Wasser! Ich brauche kühles Wasser. Dabei sehe ich immer wieder über meine Schulter, um darauf zu achten, welche der Schüler oder Lehrer sich in meinem Umfeld tummeln. Wobei die Lehrer eigentlich nicht wirklich auf meiner Verdächtigenliste stehen. So dumme Spiele können sich nur Kinder ausdenken. Was ich merkwürdig finde, ist, dass ich Davis heute noch kein einziges Mal gesehen habe. Ist er gar nicht hier oder geht er mir aus dem Weg?

Meine kalte Schulter nach unserem Ausflug zum See scheint Wirkung gezeigt zu haben und ihn auf Abstand zu halten. Diese Tatsache sollte mich zufrieden stimmen, das war genau das, was ich wollte, aber irgendwie ... ich fülle mir einen Becher Wasser am Spülbecken. Meine Gedanken driften ab. Zu Davis. Zu M.C. Zu dieser doofen Schülerparty, für die ich viel zu alt bin.

Ich habe gern Kontakt zu Jugendlichen und fühle mich auch selbst immer noch jung, weshalb ich nach der Uni gerne zurück an die Schule ging. Aber heute fühle ich mich fehl am Platz. Ich stelle den leeren Becher zurück auf die Theke. Normalerweise sollte ich jetzt noch gut zwanzig Minuten haben, bis die Wirkung einsetzt. Ich drehe mich um und überlege gerade, ob ich mich für die nächsten Stunden am besten irgendwo an einem ruhigen Ort verschanzen sollte, als mich ein eisiger Blick aus blauen Augen trifft. Das Mädchen sieht direkt zu mir rüber, weshalb ich sie in der Schülermenge überhaupt erst bemerke. Wie war noch gleich ihr Name? Ella? Isabell?

Danach verschwimmt alles in einem Strudel aus Farben und Hitze. Das Wasser hilft nicht. Ich drehe mich zum Waschbecken und will mir noch einen Becher füllen, doch das rote Plastik entgleitet meinen Fingern. Es ist so unerträglich heiß hier drin, dass ich mich ausziehen und auf den kühlen Boden legen möchte.

Kühle Wiese.

Warme Hände.

Der sternenklare Nachthimmel.

Mr. Hendricksons Gesicht und sein durchdringender Blick hinter der Hornbrille. *Scheiße!*

Vor Schreck reiße ich die Augen auf. Das Sonnenlicht flutet meine Netzhaut, als wäre es Salzsäure. Sonnenlicht? Moment …

»Fuck«, stöhne ich und setze mich blinzelnd auf. Wo bin ich? Wie spät ist es und – heilige Scheiße, bin ich etwa nackt?

Zu viele verstörende Sinneswahrnehmungen prasseln auf mich ein. Ich starre an mir herunter, als wäre ich ein Mann, der durch einen Zauber über Nacht in einem Frauenkörper aufgewacht ist. *Nein, nein, nein.* Ich ahne Schlimmes, als ich prüfungshalber die Decke zurückschlage und auch den Rest von meinem *nackten* Körper sehe. Schnell schießt mein Kopf in die Höhe, um den Raum abzuscannen und herauszufinden, ob diese Nacktheit noch jemand anders gesehen haben könnte. Die ersten zwei Sekunden reichen, um drei Dinge festzustellen.

1. Ich bin allein. Gott sei Dank.

2. Das ist *nicht* mein Schlafzimmer. Ich bin in einem fremden Haus. Das ist nicht so gut.

Und 3.: Ich habe einen kompletten Blackout und nicht die geringste Ahnung, wo ich bin und was gestern Abend noch passiert ist.

fünfzehn

DAVIS

Etwa 10h zuvor, Freitagabend

Rivers benimmt sich seltsam. Obwohl ich sie keinen Alkohol habe trinken sehen, führt sie sich auf, als hätte sie vorhin im Garten beim heimlichen Trichtersaufen mitgemacht.

Während der Abschlussjahrgang in der Turnhalle bei seinem Märchenball ist, ist hier im Schülerwohntrakt die Aftershow Party bereits in vollem Gange. Da sich für die Haze Falls High auch viele Schüler von außerhalb interessieren, gibt es in der Nähe des Schulparks ein betreutes Wohnheim für alle Teenager, deren Familien zu weit weg wohnen. Weil Marco zu den Schülern gehört, die hier ein Zimmer haben, bin ich öfter hier. Zu unserem Leidwesen bekommen aber auch die Lehrer schnell mit, wenn hier eine Party ansteht. Verbieten tun sie es uns nicht, aber sie passen auf, dass wir keinen Alkohol oder andere Drogen konsumieren und alles *gesittet* abläuft.

Als Aufsichtsperson ist Rivers jedoch eine ziemliche Niete. Meine Augen mustern sie über den Rand meines roten Plastikbechers hinweg. Sie wirft ihr braunes Haar zurück und lacht übertrieben laut, während sie so wenig Kontrolle über ihren Körper hat, dass er halb mit dem von Mr. Hendrickson verschmolzen ist. Normalerweise halte ich mich auf Partys dort auf, wo die Lehrer *nicht* sind. Wieso ich also an der Tür zum Billardzimmer lehne und ausgerechnet zwei Lehrkräfte beim Rumturteln beobachte, kann ich mir selbst nicht erklären.

Ob Mr. Hendrickson Rivers abgefüllt hat? Ich kann mir nicht vorstellen, dass eine Frau wie Rivers freiwillig mit Mr. Halbglatze anbandelt. Da war ja sogar unser Englischlehrer noch die bessere Wahl gewesen. Vielleicht ist Rivers in solchen Dingen aber auch gar nicht wählerisch und besteigt alles, was einen Schwanz hat. Dieses Luder hat es offenbar ganz schön nötig. Sie hat heute Abend ihren zarten nudefarbenen Lippenstift sogar gegen einen dunkelroten getauscht. Ich weiß nicht, was mich mehr ankotzt. Dass ich sie so falsch eingeschätzt habe oder dass es nicht mein Schwanz ist, an den sie so dringend will, dass sie kaum noch an sich halten kann.

Ich nehme einen weiteren großen Schluck von der Bowle – die offiziell natürlich alkoholfrei ist – und verenge meine Augen zu Schlitzen. Hendrickson hat sie zu 98% abgefüllt. Das kann sich doch keiner mitansehen – tut auch keiner. Außer mir. Verdammt. Das ist nicht mein Bier. Ich sollte mich unter meinesgleichen mischen und Ersatz für Elisabeth finden, die nach unserer ›Auseinandersetzung‹ am Dienstag bestimmt nicht mehr die Beine für mich breitmacht. Habe ich die letzten Tage ohnehin keinen Bock auf Sex gehabt, so kommt es mir heute vor, als bräuchte ich ihn dringender denn je.

Als ich aus den Augenwinkeln Marco und die anderen Footballspieler sehe, stoße ich mich von dem Türrahmen ab und gehe auf sie zu. Aufgrund ihres Sieges ist die Stimmung ausgelassen – das hört man auf fünf Meter Entfernung. Als mein bester Kumpel mich ebenfalls entdeckt, klopft er seinen Jungs auf die Schulter und seilt sich von der Gruppe ab.

»Hey, hier steckst du also!«, ruft er mir zu und legt einen

seiner breiten Arme um meinen Nacken. Zu meiner Verwunderung zieht er mich ein wenig beiseite, damit wir abseits von den anderen bleiben. »Du hast dich mit Lizzy noch nicht versöhnt?«, raunt er mir zu.

»Was geht dich das denn an?«, knurre ich, weiß aber genau, worum es geht. Marco und ich befinden uns an der Spitze unserer kleinen Pyramide. Er punktet mit seinem monströsen Körper und seinem Können als Quarterback. Ich mit meinem Selbstbewusstsein und meinen einnehmenden Charakterzügen. Gemeinsam stehen uns alle Türen offen. Doch wir dürfen die Cheerleader nicht unterschätzen, die unsere größten Fans sind. Lizzy und Samantha sind deren Queens.

»Wir können uns nicht erlauben, dass sie eine Hetze gegen uns starten, Alter.«

Ich verdrehe die Augen und leere meinen Becher. Da Marco noch immer auf eine Antwort zu warten scheint, frage ich: »Also soll ich sie bumsen, damit sie die Klappe hält?«

»Ja, bitte! Oder bring sie anders unter Kontrolle. Mir egal. Wenn du Hilfe dabei brauchst, sag Bescheid.« In Marcos Augen beginnt es zu funkeln. Ideen, die sich wie Sterne über den schwarzen Nachthimmel verteilen.

Theoretisch sollte dieses Angebot mich reizen. Tut es aber nicht. Elisabeth zu jagen, macht mir keinen Spaß mehr. Sie ist langweilig. Aber Marco hat Recht: ich muss sie daran erinnern, wer ich bin, sonst ist mein Ruf schneller ruiniert, als mir lieb ist.

»Ich kümmere mich darum«, sage ich.

Marco verzieht unzufrieden das Gesicht. »Genauso wie du dich um Rivers gekümmert hast? Ich hab' die Fotos noch immer nicht im Netz gesehen, was hast du mit denen gemacht? Deine Wände damit tapeziert?«

»Kann dir doch egal sein, oder?«, weise ich ihn zurecht. Sein Gelaber geht mir auf die Eier. »Ich warte auf den richtigen Moment. Es ist immer gut, ein Druckmittel in der Hand zu haben.«

Er nickt und erleichtert stelle ich fest, dass sich so etwas wie Einsicht in seinen Zügen zeigt. Hätte mir auch gerade noch gefehlt, wenn mein bester Freund mich weiter mit so einem Mist nervt. Als hätte ich nichts anderes, worum ich mich kümmern müsste. Da morgen früh das Wettschwimmen ist, bin ich ohnehin schon gereizt. Ich habe die ganze Woche drei Stunden täglich trainiert und meine Spitzenzeiten wieder eingeholt, trotzdem ist der Druck da.

»Soll ich dir noch einen bringen?«, fragt Marco und deutet mit einem Nicken auf meinen leeren Becher. Er scheint zu merken, dass ich angespannt bin.

Ich schüttele den Kopf. »War mein letzter für heute. Muss ohnehin gleich ins Bett. Kann ich bei dir im Zimmer pennen, damit ich morgen früh direkt von hier los kann?«

»Klar, Schnucki. Weißt ja, wo der Zimmerschlüssel ist.« Er grinst mich an und deutet zu seinen Jungs. »Lass uns wieder zu den anderen gehen.«

»Geh du. Ich suche Elisabeth und schaff uns dieses Problem schon mal aus dem Weg.« Jetzt, wo er es angesprochen hat, will ich es so schnell wie möglich hinter mich bringen.

»Weise Entscheidung.« Er klopft mir auf den Rücken und eilt dann – beinahe hüpfend wie ein galoppierendes Pferd – zu den anderen Footballspielern. Ich muss über den Jungen schmunzeln, der seit dem ersten Schultag sowas wie mein Bruder ist, dann wende ich mich ab und überlege, wo ich mit meiner Suche nach Elisabeth beginnen soll. Als ich mich umsehe, fällt mir auf, dass Rivers und Hendrickson nicht mehr an ihrem Platz sind.

Kann dir egal sein. Ich stelle meinen Plastikbecher an dem Treppengeländer ab und gehe eine Etage höher. Viele der Wohnheimzimmer stehen offen und werden von den Schülern als Dancefloors oder für Partyspiele benutzt. Elisabeth wird sich mit ihrer Mädelsclique vermutlich dort aufhalten, wo am meisten los ist. Ich durchquere den länglichen Flur, bei dem sich links die Zimmer befinden und rechts die Fenster, die zum Innenhof zeigen. Kurz spähe ich nach draußen in die Nacht. Der Mond leuchtet beinahe voll am ansonsten schwarzen Himmel. Mein Blick gleitet hinunter in den mit Lampions behangenen Garten, in welchem die Nachtidylle von trinkenden und lachenden Schülern zerrissen wird. Und ich weiß nicht wieso ich zwischen all den Leuten, auf dessen Köpfe ich hinunterblicke, direkt *sie* sehe.

Es ist, als würde sie eine magnetische Anziehung für meine Blicke haben. In jeder Menschenmenge sehe ich sie, ohne suchen zu müssen.

Man muss dazu sagen, dass sie im Gegensatz zu den anderen Leuten aber auch dadurch auffällt, dass sie nicht steht, sondern liegt. Neben einem Mann, den ich auf die Entfernung und in der Dunkelheit nicht sofort erkennen kann, liegt Miss Rivers flach auf dem Rücken. Ihre braunen offenen Haare breiten sich wie ein Fächer auf der Wiese aus und sie starrt hoch zu dem Mond, der ihr Gesicht beleuchtet.

In all dem lauten Trubel ist sie der Ruhepol. Aber ich merke direkt, dass etwas nicht stimmt. Auf die Entfernung kann ich ihre Mimik zwar kaum deuten, doch nachdem ich sie vorhin erst so betrunken gesehen habe, ist es kein gutes Zeichen, dass sie nun draußen auf dem Boden liegt.

»Scheiße.« Kurzerhand wende ich mich von dem Fenster ab und gehe zurück, die Treppen hinunter, anstatt weiter nach Elisabeth zu suchen.

»Hey, Edwards«, begrüße ich unseren Englischlehrer, der neben Rivers im Gras sitzt. Keine Ahnung, was bei den beiden geht, und eigentlich sollte ich mich nicht einmischen, doch ich kann nicht anders.

Mr. Edwards sieht auf und wendet den Kopf in meine Richtung. »Ah, Davis. Hey, wie geht's?«

Ich verenge meine Augen zu Schlitzen und sehe zu Rivers.

Sie hat ihre Augen halb geschlossen und scheint nicht mehr viel mitzubekommen.

»Was ist mit ihr?«, frage ich.

Mein Englischlehrer macht ein zerknirschtes Gesicht. »Kann ich nicht sagen. In der Bowle oder so muss Alkohol gewesen sein. Mr. Hendrickson und ich haben alle offenen Getränke bereits weggeschüttet.«

»Sie ist also betrunken?« Irgendwie zweifele ich das an. So viel kann sie unmöglich von der Bowle in sich hineingekippt haben. Und so schnell driftet kein Erwachsener von ein bisschen Alk ab. Selbst Frauen nicht.

»Jemand sollte sie wohl besser nach Hause bringen«, sage ich.

Edwards nickt und rappelt sich auf. »Ja. Ich habe gehofft, dass es ihr an der frischen Luft bessergeht, aber offenbar ist das nicht der Fall. Kannst du eben auf sie aufpassen? Ich gebe dem Direktor Bescheid, dass ich kurz weg bin und fahre sie dann.« Er hält kurz inne. »Nachdem ich irgendwie herausgefunden habe, wo sie wohnt.« Er schüttelt den Kopf, als würde er sein Selbstgespräch innerlich fortführen, und geht ins Innere des Hauses.

Trottel. Macht sich Gedanken darüber, wo sie wohnt, anstatt Rivers einfach über die Schulter zu legen und in sein eigenes Schlafzimmer zu tragen. Genau das, was *ich* jetzt tun werde. Ein Blick nach rechts und links, dann bücke ich mich und ziehe meine Mathelehrerin unter den Achseln hoch, bis sie in einer einigermaßen aufrechten Position steht, nehme dann ihre Hüften und hebe sie über meine Schulter.

»Ey!«, kommt es als einzige Erwiderung. Sie versucht nicht einmal, sich zu wehren. Aber zumindest kann sie noch sprechen – wenn man das als Sprechen bezeichnen kann.

Da ich nicht gesehen werden will, nehme ich einen anderen Eingang zurück ins Wohnheim als den, den ich gerade benutzt habe. Irgendwie fühlt es sich seltsam und selbst für mich falsch an, eine halb bewusstlose Lehrerin zu entführen.

Die kleinen Machtspielchen, die ich seit Jahren schon hin und wieder mit Mitschülerinnen treibe, sind etwas anderes. Die Konsequenzen sind überschaubar, weil sich von ihnen nie eine öffentlich über mich beschweren würde. Selbst wenn ihnen nicht gefällt, wie ich sie behandle, würden sie einem Erwachsenen gegenüber nie den Mund öffnen. Miss Rivers *ist* erwachsen. Bei ihr sollte ich mich nicht zu weit aus dem Fenster lehnen, da ich nicht einschätzen kann, wie sie reagiert. Ein Schritt zu weit und ich fliege wohlmöglich wirklich von der Schule – auch wenn das etwas ist, was ich immer als schier unmöglich angesehen habe. Aber jetzt gerade habe ich nicht einmal eine Machtdemonstration im Sinn, im Gegenteil: Ich rette Rivers den Arsch. Zumindest so halb. Sie würde bestimmt nicht gern von Edwards nach Hause gefahren werden. Oder doch?

Sie würde bestimmt lieber ein Bett mit Edwards teilen als mit dir. Die Stimme der Vernunft meldet sich bei mir selten, aber wenn sie es tut, dann schonungslos ehrlich. Für eine Planänderung ist es nun aber ohnehin zu spät. Außerdem berauscht mich das Gefühl des Adrenalins mehr als Alkohol oder Drogen es könnten. Ich habe schon lange nichts mehr gefunden, was mir einen solchen Kick verschafft wie diese Frau. Die letzten zwei Tage haben sich angefühlt wie ein passiv-aggressiver Waffenstillstand. Als würde derjenige gewinnen, der den anderen am längsten ignoriert. Dabei war mein Ziel lediglich, ihr vor Augen zu führen, dass ich sie nicht will. Hat offenbar funktioniert, aber befriedigt hat mich das auch nicht.

Im Schatten des Mauerwerks schleiche ich einmal ums Haus und benutze eine abseitsgelegene Tür, die mich in ein steriles Treppenhaus führt.

»Sie sind schwerer, als ich dachte«, murmele ich, während ich sie ins vierte Stockwerk trage. Ihr kurviger, erwachsener Körper fühlt sich ganz anders unter meinen Händen an als die zierlichen Klappergestelle der Sechzehnjährigen. Ich würde lügen, wenn ich behaupte, dass mich ihr Gewicht auf der langen Strecke nicht ächzen lässt. Aber ich gehörte auch nie zu der Sorte Jungs, die ihre Muskeln im Studio aufpumpen.

Hier oben ist zum Glück alles ruhig. Die Party erstreckt sich meistens nur auf die ersten beiden Etagen und das Erdgeschoss. Vor der Zimmernummer 44 bleibe ich stehen und setze Miss Rivers auf dem Boden ab.

Ihr Kopf fällt direkt nach hinten an die Wand und sie sieht aus großen runden Kulleraugen zu mir auf. Zumindest ist sie immer noch bei Bewusstsein. Ihre Augen scannen mich so gründlich, dass ich sogar vergesse, den Schlüssel unter der Türmatte hervorzuholen.

Ich bücke mich zu ihr herunter und sehe in ihre geweiteten Pupillen. Langsam hebe ich die Hand und streiche ihr eine Haarsträhne aus der verschwitzten Stirn. Sofort werde ich bei der Berührung an den Moment im Wald erinnert, als ich das das erste Mal getan habe – und sie zum ersten Mal beinahe geküsst hätte. Das wiederum weckt die Erinnerungen an unseren echten ersten Kuss. Nackt. Unter der Dusche. Im Strahl des heißen Wassers, das mir auf den Rücken prasselte.

Es kommt mir vor, als wäre seitdem eine Ewigkeit vergangen. Und doch kann ich noch jedes einzelne Detail abrufen. Mein Körper will dem drängenden Impuls nachgeben, ihre Lippen erneut zu schmecken. Das Gefühl zu wiederholen.

»Mir ist so warm, Davis«, murmelt sie in diesem Moment.

Ich reiße mich aus meiner Starre und greife rechts an ihr vorbei unter den Fußabtreter. »Ich weiß. Ich bringe Sie ins Bett.«

Sofort kommt Bewegung in sie. Als würde sie zusammenzucken oder versuchen wollen, aufzustehen. »Ich kann nicht mit dir ins Bett«, stottert sie und sieht anklagend zu mir hoch, als ich die Tür aufschließe.

Ihr panischer Blick bringt mich zum Schmunzeln. »Ihnen hat irgendwer irgendwas untergejubelt. Seien Sie froh, dass nur ich es bin, der Sie ins Bett bringt.« Meine Mundwinkel ziehen sich nach unten, als ich an Mr. Hendrickson denke. Widerlich, wenn *er* sie ins Bett gebracht hätte. Das würde Miss Rivers hoffentlich genauso sehen.

Ich hebe Rivers wieder hoch und trage sie diesmal in meinen Armen wie eine Braut über die Türschwelle. Ihre Hände klammern sich dabei um meinen Hals – vermutlich aus Angst, dass sie sonst herunterfallen könnte – trotzdem löst diese unbedeutende Berührung ein unruhiges Flattern in meiner Magengegend aus.

Ich ignoriere das Gefühl – im Verdrängen bin ich Weltmeister –, kicke die Tür hinter mir mit dem Fuß zu und steuere das Bett an. Als ich sie darauf ablege, plumpst sie auf die Matratze wie ein Sack Kartoffeln. Mir fällt auf, dass sie statt ihrer üblichen Röcke und Blusen heute eine enge schwarze Hose trägt und ein fliederfarbenes Top aus einem luftigen Stoff. Obwohl das Oberteil hochgeschlossen ist und eine opulente Schleife am Hals befestigt ist, zeichnet sich ihre Oberweite unter diesem Stoff mehr als sonst ab. Oder sie fällt mir mehr als sonst ins Auge. Die Schleife schreit aber auch förmlich: *Ich bin ein Geschenk, öffne mich!*

Ich reiße meinen Blick wieder hoch in ihr Gesicht. Sie hat ihre Augen zusammengekniffen und mustert mich so eingehend, als hätte ich etwas im Gesicht kleben. Oder als könnte sie meine Gedanken lesen.

»Egal wie oft du mir drohst, ich werde mich von dir nicht zum Sex erpressen lassen!«, zischt sie.

Erst blinzele ich verwirrt, dann kommt ein belustigtes Schnauben über meine Lippen. In der Kombination damit, wie sie völlig hilflos auf diesem Bett liegt und sich nicht einmal einen Zentimeter gerührt hat, seit ich sie abgelegt habe, muss ich bei ihren Worten einfach nur lachen.

»Glauben Sie wirklich, ich hätte es nötig, jemanden zum Sex zu *erpressen*?« Ich denke an die ganzen Mädels in diesem Haus. Ich könnte zu jeder von ihnen hingehen und mit ihr die Nacht verbringen. Kaum eine würde das abschlagen. Im Gegenteil, viele würden sich sogar darum prügeln. Wenn Elisabeths Gerede sich noch nicht überall verbreitet hat. Und selbst dann ... Eigentlich müsste ich dringend mal prüfen, wie sehr sie mittlerweile meinem Ruf geschadet hat.

Rivers scheint mir nicht zugehört zu haben, denn sie hält an ihrer Tirade fest. »Ich werde nicht mit einem siebzehnjährigen, selbstverliebten Klassenclown schlafen, der ein Problem mit Autoritätspersonen hat! Ich bin deine Lehrerin!« Als würde sie ihren Worten diesmal mehr Ausdruck verleihen wollen, macht sie tatsächlich Anstalten, sich vom Bett zu rollen.

Ich halte sie fest, ehe sie runterfallen und sich verletzen kann. »Jetzt hören Sie auf, dauernd von Sex zu reden.« Wieso unterstellt sie mir das die ganze Zeit? Sie kann doch unmöglich ahnen, wie krank es in meinem Kopf zugeht. Meine letzten Worte zu ihr am See hätten sie doch eigentlich davon überzeugen müssen, dass ich sie *nicht* will.

Meine Hände umfassen ihr Gesicht, damit sie mich ansieht und mir zuhört. »Keiner wird Sie heute Nacht vögeln. Außerdem ...« Ich verziehe den Mund. »Habe ich Ihnen schon am ersten Schultag gesagt, dass ich kein selbstverliebter *Klassenclown* bin. Aber schön zu wissen, wie Sie nach wie vor über mich denken.« Ich lasse sie los und stehe vom Bett auf. Vielleicht ein bisschen zu abrupt. Aber ihre Aussage nervt mich. An ihrer Beschreibung über mich passte außer meinem Alter nur ein einziger Punkt: Ich habe tatsächlich ein Problem mit Autoritätspersonen. Es gibt schon einen Mann, der über mein Leben bestimmt, als wäre es sein Eigentum. Es sollen nicht noch mehr Leute tun.

Zu viele unterschiedliche Emotionen gehen durch meinen Körper, als ich mich vom Bett abwende und durch das Zimmer laufe. Ich bin verwirrt darüber, wer Rivers in so einen Zustand versetzt hat, enttäuscht darüber, was diese Frau von mir hält, wütend darüber, dass sie sich als Hobbypsychologin aufspielt und gleichzeitig bin ich immer noch voller Abneigung gegen sie. Wegen ihres Anrufs bei meinem Dad, dass ich deswegen morgen vielleicht den Wettkampf verliere – und weil ich öfter an sie denke, als ich eigentlich will oder sollte. Ihre widersprüchliche Art fickt meinen Kopf. Mal ist sie so zugeknöpft und denkt nur an Regeln: an die Regeln der Mathematik, an die Regeln im Klassenzimmer, an moralische und gesellschaftliche Regeln. Als wären sie ihre heilige Bibel. Und dann wiederum ist sie ganz anders ... das Funkeln in ihren Augen, der Kampfgeist, ihr Wunsch, mir Paroli zu bieten, ihre Kletter- und Wurffähigkeiten – und dann die Art, wie sie mich im Schwimmbad unter der Dusche angesehen hat. Da war noch etwas ganz anderes. Etwas Sensibles. Verständnisvolles. *Gutes.*

Wer sind Sie, Miss Rivers?

Ich habe gar nicht gemerkt, dass ich gedankenverloren im Zimmer auf und ab gegangen bin, bis ich ein dumpfes Geräusch höre. Sofort drehe ich mich zum Bett und sehe Rivers am Boden. Offenbar ist sie bei dem Versuch, sich aus der engen Hose zu schälen, vom Bett gefallen.

Fuck, jetzt zieht sie sich auch noch von selbst aus.

»Behalt die Hose an!«, knurre ich und bin hin und hergerissen, ob ich sie zurück aufs Bett hieven oder auf dem Boden rumrobben lassen soll. Vielleicht sollte ich einfach aus dem Zimmer flüchten und woanders schlafen, bevor ich irgendetwas Dummes tue, auf was mein Schwanz zum Beispiel fürchterliche Lust hätte. Es wäre ein Leichtes, sie in diesem Zustand zu bezwingen und meinen Körper über ihren dominieren zu lassen. Es würde niemand erfahren und sie würde sich am nächsten Morgen vermutlich nicht einmal mehr daran erinnern.

Aber genau das ist auch das Problem. Es reicht mir nicht, es allein zu wissen. Es reicht mir nicht, sie auf dem Silbertablett serviert zu bekommen. Es würde sich nicht anfühlen, als würde ich *sie* ficken, sondern einen x-beliebigen Körper. Eine schöne Hülle, aber weiter nichts. Falls diese Frau tatsächlich irgendwann unter mir liegen sollte, will ich, dass sie es nie wieder vergisst. Das Geschehene soll sie ihr Leben lang verfolgen und quälen.

Ich will ihr dabei in die Augen sehen.

Ich will mich in ihre Erinnerung ficken.

»Kann ich duschen? Gibt es hier eine Dusche? Gott, mir ist so heiß!«

Ihr Gequängel stoppt meine kranken Fantasien und bringt mich dazu, einzuschreiten und ihr zumindest ein wenig entgegenzukommen. Ihrer Hose hat sie sich bereits entledigt, doch nun versucht sie die Schleife ihres Oberteils abzureißen, was eher so aussieht, als würde sie sich damit gleich strangulieren. Als ich mich zu ihr herunterbeuge, um ihr zu helfen, merke ich, dass sie tatsächlich am ganzen Körper verschwitzt ist. Ihre Finger zittern wie Espenlaub. Wut staut sich in meinem Magen und verdrängt damit sogar die Wünsche meines Schwanzes. Ich bin gewiss kein Feind von Drogen, aber sie jemandem heimlich unterzujubeln, ist armselig. Vor allem wenn man die Person danach allein lässt.

»Ich trage Sie ins Badezimmer.« Zum dritten Mal heute hebe ich sie vom Boden auf. Meine Hände berühren dabei ihre nackten Oberschenkel. Seidenweiche Haut. Ich presse meine Zähne aufeinander.

Als ich Rivers in die Badewanne lege, muss ich an die Fotos denken, die Marco auf mein Geheiß hin am See gemacht hat. Rivers in *diesem* Zustand halbnackt in der Wanne gäbe ein noch viel besseres Motiv ab, um ihr eins reinzuwürgen. Ich hätte sie in der Hand.

Meine Atmung beschleunigt sich. Während sie ihre Wange an den Badewannenrand schmiegt, zücke ich mein Handy und halte das Bild fest. Mehrere Sekunden lang starre ich es an. Ein paar Uploads, ein paar schlagkräftige Überschriften und ich könnte Rivers mit wenigen Fingerbewegungen zerstören. So viel Macht über jemand anderen zu haben, verschafft mir normalerweise eine innere Befriedigung. Doch das Gefühl bleibt heute aus. Vielleicht weil es zu einfach war. Vielleicht weil nicht ich die Fäden gezogen habe.

Ich bücke mich und drehe ihr das Wasser auf. Mit der

Hand kontrolliere ich die Temperatur und dann nehme ich den Stöpsel aus der Wanne, damit Rivers sich nicht selbst ertränkt.

»Ich warte draußen«, sage ich und gehe aus dem Bad. Sie soll sich in Ruhe abkühlen. Ob sie bis morgen um zehn fit genug sein wird, um beim Wettschwimmen dabei zu sein? Hoffentlich. Ich blicke auf die Uhr. Genug Zeit hat sie noch. Es ist noch recht früh, nicht einmal zwölf. Kurz erwäge ich, tatsächlich noch einmal rauszugehen, aber dann verwerfe ich den Gedanken wieder. Da draußen gibt es heute nichts, was mich anzieht. Ich will einfach nur früh einschlafen, damit ich morgen bei Kräften bin.

Missmutig schaue ich vom Bett zur Couch, die neben Marcos Schreibtisch steht. Eine erholsame Nacht habe ich mir ein wenig bequemer vorgestellt, aber es wird reichen.

Ich gehe zur Tür und schließe sie von innen ab, damit Marco nicht auf die Idee kommt, hier schlafen zu wollen. Er wird schon eine andere Übernachtungsmöglichkeit finden.

Angezogen werfe ich mich auf das winzige Sofa, biege und klopfe das Kissen in Form und hänge noch etwas am Handy. Halbherzig durchscrolle ich die neusten Instagram-Beiträge, unter denen sich auch Fotos von Elisabeth finden, die ihr Outfit vor der heutigen Party mit ihren tausenden von Followern geteilt hat. Ich verdrehe die Augen über die hundert Kommentare, die sich innerhalb von wenigen Stunden angesammelt haben. Lizzy gehört definitiv zu den Mädels, die das mit den social media übertreiben. Aber zumindest postet sie keine öffentlichen Hass-Tiraden gegen mich.

Eigentlich wollte ich darauf warten, dass Rivers das Badezimmer wieder verlässt, doch ich merke, wie meine Augenlider immer schwerer werden. Ich lege das Handy weg, knipse die Stehlampe neben dem Sofa aus und schmiege mein Gesicht in den rauen Stoff des Kissens. *Nur kurz die Augen schließen, bevor ich nach Rivers sehe …*

• • •

»Autsch!«

Ein polterndes Geräusch und ein unterdrücktes Fluchen reißen mich aus meinem Dämmerzustand. Sofort streckt sich mein Arm nach dem Touchsensor der Lampe aus. Gedimmtes schwaches Licht flutet den Raum.

Kurz glaubt mein schlaftrunkenes Gehirn, ich sei in einem Porno gelandet oder befinde mich noch mitten in meiner Traum-Fantasie.

Meine nackte Mathelehrerin in einem Zimmer mit mir. Ihre nackten vollen Titten. Gott, ihr Körper lässt jegliches Blut direkt in meinen Schwanz schießen. Von einer Sekunde auf die andere ist er steinhart und bereit, zwischen die Beine dieser Frau zu gleiten.

»Fuck, mach das Licht wieder aus!«, schimpft sie und nimmt meiner Sextraum-Fantasie ihre Magie.

Ich richte mich halbliegend auf und stütze mich mit den Unterarmen ab. Natürlich werde ich einen Teufel tun, das Licht wieder zu löschen. »Warst aber ganz schön lange baden«, sage ich stattdessen und beobachte sie von der Couch aus mit Argusaugen. Meine Müdigkeit ist mit einem Schlag verschwunden.

Rivers ist in der Zwischenzeit zum Bett geflüchtet und wickelt sich in die Decke. Offenbar scheint sie wieder etwas nüchterner zu sein.

»Du hast mich nackt gesehen.«

Ich weiß nicht, ob es als Anklage gemeint ist oder sie die Tatsache nur festhalten will. Ich würde jetzt auch gern so einiges festhalten.

Unbeeindruckt zucke ich mit den Schultern und bette meinen Kopf zurück auf das ungemütliche große Kissen. Rivers soll nicht denken, dass das eine große Sache für mich war. Oder dass etwas anderes dadurch groß geworden ist.

»Ist nur fair. Nachdem du mich nackt unter der Dusche überrascht hast. Jetzt sind wir quitt«, gebe ich von mir und bemühe mich um einen desinteressierten Tonfall.

Sie hat sich auf die Seite gelegt und die Bettdecke bis zu ihrem Kinn gezogen. Ihre Haare sind feucht und ihre Schminke verlaufen, doch ihr Blick mustert mich wachsam, auch wenn ich die Erschöpfung deutlich in ihrem Gesicht lesen kann.

»Schlaf dich aus. Morgen früh geht es dir wieder gut«, sage ich und kann nicht verhindern, dass meine Stimme etwas rauer und sanfter klingt als normal. Auch dass ich auf die höfliche Anrede verzichte, fällt mir erst jetzt auf. Shit, hoffentlich hat sie nichts davon gemerkt. Oder sie vergisst es bis morgen.

Nun schalte ich tatsächlich das Licht aus und bin sogar froh über die Dunkelheit, die mich vor ihren Blicken verbirgt. Sie soll aufhören, mich so anzustarren. Sie soll die Augen schließen und mich in Ruhe lassen.

Die darauffolgenden Sekunden fühlen sich an wie Minuten. Gerade als ich mich wieder etwas zu entspannen beginne, höre ich ihr leises »Gute Nacht, Davis. Schlaf gut«.

Aber wie soll ich mit so einem Ständer schlafen, Miss Rivers?

sechzehn

MAYA

Samstagmorgen,
Lass uns einen Krieg gegeneinander führen und mein Herz das Schlachtfeld sein

Meine Hose finde ich auf dem grauen Teppichboden. Aber wo zum Teufel sind meine Unterwäsche und mein Oberteil? Splitternackt haste ich durch das fremde Zimmer und suche in jeder Ecke, luge auf und hinter jedes Möbelstück. Mein Herz rast vor Panik so schnell, dass ich sogar die Übelkeit und meinen extrem trockenen Mund verdränge. Meine Kleidung zu finden, hat oberste Priorität!

Als ich gerade unters Bett sehe, höre ich plötzlich, wie sich eine Tür öffnet.

Oh nein. Vor Schreck stößt mein Kopf gegen das untere Bettgestell. *Autsch!*

»Miss Rivers?«

Scheiße! Das ist Davis' Stimme! Habe ich etwa …?

Ich knie auf dem Teppichboden und hebe zaghaft den

Kopf, bis ich über die Matratze blicken kann. Auf der anderen Seite des Bettes steht er und kommt gerade aus einem anderen Zimmer – vielleicht dem Bad.

»Komm nicht näher, ich habe nichts an!«, warne ich ihn und hoffe, dass er da stehen bleibt, wo er ist. Zum Glück ist wenigstens er vollständig bekleidet.

Davis zieht eine Augenbraue hoch. »Du erinnerst dich wirklich nicht?«

Ein Satz, der tausend Bilder erzeugt. Jegliche Hoffnung, wir haben vielleicht doch nichts gehabt, fällt in sich zusammen. Mein Kopf explodiert fast, so heiß wird das Blut in meinen Wangen. Außerdem versagen sämtliche meiner Organe. Lunge. Herz. Gehirn. So muss sich Sterben anfühlen.

Da Davis nicht weiterspricht, muss ich ihn eigentlich fragen, um auf Nummer sicher zu gehen, aber die Worte kommen mir nicht über die Lippen. *Haben wir …?* Eigentlich kann man die Situation auch gar nicht missverstehen. Alles ist offensichtlich.

»Ich stand unter Drogeneinfluss und es hatte nichts zu bedeuten«, sage ich und bin froh, dass zumindest meine Stimme noch funktioniert, wenn alles andere in mir versagt hat. Ich habe als Lehrerin versagt. Als Erwachsene. Als Mensch.

Ich greife nach der Decke auf dem Bett und ziehe sie an mich, um mich darin einzuwickeln und aufstehen zu können.

Unterwäsche suchen.

Blickkontakt zu Davis meiden.

Nach Hause gehen. Nein. Heute ist Samstag. Scheiße. Wie spät haben wir? Nein, ich werde Davis das jetzt nicht fragen. Ich werde kein Wort mehr sagen, sondern so schnell wie möglich dieses Zimmer verlassen.

»Deine Unterwäsche liegt im Bad. Ich habe sie gestern Nacht zum Trocknen auf die Wandheizung gehängt.«

Dankbar für diese verwirrende und zugleich beschämende Info eile ich an ihm vorbei durch die Tür, aus der er vorhin gekommen ist. Statt mich zu fragen, wieso meine Unterwäsche nass war, schwirren mir andere Fragen durch den Kopf. Wichtigere.

Wird er irgendjemandem sagen, was passiert ist? Hat uns irgendjemand gesehen? Gott, ich bin noch viel zu jung fürs Gefängnis!

Im Bad entdecke ich schnell meine fehlenden Kleidungsstücke. Doch als ich die Bettdecke sinken lassen will, um mich anzuziehen, spüre ich, dass Davis' Blick noch immer auf mir klebt. Ich drehe mich zu ihm um, doch anstatt ihm einen bissigen Spruch ins Gesicht zu feuern, will ich das die Tür erledigen lassen. Bevor ich sie jedoch ins Schloss knallen kann, hält er sie mit einer Hand auf.

Er legt den Kopf schief und sieht mich fragend an. »Was denkst du, ist gestern Nacht passiert?«

Muss ich es ihm jetzt auch noch ausformulieren? Will er es schriftlich? Soll ich es buchstabieren? »Ist doch egal, oder? Fest steht, dass ich mich umziehe, *ohne* dass du zusehen darfst.« Meine Geduld ist am Ende. Er kann die verbalen Spielchen also sein lassen. *Ich habe unser Spiel verloren.*

»Auch wenn es nichts mehr gibt, was ich nicht schon gesehen hätte?«, fragt er. Er tippt sich mit dem Zeigefinger an die Schläfe. »Ist doch schon alles in meinem Kopf gespeichert.«

War ja klar, dass er es nicht lassen kann. *Tief durchatmen. Passiert ist passiert. Die Zeit zurückzudrehen, liegt nicht in der Macht der Menschheit.*

Während meines kurzen Meditationsversuches habe ich offenbar die Augen geschlossen, denn als ich sie wieder aufschlage, steht Davis plötzlich direkt vor mir. Und ich meine wirklich direkt. Ich rieche sein Parfum. Oder was auch immer er benutzt, um so zu riechen.

»Du hast mir gestern bestimmt hundertmal gesagt, dass du niemals mit mir schlafen wirst. Du hast dich als Hobbypsychologin aufgeführt und so getan, als wüsstest du, wer ich bin. *Wie* ich bin.«

Ich schlucke. Erwartet er darauf eine Antwort? Ich habe keine.

»Das, was ich Mittwoch zu dir am See gesagt habe«, fährt er fort, »war gelogen. Scheiß auf die Cheerleader. Ich würde sehr gerne mit dir ... schlafen.«

Klatsch!

Das Geräusch der Ohrfeige hallt in dem gekachelten kleinen Raum wider und übertönt selbst das Echo seines letzten Wortes.

Weder ich noch Davis haben mit dieser Reaktion meines Körpers gerechnet. Schnell balle ich meine vor Schmerz kribbelnde rechte Hand zur Faust. Dass ich bei meinem Schlag einen Teil der Decke losgelassen habe und diese sich nun zur Hälfte auf dem Boden befindet, statt meine Brüste zu bedecken, fällt mir erst auf, nachdem das Geräusch der Ohrfeige verklungen ist.

Davis hält sich die rot leuchtende Wange und sieht mich ungläubig an. Sein Blick verfinstert sich. »Ach, nüchtern spielen wir wieder die spießige Anstandsdame?«

So langsam erreicht dieser Junge Grenzen, von denen ich gar nicht gedacht habe, dass ich sie besitze. Noch nie hat mich jemand so aus der Haut fahren lassen. »Spießigkeit hat absolut nichts damit zu tun, ob eine Frau mit dir schlafen will, Davis! Du bist ein dummes, arrogantes Kind, das die unpassendsten Sachen in den unpassendsten Momenten sagt! Haben dir deine Eltern nicht beigebracht, wie man sich Erwachsenen gegenüber verhält? Wie man sich anderen Frauen oder einfach nur respektvoll gegenüber Menschen verhält?« Den letzten Teil des Satzes brülle ich beinahe.

Er schnaubt und sein ganzes Gesicht läuft rot an. »Sagt die Aufsichtsperson, die gestern zugedröhnt auf einer Party fast ihr Bewusstsein verloren hat, und im Moment halbnackt vor mir steht. Vor ihrem minderjährigen *Schüler.*«

Aus seinen Augen spricht genauso viel Verachtung wie ich sie ebenfalls verspüre. Meine Hände zittern vor unterdrückter

Wut, als ich nach dem Zipfel der Decke greife, der zu Boden gefallen ist. Als ich alles wieder vor meiner bebenden Brust drapiere, werden meine Augen feucht. Der Hass in diesem Raum ist kaum zu ertragen. Aber noch schlimmer ist die Erkenntnis, dass Davis Rogan nicht im Entferntesten der Mensch ist, den ich in ihm gesehen habe.

Und zu diesem Jungen habe ich mich hingezogen gefühlt? Als ich ihn wieder anschaue, blinzele ich jede Spur von aufkeimenden Tränen fort.

Die ganze Situation ist es nicht wert. *Er* ist es nicht wert.

»Ich wünschte, dein Vater würde sehen, was für ein schamloses Kind er herangezogen hat!«, spucke ich ihm entgegen. Noch nie habe ich gegenüber einem anderen Menschen so sehr den Wunsch verspürt, ihm innerlich wehzutun. Aber egal, was ich zu Davis sage: an ihm prallt ohnehin alles ab. Und ich *hasse* das. Ich hasse diese Mauer um ihn, durch die ich nicht komme.

Ich sammele meine Kleidungsstücke auf und will damit an ihm vorbeistürmen, mich zur Not draußen irgendwo umziehen, Hauptsache raus hier, als Davis' Faust nur Zentimeter an mir vorbeischlägt.

Wumm.

Ich zucke vor Schreck zurück und im selben Moment betäubt ein Klirren meine Ohren. Davis' Faust hat den Spiegel über dem Waschbecken in ein Scherbenmeer verwandelt. Keuchend schnappe ich nach Luft, doch es ist nicht genug.

»Ruf ihn doch nochmal an und erzähl es ihm!«, zischt er. An seiner wutverzerrten Miene sehe ich, dass er statt in den Spiegel seine Faust am liebsten in mein Gesicht gerammt hätte. Diese Erkenntnis verknotet mir die Eingeweide.

Ich starre ihn stumm an, von oben bis unten, während mein Herz mir bis zum Hals schlägt und sein Blut auf den Boden tropft.

Rote Punkte auf weißen Fliesen.

Das stete Tropfen zieht meinen Blick an, vielleicht auch

nur, weil ich vermeiden will, ihm wieder in die Augen zu sehen. Ich habe nicht wirklich Angst vor ihm – vielleicht ein bisschen – aber der Gedanke, dass er mir wehtun will, legt sich wie eine eiskalte Hand um meinen Hals. Und alles, was mir auf der Zunge liegt, würde die Situation nur noch schlimmer machen.

Du hast ein Aggressionsproblem, Davis.

Ich muss jemandem melden, was hier passiert ist, Davis.

Du musst mit jemandem sprechen, dem du dich anvertrauen kannst, Davis.

Aber vielleicht sind meine Probleme weitaus schlimmer als seine.

Ich hätte niemals so mit einem Schüler reden dürfen. Ich habe ihn geohrfeigt und ihn angebrüllt. Wenn er das meldet, kann ich meinen Job verlieren, auch wenn ich nicht mit ihm geschlafen hätte.

Haben wir jetzt eigentlich überhaupt …?

»Schau mich gefälligst an, Rivers.« Doch ich blinzele nur weiterhin den Boden an. »Schwäche darf man sich nicht anmerken lassen. In meinem Reich gewinnen nur die Stärksten.«

»Es tut mir leid«, bringe ich heraus. Ich presse meine Lippen zusammen und zwinge mich, ihn wieder anzusehen. Mit durchgedrückten Schultern und erhobenem Kinn. Zu meiner Überraschung ist die Wut in seinem Gesicht abgeklungen. Er hat seinen Blick von mir abgewandt und sieht emotionslos in Richtung des Waschbeckens, in dem die spitzen, ungleichmäßigen Scherben liegen. Seine Brust hebt und senkt sich immer noch rasch, aber ansonsten steht er ganz ruhig da.

Ich ignoriere den irrationalen Impuls, ihm meine Hand auf die Brust zu legen, und ringe nach den richtigen Worten.

»Du solltest die Blutung an deiner Hand stoppen. Außerdem müssen wir gucken, wie spät es ist. Vermutlich fängt jeden Moment das Wettschwimmen an und du-«

Seine Lippen unterbrechen mich. Er ist so plötzlich an

mich herangetreten und hat mein Gesicht in seine Hände genommen, dass ich nichts dagegen tun konnte.

In der einen Sekunde stand er noch regungslos da wie eine Steinskulptur und in der nächsten küsst er mich. Meine Augen schließen sich von selbst, während sein Mund sich auf meinen drückt und meinen sinnlosen Worten ein Ende bereitet. Mit seinen Händen zieht er mich an sich, als würde er mit meinem Körper verschmelzen wollen. So fest und verzweifelt, dass es mir die Luft raubt. Jeder Zentimeter von mir berührt jeden Zentimeter von ihm. Wir pressen uns an einander, dass es fast schon wehtut.

Nein. Alles hieran *tut* weh.

Aber wir hören nicht auf, sondern halten uns an dem Schmerz fest, graben unsere Finger tiefer in unser Fleisch. Als liege das Heilmittel unseres Leids darin, dem anderen mehr Leid zuzufügen. Als würde Gewalt unseren Schmerz süßer machen oder uns zumindest das Gefühl geben, ihn zu kontrollieren.

Ein Geräusch – halb Knurren halb Stöhnen – verlässt Davis' Lippen und er zerrt die Bettdecke weg, die noch halb zwischen unseren Körpern eingeklemmt ist. Ich tue es ihm nach und greife nach dem Saum seines T-Shirts, ziehe es nach oben, als würde jeder Fetzen Stoff zu viel sein. Der Zwang, ihn zu berühren, so viel wie möglich von ihm, ist übermächtig.

Als er für einen Herzschlag von meinen Lippen ablässt und meinen Kopf an den Haaren zurückzieht, sehe ich ihm in die dunklen Augen. Der Hunger darin macht mich sprachlos. Und das Ziehen an meiner Kopfhaut machtlos. Ich bin wie Wachs in seinen Händen und selbst wenn ich wollte, könnte ich nichts mehr hiergegen sagen. Nicht einmal ein Kopfschütteln bringe ich zustande, als Davis mich plötzlich hochhebt und auf das Waschbecken setzt. Die kalte Keramikoberfläche drückt sich gegen meine nackten Oberschenkel. Davis drängt sich zwischen meine Beine, während er mit einer Hand seine Hose öffnet und sie nach unten zieht.

Himmel, das passiert wirklich.

»Gestern Nacht ist nichts gewesen, aber jetzt sind Sie wieder klar im Kopf«, knurrt er.

Mir wird ganz schwindelig und mein Herz schlägt so schnell, dass ich kaum zu Atem komme. Der Anblick seiner enthüllten Erektion gibt mir den Rest. Dass ich klar im Kopf bin, kann ich nicht unbedingt unterschreiben. Ich kralle mich am Waschbecken fest und schiebe meine Hüfte gierig nach vorn. Seine Härte streift warm an der Innenseite meines Oberschenkels entlang und ich glaube bereits durch diese Berührung fast zu kommen.

»Oh Gott«, stöhne ich und bin hin und hergerissen, den Kopf mit geschlossenen Augen in den Nacken zu werfen, um jede Sekunde dieser Hölle zu genießen, oder weiter gebannt auf Davis' Männlichkeit zu starren. Er nimmt seinen steifen Schwanz in die Hand und führt ihn an meine Mitte. Ich kann einfach nicht weggucken. Als hätte ich noch nie einen Penis aus nächster Nähe gesehen.

Und schon gar nicht kann ich ihm sagen, dass er hiermit aufhören soll.

Langsam streift er mit der Spitze über meinen nassen Spalt, verteilt die Feuchtigkeit, quält mich. Sehnsuchtsvoll zieht meine Pussy sich zusammen.

»Bitte«, keuche ich – und Davis schiebt sich in mich.

Kein langes Zögern, kein Vorspiel. Nur sein dunkler Blick, der sich in meinen bohrt. Das alles hier ist so krank, verdorben und –

Er greift mein Becken und zieht mich mit einem Ruck an sich, sodass seine ganze Länge in mich gleitet und meine Gedanken zum Schweigen bringt. Süßer Schmerz durchfährt mich von oben bis unten, als mein Inneres versucht, sich an seine Größe zu gewöhnen.

Ich stöhne auf, will meinen Kopf endlich nach hinten fallen lassen, doch Davis' linke Hand legt sich an meinen Hinterkopf und zieht mich zu sich heran. Unsere Münder finden sich selbst im Rausch mit geschlossenen Augen, als wären sie Puzzleteile, die mit einer Selbstverständlichkeit ineinander klicken.

Während Davis mich fickt, ist er alles andere als sanft oder zärtlich. Seine Stöße sind bestimmend, kurz und schnell. Unser Atem geht keuchend und abgehackt, vermischt sich zwischen unseren wund geküssten Lippen, bis ich mein Gesicht an seiner Halsbeuge vergrabe, meine Wange gegen seine vom Schweiß benetzte Haut presse, und mein Stöhnen an seinem erhitzten Körper dämpfe.

Gerade als ich glaube, dass er kurz davor ist, zieht er sich aus mir zurück und hebt mich herunter.

»Was …?« Meine Beine wissen gar nicht mehr, wie Stehen funktioniert, und geben weich wie Gummi unter mir nach.

»Umdrehen«, keucht Davis und schiebt mich bereits selbst in die gewünschte Position. Seine Hände drücken meinen Oberkörper nach unten, sodass mein Gesicht haarscharf an den Scherben vorbei ins Waschbecken gepresst wird. Meine Wange landet nur Zentimeter vom Wasserhahn entfernt an dem kühlen Keramik. Schnell kralle ich mich irgendwo fest, bevor Davis sich von hinten wieder in mich schiebt. Ich muss mich nur ein wenig auf die Zehenspitzen stellen, um ihm das Rein- und Rausgleiten zu erleichtern. Als er voller Wucht in mich stößt, diesmal tiefer als vorhin, schließe ich die Augen und beiße mir auf die Unterlippe, um einen Schrei zu unterdrücken.

Seine eine Hand liegt in meinem Nacken und drückt meinen Kopf nach unten, während seine andere Hand so fest meine Hüfte greift, dass seine Finger blaue Flecken hinterlassen werden. Normalerweise sollte mich das stören. Die Brutalität hinter all dem sollte mich abschrecken. Stattdessen zergehe ich in dieser vollkommenen Perfektion, in der sich alles so anfühlt, wie es sein sollte. Als wären unsere Körper dafür geschaffen worden, sich aneinander zu vergehen. Als liefe alles in den letzten Tagen genau hierauf hinaus.

»Scheiße, ich komme«, keucht Davis hinter mir und seine raue, tieferklingende Stimme gepaart mit dem schnellen Rhythmus bringt auch mich beinahe an die Grenze. Er nimmt mich nicht mehr wie eine Frau, sondern als wäre ich ein gefühlloser Gegenstand, an dem er seine innere Bestie herauslässt. Auch die schnaufenden, grollenden Laute klingen kaum mehr menschlich. Animalisch.

Das Ziehen in meinem Unterleib nimmt zu. Ehe ich mich versehe, werde ich in einen Strudel aus Gefühlen gerissen, die mir all meine Sinne rauben. Ich weiß nur noch, dass ich mehrmals »Ja!« schreie, während er klatschend in mich stößt, als würde er die ganze Wut seines Lebens an mir auslassen.

Danach höre ich für endlose Sekunden nur noch das Rauschen des Meeres. Auch wenn das Meer in diesem Fall mein Blut ist, welches ohrenbetäubend laut durch meinen ganzen Körper wallt.

Vor meinen geschlossenen Lidern ist alles dunkelrot bis schwarz. Ich brauche einen Moment, bis ich meinen Körper wieder spüre und mein Bewusstsein sich wieder einschaltet.

Meine Augenlider heben sich flatternd und ich starre auf blutbenetzte Spiegelscherben, die hinter einem wässrigen Schleier verschwimmen. Zwischen meinen Beinen brennt ein süßer Schmerz. *Fuck. Was zur Hölle haben wir getan?*

Noch bevor ich mich überhaupt aufrichten kann, höre ich Davis' Stimme hinter mir.

»Wenn du nicht zufällig regelmäßig die Pille nimmst, solltest du dir nachher die Pille danach holen.«

Scheiße! Wir haben nicht einmal ein Kondom benutzt! Ich drücke mich von dem Waschbecken hoch und streiche mir die Haare aus dem Gesicht. Erst jetzt merke ich, dass meine Wangen nicht nur vor Hitze glühen, sondern auch feucht sind. Habe ich etwa geweint?

Als ich mich zu Davis umdrehe, habe ich tatsächlich Angst.

Angst davor, wie er mich ansieht. Seine Stimme hat bereits eine Kälte ausgestrahlt, mit der ich zwar hätte rechnen können, aber irgendwie ...

Seine Augen blicken mich genauso abweisend an, wie ich es befürchtet hatte. Alles in mir versteift sich. Mein Herz will sich weigern, weiterzuschlagen. Davis' Gesicht gleicht einer makellosen Maske purer Emotionslosigkeit. *Der Fick war nichts weiter als ein Fick.* Wir haben für die aufgestauten negativen Gefühle ein Ventil gebraucht. Weiter nichts. Jetzt ist es vorbei.

»Ich hoffe, du hast keine Krankheiten«, fügt er an und schließt den Knopf seiner Hose.

Langsam breitet sich Klarheit in meinem Kopf aus und das Wummern in meinem Körper wird leiser und leiser.

»Ich hoffe, du hast keine!«, fauche ich etwas zu gereizt, bevor ich nach meiner Unterwäsche greife und hineinschlüpfe. Erneut strömt Blut in meinen Kopf, so viel, dass mir heiß wird, aber diesmal aus einem anderen Grund. Scham.

Wie konnte ich ihm das erlaubt haben? Wie konnte ich ihm erlaubt haben, mein Körper auf diese Weise zu benutzen? Nun kann ich es nicht einmal auf die Drogen schieben.

»Die Nummer muss Ihnen nicht peinlich sein, Rivers«, meint Davis gelassen, als ich mich so schnell in meinen BH zwänge, als würde der Teufel eine Stoppuhr in seiner Hand halten. Dass Davis die ganze Zeit vor mir stehen bleibt und mir dabei zusieht, macht es nicht besser, aber jetzt beschämt den Raum zu verlassen, wäre einfach nur lächerlich. »Sie sind heiß für eine Lehrerin und wir haben es offenbar nötig gehabt«, redet er unbeirrt weiter.

Hat der Junge Quasselwasser getrunken oder was? Wie kann man Sekunden nach einem Orgasmus nur so viel reden? Als er gerade wieder den Mund öffnet, um weiter zu sprechen, halte ich es nicht aus und lege ihm meine Finger an die Lippen.

Einen Herzschlag lang sehen wir uns an.

»Hör auf zu reden«, presse ich hervor und nehme die Hand schnell wieder weg, weil es mir dann doch zu intim ist. »Geh raus, ich muss auf die Toilette.« Das stimmt wirklich. Denn langsam spüre ich wieder meinen Körper, und ich fühle zwischen meinen Beinen nicht nur den brennenden Schmerz, sondern auch, wie sich eine gewisse Flüssigkeit den Weg herausbahnen will.

Davis schaut mich an, als würde er noch etwas sagen wollen, doch dann nickt er nur und wendet sich zum Gehen.

»Wir sehen uns in der Schwimmhalle«, erwidert er, bevor er das Bad verlässt.

DAVIS

Als ich aus dem Bad komme – mehr taumele als gehe – ist das Erste, was ich mache, gegen Marcos Bettkante zu stoßen und beinahe auf die Fresse zu fallen. Ich stolpere, fluche und steuere den Spiegel an, der über einer Kommode hängt. Mit meinen Händen halte ich mich links und rechts an dem Holz fest, kralle meine Finger in die Platte, bis es schmerzt und mir auffällt, dass meine Fingerknöchel nur noch aus aufgeschlagenem rohen Fleisch bestehen. Ein Blick hinunter zeigt mir, dass meine kompletten Hände blutbeschmiert sind. Die rote Farbe zieht ein Gefühl von Befriedigung mit sich, das sich in meiner Brust festsetzt. Der makabre Anblick passt einfach zu gut zu dem, was gerade passiert ist.

Wild. Animalisch. Roh.

Es war nicht einfach nur Sex.

Den Schmerz, den ich gespürt habe, sollte auch *sie* spüren. Und noch nie in meinem Leben hat sich dieses Gefühl zu einer so berauschenden Symphonie von Gewalt und Lust vereinigt. Von Macht und ebensolcher Demütigung. Von Kontrolle und gleichzeitig ihrem Verlust.

Ich hebe den Blick endlich hoch in den Spiegel und sehe mich an. Lange. Ich weiß, dass dieser Morgen noch ewig in meinem Gedächtnis bleiben wird. Rivers tränenüberströmtes, rotes Gesicht, ihr nackter Körper, unser lautes Keuchen und Stöhnen, während ich mich immer wieder in sie gestoßen habe. Der Moment hat sich mit jedem Detail, mit jedem Gefühl und sogar seinem Geruch in mein Gedächtnis gebrannt. Es ist der Moment, in dem unsere Dunkelheit einen Krieg gegeneinander begonnen hat. Unsere Körper mögen vielleicht die Waffen sein, doch ihr Herz ist das Schlachtfeld.

siebzehn

MAYA

Samstag

Der Geruch von Chlor hängt in der Luft. Rufe und die Geräusche des aufgepeitschten Wassers hallen von der hohen Decke wider.

Ich stehe mit den Trainern der anderen Schulen am Rand des riesigen Beckens und verfolge angespannt und mit klopfendem Herzen das Wettschwimmen. Dass mein Körper noch nicht zur Ruhe gekommen ist, merkt man von außen nur daran, dass ich immer wieder an meiner Unterlippe herumkaue – etwas, was ich nur tue, wenn ich nervös bin.

Es gibt für alle Schwimmarten gesonderte Wettkämpfe. An jeder Bahn steht jemand mit Trillerpfeife und Stoppuhr, um die Zeiten der Teilnehmer zu notieren. Da ich heute meine Hände leer habe und nichts tun muss, außer meine Jungs hin und wieder anzufeuern, ziehen mich meine Gedanken immer wieder fort aus der Halle. Es ist mein erster Wettkampf mit meiner eigenen Mannschaft und ich drücke wirklich jedem der

Jungs die Daumen für eine Medaille oder einem Platz auf dem Treppchen, aber so sehr ich mich auch auf das Hier und Jetzt fokussiere, das, was heute früh passiert ist, holt mich immer wieder ein. Sei es in Bildern oder durch das pochende Gefühl zwischen meinen Beinen. Oder den dumpfen Schmerz in anderen Körperregionen, wo immer seine Finger sich zu fest in mein Fleisch gebohrt haben. Der Sex mit Davis war so berauschend und ekstasisch, dass ich noch völlig neben mir stehe.

Als ich heute früh aus dem fremden Badezimmer kam, war Davis nicht mehr da gewesen. Ich habe das Zimmer verlassen – es stellte sich heraus, dass es sich dabei um ein Schülerzimmer im Wohntrakt der Haze Falls High handelte – und hatte gerade noch genug Zeit, um kurz nach Hause zu fahren. Ein Glück, dass niemand mich beim Rausschleichen mit zerwühlten Haaren und Kleidung von gestern gesehen hat. Offenbar mussten nach gestern Nacht viele noch ihren Schlaf nachholen, denn das Wohnheim war wie leergefegt. Die letzte Stunde zog schließlich an mir vorüber wie in Trance. Nur die Schmerzen in und an meinem Körper zeugen davon, dass der Sex real war und nicht nur einer perversen Ausgeburt meiner Fantasie entsprungen ist.

Als Davis an der Reihe ist und sich auf den Startblock stellt, drücke ich den Rücken durch und halte den Atem an. Er wirkt so anders dort oben, beinahe wie ein anderer Mensch. Niemand würde, wenn er ihn so von außen betrachtet, auch nur im Entferntesten glauben, zu was er fähig ist. Zu was *wir* fähig sind.

Ich weiß nicht, wer von uns die dunkleren Schatten in sich trägt. Aber unsere Dunkelheit ergänzt sich perfekt zu einer alles verschlingenden Schwärze.

Auch wenn er jetzt gerade aussieht wie ein sportbegeisterter, unschuldiger Teenager, der fokussiert und voller Ehrgeiz durch seine Schwimmbrille auf das Wasser starrt und auf den Startschuss wartet. Sein athletischer schlanker Körper ist angespannt. Als der Pfiff ertönt, gleitet er zusammen mit fünf anderen Schwimmern mit einem eleganten Kopfsprung ins Wasser. Ein paar Sekunden lang taucht er unter der durchsichtigen Oberfläche entlang, bis er aus dem Wasser schießt und zu kraulen beginnt. Seine Bewegungen sind sauber und voller Kraft. Man merkt ihm nicht an, dass er verwirrt oder von anderen Emotionen abgelenkt sein könnte. Falls er noch so etwas wie Wut verspürt, von der ich heute Morgen Zeugin wurde, so bündelt er sie nun in seinen energischen Armzügen.

Seine Geschwindigkeit ist atemberaubend. Seit der ersten Schwimmstunde wusste ich, dass der Junge das Zeug dazu hat, eine Medaille nach der anderen abzuräumen, doch ihn wirklich gewinnen zu sehen, nachdem er letzte Woche so ein Tief hatte, füllt mich mit Stolz. Zumindest glaube ich, dass es dieses Gefühl ist, was von innen heraus meinen gesamten Körper wärmt und ihn kribbeln lässt. Ich kann nicht einmal still stehen bleiben, sondern wippe auf meinen Fußballen vor und zurück – auch wenn mir am liebsten danach wäre, am Beckenrand entlang zu hüpfen und Davis' Namen zu schreien.

Die Jungs aus seiner Mannschaft rufen seinen Namen schon laut genug. Auch aus dem Publikum höre ich Jubelrufe. Als er tatsächlich mit Abstand als Erster die Wand des Beckens erreicht, kämpfe ich mit dem Impuls, auf ihn zu zu rennen und ihm zu gratulieren. Aber ich tue es nicht. Auf einen Schlag fallen mir wieder all die Sachen ein, die er seit meiner Ankunft hier zu mir gesagt hat.

Nichts davon war je positiv. Und unsere Auseinandersetzung heute früh sollte mich erst recht mit Abneigung erfüllen. Ich darf nicht vergessen, wer dieser Junge ist und wie wichtig ihm Macht und Erfolg sind. Wieviel Spaß es ihm bereitet, andere Leute in der Hand zu haben.

Ich bin nur ein Püppchen für ihn, das er provozieren und schikanieren kann. Und sogar *ficken*, wenn ihm danach ist. Für ein halbes Kind ist er schon ganz schön abgefuckt, aber falls es je an die Öffentlichkeit kommen sollte, werde *ich* für jeden die Gestörte sein. Ich werde die sein, die dafür büßt.

Als Davis sich aus dem Becken zieht, die Schwimmbrille abnimmt und sich von seinen Mitschülern feiern lässt, sehe ich an seinem Grinsen, wie glücklich er über diesen Sieg ist. Der Erste in allem zu sein, muss ihm ziemlich wichtig sein. Er lässt es sich zwar nicht allzu sehr anmerken und bemüht sich um einen gelassenen Blick und desinteressierte Schulterzucker, als wäre es ja klar gewesen, dass er gewinnt, aber ich weiß es besser. Vielleicht bin ich sogar die Einzige in diesem Raum, die weiß, dass es für Davis Rogan alles andere als selbstverständlich war.

Als unsere Blicke sich zufällig kreuzen, nicke ich ihm trotz unserer Differenzen anerkennend zu. Es ist nur eine minimale Kopfbewegung, es ist so viel weniger als ich eigentlich vorhin noch tun wollte, aber es fühlt sich trotzdem bedeutend schwer an, als er dieses winzige Nicken erwidert.

Zum ersten Mal heute, seit ich das Wohnheim verlassen habe, rückt die Erinnerung an den Sex in den Hintergrund und ich stelle mich der Frage, die viel drängender ist. *Ist er mein anonymer Erpresser?* Dass Davis gerne mit anderen spielt, heißt nicht automatisch, dass er auch für meine Spielkarte und die Drohung verantwortlich ist. War ich gestern Abend noch hin und hergerissen, ob er nicht vielleicht dahinter stecken könnte, so habe ich heute Morgen bereits daran gezweifelt. Wenn er mir Drogen untergeschoben hätte, hätte er es auch ausgenutzt, anstatt mich zu retten und mir einen sicheren Schlafplatz zu geben. Nachdem, wie sich meine Pussy anfühlt, weiß ich ganz genau, dass er nicht bereits nachts meinen Zustand ausgenutzt hat. Und auch sonst scheine ich gestern Nacht glimpflich davon gekommen zu sein. Zumindest existieren im Netz noch keine peinlichen Videos davon, dass ich nackt auf den Tischen getanzt habe. Bleibt nur die Frage, wie mein Erpresser das findet und wann ich das nächste Mal von ihm höre.

Denn dass das Spiel gerade erst angefangen hat, ist klar.

DAVIS

Meine Brust ist gefüllt von den unterschiedlichsten Emotionen, als ich unter der Dusche stehe und das kalte Wasser auf meinen Rücken prasselt. Obwohl mein Körper erschöpft sein sollte, fühle ich mich stärker denn je. Nicht einmal die Tatsache, dass Mom und Dad nicht zugeschaut haben, kann mir diesen Triumph nehmen, für den ich den ganzen Sommer trainiert habe.

Es war nur ein unbedeutend kleiner Wettkampf zwischen vier Schulen, aber diese kleinen Siege sind wie abhakbare Punkte auf meinem Weg zum eigentlichen Ziel. Irgendwann wird der entscheidende Wettkampf kommen, der über meine Zukunft bestimmt, der mir ein Stipendium ermöglicht oder der irgendwann im Fernsehen übertragen wird, und ich werde der Beste in etwas sein, was man sich nicht mit Daddys Geld kaufen kann. Ich werde etwas tun, was Shiwon Rogan nicht kann und mir nicht beigebracht hat. Ich werde einen Weg einschlagen, den er nicht für mich vorgesehen hat und der mich trotzdem zum Erfolg führen wird.

Ich öffne unter dem prasselnden Duschstrahl die Augen und schiele zu den zwei Medaillen, die ich fürs Kraul- und Rückenschwimmen bekommen habe, und die nun neben meinem Handtuch auf dem Regalbrett neben der Tür liegen.

Die Tür geht auf, als ein paar der Jungs den Raum verlassen. Ich vertrödele mal wieder viel zu viel Zeit hier. Mein Blick gleitet zu dem einzig anderen Jungen, der ebenfalls noch hier ist.

In dem Moment, in dem wir uns ansehen, wird auch Lias das bewusst, denn er flüchtet unter dem Wasserstrahl hervor, obwohl er noch Shampoo in den Haaren hat, und eilt zu seinem Handtuch. Bei ihm liegen keine Medaillen daneben.

»Warum so eilig? Du hast noch Shampoo in deinem Haar.

Zumindest ist es weißes ekliges Zeug, das du lieber rauswaschen solltest.«

Lias bleibt mitten auf seinem Weg stehen und weiß offenbar nicht, was er tun soll. Im Gegensatz zu mir und zu vielen der anderen Jungs duscht er immer in seinen Badeshorts und zieht sie keine Sekunde aus.

Ich nicke in Richtung seiner Dusche. »Stell dich wieder drunter, Mann. Ich lass meine Sprüche heute auch sein, versprochen.«

Nach ein paar Sekunden des Zögerns folgt er meinem Ratschlag. Ich kann über den Jungen nur den Kopf schütteln. Heute ist mir nicht nach einer Auseinandersetzung. Nach dem turbulenten Morgen, dem ungeplanten Fick und dem Sieg gerade ist mein Körper ausgebrannt und mein Geist tatsächlich entspannt.

Es ist schon ewig her, dass ich mich so friedvoll gefühlt habe.

Befriedigt, trifft es wohl eher.

»Wieso hast du den Schachclub gegen das Schwimmteam getauscht?«, frage ich Lias nun, weil ich es einfach nicht kapiere. Er kann nicht einmal gut schwimmen. Schach ist wenigstens etwas, wofür man keine körperliche Kraft braucht. Bei diesem Spiel traue ich ihm sogar zu, erfolgreich zu sein.

Er zuckt nur ausweichend mit den Achseln, während er sich schnell noch einmal unter das Wasser stellt und sich über die Haare reibt.

»Du hast früher bei den Wettschwimmen immer die Fotos für die Schülerzeitung geschossen. Wie war es, heute mal nicht hinter der Linse zu stehen, sondern selbst dabei zu sein?«, frage ich weiter. Ich habe mich noch nie so lange mit Lias unterhalten – wobei man es kaum eine Unterhaltung nennen kann, wenn der Gegenüber nicht antwortet. Feiges Würstchen. Nicht einmal ansehen kann er mich. Sein Schweigen nervt mich und stört meinen inneren Frieden.

Der Wasserstrahl über mir kommt zum Erliegen. Ich

mache ihn nicht erneut an, sondern gehe stattdessen über die Fliesen zu Lias hinüber und bleibe vor ihm stehen. Dass ich nackt bin, juckt mich dabei nicht im Geringsten, aber es ist amüsant zu sehen, wie sehr diese Tatsache Lias verunsichert.

»Wieso hast du eigentlich solche Angst vor mir?« Noch nie habe ich diese Frage jemandem gestellt. Ist das so mit Macht? Geht sie immer mit Angst einher? Oder ist Lias nur ein ungewöhnlich großer Schisser?

Die Muskeln in seinem Gesicht zucken, als er endlich beschließt, mir zu antworten. »Du meinst, außer dass du und deine Freunde mich schon seit Jahren mobbt und erniedrigt, nur weil ich weniger beliebt bin und schlecht bei euren Spielen abschneide?« Er schaut mir dabei nicht in die Augen, sondern auf meine nackte Brust.

»Hm, denkst du, das ist der Grund?«

Sein Blick zuckt kurz zu mir nach oben. Er wirkt verunsichert. »Nicht?«

»Du lässt es mit dir machen. Das ist der Grund. Es ist nichts Persönliches. Es liegt in der Natur des Menschen, dass es Leute wie dich gibt, die sich unterdrücken lassen, und Leute wie mich, die das Sagen haben. Du kannst also nicht wirklich etwas dafür.«

Er verzieht unzufrieden den Mund, erwidert aber nichts.

»Aber du kannst mir bei einer Sache helfen und ich gewähre dir vor mir und den anderen einen Monat lang Immunität«, biete ich ihm an. Die Idee kam mir jetzt spontan, aber sie fügt sich gut in die derzeitige Situation ein.

Überrascht sieht Lias mir zum ersten Mal heute in die Augen. »Ich soll dir helfen? Bei was?«

Triumphierend grinse ich ihn an. »Du hast doch bestimmt einen Computer zuhause. Und bei so vielen Fotos, wie ich dich mit deiner alten Kamera immer machen sehe, tippe ich auch darauf, dass du ein Photoshop-Ass bist. Habe ich Recht?«

»Ja, aber ich verstehe nicht, w-«

»Ich weihe dich heute Abend ein. Um achtzehn Uhr bei dir

zuhause.« Ich klopfe ihm auf die Schulter – eine Berührung unter der er zusammenzuckt –, drehe mich um und gehe zu meinen Sachen.

Obwohl es schon nachmittags ist, fahre ich nicht direkt nach Hause, sondern mache noch einen kleinen Umweg. Offenbar vermissen mich meine Eltern ohnehin nicht. Auf meinem Handy ist nicht einmal eine fragende Nachricht eingegangen, wo ich heute Nacht geschlafen habe. Dass Vater solche Sachen nicht interessieren, solange ich gute Noten nach Hause bringe und irgendwann in seine Fußstapfen trete, ist mir bewusst. Aber Mutter will normalerweise immer wissen, wo ich die Nacht verbringe und macht sich Sorgen, wenn ich mich über zwanzig Stunden lang nicht melde. Dass sie nicht angerufen hat, kann nur heißen, dass sie entweder selbst viel Stress um die Ohren hat oder dass ich noch ein Elternteil verloren habe, das mich wie einen richtigen Sohn behandelt.

Scheiß drauf. Ich schalte den Motor ab und blicke nach draußen zu dem himmelblau gestrichenen Haus.

Da ich bei dem Fick mit Rivers heute Morgen ziemlich viel angestaute Wut losgeworden bin, sehe ich nun einige Dinge klarer. Endlich mal wieder ein Orgasmus, der mich runterbringen konnte. Bei der Erinnerung daran, geht ein Ziehen durch meinen Schwanz. Ich schließe kurz die Augen und verdränge das Gefühl. Obwohl mein Körper nichts gegen eine Wiederholung einzuwenden hätte, ist Sex nicht der Grund, weshalb ich jetzt vor Elisabeths Haus stehe.

Was hat Dad mir immer beigebracht? Wenn man etwas anfängt, muss man es auch beenden.

Ich steige aus dem Wagen und gehe mit großen Schritten auf die Haustür zu. Ihre Eltern habe ich bisher erst einmal gesehen. Vermutlich wissen sie nicht, dass ihre Tochter die letzten Monate über regelmäßig mit mir geschlafen hat. Ich bin auch nicht der Typ, der sich gerne den Eltern vorstellt, sondern eher der, der sich nachts heimlich durch das geöffnete Fenster schleicht. Aber es ist noch nicht Nacht und ich befürchte, Elisabeth könnte mich das Haus hinunter schubsen, sobald sie mich hinter ihrem Fenster erblickt. Zu risikoreich, also muss es heute die Vordertür sein.

Nur wenige Sekunden nach dem Klingeln wird mir von einer Frau geöffnet, die eine naturgetreue ältere Kopie von Elisabeth sein könnte. Das blonde, etwas heller gefärbte Haar, die perfekt gezogenen Augenbrauen, die Frisur und auch der Kleidungsstil. Einzig die Falten – denen sie offenbar mit etwas Botox entgegenwirken wollte, die aber trotzdem zu sehen sind – und der etwas bräunere Hautton – vermutlich von zu viel Bräunungsspray, enttarnen sie als ihre Mutter.

»Hallo Misses van Hall. Ist Elisabeth da?«

»Ja, sie ist in ihrem Zimmer. Und du bist?« Sie beäugt mich skeptisch und macht auch keine Anstalten, mich ins Haus zu lassen.

»Ich bin Davis Rogan.« Ich strecke ihr die Hand entgegen. »Entschuldigen Sie, hat Elisabeth Ihnen etwa nichts gesagt? Elisabeth ist eine Schulfreundin und wir sind zum Hausaufgabenmachen verabredet. Ich soll ihr ein wenig bei Mathe helfen.« Ich lächele Mrs. van Hall an, die höflich meinen Händedruck erwidert hat. Nun seufzt sie und schüttelt den Kopf, doch ihre Lippen ziert ein Lächeln.

»Dieses Mädchen hat den Kopf irgendwo in den Wolken. Immer vergisst sie mir irgendetwas mitzuteilen.« Sie zieht die Tür weiter auf und lässt mich herein. »Ich wünsche dir viel Erfolg dabei, meine Tochter für Mathe zu begeistern, aber ich glaube, da ist sie ein hoffnungsloser Fall. Die Treppe rauf und dann die erste Tür links«, sagt sie und deutet nach oben.

Na geht doch. Ich folge der Anweisung und erklimme immer zwei Stufen auf einmal. Die Tür zu Elisabeths Zimmer ist geschlossen. Ich klopfe an das weiß lackierte Holz und warte. Zwei Sekunden. Danach drücke ich die Tür auf, ohne weiter auf eine Antwort zu warten, und schlüpfe durch den Spalt hinein in ihre rosarote Höhle.

Ich kenne kein anderes weibliches Wesen, das ein so typisches Mädchen-Zimmer hat wie sie. Nun gut, ich war aber auch noch nicht bei vielen Mädchen zuhause. Trotz den rosa Wänden, den vielen Plüschtieren und dem weißen Tüll um ihr Bett war ich tatsächlich recht gern hier – sonst wäre ich auch kaum öfter als einmal hergekommen. Dieses Zimmer strahlt eine süße, sichere Kinderwelt aus, die ich niemals hatte.

Elisabeth liegt bäuchlings auf ihrem Himmelbett und dreht überrascht den Kopf nach hinten, als sie hört, dass jemand ins Zimmer kommt. Ihr Mund ist bereits zu einer wütenden Schimpftirade geöffnet, als sie erkennt, dass *ich* derjenige bin, der die Tür hinter sich schließt.

Schnell rappelt sie sich in eine sitzende Position auf. Sie trägt nur eine knielange enge Yogahose und ein rosa Top, unter dem sich ihre Nippel abzeichnen.

»Was tust du denn hier?«, fragt sie. Ich kann gerade noch sehen, wie sie ein kleines Notizbuch unter ihr Kissen verschwinden lässt. Offenbar hofft sie, dass ich es nicht bemerkt habe. Aber um ehrlich zu sein, ist es mir ziemlich egal, was sie gerade geschrieben hat, selbst wenn sie ein Tagebuch führt, interessiert es mich nicht die Bohne. Nicht einmal die Tatsache, dass sie keinen BH trägt, juckt mich, und das will schon etwas heißen.

Ich gehe über das rötliche Kirschbaumparkett und schiebe meine Hände in die Hosentaschen. Während ich ziellos in ihrem Zimmer spaziere, spüre ich, dass sie mich vom Bett aus beobachtet. Sie schreit mich nicht an und schickt mich auch nicht weg. Kann es sein, dass sie darauf gewartet hat, dass ich zu ihr komme?

Typisch Mädchen.

Ich bleibe schließlich am Fenster stehen, durch das ich schon mehrmals geklettert bin, und lehne mich mit dem Rücken an die Wand. Als ich zu Elisabeth herübersehe, trifft mich der Blick ihrer großen blauen Augen. Was spiegelt sich darin? Erwartung? Verständnislosigkeit? Ein wenig Wut? Zuneigung?

Ich begreife in dem Moment, dass sie mich vermutlich in der Sekunde zurücknehmen wird, in der ich eine Entschuldigung ausspreche. Ich hasse Entschuldigungen. Nur schwer gehen sie mir über die Lippen, egal ob gegenüber meinem Vater oder gegenüber anderen Menschen.

»Ich wollte dir nicht wehtun. An dem Tag nach dem Schwimmtraining auf dem Parkplatz, meine ich.« Es gab schließlich Tage und Nächte, da habe ich ihr absichtlich wehgetan, aber das war etwas anderes. Etwas, was ich beim Sex brauche, auch wenn sie es nicht versteht. »Eine Sicherung ist bei mir durchgebrannt und ich habe einfach reagiert. Tut mir leid, dass du das abbekommen hast und deinen Knöchel verstaucht hast.«

Sie senkt ihren Blick und spielt mit den blonden Spitzen ihrer Haare. »Ich weiß«, sagt sie nur sanft. »Ich kenne dich und mag dich trotz deiner ... Probleme.«

Ich drücke den Kiefer zusammen, um mein Schnauben zu unterdrücken. Mag sein, dass sie gewisse Seiten an mir kennt, aber sie ist trotzdem weit davon entfernt, *mich* zu kennen. Mich zu verstehen. Doch ich schweige und lasse sie in dem Glauben.

»Meinem Knöchel geht es wieder gut. Aber wieso hast du dich nicht früher entschuldigt? Sind andere Menschen dir echt so gleichgültig?« Nun schaut sie mich wieder an und ich wünschte, sie würde es nicht tun. Ich hasse das, was ich in ihren Augen lese.

Andere Menschen sollen nichts von mir erwarten. Ich überrasche, ich schockiere, ich provoziere. Aber ich bin nicht da, um Erwartungen zu erfüllen. Ich mache, was ich will und wann ich es will.

Mit großen Schritten gehe ich zu ihr rüber, sodass ich

innerhalb eines Herzschlags bei ihr am Bett bin, dann greife ich grob nach ihrem Kinn.

»Ich habe dir von vornherein klargemacht, dass wir nur ficken. Wieso wirst du jetzt gefühlsduselig?«

Sie blinzelt ein paar Mal zu viel, sodass ich merke, dass sie gegen aufkommende Tränen ankämpft. Auch das noch. Mein Griff um ihr Kinn wird fester und ich sehe, wie sie schluckt. Wieso regen mich ihre Tränen eigentlich immer auf und Rivers Tränen hingegen ... Nein, jetzt ist nicht der richtige Zeitpunkt, um daran zu denken.

»Vielleicht weil du aufgehört hast, mich zu ficken. Wen fickst du jetzt stattdessen?«, antwortet Lizzy. »Ich weiß, dass du wählerisch bist und es nicht mit jeder daher gelaufenen Fremden tun würdest.«

Ich lasse sie los und lache auf. Heilige Scheiße. Das mit Elisabeth ist noch mehr aus dem Ruder gelaufen, als ich dachte. Ich hatte geglaubt, dass sie sauer auf mich sei, weil ich sie auf dem Parkplatz so grob geschubst habe – aber in Wahrheit ist sie einfach nur eifersüchtig.

»Das geht dich überhaupt nichts an, Lizzy Babe. Unser Arrangement ist beendet. Ich brauche keine eifersüchtige Frau in meinem Leben, die sich in mich verliebt hat.«

Ihre Wangen werden rot. »Ich habe mich nicht … ich bin nicht *verliebt*!«

»Na dann macht es dir ja auch nichts aus, dass wir nicht mehr ficken werden. Such dir einen Neuen. Jemanden, der dich besser behandelt.« Die letzten Worte meine ich tatsächlich ernst. Sie stand nie darauf, von mir dominiert zu werden. Ein letztes Mal beuge ich mich zu ihr herüber und drücke ihr einen Kuss auf die Lippen. Sie schmecken nach Pfirsich, wie immer, wenn sie ihren Labello benutzt. »Sei mir nicht böse, Lizzy«, murmele ich an ihrer zarten Haut.

Der Duft ihres süßen Parfums hängt mir noch den ganzen Heimweg in der Nase.

Ich drehe mich in dem zweiten Bürosessel, den Lias vor seinen langen Schreibtisch geschoben hat. Der Tisch ist beinahe so lang wie der in unserem Esszimmer. Daraus schließe ich, dass er daran viel mehr Zeit verbringt als ich an meinem.

»Willst du jetzt lernen, wie man das retuschiert oder nicht?«, fragt Lias etwas gereizt.

Überrascht über die Art, wie er mit mir redet, höre ich auf, mich mit dem Stuhl um die eigene Achse zu drehen, und blicke ihn mit hochgezogener Braue an.

Lias errötet unter meinem Blick. »Ich ... ich meine, wenn du nicht hinguckst, kann ich dir nicht zeigen, was du ... lernen wolltest«, stammelt er.

»Ja, schon gut, ich bin so weit.« Für ein paar Minuten sehe ich ihm tatsächlich aufmerksam zu. Ich habe ihn gebeten, eine Person aus einem Foto heraus zu retuschieren und bei einem anderen, die Person so dunkel zu machen, dass man ihr Gesicht nicht mehr erkennt. Auf seine Frage, wozu ich das brauche, habe ich natürlich nicht geantwortet. Er sollte mir das mit zwei beliebigen Bildern auf seinem Rechner vorführen, weil ich ihm die Fotos mit Rivers nur über meine Leiche aushändigen würde. Es reicht schon, dass Marco sie hat. Am liebsten wäre mir, dass nur ich die völlige Kontrolle über die Bilder hätte und über die Entscheidung, wann und wem ich sie zeige.

Als ich glaube, begriffen zu haben, wie das Programm funktioniert, schweift mein Blick wieder durch die Gegend. Meine Aufmerksamkeit für etwas mehr als ein paar Minuten zu fesseln, war schon immer schwierig. Lias' stotternde Erklärungen sind so lahm, dass ich mir nach fünf Minuten die Kugel geben will.

Ich sehe mich auf seinem aufgeräumten Schreibtisch um, in der Hoffnung, etwas Spannendes wie ein Pornoheftchen zu entdecken. Sein Schreibtisch mit dem PC (und den zwei Bildschirmen) steht aber nicht einmal in seinem Schlafzimmer. Der Raum wirkt wie ein Arbeitszimmer. Auch ansonsten ist das, was ich bisher von dem Haus gesehen habe, größer und teurer, als ich im Vorfeld angenommen hatte. Nicht, dass ich vor diesem Abend viel Zeit damit verschwendet hätte, über Lias' Wohnsituation nachzudenken, aber selbst ich habe nicht einmal zwei Zimmer im Haus meiner Eltern für mich.

»Sag mal, was machen deine Eltern so?«

Er sieht mich überrascht an. »Du meinst beruflich?«

»Nee, im Bett.«

Lias' Wangen erröten. Zum dritten Mal heute. Gott, der Junge ist empfindlicher als jede Pussy. »Meine Mom ist IT-Spezialistin und mein Dad ist ehemaliger Profi Boxer.«

Meine Augenbrauen wandern überrascht in die Höhe. »Na dann kommst du ja offensichtlich nach deiner Mom.« Die Frage, wie sein Dad das findet, verkneife ich mir. Ich weiß, wie es sich anfühlt, nicht die Erwartungen des eigenen Vaters zu erfüllen.

Das Vibrieren von Lias' Handy unterbricht uns. Es liegt neben ihm auf dem Tisch und hat im Laufe der halben Stunde, die ich schon hier bin, bestimmt sechs Mal vibriert.

»Wer schreibt dir denn die ganze Zeit?«

Lias dreht das Handy um, sodass das Display nicht mehr zu sehen ist. »Ach keiner.«

Ich verenge skeptisch die Augen. »Hab' gar nicht gewusst, dass du Freunde hast.«

Sichtlich unwohl rutscht Lias auf seinem Stuhl herum. »Ähm ... willst du sonst noch etwas wissen? Oder dir Notizen machen?«

»Sehe ich aus, als bräuchte ich Notizen, um mir etwas zu merken?« Ich stehe auf und baue mich vor ihm auf. Lias schaut mich mit aufgerissenen Augen durch die runden Gläser seiner Brille an und schüttelt hektisch den Kopf. Seine Reaktion füllt mich mit Genugtuung. Kurz bin ich versucht, über ihn hinweg nach seinem Handy zu greifen und zu sehen, wer ihn die ganze

Zeit erreichen möchte. Vielleicht ist es ein Mädchen und ich kann ihn damit aufziehen. Aber wahrscheinlicher ist es nur seine Mutter, die fragt, wann er zum Essen runterkommt. Ein Grund mehr, ihn aufzuziehen, aber ich habe ja versprochen, ihn in nächster Zeit in Ruhe zu lassen.

Ich schultere meinen Rucksack und drehe mich zum Gehen. Dann fahre ich energisch herum und rufe »Buh!«, sodass Lias fast vom Stuhl fällt. Das konnte ich mir einfach nicht verkneifen. Lachend lasse ich ihn in seinem Arbeitszimmer zurück und fahre nach Hause.

achtzehn

MAYA

Samstagabend

Die Pille danach genommen – Check.

Schloss ausgetauscht – Check.

Alarmanlage installiert – Check.

Sie mit einer App auf meinem Handy verbunden – Check.

Zufrieden schiebe ich das Smartphone in meine Hosentasche und atme tief durch. Vielleicht kann ich mich hier jetzt wieder ein wenig sicherer fühlen. Wer auch immer der anonyme Erpresser ist, er hat mir gezeigt, dass er mich auf den unterschiedlichsten Wegen erreichen kann. Zumindest *in* meinem Haus will ich ihn nicht mehr wissen. Wenn er mir etwas zu sagen hat, kann er ja eine der vielen anderen Möglichkeiten nutzen: mir eine SMS schicken oder eine Spielkarte zustecken.

Die letzte liegt zusammen mit meiner ersten, die Davis am Anfang der Woche in meinem Ausschnitt versenkt hat, in meiner Schreibtischschublade im Wohnzimmer. Ich habe sie heute Mittag – nach einem kurzen Abstecher in den Baumarkt und in eine Apotheke – schon miteinander verglichen und ein paar interessante Details ausmachen können. Obwohl die Machart der Karten identisch ist (indem jemand auf eine echte Monopolykarte hinten einen ausgedruckten Text aufgeklebt und mit durchsichtiger Klebefolie fixiert hat), so ist die Schriftart und Schriftgröße beim genauen Betrachten eine andere. Bleibt also nur die Frage, ob es für diese Spielkarten üblich ist, dass die Font variiert, oder ob diese beiden Karten tatsächlich von unterschiedlichen Personen hergestellt wurden.

Oder der Spielmacher will mich absichtlich in die Irre führen und mich glauben lassen, dass es sich um zwei verschiedene Personen handelt. Traue ich Davis so viel Scharfsinn und Weitblick zu?

Ich schüttele den Kopf und werfe mich auf die Couch, um mich von Netflix ablenken zu lassen. In den letzten vierundzwanzig Stunden ist so viel passiert, dass mein Kopf erst einmal eine Pause braucht. Für heute habe ich alles in meiner Machtstehende getan und da ich keine akute Gefahr sehe, die vom Erpresser ausgeht, bleibt mir nichts anderes übrig, als auf seinen nächsten Schritt zu warten. Ich sollte das Wochenende nutzen, um nicht nur meinen Körper, sondern auch meine Psyche von dem zu erholen, was heute früh vorgefallen ist.

Während ich mich vom Fernseher beschallen lasse und meine Gedanken immer wieder abdriften, zieht draußen ein Sturm auf. Ein heulender Wind pfeift um das Haus und Regen prasselt leise an die Fensterscheiben. Schließlich muss ich auf der Couch eingedöst sein, denn als ich durch ein Geräusch aufschrecke, ist die Sonne schon komplett untergegangen und das Wohnzimmer liegt im Dunkeln.

Bis auf den trommelnden Regen ist alles still. Blinzelnd hebe ich meinen Kopf von der Sofalehne. Der Raum wird nur durch das bläuliche Licht vom Fernseher beleuchtet, auf dem Netflix mich fragt, ob ich noch weiterschaue. Der eingeblendete Timer ist schon beinahe abgelaufen.

Ein laut pfeifender Windzug lässt mich zusammenzucken. Habe ich oben ein Fenster aufgelassen? Der Regen klingt auf einmal so laut und kühl ist es auch geworden. Eine Gänsehaut breitet sich auf meinen Armen aus und ich taste gerade die Couch nach meinem Handy ab, als es von einem Moment auf den anderen stockdunkel wird.

Ein spitzer Schrei schlüpft mir über die Lippen und ich starre in Richtung des erloschenen Bildschirms. Keine Panik. Er hat sich nur von selbst ausgeschaltet, weil ich so lange nichts gedrückt habe. Mein Herz klopft trotzdem unnormal schnell weiter. Ich denke an die Alarmanlage, die ich vorhin erst installiert habe. Was ist, wenn ich etwas falsch gemacht habe und sie nicht funktioniert? Was ist, wenn sie defekt ist? Meine Hand fährt immer schneller über den rauen Stoff der Couch, bis ich in einer Ritze schließlich auf etwas Hartes stoße, was entweder mein Handy oder die Fernbedienung sein sollte. Genau in diesem Moment klingelt und vibriert es.

Schon wieder schramme ich nur knapp am einem Herzstillstand vorbei.

Mit zitternden Fingern halte ich mir das Handy vors Gesicht und sehe auf das leuchtende Display. Ich rechne mit allem. Eine neue Nachricht von meinem Erpresser. Eine Warnmeldung von der Alarmanlage. Oder ... ein Anruf von Carry?

Als ich realisiere, dass das Vibrieren nicht aufhört und der Name meiner besten Freundin auf dem Bildschirm steht, gehe ich erleichtert dran.

»Hey, Carry. Alles klar?«, krächze ich.

»Die Frage wollte ich dir stellen!«, schrillt ihre Stimme aus dem Hörer, sodass ich mir das Handy ein paar Zentimeter vom Ohr halten muss. »Du antwortest auf all meine Nachrichten nur noch einsilbig und angerufen hast du seit deinem Umzug auch noch nicht.«

War klar, dass sie mich deshalb irgendwann zur Rede stellt. Aber muss sie es mitten in der Nacht tun und mir damit einen halben Herzinfarkt verpassen? Wie spät ist es überhaupt? Ich stehe von der Couch auf und tappe in der Dunkelheit in Richtung Lichtschalter. »Die letzten zwei Wochen waren eben stressig. Es tut mir leid. Sobald ich mich hier eingelebt habe, wollte ich dich anrufen und dir alles erzählen.« Außer die Sache mit Davis. Und den anonymen Drohungen. Und den geheimen Spielen, die an der Haze Falls High gespielt werden.

Als das Licht die Schwärze vertreibt, jagt es auch die Angst davon. Zurück bleibt nur Enttäuschung und Leere. Carry war die erste Person, der ich damals von Alex erzählt habe. Ihr konnte ich immer alles anvertrauen, ohne dass sie urteilte oder mich schief ansah. Wenn jemand noch verrückter ist als ich, dann ist es sie. Zum ersten Mal seit ich hier bin, erlaube ich es mir, sie zu vermissen. Gott, was bin ich nur für ein Miststück als Freundin? Ich habe in New York so viel wie möglich zurücklassen wollen, dass es für mich wie selbstverständlich war, auch Carry dort zu lassen. In einem alten Kapitel, das ich nicht mehr aufschlage. Aber vielleicht gibt es einen Weg, sie in mein Leben hier mitzunehmen. Was würde passieren, wenn ich ihr einfach alles erzähle?

»Du hattest genug Zeit, um dich einzuleben. Mach die Tür auf, ansonsten trete ich sie ein«, sagt Carry genau in dem Moment, in dem ich die Treppen hoch in mein Schlafzimmer gehen will.

»Was?«, frage ich verdattert. Als mir die Bedeutung ihrer Worte dämmert, lache ich laut auf. *Das kann nicht wahr sein!* Ich lache so frei, wie seit Ewigkeiten nicht mehr, auch wenn mein Verstand es noch für einen Witz hält. Carry hat offenbar eins zu eins meine Gedanken gelesen, noch bevor ich sie selbst gedacht habe. Ich lege auf und gehe zur Eingangstür. Als ich sie schwungvoll aufreiße, spüre ich die kühle, vom Regen geschwängerte Nachtluft.

Meine Freundin steht unter der überdachten Veranda, einen triefendnassen Regenschirm in den Händen, den sie gerade zusammenfaltet.

»Rosa?«, ist das Erste, was ich zu ihr sage.

Das letzte Mal, als ich sie gesehen habe, hatte sie himmelblaue Haare. Jetzt sind sie pastellrosa und fallen ihr links und rechts glatt bis über die Brüste. Ein Pony rahmt ihr längliches Gesicht, unter dem ihre braunen Augen mich freudig anstrahlen.

Sie fällt mir um den Hals und drückt mich, als hätten wir uns ein halbes Jahr lang nicht gesehen. Tatsache ist, dass wir uns öfter mal für mehrere Wochen oder gar Monate nicht sehen, weil Carry als Modebloggerin und Influencerin viel auf Reisen ist.

»Was machst du hier? Wie lange bleibst du?« Ich löse mich von ihr und kämpfe noch immer mit meiner Fassungslosigkeit. Carry war schon immer gut für Überraschungen.

Sie kommt ins Haus und zieht einen kleinen pinken Reisekoffer hinter sich her. Den nassen Schirm legt sie einfach neben die Tür.

»Ich bleibe nur bis morgen. Danach muss ich weiter nach London. Aber ich dachte mir, vor meinem Europatrip muss ich dich unbedingt noch besuchen und sichergehen, dass du hier überhaupt lebendig angekommen bist. Zwischenzeitlich hatte ich schon Angst, mit deinem Kidnapper zu schreiben, der dir das Handy abgenommen hat. So einsilbig wie du geantwortet hast.«

Obwohl ihre Sticheleien scherzhaft klingen, weiß ich, dass ich Carry damit ernsthaft verletzt habe, weswegen sich auch sofort ein schlechtes Gewissen in mir breitmacht.

»Du weißt doch, dass ich hier ein neues Kapitel aufschlagen wollte.«

»Und dafür brauchtest du Abstand zu New York und alles, was dich daran erinnert, ich weiß«, leiert sie herunter und verdreht die Augen. Sie folgt mir, während ich durchs Haus gehe und ihr die Zimmer zeige.

»Ziemlich groß für dich allein. Aber sowas wie platzsparende Apartments kennen die hier wohl nicht«, scherzt sie.

Da ich noch kein Gästezimmer eingerichtet habe, schlage

ich ihr vor, in meinem Zimmer zu schlafen. Wir haben schon öfter ein Bett miteinander geteilt und heute nicht allein schlafen zu müssen, kommt mir gelegener, als sie sich vorstellen kann.

»Warte, ich mache noch unten überall das Licht aus, dann komme ich wieder hoch.«

Als ich wieder bei ihr bin, sieht Carry sich die Polaroids an, die zusammen mit einer Lichterkette an der Wand über meinem Bett hängen. Ich hatte lange überlegt, ob ich sie hier aufhänge oder nicht.

»Ich find's schön, dass du die Bilder noch hast«, sagt sie und streicht mit dem Finger zärtlich über eins der Fotos, auf dem sie und ich meinen einundzwanzigsten Geburtstag feiern. Ich bin gerade dabei, eine Champagnerflasche zu öffnen und wir strahlen beide in die Kamera, die unsere Gesichter viel zu überbelichtet eingefangen hat.

»Neuanfang hin oder her. Manche vergangenen Kapitel bleiben für immer Teil des Buches.«

Sie sieht mich an und ein für ihre Verhältnisse ernster Ausdruck legt sich auf ihr Gesicht. »Und das ist auch gut so, May. Du kennst meine Meinung dazu. Dein Buch ist toll so, wie es ist. Du brauchst keine einzige Seite herauszureißen.«

Ich zucke mit den Achseln, da ich nicht an die Vergangenheit denken will. Die Geschichte mit Alex war naiv und unnötig. Im Nachhinein betrachtet ist es leicht zu sagen, dass ich mich lieber hätte professionell verhalten sollen. Carry hingegen ist der Meinung, dass wir Fehler nicht bereuen, sondern jede Erfahrung in unserem Leben mit offenen Armen begrüßen sollten. Aber sie ist auch eine leidenschaftliche Verfechterin der freien Liebe, die weder geschlechtliche, noch alterstechnische oder berufliche Grenzen kennt. Jeder kann sich in jeden verlieben, ohne dass daran etwas Schlechtes ist. Solange es irgendwie auf Gegenseitigkeit beruht. *Nur eben, dass das mit Alex keine Liebe war …* Es war nur Lust, und dafür fast meine Zukunft riskiert zu haben, war es definitiv nicht wert.

Carry lässt sich aufs Bett plumpsen und klopft neben sich. »Erzähl mir, wie öde du dein Leben hier findest. Heul dich ruhig bei mir aus.«

»Ich wünschte, es wäre öde«, sage ich seufzend und setze mich im Schneidersitz auf die Tagesdecke. Carry rutscht an mich heran und legt ihren Kopf in meinen Schoß. Als sie zu mir aufblickt, streiche ich gedankenverloren durch ihr rosafarbenes Haar, das sich über meine Beine ausgebreitet hat wie ein Fächer.

Die Nähe zu ihr lässt meinen Umzug aus New York unwirklich erscheinen. Als wäre er nie passiert. Als säßen wir wie früher auf dem Bett in meinem kleinen Zwei-Zimmer Apartment und würden über Gott und die Welt reden. Während unsere Körper aneinandergeschmiegt beieinander Trost suchten. Obwohl wir beide auf andere oft wie fröhliche, verrückte Wirbelstürme wirken, so teilen wir noch eine andere Gemeinsamkeit. Wir sind beide innerlich kaputt. Carry ist durch die Abneigung ihrer Eltern gegenüber ihrer sexuellen Orientierung so zerrüttet, dass sie nie eine romantische Beziehung geführt hat. Und auch meine Beziehungen lassen sich mit einem Finger abzählen. Wir haben es nicht so damit, anderen zu vertrauen und in unser Herz zu lassen. Oder wir können es einfach nicht.

Demnach ist auch unsere Freundschaft etwas speziell. Manchmal sind wir uns so nah wie Schwestern, in anderen Phasen verhalten wir uns schon beinahe wie Liebende, doch manchmal vergehen auch ganze Monate, in denen wir keinen Kontakt haben. Als bräuchten wir die gelegentliche Distanz, um wir selbst zu bleiben und uns nicht zu sehr an den anderen zu gewöhnen.

Umso überraschter bin ich, dass sie mir tatsächlich nachgereist ist und jetzt hier ist. Vielleicht hat sie gemerkt, dass mein Grund für die Funkstille diesmal ein anderer ist und etwas nicht stimmt. Oder sie will sichergehen, dass ein Umzug zweitausend Meilen weit weg unsere spezielle Freundschaft nicht für immer zerstört.

So oder so, ich bin froh, dass sie hier ist und mich so gut kennt.

»Was kann denn so Spannendes in einem Kaff wie diesem passieren? Hat deine Stiefschwester dich schon mit einem reichen Mann verkuppelt?«, neckt sie mich. »Bekomme ich bald eine Hochzeitseinladung?«

»Haha«, mache ich trocken und drehe ihre rosa Haare um meinen Finger. »Nein, jetzt mal ehrlich. Nichts läuft nach Plan. Da ist dieser Schüler ...«

»Oh oh.« Ich kann nicht einmal den Satz aussprechen, schon setzt sie sich auf und starrt mich mit weit aufgerissenen Augen an. »Du hattest Sex mit ihm?«

Wieso muss sie den Nagel sofort auf den Kopf treffen? War es so offensichtlich, dass ich in meine alten Laster verfalle?

»Oh Gott, erzähl mir alles!«, quietscht Carry und ich tue ihr widerwillig den Gefallen. Nur die anonymen Drohungen lasse ich aus.

»Aber was mache ich, wenn er jemandem etwas erzählt?«, frage ich eine halbe Stunde später. Wir haben uns mittlerweile abgeschminkt und mit frisch geputzten Zähnen unter die Bettdecke verkrochen. Wie in alten Zeiten teilen wir uns eine.

»Glaubst du denn, er wird es jemandem erzählen?«

»Ich weiß es nicht. Ich kann ihn überhaupt nicht einschätzen. Erst dachte ich, er wäre nur ein verzogener Bengel, der sich vor seinen Mitschülern aufspielen muss, um sich groß zu fühlen, weißt du...«

Sie kichert. »Ist er denn *groß*?«

Ich schlage ihr spielerisch gegen den Arm und fahre fort, ohne auf diese Bemerkung einzugehen. »Mittlerweile ahne ich, dass da noch mehr hinter steckt. In ihm brodelt so viel unterdrückte Wut und sein Streben nach Erfolg und Macht ist viel zu untypisch für sein Alter. Ich kann nicht einschätzen, zu was er fähig wäre oder was er bezweckt.«

»Hm«, macht Carry und wird wieder ernst. »Ich würde nicht davon ausgehen, dass er mit dem Sex etwas bezweckt hat. Du bist heiß und die Situation bei eurem Streit ist eskaliert. Wenn er so machtgeil ist, wie du sagst, ist Sex für ihn bestimmt ein Mittel, um Dinge unter Kontrolle zu bringen. Mehr war es nicht. Wenn es geil war, kann es sein, dass er es wiederholen will. Verbotene Dinge haben ihren Reiz, das wissen wir beide doch besser als jeder sonst.« Wie zum Beweis streichelt sie mit ihren Fingerspitzen über meine Hüfte. Der Streifen nackter Haut zwischen meiner Schlafshorts und meinem Top. Nur ganz kurz – dennoch erzeugt es ein Kribbeln auf meiner Haut, das alte Erinnerungen weckt.

Wir waren Meisterinnen darin, verbotene Dinge auszuprobieren.

»Aber kein Teenager würde aus Langeweile sowas bei Gericht aussagen und einen Prozess einleiten, wenn das doch alles in seinem eigenen Interesse war«, fährt sie fort. »Für so eine Anschuldigung braucht es Beweise und Zeugenaussagen. Das ist keine kleine Sache. Es würde in der Presse breitgetreten werden und der Ruf der Schule würde zerstört werden. Das hätte auch auf sein Leben immense Auswirkungen. Da müsstest du ihm schon einen ordentlichen Grund geben, damit er das alles in Kauf nimmt.«

»Na toll und was schlägst du also vor?«, frage ich leise in die Dunkelheit hinein. Ich kann mir nicht vorstellen, dass Davis einen Grund hat, mir dermaßen schaden zu wollen. Ich habe ihm schließlich nichts getan, außer ihn ein paar Mal zurechtzuweisen.

»Dass du es genießt, solange es anhält. Irgendwann wird er vermutlich eh das Interesse an dir verlieren. Typen wie er haben doch dauernd neue Frauen an der Backe.«

Ungläubig öffne ich den Mund. Mit dem Ratschlag, es zu genießen, habe ich nun wirklich nicht gerechnet. Aber vermutlich hat sie Recht ... nicht mehr lange und er wird das Interesse an unserem Spielchen verlieren.

»Ihr müsst natürlich weiterhin darauf achten, dass euch niemand anderes sieht. Sonst hast du wirklich ein Problem.«

»Ja ...« Aber was ist, wenn es schon zu spät ist? Meine Gedanken wollen gerade abschweifen, als Carry mich zärtlich in die Seite knufft.

»Obwohl es dunkel ist, sehe ich deine ernste Miene genau vor mir. So viele Grübeleien verursachen nur Falten. Du solltest weniger nachdenken, May.«

Ich muss lächeln und schmiege mich instinktiv enger an ihren weichen Körper. »Leichter gesagt, als getan.«

Carry vergräbt ihren Kopf in der Mulde zwischen meinem Hals und meiner Schulter und ich schließe die Augen. »Erzähl mir lieber, wie der Sex mit ihm war. War er gut?«, fragt sie. Ich spüre an meiner Haut, wie sich ihre Lippen zu einem Grinsen verziehen.

Bei der Erinnerung muss auch ich grinsen. »Oh ja. Sehr gut. Du verpasst etwas, wenn du Männer aus deinem Beuteschema ausschließt, Carry.«

Ihr Körper bebt, als sie lacht. »Du schließt *Männer* doch auch aus«, neckt sie mich.

»Touché.«

»Wir sollten jetzt schlafen«, murmelt sie beinahe wehmütig. Als sie sich von mir wegdreht und Platz zwischen unsere Körper bringt, spüre ich so etwas wie Enttäuschung in mir aufwallen.

»Gute Nacht«, murmele ich ihr zu und ignoriere das leichte Ziehen in meiner Magengegend. Was ist nur los mit mir? Es ist schon fast zwei Jahre her, dass Carry und ich das letzte Mal *solche* Dinge getan haben. Ab und zu kam es dazu, ohne dass wir es analysiert oder darüber geredet haben. Carry weiß, dass ich nicht auf Frauen stehe. Aber Carry weiß auch, dass mich verbotene Dinge und Abenteuer reizen. Dass Davis' Schwanz mich heute früh daran erinnert hat, wie gut Sex sein kann, ist nicht gerade hilfreich, um meine Libido wieder einzusperren.

Ein frustriertes Seufzen verlässt meine Lippen, bevor ich mich auf die Seite rolle. Während ich mich unruhig in den Halbschlaf wälze, verfolgen mich meine Fantasien. Bilder von Carrys Kopf zwischen meinen Beinen werden von Davis' Mund abgelöst. Als könnte ich mich nicht entscheiden, wen von beiden ich lieber an meiner pulsierenden Mitte spüren möchte. Oder was von beidem verwerflicher wäre.

Im Endeffekt träume ich von einem verrückten Dreier mit den beiden, bis ich schweißgebadet aufwache und feststelle, dass es schon morgens ist.

»Los, ruf sie an. Ich will sie kennenlernen«, drängt Carry mich. Sie will mit mir und Rina essen gehen, bevor sie heute Abend zum Flughafen fährt. Bisher kennt sie meine Stiefschwester nur von meinen Erzählungen und jetzt, da sie zum ersten Mal in Haze Falls ist, will sie es sich nicht nehmen lassen, sie live und in Farbe zu sehen und ihre Vorstellung von meiner Schwester mit der Realität zu vergleichen.

Da ich Rina seit meiner patzigen Abfuhr in der ersten Woche nicht mehr gesehen habe, als ich ihre Hilfe ausgeschlagen habe, will ich sie tatsächlich anrufen.

»Warte – was ist das?«

Ich halte inne und drehe mich zu Carry um. Sie sitzt auf meinem Bett und starrt mich an, während ich gerade dabei war, mir ein luftiges gepunktetes Sommerkleid über den Kopf zu ziehen. Nun halte ich das Kleid irgendwo auf Brusthöhe fest und folge Carrys Blick auf meinen entblößten Hintern.

Obwohl ich ahne, was Carry entdeckt hat, will ich das Übel mit meinen eigenen Augen sehen. Ich drehe mich vor meinem bodenlangen Spiegel so, dass ich mein Hinterteil begutachten kann. Ich bin mir ziemlich sicher, Carry meint nicht meine Cellulite, sondern wundert sich über die blaulilanen Fingerabdrücke. Schnell lasse ich den Stoff des Kleides fallen.

»Kein Wunder, dass du solche Abdrücke nicht kennst, wenn du nur zierliche Feen in dein Schlafzimmer lässt«, scherze ich und versuche die Wärme in meiner Brust zu ignorieren, die der Anblick der blauen Flecken in mir verursacht hat.

»Stimmt nicht. Ich habe auch *dich* in mein Schlafzimmer gelassen«, kontert sie.

»Hey! Soll das heißen, ich bin nicht zierlich?« Ich stürze zum Bett, um ihr ein Kissen über den Kopf zu ziehen.

Carry lacht und duckt sich.

»Jetzt hör auf, mich zu mobben, und lass mich telefonieren!« Ich greife nach meinem Handy, das auf der Kommode liegt, und rufe Rina an. Ein paar weitere Stunden Ablenkung von Davis sind genau das, was ich dieses Wochenende brauche. Der Montag wird ohnehin schon viel zu schnell kommen.

Erst will Rina uns zu sich einladen und für uns kochen, doch ich rede ihr diesen Vorschlag aus. Rina steht so schon viel zu oft am Herd und bekocht Brandon tagein tagaus. Es tut ihr gut, auch mal auszugehen. Als sie schließlich einwilligt und sagt, dass Brandon mitkommt, bin ich kurz überrascht. Obwohl sie nun schon zwei Jahre verheiratet sind, habe ich ihren Ehemann noch nie live gesehen. Er war einfach immer zu beschäftigt, um zu den jährlichen Familienessen zu kommen. Eine Zeit lang dachte ich sogar, Rina würde ihn sich ausdenken, damit Vater zu Thanksgiving wenigstens eine Tochter hat, mit der er bei der Familie rumprahlen kann. Aber seit sie schwanger ist, bin ich durchaus gewillt gewesen, an die Existenz dieses Mannes zu glauben.

»Super, treffen wir uns dann um achtzehn Uhr vorm La' Journée?«

Ich habe zwar keine Ahnung, wo und was das ist, doch ich willige ein.

»Und, hast du dich schon eingelebt, Madalyn? Was macht die Arbeit in der Schule?« Brandon taxiert mich über den Rand seines Weinglases hinweg, als wäre ich eine Laborratte.

»Maya, bitte«, sage ich und lächele gequält. Dieser Mann hat etwas an sich, was mich direkt abgestoßen hat, und damit meine ich nicht seinen tausenddollar Anzug oder die nach hinten gestylten blonden Haare oder die zu eng gebundene Krawatte, die seinen Hals einquetscht. Auch nicht seine blassblauen Augen, die mich an die Augen eines Fisches erinnern, nur dass seine noch von unzähligen Fältchen umrahmt sind, die bestimmt von seinem gekünstelten Dauerlächeln stammen.

»Ich habe mich wirklich gut eingelebt und sogar schon eine Freundin gefunden. An der Schule verläuft auch alles problemlos«, antworte ich und nehme ebenfalls mein Weinglas in die Hand. Rotwein. Plötzlich vermisse ich den Chardonnay in Lolas Garten. Ich nehme mir vor, sie nächste Woche wieder zu besuchen. Jetzt da ich weiß, dass nicht sie meine Erpresserin ist, sollten wir unsere angefangene Tradition fortführen.

»Oh mit wem hast du dich denn angefreundet? Mit Gerda Bales von gegenüber vielleicht? Ich wollte euch ohnehin mal bekannt machen«, erzählt Rina aufgeregt. Sie hat von der seltsamen Spannung zwischen mir und Brandon offenbar nichts mitbekommen oder sie kann es geschickt überspielen. Ich frage mich, was sie Brandon alles über mich erzählt hat. Vermutlich zu viel. Vermutlich geht sie auch deshalb auf das Thema Nachbarin ein, um nicht das Thema Schule zu vertiefen.

»Nein, nicht mit Gerda«, sage ich lächelnd, stelle mein Glas ab und greife nach Messer und Gabel, um weiter an meinem Lachsfilet herumzuschneiden. Gott, dieses Treffen ist anstrengender, als ich gedacht habe. Aber zumindest scheint Carry ihren Spaß zu haben. Wann immer ich sie ansehe, ertappe ich sie dabei, wie sie sich ein Grinsen verkneift. Offenbar sind Rina und Brandon zum Schießen komisch –

wenn man nicht mit ihnen verwandt ist und sie auf einem herumhacken.

»Hast du Michael Hendrickson schon persönlich kennengelernt? Er ist ein Golf-Kumpel von mir und ein treuer Kunde. Habe ihm letztes Jahr ein exzellentes Immobilienangebot gemacht.«

Jetzt bloß nicht angewidert aussehen. »Ja, er scheint durchaus nett zu sein.«

Brandon lacht. »Das freut mich. Dann muss hoffentlich am Ende des Jahres niemand bereuen, dass ich meinen Gefallen bei ihm eingefordert habe.«

Was soll das denn bitte bedeuten? Brandon hat Hendrickson also überredet, mich einzustellen? Ich blicke zu Rina, die mir warnende Blicke zuwirft. Was erwartet sie? Dass ich Brandon meine ehrliche Meinung sage? Hier im Restaurant?

»Richtig. Niemand wird es bereuen. Die Schule – und vor allem die *Schüler* sind umwerfend«, sage ich lächelnd.

Rina verschluckt sich prompt an ihrem Salat. Neben mir kann Carry nicht mehr an sich halten und prustet leise in ihre Serviette. »Ich glaube, ich muss kurz auf Toilette«, entschuldigt sie sich.

Ich nutze die Gelegenheit und folge ihr.

»War der letzte Satz zu viel?«, frage ich. Kaum schließt sich die Tür zur Toilette hinter uns, brechen wir in Gelächter aus.

»Deine Schwester bedenkt dich den ganzen Abend schon mit Blicken, als würde sie dir nicht zutrauen, mit Messer und Gabel umgehen zu können oder als würdest du gleich das ganze Restaurant in *Kill Bill*-Manier abschlachten.« Carry schüttelt fassungslos den Kopf. »Was hast du ihr getan? Ich dachte, ihr versteht euch gut?«

»Wie kommst du denn auf diesen absurden Gedanken? Wir verstehen uns nur gut, solange wir keinen Kontakt haben. Sie mochte mich noch nie. Schon als Kind nicht, weil ich so anders war als sie. Und seit ich in ihrer Nachbarschaft wohne, verflucht sie mich vermutlich noch mehr dafür, dass ich nicht so bin wie sie.«

»Das ist verrückt, warum wollte sie dann überhaupt, dass du zu ihr ziehst?«

Ich zucke mit den Achseln. »Vielleicht hat sie gehofft, wenn ich in ihrer Nähe wohne, werde ich automatisch mehr wie sie. Oder sie will mich im Auge behalten, damit ich die Familienehre nicht komplett zerstöre. Vater würde daran zerbrechen, wenn ich ins Gefängnis wandere.«

Carry verdreht die Augen. »Die soll sich mal um ihr eigenes Liebesleben kümmern anstatt darum, was zwischen deinen Beinen passiert. Ein Wunder, dass sie einen Braten in der Röhre hat, denn das heißt, sie und ihr Ehemann haben es tatsächlich getrieben! Kannst du dir das vorstellen?«

Sie wirft mir durch den großen Spiegel über den Waschbecken einen vielsagenden Blick zu, während sie ihre Haare in Form zupft. Ich pruste los und gehe zu einer der Kabinen.

»Keine Ahnung, wie dieser schmierige Immobilienhai sie rumkriegen konnte. Findest du auch, seine Augen haben etwas Fischiges?«, höre ich Carry nun gedämpft neben mir plappern.

»Ja!«, rufe ich aus, froh darüber, dass ich nicht die Einzige bin, die solch verrückte Gedanken hat.

Als wir wieder zum Tisch kommen, haben Rina und Brandon schon aufgegessen.

»Sollen wir schon einmal zahlen? Rina ist seit der Schwangerschaft abends schnell müde«, sagt Brandon und hebt zeitgleich die Hand, um einem der Kellner ein Zeichen zu geben.

»Ich glaube, Rina kann für sich selbst sprechen«, sage ich und trinke meinen Wein in einem Zug aus.

Schon wieder sieht mich meine Stiefschwester warnend an. Ich frage mich, wieso nur ich böse Blicke kassiere, und nicht ihr Mann. Traut sie sich nicht, ihn zurechtzuweisen? Oder findet sie sein Verhalten in Ordnung?

Als der Kellner mit der Rechnung kommt, sagt Brandon zwar, dass das Essen auf ihn geht, doch ich will ihm nicht mehr schuldig sein, als ich es ohnehin schon offenbar bin, also beschließen Carry und ich, unseren Anteil selbst zu zahlen. Ich nehme meine Handtasche von der Lehne und will mein Portmonee herauskramen, als eine kleine glatte Karte zwischen meine Finger gerät. Ich halte inne. Selbst mein Herz stockt.

Ich starre in das Innere meiner Tasche, in der neben meinem Portmonee, meinem Lippenstift und einem Päckchen Taschentücher eine einsame Monopolykarte liegt. Meine Finger trauen sich nicht einmal, sie umzudrehen und die Rückseite zu lesen. Viel zu sehr lähmt mich der Gedanke, dass mein Erpresser hier war. Selbst so weit weg von der Schule. Bei einem Essen mit meinen Familienangehörigen und besten Freundin.

»Maya? Alles in Ordnung? Hast du dein Portmonee zuhause vergessen?« Carrys Stimme dringt von weit, weit weg zu mir heran.

Wann hat der Erpresser die Karte in meine Tasche gesteckt? Als ich auf der Toilette war? Oder liegt sie schon länger in dieser Tasche und ich habe sie erst jetzt bemerkt?

»Nein, alles gut«, sage ich und zücke meine Geldbörse.

Erst als ich mich von allen verabschiedet habe, Carry wieder meilenweit weg ist, und ich allein in meinem Haus auf dem gelben Sofa sitze, ziehe ich die Ereigniskarte aus meiner Tasche. Als ich sie in der Hand halte, merke ich, dass mit einer Büroklammer ein weiterer kleiner Zettel an ihr befestigt ist.

Auch auf ihm ist die Schrift nur mit dem Computer getippt. Mein Erpresser will mir also nicht einmal seine Handschrift offenbaren.

Wie ich sehe, hast du die Spielregeln verstanden.
Der Spielleiter

Mit klopfendem Herzen entferne ich den Zettel, um die Rückseite der Karte lesen zu können. *Was will er als nächstes?* Diese Frage stelle ich mir schon seit Freitag. Die Pyjamaparty mit Carry war zwar eine willkommene Unterbrechung, doch sie hat mich nicht vergessen lassen, dass die nächste Aufgabe früher oder später auf mich warten wird.

Du kaufst dir neue Dessous und begibst dich
zu D, Birchstreet 13.
Ziehe 50$ ein.
Für die Erinnerung machst du ein Foto und
sendest es an die Bank.

Was? Dass die Anweisung in einem so spieltypischen Tonfall geschrieben ist, verwirrt mich so sehr, dass ich mehrere Anläufe brauche, bis ich alle versteckten Details darin verstehe. Mit einer dumpfen Ahnung nehme ich erneut meine Handtasche auf den Schoß und wühle diesmal etwas gründlicher darin herum. Wenn dieser ›Spielleiter‹ das Monopolyspiel als Referenz nutzt, müsste diese Karte bedeuten, dass ich 50$ erhalten habe. Als meine Hände neben sämtlichen Kassenzetteln und anderem Krimskrams tatsächlich einen fünfzig Dollarschein aus der Tasche ziehen, bin ich sprachlos. Der Spielleiter alias mein Erpresser hat eine ziemliche Liebe fürs Detail und nimmt das Spiel ernster, als ich dachte.

Bleibt nur die Frage, wohin mich diese Adresse führt. Und ob D wirklich die Abkürzung für den Namen ist, den ich dabei als erstes im Kopf habe.

neunzehn

MAYA

Montag,
Beginn der dritten Woche in Haze Falls

Während ich durch die Reihen gehe und den Schülern beim Rechnen über die Schulter sehe, huscht mein Blick immer wieder zu Davis' Händen. Seine Fingerknöchel der rechten Hand sind mit Pflastern überklebt, was bedeutet, dass auch er noch ein Andenken von Samstag hat. Bei der Erinnerung läuft ein warmer Schauer durch meinen Körper.

Entweder es war Davis nicht genug, oder jemand anderes will, dass wir den Sex wiederholen. Das ist zumindest das, was ich aus der letzten Aufgabenkarte geschlossen habe. Warum sollte ich sonst in Dessous bei ihm aufkreuzen? Eigentlich wollte ich anhand seiner Blicke, seiner Mimik oder seiner Körpersprache herausfinden, ob er etwas damit zu tun hat. Ob er weiß, dass ich heute Abend in seinem Zimmer auf ihn warten werde.

Aber wie so oft trägt er auch heute die perfekte Maske,

gemeißelt aus Arroganz und Desinteresse. Als wäre Samstag nichts zwischen uns geschehen.

Mein Blick reißt sich von ihm los und wandert über ein Aufgabenheft auf einem Tisch weiter vorne, das anstatt mit Rechnungen von Zeichnungen übersät ist. Für ein paar Sekunden starre ich gebannt auf die Hand des Schülers, die mit einem schwarzen Kugelschreiber und schnellen hastigen Bewegungen etwas skizziert, was nach einem Gesicht aussieht. Plötzlich hält die Hand inne. Und in der nächsten Sekunde wird das Heft zugeschlagen. Ich schaue den Schüler an und stelle fest, dass es sich um Lias handelt. Er blinzelt angestrengt durch die Gläser seiner Brille und blickt auf sein Mathematikbuch.

»Hast du Probleme mit den Aufgaben, Lias?«, frage ich. Da er sogar auf die falsche Seite im Buch starrt, weiß ich, dass er sich noch keiner einzigen Aufgabe gewidmet hat, die ich für diese Stunde vorgesehen habe.

»Nein, ich ... entschuldigen Sie, Miss Rivers. Ich war nur in Gedanken.«

»Schon gut. Aber lenke für den Rest der Stunde deine Gedanken lieber auf die Mathematik.«

Ich lasse ihn in Ruhe und gehe weiter. Er ist nicht der einzige Schüler, der anstatt zu rechnen, irgendetwas an den Rand seines Heftes kritzelt, kleine Briefchen schreibt oder hin und wieder sein Handy aus der Tasche zieht und verstohlen drauflinst. Die wenigsten Schüler sind heute mit den Gedanken beim Unterricht. Das kann ich ihnen an einem Montag auch kaum verübeln. Als ich mich hinter mein Pult setze und mein Blick über die gebeugten Köpfe schweift, frage ich mich, ob mein Erpresser in diesem Klassenraum sitzt. Wenn er es tut, dann kann er es zumindest sehr gut verbergen.

Nachdem sich der Raum geleert hat und alle Schüler zur Mittagspause in die Cafeteria eilen, packe ich in Ruhe meine

Sachen zusammen. Als ich gerade aus der Tür gehe, höre ich eine bekannte Stimme meinen Namen rufen. Ich kann nichts dafür, dass ich ertappt zusammenzucke.

»Hey Maya. Wie geht es Ihnen? Ich habe Sie schon den ganzen Morgen abfangen wollen.«

»Ähm, alles gut. Was ist denn?«, frage ich verwirrt. Erst im nächsten Moment dämmert mir, worauf Edwards abzielt. Meine Erinnerungen an Freitagnacht sind nur bruchstückhaft vorhanden, doch sein Gesicht mischt sich definitiv zwischen die Erinnerungsfetzen.

»Ich habe Sie Freitagabend aus den Augen verloren. Ihnen schien es nicht besonders gut zu gehen, und bevor Sie etwas machen konnten, was sie später bereuen sollten, wollte ich Sie nach Hause fahren. Ich war nur kurz weg, um Hendrickson Bescheid zu geben, da waren Sie schon verschwunden. Ich hoffe, Sie sind auch so noch gut heimgekommen?« Seine blauen Augen mustern mich dabei besorgt.

»Ähm.« Ich streiche mir eine Haarsträhne hinters Ohr und sehe mich unauffällig auf dem Flur um. Doch keiner der vorbeilaufenden Schüler achtet auf uns. »Was haben Sie Hendrickson denn gesagt?«

Wenn den beiden dämmert, dass ich im Drogenrausch war, bin ich meinen Job vielleicht bereits los. Vielleicht setzt Hendrickson genau in diesem Moment meine Kündigung auf.

Edwards lächelt mich beruhigend an. »Machen Sie sich keine Sorgen. Die Bowle muss von den Schülern mit Alkohol aufgefüllt worden sein. Nicht jeder Körper verträgt das gut. Hendrickson nimmt Ihnen das nicht übel. Wir sind einfach froh, dass Sie sich nicht ausgezogen und auf den Tischen getanzt haben.« Er lacht. Aber nur weil er nicht weiß, dass ich mich später im Zimmer eines Schülers ausgezogen und viel schlimmere Dinge getan habe als zu tanzen.

Trotzdem bin ich erleichtert, dass Davis mich offenbar aufgegabelt hat, bevor ich irgendetwas Peinliches anstellen konnte, was meinen Ruf in Mitleidenschaft gezogen hätte.

»Wollen Sie vielleicht mit mir zusammen zu Mittag essen, Maya?«, fragt Edwards und reißt mich aus meinen Gedanken.

»Natürlich. Gerne.«

Als ich vor der Wand mit den roten Dessous stehe, fühle ich mich wie eine Schwerverbrecherin. So, als würde ich vorhaben, die BHs und Spitzenstrings von der Stange zu reißen und ohne zu bezahlen hinauszulaufen. Nur dass mein Verbrechen noch schlimmer ist als Diebstahl. Verführung Minderjähriger. Missbrauch Schutzbefohlener. Ein Begriff furchtbarer als der andere.

Als ich sehe, dass mich eine Verkäuferin von der anderen Ecke des Ladens aus beobachtet, bin ich mir fast sicher, dass sie meine Gedanken lesen kann und gleich die Polizei ruft. Schnell wende ich meinen Blick ab und starre den BH an, der es mir direkt angetan hat: Rote Spitze und zwei Bänder, die sich über den Körbchen im Ausschnitt kreuzen.

»Kann ich Ihnen helfen?« Die Verkäuferin steht nun neben mir. Scheiße, wusste ich doch, dass mich eine kriminelle Ausstrahlung umgibt.

»Ich kaufe den und den dazugehörigen String«, sage ich hastig. Je schneller ich hier raus bin, desto ... ja, *desto was?* Desto schneller bin ich bei Davis und kann mein Verbrechen in die Tat umsetzen? Ganz toll. Aber ich kann nicht leugnen, dass allein die Vorstellung ein warmes Prickeln in meinem Bauch verursacht. Als hätte ich eine Flasche Champagner getrunken.

Was wird Davis tun, wenn er mich in dieser Unterwäsche sieht? Wird er mich hochkant aus seinem Zimmer werfen? Mich auslachen? Oder wird er mich mit Blicken verschlingen? Er hat mich heute im Unterricht öfter angesehen als sonst, aber kein Wort gesagt. *Genauso wie ich.*

Die Verkäuferin führt mich an die Kasse, wo sie die Sachen

einscannt, während ich in meinen Fantasien schwelge. Die Erinnerungen an Samstag sind noch frisch und ich kann nicht leugnen, dass ich Lust auf eine Wiederholung hätte. *Viel zu sehr.* Ich darf dabei nicht vergessen, dass ich *gezwungen* werde, das hier zu tun. Dass ich ein Foto als Beweis schicken muss, von dem ich ganz genau weiß, dass es im Anschluss gegen mich verwendet werden kann. Von Aufgabe zu Aufgabe mache ich mich erpressbarer – das alles ist mir bewusst. Und dennoch weiß ich, dass ich bei dieser Aufgabe nicht Nein sagen werde. Ich werde sie erfüllen – und jede Minute davon genießen.

Birchstreet 13. Ich sehe von meinem Handydisplay hoch zu der Hausnummer, die auf einem gläsernen Schild an dem Tor befestigt ist. Dahinter erstreckt sich noch ein ellenlanger Vorgarten, bis das Haus – oder zählt das schon als Villa? – zwischen unzähligen hohen Bäumen in Sicht kommt.

Mein Blick schnellt zu der Kamera, die oben rechts an der Einfahrt befestigt ist. Na toll, und wie soll ich da reinkommen, ohne dass mich jemand bemerkt?

Anstatt mich vor das Tor zu stellen und zu klingeln, gehe ich weiter. Mein Auto habe ich schon ein paar Straßen weiter abgestellt, damit es niemand sehen kann. Auch ich will nicht gesehen werden, schon gar nicht von Davis' Eltern. Wenn das hier überhaupt das Haus der Familie Rogan ist, wovon ich aber stark ausgehe.

Ich spaziere einmal um das Grundstück herum und auf der Rückseite scheine ich tatsächlich Glück zu haben. Der Zaun ist vielleicht gerade mal einsfünfzig hoch, dahinter befinden sich zwar eine Menge Gestrüpp und Büsche, aber es sollte machbar sein, in den Garten zu kommen. Bleibt nur die Frage, wie ich vom Garten aus ins Haus gelange, aber das Problem schiebe ich auf später.

Ich blicke nach rechts und links, um zu sehen, ob die Luft rein ist, dann nehme ich Anlauf, greife mit den Händen nach den schwarzen Metallstäben und hüpfe seitlich über den Zaun. Natürlich lande ich mitten in einem Busch, der verräterisch raschelt und knackt, als ich hineinfalle. Ächzend stolpere ich durch ein Dickicht von Miniaturwald und lasse mir von handgroßen Blättern das Gesicht polieren, bis ich auf einer großen Rasenfläche herauskomme.

Während ich in der untergehenden Abendsonne auf einem fremden Grundstück stehe und mir die Haare zurechtstreiche, kommt mir der Gedanke, dass mein Erpresser vielleicht lediglich das Ziel verfolgt, mein Strafregister zu erweitern. Drogenkonsum. Einbruch. Verführung Minderjähriger. Was kommt als nächstes?

Ich schiebe den Gedanken beiseite und eile zum Haus, bevor mich noch jemand entdeckt – oder ich doch noch kalte Füße bekomme. Während ich mit großen, vorsichtigen Schritten über den Rasen laufe, als wäre der Garten mit potenziellen Feldminen ausgelegt, sehe ich mich immer wieder nach weiteren Kameras um, doch ich kann keine entdecken.

Als plötzlich in meiner Manteltasche das Handy vibriert, zucke ich vor Schreck zusammen. Ich lehne mich mit dem Rücken an die Hauswand und ziehe mit rasendem Herzen mein Telefon heraus.

Ich habe es geahnt. Die unbekannte Nummer hat mir wieder geschrieben.

Das Fenster über der Garage.

Ein Satz. Weiter nichts. *Er weiß, dass ich schon hier bin.* Verfolgt er mich über das GPS Signal meines Handys?

Ein kalter Schauer rieselt mir über den Rücken und kurz überlege ich, mein Handy auszuschalten. Aber spätestens wenn ich in Davis' Zimmer bin, muss ich es ohnehin wieder anmachen, um das Foto zu schießen, weshalb es keinen Sinn macht. Ich lasse das Smartphone zurück in die Tasche meines schwarzen Trenchcoats gleiten und sehe mich nach der Garage um, von der der Spielleiter gesprochen hat. Tatsächlich befindet sich an dieser ein Rosenspalier, das ich ohne große Mühe hinaufklettern kann. Ich muss nur beten, dass das Holz unter meinem Gewicht nicht bricht. An ein paar der Dornenranken schürfe ich mir die Haut an den Händen auf, doch schließlich – es dauert nur wenige Sekunden – ziehe ich mich auf das Dach der Garage. Und von hier erreicht man genau ein Zimmer in der oberen Etage der Villa.

Ich schleiche zu dem Fenster und spähe durch das Glas. Es ist dunkel in dem Raum und da auch draußen die Sonne mittlerweile fast untergegangen ist, kann ich nicht viel erkennen. Es *muss* einfach Davis' Zimmer sein. In dieser Hinsicht vertraue ich dem Spielleiter. Und entweder hat er es exzellent eingefädelt, oder Davis ist immer so unvorsichtig, dass er das Fenster zu seinem Zimmer einen Spalt offenlässt, obwohl er nicht da ist.

Er wollte bestimmt nur etwas frische Abendluft hineinlassen. Meine Hände umfassen das Fenster von unten und schieben es hoch. Ich ducke mich und klettere in den Raum. Fuck. Das war fast zu einfach. Beinahe erwarte ich, dass das Licht angeht und die Polizei schon auf mich wartet. Aber das Zimmer ist leer.

Ich bin tatsächlich bei einem Schüler eingebrochen. Doch die eigentliche Aufgabe steht mir noch bevor.

Rasch schiebe ich die Fensterscheibe wieder nach unten und sehe mich in dem Raum um. Er ist sehr minimalistisch eingerichtet. Die wenigen Möbelstücke, die an den grauen Wänden stehen, wirken wie leblose Kunstobjekte. Teuer, glänzend und in einem futuristischen Design. Aber ich finde nichts, was dieses Zimmer zu einem Kinderzimmer macht. Keine Poster oder Fotos an den Wänden, die dem Raum Leben einhauchen, und es ist so gruselig ordentlich. Nicht einmal dreckige Wäsche liegt herum.

Ich lasse das Licht aus. Meine Augen haben sich bereits an die dämmrigen Lichtverhältnisse gewohnt. Nachdenklich gehe ich an dem Schreibtisch vorbei und lasse meine Finger dabei über die gläserne Oberfläche streichen. Nicht ein Körnchen Staub. Vermutlich hat die Familie Rogan eine Putzkraft.

Ich gehe zum Kleiderschrank, um einen Blick hineinzuwerfen. Irgendwie muss ich schließlich herausfinden, ob das hier wirklich Davis' Zimmer ist. Nachher stellt sich heraus, dass es nur ein Gästezimmer oder das Zimmer seiner kleinen Schwester ist. Hat Davis überhaupt Geschwister? In meiner Vorstellung war er immer Einzelkind.

Als ich die Schranktüren öffne, geht automatisch oben ein kleines Licht an, was meinen Herzschlag kurz in die Höhe schießen lässt. Nach dem kurzen Schreck scannt mein Blick den Inhalt und zufrieden stelle ich fest, dass der Großteil der Kleidung auf den Bügeln zur Schuluniform der Jungs gehört. Ich schließe den Schrank wieder und gehe zu seinem Bett. Ein Einzelbett. Vielleicht 1,20m breit. Ich setze mich und streiche mit den Fingern über die dunkle Bettdecke. Als meine Finger das Kissen streifen, nehme ich es in die Hand und rieche daran. *Oh …* Es riecht so sehr nach Davis' Parfum, dass mir kurz schwindelig wird. Hier bin ich definitiv richtig.

Schnell lege ich es wieder zurück, bevor ich wie eine verrückte Psychopathin wirke, und besinne mich auf meine Aufgabe. Den Kloß, den ich im Hals habe, schlucke ich hinunter. Davis scheint gerade nicht zuhause zu sein, aber das heißt nicht, dass er nicht jeden Moment durch die Tür kommen kann. Vielleicht ist er nur unten und isst mit seinen Eltern noch zu Abend. *Ahnungslos* – das hoffe ich zumindest.

Ich stehe auf, um den Mantel und mein Kleid abzustreifen. Als ich nur noch in der neuen Unterwäsche in Davis' dunklem Zimmer stehe, breitet sich eine Gänsehaut über meinen nackten Körper aus. *Jetzt nicht zu viel darüber nachdenken.* Ich bin nun schon hier. Für einen Rückzug ist es zu spät.

Die Aufgabe besagt, lediglich ein Foto zu schießen, nicht mehr und nicht weniger.

Etwas umständlich lege ich mich auf das Bett, das mich

mit Davis' Geruch empfängt, und versuche mich an zig Positionen, bevor ich mich dazu entschließe, mich auf die Seite zu legen und meinen Kopf in die linke Handfläche zu stützen. Alles hieran fühlt sich so falsch an und ich frage mich, ob das hier das Dümmste ist, was ich je in meinem Leben getan habe. Ich nehme mein Handy in die rechte Hand und öffne zögernd die Frontkamera. Im Display erscheint mein halbnackter Körper. *Scheiße, muss mein Gesicht drauf zu sehen sein?* Da der Erpresser das nicht ausdrücklich erwähnt hat, schieße ich erst einmal eins ohne mein Gesicht.

Wenn er ohnehin weiß, dass ich schon hier bin, wird es ihm als Beweis hoffentlich reichen.

Gott, ist es schon lange her, dass ich solche Art von Fotos gemacht habe. In meiner Jugend habe ich häufiger solche Bilder geschossen und in meiner Naivität auch an den ein oder anderen Jungen verschickt. Als ich jetzt auf ‚senden' drücke, hat das Nichts von dem damaligen leichten Gefühl eines heißen Flirts. Jetzt weiß ich nicht, wer mein Bild bekommt. Ob es sich dabei um einen alten Perversling handelt oder um ein minderjähriges Kind. Ob männlich oder weiblich, ich habe nicht die geringste Ahnung.

Aber eine gute Sache hat diese Aufgabe hier, erinnere ich mich. Mal abgesehen davon, dass sie in sehr gutem Sex münden *könnte*, an den ich jetzt noch nicht denken will, weil mir vor Aufregung sonst schlecht wird. Wenn Davis gleich in dieses Zimmer kommt, werde ich endlich Gewissheit haben, ob *er* der Spielleiter ist. Deshalb lasse ich mir auch mehr Zeit als nötig. Wenn er nichts damit zu tun hat, wird er mehr als überrascht sein, mich hier zu sehen. Diese Überraschung wird nicht einmal er hinter seiner gefühllosen Maske verstecken können. Und für diese Wahrheit tausche ich gerne ein gesichtsloses Nudebild mit einem Fremden.

Ich werfe einen Blick auf mein Handy, weil es mich wundert, dass die anonyme Nummer noch nicht zurückgeschrieben hat. Reicht ihr das als Beweis? Eigentlich hatte ich schon fast damit gerechnet, dass ich noch ein anderes Foto hinterherschicken muss. Eins, auf dem man mich erkennt, oder eins, an dem man erkennt, dass ich mich eindeutig in Davis' Zimmer aufhalte. Etwas, das mich erpressbarer macht. Aber vielleicht ist das gar nicht das Ziel des Spielleiters ...

Das Geräusch von näherkommenden Schritten lässt mich zusammenfahren, sodass mir das Handy aus den Händen rutscht. Schnell hebe ich es auf und werfe es auf meinen Klamottenstapel, der neben dem Bett am Boden liegt. Hastig setze ich mich auf, schlage meine Beine in einer hoffentlich aufreizenden Pose übereinander und halte den Atem an.

Genau in diesem Moment öffnet sich die Tür.

zwanzig

DAVIS

Montag

Die Karten für die nächste Abschussstunde sind verteilt, die Trennung von Lizzy verlief besser als gedacht und mein Ruf hat keinerlei Schaden davongetragen. Die Woche könnte kaum besser starten. Da derzeit der Nachmittagssport ausfällt und ich mir aufgrund des gewonnenen Wettkampfes ein paar Tage eine Pause gönnen darf, sind Marco und ich heute nach der Schule zu den Feldern rausgefahren, haben uns einen Joint gegönnt und die Sonne unsere Haut brutzeln lassen. Die Temperaturen werden jetzt im Herbst schnell sinken und ich will die letzten warmen Tage genießen, bevor sie vorbei sind. Marco hat mir von seinen neusten Eroberungen erzählt – allein zwei am Abend der Party –, während ich zu meinem aktuellen Sexleben nur kryptische Andeutungen fallen gelassen habe, die Marcos Neugierde an den Rand des Wahnsinns getrieben haben. Zum Glück war Marco wegen des zerbrochenen Badezimmerspiegels nicht allzu sauer.

Als ich am Abend nach Hause komme, bin ich zum ersten Mal seit Langem tiefenentspannt. Alles läuft wieder in geregelten Bahnen. Selbst Miss Rivers' vollen, zarten Lippen konnten mich heute im Unterricht nicht aus der Fassung bringen. Unser süßes Geheimnis hat sich zwar wie ein Parasit in mein Hirn genistet, doch ich habe es darin eingeschlossen und beschlossen, es dort zu belassen, bis ich es brauche. So schnell würde sie mir nicht mehr drohen, mich von der Schule zu nehmen, oder noch einmal mit meinen Eltern zu reden. Sie weiß, dass ich sie in der Hand habe – selbst ohne über die Fotos Bescheid zu wissen, die ich auf meinem Handy habe. Wird eigentlich Zeit, sie auf meinen Laptop zu übertragen und meine neu erworbenen Photoshopskills dazu zu benutzen, sie zu meinem Vorteil zu retuschieren. Wenn Miss Rivers' Ruf den Bach runtergeht, will ich nicht mitgezogen werden. Aber das hat noch Zeit. Wie ein Joker, den man sich bis zum Spielende aufbewahrt oder in der nächsten brenzligen Situation ausspielt, damit man nicht machtlos ist. *Nicht machtlos ... Niemals ohne Deckung.*

»Davis?«

Ich zucke zusammen, als ich die Stimme meines Vaters höre, und halte auf der ersten Treppenstufe inne. Vater kommt aus dem Wohnbereich in die Eingangshalle und mustert mich skeptisch. Obwohl es schon nach neun ist, trägt er noch immer seine Anzughose und ein Hemd, was aber nicht mehr ganz so sorgfältig zugeknöpft ist.

»Wo warst du so lange? Morgen ist Schule.«

»Es ist noch nicht einmal zehn, Dad«, sage ich und versuche den Trotz in meiner Stimme zu unterdrücken.

Er kommt näher, bis er nur noch wenige Schritte von mir entfernt ist. Mein Körper spannt sich automatisch an, obwohl ich keine Angst vor ihm habe. Die habe ich schon lange nicht mehr. Und ich weiß auch, dass ich nichts zu befürchten habe, solange ich nicht irgendeine seiner Regeln gebrochen habe. Ich blinzele ihn an und etwas verspätet merkt mein Gehirn, dass ich noch immer high bin und er es sehen könnte. *Quatsch, das kann er unmöglich merken.* Kennt er sich überhaupt mit Drogen aus? Er hat mich bisher erst einmal erwischt, als er vor zwei Jahren Ritalin Tabletten in meinem Zimmer gefunden hat. Seitdem bewahre ich Drogen nicht mehr im Haus auf.

»Sind die Hausaufgaben denn schon gemacht?«

»Ich muss nur ein paar Fragen für den Literaturkurs beantworten. Das mache ich jetzt direkt.«

Vater nickt. »Gut. Lass es mich nicht bereuen, dass ich dir so viele Freiheiten lasse.«

»Der Schulstoff macht mir keine Probleme, Dad«, versichere ich ihm. Das ist das Einzige, was zählt, damit ich an einer renommierten Universität BWL studieren und sein Unternehmen später einmal übernehmen kann.

Mit einem weiteren Nicken entlässt er mich, ich schultere meinen Rucksack und erklimme die Treppe mit je zwei Stufen auf einmal. Ich kann es kaum erwarten, in mein Zimmer zu kommen und – endlich allein zu sein.

Ich erstarre, als ich mein Zimmer betrete und das Licht einschalte. Meine Hand bleibt wie festgefroren über dem Schalter schweben.

Ich bin nicht allein.

Das Erste, was sich regt, ist mein Schwanz. Als würde er aus einem gemütlichen Mittagsschläfchen erwachen und »Oh Hallo« sagen.

Ich lasse meinen Rucksack fallen, der mit einem dumpfen *Plopp* auf dem Boden landet. Nachdem ich mehrmals geblinzelt habe, und die halbnackte Miss Rivers auf meinem Bett sich immer noch nicht in Luft aufgelöst hat, schlucke ich. Drehe mich um, schließe die Tür. Selten habe ich mir den Schlüssel zu meinem Zimmer so sehr herbeigewünscht wie jetzt. Aber den habe ich nicht, was heißt, dass ich darauf vertrauen muss, dass Dad nicht noch einmal nach mir sehen will.

Als ich mich wieder zum Bett wende, kostet es mich größte

Anstrengung, stehen zu bleiben und die Situation erst einmal zu analysieren.

Ist es ein Test? Ein Scherz? Eine neue Spielrunde?

Mein Herzschlag beschleunigt sich, während mein Blick ihr Gesicht scannt, das mich genauso sprachlos anblickt, wie ich mich fühle. Sie schaut weder herausfordernd noch berechnend. Sie sieht aus, als würde sie den Atem anhalten und warten. Auf meine Reaktion warten.

Ist es eine Mutprobe, Rivers?

Langsam erlaube ich meinem Körper, auf sie zuzugehen. Mein zugedröhntes Gehirn ist überfordert mit den Reizen, die wie Stromschläge durch meinen Körper jagen. Mein Blick wandert Miss Rivers' Körper hinunter, der in so aufreizender Unterwäsche steckt, dass ich für einen Moment glaube, ich hätte Geburtstag und sie hätte sich als mein Geschenk verkleidet. Aber es ist so schön verpackt, dass man es nicht einmal auspacken möchte.

Mein Blick scannt ihre langen, schlanken Beine, bemerkt den feinen roten Stoff an ihrer Hüfte, wandert ihren Oberkörper hinauf. Da sie ihre Arme nach hinten auf meinem Bett aufgestützt hat, habe ich einen freien Blick auf ihre verflucht prallen Titten und den durchscheinenden Spitzenstoff, der sie bedeckt. In meinen Fingern juckt es, diesen roten feinen Stoff nachzufahren. Die roten Bänder, die sich über den Wölbungen ihrer Titten kreuzen, erinnern an Fesseln. Die Spitze an den restlichen Stellen ist hingegen so durchsichtig, dass ich darunter ihre nackte, helle Haut sehen kann. *Heilige Scheiße.* Ich weiß nicht, ob ich mir wünschen soll, dass ich halluziniere oder dass das hier echt ist.

Ich bleibe vor dem Bett stehen und sehe ihr in die Augen. »Ich habe zwar schon mitbekommen, dass Sie sexuell offen sind, aber dass Sie es so nötig haben und sich selbst in mein Bett legen, damit habe ich nicht gerechnet. *Miss Rivers.*«

Meine Worte fahren durch den Raum wie Peitschenhiebe. Sie zerstören die von Überraschung und Atemlosigkeit geschwängerte Atmosphäre. Selbst in meinem Mund fühlen sie sich zu grob und plump an. Ich sehe Rivers darunter zusammenzucken und sich versteifen. Kann die Spannung in ihrem Körper bis in meine eigene Brust fühlen.

Für ein paar Herzschläge ist es still. Ich merke, wie sie nach Worten sucht. Nach einer Erwiderung, die meiner gerecht wird. Schließlich blinzelt sie den Schock aus ihrem Gesicht und steht auf.

Ich bewege mich nicht, auch nicht, als sie die geringe Distanz zwischen uns überbrückt und so dicht vor mir steht, dass ich ihren Duft einsaugen und ihre Wärme an meinem Körper spüren kann. Ich schaue auch nicht mehr an ihr hinunter. Einzig mein Schwanz reckt sich ihr ein Stück entgegen, doch der ist in meiner Hose so versteckt, dass sie es nicht merken wird.

»Du willst mich nicht?«, fragt sie. Und ich muss es ihr anrechnen, dass sie dabei weder gekränkt noch schmollend klingt. Mit Schmollen würde sie mich nicht rumkriegen. »Ich dachte, das am Samstag hat dir gefallen.« Sie verengt die Augen und mustert mich mit einer Mischung aus Skepsis und Atemlosigkeit.

Ihr hat es so sehr gefallen, dass sie es wiederholen will und dafür sogar das Gesetz bricht. Wegen mir bricht sie eine Regel, die so schwerwiegend ist, dass es ihr ganzes Leben zerstören könnte.

Der Gedanke ist so absurd und gleichzeitig berauschend, dass er meinen Puls ungewollt ansteigen lässt. Scheiße, noch nie hat eine Frau so sehr und sehr schnell mein Ego in die Höhe getrieben. Es ist ein befriedigendes Gefühl zu wissen, wenn reihenweise Mädchen sich nach einem verzehren. Aber dass Rivers mich zu wollen scheint, ist ein anderes Kaliber. *Sie* ist ein anderes Kaliber.

Hinter dem schwindelerregenden Rauschen des Blutes höre ich irgendwo das leise Stimmchen meiner Vernunft, das mich fragt, wieso eine Lehrerin für ein bisschen Sex so ein Risiko eingeht. Ich kann unmöglich so gut gewesen sein, dass sie für eine Wiederholung so viel aufs Spiel setzt. Eigentlich dachte ich sogar, dass ihr der Sex alles andere als gefallen hat. Schließlich war er sehr egoistisch, einseitig und barbarisch. Nicht auszuschließen, dass ich ihr dabei wehgetan habe. Körperlich. Aber vielleicht reizt sie das Verbotene. Vielleicht ist sie genauso verdorben wie ich.

Kurzentschlossen packe ich sie an den Haaren und ziehe ihren Kopf damit so grob nach hinten, dass sie aufjapst.

»Reicht dir der Sex mit anderen Männern nicht? Mit Männern in deinem Alter?«, will ich von ihr wissen. Ich will es wirklich wissen, weshalb ich sie auch nicht loslassen werde, bis sie mir eine ehrliche Antwort gibt.

In ihren Augen sehe ich einen Kampf.

»Wage es nicht, dir eine Lüge auszudenken. Ich will wissen, warum du hier bist. Bei *mir.*«

Über ihren braunen großen Augen breitet sich ein feuchter Schleier aus, weil ich ihr Genick so überdehne, dass es vermutlich schmerzt. Doch statt nachzugeben, ziehe ich ihre Haare noch weiter herunter.

Rivers kneift die Augen zusammen und geht leicht in die Knie, um dem Druck nachzugeben, doch sie gibt keinen Laut von sich. Ihre störrische Seite schlägt Saiten in mir an, die ich bisher immer zu verdrängen versuchte. Wenn ich bei Lizzy oder früheren Mädels grob geworden bin, haben sie gewimmert und gefleht, dass ich aufhören soll. Ihre Schwäche hat mich abgeturnt und nach einer kurzen Machtdemonstration meistens dazu gebracht, tatsächlich aufzuhören.

Aber Rivers' harte Schale bringt mich dazu, sie brechen sehen zu wollen. Und das ist gar nicht gut. Ich schlucke und will ihr Haar loslassen, doch das käme einem Rückzug gleich. Also bleibe ich genauso standhaft wie sie.

Wir funkeln uns an und kämpfen lediglich mit unseren Blicken.

»Ich will gerade mit niemand anderem schlafen«, gibt sie schließlich zu.

Ich spüre mein eigenes Herz pochen. »Was ist mit Edwards? Hat er es dir nicht so gut besorgt wie ich?« Dabei bin ich mir eigentlich sicher, dass ich es ihr gar nicht besorgt habe. Also wieso ist sie dann hier?

Aus ihrem Blick spricht Verständnislosigkeit, weshalb ich so gnädig bin, sie aufzuklären. »Ich habe dich nach unserem ersten Kuss mit ihm gesehen. Wie du ihn in dein Auto gezerrt hast für einen schnellen Quickie auf dem Parkplatz.«

»Fuck«, murmelt sie.

»Das kannst du laut sagen.« Ich lockere den Griff um ihr Haar, sodass sie sich wieder aufrecht hinstellen kann. Doch anstatt die Gelegenheit zu nutzen, mir zu entweichen und Distanz zu suchen, bleibt sie dicht an meiner Brust stehen. Als würden unsere Körper anderen Gesetzen folgen als die Vernunft.

»Es war nicht so, wie es aussah …«, murmelt sie. Sie scheint nachdenklich. Und ihr Blick mustert mich, als könnte sie mir irgendein Geheimnis von der Stirn ablesen.

»Wieso nicht?«, frage ich. Will sie mir ernsthaft weißmachen, dass sie es im Auto nicht mit ihm getrieben hat? Und wieso spielt das für mich überhaupt eine Rolle? Mein Gesicht ist ihrem so nah, dass unsere Lippen sich beinahe streifen. Ich kann nicht aufhören, auf ihren Mund zu starren. Sie hat mich mit ihrem Auftauchen hier zu kalt erwischt, als dass ich mich länger beherrschen könnte.

»Weil ich ihn nicht wollte.«

Dieser Satz reicht aus, um den letzten Funken Kontrolle zu verlieren. Vielleicht war es genau das, was mein Ego die ganze Zeit noch gebraucht hat: die Bestätigung, dass Edwards und Hendrickson nicht das von ihr bekamen, was ich mir am Samstag genommen habe. *Und was ich mir auch jetzt nehmen werde.*

Ich drücke meinen Mund auf ihren und sobald ich ihre

weichen Lippen spüre, stockt mir der Atem. Als würde meine verfluchte Lunge aussetzen. Atmen ist plötzlich auch total unwichtig. Wer braucht so etwas schon? Ich kann auch durch das Gefühl ihrer Lippen an meinen überleben. Ihr Seufzen trinken. Ihre tastende Zungenspitze schmecken.

Als sie sich kurz von mir löst, glaube ich, dass sich ihre Vernunft wieder eingeschaltet hat und sie endlich begreift, was wir hier tun. Dass sie mir sagt, dass ich aufhören soll.

Wir dürfen das nicht, Davis.

Wir können das nicht tun, Davis.

Ich kann ihre Stimme schon hören. Doch statt etwas zu sagen, machen sich ihre Finger an der Krawatte um meinen Hals zu schaffen. Stumm verfolge ich, wie sie mein Hemd aufknöpft. Von einer Lehrerin aus der Schuluniform befreit zu werden – eine Fantasie, die ich bisher nicht auf meiner Liste hatte, doch mein bestes Stück findet das mehr als gut. Vielleicht wird es Zeit, das Warum aus meinem Kopf zu jagen und einfach zu nehmen, was mir gegeben wird. Vermutlich wird sie danach ohnehin ihren Reiz auf mich verlieren, weil die Jagd gewonnen ist.

Als ihre Handfläche über meine Muskeln zum Bauchnabel streicht, zieht sich mein Magen zusammen. Habe ich vorhin geglaubt, zu wenig zu atmen, so atme ich nun viel zu schnell.

»Miss Rivers«, sage ich gequält und hebe ihr Kinn mit einer Hand an. Als wir uns in die Augen sehen, bin ich mir für einen Moment nicht sicher, ob ich den Reiz an ihr überhaupt verlieren will. Ob ich die Jagd hier und heute schon beenden will. Danach wäre alles vorbei. Unser eigenes kleines Spiel. Unser Katz-und-Maus-Rennen.

Du warst so eine gerissene, faszinierende Maus, Rivers. Du hast meinen Jagdinstinkt getriggert, hast mich dich fangen lassen wollen. Wirst du hiernach nichts weiter als ein handzahmes Kaninchen sein?

Ich ziehe sie in einen weiteren Kuss, um meine Gedanken zum Verstummen zu bringen. Ich weiß, dass das hier das letzte

Mal ist. Ich erfülle ihr den Wunsch, für den sie hergekommen ist. Diese Nacht gehört ihr und ich werde die nächste halbe Stunde mit Sicherheit auch genießen. Aber ich bin mir auch sicher, dass nichts hiervon an den puren Adrenalinrausch von Samstag herankommen wird und dass unser Spiel hiernach für immer vorbei sein wird.

einundzwanzig

MAYA

Aufgabe Nr.2

»Ist das krank?« Ich schiebe Davis einen Zentimeter von mir, um den Kuss zu pausieren, der mir den Verstand vernebelt. Ich muss einfach wissen, was er denkt. Als würde eine Antwort von ihm jetzt noch etwas ändern können. Hat sich vorhin, als ich allein auf seinem Bett gewartet habe, noch alles falsch angefühlt, so fühlt es sich jetzt irgendwie richtig an. Seit er das Zimmer betreten und ich seinen erst schockierten, dann lustvollen Blick gesehen habe, war alles *richtig*. Und das macht mir Sorgen.

Davis' Mundwinkel zuckt. »Ich will nur anmerken, dass nicht *ich* dich ausgezogen und in mein Bett getragen habe.«

»Dann bin also nur *ich* wahnsinnig«, halte ich fest. Habe ich mit einer anderen Antwort gerechnet? Aber warum macht er mit, anstatt mich wegzuschicken? Würde jeder siebzehnjährige Teenager mitmachen, wenn seine Lehrerin halbnackt in seinem Schlafzimmer wartet?

Für ein paar Sekunden mustert Davis mich stumm. Dann schüttelt er langsam den Kopf. »Ich schätze, wir sind beide wahnsinnig.«

Ich muss auflachen. Vielleicht werde ich jetzt noch zusätzlich hysterisch. Meine Hände streichen zärtlich über die goldbraune Haut seines Oberkörpers, die sein geöffnetes Hemd freigibt. Als ich ihm in die Augen sehe, beiße ich mir auf die Unterlippe, weil mir ein Zitat einfällt, das so treffend ist. »Die Definition von Wahnsinn ist, immer wieder das Gleiche zu tun und ein anderes Ergebnis zu erwarten. Hast du so etwas ... schon einmal getan?«

Davis' Augenbrauen ziehen sich zusammen. »Etwas mit einer Lehrerin angefangen? Nein. Du mit einem Schüler?«

Fuck, ja. »Das wäre doch Wahnsinn«, antworte ich ausweichend.

»Also sind wir vieles, aber zumindest nicht verrückt.«

Du vielleicht nicht. Ich schon.

Die Erkenntnis tut weh, aber nicht so sehr wie meine Kopfhaut, als Davis erneut in meine Haare greift, sie um seine Hand schlingt und nach unten zieht, sodass ich den Kopf in den Nacken legen muss. Ein Stöhnen schlüpft ungewollt über meine Lippen, während Davis mich mit einem dunklen, gierigen Blick verschlingt. Er scheint das mit dem Haare-Ziehen ganz schön zu mögen ... und eine kurze Geduldsspanne zu besitzen.

»Können wir jetzt endlich das machen, für was du hier bist?«, knurrt er. Und als er sein Becken an meines drängt, weiß ich auch, warum er so ungeduldig ist. Er ist bereits hart.

Scheiße, verdammt. Ich weiß nicht, ob ich nervös oder geil bin. Fest steht, dass sein dunkles Knurren und die Ausbeulung in seiner Hose Dinge in meinem Magen anrichten, für die es sonst eine loopingreiche, hochmoderne Achterbahn braucht. Ich sollte nicht überrascht sein, dass Davis nicht stundenlang mit mir über Wahnsinn philosophieren will, wenn ich doch offensichtlich mit anderen Absichten hergekommen bin.

Da ich nicht nicken kann, gleiten meine Hände als Antwort von seinem muskulösen Bauch hinunter zum Bund seiner Hose. *Wir werden es noch einmal tun.* Und obwohl meine Aufgabenkarte nicht ausdrücklich verlangt hat, mit Davis zu schlafen, hatte ich es doch die ganze Zeit über im Hinterkopf. Ich will und kann jetzt nicht gehen, ohne ihn noch einmal auf diese Weise zu spüren. Außerdem habe ich die entscheidende Antwort schon längst erhalten: *Er ist nicht der Spielleiter.* Und diese Gewissheit erleichtert mich mehr, als ich zuvor annahm.

Meine Finger tasten über den leichten Stoff seiner Hose und streifen seine Erektion. Als Antwort darauf stöhnt Davis dunkel. Kurz bekomme ich doch Panik. Habe ich etwa vergessen, wie das letzte Mal ausgegangen ist? Er wird nicht sanft oder zimperlich sein. Ich willige gerade ein, mich vom Teufel persönlich benutzen zu lassen, für Dinge, bei denen anderen Hören und Sehen vergeht.

Wird er genauso hart und ungehalten sein wie das letzte Mal?

Lieben oder fürchten wir das?

Als Davis mich mit beiden Händen von sich stößt, falle ich rücklings aufs Bett. Ich keuche auf und sehe dabei zu, wie er den Rest seiner Schuluniform von seinem athletischen Körper reißt. Mein Herzschlag hämmert gegen meine Rippen. Als er auch seine schwarze enge Boxershorts herunterzieht, wird mein Mund staubtrocken.

Seine aufragende Härte zu sehen, raubt mir noch genauso sehr den Atem wie beim ersten Mal. Noch nie wirkte ein nackter Körper auf mich so ... schön. Gott, ich weiß auf einmal nicht einmal mehr, was ich jetzt tun soll. Wie funktioniert Sex noch einmal? Was ist jetzt an der Reihe? Es ist so viel schwerer, wenn Davis mich nicht wütend über das Waschbecken beugt und seinen Frust rausfickt.

Als er näher an das Bett tritt und seine Männlichkeit über mir in die Luft ragt, beiße ich mir bei dem Gedanken, der mir plötzlich durch den Kopf schießt, auf die Unterlippe. Ich setze mich auf, sodass sich seine Erregung auf der Höhe meines Gesichtes befindet. Mein Blick wandert neugierig hoch, weil ich davor in seine Augen sehen will.

In seinem Gesicht spiegeln sich für einen Moment die unterschiedlichsten Emotionen: Überraschung. Verwirrung. Sprachlosigkeit. Lust.

»Das hast du dir doch vorgestellt, seit du mich zum ersten Mal gesehen hast, oder?«, frage ich, weil ich mich noch an seinen Satz im Wald erinnere. Meine Lippen streifen dabei wie beiläufig über seine Spitze.

Ich kann geradezu sehen, wie sein Atem stockt. Er beißt die Zähne zusammen, sagt aber nichts. Seine Reaktion verstärkt das Pochen zwischen meinen Beinen. Ich wäre jetzt schon bereit für ihn, aber das Vorspiel hier ist zu gut, um es zu überspringen.

Als ich meine Lippen öffne und meine Zunge über seine Härte fahren lasse, schließt Davis die Augen und zischt ein atemloses »Fuck«. Seine Hände krallen sich in meine Haare, doch diesmal zieht er nicht daran, sondern es wirkt beinahe, als würde er Halt an mir suchen.

So viel Macht über seine Lust zu haben, beflügelt mich. Zu merken, dass ich etwas in ihm anrichte, lässt mich mein Tempo beschleunigen. Schon bald befinden sich mein Herz und mein Mund in einem Wettlauf miteinander. Davis' Griff um meinen Kopf wird fester und statt passiv dazustehen, beginnt er mit kurzen Stößen meinen Mund zu ficken. Sein Stöhnen übertönt dabei selbst das Tosen des Blutes in meinen Ohren. Und ich merke, wie ich wieder in diesen Rausch gezogen werde, bei dem mir alles egal ist, außer das, was wir gerade fühlen.

»Scheiße. Stopp.« Er zieht sich zurück und ich schaue keuchend zu ihm hoch. Meine Wangen glühen. Mein Herz rast. Meine Haut prickelt.

Zum Glück wartet Davis nicht lange, sondern kommt zu

mir herunter aufs Bett. Er drückt meine Schultern in die Matratze und sucht meinen Blick. »Ich will dich noch ficken, bevor ich komme.«

Zustimmend nicke ich und vergesse, wie man atmet oder spricht, als sein großer Körper sich über mich legt. Ich fühle mich unter ihm so zerbrechlich wie noch nie. Seine Erektion drückt sich dabei warm gegen meinen Bauch.

Mit der einen Hand stemmt er sich in die Laken und hält sein Gewicht, die andere gleitet zwischen unsere Körper. Als er den hauchdünnen Stoff meines klitschnassen Höschens zur Seite schiebt, wird mir bewusst, dass er sich nicht einmal die Zeit nehmen wird, mich auszuziehen. Seine Finger fahren zielsicher zwischen meine feuchten Schamlippen. Ich kralle mich in seinen Rücken und halte den Atem an.

Der Blick aus seinen dunklen, lustverschleierten Augen wirkt so, als würde er kurz etwas sagen wollen. Doch dann spüre ich schon, wie er ein wenig nach unten rutscht, sodass sein Schwanz gegen meine Mitte drückt. Statt meine Beine zu spreizen und ihm Einlass zu gewähren, setzt mein Herz aus.

»Warte.«

»Was?«

Ich schlucke und lege meine Hände auf seine nackte Brust, um ihn von mir zu schieben. Was natürlich nicht funktioniert. Ich schließe kurz die Augen und versuche mich zu sammeln.

»Gummi. Wir brauchen ein Gummi. Kondom, du weißt schon.«

Davis schnaubt. Ob belustigt oder aus anderem Grund, kann ich nicht sagen. Ich kann gar nichts mehr sagen. In meinem Kopf dreht sich alles und mein Herz kann sich nicht entscheiden, ob es einen Marathon läuft oder auf Stillstand schalten soll.

»Das fällt dir jetzt ein?«

»Besser jetzt als danach«, zische ich.

»Hey, jetzt nicht frech werden, Miss Rivers.«

»Maya.«

»Was?« Verwirrt sieht er auf mich herunter und ich beiße mir auf die Zunge. Habe ich ihm gerade wirklich meinen Vornamen angeboten? Scheiße. Das war nur ein Reflex, weil sich Miss Rivers in unserer Situation so bescheuert anhört.

»Hast du jetzt ein Gummi hier oder nicht?«

»Schon gut, schon gut. *Maya*. Auch wenn es definitiv deine Aufgabe ist, eins mitzubringen, wenn du in meinem Zimmer auf mich wartest und gefickt werden willst.«

Ich erröte und Davis geht endlich von mir herunter. Er setzt sich auf die Kante des Bettes und zieht eine Schublade im Nachttisch auf. Eine Sekunde später hat er das Ding zwischen den Zähnen und reißt es auf. Sein Rücken versperrt mir zwar die Sicht auf das Wesentliche, doch ich sehe, wie er es sich überzieht.

»Immer den Regeln nach, oder Rivers?«, fragt er leise, als er sich wieder über mich legt.

Ich wünschte, dem wäre so. Aber an diese eine Regel scheine ich mich nicht halten zu können. Ich breche sie mit voller Absicht.

Meine Hände gleiten seinen Rücken entlang und drücken ihn enger an mich. Ich will ihn endlich spüren. Mein moralischer Kompass ist schon seit ein paar Jahren defekt und das wird er wohl auch bleiben, denn nichts hiervon fühlt sich falsch an. Ich wäre jetzt gerade nirgendwo lieber als hier unter ihm.

Kurz frage ich mich, ob wir das hier je wiederholt hätten, wenn die Spielkarte mich nicht in dieses Zimmer bestellt hätte. Doch im nächsten Moment verstummen meine Gedanken, denn Davis küsst mich und schiebt sich gleichzeitig zwischen meine Beine.

Zwei vollkommen verschiedene Reize, welcher jeder für sich schon überfordernd genug wäre. Haltsuchend schlingen meine Hände sich um seinen Nacken und ich genieße das Gefühl seiner Haut unter meinen Fingerkuppen. Seinen Duft, der mir in die Nase steigt und mich von allen Seiten umgibt.

Ein Kokon aus Davis.

In diesen Sekunden steht die Zeit still. Zumindest für mich. Es dauert eine kleine Ewigkeit, bis Bewegung in uns kommt. Ich hebe ihm mein Becken entgegen, um ihn tiefer und intensiver zu spüren. Um jeden Millimeter von Davis Rogan zu fühlen. Sein harter Schwanz dehnt mich und füllt mich aus, sodass ich nach Luft schnappen muss.

Unsere Münder lösen sich voneinander und er sieht auf mich herab. Seine braunen Augen wirken tiefer denn je. Ich bin ohnehin nicht in der Lage, ihn weiter zu küssen, weil ich zu sehr mit allen anderen Dingen beschäftigt bin. Vor allem damit, weiter zu atmen und mit den Gefühlen klarzukommen, die er in mir verursacht. Dabei hat er noch nicht einmal richtig losgelegt.

»Du kannst auch langsam?«, scherze ich, doch mein Satz endet in einem viel zu lauten Stöhnen, als Davis sich besonders tief in mich schiebt. Ich kralle mich in seine Schultern und will in diesem Moment niemals mit dem hier aufhören, was wir gerade tun. Seine langsamen, intensiven Stöße fallen in einen steten Rhythmus, der mir die Hitze in die Wangen treibt und mich nach mehr lechzen lässt. Es ist wie eine Sucht: alles hieran ist zu viel und doch ist es nicht genug.

Sein warmer Atem fegt dabei über meine Lippen wie ein Tornado. Doch das Problem an Tornados ist, dass sie nichts als Zerstörung hinterlassen. Für einen Moment fliegt alles in die Luft, nur um am Ende in tausend Einzelteilen auf dem Boden zu zerschellen.

»Nicht so laut«, raunt Davis mit heiserer Stimme und legt seine Hand an meine Kehle. Dabei ist mir gar nicht bewusst gewesen, dass mein Stöhnen und Keuchen lauter geworden sind. Ich strecke ihm automatisch meinen Hals weiter entgegen und grabe mich mit meinem Kopf tiefer in das Kissen, ohne Davis dabei aus den Augen zu lassen. Dass er einen leichten Druck auf meinen Hals ausübt und mir damit die Luft abschnürt, verstärkt das sehnsuchtsvolle Ziehen in meinem

Unterleib. Und dass unsere Blicke sich dabei verhaken, hinterlässt ein flatterndes Gefühl in meiner Brust.

Meine Finger wandern mal tastend, mal haltsuchend über seine Schultern, seine Arme, seine Hände. Ich kann nicht aufhören, ihn zu berühren. Und er lässt mich keine Sekunde aus den Augen, während er mich nimmt. Die stete Reibung in mir und seine schneller werdenden Stöße, die einen ganz bestimmten Punkt in meinem Inneren treffen, lassen mich erzittern. Es ist so gut, dass ich am liebsten Gottes Namen oder tausend Mal »Ja« hinausschreien will, doch stattdessen beiße ich mir auf die Unterlippe.

Davis scheint meine Reaktion zu bemerken. Seine Augenbrauen ziehen sich kurz verwirrt zusammen, ein Hauch Überraschung fegt über sein Gesicht, bevor er mich schelmisch anfunkelt. »Komm ja nicht vor mir, Maya«, warnt er mich halb amüsiert, halb neckend.

Meinen Namen dabei aus seinem Mund zu hören, ist so intim, dass mein Herz einen schmerzhaften Satz macht. Mein Innerstes will unter ihm explodieren wie ein sterbender Stern. *Eine Supernova.* Ich will dem Gefühl nachjagen, das sich immer stärker und drängender in meinem Inneren ausbreitet. Als würde ich mit tausend Stundenkilometer auf einen Abhang zu rasen. Davis scheint das nicht zu entgehen, denn er zieht sich ohne Vorwarnung aus mir heraus und dreht mich um.

Was...?

Bevor ich protestieren kann, liegt seine Hand um meinen Nacken und presst mein Gesicht ins Kissen. Ich stöhne und will meinen Kopf zur Seite drehen, doch sein Griff um meinen Hals wird nur fester, während er sich im nächsten Moment schon wieder in mich schiebt. *Ja und Nein zugleich.* Als würde mein Körper nicht wissen, wie er Davis' Kontrolle über ihn findet. Ein Teil von mir hasst ihn dafür, will ihn lieber wieder ansehen und ein anderer Teil ... zerschmilzt unter dem Druck seiner Finger wie Wachs.

»Und jetzt halt dich lieber fest«, murmelt er gegen meinen

Hinterkopf und ich spüre seinen heißen Atem in meinen Haaren. Mein Herz klopft mir bis zum Hals. So sehr, dass ich es nicht nur in meiner Brust, sondern in meinem ganzen Körper wummern fühle.

Ich weiß, dass Davis' Zurückhaltung nun ihr Ende hat und er das Biest von Samstag herauslässt. Bereitwillig biegt sich mein Körper ihm entgegen, als hätte ich nur darauf gewartet.

Mein Orgasmus reißt mich mit sich wie ein Tsunami. Für ein paar Sekunden weiß ich nicht mehr, wo oben oder unten ist. Auch meine restlichen Sinne schwinden für ein, zwei, drei Sekunden. Als die größten Wellen vorüber sind, finde ich mich atemlos an einen leeren Strand angespült und vom Meer ausgespuckt wieder.

Langsam löse ich meine Finger aus dem Bettlaken und kämpfe mit den Emotionen, die meine Brust zuschnüren und mich so überwältigen, dass ich tatsächlich Tränen in den Augen habe. *Scheiße.* Das war so ... unglaublich gut. Zu gut. Die Tränen in meinen Augen lassen sich nicht wegblinzeln. Außerdem drückt Davis' Gewicht auf mich, sodass ich kaum atmen kann. Sein Körper ist meinem so nah, dass ich nicht einmal weiß, ob das sein Herzschlag ist oder meiner, der durch meinen Körper dröhnt.

Stöhnend rollt er sich von mir herunter und ich nutze den Moment, um vom Bett zu klettern. *Atme, Maya. Atme.* Beinahe falle ich hin, weil sich meine Beine unter mir anfühlen wie Wackelpudding. Im letzten Moment halte ich mich an der Kante des Nachttisches fest.

»Rivers?«

Ich höre die Matratze quietschen, als er sich umdreht. Doch ich schaue ihn nicht an. Mein Blick scannt den Boden nach meinen Sachen ab. Ich weiß noch ganz genau, wie kühl und distanziert Davis nach dem letzten Mal war. Das brauche ich nicht noch einmal. Nicht nachdem ... Schnell und ohne

Umschweife greife ich nach meinen Klamotten. Fliehen ist das Einzige, wozu mein Körper in der Lage ist. Was sollte ich auch sonst tun? Neben ihm liegenbleiben und mit ihm reden?

Meine Finger zittern. *Fuck, was ist nur los mit mir?* Ich blinzele den Tränenschleier weg, der mir noch immer die Sicht vernebelt. Noch nie hat mich jemand durch bloße Penetration zum Kommen gebracht, normalerweise ist da Einiges an Fingerarbeit von Nöten, aber das kann nicht der einzige Grund für meinen emotionalen Komplettzusammenbruch sein.

»Was tust du da?«, fragt Davis.

Weglaufen, was sonst? Vor dem, was wir getan haben. Vor meinem Verbrechen. Vor dir. Und den nackten, ehrlichen Gefühlen, die mich beim Sex überrollt haben. Ich kann nicht fassen, wie *perfekt* jede einzelne Minute war. Selbst das Ende, als er mich dominant in das Kissen gedrückt und mich von hinten genommen hat.

Alles daran war perfekt. Perfekt für mich und meine gestörte Libido.

Hastig ziehe ich mir mein Kleid über den Kopf, schnappe mir meinen Trenchcoat und blicke nicht einmal zum Bett zurück, bevor ich aus dem Zimmer stürme. Ohne ihm eine Antwort zu geben. Ohne ihn noch einmal anzusehen. Das alles ist zu viel für mich. Ich habe viel zu viel gefühlt. Ihm viel zu lange und viel zu gerne in die Augen gesehen. Es macht mir Angst. Gerade noch war mein Herz zum Bersten voll. Und nun ist es schmerzhaft leer.

Wie kann sich das Ineinanderschieben zweier Menschen so weltenverändernd anfühlen? Sex hat sich noch nie so markerschütternd angefühlt. So intensiv.

Ich renne blindlings eine Treppe hinunter und stolpere aus dem Haus, ohne darauf zu achten, ob mich jemand anderes hört oder sieht. Ich habe nicht einmal daran gedacht, den Weg hinaus übers Fenster zu nehmen, wahrscheinlich wäre ich körperlich sowieso nicht dazu in der Lage gewesen. Ich taumele die Straße hinunter, über der ein feiner Nebel schwebt. Erst nach unzähligen Metern merke ich, dass meine Fußsohlen nackt auf den feuchten Asphalt treffen. Ich habe meine Schuhe bei ihm im Zimmer vergessen. Fuck.

Ich gebe auf.

Atemlos stürze ich auf die Knie und lasse meinen Tränen freien Lauf, gegen die ich ohnehin machtlos bin.

Der Schmerz meiner aufgeschürften Haut ist nichts im Vergleich zu dem Schmerz in meiner Brust. Mein Herz war immer ein sicherer Ort, eine uneinnehmbare Festung. Noch nie wurde es gebrochen, von keinem Mann dieser Welt. Nachdem meine erste und einzige Beziehung im Alter von neunzehn Jahren in die Brüche ging und ich keine einzige Träne vergossen habe, begriff ich, dass dieser Typ, den ich ein Jahr lang meinen Freund nannte, eigentlich nie mein Herz erobert hatte. Vielleicht – so dachte ich mir Jahre später – funktionierte mein Herz nicht mehr richtig, seit meine Mutter gestorben ist. Vielleicht hat sich mein Herz seitdem geweigert, jemals wieder etwas zu fühlen.

Aber wieso fängt es ausgerechnet jetzt wieder damit an?

Wie kann etwas so Triviales wie bloßer Sex mich so tief im Inneren berühren?

Als mein Handy vibriert, habe ich schon beinahe vergessen, dass ich mich mitten in einem Spiel befinde und ein anonymes Arschloch jeden Schritt und Tritt von mir überwacht. Ich habe vergessen, dass das da oben nichts weiter war, als die Folge einer Anweisung, die ich blind befolgt habe. Mit zittrigen Fingern ziehe ich das Telefon aus meiner Manteltasche und blinzele die Tränen weg. Über mir flackert das gelbe Licht einer Laterne, ansonsten liegt die Straße im Dunkeln. Ich weiß nicht, ob der Spielleiter mich beobachtet, oder ob er anhand meines Standortes lediglich sieht, dass ich Davis' Haus verlassen habe. Fest steht, dass er mir wieder einmal geschrieben hat. Ich schniefe und öffne die Nachricht.

Ich bin froh, dass du so unkompliziert bist und die Regeln befolgst. Weiter so und dein Geheimnis ist bei mir sicher.

Meine Lunge zerbirst, als ich meine Wut hinausschreie. Mit dem Handy in der Hand hole ich aus und feuere es so weit von mir weg, dass es vom Nebel verschluckt wird. In ein paar Meter Entfernung höre ich den Aufprall. Ich höre das Display zerspringen.

Doch niemand sieht, wie es zerbricht.

Genauso wie ich.

DAVIS

Was zur Hölle war das? Dieser Fick … und dann dieser plötzliche Abgang von ihr. Noch immer starre ich zu der geöffneten Tür meines Zimmers, während ich nackt im Bett sitze. In den zerwühlten Laken, die nach meiner Mathelehrerin und dem besten Sex meines Lebens riechen.

Ich fahre mir durch das Haar und beiße die Zähne zusammen. Mein Herzschlag dröhnt so laut durch meinen Körper, dass ich kaum einen klaren Gedanken fassen kann.

Warum war sie überhaupt hier?

Warum hört dieses verfickte Herzrasen nicht auf? Ich fasse mir an die Brust, schwinge die Beine aus dem Bett und sitze für ein paar Sekunden regungslos auf der Bettkante.

Es war zu viel. Zu gut. Ich habe die Kontrolle verloren und sie ist deshalb geflüchtet, nicht wahr? Mir sind ihre Tränen nicht entgangen. Danach. Als es schon zu spät war. *Selbst für sie war es zu viel.*

Dabei hatte ich gedacht, sie wäre anders als Lizzy und die anderen. Dass ein Teil von ihr es ebenfalls genießt. Habe ich mich so sehr getäuscht?

»Fuck«, presse ich hervor und beiße mir so fest auf die Unterlippe, bis ich Blut schmecke.

Für einen Moment hatte es sich so angefühlt wie die Erfüllung all meiner Sehnsüchte. Rivers hat mir sogar aus heiterem Himmel und aus freien Stücken den Schwanz geblasen. Etwas, was noch nie eine Frau für mich getan hat. Natürlich würde ich vor ihr niemals zugeben, dass sie mir ein erstes Mal geschenkt hat, aber holy fuck.

Am Ende habe ich sie mit meiner Grobheit dennoch verschreckt. So sehr, dass sie innerhalb von Sekunden geflüchtet ist. Wer hätte gedacht, dass selbst die immer auf taff tuende Miss Rivers heulend aus meinem Schlafzimmer rennen würde? Oder gibt es einen anderen Grund für ihre Flucht?

Ich lache hart auf und streife mir das benutzte Gummi von meinem schlaffen Schwanz.

Für ein paar Minuten habe ich tatsächlich geglaubt, sie wäre das perfekte Gegenstück für mich. Ich habe etwas in ihren Augen gesehen, als würde sie einen Schleier lüften und mir eine Wahrheit zeigen, die sie niemandem sonst zeigt.

Hat sie so große Angst vor der Wahrheit, dass sie lieber davor fliehen würde?

Als ich aufstehe, streift mein Blick schwarze hohe Frauenschuhe, die vor meinem Bett liegen. Rivers – *Maya* – muss sie hier vergessen haben, als sie Hals über Kopf hinausgerannt ist. Durch das Haus meiner Eltern. Scheiße, ist ihr eigentlich bewusst, was sie damit hätte anrichten können? Mein Blick schießt wieder zu der offenstehenden Tür und mein Magen verknotet sich. Dass Dad noch nicht auf meiner Schwelle steht, heißt, dass er zumindest nichts davon mitbekommen hat. Doch zum wiederholten Male frage ich mich, wie sie überhaupt hier reingekommen ist. Was sie hier zu suchen hatte. Warum sie glaubte, mich noch einmal ficken zu können.

Du bist mir eine Erklärung schuldig, Rivers. Ich stehe vielleicht auf Spielchen, aber nur solange sie unter meinem Kommando laufen.

zweiundzwanzig

MAYA

Montagabend. Später Abend. Sehr spät.

»Lola, ich brauche Wein.«

Anhand ihres Outfits und ihres ungeschminkten Gesichts merkt man durchaus, dass die Rothaarige nicht mehr mit Besuch gerechnet hat und offenbar schon im Bett war. Die normale Reaktion von normalen Menschen wäre um diese Zeit vermutlich, mich zum Teufel zu schicken und die Tür vor meiner Nase zu schließen. Auch die Reaktion, einen Arzt oder die Cops zu rufen, wäre bei meinem zerstörten Anblick durchaus im Bereich des Logischen. Ich bin froh, dass Lola nichts davon tut, sondern die Tür einfach öffnet und mich hereinlässt.

»Tut mir leid, wenn du schon geschlafen hast«, stammele ich eine halbherzige Entschuldigung hinterher. Ich kann nicht einmal sagen, wie spät es ist, da mein Handydisplay hinüber ist. Aber es dürfte zumindest noch nicht Mitternacht sein. Hoffe ich.

»Ach Unsinn. Ich habe nur darauf gewartet, dass du bei mir aufkreuzt und dich mit mir betrinken willst. Ich wusste, dass mein Wein süchtig macht.« Sie zwinkert mir zu und läuft barfuß über die Marmorfliesen Richtung Küche. Zögernd folge ich ihr und blicke dabei auf ihr kurzes Nachtkleid. Sieht nach Seide aus. Sieht teuer aus. Und so, als hätte sie darunter keine Unterwäsche an. *Augen nach oben, Maya.* Hör auf, deine Nachbarin, Schrägstrich Saufkumpanin zu begaffen.

Ich laufe hinter ihr her und versuche mit meinen Händen unauffällig die Wimperntusche unter meinen Augen wegzuwischen, die sich bestimmt bis über meine Wangen ausgebreitet hat. Vielleicht sollte ich erst einmal einen kleinen Abstecher ins Bad machen und in meinem Gesicht das Ausmaß der Katastrophe begutachten.

»Ich dachte schon, nach der Sache mit dem Einbruch, würdest du dir eine neue trinkfeste Freundin in der Stadt suchen«, sagt Lola schuldbewusst und holt einen Chardonnay aus dem Kühlschrank. »Allein trinken macht viel weniger Spaß.«

Während sie die Flasche öffnet, spiele ich nervös am Gürtel meines Mantels. War es eine gute Idee herzukommen? Ich will nicht allein sein, Carry ist meilenweit weg und ich kann sie nicht einmal anrufen, weil ich mein Smartphone geschrottet habe. Und Rina steht in dieser Sache nicht zur Debatte. Mal abgesehen davon, dass ich es nie wagen würde, sie um diese Zeit aus dem Bett zu holen.

»Du hättest mir einfach von deinem Ehering erzählen sollen, anstatt bei mir einzubrechen, aber ist schon okay. Ich weiß, dass man manchmal dumme Dinge tut, um sein Geheimnis zu schützen.«

»Ach ja?« Lola zieht eine Augenbraue hoch – die, wenn sie nicht nachgemalt sind, kaum in ihrem blassen Gesicht zu sehen sind – und leitet mich Richtung Terrassentür. »Du kannst mir alles erzählen, M. Sag mir nur, ob wir draußen trinken sollen oder ob dir das zu kalt ist? Dann können wir auch ins Wohnzimmer, wir müssen nur leise sein, weil Jordan oben schon schläft.«

»Draußen ist okay.« Die kühle Luft tut mir ganz gut. Das habe ich schon vorhin festgestellt, als ich durch die nebeligen, dunklen Straßen geirrt bin, um mein Auto wiederzufinden. In meinem Kopf habe ich immer und immer wieder durchgespielt, was alles passieren könnte, wenn ich aus dem Spiel aussteige und die nächste Aufgabe einfach verweigere. Noch einmal Sex mit Davis zu haben, bedroht nämlich plötzlich nicht nur meinen Job, sondern noch etwas ganz anderes. Etwas, was ich glaubte, bei diesem Spiel nicht verlieren zu können. Etwas, von dem ich glaubte, es nie in meinem ganzen Leben an jemanden zu verlieren.

Wie zur Bestätigung klopft mein Herz schneller.

Ich kann für einen siebzehnjährigen Jungen doch unmöglich mehr als Lust empfinden!

Lola reicht mir ein gefülltes Glas und ich lasse mich ermattet auf ihrem Gartenstuhl nieder. Dabei ist noch gar nicht sicher, was der Spielleiter als nächstes von mir verlangt. Vielleicht muss ich nie wieder mit Davis schlafen und die kommenden Aufgaben gehen in eine ganz andere Richtung?

»Nimm es mir nicht übel, aber ich kann anhand deines Äußeren gerade nicht schließen, ob du hemmungslosen, geilen Sex hattest oder ob du dich stundenlang in dein Kissen geheult hast. Ist etwas passiert?« Sie sieht mich neugierig, doch auch mitleidig an.

Ich verziehe meine Lippen zu einem schiefen Lächeln, bevor ich an dem Wein nippe. Kühl und herb breitet sich der Geschmack in meinem Mund aus. Ich nehme einen tiefen Atemzug und nicke. »Geht auch beides? Nur lass das Kissen weg.« In das Kissen habe ich nicht geheult, sondern gestöhnt. Bei dem Gedanken daran wird es wieder warm zwischen meinen Beinen und in meinem Magen kribbelt es. Verdammt, mein Körper ist nach diesem wilden Sex von Glückshormonen so vollgedröhnt, dass es mein Verstand nur umso schwerer hat, dagegen anzukämpfen. Es gibt absolut nichts, worüber ich glücklich sein sollte. Was meine Yoni noch nicht begriffen hat, ist zumindest bei meinem Herzen schon deutlich angekommen.

»Wer ist denn der Glückliche? Ich hoffe, du musstest nicht weinen, weil er so schlecht im Bett war? Ich kann dir gerne eine Liste der Männer geben, die es hier einigermaßen drauf haben.«

Sprachlos blinzele ich meine Nachbarin an. Meint sie das ernst?

Lola bricht in Gelächter aus. »Dein Gesicht müsstest du sehen! Dabei dachte ich, dass du nicht so verklemmt wie die anderen hier bist.«

Ich runzele erst die Stirn und stimme dann in Lolas Lachen mit ein. Das hier ist ein winziges Städtchen, es würde mich nicht einmal wundern, wenn man als gutaussehende Singlefrau hier schon einige Männer durchprobiert hätte.

»Bist du hier aufgewachsen?«, will ich wissen.

»Ja. Ich bin hier auch zur Schule gegangen. Drei Mal darfst du raten, auf welche.«

Weil ich immer noch neben mir stehe, brauche ich ein paar Sekunden, bis der Groschen fällt. »Nein!« Überrascht reiße ich meinen Mund auf. Lola hat immer so abwertend über die Schule gesprochen, sie kann doch nicht ...

Sie schüttelt den Kopf und hebt ihre Hand, um mich zu unterbrechen. »Aber das ist hier jetzt nicht Thema. Lenk bloß nicht ab. Ich weiß genau, weshalb du hier bist.«

»Ach ja?«

»Geheimnisse können belastend sein. Je länger man sie mit sich herumträgt, desto schwerer werden sie. Da du meins mittlerweile kennst, ist es nur fair, wenn ich dir deine Bürde auch abnehme.«

»Gib zu, du bist nur neugierig.« Ich seufze tief und

ertränke meinen Kummer mit einem weiteren großen Schluck Wein. Doch wieviel Alkohol ist nötig, um meine Situation schön zu trinken? »Ich wünschte, ich könnte es dir sagen.«

»So schlimm?«

Genau in diesem Moment hören wir ein Auto in unsere Straße fahren. Das Motorengeräusch mischt sich unter das Zirpen der Grillen und das Plätschern von Lolas Teich. Kurz darauf wird eine Autotür etwas zu fest zugeschlagen. Welcher Geschäftsmann kommt denn da sauer nach Hause? Ich will Lola gerade sagen, dass ich von meinen restlichen Nachbarn bisher gar nichts mitbekommen habe, als jemand plötzlich meinen Namen ruft. Eine Stimme, die mich dazu veranlasst, mein Weinglas fallen zu lassen. Es rutscht mir aus den Fingern und zersplittert klirrend auf dem Terrassenboden.

»Rivers. Ich weiß, dass Sie da sind. Machen Sie auf!«

»Oh mein Gott!«, zischt Lola in gesenktem Tonfall und hüpft von ihrem Stuhl.

Ich will auch von meinem Stuhl springen, doch das Einzige, was in meinem Körper hüpft, ist mein Herz. »Scheiße. Sag mir, dass ich tot bin und dass das hier nicht wirklich passiert.«

»Rivers!«, brüllt Davis diesmal lauter.

Lola rennt kleine Kreise auf ihrer Terrasse, während sie sich vermutlich wünscht, keine so dichte und hohe Hecke um ihr Grundstück gepflanzt zu haben. »Wer ist das?«, flüstert sie mir zu.

»Ich muss gehen«, krächze ich und mein Hintern erhebt sich endlich von diesem Stuhl. Ich eile durch Lolas Erdgeschoss und schlüpfe aus der Haustür.

Nur wenige Meter rechts von mir steht Davis auf meiner Veranda und drückt auf die Klingel. Er sieht nicht in meine Richtung, weshalb ich mehr Zeit habe, ihn zu betrachten. Er trägt eine Jogginghose und ein schlichtes T-Shirt. Seine Haare sind zerzaust und in seiner linken Hand hält er ein Paar Damen Pumps. *Meine Schuhe.*

Ich schlucke, reiße mich zusammen und gehe auf ihn zu.

»Was tust du hier, Davis?«

Fluchend fährt er herum und sieht mich an. Die ganzen fünfzehn Schritte, die ich bis zu meiner Haustür brauche, starrt er mich stumm an. Als ich neben ihm stehe, deute ich auf meine Schuhe. »Sag mir nicht, du bist hier, um sie mir zurückzubringen.« Das wäre ein lächerlicher Grund.

»Ich kann sie Ihnen ja schlecht in der Schule nach dem Unterricht zurückgeben, oder?«

Ich öffne den Mund, schließe ihn aber wieder, weil mir darauf nichts einfällt. Natürlich kann er das nicht. Aber von mir aus hätte er die Schuhe auch einfach wegschmeißen, spenden oder verbrennen können.

»Du kannst hier nicht einfach mitten in der Nacht auftauchen und meinen Namen durch die Straßen rufen.« Wie gedankenlos und dumm kann man nur sein? Oder tut er das absichtlich? *Will* er, dass wir erwischt werden? Mein Herz rast und ich weiß in dem Moment ganz genau, dass es das nicht nur tut, weil es Angst hat, erwischt zu werden. Ich sehe mich trotzdem um und vergewissere mich, dass in den Häusern auf der gegenüberliegenden Straßenseite nirgendwo mehr Licht brennt. Alles ist dunkel und still. Doch das heißt nichts.

Am liebsten würde ich Davis so schnell es geht ins Haus zerren, um die Wahrscheinlichkeit zu minimieren, dass ihn hier jemand sieht. Aber ihn in mein Haus zu ziehen, wäre überhaupt keine gute Idee. Es ist, als könnte ich noch immer seine Hand an meiner Kehle spüren. Oder seine warmen, drängenden Lippen auf meinen. Mein ganzer Körper fühlt sich von seinem angezogen und allein seine Gegenwart reicht, um siedend heiß zu verglühen.

»Angst, dass uns jemand sieht und etwas Falsches über Sie denkt?«, fragt Davis, diesmal kühler.

Nein, ich habe Angst, dass jemand *das Richtige* denkt. Ich merke, dass ich ihm viel zu offensichtlich auf den Mund starre, und richte meinen Blick schnell wieder nach oben in seine

Augen. Auch nicht besser. Mein Herzschlag läuft Amok. Was macht er hier? Hat er mir darauf schon geantwortet?

»Du darfst hier nicht sein. Woher weißt du überhaupt, wo ich wohne?«, fahre ich ihn an. Zum Glück habe ich hier draußen keine Lampe, die bei jeder Bewegung angeht, sodass wir komplett im Dunkeln stehen. Lange hier quatschen, sollten wir trotzdem nicht …

»Ich kenne mich in dieser Stadt aus, Miss Rivers. Wenn jemand Neues hier einzieht, wird geklatscht und getratscht. Das Haus des alten Witwers Morten stand schon ewig leer.« Er zuckt unbeeindruckt mit den Schultern. »Die meisten dachten, es wird in diesem Zustand gar nicht mehr verkauft, sondern müsste komplett renoviert werden. Meine Mutter ist Architektin, sie hatte bereits Pläne mit diesem Haus, kurz bevor es Brandon White doch noch vom Markt genommen hat.«

»Was … ich … oh.« Ich runzele die Stirn und versuche mich zu sammeln. Beziehungsweise versuche ich, meinen Verstand wieder zum Laufen zu bringen, nachdem dieser Junge mein Gehirn mit dem Sex, den wir vor nicht einmal dreißig Minuten hatten, in tausend Teile zerbombt hat. »Warum bist du hier?«, frage ich ihn zum zweiten Mal. Oder zum ersten? Schnell greife ich nach meinen Schuhen und reiße sie ihm aus der Hand, nur um nicht untätig herumzustehen.

Er schnaubt und lehnt sich dann vor, sodass sein Atem mein Gesicht streift. »Weil ich nun glaube zu wissen, wer du bist, Maya. Du bist nicht der Mensch, den du vormittags in der Schule spielst oder nachmittags für die Nachbarn. Bei mir kannst du sein, wer du wirklich bist. Deshalb bist du heute zu mir gekommen, nicht wahr? Als wenn ein Teil von dir irgendjemandem die Wahrheit sagen will und dieser irgendjemand bin aus irgendeinem Grund ich.« Sprachlos starre ich ihn an und kann mich nicht rühren. Davis fährt fort: »Irgendetwas muss passiert sein, damit du glaubst, eine andere Version von dir wäre die bessere. Irgendjemand hat dich in der Vergangenheit für deine Ecken und Kanten niedergemacht, dich gebrochen, bis du dich selbst und all deine Ziele und Träume freiwillig aufgegeben hast. Wenn ich dich frage, was du vom Leben willst, hast du dann überhaupt noch eine Antwort? Oder besteht dein einziger Sinn nur noch darin, eine Rolle zu spielen, die so unwichtig ist, dass sich niemand mehr an dich erinnern wird?«

Ich blinzele und weiche einen Schritt zurück. Jegliche Luft entweicht meiner Lunge. Wie kann er das alles wissen? Mit jedem einzelnen Satz hat er ins Schwarze getroffen. »Du hast keine Ahnung, wer ich bin. Du solltest jetzt gehen.« Ich stecke meine Hand in die Tasche meiner Jacke und greife nach dem Schlüsselbund.

Davis verzieht enttäuscht den Mund und schüttelt den Kopf. »Du bist heulend aus meinem Zimmer gerannt. Durch das Haus. Das Haus meiner Eltern. In das du vorher auch noch eingebrochen bist. Ich habe dich gefickt, weil du es offenbar brauchtest, aber denkst du nicht, dass ich eine Erklärung verdient habe?«

Eine Erklärung? Ich schlucke, sage schließlich »Nein« und ziehe mit der rechten Hand meinen Schlüsselbund aus der Manteltasche.

»Nein?«, echot er nur, als hätte er sich verhört.

Hört dieser Junge dieses Wort so selten?

»Geh nach Hause, Davis. Und bitte komm nie wieder her.« Ich schließe die Tür auf und gehe rein. Bevor ich die Tür vor seiner Nase zuschlagen kann, stellt er seinen Fuß dazwischen. Der Blick, der mich trifft, lässt mein Herz einen Schlag aussetzen. Er sieht mich ganz anders an, als noch vor vierzig Minuten in seinem Bett.

Seine Stimme ist getränkt von klirrender Kälte. »Dann kommen Sie auch nie wieder zu mir. Ansonsten rufe ich das nächste Mal die Cops. Mal sehen, was die davon halten, dass sich eine Lehrerin abends in das Zimmer ihres Schülers schleicht.«

Meine Kehle wird enger als in dem Moment, in dem er

mich gewürgt hat. Ich kann kaum noch atmen. »Wird nicht wieder vorkommen. Gute Nacht, Davis«, krächze ich und Davis nimmt seinen Fuß aus der Tür.

Als ich sie schließe, gleite ich an ihr herab, bis ich auf dem Boden sitze. Seine Worte hallen in meinem Kopf wider und wider. Meine Gedanken fahren Achterbahn. Was war das eben? Ich weiß immer noch nicht, wieso er hier war, aber wieso fühle ich mich, als wäre *ich* diejenige, die das Gespräch gegen die Wand gefahren hat?

Ich kann nicht sagen, wie lange ich da so kauere, es kommt mir vor wie ein paar Sekunden, als es plötzlich an der Tür klopft, gegen die mein Kopf noch immer gelehnt ist. Erschrocken zucke ich zusammen. Im nächsten Moment droht meine Brust vor Wut zu platzen. Was will dieser Junge denn jetzt noch? Hat er mich nicht schon genug gedemütigt? Seine letzten Worte sind durchaus klar bei mir angekommen!

Ich springe auf die Beine und reiße die Tür auf, um Davis ein für alle Mal zum Schweigen zu bringen, als Lola plötzlich davorsteht.

Wie ein Fisch auf dem Trockenen bewege ich meinen Mund, ohne einen Laut zu produzieren. Mein Kopf wird glühend heiß bei der Vorahnung, die sich in mir breitmacht.

»Du hast ihn gesehen, habe ich recht?«, frage ich tonlos.

Lolas Miene ist finster. Sie schubst mich in mein Haus, damit sie selbst über die Türschwelle treten kann und schlägt die Tür dann energisch zu. *Oh oh.*

»Du hast ein *Kind* verführt? Habe ich richtig gesehen?«, fährt sie mich an. »Wie alt ist er? So alt wie Jordan?«

Scheiße. Ich schließe die Augen, verberge mein Gesicht in den Händen und laufe ein paar Schritte durch den Flur. Wie hat sie ihn in der Dunkelheit überhaupt erkennen können? Hat sie gewartet, bis er zurück zum Auto geht, um ihn unter dem Licht der Straßenlaterne zu mustern?

Lola setzt ihre Schimpftirade einfach fort. »Oh mein Gott,

bist du eine Triebtäterin? Bist du deshalb hierhergezogen und niemand weiß etwas über deine Vergangenheit?«

»Hör auf!« Ich nehme die Hände wieder herunter und starre sie an. Der Streit mit Davis war mehr als genug für heute. Meine Brust bebt, mein ganzer Körper zittert. Ihre Moralpredigt ist jetzt wirklich das Letzte, was ich brauche. »Ich habe ihn nicht verführt. Okay. Wenn, dann hat *er* mich verführt.« Zumindest beim ersten Mal.

»Ja ja, klar. Vergewaltigungsopfer wollen es ja auch immer so.« Ihre messerscharfen Worte schneiden die Luft zwischen uns in zwei.

»Denkst du wirklich, ich habe diesen Jungen *vergewaltigt*?« Fassungslos starre ich sie an. »Weißt du was?« Ich werfe kapitulierend die Arme in die Luft. »Denk doch, was du willst! Ich hatte gerade von dir irgendwie mehr erwartet als das hier.« Mit meinen Händen gestikuliere ich wild zwischen uns.

»Fuck!« Lola schüttelt den Kopf. »Willst du Sex mit einem verheirateten Mann etwa gleichstellen mit Sex mit einem *Kind*?«

»Hör auf, ihn als Kind zu bezeichnen! Er ist weder ein Kind noch ein Opfer!«

»Was er auf jeden Fall ist, ist dein Schüler. Habe ich Recht?«

Schweigen.

Die plötzliche Stille senkt sich so drückend auf uns, dass ich kaum atmen kann. Was habe ich gehofft? Dass Lola mein Geheimnis genauso locker aufnimmt wie Carry? Dass sie meine zweite verrückte beste Freundin werden kann, die mich nicht für meine Fehler verurteilt?

Ich presse meine Lippen zusammen. Ich kann kaum glauben, dass ich ihr vor ein paar Minuten noch freiwillig alles gestehen wollte. »Bitte geh. Ich brauche jetzt etwas Zeit für mich.«

Lola sieht an mir vorbei an die Wand. Statt zu gehen, steht

sie einfach nur da und starrt ins Leere. In ihren grünen Augen sehe ich ihre Gedanken rasen, doch ich habe keinen Plan, was genau in ihrem Kopf vorgeht. Wird sie mein Geheimnis herausposaunen? Wird sie es für sich behalten, aber nie wieder mit mir reden?

»Nein, das werde ich jetzt nicht tun«, sagt sie schließlich.

»Nein?«, echo ich nun genauso verständnislos wie Davis vorhin.

Sie dreht ihren Kopf und sieht mir in die Augen. »Du wirst mir jetzt alles haarklein erzählen. Jedes Detail. Wie alles angefangen hat und warum du es getan hast.«

»Wieso?« Ich lache auf. »Damit du es dann brühwarm den Cops erzählen kannst?«

Lola zieht gekränkt die Augenbrauen zusammen. »Das denkst du von mir?«

Ich zucke mit den Achseln. »Du hast mich gerade angeschrien, als hätte ich das schlimmste Verbrechen auf Erden begangen.«

Lola seufzt und kommt plötzlich auf mich zu. Ehe ich mich versehen kann, packt sie mich am Arm und zieht mich in mein Wohnzimmer.

»Setz dich.« Sie deutet auf die Couch und ich gehorche. »Natürlich bin ich ausgerastet. Es hätte schließlich auch Jordan sein können.«

Ich stelle meine nackten Füße auf das Sofa und ziehe meine Knie an die Brust. »Findest du nicht, dass Jordan alt genug ist, um selbst zu entscheiden, mit wem er schläft?«

Ihr Blick durchbohrt mich wie ein Pfeil. Das war offenbar die falsche Erwiderung. »Ich wollte eigentlich von dir hören, dass du nicht im Traum daran denken würdest, meinen Sohn auf diese Weise anzusehen!«, faucht sie.

»Natürlich tue ich das nicht, Lola! Er ist schon hübsch, aber ...«

Sie unterbricht mich mit einer Handbewegung. »Schweig

jetzt lieber. Sag am besten einfach gar nichts mehr zu dem Thema.«

Ich presse meine Lippen zusammen und nicke. Lola beginnt vor der Couch auf und ab zu gehen, während sie mich mit Fragen löchert. Jede einzelne davon beantworte ich so ehrlich ich kann, ohne dabei etwas von den Aufgabenkarten zu erwähnen. Lola sieht von Minute zu Minute mehr so aus, als würde sie mich erwürgen wollen. Ich weiß, dass ich gerade einer fast fremden Frau die Mittel in die Hand drücke, mein Leben für immer zu zerstören, aber ich kann dieses Geheimnis nicht länger tragen. Mir bleibt nichts anderes übrig, als zu hoffen, dass Lola mich ein Stück weit verstehen kann. Oder dass sie mich aus freundschaftlichen Gründen nicht verrät.

»Deine Reaktion ist ja fast so schlimm wie die meiner Schwester Rina damals«, murmele ich, nachdem all ihre Fragen beantwortet sind und sie sich allmählich beruhigt hat.

»Rina?« Lola hält inne und blickt mich an, als hätte sie ein Gespenst gesehen. »Rina White? Die Frau von Brandon White?«

Die Stimmung im Raum schlägt um. Ich runzele irritiert die Stirn. »Ja, wieso? ... Oh nein.« Meine Vorahnung krempelt mir den Magen um. Die Art, wie Lola mich ansieht, hat plötzlich nichts mehr mit Davis zu tun. »Nein, sag mir nicht, dass du und Brandon ...« Ich schließe die Augen, weil ich Lolas blasses Gesicht im Moment nicht sehen will.

Ihr Schweigen sagt alles. Am liebsten würde ich mir wie ein kleines Kind die Ohren zuhalten und meinen Kopf schütteln, um so das zu verleugnen, was ich nicht hören will. Fuck, ich hätte vermutlich schon früher darauf kommen können. Zum Beispiel, als sie mir erzählt hat, dass sie von ihrer Affäre den Schlüssel zu *meinem* Haus hat. Irgendwie sollte es mich bei diesem schleimigen Wichser nicht einmal überraschen, dass er dazu fähig ist, seine Frau zu betrügen.

Arme Rina.

Ich öffne die Augen. Lola hat sich in der Zwischenzeit zu

mir auf die Couch gesetzt und schaut gedankenverloren auf den Teppich. »Ich wusste nicht, dass sie deine Schwester ist ...«

Mein Verwandtschaftsverhältnis macht nichts in dieser Sache schlimmer und das weiß Lola bestimmt auch selbst. »Wie hast du Brandon überhaupt kennengelernt?«, frage ich und bin zugleich froh, dass es nicht mehr um mich geht. Am liebsten hätte ich gefragt: Wie kann man mit so einem Widerling überhaupt schlafen wollen? Doch nachdem mein eigenes Geheimnis gerade erst geplatzt ist, bin ich nicht in der Position, über ihr Objekt der Begierde zu urteilen.

»Wir haben uns schon zu Schulzeiten gekannt. Wir waren in einer Klasse auf der Haze Falls High. Ist jetzt schon gut siebzehn Jahre her.«

An der Haze Falls High.

Alles Weitere höre ich nur noch wie durch Watte. Alles rückt in weite Ferne. Das Mitleid für Rina. Der Hass auf Brandon. Lolas schuldbewusstes Gesicht.

Brandon war dort ebenfalls Schüler. Und Lola hasst diese Schule bestimmt nicht ohne Grund. Was, wenn solche Spielchen schon damals dort gespielt wurden? Wie alt ist Monopoly? Über 80 Jahre? Demnach könnte jeder Ehemalige der Schule hinter den Spielkarten an mich stecken und sich hinter der heutigen Jugend in Sicherheit wägen. Ich weiß, dass diese Theorie etwas weit hergeholt ist, aber meine Gedanken beginnen trotzdem zu kreisen und neue Hypothesen zu spinnen. Lola ist aus dem Schneider, weil sie über die Sache mit Davis viel zu schockiert und überrascht war ... aber Brandon. Er weiß dank Rina von meinem früheren Dienstvergehen. Er hat mich auf diese neue Schule gesteckt. Und er ist sogar mit dem Direktor befreundet ... Ich weiß nicht genau, wie das alles zusammenpasst, aber Brandon hätte definitiv die Mittel, um mein Erpresser zu sein. Aber was ist sein Ziel?

»Er ist dieser typische Anführertyp gewesen. Ich hatte schon damals etwas mit ihm, doch nachdem ich von der

Schule geflogen bin, haben sich unsere Wege für viele Jahre getrennt und erst …«

»Warte, du bist von der Schule geflogen?«, horche ich auf.

Sie sieht mich an, als hätte ich irgendeine offensichtliche Info verpasst. »Maya, ich habe dir gerade erzählt, ich war vor siebzehn Jahren dort. Da war ich selbst gerade mal siebzehn. Was glaubst du, ist da passiert?«

Ich brauche mehrere Sekunden, bis ich begreife, worauf sie hinauswill. Normalerweise fallen mir Schlussfolgerungen leichter, vor allem, wenn sie mit Zahlen zu tun haben, aber der heutige Tag ist schon von genug Offenbarungen erfüllt. »Jordan«, flüstere ich schließlich. »Du bist schwanger geworden und hast dann die Schule verlassen …«

»Ich *musste* sie verlassen. Eine schwangere Minderjährige hätte den Ruf der Haze Falls High zerstört. Besonders wenn publik geworden wäre, wie es passiert ist.«

»Wie ist es denn passiert?«, frage ich nach, bin mir aber gar nicht so sicher, ob ich diese Wahrheit heute noch verkrafte. Was ist, wenn Brandon Jordans unehelicher Sohn ist? Mir wird so übel, dass meine Hand zu meinem Bauch wandert.

Lola lässt sich tiefer in die Polster meiner Couch sinken und starrt an die Decke. Ihrem Gesichtsausdruck entnehme ich, dass sie die Geschichte nur ungern erzählt. Sie wirft mir einen Seitenblick zu. »Haben wir für heute nicht schon genug Geheimnisse ausgetauscht?«

Ich schüttele den Kopf. Sie kann jetzt keinen Rückzieher machen! »Wenn wir schon dabei sind, sollten wir alle Karten auf den Tisch legen.«

Sie verzieht die Lippen. »Die komplette Entblößung?«

Ich nicke. Da sie noch nicht überzeugt scheint, lege ich nach. »Davis ist nicht der erste Schüler, mit dem ich geschlafen habe.«

Schockiert zuckt ihr Oberkörper in die Höhe, als würde sie von meinem Sofa springen wollen. »Du hast dich an noch mehr Minderjährigen vergriffen? Maya, bist du wahnsinnig?!«

Ich schmunzele, weil ich genau weiß, dass ich sie nun am Haken habe. »Keine Sorge, der andere Junge war neunzehn und damit aus dem Schutzalter raus. Und es passierte auch nicht hier in Haze Falls. Ich erzähle dir von ihm, wenn du mir erzählst, wie du schwanger geworden bist.«

dreiundzwanzig

MAYA

Tag 17 in Haze Falls.
So langsam habe ich den Durchblick
über all die Geheimnisse hier

Sportunterricht. 10. Klasse. Dienstagmorgen. Da es noch einigermaßen warm draußen ist, will ich das gute Wetter nutzen, bevor wir den ganzen Herbst und den Winter in der Turnhalle verbringen. Deshalb befinden wir uns auf dem Footballfeld und ich lasse die Schüler zum Aufwärmen ein paar Runden joggen.

Der Rasen ist benetzt von frischem Morgentau und ein leichter Nebelschleier liegt über dem riesigen Feld. Die Sonne versteckt sich noch zwischen ein paar Wolken, weshalb ich den Reißverschluss meiner Sweatjacke höherziehe und mir die Arme reibe. Ich hatte vergangene Nacht definitiv zu wenig Schlaf und freue mich daher jetzt schon auf mein Nickerchen nach der Schule. Nachdem mir Lola erzählt hat, dass sie im Rahmen einer Mutprobe geschwängert wurde und dass es damals in ihrer Klasse üblich war, sich zwei Mal im Monat zu einem sogenannten *Spieleabend* zu verabreden und Aufgaben zu erledigen, habe ich kein Auge zu machen können. Meine Befürchtung, Brandon könnte Jordans Vater sein, hat sich zwar nicht bewahrheitet, trotzdem hat sich in meinem Kopf ein verrückter Film nach dem anderen abgespielt. An der Haze Falls High wurden schon immer Spielchen gespielt. Und diese kranken Spiele haben offenbar schon einige Opfer gefordert.

»Ich muss nur ... kurz etwas trinken.« Eine Schülerin kommt keuchend neben mir zum Stehen und geht an ihre Sporttasche, die auf der Bank steht. Mein Blick streift die Blondine und ihre vor Anstrengung geröteten Wangen nur beiläufig, als sie eine Trinkflasche hervorholt. Doch dabei fällt ihr etwas aus der Tasche.

Eine rote Ereigniskarte landet auf dem grünen Rasen und zieht meine Aufmerksamkeit auf sich, als hätte jemand einen Schuss abgefeuert.

Schlagartig sind die Kälte und Müdigkeit vergessen. »Was ist das?«, frage ich und gehe auf die Schülerin zu. Ich will mich nach der Karte bücken, doch das Mädchen ist schneller.

»Ach nur eine Spielkarte. Muss sich wohl zuhause zwischen meinen Sachen verirrt haben.« Schnell stopft sie sie zurück in die Tasche und ich bin drauf und dran, ihr das Ding aus der Hand zu reißen. Um den Impuls zu unterdrücken, balle ich meine Hände zu Fäusten. Kann ich von ihr verlangen, dass sie mir die Karte zeigt? Wie will ich das rechtfertigen?

Das Mädchen trinkt noch ihre halbe Wasserflasche leer und joggt dann wieder los. Mit klopfendem Herzen sehe ich ihr hinterher. Sie ist nicht einmal in Davis' Klasse. Heißt das, die Einladungen der Abschussstunde gehen an alle Schüler der Haze Falls High? Oder nur an ausgewählte? Oder ist das gar keine Einladung zu einem weiteren Parkour, sondern bekommt das Mädchen vom Spielleiter ebenfalls individuelle Aufgabenkarten zugesteckt – wie ich?

So viele Fragen. Doch wie komme ich an die Antworten?

Ich fluche innerlich und mein Blick schweift zu ihrer weißen Sporttasche. In meinen Fingern juckt es danach, sie zu öffnen und nach der Karte zu suchen. Aber mir steht es nicht zu, in den Privatsachen der Schüler zu schnüffeln. Und hier sind viel zu viele Zeugen, die ich nicht im Blick habe. Verdammt, ich muss irgendwie anders an eine solche Karte gelangen und herausfinden, ob eine nächste Abschussstunde ansteht.

Und dann?, will meine innere Stimme der Vernunft wissen. Werde ich mich wieder dahin schleichen, um das geheime Treffen meiner Schüler zu sprengen?

Die frühere Maya hätte den Jugendlichen ihren Spaß gegönnt. In dem Alter probieren sich viele mit Sex und Drogen aus und wollen ihre Kräfte messen, beweisen, dass sie besser oder schneller sind als andere. Sollen sie doch ihre Schulzeit auskosten, bevor der Ernst des Lebens beginnt. Stattdessen überlegt die neue Maya fieberhaft, an wen sie die Schüler am besten verpetzen sollte. Direktor, Eltern oder Cops? Was ist nur los mit mir?

In der Mathestunde der elften Klasse bekomme ich meine Chance erneut. Offenbar sind derzeit tatsächlich wieder mehrere der Karten im Umlauf, denn Marco, der Quarterback und Kapitän der Footballmannschaft, hat auch eine solche Karte auf seinem Tisch. Sie ist versteckt in seinem Collegeblock, der unter seinem Federmäppchen liegt, und nur eine kleine rote Ecke lugt heraus, doch es ist genug, um mir ins Auge zu fallen. Und genug, um mich für ein paar Momente von Davis abzulenken, dessen Blicke mir heute tiefer unter die Haut gehen als sonst. *Er hat dich durchschaut und das macht dir fast genauso viel Angst wie die intensiven Gefühle nach diesem weltenverändernden Sex*, klugscheißert meine innere Stimme.

»Marco, könntest du die nächste Aufgabe bitte an der Tafel vorrechnen?«, frage ich, als ich neben seinem Tisch stehen bleibe. Diesmal werde ich die Gelegenheit nicht ungenutzt verstreichen lassen und mir die Karte schnappen.

»Ähm, ich kann' s versuchen, Miss Rivers.«

Unter den Blicken seiner Mitschüler geht er nach vorne zur Tafel. Seiner Ganghaltung merkt man an, dass es ihm durchaus gefällt, im Mittelpunkt zu stehen. Der Grund, warum er bei mir in den Stunden trotzdem nicht zu sehr auffällt, ist vermutlich der, dass Mathe nicht wirklich seine Stärke ist und er es scheut, sich vor seinen Klassenkameraden zu blamieren. Als er die Aufgabe an die Tafel kritzelt, merke ich ihm an, dass er leicht nervös ist. Sobald er sich in die Rechnung vertieft hat und auch die anderen Mitschüler brav mitschreiben, schieben sich meine Finger zwischen die Seiten seines Collegeblockes und greifen nach der Karte. Wenn ich sie mitnehme, fällt es ihm früher oder später auf, deshalb drehe ich sie lediglich um und überfliege den Text.

Mittwochabend – 21 Uhr. Wiederholung der Abschussstunde.

Packt eure Badesachen ein. SL.

Morgen am Silver Lake also. Ich schiebe die Karte unauffällig zurück an Ort und Stelle und wende mich wieder zur Tafel, wo Marco noch immer mit dem Ausrechnen der Variablen beschäftigt ist. Ich atme tief durch, um mein klopfendes Herz zu beruhigen, und laufe weiter durch den Klassenraum. Dabei streift mein Blick Davis und als ich sehe, dass er mich unverhohlen anstarrt, wird mir heiß und kalt zugleich. *Scheiße.* Für ein paar Sekunden habe ich ihn komplett vergessen. Hat er gesehen, was ich an Marcos Platz getan habe?

Ich wende meinen Kopf und ignoriere seinen Blick. Wie auch die letzten zwanzig Minuten schon. Auf dem Weg nach vorne spüre ich trotzdem noch, wie seine Augen mich verfolgen.

Eigentlich habe ich gedacht, dass wir es nach unserem Abschied gestern genauso halten wie damals nach dem Streit am See. Dass wir den anderen wieder ignorieren und so tun, als wären wir füreinander nicht mehr als Luft. Ich habe mich darauf eingestellt und mich innerlich für die kalte Schulter gewappnet, die Davis mir nach gestern zeigen wird. Worauf ich aber nicht vorbereitet bin, ist, dass Davis nach Unterrichtsschluss wartet, bis alle anderen den Klassenraum verlassen.

Er ist der Letzte, der noch an seinem Platz steht und betont langsam seine Tasche zusammenpackt. Wenn ich nicht noch meine eigenen Notizen schreiben müsste, die ich mir immer am Ende jeder Stunde mache, wäre ich am liebsten fluchtartig aus dem Raum gestürmt. Aber so lasse ich mir alle Zeit der Welt, sitze hinter meinem Pult und tue so, als merke ich nicht, dass Davis noch da ist.

Ich notiere gerade, was ich den Schülern an Hausaufgaben aufgeteilt habe, als er an mein Pult tritt. Ich sehe nicht hoch, doch mein Herz schlägt automatisch schneller.

Was will er?

»Halten Sie sich Morgenabend vom Silver Lake fern.«

Verdammt. Er hat es also doch bemerkt. Langsam blicke ich auf, den Kugelschreiber noch in der Hand. »Das ist ein öffentlicher Ort, Davis. Was wäre, wenn ich abends beschließe, dort die Natur zu genießen und einen kleinen Spaziergang zu unternehmen?«

Davis lacht trocken auf. »Was wollen Sie? Selbst wenn Sie dieses Treffen wieder sprengen, wird es ein nächstes geben. Oder ein übernächstes. Sie können die Spiele an der Haze Falls High nicht stoppen.«

Die Spiele. In meinem Mund breitet sich ein bitterer Geschmack aus. Das ist genau das, was ich will. Die Spiele beenden. Alle Spiele. Doch Davis' Mutproben haben damit nur wenig zu tun.

»Ich will, dass du morgen Abend kein Koks nimmst«, sage ich und lege den Stift nieder. Herausfordernd sehe ich zu ihm hoch.

Davis' Gesichtszüge entgleiten ihm für eine Sekunde.

»Was?« Dann grinst er plötzlich. »Sind Sie jetzt meine besorgte Mutter, oder was?«

Mein Magen knotet sich bei seinen Worten zusammen, doch ich ignoriere das Gefühl und erwidere seinen Blick voller Ausdruckslosigkeit. Ich kämpfe hier schließlich um jeden Funken Professionalität und die illegalen Substanzen bei den Veranstaltungen sind mir tatsächlich ein Dorn im Auge. Selbst wenn ich wollte, könnte ich die nächtlichen Treffen nicht ignorieren, solange derartig gefährliche Suchtmittel im Spiel sind.

»Ich hoffe, du weißt, dass du dir mit solchen Drogen dein ganzes Leben ruinieren kannst. Und ich bete, dass du das nicht oft tust.«

Davis schüttelt den Kopf und wirft einen schnellen Blick zu der geöffneten Klassenzimmertür, hinter der jedoch niemand zu sehen ist. »Wir wissen doch beide, dass es hier nicht darum geht. Das Schauspielern können Sie sich sparen. Was wollen Sie? Wollen Sie mich erpressen, weil Sie Angst haben, dass ich Sie erpresse?« Er beugt sich zu mir heran, sodass ich die Luft anhalte. »Oder wollen Sie schon wieder von mir genommen werden? Vielleicht direkt hier auf Ihrem Schreibtisch? Ich muss Ihnen nur den Rock hochziehen und brauche auch nicht lange. Versprochen.«

Ich springe von meinem Stuhl auf deute mit ausgestrecktem Arm zur Tür. »Raus hier«, zische ich. Meine Brust hebt und senkt sich rasch, doch meine Stimme ist glasklar.

Für ein paar schnelle, laute Herzschläge starren wir uns über den Tisch hinweg an. In meinen Fingern kribbelt es, ihm für seine Worte eine erneute Ohrfeige zu verpassen. Wie kann er es wagen, hier in der Schule so mit mir zu sprechen? Gott, es wäre so verlockend, einen roten Abdruck auf seiner Wange zu hinterlassen und das klatschende Geräusch zu hören. Nur hat das letzte Mal zu etwas geführt, was wir hier auf keinen Fall wiederholen dürfen …

Langsam geht Davis um den Tisch herum, bis er mir gegenübersteht.

Ich lasse meinen rechten Arm sinken und balle meine Hände zu Fäusten. »Dass du das ansprichst, bedeutet nur, dass du es immer noch willst, Davis«, sage ich in ruhigem Tonfall, der das absolute Gegenteil von meinem Inneren darstellt. Ich versuche, den Spieß umzudrehen. »Ich dachte, wir hätten geklärt, dass es nie wieder vorkommt.«

Ein weiterer Blick von ihm über seine Schulter zur Tür. Auch er will nicht gesehen werden, was mich innerlich zumindest ein wenig beruhigt. Doch dann kommt er noch einen Schritt näher, dirigiert meinen Körper so, dass ich die Schreibtischplatte im Rücken habe. Noch ein Schritt – obwohl da gar kein Platz mehr zwischen unseren Körpern ist. Hinter mir ist der Tisch, sodass ich nicht zurückweichen kann, als Davis sein Bein plötzlich zwischen meine schiebt.

Ehe ich reagieren kann, packt er mit einer Hand meinen Hals und drückt leicht zu. Nicht so sehr, dass es schmerzt, aber doch so, dass mein Körper sofort unter Strom steht. Alle meine Muskeln spannen sich an und schalten in den Gefahrenmodus.

Mein Atem geht schneller und ich schaue in Davis' braune Augen, die nur Zentimeter von mir entfernt sind.

»Ob es wieder vorkommt, entscheide diesmal ich.« Sein Oberschenkel drängt sich noch enger an mich, sodass er sich genau an meine empfindlichste Stelle presst. *Davis …* Ich drücke meine Hände abwehrend gegen seine Brust, doch das ändert nun auch nichts mehr daran, dass es zwischen meinen Beinen feucht wird und verlangend zu pochen beginnt.

»Hör auf, Davis«, zische ich und will schon ein »Nicht hier« hinterhersetzen, doch ich kann mir noch im letzten Moment auf die Unterlippe beißen. ›Nicht hier‹ würde bedeuten, dass wir es woanders noch einmal machen. Und das ist gewiss nicht das, was ich ihm vermitteln will.

»Keine Sorge, Maya.« Er lässt meinen Hals los und wandert mit seiner Hand stattdessen höher, bis sein Zeigefinger unter meinem Kinn liegt. Ich rühre mich nicht und halte die Luft an. »Meine Lust auf dich ist verflogen. Ich wollte nur, dass du weißt, dass die Entscheidungen an dieser Schule weiterhin ich treffe. Lass dich morgen Abend nicht blicken. Oder wir können gern ein Wettrennen darum starten, wer von uns als Erster von dieser Schule fliegt.«

Er dreht sich um und geht, während ich mich atemlos auf die Schreibtischplatte sinken lasse. Die Anspannung in meinem Körper fällt zusammen, genauso wie die letzten Bruchteile meines Herzens. Als Davis Rogan den Klassenraum verlässt, wünschte ich, ich wäre ihm niemals begegnet.

Ich hätte niemals nach Haze Falls ziehen dürfen.

vierundzwanzig

MAYA

Mittwochabend
Wer sagt schon Nein zu einer Party am See?

Es könnte mehrere Gründe dafür geben, dass ich um einundzwanzig Uhr in meinen Wagen steige und aus meiner Einfahrt fahre. Für den Weg zum Silver Lake brauche ich dieses Mal nicht einmal ein Navigationsgerät. Vielleicht bin ich krankhaft neugierig und will nichts von dem verpassen, was hier in Haze Falls vor sich geht. Vielleicht bin ich auch einfach nur süchtig und die Mischung von Davis und den Adrenalinrauschen ist mir nicht gut bekommen. Vielleicht will ich Davis zeigen, dass er mich nicht kontrollieren kann. Oder aber ich gehöre zu irgendeiner Unterart von Masochisten und liebe es, in mein eigenes Verderben zu rennen. Gibt es einen Ausdruck für Menschen, die sich ständig ihr eigenes Grab schaufeln, weil sie das Gefühl haben, nicht anders zu können?

Vereinzelte Regentropfen fallen auf meine Windschutzscheibe und passen perfekt zu der tristen Stimmung, die in meinem Inneren herrscht, seit Davis gestern aus dem Klassenraum gegangen ist und mich – wieder einmal – feucht und mit klopfendem Herzen stehen gelassen hat. Seine Worte haben Eindruck hinterlassen, das kann ich selbst einen Tag später nicht leugnen. Genauso wenig wie ich leugnen kann, dass mich immer noch etwas zu ihm hin zieht. Aber das heißt nicht, dass ich ihm gehorche. Ich trete aufs Gas und blicke entschlossen durch die Windschutzscheibe, an der immer mehr Tropfen hinunterrennen.

Gerade als ich die Scheibenwischer anmachen möchte, sehe ich die rote Spielkarte. Schlagartig trete ich auf die Bremse und kann froh sein, dass hinter mir kein Wagen fährt.

Ich schnalle mich ab und reiße in derselben Sekunde noch die Autotür auf. In meinen Ohren wummert mein Puls. *Eine neue Aufgabenkarte? Oder eine Einladung zur Abschussstunde?* Schnell pflücke ich die Karte von meiner Windschutzscheibe und setze mich damit zurück ins Trockene. Ein Kontrollblick in den Rückspiegel, doch die Straße hinter mir ist immer noch frei.

Rasch überfliege ich den Text auf der Rückseite, während meine zitternden Finger den Sicherheitsgurt zurück in die Halterung drücken.

Du bist verliebt. Küsse einen Schüler deiner Wahl. Nur doppelt geküsst zählt nicht. Machst du ein Beweisfoto, darfst du über Los.
P.S.: Keine Sorge. Auf dem Foto müssen keine Gesichter erkennbar sein. Ich muss nur wissen, dass du deine Aufgaben weiterhin brav befolgst.

Scheiße. ›Doppelt geküsst zählt nicht‹, heißt das, ich soll jemand anderen als Davis küssen? Mein Magen macht einen Rückwärtssalto. Ich hatte mich schon gefragt, wohin die

Aufgaben als nächstes gehen und diese Richtung ist gar nicht gut. Irgendwie habe ich das Gefühl, dass der Spielleiter ganz genau wusste, dass ich heute Abend zu der Abschussstunde erscheinen wollte. Warum sollte die Spielkarte sonst abends unter meinen Scheibenwischern klemmen? Heute nach der Schule war sie auf jeden Fall noch nicht da gewesen. Das bedeutet, der Spielleiter war in der Zwischenzeit vor meinem Haus.

Ich bin hin und hergerissen mit meinen aktuellen Verdächtigungen. Aber eins steht fest: ich sollte umkehren und mich heute Abend vom Silver Lake fernhalten.

Nachdem ich mich in Joggingklamotten geschmissen habe, renne ich los. Die gewohnte Strecke, die ich seit meinem Einzug regelmäßig laufe. Die Regentropfen fallen immer schneller vom dunklen Himmel, doch es ist mir egal, dass sie meine Kleidung durchnässen. Die kühlen Tropfen auf meiner Haut sind eine angenehme Erfrischung, außerdem bringen sie den Duft nach Sommerregen mit sich, den ich kräftig in meine Lunge ziehe.

Ich weiß, dass es die richtige Entscheidung war, nicht zum See rauszufahren, doch meine Gedanken kreisen trotzdem um die Abschussstunde – und um Davis.

Ich hätte ihn gerne gesehen.

Dieses Eingeständnis bringt mich dazu, mein Tempo zu einem Sprint zu erhöhen, bis meine Beine schmerzen und meine Lunge in Flammen steht. Ich weiß jetzt, wie man solche Menschen, die sich ihr eigenes Grab schaufeln, nennt: *Idioten.*

Als ich auf dem Weg nach Hause bin, vibriert mein Handy. Zum Glück habe ich gestern Nachmittag noch das Display austauschen lassen. Um diese Uhrzeit können es nicht mehr viele Personen sein, die mir schreiben. Sobald ich unter meiner überdachten Veranda stehe, ziehe ich das Handy aus der Hülle, die ich beim Joggen um meinen Arm gebunden habe.

Deine Zeit läuft ab. Willst du wirklich herausfinden, was bei Null passiert?

Mein Herz setzt aus. Unter diesen Worten läuft ein Countdown von zehn Stunden herunter.

DAVIS

Mittwochabend

Der Wind zerrt an meinem T-Shirt und an meinen Haaren. Ich stehe am Rand der Klippe und blicke hinunter aufs Wasser. Der Silver Lake ist nicht von allen Seiten ebenerdig zu erreichen. Rund um den See gibt es einige höher gelegene Felsvorsprünge. Wir befinden uns an einem von ihnen, der nicht ganz so weit über die Wasseroberfläche ragt. Vielleicht drei oder vier Meter. Vereinzelte Regentropfen klatschen mir kalt ins Gesicht und prasseln in die Tiefe, wo sie auf den schwarzen, scheinbar endlosen See treffen.

»Hey, wann geht's los, Mann? Die Herde wartet.« Marco tritt neben mich und streift meine Schulter mit der seinen.

Ich drehe mich zu ihm um, doch sein Gesicht ist in Dunkelheit getaucht. Wie so alles hier. Vor ein paar Minuten haben sich die letzten Sonnenstrahlen verabschiedet und die grauen Schatten der Dämmerung haben die Oberhand gewonnen. Der Nieselregen, der aus den dunklen Wolken fällt, hinterlässt einen frischen Geruch in der schweren Luft.

»Es geht gleich los.« Ich schniefe, weil es mir vom Koks noch in der Nase prickelt. »Sag den Schafen, sie können sich versammeln. Hast du Lizzy schon gesehen?«

»Wieso?«, fragt Marco überrascht. »Ich dachte, du hast mit ihr abgeschlossen.«

»Hab' ich auch. Sag mir einfach, wo sie ist.«

Marco zeigt auf den steinigen Platz hinter sich, wo die meisten Schüler um eine Feuerschale herumstehen, die flackerndes Licht in ihre Gesichter wirft. Bevor ich gehen kann, hält Marco mich am Handgelenk fest.

»Ist alles okay mit dir? Du bist so anders in letzter Zeit.«

Was zum Fick meint er?

»Der zerbrochene Spiegel im Bad. Deine gedankliche Abwesenheit in letzter Zeit. Ich habe dich nicht darauf angesprochen, aber wenn du irgendwelche Probleme hast, Mann, du kannst jederzeit mit mir reden.«

»Willst du seit neustem Seelenklempner werden oder was? Mir geht's gut und der Spiegel ist im Eifer des Gefechts zerbrochen, weil ich eine Tussi auf deinem Waschbecken geknallt habe.« Ich entreiße ihm meine Hand.

»Ja, aber ihren Namen verrätst du mir nicht«, stellt er fest, weil er am Wochenende schon nachgebohrt hat. »Seit wann machst du ein Geheimnis aus sowas?«

Ungehalten schnaube ich. »Seit das mit Lizzy durch die ganze Schule ging. Es ist manchmal besser, wenn keiner etwas weiß.«

»Aber ich bin doch nicht irgendjemand, Mann!«

»Mach dir nicht ins Hemd, Bro«, sage ich und klopfe ihm auf die Schulter, bevor ich vom Abgrund wegtrete und Elisabeth suchen gehe. Seit dem Wochenende habe ich sie nicht gesprochen und war nicht sicher, ob sie heute überhaupt auftauchen würde. Als ich sie mit Samantha auf einem Baumstamm sitzen sehe, eine Bierflasche in der Hand und ungezwungen lachen höre, fällt eine Anspannung von mir ab. Ich will sichergehen, dass sie nach unserer *Trennung* nicht insgeheim irgendwelche Rachepläne gegen mich schmiedet.

Als sie mich näherkommen sehen, hören die beiden Cheerleaderinnen auf zu lachen. *Oh oh – doch kein gutes Zeichen.* Dabei ist Sams Blick noch tödlicher als der von Lizzy, die sich um Gleichgültigkeit bemüht.

»Hey, schön, dass ihr da seid«, begrüße ich die beiden. »Es geht gleich los. Wollt ihr mitschwimmen?«

»Nein, wir gucken heute nur zu«, antwortet Lizzy.

»Schade«, erwidere ich. Den Rest des Kommentars, der mir auf der Zunge liegt, schlucke ich im letzten Moment herunter. Vermutlich will sie jetzt gerade nicht hören, dass ich nichts gegen ein paar Cheerleaderinnen in knappen Bikinis hätte.

Samantha springt auf und baut sich vor mir auf. Überrascht ziehe ich eine Augenbraue hoch.

»Nein, lass!«, ruft Lizzy noch.

Doch Sams Augen verengen sich und sprühen Funken auf mich. »Willst du jetzt wieder rumschleimen, um sie doch nochmal rumzukriegen, oder was? Elisabeth ist ein für alle Mal fertig mit dir. Komm nicht mehr bei ihr an. Sie war schon immer viel zu gut für dich!«

Ich hebe beschwichtigend die Arme. »Ganz ruhig, Sam. Ich wollte niemanden hier rumkriegen.« Dabei bedenke ich sie absichtlich mit einem langen Blick. Sie hat es nämlich schon vor einem Jahr bei mir versucht und ich habe ihr eine Abfuhr erteilt. Insgeheim glaubte ich immer, dass sie in den letzten Monaten neidisch auf Lizzy war, weil ich sie genommen habe und Sam nicht. »Ich wollte nur wissen, ob ihr mitspielt. Aber ich hätte mir denken können, dass das Wettrennen heute zu krass für euch ist.«

Sam schnaubt. »Die Spielchen, die du dir ausdenkst, sind alles andere als *krass*. Es wird Zeit, dass wir bald mal einen neuen Spielleiter wählen.«

Ich lache trocken auf. »Du willst härtere Mutproben, bist dir aber zu fein, bei dem Wetter in einen See zu springen?«

Zu meiner Überraschung greift sie als Antwort den Saum ihres Oberteils und zieht es in einer fließenden Bewegung über den Kopf. Während ich noch damit beschäftigt bin, ihren plötzlichen halbnackten Körper zu betrachten, ihre schokoladenbraune Haut, die im Schein des Feuers schimmert, und ihre kleinen Titten, die in einem weißen schlichten BH stecken, zieht sie auch ihren Rock herunter. Schließlich steht sie innerhalb von wenigen Sekunden nur noch in Unterwäsche vor mir.

Vielleicht habe ich mir damals doch die falsche Cheerleaderin ausgesucht. Aber dieser Gedanke verfliegt genauso schnell, wie er gekommen ist. Sam ist aus vielen Gründen nicht mein Typ. Obwohl ihr impulsiver Kampfgeist Eindruck hinterlässt, braucht eine Frau für mich trotzdem etwas Weiches und Sensibles, um mich anzuziehen.

»Ich bin mir nicht zu fein, bei dem Wettschwimmen teilzunehmen«, stellt Sam klar. »Ich halte es lediglich für langweilig, weil es keinen interessanten Gewinn gibt. Wir bestrafen zwar die Verlierer, aber die Gewinner kriegen nichts.«

Ich ziehe amüsiert die Augenbrauen hoch. »Welchen Gewinn willst du denn?«

»Wenn ich gegen ein anderes Mädchen siege, will ich die nächste Abschussstunde organisieren.«

Ihre Ambitionen lassen mich schmunzeln. Jetzt ahne ich, warum ausgerechnet sie Kapitänin der Cheerleadermannschaft ist. »Deal«, sage ich und reiche ihr die Hand. Soll sie ihr Glück doch versuchen. Ich schätze es schließlich, wenn Frauen Stärke beweisen wollen.

Ich pfeife das erste Paar ab, das gegeneinander antritt. Als Sam und Georga von der Klippe ins Wasser springen, bin ich beinahe überrascht, dass niemand unser Wettrennen heute sprengt. Dass Miss Rivers tatsächlich nicht aufgekreuzt ist. Sie hat auf mich gehört, na sieh einer an. Oder hält sie sich irgendwo im Verborgenen und beobachtet uns? Bloß zuschauen sieht ihr nicht ähnlich. Sie ist eine Frau, die sich viel zu gerne einmischt. Aber vielleicht wartet sie nur auf den richtigen Moment. Oder sie wartet, bis sie mit mir allein sein kann … Nein, das ist Irrsinn. Ich sollte gar nicht daran denken, die zwei schnellen Ficks, die wir hatten, zu einer längeren Affäre ausdehnen zu wollen. Zwei Mal war schon ein Mal zu viel. Schlimm genug, dass ich sie gestern um ein Haar über ihren Schreibtisch im Klassenzimmer gelegt hätte. Oder meine Hand am liebsten in ihren Slip geschoben hätte, um zu sehen, ob sie mich immer noch will. Ihr vorlautes Mundwerk mag lügen können, ihr Körper nicht.

Ich reiße mich aus den abschweifenden Gedanken und trete an den Abgrund, um zu sehen, ob eines der beiden Mädchen schon das Messer aus dem See geholt hat. Diesmal ist nur ein Messer im Spiel. Es liegt irgendwo am Grund des Gewässers und der Spieler, der es zuerst holt, bis zum ebenerdigen Ufer schwimmt und dann wieder hier oben ankommt, um mir das Messer in die Hand zu drücken – der hat gewonnen.

Ich weiß, dass Georga eine gute Schwimmerin ist, weshalb ich sie auch als Gegnerin für Sam gewählt habe. Doch ich weiß auch, dass Sam skrupelloser ist. Wenn sie die Chance hat, irgendwie an das Messer zu gelangen, wird sie nicht zögern, ihre Mitspielerin damit zu verletzen und sie so beim Schwimmen auszubremsen. Etwas, was auch ich tun würde.

Der Mond versteckt sich hinter dicken Wolken, weshalb das Geschehen im Wasser nur spärlich beleuchtet wird. Als das Planschen und Kreischen ertönt, wissen wir, dass der Kampf begonnen hat.

Marco tritt neben mich. »Lass uns heute gegeneinander schwimmen«, sagt er zu meiner Überraschung.

Ich drehe mich verwirrt zu ihm um. Er spielt selten gegen mich, weil er ahnt, dass ich gewinnen würde, und diese Blöße will er sich nicht geben. Vor allem, wenn Schwimmen Teil des Parcours ist.

»Warum?«, frage ich. Ich habe mich schon darauf gefreut, Lias oder einen anderen Schwächling aus meinem Schwimmteam fertigzumachen.

»Es wird Zeit, dass du gegen jemanden antrittst, der dir gewachsen ist.«

* * *

Nachdem ich mit einer Mischung aus Widerwillen und Respekt Sam als Siegerin gekürt habe, die mit nur halb so vielen oberflächlichen Schrammen die Klippe raufgerannt ist wie Georga, treten noch ein paar andere Kids an, bevor ich mich selbst an die Klippe stelle. Die letzte Runde, bevor das Stechen der Verlierer ansteht. Schließlich muss es bei der Abschussstunde immer ein klares Opfer geben.

»Bereit, zum ersten Mal in der Reihe der Loser zu stehen?«, fragt Marco mich.

Ich kann nur lachend den Kopf schütteln. Keine Ahnung, was ihn heute geritten hat, beweisen zu wollen, mir gewachsen zu sein. Vielleicht hat ihn irgendein Mädchen dazu gereizt, mit einem dummen Kommentar oder gar einer Wette. Vielleicht ist ihm sein Ruhm als Football-Kapitän zu Kopf gestiegen und er glaubt, nun auch hier seine Krone verdienen zu müssen. Mir egal. Wenn er unbedingt von mir eins ausgewischt bekommen will, bitte schön.

Als der Pfiff ertönt, springe ich ab. Für einen Herzschlag peitscht die kalte Luft gegen meine nackte Haut und im nächsten Moment schließt sich eisiges Wasser um meinen Körper. Ich reiße die Augen auf, doch es ist zu dunkel, um etwas zu erkennen. Ich muss mich ganz auf meinen Tastsinn verlassen und meine Hände wühlen durch den Matsch und den Sand am Grunde des Sees. Steine und Algen kommen mir immer wieder zwischen die Finger. Mit meinen Beinen strampele ich, um weiter zu schwimmen und den Grund so schnell wie möglich großflächig abzutasten, während die Luft in meinen Lungenflügel von Sekunde zu Sekunde knapper wird. Ein Wettrennen auf Zeit.

Schließlich pralle ich mit Marcos Körper zusammen. Seine warme, seidenglatte Haut gleitet an meiner vorbei. *Nach oben.* Marco schwimmt bereits nach oben. Ist ihm die Luft ausgegangen oder hat er das Messer vor mir gefunden?

Meine Hände versuchen noch nach seinem Fuß zu greifen, um ihn festzuhalten, aber er entgleitet meinem Griff. Schnell folge ich ihm an die Wasseroberfläche, ich strecke meine Arme suchend nach ihm aus – und dann kommt der Schmerz.

Das Messer erwischt mich am Unterarm. Ein Schnitt von meinem Ellbogen bis zu meinem Handgelenk. Mein Kopf durchbricht die Wasseroberfläche und ich schnappe nach Luft. Nur schwer kann ich den Drang unterdrücken, einen Schrei auszustoßen. Mit weit aufgerissenen Augen sehe ich mich in der Dunkelheit um. Schmutziges Wasser tropft mir in die Augen und ich blinzele. Ich sehe nicht viel, aber ich höre, wie Marco mir davon schwimmt. *Verfluchter Mistkerl!*

Mit meinen Fingern betaste ich die Wunde, ziehe meine Hand dann aber zischend wieder zurück. Es brennt wie die Hölle. Aber er hat die Klinge nur oberflächlich meine Haut kratzen lassen und zum Glück nicht tief in meinen Arm gebohrt. Schwimmen sollte noch machbar sein. Ich reiße mich also zusammen und kraule ihm hinterher. Er muss wirklich Glück gehabt haben, das Messer so schnell nach seinem Sprung gefunden zu haben. Schade, dass die Strecke bis zum Ufer nicht länger ist, sonst hätte ich ihn besser einholen können. Aber so erreichen wir ziemlich zeitgleich das Ufer. Zwei stolpernde dunkle Schatten in der Nacht.

Ich folge seinem Schnaufen, ihm dicht auf den Fersen, und ringe ihn zu Boden, kurz vor der Stelle, an der die anderen auf uns warten. Der warme Schein der Feuerstelle erreicht uns und vertreibt die Dunkelheit. Mit einer Hand hält Marco das Messer von mir weg, mit der anderen versucht er, mich von sich zu schieben. Wir prügeln uns um die Klinge, als wären wir zwei Kinder im Sandkasten, die um eine Schaufel rangeln. Nur dass unsere Fäuste heute mehr weh tun als damals.

Nach einem gezielten Hieb gegen sein Nasenbein entgleitet Marco das Messer und schlittert ein paar Meter über den steinernen Boden. Keuchend rappele ich mich auf und folge der Klinge. Als ich sie erreiche, bin ich auch schon fast am Ziel.

Zwei große Schritte und ich lege die Klinge in Samanthas ausgestreckte Hände.

Gewonnen!

»Du Vollidiot hast für den Sieg sogar meine Nase gebrochen?«, knurrt Marco hinter mir. Ich drehe mich nach Luft japsend zu ihm um. Auch mein Körper schmerzt an jeder nur denkbaren Stelle. Ich taumele und kann mich nur mit Mühe auf den Beinen halten.

»Ich gewinne immer«, stelle ich keuchend klar und spucke ein Schwall Blut auf den Erdboden. »Merk dir das.«

Mir wird kurz schwarz vor Augen, doch ich versuche mir nichts anmerken zu lassen. Taubheit kriecht in meine kalten Glieder und vertreibt den brennenden Schmerz.

»Hier, binde das um deinen Arm!«, ertönt eine Mädchenstimme vor mir. Ich blicke auf eine kleine Rothaarige hinunter, die eine Klasse unter uns ist. Sie hält mir ein Stück Stoff hin, bei dem es sich vermutlich um ihr Oberteil handelt.

Brummend nehme ich es an und sehe auf meinen Unterarm. Der Schnitt des Messers ging doch tiefer, als ich im Wasser dachte. Das Blut fließt in roten Rinnsalen meinen Ellbogen hinunter. Schnell folge ich dem Rat der Rothaarigen und schlinge den Stofffetzen eng um meinen Arm. Beim Knoten hilft sie mir, weil ich das mit einer Hand und den Zähnen nicht wirklich hinbekomme.

Als sie mit dem provisorischen Verband fertig ist, sieht sie unter getuschten Wimpern zu mir auf. Ein schüchternes Lächeln liegt auf ihren Lippen. »Ich wusste, dass du gewinnst.«

Ihre Zuversicht ist wie Balsam für mein Herz, in das Marco sein Messer stechen wollte. Ich blicke über die Köpfe der anderen hinweg, um ihn ausfindig zu machen, und runzele irritiert die Stirn, als ich ihn ein paar Meter weit weg zusammen mit Sam sehe. Ich hoffe, er bereut es, mich herausgefordert zu haben.

»Und das, obwohl er geschummelt hat«, sagt die Rothaarige und hat damit sofort wieder meine Aufmerksamkeit.

»Wie meinst du das?«, frage ich mit brüchiger Stimme und räuspere mich im nächsten Moment.

Sie beißt sich verlegen auf die Unterlippe. »Aber das hast du nicht von mir, okay?«

Ich nicke ungeduldig.

»Ich habe gesehen, wie er vor dem Start ein eigenes Messer in der Hand hatte. Er ist damit in den See gesprungen. Er hat nicht das Messer vom Grund genommen.«

Perplex blinzele ich sie an. Das erklärt, wieso er direkt nach dem Absprung zum Ufer geschwommen ist. Er hat nicht einmal nach dem anderen Messer gesucht.

fünfundzwanzig

MAYA

Donnerstag
Das stete Ticken einer Bombe

Ich befinde mich in der kurzen Zeitspanne zwischen dem ersten und dem zweiten Gong des Tages. Die Schüler begeben sich ins Schulgebäude, füllen die Gänge, laufen in Grüppchen zu ihren Spinden. Ein neuer Tag beginnt.

Trotz Müdigkeit rast mein Herz. Vielleicht habe ich heute Morgen auch einfach schon zu viel Kaffee in mich reingeschüttet. Da ich ohnehin kaum schlafen konnte – wie soll man seelenruhig schlafen, wenn der Timer einer Bombe auf dem Handy abläuft? – habe ich seit sechs Uhr in meiner Küche gesessen und meinen Billig-Kaffeeautomaten zum Glühen gebracht. Während ich auf die ablaufende Zeit gestarrt habe, bin ich in meinem Kopf unentwegt alle Möglichkeiten durchgegangen. Ich bin sogar extra früh zur Schule gefahren, um mir die Option offenzuhalten, vor dem ersten Schulgong einen ahnungslosen Teenager abzufangen, ihm meine Lippen auf den

Mund zu drücken und somit die Aufgabe in der letzten Minute noch zu erfüllen. Aber morgens bei Tageslicht war dieser Gedanke noch absurder als gestern Nacht. Bei der Abschussstunde – wenn alle Jugendlichen high oder betrunken sind und durch den dunklen Schleier der Nacht verborgen – hätte ich diese Aufgabe eher meistern können als jetzt.

Während ich durch das Schulgebäude zu meiner ersten Unterrichtsstunde gehe, laufen die letzten Sekunden aus. Ich muss dafür nicht auf mein Handy schauen, ich weiß es und ich kann nichts dagegen tun.

Willst du wirklich herausfinden, was bei Null passiert? Nein, ich will es nicht herausfinden, aber ich habe keine andere Wahl. Mich weiter auf die abstrusen Anleitungen des Spielleiters einzulassen, kommt nicht in Frage. Also muss ich hoffen, dass er bloß blufft.

Die ersten zwei Unterrichtsstunden verlaufen ereignislos und so normal wie immer, dass sich die Panik in meiner Brust tatsächlich legt. Was habe ich auch erwartet, was passieren wird, wenn der Countdown abläuft? Dass sofort eine Durchsage ertönt, in der der Direktor mich zu sich bittet und feuert?

Nach der zweiten Stunde jedoch geht auf den Gängen das Getuschel los. Die Schüler, die in ihren grünen-schwarzen Uniformen an den Spinden stehen, schauen mich viel öfter und genauer an als sonst. Sogar neugieriger als an meinem ersten Tag hier. Das flaue Gefühl in meinem Magen nimmt wieder zu. Mein Geduldsfaden reißt. Mit großen Schritten gehe ich auf eine Mädchengruppe zu, die sich kichernd um ein Smartphone schart. Sobald sie mich kommen sehen, verstummen sie und sehen mich mit großen Augen an, wie Rehe im Scheinwerferlicht.

»Ihr solltet das Smartphone auch zwischen den Unterrichtsstunden ausgeschaltet in der Tasche lassen. In der Mittagspause könnt ihr dann die neusten TikToks durchscrollen und eure Instagram Accounts stalken.«

Eins der Mädchen – sie muss im Abschlussjahrgang sein –

hebt sich von den anderen erschrockenen Gesichtern ab. Sie wirft keck ihr braunes langes Haar zurück und lächelt mich schief an. Als sie nach dem Handy ihrer Freundin greift und es mir hinhält, ahne ich schon, dass sich nichts Gutes auf diesem Display befinden kann.

»Vielleicht sollten Sie einen Blick darauf werfen, bevor Sie zu Ihrer nächsten Stunde gehen, Miss Rivers.«

Das Foto erkenne ich auch auf zehn Meter Entfernung, trotzdem nehme ich der Schülerin das Handy ab, um es in meinen eigenen Händen zu halten. Vielleicht eine dumme Idee, denn meine Finger beginnen zu zittern und ich befürchte für einen Moment, das teure iPhone fallen zu lassen.

Obwohl ich auf dem Bild nur schwer zu erkennen bin, gibt es für mich – und offenbar für alle Schüler der Haze Falls High – keinen Zweifel daran, dass es sich bei der Frau um mich handelt.

Die neue Lehrerin der Haze Falls High lässt es während der Unterrichtsstunden krachen. Schwänzen, um sich mit einer Affäre zu treffen, das hätten wir bisher nur den Schülern zugetraut. Doch wer ist der Mann an ihrer Seite? Das gilt es wohl noch herauszufinden. Einen Ehering trägt die Dame zumindest nicht.

Das ist der Text unter dem Bild, gefolgt von ein paar aufreißerischen Hashtags und natürlich auch dem Namen der Schule. Damit wird jeder Schüler der Haze Falls High auf dieses Bild aufmerksam. Und jeder Lehrer, der diese App nutzt. Mir wird schlecht. Mein Blick schnellt zurück zu dem Bild. Ich habe es von der ersten Sekunde an als das Foto vom See erkannt, von dem ich wusste, dass es irgendwo existiert. Und zumindest scheine ich in einem Punkt recht behalten zu haben: Das Foto wurde aus einer solchen Entfernung geschossen, dass man mich und Davis kaum erkennt. Ich schaue zumindest noch Richtung Ufer, sodass mein Gesicht zur Hälfte sichtbar ist. Aber Davis blickt mich an, weshalb man nur seinen Hinterkopf sieht.

Noch einmal Glück gehabt. Es hätte weitaus schlimmer kommen können.

Ich tippe auf das Profil, von dem aus das Bild hochgeladen wurde, stelle aber fest, dass es nur ein Gossip Account der Schule ist, bei dem jeder anonym Hinweise oder Fotos einreichen kann.

Ich gebe der Schülerin ihr Handy zurück und versuche meine Gefühle unter einer professionellen Maske zu verbergen. »Was ich außerhalb der Schule mache, geht euch leider nichts an.«

Die Schülerin mustert mich forschend. »Nur, dass der Urheber des Fotos behauptet, es sei während der Schulzeit aufgenommen worden.«

»Das ist Unsinn.« Ich lächele ihr und den anderen Mädels zu, bevor ich zur nächsten Unterrichtsstunde gehe.

Mathematik in der elften Klasse. Ausgerechnet jetzt, wo mein Gefühlsleben eine Verschnaufpause bräuchte. Ob Davis das Foto auch schon gesehen hat? Hoffentlich hat er unter seinen Freunden nicht damit angegeben, dass er mit seiner Lehrerin vergangene Woche geschwänzt hat. Er ist der Einzige, der die Bildunterschrift bestätigen und mich auffliegen lassen könnte. *Oder der Fotograf hat doch noch bessere Fotos und das hier war erst der Anfang …* Ich schüttele diesen entsetzlichen Gedanken ab und betrete den Klassenraum.

Die meisten Schüler befinden sich bereits an ihren Plätzen oder unterhalten sich in kleinen Grüppchen vor ihren Tischen. Während ich zum Pult gehe und meine Tasche darauf abstelle, gleitet mein Blick zu Davis, der sich vor Marcos Tisch aufgebaut hat und energisch auf ihn einredet. Für einen Moment bleibe ich schockiert stehen, als ich das lila Veilchen in Marcos Gesicht sehe.

Als langsam Ruhe einkehrt und die meisten Schüler meine Anwesenheit bemerken, verstummt auch Davis. Er wirft mir einen schnellen Blick zu und wirft sich dann missmutig auf seinen Stuhl.

Wieso reicht ein kurzer Blick von Davis eigentlich aus, um meinen Puls höher schnellen zu lassen als in dem Moment, als ich das Foto gesehen habe?

Kurz überlege ich, ob ich vor der Klasse etwas bezüglich des Fotos sagen sollte, um Gerüchten vorzubeugen, entscheide mich aber dann doch dafür, direkt mit dem Unterricht zu beginnen und so zu tun, als gäbe es das Bild gar nicht.

Ich sitze gegenüber von Edwards an einem Tisch in der Lehrerecke der Cafeteria, als Mr. Hendrickson neben uns auftaucht. Kann dieser Morgen eigentlich noch schlimmer werden?

»Miss Rivers, schön, dass ich Sie hier sehe. Ich würde Sie gerne nach Unterrichtsschluss sprechen. Lässt sich das für Sie einrichten?«

Scheiße. Die Frage lässt mein Herz stocken. »Ähm, natürlich.« Ich kann nicht verhindern, dass Wärme in meine Wangen schießt bei der Vorstellung, dass auch er das Foto gesehen hat. *Natürlich hat er das gesehen.* Was er dazu wohl zu sagen hat? Vermutlich werde ich das heute Nachmittag rausfinden. Einen anderen Grund, mich in sein Büro zu zitieren, gibt es schließlich nicht.

Als er mit einem freundlichen Lächeln geht, bin ich hin und hergerissen, ob ich mich erleichtert fühlen soll oder nicht. Dass er mich nicht auf der Stelle gekündigt hat, werte ich als gutes Zeichen. Vielleicht darf ich meinen Job behalten und komme noch glimpflich davon.

»Meinst du, es geht um den Instagrambeitrag?«, fragt Jared Edwards mich und blickt von seinen Pommes auf. Der Mann schaufelt sich immer nur Fast Food auf den Teller – Rina hätte beim Umerziehen einen Heidenspaß mit ihm.

»Du hast es also auch gesehen?« Appetitlos stochere ich in meinem Nudelsalat herum. Gibt es irgendjemanden an der Schule, der es *nicht* gesehen hat?

»Wie sagt man so schön?« Seine blauen Augen funkeln mich belustigt an. »Dein Foto ist viral gegangen.«

Ha ha. Ich bin kurz davor, ihn mit meinen Nudeln zu bewerfen, um diesen amüsierten Ausdruck aus seinem Gesicht zu verbannen. Nichts hieran ist lustig. »Kann er mich dafür feuern?«, frage ich.

Jared legt seine Stirn in Falten. »Hast du denn wirklich den Unterricht geschwänzt, um dich mit jemandem zu treffen?« Bevor ich antworten kann, hebt er einen Finger. »Und wenn ja, dann: wieso nicht mit mir?«

Ich muss tatsächlich losprusten. »Würdest du es denn noch einmal drauf ankommen lassen und dich von mir verführen lassen?«

Etwas in seinen Augen verändert sich. Sie werden dunkler. Und mir wird bewusst, dass ich gerade mit ihm geflirtet habe, ohne dass ich das beabsichtigt habe.

»Wenn ich mich von dir in ein Auto ziehen lasse, dann auch in einen See«, antwortet er.

Ich weiß nicht, was ich darauf erwidern soll, und schaue betreten in meinen Salat. Wenn ich weiter mit ihm flirte, sende ich ihm nur falsche Signale und das will ich verhindern, nachdem er hier der einzige Lehrer ist, mit dem ich mich in den drei Wochen anfreunden konnte. Die meisten Frauen – die auch schon um einiges älter sind als ich – haben mich statt mit offenen Armen mit skeptischen Blicken empfangen.

»Wenn du es nicht nachweisbar zur Schulzeit getan hast, kann er dich nicht rauswerfen«, meint Edwards, der unser Schweigen in genau dem richtigen Moment bricht, bevor es unangenehm werden kann.

»Das war nicht während der Unterrichtszeit«, beteuere ich. Denn was bleibt mir anderes übrig als zu lügen? »Kann man das Foto irgendwie löschen lassen?«, frage ich. »Ich will den

Tratsch im Keim ersticken, bevor es sich zu einem Lauffeuer ausbreitet.«

Edwards zuckt mit den Schultern. »Soweit ich weiß, kannst du das Foto melden. Mal gucken, wie schnell es dann von der App verschwindet.«

Ich seufze und lege die Gabel nieder. Der Appetit ist mir nun vollkommen vergangen.

Den Rest des Schultages schaffe ich es, mich halbwegs zu entspannen. Die Bombe ist geplatzt und hat weniger Schaden angerichtet, als ich befürchtet habe. Wenn das alles war, was der Spielleiter kann und was mich als Strafe für das Nichtbefolgen meiner Aufgabe ereilt, dann komme ich damit klar. Nachdem Edwards mir versichert hat, dass ich für dieses Bild nicht gefeuert werden kann, bin ich ziemlich guter Dinge.

Vielleicht kann ich doch noch aus dem Spiel aussteigen. Während ich zum Büro des Direktors laufe, überlege ich, was der Spielleiter noch gegen mich in der Hand haben könnte. Er hat noch ein Foto in Dessous von mir, aber ohne mein Gesicht wird ihm das Bild nicht viel bringen. Andere Fotos und Druckmittel dürften nicht existieren. Aber bin ich damit frei?

Mit dieser Frage im Hinterkopf klopfe ich an Mr. Hendricksons Tür. In dem Moment wird sie von innen geöffnet und ausgerechnet Davis kommt heraus.

Vor Überraschung weiche ich einen Schritt zurück und starre ihn mit großen Augen an. »Was machst du denn hier?«, rutscht es mir heraus.

Sein Blick mustert mich einmal von oben bis unten, seine Miene ist deutlich angepisst. »Geht Sie nichts an, oder?«

Stimmt. Ich beiße mir auf die Unterlippe und lasse Davis an mir vorbeistürmen.

Wofür hat er wohl Ärger bekommen? Vermutlich nichts, was mit mir zu tun hat, ich weiß schließlich aus eigener Erfahrung, dass dieser Junge auch sonst ein Unruhestifter ist.

Trotzdem bin ich neugierig, was er getan hat und welcher Lehrer ihn dafür zum Direktor geschickt hat.

»Miss Rivers, kommen Sie doch rein.«

Ertappt zucke ich zusammen. Dann trete ich ins Zimmer und schließe die Tür hinter mir. Das Büro sieht noch genauso aus wie an meinem ersten Tag hier und auch ich fühle mich fast genauso nervös wie damals. Nicht, weil ich sonderlich viel Angst vor einem Rauswurf habe, sondern weil mir Hendricksons Gegenwart nicht gerade angenehm ist.

Ich gehe durch den kleinen Raum, der von dunklem Holz und grünen Farbakzenten dominiert wird. Neben dem Stuhl, auf den ich zusteuere, liegt noch ein Rucksack, der mir direkt bekannt vorkommt. *Davis hat seine Tasche hier vergessen.*

Doch bevor ich etwas sagen oder mich setzen kann, steht Hendrickson auf und kommt um den Tisch herum auf mich zu.

»Sie wollten mich sprechen?«, frage ich und bleibe wie angewurzelt neben dem Stuhl stehen. Mich hinzusetzen, während er steht, erscheint mir seltsam.

Hendrickson lehnt sich mit seinem Gesäß an die Tischplatte und lächelt. »Sie können mich ruhig immer noch Michael nennen. Es kursiert da dieses Foto von Ihnen …«

Für einen Moment schließe ich die Augen. Natürlich. Als ich ihn wieder ansehe, versuche ich ganz selbstbewusst zu klingen. »Ich weiß. Ich habe es gesehen. Es ist mir ein Rätsel, wie ein Schüler so ein privates Bild von mir machen konnte. Ich versichere Ihnen, dass an dem Gerücht nichts dran ist, dass ich für eine Affäre den Unterricht geschwänzt habe. So etwas würde ich nie tun.« Zur Untermauerung meiner Worte drücke ich den Rücken durch und straffe die Schultern.

»Ich weiß«, sagt er und faltet die Hände vor seinem Schoß. »Sie haben sich vergangenen Mittwoch nicht wohl gefühlt und sind deshalb für ein paar Stunden nach Hause. Ich habe Ihre Entschuldigung noch im Kopf, Maya. Aber ich habe nie ein ärztliches Attest erhalten.«

Was? Ein kalter Schauer kriecht meine Wirbelsäule hinunter. Will er mir jetzt ernsthaft einen Strick daraus drehen? Niemand kann beweisen, was ich während meiner zwei Fehlstunden getan habe oder wo ich gewesen war. Außer Davis hat etwas gesagt. Oder der Spielleiter ist mit seinem Handy hergekommen und hat mit seiner Fotostrecke beweisen können, an welchem Tag und zu welcher Uhrzeit die Bilder aufgenommen wurden. Nichts davon halte ich für wahrscheinlich, also wieso mustert Hendrickson mich dann so, als würde er mir nicht glauben? Was ist mit ›Im Zweifel für den Angeklagten‹ oder ›Unschuldig bis die Schuld bewiesen ist‹?

»Dies hier ist ein kleines Städtchen, Maya. Gerüchte verbreiten sich schnell. Und geheime, verbotene Affären sind pikante Geheimnisse, nach denen hier jeder lechzt. Über Sie haben die Bewohner von Haze Falls wenige Informationen. Sie sind neu und interessant. Es ist klar, dass Sie das Interesse dieser Stadt wecken.«

Die Augen hinter seiner Brille mustern mich viel zu intensiv. Heute Morgen hätte ich kaum gedacht, dass ein Blick von einem anderen Mann als Davis mein Herz so sehr aus dem Rhythmus bringen könnte.

»Ich habe nichts zu verbergen«, sage ich mit fester Stimme.

»Und wer war dann dieser Mann auf dem Bild?« Hendrickson kommt einen Schritt näher und instinktiv will ich zurückweichen, doch ich zwinge mich, stehen zu bleiben. Ich rieche den herben Duft seines Eau de Cologne, gemischt mit dem Geruch von Schweiß. Der Schulleiter bleibt in seinem braunen Anzug direkt vor mir stehen.

»Ich denke, das geht Sie nichts an«, bringe ich heraus. In meinem Kopf beginnen alle Alarmglocken zu schrillen.

»Wenn Sie während Ihrer Unterrichtszeit fehlen, um mit einem Fremden ein kleines Stelldichein zu haben, dann schon.«

Als ich seine Hand unvermittelt auf meinem Hintern spüre, landet meine Hand klatschend in seinem Gesicht.

Entgeistert starrt Hendrickson mich an, dabei bin ich diejenige, die völlig geschockt ist.

»Fassen Sie mich nicht an«, fauche ich warnend.

»Sonst was? Kündigen Sie? Beschweren Sie sich?« Er lacht auf und macht keine Anstalten, von mir zurückzutreten. Seine Hand liegt immer noch an meinem Hintern. »Denken Sie, ich weiß nichts von Ihrem früheren Vergehen? Denken Sie, irgendeine andere Schule wird Sie noch annehmen?«

Sprachlos öffne ich den Mund. Wenn er davon gewusst hat, wieso durfte ich dann hier arbeiten?

»Keine Sorge. Ich verurteile Sie nicht und ich glaube Ihnen, wenn es eine Ausnahme war. Der Junge war neunzehn. Alt genug, selbst zu entscheiden, was er tut und mit wem er es tut.« Nun greift seine Hand zu und drückt meine Pobacke. »Außerdem … wer kann es ihm verübeln?«

Da meine Ohrfeige nichts gebracht hat, stemme ich nun meine Hände gegen seine Brust, um ihn von mir zu schieben. Ich will zurücktreten, doch seine andere Hand langt um meinen Körper und hält mich fest. Panik schlägt wie eine Welle über mir zusammen. Ich ertrinke in den Gefühlen, die in mir hochsteigen. Ekel. Wut. Fassungslosigkeit.

»Pssh, halten Sie kurz inne und hören Sie sich meinen Deal an.«

»Ich gehe keinen Deal mit Ihnen ein! Ich will nicht, dass Sie mich anfassen!«, mittlerweile brülle ich, doch das ist vermutlich zwecklos. Nach Unterrichtsschluss hält sich kaum noch jemand lange im Gebäude auf. Und selbst wenn noch ein paar Lehrer oder die Putzkräfte hier sind, dann befinden sie sich bestimmt nicht in *diesem* Teil des Gebäudes. Ich könnte es natürlich trotzdem versuchen und lauthals losschreien, wenn der Mistkerl im nächsten Moment nicht seine Finger von mir nimmt.

»Sie sind nicht in der Position, Anforderungen zu stellen, Madalyn Rivers. Ich schweige, wenn Sie schweigen.« Und damit packt er mich und dreht mich herum. »Sie haben ohnehin noch ein paar Schulden bei mir abzuarbeiten. Mr. White hat gesagt, Sie seien dafür offen.«

Brandon hat was gesagt?!

Im nächsten Moment drückt Hendrickson meinen Oberkörper gegen die Tischplatte. Meine Wange presst sich auf ein paar Dokumente oder Zettel. Auf jeden Fall steigt der Geruch von Papier und Druckerschwärze in meine Nase, während grobe Hände meinen Rock hochziehen. Mein Herz rast. Tränen brennen mir in den Augen. Da ich mit meiner Muskelkraft nicht weiterkomme, und Hendrickson mich mit seinem gewaltigen Körper plattdrückt und meine Hände festhält, schreie ich. Ich versuche mir die Seele aus dem Leib zu schreien, aber aus meiner Kehle kommt nicht viel mehr als ein heiseres Krächzen, weil Hendrickson mit seinem Körpergewicht auch gleichzeitig meine Lunge einquetscht.

In dem Moment, als eine seiner Hände zwischen meine Beine wandert, kann ich meine rechte Hand freibekommen und suche den Tisch nach spitzen Gegenständen ab, die in Griffweite liegen.

Wumms.

Mit einem lauten Krach donnert eine Tür gegen die Wand. *Die Tür zu diesem Zimmer.* Hendrickson und ich erstarren. Im nächsten Moment löst sich sein massiver Körper in Luft auf und ich bin frei.

Ich kann mich gerade noch rechtzeitig umdrehen, um zu sehen, wie Davis ausholt und seine Faust in Hendricksons Gesicht schmettert. Der Direktor geht sofort zu Boden. Ein spitzer Schrei fährt zeitgleich über meine Lippen und vermischt sich in meinem Kopf mit dem Rauschen meines Blutes.

Blut.

Das ist es auch, was aus Hendricksons Nase tropft. Ein Tritt in den Magen lässt seinen Körper zusammenkrümmen, doch Davis hört nicht auf.

Entgeistert sehe ich dabei zu, wie er sich über den Direktor beugt, seinen Kragen packt und immer wieder auf ihn einschlägt.

»Nein!« Ich stürme vorwärts, um dem ein Ende zu setzen. »Davis!« Als er erneut ausholt, blind und rasend, werfe ich mich auf den Boden vor den Mann, der mich gerade noch vergewaltigen wollte. Davis' Faust stoppt nur Millimeter vor meinem Gesicht.

Ein paar endlose Herzschläge lang sehen wir uns an. Sein Atem geht nur keuchend über die Lippen, seine Nasenflügel beben und seine Wangen sind gerötet. Doch das, was mich am meisten beunruhigt, sind seine Augen. Wild huschen seine Pupillen von mir zu Hendrickson. Sie finden keine Ruhe.

Vorsichtig strecke ich meinen Arm aus und umfasse Davis' Faust mit meiner Hand. Langsam ziehe ich sie nach unten.

Davis blinzelt und steht so plötzlich auf, dass ich erschrocken zusammenzucke.

»Dieser Mistkerl hat …«

»Ich weiß, was er hat«, unterbreche ich ihn und stehe mit wackeligen Beinen auf.

»Zeig ihn an!«

»Nein, das werde ich nicht.«

»Was? Wieso?«

In dem Moment unterbricht uns ein Stöhnen. Ich drehe mich um und sehe, wie Hendrickson sich ächzend aufsetzt und sein Gesicht betastet. Seine Brille liegt zerbrochen am Boden, sein rechtes Auge ist zugeschwollen und Blut sickert ihm aus der Nase und der aufgeplatzten Lippe. *Scheiße.*

Mein Magen zieht sich schmerzvoll zusammen. Das hier wird ein übles Nachspiel haben, das weiß ich jetzt schon.

»Du«, zischt Mr. Hendrickson und sieht in Davis' Richtung. »Du wirst mit sofortiger Wirkung der Schule verwiesen. Ich rufe deine Eltern an und teile ihnen mit, dass du die nächsten Tage nicht zum Unterricht erscheinen brauchst.« Gefolgt von seinen Worten spuckt er einen Schwall Blut auf den Boden.

Mir ist heiß und kalt zugleich.

»Sie mieser Dreckssack!« Davis droht, erneut auf den Direktor zu zu stürmen, doch ich halte ihn zurück.

»Lass das und geh«, raune ich ihm zu, während mir viel zu bewusst ist, dass meine Hände seinen Oberkörper berühren und halten. Doch ich darf mich auf dieses Gefühl nicht fokussieren, stattdessen nicke ich Davis auffordernd zu. Er muss gehen. Sofort.

»Gehen? Und Sie mit diesem Wichser allein lassen? Ich habe gesehen, was er tun wollte!«

»Geh! Ich regele das!«, sage ich diesmal bestimmter. In meinem Kopf dreht sich alles und ich weiß nicht, was richtig oder falsch ist, aber ich weiß, dass ich die Sache zwischen Hendrickson und mir allein klären muss. Davis muss hier raus, bevor er noch irgendetwas sagt oder tut, was uns beide auffliegen lässt.

Ich muss ihn regelrecht aus der Tür schubsen, damit er den Raum verlässt. Seine Miene ist von kaltem Zorn verzerrt und irgendwie … enttäuscht. Ein scharfer Stich fährt mir durch die Brust, als ich die Tür vor seiner Nase zu knalle. Er hat mich gerettet und so danke ich es ihm? Vielleicht denkt er jetzt, dass ich das von Hendrickson wollte. Dass ich darauf stehe, wenn man mich nimmt, auch wenn ich Nein schreie … Galle steigt mir die Kehle auf und ich drehe mich zu Hendrickson um, der sich mittlerweile aufgerappelt hat und seine zerbrochene Brille begutachtet. Dass von seinem Gesicht immer noch Blut auf den Boden tropft, scheint er kaum wahrzunehmen.

»Ich nehme Ihren Deal an. Ich schweige, wenn Sie schweigen«, sage ich atemlos.

Hendrickson sieht mich an und schnaubt. »Ich soll darüber schweigen, dass ein Schüler gewaltsam auf mich losgegangen ist und mich fast krankenhausreif geschlagen hat? Glauben Sie mir, dafür müssten Sie schon mehr tun, als die Beine für mich breitmachen.«

Heiße Wut lodert in meinem Magen. »Sie lassen Davis mit

ein paar Tagen Schulausschluss davonkommen, ich darf weiter hier arbeiten und im Gegenzug sage ich niemandem, was Sie versucht haben. Das war deutlich mehr als sexuelle Belästigung am Arbeitsplatz«, drücke ich mich klarer aus.

Er wischt sich mit seinem Handrücken das Blut aus dem Gesicht, was eine nur noch groteskere Spur verursacht. »Es war auch deutlich mehr als sexuelle Belästigung in deinem Fall mit Alexander. Trotzdem habe ich dich mit offenen Armen empfangen.«

Ich ringe mit mir selbst. Für eine Sekunde denke ich darüber nach, meine Stelle zu kündigen und die ganze Schule mit mir in den Abgrund zu reißen. Aber was dann? Auch ohne meine Vorgeschichte wäre es unmöglich, spontan und mitten im Schuljahr woanders anzufangen. Geschweige denn davon, dass ich mit dem Mietvertrag ein Jahr an mein Haus hier gekettet bin. Ich straffe die Schultern und schiebe meine innere Verzweiflung beiseite.

»Unsere Anwälte können gerne ausdiskutieren, wer von uns das schlimmere Vergehen begangen hat. Mit dem Unterschied, dass ich für meins vom Staat schon bestraft wurde. Für Sie hingegen stünde eine Strafe noch aus, wenn das an die Öffentlichkeit dringt«, stelle ich für Mr. Hendrickson klar. Obwohl er mich in die Ecke drängen will, weiß ich, dass ich die besseren Karten habe. Ich gehe auf ihn zu, bis ich ihm genauso nah bin, wie er mir vorhin, und sehe ihm fest in die Augen. »Sie fassen mich nie wieder an und ich schweige. Steht unser Deal?«

Abwartend halte ich den Atem an. Halte seinem Blick stand. Halte die Panik in Grenzen, die mich übermannen will.

Er kneift die Augen zusammen und mustert mich abschätzend. Anhand seines Blickes sehe ich, dass ihm die Lust auf mich vergangen ist, und ich habe in diesen Sekunden nicht einen Funken Angst vor ihm. Aber was wäre passiert, wenn Davis nicht reingekommen wäre? Ich will gar nicht daran denken. Kann ich an so einem Ort weiterarbeiten und so tun, als wenn nichts wäre? Ich weiß es nicht. Aber ich sollte keine übereilten Entscheidungen treffen, während meine Gefühle derart Achterbahn fahren.

»Der Deal steht. Der Junge wird trotzdem für eine Woche vom Unterricht ausgeschlossen und bekommt einen Termin beim Schultherapeuten. Sein aggressives Verhalten ist schon häufiger aufgefallen. Bisher habe ich immer ein Auge zugedrückt, weil seine Eltern jährlich eine hohe Summe für dieses Institut spenden, aber seine Schonfrist ist ab heute vorbei.«

Deshalb hat sein Vater also keine Ahnung, wie sein Sohn sich in der Schule benimmt. Die Spenden erklären einiges.

»Ab Mittwoch darf er dem Unterricht wieder beiwohnen«, versuche ich zu verhandeln. »Wir fangen ein neues Thema an, und ich will nicht, dass er etwas verpasst.«

Der Direktor schnaubt, als sei ihm Davis' Mathenote herzlich egal. Vielleicht sollte auch mir das egal sein. Schließlich geht es hier um weitaus Schlimmeres als um ein paar verpasste Schultage eines Schülers. Ich sollte mich wohl eher darauf fokussieren, diesen Widerling seines Amtes zu berauben, anstatt Verhandlungen über Davis' Fehltage zu führen. Aber ich will das Fass so schnell ich kann zumachen und nie wieder einen Fuß in dieses Büro setzen. Und ich will den Schaden für Davis in Grenzen halten.

Weil er mich gerettet hat.

Als Hendrickson kaum merklich nickt, gehe ich endlich ein paar Schritte zurück. Jede Sekunde in seiner Nähe war eine seelische Qual, doch ich habe mir nichts anmerken lassen. »Ich weiß nicht, wieviel Geld Sie dafür bekommen haben, mich einzustellen, aber Sie haben mich nicht gekauft«, stelle ich klar. »Merken Sie sich das. Ab jetzt halten wir uns voneinander fern und das restliche Schuljahr sollten wir dann keine Probleme mehr miteinander haben.«

Seine Miene bleibt eine finstere regungslose Maske, doch ich deute sein Schweigen als Zustimmung. Ihm bleibt auch nichts weiter übrig, denn er hat mehr zu verlieren als ich und das weiß er. Ich wende mich von ihm ab und gehe zu den Stühlen, wo meine Umhängetasche genau neben Davis' geplumpst ist. Ohne ein weiteres Wort hebe ich beide vom Boden auf und verlasse das Büro.

Zu meiner Verwunderung ist der Flur des Westflügels leer. Ein Stich von Enttäuschung durchzuckt meine Brust. Habe ich geglaubt, Davis würde auf mich warten? Ich erinnere mich an sein Gesicht, als ich die Tür vor seiner Nase geschlossen habe und beiße mir schuldbewusst auf die Unterlippe. Mit hängenden Schultern verlasse ich das Gebäude. Meine Beine zittern, sodass ich auf den hohen Schuhen kaum noch laufen kann. Draußen bläst mir ein kühler Wind entgegen und ich fröstele. Jegliche Stärke, die ich vor wenigen Minuten noch bewiesen habe, fällt jetzt von mir ab wie bröckelnder Putz.

Als ich in meinen Wagen steige und die Tür schließe, bin ich nur noch ein zitterndes Häufchen Elend. Nicht einmal drei Wochen bin ich an dieser Schule und schon ist das ganze Kartenhaus über mir zusammengebrochen, das ich mir so mühselig aufgebaut habe. Lolas Worte von meinem ersten Tag fallen mir wieder ein. Jetzt verstehe ich, warum sie mir ihr Beileid bekundet hat, als ich die Haze Falls High erwähnte. Statt einem Lottogewinn wurde die Schule zu meiner persönlichen Hölle – und Mr. Hendrickson ist dabei nur die Kirsche auf dem Sahnehäubchen.

Wie zur Bestätigung höre ich aus meiner Tasche das kurze Summen einer eingehenden Textnachricht.

Hoffentlich hältst du dich ab jetzt an deine Aufgaben.

sechsundzwanzig

MAYA

Kollateralschaden

Das Bedürfnis, mir mit heißem Wasser das Gefühl von Hendricksons Händen abzuwaschen, ist beinahe übermächtig. Eine geschlagene Stunde stehe ich unter der Dusche und versuche durch das Wasser meinen Körper vergessen zu lassen, was passiert ist. Stattdessen will ich mich daran erinnern, wie gut sich Davis' Hände an meinem Körper angefühlt haben. Oder wie es war, als sich sein Blick heute rasend vor Wut in meinen gebohrt hat. Dieser Zorn, der ihn überkommen hat, nur weil er mich beschützen wollte.

Bei der Erinnerung schlägt mein Herz schneller und drängt all meine anderen Sorgen für einen Moment in den Hintergrund. Sogar, dass Mr. Hendrickson mein neuer Hauptverdächtiger ist, was die Spielkarten anbelangt. Das Timing der letzten SMS könnte auch Zufall sein, trotzdem hat mir die Nachricht einen eisigen Schauer über den Rücken gejagt. Und schließlich wusste Hendrickson schon länger von meinem

Geheimnis. Mich damit zu erpressen, könnte also durchaus seinem perversen Hirn entsprungen sein. Aber das hieße auch, er wüsste über mich und Davis Bescheid und das würde er doch niemals an seiner eigenen Schule dulden, oder?

Ich öffne die Augen und blinzele die weißen Fliesen an der Wand an. Wassertropfen perlen an der glatten Oberfläche, während der Duschstrahl auf meinen Kopf prasselt und das warme Wasser in Rinnsalen über mein Gesicht läuft. Wie gern ich Davis nach dem Gespräch mit Hendrickson noch im Flur getroffen hätte, um mich zu bedanken. Oder um einfach nur zu wissen, dass er keine falschen Schlüsse über mich zieht.

Ich stelle das Wasser ab und steige aus der Dusche. Egal, an was ich versuche zu denken oder nicht, meine Gedanken landen immer wieder bei Davis.

Dass mir hier in der Stadt jemand offenbar das Leben schwermachen will, damit komme ich klar. Mehr oder weniger. Aber Davis … er sollte da nicht mit reingezogen werden. Schließlich überwiegen meine Schuldgefühle und Gewissensbisse. Ich trockne mich ab und ziehe mir schnell etwas über. Kurz bevor ich kopflos das Haus verlassen kann, fällt mein Blick jedoch in den Spiegel und ich mache eine Kehrtwende.

Wenn ich jetzt tatsächlich zu den Rogans fahren will, sollte ich zumindest vorzeigbar aussehen. Das letzte Gespräch mit Mr. Rogan am Telefon habe ich noch gut im Gedächtnis und ich meine, schon ein Gefühl für ihn zu haben. Eine Lehrerin mit feuchten Haaren und verschmierter Schminke wird er direkt wieder wegschicken oder gar beim Direktor nachfragen, wieso eine Frau wie ich überhaupt eingestellt wurde. Deshalb föhne ich mir die Haare und lege frisches Make-Up auf. Ich wechsele sogar noch einmal mein Outfit gegen ein schlichtes enges Kleid, das selbst in Rinas Augen genug Klasse hätte. Erst als mein Äußeres tadellos ist, trete ich aus dem Haus.

Mittlerweile dämmert es. Die ganze Fahrt über geht mir Davis‘ resignierter Gesichtsausdruck nicht aus dem Sinn, als ich ihn weggeschickt habe, anstatt mich bei ihm zu bedanken.

Und nun wird er vom Unterricht ausgeschlossen und muss wegen Aggressionsbewältigung zum Psychiater. Diese freudige Mitteilung wird er bestimmt schon erhalten haben. *Fuck.* Es hätte nie so weit kommen dürfen. Ob er mich genauso brutal verteidigt hätte, wenn ich eine andere Lehrerin gewesen wäre? Wäre er bei jedem so ausgerastet?

Als ich vor dem Haus seiner Familie halte, werde ich von Erinnerungen überschüttet. Drei Tage ist offenbar eine zu kurze Zeitspanne, um meinen Körper und mein Herz vergessen zu lassen, was hier das letzte Mal passiert ist. Aber ich muss einfach mit seinen Eltern sprechen und ihnen sagen, dass Davis keine Schuld an seinem temporären Schulverweis trägt. Ich kann mir denken, wie streng die Eltern von Privatschülern sein können, weshalb ich das aufklären will, bevor Davis zusätzlich noch Hausarrest bekommt, angeschrien oder enterbt wird. Und ich würde gerne allein mit ihm sprechen, um mich in Ruhe bei ihm zu bedanken. Er soll wissen, dass ich es schätze, dass er dazwischen gegangen ist, anstatt wegzusehen. Er hat zwar die Kontrolle verloren und mit dieser Aktion seine Zukunft gefährdet, aber eine kleine Stimme in mir flüstert, dass er es für mich getan hat. Absurd, ich weiß. Er wäre vermutlich bei jedem dazwischen gegangen und hätte seine Fäuste sprechen lassen. Weil das die Art ist, mit der er Probleme löst, und das ist ganz gewiss nichts, was man mit Zuspruch fördern sollte, aber ich kann nicht anders, als ihn sehen zu wollen.

Dieses Mal bleibe ich vor dem riesigen Tor stehen und drücke auf einen Knopf, den ich für die Klingel halte. Eine kleine Kamera bewegt sich surrend. Kurz darauf höre ich eine Stimme. »Guten Tag. Wie kann ich Ihnen helfen?«

»Ich würde gerne mit Mr. oder Mrs. Rogan sprechen. Sind sie zuhause?«, frage ich und umklammere dabei den Riemen von Davis' Rucksack, den ich mitgebracht habe.

»Und Sie sind?«

»Ich bin Maya Rivers. Lehrerin an der Haze Falls High.«

Als wäre der Name der Schule ein Zauberwort, geht das Tor quietschend auf. »Ich werde Mr. Rogan Ihren Besuch ankündigen«, trällert mir die mechanisch verzerrte Frauenstimme noch hinterher, als ich das Grundstück betrete.

Hinter mir schließt sich das Tor und mir bleibt nichts anderes übrig, als den Kiesweg hoch zu der Villa zu laufen, die in mehreren Metern Entfernung und halb verdeckt von sämtlichen Pflanzen in der Dämmerung versteckt ist. Das Gebäude sieht aus, als hätte ein moderner Architekt die Erlaubnis bekommen, sich daran auszutoben und verschiedene Stile zu kombinieren. Vielleicht hat sogar Davis' Mutter selbst das Haus entworfen. Hat er nicht erzählt, sie sei Architektin? Die rechte Hälfte des Bauwerks, die ich am Montag vom Garten aus nicht sehen konnte, ist komplett verglast, während sich links eine dunkle Holzfassade um weiße quaderförmige Würfel schlingt. Ganz links ist schließlich ein Carport, unter dem drei schicke Sportwagen stehen, und die Garage, auf die ich das letzte Mal hinaufgeklettert bin.

Kaum stehe ich vor der Haustür, wird mir von einer Frau mittleren Alters geöffnet. »Guten Abend, Miss Rivers. Willkommen. Mr. Rogan erwartet Sie in seinem Arbeitszimmer.«

Etwas überrumpelt trete ich ein. Die Frau trägt einen beigefarbenen Hosenanzug, weshalb ich nicht sicher sagen kann, was genau sie für die Familie Rogan tut. Putzen, aufräumen oder kochen wird sie in dem Aufzug wohl eher nicht. Sie begleitet mich durch eine prunkvolle Eingangshalle, in der es nach Pfingstrosen duftet, durch ein geräumiges Wohnzimmer über einen Flur um die Ecke zu einer geschlossenen Tür. Wäre die Frau nicht da, hätte ich mich bestimmt schon verlaufen. Sie klopft für mich an und hält mir sogar die Tür auf, als Mr. Rogans Stimme von der anderen Seite ertönt.

»Ähm danke«, murmele ich und trete über die Schwelle.

Es ist ein helles Büro mit einer komplett verglasten Wand auf der rechten Seite, durch die man in den Garten sehen kann. Da die Sonne mittlerweile aber so weit untergegangen ist, dass es draußen dunkler ist als drinnen, spiegelt das Glas und man kann kaum etwas von dem Garten erahnen.

»Miss Rivers. Ich meine, wir hatten schon einmal am Telefon das Vergnügen. Setzen Sie sich doch.« Sofort fordert Mr. Rogan meine Aufmerksamkeit ein.

Ich komme seiner Aufforderung nach und setze mich mit Davis' Schultasche in den Händen auf einen Sessel, der vor dem Schreibtisch steht. Hinter mir höre ich, wie die Tür geschlossen wird. Vermutlich ist die Frau seine persönliche Assistentin oder so etwas. Vor Mr. Rogan steht ein aufgeklappter Laptop, von dem er scheinbar nur widerwillig den Blick löst.

»Richtig«, sage ich.

Sein Anblick ist noch einschüchternder als seine Stimme am Telefon. Ihm sieht man die koreanischen Züge deutlich mehr an als Davis. Seine schwarzen Haare sind streng nach hinten frisiert und seine Wangenknochen sind markant und kantig, genauso wie auch der Rest seines Körpers. Obwohl der in einem maßgeschneiderten Anzug steckt, kann das nicht seine sportliche Figur verstecken. Für sein Alter – ich schätze ihn auf Mitte vierzig – ist er definitiv gut in Form und hockt demnach nicht jeden Tag bis zur späten Stunde an seinem Schreibtisch wie heute.

»Die Schule hat mich bereits informiert. Sie müssen sich also nicht erneut über meinen Sohn beschweren. Weshalb sind Sie hier? Und dann auch noch persönlich?« Sein Blick schweift von seinem Laptop immer wieder zu mir. Nebenbei scheint er noch etwas zu tippen.

Ich schlucke und zwinge mich, ihm weiterhin ins Gesicht zu schauen. Kurz frage ich mich, ob es ein Fehler war, herzukommen, aber dann besinne ich mich wieder darauf, weshalb ich das hier mache. Ich will Davis den Rücken stärken. Um jeden Preis.

»Ich weiß nicht, was der Direktor Ihnen erzählt hat, aber …«

»Genug«, unterbricht er mich. »Mein Sohn wird wegen körperlicher Gewalt vom Unterricht ausgeschlossen und muss sich einer Aggressionstherapie unterziehen. Ich glaube nicht, dass Sie mir noch Schlimmeres erzählen können. Oder?«

»Nein, deshalb bin ich auch nicht hier. Ich will Ihnen sagen, dass es nicht Davis' Schuld war und dass er … jemand anderen in Schutz genommen hat. Und nur deshalb gewalttätig geworden ist. Ich habe die Situation mit eigenen Augen gesehen und bin hier, um Ihnen zu sagen, dass Ihr Sohn richtig reagiert hat.«

Für ein paar Sekunden blinzelt er mich stumm an. Die Arbeit auf seinem Laptop scheint vergessen. »Nur leider sieht Mr. Hendrickson das anders und Sie sind nur eine unbedeutende Lehrerin und nicht Leiterin der Schule, für die ich mir jeden Tag den Arsch aufreiße, damit Davis dort seinen Abschluss machen kann.«

Bei dem Wort »Arsch« zucke ich kaum merklich zusammen. Aus seinem Mund hätte ich so einen Ausdruck nicht erwartet. Ich hätte auch nicht mit der Ehrlichkeit gerechnet, die nun in seinem Blick liegt. Ich ignoriere seine Beleidigung, dass ich *unbedeutend* sei, und wüsste stattdessen zu gern, was hinter seiner Stirn vorgeht, denn irgendwie scheint sich die Atmosphäre im Raum verändert zu haben. Ist er dankbar, dass ich hergekommen bin? Oder hält er meinen Besuch für lächerlich?

»Ich wollte nur nicht, dass Sie Davis zu unrecht noch mehr bestrafen, als der Direktor es schon getan hat. Die paar Fehltage werden auf dem Zeugnis keinen weiteren Schaden hinterlassen und ich bin mir sicher, dass Davis den verpassten Unterrichtsstoff schnell nachholt. Er ist sehr clever.« Ich stehe auf, um die Zeit dieses Mannes nicht noch weiter überzustrapazieren. Außerdem irritiert mich von Minute zu Minute mehr, dass er eine doch unübersehbare Ähnlichkeit zu seinem Sohn hat.

Zu meiner Überraschung steht Mr. Rogan ebenfalls auf. »Danke, das weiß ich bereits. Ich begleite Sie zur Tür.«

»Ähm.« Ich warte, bis er um den Tisch herumgekommen ist und neben mir steht. Ganz gentlemanlike streckt er die Hand aus und mit der anderen berührt er mich am Rücken, um mich zum Gehen aufzufordern. Die flüchtige Berührung lässt einen Schauer über meinen Körper rieseln. Aber ich habe noch etwas auf dem Herzen, bevor ich gehen kann. »Könnte ich Davis vielleicht noch kurz sprechen? Ist er zuhause?«

Ich weiß, dass diese Wunschäußerung riskant ist, aber ich kann nicht einfach gehen, ohne ihn zumindest zu sehen und ihm seinen Rucksack wiederzugeben, den Mr. Rogan noch nicht einmal bemerkt hat. Ich kann nur hoffen, dass ihm meine Bitte nicht seltsam vorkommt.

Er runzelt kurz die Stirn, nickt dann aber. »Natürlich. Kommen Sie.«

Er geleitet mich zur Tür seines Arbeitszimmers, vor der die Frau mit dem Hosenanzug schon bereitsteht.

»Louise, führen Sie Miss Rivers doch zum Zimmer meines Sohnes. Sie will ihn sprechen.«

Louise nickt. Ich wende mich noch kurz an Mr. Rogan und wünsche ihm einen schönen Abend.

»Ihnen ebenfalls, Miss Rivers. Und danke für Ihren Besuch.« Dabei gleitet sein Blick etwas genauer über meinen Körper, als würde er mich erst jetzt richtig ansehen, und in seinen dunklen Augen funkelt etwas auf, sodass ich nicht sagen kann, ob er seine Worte ironisch oder ernst meint.

Irritiert lasse ich mich von Louise wegführen. Während sie mich durch das große Haus begleitet, weiß ich immer noch nicht, was ich von Davis‘ Dad halten soll. Aber eines kann er fast so gut wie sein Sohn: Eindruck hinterlassen.

Wir erklimmen eine Treppe zur oberen Etage. Noch bevor ich innerlich bereit dafür bin, klopft Louise an eine geschlossene Tür und nickt mir zu. »Davis wird Sie im Anschluss bestimmt zurückbegleiten. Ich muss jetzt wieder hinunter zu Mr. Rogan.«

»Okay«, stammele ich etwas zu spät, als sie schon wieder auf dem Weg ins Erdgeschoss ist.

»Was ist?«, ertönt in dem Moment Davis' genervte Stimme von der anderen Seite der Tür. Gedämpft und doch so unverkennbar, dass mein Herz sofort schneller schlägt.

Ich hole tief Luft und drücke die Klinke hinunter, bevor ich es mir noch anders überlege.

Das Licht der Schreibtischlampe vertreibt die Schatten in dem Zimmer nur mäßig. Mit gesenktem Kopf sitzt Davis über seinen Schreibtisch gebeugt und schaut nicht einmal auf. Erst als ich die Tür hinter mir schließe und einen Schritt ins Zimmer mache, hebt er den Kopf und dreht sich zu mir um.

Überraschung fegt über seine Augen, doch mit dem nächsten Blinzeln ist die Gefühlsregung fort.

Nervös kralle ich meine Finger fester um den Riemen seiner Tasche, da ich nicht weiß, wohin mit ihnen. Oder wohin mit mir. Unter seinem Blick würde ich mich sogar lieber zurück in das Büro seines Vaters wünschen.

Davis schiebt sich mit seinem Chefsessel zurück und lehnt sich nach hinten. Ausdruckslos verschränkt er die Arme vor der Brust, doch ich sehe seinen Kehlkopf hüpfen. »Was tun Sie denn hier? Ich habe doch gesagt, Sie sollten sich von meinem Zimmer fernhalten.«

Ja, ich erinnere mich daran. Mein Blick huscht instinktiv zu dem Bett. Es ist nur ein kurzes Aufblitzen einer Erinnerung und doch reicht es, um Wärme in meinem Körper aufsteigen zu lassen. Schnell wende ich mich Davis wieder zu und hebe als Antwort seinen Rucksack an.

Davis zieht eine Augenbraue hoch. »Und Sie sind extra hergekommen, um ihn mir zurückzubringen?« Er klingt genauso ungläubig wie ich an jenem Abend, als er mir die Schuhe zurückgebracht hat.

»Nein. Ich bin hier, weil ich mit deinem Vater geredet habe«, antworte ich und stelle seine Tasche ab.

Davis' Gesichtszüge entgleiten ihm. »Warum?«, fragt er beinahe tonlos. Er erhebt sich von seinem Sessel und kommt langsam auf mich zu.

Mein Blick wandert über seinen Körper, sein weißes enges T-Shirt – und bleibt an seinem Arm hängen, um den ein Verband geschlungen ist.

Irritiert deute ich auf seine Verletzung. Die war heute Morgen in der Schule noch nicht da – oder ich habe sie wegen der Schuluniform nur nicht gesehen. »Was ist passiert?«

»Darum geht es im Moment nicht, Rivers. Also, wieso hast du mit meinem Vater gesprochen?«

Er bleibt nicht einmal eine Armlänge entfernt vor mir stehen und mein Herz schlägt so schnell, dass ich nicht antworten kann.

»Was hast du ihm gesagt, Maya? Hast du nicht schon genug angerichtet heute?« Seine Stirn liegt in Furchen und seine braunen Augen blicken nachdenklich auf mich herab.

»Angerichtet?«, frage ich. Es tut weh, dass er es so nennt. Aber genau das bin ich von Davis doch gewohnt. Jeder Satz aus seinem Mund ist wie die schneidende Klinge eines Schwertes. Scharf, glatt und kühl. Gott, es war ein Fehler, herzukommen und mich bei ihm bedanken zu wollen.

»Es wirkte ja beinahe so, als hätte ich dich und Hendrickson gestört, so schnell wie du mich wieder rausgeworfen hast«, erwidert er kalt.

»Ich wollte nur nicht, dass du ihn noch weiter verprügelst! Hätte er ins Krankenhaus gemusst, wäre dir weit Schlimmeres passiert als ein Schulverweis bis nächsten Mittwoch«, fahre ich ihn an.

»Und du zeigst ihn nicht an, weil? Hast du es genossen, als er dich über seinen Tisch gedrückt hat?«

Gleißende Hitze steigt in meine Wangen und ich balle

meine Hände zu Fäusten. »Nein, das habe ich nicht. Aber das geht dich auch nichts an.«

»Also soll ich mich das nächste Mal raushalten?«

Nein! »Es wird kein nächstes Mal geben«, weiche ich aus. Davis schnaubt lediglich. Ich sehe ihn an und warte auf eine Erwiderung, doch es kommt nichts mehr. Wieso enden all unsere Gespräche immer in einem Streit?

Ich schlucke. »Eigentlich wollte ich deinem Vater nur sagen, dass du keine Schuld daran trägst und er dich nicht bestrafen soll. Und ich wollte mich bei dir bedanken.«

Davis sagt immer noch nichts. Auch nachdem endlose Sekunden verstreichen, antwortet er nicht. Die Stille zwischen uns fühlt sich seltsam an und ich frage mich, ob ich besser gehen sollte, bevor einer von uns noch etwas Dummes tut.

»Dafür ist es zu spät«, murmelt Davis schließlich und dreht sich um.

Zwischen unseren Sätzen herrschte so lange Schweigen, dass ich gar nicht genau weiß, auf was sich sein *zu spät* bezieht. Beinahe kommt es mir vor, als hätte er meine Gedanken gelesen und würde es auf die Dummheiten beziehen, die wir machen könnten. Denn dafür ist es wirklich zu spät. Es ist dunkel draußen und ich befinde mich in dem Schlafzimmer meines Schülers. Schon wieder.

Mein Blick gleitet erneut zu dem Bett, auf dem wir vor einigen Tagen noch nackt übereinander lagen. Meine Fingerspitzen vermissen das Gefühl von Davis‘ nackter Haut. Und der untere Teil meines Körpers vermisst seine Härte. Seine Rücksichtslosigkeit. Diese unverfälschte Intimität. *Wenn ich doch schon hier bin …* Ich wünschte, ich hätte die Fähigkeiten, mich für meine eigenen Gedanken in die Hölle zu schicken. Ich würde es tun. Ich würde mich selbst im Fegefeuer einsperren.

»Danke also. Du solltest nur wissen, dass ich das zu schätzen weiß. Auch wenn ich Gewalt nicht befürworte. Du hast mich … gerettet«, murmele ich, weil für ihn das Gespräch offenbar schon vorbei ist. Ich will mich gerade umdrehen und die Tür öffnen, als Davis doch noch zu mir herumfährt.

»Dieses miese Schwein hat weit mehr verdient als einen Schlag in die Fresse. Du hast deutlich Nein gesagt, und er hat es trotzdem versucht, richtig?«

Ich schlucke, sage aber nichts.

Davis' Gesichtsausdruck wird ernst. Er sieht kurz zu Boden, bevor er den Blick wieder hebt. »Darf ich dich etwas fragen?«

»Natürlich.« Mein Atem stockt trotzdem, weil ich Angst vor seiner Frage habe.

Schon wieder weicht er meinem Blick aus und starrt an mir vorbei in die Leere. Offensichtlich ringt er mit sich und das nervöse Gefühl in meinem Bauch wächst. Ich hasse es, dass dieser Junge es schafft, mich dermaßen aus der Ruhe zu bringen. Er ist nur ein Junge und trotzdem habe ich vor seiner Frage mehr Angst als vor Hendrickson und Shiwon Rogan zusammen. Dabei sind das zwei einflussreiche Männer, die wirklich etwas anrichten könnten. Davis hingegen … richtet nur in meinem Inneren etwas an. Unsichtbar für andere. Aber weltenverändernd für mich.

»Habe ich dich bei unserem ersten Mal auch gegen deinen Willen genommen?« Seine Frage durchfährt mich bis ins Mark. Er löst seinen Blick von dem imaginären Punkt und starrt mich wieder an. Im nächsten Moment tritt er einen Schritt näher. »Habe ich dich vergewaltigt?« Seine Worte sind so leise und rau, dass mir ein Schauer über den Rücken läuft.

Ich weiß nicht, was ich darauf erwidern soll. Wenn ich es verneine, gebe ich zu, mit einem minderjährigen Schüler Sex gewollt zu haben. Aber weiß er es nicht ohnehin schon? Ich dachte, das wäre mittlerweile mehr als offensichtlich.

»Muss ich dich daran erinnern, dass ich mich das letzte Mal halbnackt in dein Zimmer geschlichen und auf dein Bett gelegt habe?«, krächze ich.

»Ja, aber das erste Mal …«

Er muss es nicht sagen. Ich weiß noch genau, wie unser erstes Mal war. Und je länger wir darüber reden, desto mehr drängt es mich danach, es zu wiederholen. Aber was ist mit all unseren Gesprächen, die wir danach geführt haben? Mit seinen Drohungen? Mit seiner Abweisung? Diesem hasserfüllten letzten Streit zwischen uns.

»Nein, hast du nicht. Aber es war trotzdem ein Fehler. Und wir sollten aus unseren Fehlern lernen«, sage ich und versuche das Bedauern in diesen Worten zu verbergen.

»Also haben wir uns lediglich kennengelernt, um dem anderen eine Lektion zu erteilen? Um voneinander zu *lernen*?«

Ich beiße mir auf die Unterlippe. Davis ist für mich weit mehr als eine Lektion. Aber ich hoffe tatsächlich, dass er durch mich das ein oder andere lernen kann. Und das meine ich nicht in mathematischer Hinsicht, sondern in menschlicher. Ich will zu ihm durchdringen und seine Wut verstehen. Ich will, dass er lernt, anders damit umzugehen. Ich will, dass ich etwas in seinem Inneren bewirke.

Als ich merke, dass sein Blick hinunter auf meine Oberweite gewandert ist, erlaube ich es mir auch, meinen Blick schweifen zu lassen. Besonders seine knielange Sporthose tut es mir an, unter der ich eine leichte Ausbeulung erahne.

Da mich dieser Anblick für einen Moment ablenkt, kommt es für mich unerwartet, dass ich Davis' Hand an meiner Wange spüre. Er fährt mit den Fingern über meine Haut und schließlich meine Kehle hinunter.

siebenundzwanzig

MAYA

Eine Leidenschaft, die Leiden schafft

Ich erschaudere unter dieser leichten Berührung und eine Gänsehaut überzieht meinen Körper. Ich sehe wieder hoch in sein Gesicht, auf seine Lippen, um genau zu sein. Wieso tut er das? Will er, dass ich vor Lust und Sehnsucht wahnsinnig werde? Herzlichen Glückwunsch, das hat er mit einer einzigen kurzen Berührung erreicht.

»Wir sollten ab jetzt wieder auf andere Menschen umsteigen«, sagt Davis und lässt seine Hand sinken. Schlagartig fehlt mir die Berührung seiner Finger, als hätte er mir ein Körperteil gestohlen. »Es ist nur die Befriedigung eines körperlichen Bedürfnisses. Wir können es uns genauso gut auch woanders holen.«

Natürlich, denke ich voller Verbitterung. Denke an die Cheerleader, die Davis mal erwähnt hat. Speziell an Elisabeth, die ich häufiger in seiner Nähe gesehen habe, und versuche den irrationalen Stich von Eifersucht herunterzuschlucken. Die

Vorstellung, er benutzt sie für die zukünftige *Befriedigung seiner Bedürfnisse*, setzt mir mehr zu als es sollte.

»Für mich ist es natürlich einfacher als für dich«, fährt Davis unbeirrt fort. »Weil ich nicht auf ein bestimmtes Alter stehe. Wenn du auf Jungs wie mich aus bist, wird es schwierig, jemandem in deinem Beuteschema zu finden.« Er grinst schief, während ich tief Luft hole.

Das hat er jetzt nicht wirklich gesagt. Ich weiß, dass sein Kommentar ironisch und arrogant gemeint war, aber er trifft damit trotzdem einen wunden Punkt. Ich presse meine Lippen zu einem dünnen Strich zusammen, bevor ich unüberlegt etwas Dummes sage. Das ist zumindest der Plan: die Klappe halten und verschwinden. Schließlich hat er mir nun zum wievielten Mal eine unsensible Abfuhr erteilt? Zum fünften? Ich hasse es, wie er ständig so tut, als würde ich ihn um Sex anbetteln. Dass ich mir von einem halben Kind so auf der Nase herumtanzen lasse, ist mir mittlerweile peinlich. Ich weiß, dass er Probleme mit seinem Ego hat und vermutlich noch andere Probleme, die ich nicht genauer kenne, die ihn aber dazu zwingen, sich wie ein Arschloch aufzuführen. Was hat er mal zu mir gesagt? In seinem Reich gewinnen nur die Starken, die sich Schwäche nicht anmerken lassen?

»Keine Sorge. Ich finde auch schon jemanden, von dem ich es mir besorgen lassen kann. Dafür brauche ich dich nicht.«

Erst als ich in seinem Gesicht nach einer Regung suche, wird mir bewusst, dass ich ihn verletzen will. Ich will sehen, dass es ihn nicht kalt lässt. Doch da habe ich mich geschnitten. Wie an der glatten Kante von Papier. Einmal quer durch mein Herz.

Ich drehe mich um und gehe, bevor Davis etwas von der Wut und dem Schmerz in meinen Augen lesen kann. Ich verabscheue es, dass ich nicht dieselbe Distanz wahren konnte wie er. Dass ich mir immer noch wünsche, er würde mich aufhalten, meinen Namen sagen oder nach meinem Handgelenk greifen.

Er tut nichts davon.

Wie dämlich kann eine erwachsene Frau eigentlich sein? Er wird mich niemals aufhalten, weil es nichts gibt, an dem wir beide festhalten könnten.

Als ich die Treppen hinunterrenne, bin ich so in Gedanken vertieft, dass ich in der Eingangshalle prompt in jemanden hineinlaufe.

»Oh Entschuldigung«, murmele ich hastig und sehe von der steinharten Brust hoch, gegen die ich geprallt bin.

Davis' Vater steht vor mir und mustert mich aus dunklen Augen. Automatisch weiche ich einen Schritt zurück. Meine Wangen glühen, weil ich vor wenigen Sekunden noch an Sex mit seinem minderjährigen Sohn gedacht habe und ich Angst habe, dass mir die Gedanken ins Gesicht geschrieben stehen.

»Sie sind ja immer noch hier«, sagt er leicht überrascht.

»Ich wollte gerade gehen.« Ein Schritt war definitiv zu wenig, denn ich spüre seine Präsenz noch immer an meiner Haut lecken. Er ist mir so nah, dass ich von seinem Duft umhüllt bin. Und ich mag, wie er riecht, stelle ich verwundert fest. Heißt es nicht in der Biologie, dass allein Duftstoffe ausreichen, um zu bestimmen, mit wem wir gut zusammenpassen würden? Offenbar findet die Biologie, dass ich auch gut mit Shiwon Rogan harmonieren würde.

Wir können es uns auch woanders holen.

Jemandem in deinem Beuteschema zu finden, wird schwer sein.

Davis' Worte hallen noch immer durch meinen Kopf. Ich muss hier dringend raus, bevor meine Wut auf ihn mich zu falschen Gedanken verleitet.

»Entschuldigung nochmal«, sage ich und will an Mr. Rogan vorbeigehen, als seine Finger mein Handgelenk streifen. Sie halten es nicht fest. Sie berühren es nur. So zaghaft, dass es auch Zufall sein könnte. Oder Einbildung. Trotzdem verharre ich an Ort und Stelle.

»Wie schade, dass Sie es so eilig haben. Ich habe gerade

Feierabend gemacht.« Seine dunkle Stimme raunt leise gegen mein rechtes Ohr. Sein Atem streift mein Haar. Ist das ein Angebot? Oder sind meine Sinne für so etwas zu überempfindlich, nachdem Davis vorhin meine Lust geweckt und dann so schnell im Keim erstickt hat? Zwischen meinen Beinen spüre ich noch immer die Feuchtigkeit, die er heraufbeschworen hat.

Ich drehe mich langsam zurück zu Mr. Rogan und sehe von unten zu ihm herauf. In seinem Blick versuche ich zu erkennen, ob ich mir sein Angebot eingebildet habe. Schließlich hatte ich bisher angenommen, dass es auch irgendwo eine Mrs. Rogan gibt, die mir aber noch nicht begegnet ist. Vielleicht leben sie getrennt. Sollte ich ihn fragen? Mein Blick wandert nach unten, um nach einem möglichen Ehering zu suchen.

»Ich bedauere, dass wir bei unserem ersten Telefonat einen so schlechten Start hatten. Ich vermute, kein Vater hört es gern, wenn sich jemand über seinen Sohn beschwert. Haben Sie noch Zeit für einen Tee? Miss Rivers, richtig?«

Seine Frage lässt mich wieder hochsehen, bevor ich fündig werde. Sein Blick liegt so dunkel und unergründlich auf mir, dass ich immer noch glaube, meine Wahrnehmung führt mich an der Nase herum. *Ist das nun ein Angebot oder ist das keins, verdammt?*

»Ich dachte, ich sei nur eine unbedeutende Lehrkraft«, gebe ich skeptisch von mir, während ich ihn mustere wie ein Kaninchen den Fuchs. Will er mich jagen, oder hat Davis meinen Radar für so etwas komplett zerstört? Mir fällt auf, dass ich *will*, dass es ein Angebot ist. Ich will, dass dieser Mann mich will, um es Davis heimzuzahlen. Vor so viel Wollen schwirrt mir der Kopf.

Shiwon Rogan schmunzelt. »Hat Sie das etwa gekränkt?«

»Nein. Und nein danke, ich möchte keinen Tee«, bringe ich heraus. Was ich möchte, ist etwas ganz anderes.

Ich sehe Shiwon Rogans nächsten Zug in seinen Augen aufblitzen, noch bevor er seine Hand in meinen Nacken legt.

Bevor er mich an sich zieht und seine Lippen auf meine drückt.

Anstatt es zu verhindern, erstarre ich zur Steinskulptur. *Okay, das Angebot habe ich mir definitiv* nicht *eingebildet.*

Sein Kuss ist stürmisch und hart. Dass er weder gezögert hat, noch falsche Scheu an den Tag legt, gefällt mir mehr, als es sollte. Obwohl in meinem Magen alles vor Wut auf Davis lodert, überkommt mich ein schlechtes Gewissen. Wie ein Blitz durchzuckt es mich von oben bis in die Zehenspitzen. *Das ist falsch!* Ich kann doch nicht … Das hier ist sein Vater … Allerdings … Das mit Davis und mir war nur körperliche Befriedigung. Das hat er gesagt. Es wird Zeit, uns das beiden zu beweisen.

Ich erwidere den Kuss mit mehr Enthusiasmus, als ich sollte. Der Wunsch, Davis aus meinem Inneren zu verbannen, ist so groß, dass ich bereit bin, jede noch so große Dummheit zu riskieren. Ich werde mit allem, was ich habe, von Bord springen und entweder schwimmen oder untergehen.

»Sie sind anders, als ich gedacht habe«, gibt Mr. Rogan zwischen unseren Küssen von sich. Ich kann nicht sagen, ob er amüsiert oder selbstgefällig klingt, doch das ist mir auch egal. Mit seinem trainierten Körper dirigiert er mich durch die Halle. *Wenn er wüsste, dass sein Sohn das Gleiche bereits auch einmal zu mir gesagt hat …*

Mr. Rogans Initiative, die keinen Widerspruch zulässt, treibt meinen Puls höher. Verzweiflung, Wut und Schmerz ergeben eine explosive Mischung, die alle Brücken hinter mir abreißt. Ich setze so lange einen Schritt nach dem anderen rückwärts, bis ich eine harte Wand im Rücken habe und nach Luft japse.

Shiwons Gesicht entfernt sich um ein paar Millimeter und ein schiefes Grinsen ziert seine ansonsten so ernsten und harten Züge. »Noch ist nicht die Zeit, um nach Luft zu schnappen.«

Oh doch. Das hier ist so moralisch falsch, dass es mich

schon wieder anturnt. Seine Ähnlichkeiten zu Davis, sowohl optisch als auch charakterlich, reizen mich umso mehr. Und die Rache, die ich damit habe. In meinem Fall ist Rache nicht süß, sondern verdammt heiß und schmutzig.

Ohne lange zu fackeln, greife ich an den Knopf seiner Anzughose. *Jetzt oder nie.* Hoffentlich spielt er mit. Ich will aufs Ganze gehen, bevor ich es mir vielleicht anders überlege.

»Oh, direkt hier? Miss Rivers, so etwas hätte ich Ihnen gar nicht zugetraut«, murmelt er tadelnd. Er hilft meinen Händen und zieht seinen Reißverschluss herunter. Ohne falsche Scheu holt er seinen dicken Schwanz aus der Hose und legt ihn in meine Hände.

Gütiger Gott. Mein Verstand packt seine Sachen und verschwindet so schnell, dass mir kurz schwindelig wird. Zurück bleiben nur mein rasendes Herz und eine Lunge, die kaum genug Sauerstoff bekommt. Ich weiß nur, dass ich dringend Sex mit jemandem brauche, der *nicht* Davis ist. Und Mr. Rogan sieht verboten heiß in seinem Anzug aus und mit seiner Autorität, die selbst auf mich Wirkung gezeigt hat. Vielleicht sollte ich, was meine Männerwahl betrifft, mal mit einem Therapeuten reden. Doch jetzt ist nicht die Zeit, zu hinterfragen, was bei meiner Libido falsch läuft. Mr. Rogan zieht mein Kleid hoch und seine Finger schieben sich ohne Umschweife in mein Höschen und in mich hinein. Das wir mitten in der Eingangshalle seines Hauses stehen, scheint ihn nicht zu stören. Ob seine Sekretärin schon weg ist?

»Oh«, entweicht es mir etwas zu laut und ich halte mich mit einer Hand an seiner Schulter fest. Automatisch sehe ich nach links zur Treppe, als hätte ich Angst, dass Davis oder jemand anderes jeden Moment runterkommen und uns sehen könnte.

Nur, dass Davis tatsächlich dort steht.

Ich schnappe vor Schreck nach Luft. Shiwon fasst das offenbar als Zeichen meiner Lust auf, denn im nächsten Moment höre ich das Knistern und Aufreißen eines Päckchens.

Das Geräusch bringt mich für einen Moment dazu, meinen Blick von Davis abzuwenden und ich sehe gerade noch, wie Shiwon das Kondom über seinen Schwanz rollt. Anstatt etwas zu erwidern oder ihn aufzuhalten, blicke ich zurück zu der Treppe. Davis steht oben am Geländer, lässig mit seinen Ellenbogen darauf abgestützt und schaut seelenruhig zu uns herunter, als würde er einen Film auf einer Leinwand verfolgen. Sein Blick trifft direkt auf meinen. Und genau in diesem Moment hebt sein Vater mich hoch und schiebt sich in mich. *Fuck!*

Ich schlinge haltsuchend meine Arme um seinen Nacken und stöhne auf, als seine volle Länge in mich gleitet. Nicht unbedingt aus Lust, sondern aus der Mischung von Überraschung, Schmerz und dem Reiz, der meine Pussy durchfährt.

Ich stemme mich mit den Händen gegen seine Brust und will mich wegdrücken, will etwas sagen, doch Mr. Rogan stößt so tief in mich, dass außer ein Keuchen und Stöhnen nichts meine Kehle verlässt. Seine Finger bohren sich in meine Pobacken. Er füllt mich innerlich aus und bewegt sich hart und rhythmisch, doch ich kann an nichts anderes als an Davis' Blick denken. *Er beobachtet mich. Uns. Das hier.*

Ich lege meinen Kopf in den Nacken und schließe die Augen, da ich nichts hiervon mehr sehen will. Meine Sinne überfordern mich, meine Gefühle sprudeln über, reißen mich mit sich in einen tiefen Sog. So tief und dunkel, wie bisher nichts in meinem Leben.

Ich vergesse jede Scheu oder Moral und bewege mich schneller, stöhne lauter, fühle intensiver, bis das Karussell in meinem Kopf verstummt und alle Gedanken von peitschender Lust abgelöst werden.

Als Mr. Rogan sein Tempo verlangsamt und sich plötzlich aus mir herauszieht, reiße ich überrascht die Augen auf. *Es soll noch nicht vorbei sein!* Das hier ist eines der geilsten Erlebnisse, die ich jemals hatte. Er lässt mich herunter und ich habe wieder Boden unter meinen Füßen.

Was ist passiert? Hat er Davis gesehen? Schaut Davis uns

überhaupt immer noch zu? *Ja, tut er.* Und nein, Mr. Rogan scheint nichts gemerkt zu haben. Er streicht mir mit seiner Hand eine Haarsträhne aus meiner schweißnassen Stirn. »Sollen wir rüber ins Schlafzimmer?«, fragt er rau.

Mein Herzschlag schnellt in die Höhe. Wenn er Sorge hat, dass uns hier im Hausflur jemand erwischt, so kommt sein Angebot zu spät. Wenn er sich jetzt umdreht, um mit mir woanders hinzugehen, wird er Davis sehen. Dass das hier dann ein jähes Ende hat, ist wohl klar. Aber mir gefällt es hier gerade zu gut ... Ich handele impulsiv, lege meine Hände an Shiwons Schultern und drücke ihn sanft hinunter.

Er versteht meine Andeutung, lächelt schmutzig und geht vor mir in die Knie. Als sein Atem über meine empfindlichste Stelle haucht, erzittere ich. Das hat selbst Davis noch nicht getan. Davis hat mich immer nur genommen, aber nie selbst etwas gegeben. Als Mr. Rogans Lippen meine Haut berühren, kralle ich mich in sein Haar und stöhne so laut, dass ich mir anschließend auf die Unterlippe beiße. So fest, dass ich Blut schmecke. *Fuck.*

Mein Blick gleitet wie von selbst zurück zu Davis, der immer noch da oben steht und zu uns – nein mir – herunterblickt. Ich kann anhand seiner Miene nicht ablesen, warum er das tut oder ob er wütend ist. Er guckt finster, aber das hat bei ihm nicht zwingend etwas zu bedeuten.

Sein Vater legt mein Bein über seine Schulter und drückt seinen Mund so heftig an mich, dass ich kurz glaube, die Welt um mich herum dreht sich. Als seine Zunge schnell und gezielt immer wieder meinen empfindlichsten Punkt trifft, kann ich kaum noch die Augen aufhalten. *Ich werde gleich kommen und sein Sohn wird zugucken.* Meine Lider flattern immer wieder zu, während mein Unterleib sich ihm zuckend entgegendrückt.

Als ich das nächste Mal Davis fokussiere und merke, dass mein Keuchen übertrieben laut in der Halle widerhallt, stelle ich fest, dass er seinen Schwanz herausgeholt hat. Ich weiß nicht, wie lange Davis schon seine Erektion bearbeitet, weil ich zuvor nur auf sein Gesicht geachtet habe, aber jetzt sehe ich zwischen den weißen Metallstäben des Treppengeländers deutlich, wie er sich einen runterholt.

Dieser Anblick gibt mir den Rest.

Ich schließe die Augen, drücke meinen Hinterkopf gegen die Wand und schreie, als der Orgasmus mich so heftig überrollt, dass mir Hören und Sehen vergeht.

Ich stütze mich mit beiden Händen am Waschbecken ab und starre ins fließende Wasser. Meine Brust hebt und senkt sich noch immer in ungesundem Tempo. Langsam lösen sich meine Finger von der Keramik, stattdessen halte ich sie unter den Wasserstrahl. Ich sammele die kalte Flüssigkeit in meinen Handflächen und lasse das Wasser anschließend über mein erhitztes Gesicht laufen. Scheiß auf das Make-Up oder meine Wimperntusche. Scheiß auf alles.

»Hätte ich das gewusst, hätte ich dir schon früher einen Dreier mit meinem Alten klargemacht.«

Erschrocken fahre ich zur Tür herum. War ich mit den Nerven so fertig, dass ich vergessen habe, abzuschließen? Davis tritt ins Bad und schließt die Tür hinter sich.

Zu meiner eigenen Überraschung kommt meine Erwiderung wie aus der Pistole geschossen. »Ich hoffe, es hat Spaß gemacht, dabei zuzusehen, wie mich jemand befriedigt. Etwas, was du bisher nicht getan hast.«

»Ich glaube, beim letzten Mal bist du auch auf deine Kosten gekommen.«

»Zufall«, sage ich. Denn er hat weder mit seiner Hand, noch mit seinem Mund nachgeholfen. Was ich auch nicht von ihm verlangt hätte und was mich auch nicht gestört hat, aber es tut trotzdem gut, es jetzt als Schild zwischen uns zu halten. Ohne diesen Schild aus Aggression und Anschuldigungen werde ich dieses Gespräch nicht überleben. Wieso ist er mir überhaupt aufs Klo gefolgt? »Gibt's in diesem Haus kein anderes Bad, wo du deine Hände von deinem Sperma sauber waschen kannst?«

»Wenn du damit fragen willst, ob euer Spektakel mich so angeturnt hat, dass ich gekommen bin, dann muss ich verneinen.«

»Bist du deshalb hier? Um es zu Ende zu bringen?«, frage ich und drehe den Wasserhahn zu.

»Meinen Vater hast du ja auch nicht zum Schuss kommen lassen. Ziemlich egoistisch von dir.«

»Dann geh doch runter und besorgt es euch gegenseitig«, fauche ich. Dass der Kommentar unangebracht war, lässt mich eine Sekunde später die Zähne aufeinanderbeißen. Davis macht mich so rasend, dass ich nicht einmal mehr nachdenke, bevor ich rede. Oder bevor ich etwas tue.

Und das hier ist das Resultat. Ich habe nicht nachgedacht und mit dem Vater meines Schülers geschlafen. Was immer noch besser ist, als mit dem Schüler zu vögeln. Aber trotzdem …

»Weißt du, was ich mich frage?«, sinniert Davis und schreitet durch das Bad, das so groß ist wie mein Schlafzimmer. Er bleibt neben dem Waschbecken an einem Regal stehen, an dem er sich mit der Schulter anlehnt.

Mir schießen mehrere Sachen durch den Kopf, die er sich fragen könnte.

Ob ich es mit seinem Vater genauso gut fand wie mit ihm.

Ob ich es aus Rache getan habe.

Ob ich eine verdammte Hure bin.

Nichts davon möchte ich ihm beantworten.

»Wer von uns beiden ist kränker? Du, die mit meinem Vater fickt, oder ich, der zugesehen hat?«

Es ihn so aussprechen zu hören, lässt meinen Puls wieder in die Höhe schießen. *Gute Frage, Davis.* Seit ich gesehen habe, wie er Lias würgte, wollte ich zu Davis durchdringen.

Aber ich habe es nicht geschafft, seine dunklen Seiten zu zähmen. Stattdessen bin ich selbst der Dunkelheit verfallen.

»Offenbar hast du darauf keine Antwort«, sagt er, als ich noch immer schweige.

Er stößt sich vom Regal ab und kommt auf mich zu.

»Vielleicht haben wir uns nicht getroffen, um dem anderen eine Lektion zu erteilen.« Vielsagend blickt er auf mich herab und ich warte mit angehaltenem Atem auf die Fortführung seines Satzes. »Vielleicht haben wir uns getroffen, um den anderen zu zerstören.«

Und mit diesen Worten beugt er sich zu mir herunter und küsst mich. Zerstört, heilt und zerreißt mich.

achtundzwanzig

DAVIS

Wie die Nacht so schwarz

»Hätte nicht gedacht, dass mein Dad beim Sex so sanft ist«, spreche ich meine Gedanken laut aus. Für einen Moment vergesse ich, wen ich vor mir habe, denn mit ihr kann ich mehr so sein wie ich selbst als bei jedem anderen sonst.

»Das nennst du sanft?«, fragt sie beinahe ungläubig. Unser Atem geht nach dem Kuss noch immer unregelmäßig und stockend, trifft in den Zentimetern zwischen unseren Lippen laut aufeinander. Dabei wandern Mayas Hände aus meinem Nacken meinen Rücken hinunter. Unter der Berührung zucke ich zusammen und kann es vor ihr nicht rechtzeitig verbergen.

Sie runzelt die Stirn, als überlege sie, weshalb ich zusammengezuckt bin.

»Du solltest jetzt gehen«, sage ich und trete einen Schritt zurück. Ihre Hände fallen von meinem Körper ab und ein Gefühl von Leere breitet sich schlagartig in mir aus. Der Leere folgt Kälte. »Du hast hier schon mehr bekommen, als du solltest.«

»Aber …« Das Wort hängt zwischen uns in der Luft. In ihren braunen Augen sehe ich, dass sie noch nicht gehen will. Aber wieso nicht? Was will sie hier noch? Haben ihr der kurze Fick und das Lecken nicht gereicht?

»Denkst du, ich fasse deine Pussy hiernach je wieder an?«, frage ich sie, um jeden ihrer naiven Wünsche im Keim zu ersticken. Dabei weiß ich nicht einmal, was sie sich wünscht und ob sie sich etwas wünscht. Vielleicht bin ich es, der sich etwas wünscht. Schließlich war ich es auch, der sie vor wenigen Sekunden noch geküsst hat, obwohl sie vor meinen Augen mit meinem Vater gefickt hat. Unverzeihlich. Abartig. Widerlich. Und doch hatte ich das Gefühl, dass sie jede Sekunde davon an *mich* gedacht hat, und das hat mich hart werden lassen.

Dass wenn sie selbst von jemand anderem – von jemandem, der in meiner Welt ein Gott ist – gevögelt wird, dabei nur *mich* im Kopf hat. Ich liebe es, dass sie kein moralisch korrekter Engel ist, der sich vor allem ziert. Ich habe ihr gesagt, sie soll es mit wem anders machen und keine Minute später hat sie es mit wem anders gemacht. *Respekt, Rivers. Sie sind immer noch nicht langweilig.* Dabei hatte ich das ja nach unserem letzten Mal befürchtet. Ich war mir sogar sicher gewesen, aber irgendwie …

Ich mustere sie eingehend und merke, dass auch sie nichts anderes tut als mich anzusehen. Was sie wohl denkt? Wieso sie immer noch nicht gegangen ist?

Mein Blick streicht über ihr hübsches Gesicht, welches noch leicht gerötet ist, über die braunen Haare, die zuvor in Wellen über ihre Schultern flossen, jetzt aber wild und zerzaust sind. Mein Blick wandert weiter runter über ihr enges dunkelblaues Etuikleid. Dass sie keine Strumpfhose darunter trägt, hat sich als praktisch erwiesen. Ob sie das geplant hat? Oder ob sie im Vorhinein gehofft hatte, dass *ich* ihr das Kleid hochziehe und sie nehme? Eigentlich würde ich es immer noch gern tun.

Dass vor ein paar Minuten noch der Schwanz meines Dads in ihr gesteckt hat, ist nur ein zusätzlicher Kick. Ob er wohl auch in ihr hätte kommen dürfen, wenn er nicht den Vorschlag gemacht hätte, ins Schlafzimmer umzuziehen? Das war sein Fehler. Er hätte ihr an Ort und Stelle den Verstand rausficken sollen. Man macht dazwischen keine Pausen. Schon gar nicht für so etwas wie Oralsex. Ich habe nie verstanden, ob Männer Frauen freiwillig lecken oder sich dadurch nur eine Gegenleistung erhoffen.

Rivers kommt einen Schritt näher, den ich vorhin zurückgewichen bin, und reißt mich damit aus den Gedanken. Ich sauge ihr blumiges Parfum ein und kämpfe mit dem Verlangen, über sie herzufallen. Hier auf dem teuren Badezimmerteppich meines Dads. Nur Minuten nachdem er diese Frau hatte, würde ich mein Sperma in sie reinknallen und den beiden zeigen, wem sie mehr gehört. Wer mehr darf. Irgendwie glaubt mein krankes Hirn, dass ich alles mit dieser Frau anstellen dürfte.

Ihre Fingerspitzen berühren meinen Bauch, beziehungsweise den Stoff meines T-Shirts, der über meinen Bauchmuskeln liegt. »Davis …« Sie flüstert meinen Namen.

Meine Atmung beschleunigt sich und es ist wirklich, wirklich schwer, dem Drang zu widerstehen, sie zu berühren.

»Du hast meinen Dad gefickt, das ist widerlich«, stelle ich klar. Lüge, ohne mit der Wimper zu zucken.

»Aber du hast doch …«

»Zugeguckt? Bei einem Autounfall sieht man auch hin.«

Sie zuckt kaum merklich zusammen. Vermutlich versteht sie nicht, wieso ich sie gerade noch geküsst habe, aber jetzt all diese Sachen sage. Ich muss sie sagen, damit sie aufhört, mich anzufassen. Mich auszuziehen. Ich will nicht, dass sie sieht, was mein Vater eine Stunde zuvor mit meinem Körper getan hat.

Ihren hat er geradezu sanft behandelt.

Meinen hat er härter rangenommen als jemals zuvor.

»Davis.« Sie versucht zu mir durchzudringen. Mit ihrem

fragenden, verzweifelten Blick. Mit ihren Händen, die noch immer an meinem Bauch liegen und Wärme in meinen Unterleib ausstrahlen. Mit ihrem Körper, der sich meinem entgegenreckt und weigert, aus diesem Bad zu verschwinden. Als würde sie meinen Worten nicht glauben. Stattdessen glaubt sie, mich zu kennen.

Mir fallen noch mehr Sätze ein, mit denen ich sie zurückweisen und verletzen könnte. Doch stattdessen beuge ich mich zu ihr herunter und küsse sie erneut. Erst sanft, langsam, dann immer verzweifelter.

Meine weggesperrten Gefühle brechen aus und klettern über die Barrikaden meines Herzens. So viel Schmerz zieht sich durch meinen Körper und ihre Lippen sind das Einzige, was Linderung verschafft. Keuchend verschmelzen unsere Münder miteinander, meine Hände greifen ihre Taille und ich dränge mich gegen sie. Meine Zunge tastet nach ihrer, Rivers schlingt ihre Arme um mich und als ihre Handflächen sich an meinen Rücken pressen, ihre Fingernägel sich in meine malträtierte Haut krallen, hole ich zischend Luft und versteife mich.

Rivers löst sich von mir und sieht mich wieder so skeptisch an. »Was ist los, Davis?«

Ich atme tief durch und ziehe mir mit einer fließenden Bewegung das T-Shirt über den Kopf. Ohne zu zögern oder nachzudenken. Ich weiß nicht, warum ich mich umdrehe und ihr meinen Rücken zeige. Noch nie habe ich es jemandem gezeigt – das frische Kunstwerk von rosa-roter Farbe. Aber sie soll es sehen. Sie soll sehen, zu was der Mann fähig ist, von dem sie sich eben noch in den siebten Himmel hat lecken lassen.

Rivers bleibt still. Sie berührt mich nicht. Sie fragt nichts. Sie schnappt nicht einmal laut nach Luft. Ich weiß nicht, wie lange ich so dastehe und die Badezimmertür anstarre. Als ich mich wieder zu Maya umdrehe, stehen Tränen in ihren Augen.

Mein Herz stolpert in seinem Rhythmus. Ich weiß nicht,

was ich sagen soll. Scheiße. Es war ein Fehler. Schnell ziehe ich das T-Shirt wieder über.

»Wer war das?«, fragt sie mit gebrochener Stimme. »Was ist passiert?«

»Ich habe doch gesagt, ich bin überrascht, wie sanft mein Vater zu dir war.«

Als sie begreift, verzieht sich ihr Gesicht. Sie blinzelt und ein paar Tränen lösen sich zwischen ihren Wimpern und rollen ihre Wangen hinunter. Quälend langsam und doch viel zu schnell, um sie aufzufangen. »Nein.« Sie schüttelt den Kopf, ihre Hand wandert zu ihrer Brust, als würde sie ihr Herz festhalten oder es rausreißen wollen.

»Ist schon okay«, sage ich schulterzuckend. Weiß nicht, was ich sonst sagen soll.

Sie schüttelt noch immer den Kopf, dreht sich von mir weg, hält sich am Waschbecken fest. Im Spiegel sehe ich, dass ihr Gesicht statt rot komplett blass geworden ist. Beinahe grün, als wäre ihr kotzübel. Sekunden später fährt sie zu mir herum und ein solcher Schmerz steht in ihren Augen, dass es mir selbst in der Brust wehtut.

»Wie konntest du das zulassen?«, fragt sie. Sie ringt sichtlich um Fassung. Ihre Hand wandert hoch zu ihren Lippen, presst sich gegen den Mund, um ein Stöhnen oder Schreien zu unterdrücken.

Ich verstehe nicht, was sie meint. Denkt sie, ich würde mich freiwillig von meinem Vater verprügeln lassen? Denkt sie, ich sollte mich wehren und ihm eine reinhauen? Ich habe es einmal versucht. Nie wieder. Es ist leichter, es einfach über sich ergehen zu lassen. Dann ist es schneller vorbei.

»Wie konntest du zulassen, dass ich mit ihm schlafe?!«, brüllt sie und präzisiert damit ihre Frage. Maya geht auf mich los. Ihre Fäuste treffen meine Brust.

Ich bin zu geschockt, um zu reagieren. Stehe einfach nur da, während sie mich mit ihren Handflächen immer wieder zu schubsen versucht und Tränen ihr Gesicht überströmen. Sie schreit mich an, bis sie erschöpft und kraftlos auf dem Boden zusammensinkt. Mit den Händen fährt sie sich durch die Haare und schluchzt leise. Ich stehe immer noch da, und weiß nicht, was ich tun soll, womit ich gerechnet oder was ich geglaubt habe.

Leidet sie aus Mitleid mit mir? Oder bereut sie einfach nur den Sex mit einem Mann, der zu so etwas fähig ist? Ich habe keine Ahnung, was in ihr vorgeht. Ich will ihr erklären, dass es schlimmer aussieht, als es ist. Dass mein Vater kein Schläger ist, nicht trinkt und nicht seine Fassung verliert – sondern einfach nur an diese Form von Bestrafung glaubt, wenn ich den Plan zerstöre, den er für mich zurechtgelegt hat. Zerstören, das kann ich gut. Offenbar auch, wenn ich es gar nicht darauf anlege.

Ich setze mich zu ihr auf den Teppich und berühre mit meiner Hand zaghaft ihr Bein. Sie holt Luft, strafft ihre Schultern und wischt sich die Tränen von den Wangen. »War er das auch?«, fragt sie und deutet auf meinen Unterarm, wo ein Verband den Schnitt von Mittwochnacht verdeckt.

Ich schüttele den Kopf. »Nein, das war Marco. Ist nicht der Rede wert.«

Maya holt tief Luft und sieht mich an. »Tut er das öfter? Dein Vater, meine ich. Bist du deshalb in der einen Woche nicht zum Schwimmtraining gekommen?«, will sie von mir wissen.

Ich nicke. »Aber es ist keine große Sache. Er tut es nicht häufig und auch nicht fest. Es hinterlässt keine bleibenden Spuren.«

Sie sieht mich fassungslos an. »So wie dein Rücken im Moment aussieht, ist das sehr wohl eine große Sache!«

Ich schließe die Augen. Genau deshalb erzähle ich es niemandem. Wut versteinert meine Gesichtszüge. *Ich bin so ein Idiot.* »Heute war eine Ausnahme. Man bekommt schließlich nicht alle Tage einen Schulverweis«, presse ich zwischen zusammengebissenen Zähnen hervor. Ich nehme meine Hand von ihrem Bein und würde am liebsten aufstehen und das Bad verlassen. Dieses Haus. Diese Stadt.

Nun ist es Maya, die ihre Hand auf mein Knie legt. »Tut mir leid, Davis.«

Ich schlage ihre Hand weg. »Ich will kein Mitleid. Und wehe, Sie erzählen es irgendwem!« In meinem Kopf bin ich wieder umgeswitcht von freundschaftlicher Nähe zu abweisender Distanz.

In ihrem Gesicht sehe ich ihre Hilflosigkeit. Und ich sehe genau, dass sie vorhatte, es jemandem zu erzählen.

»Nur noch anderthalb Jahre, dann habe ich meinen Abschluss und bin hier weg. Ich will das Verhältnis zu meinen Eltern nicht zerstören, indem sich irgendwer von außerhalb einmischt.« Ich sehe sie eindringlich an, damit sie merkt, dass es mein voller Ernst ist. Ich habe ihr meinen Rücken nicht gezeigt, damit sie mir *hilft*. Ich habe ihn ihr gezeigt, damit sie mich versteht. Weil ich ihr aus irgendeinem Grund vertraue. Und ich bete, dass sie mein Vertrauen nicht missbrauchen wird.

»Bist du sicher, dass …«

»Ich bin sicher.«

»Wenn dein Vater noch einmal …«

»Es wird so schnell nicht wieder passieren«, unterbreche ich sie und stehe auf. Dann reiche ich ihr die Hand, um ihr aufzuhelfen. »Es sei denn, Hendrickson gibt mir noch einen Grund, auf ihn loszugehen.« Bei der Erinnerung daran beiße ich die Zähne zusammen.

Sie ergreift meine Hand und lässt sich von mir hochzuziehen. Irritiert blinzele ich sie an, als ich merke, dass meine Wut abflacht. Ich weiß nicht warum, aber dieser Moment, in dem ich ihre Hand eine Sekunde länger als nötig halte, ist irgendwie noch intimer als unsere Küsse oder unsere zwei schnellen Ficks, die wir hatten. Und ich weiß nicht wieso, aber in ihren Augen glaube ich zu sehen, dass mein Geheimnis bei ihr sicher ist.

Sie hütet meines und ich ihres, wie ein stummes Abkommen zwischen zwei Verbündeten.

MAYA

Verfolgt

Als ich das Haus der Rogans verlasse, bin ich froh, dass Davis' Vater mir nicht erneut über den Weg gelaufen ist. Dann hätte ich für nichts garantieren können. Noch immer brennen meine Augen, wenn ich an den Anblick von Davis' Rücken denke. Dabei bin ich mir sicher, dass die meisten der Blutergüsse erst morgen richtig an Farbe gewinnen werden. Die roten Striemen des Gürtels und der deutlich sichtbare Abdruck der Metallschnalle haben mir das Herz in zwei gerissen. Vor allem, weil Davis den Schulverweis wegen *mir* bekommen hat. Er hat sich für mich eingesetzt und Hendrickson verprügelt. Für mich. Sein Vater hat ihn dafür geschlagen und am selben Abend komme ich und lasse mich von eben diesem Mann vögeln – vor Davis' Augen. Der Mann, der ihn vermutlich sein Leben lang misshandelt und unterdrückt hat.

Ich taumele durch die Dunkelheit zu meinem Auto und gebe mir Mühe, nicht auf die Straße zu kotzen. An Davis' Stelle hätte ich nie wieder ein Wort mit mir gewechselt. Ich hätte mich hochkant aus dem Haus geworfen. Mir ist schleierhaft, wie es dazu kam, dass wir uns im Badezimmer geküsst haben. Dass *er mich* geküsst hat. Zwei Mal. Die Erinnerung an das Gefühl seiner Lippen ist das Einzige, was mich davon abhält, erneut in Tränen auszubrechen oder hier auf der Straße in meine Einzelteile zu zerfallen.

Wie kann es sein, dass er mich nicht hasst und verabscheut?

Ich schnalle mich an und starte den Motor. Das Vertrauen, das Davis mir entgegengebracht hat, schnürt mir die Kehle zu. Seinen letzten Blick habe ich nur allzu deutlich verstanden. Er will nicht, dass ich ihm helfe. Er will sich selbst helfen. Er will es allein machen. Und ich respektiere das. Ich verstehe das. Auch wenn mein Herz unter diesem Wissen blutet und ich die ganze Welt in Bewegung setzen würde, um Davis vor einem solchen Menschen zu retten. Aber würde ich das tun, würde ich ihn nicht retten, ich würde Davis' zerstören. Endgültig. Ich würde ihn in die Rolle einer Person zwängen, die er nicht ist.

Ich atme tief durch und fahre durch die verlassenen Straßen, während ich das Zittern in meinen Beinen zu unterdrücken versuche. Wenn er es wollte, könnte Davis sich locker gegen seinen Vater wehren. Sowohl körperlich als auch mit Hilfe der richtigen Institutionen. Das weiß ich und das weiß auch er.

Plötzlich lenkt ein Licht im Rückspiegel meine Aufmerksamkeit auf sich. Und das will in meinem jetzigen Zustand schon etwas heißen.

Als das Auto hinter mir auch nach mehreren Minuten in meinem Rückspiegel bleibt, macht sich ein ungutes Gefühl in meinem Magen breit. Ich fahre rechts auf eine Landstraße ab, die mich durch ein Waldstück führt, durch das ich muss, um nach Hause zu kommen. Die Scheinwerfer des Wagens folgen mir. Außerdem fährt er viel zu dicht ran. Normalerweise sollte man auf so einer Straße deutlich mehr Abstand halten.

Was will der Idiot von mir? Ich beschleunige, doch der hinter mir tut es mir nach.

Mein Herz klopft schneller. Auf die Paranoia kann ich heute Abend getrost verzichten. Das hier ist eine Kleinstadt, es gibt nicht so viele Straßen und Wege, die man nehmen kann, versuche ich mich zu beruhigen. Nur, weil jemand denselben Weg entlangfährt wie ich, heißt es nicht, dass er mich verfolgt.

Da Gasgeben nicht funktioniert hat, um meinen Hintermann dazu zu bringen, mehr Abstand zu halten, versuche ich das Gegenteil. Ich trete leicht auf die Bremse, um dem anderen Fahrer deutlich zu machen, dass er zu nah an mir dran ist.

Erschrocken bemerke ich im Rückspiegel, dass der andere Fahrer weiterhin auf mich zurast, während meine Geschwindigkeit fällt. Aus Metern werden Zentimeter. Bevor er meine Stoßstange rammen kann, gebe ich wieder Gas. Mein Herz schlägt wie verrückt. In der Dunkelheit um uns herum kann ich auch nichts vom Wagen erkennen außer das blendende Licht der Scheinwerfer. Fuck! Und rechts und links ist nur Wald, keine Straße, auf die ich abfahren könnte. Der Zeiger meines Tachos wandert immer steiler nach rechts. In der Hoffnung, dass wenn ich schneller fahre, auch schneller aus dieser Sackgasse herauskomme. Doch je näher mir das andere Auto kommt, desto deutlicher wird mir bewusst, wie lebensgefährlich diese Geschwindigkeit ist.

Ich beginne zu hupen, doch auch das hält meinen Hintermann nicht auf.

Gleißendes Licht im Rückspiegel.

Der erste Rumms geht durch meinen Wagen.

Panisch schreie ich auf. Meine Hände krampfen sich um das Lenkrad und versuchen die Spur beizubehalten, als das andere Auto mich erneut von hinten stößt. Diesmal ist der Rumms gewaltiger. Ich schreie und mein Wagen gerät ins Schlingern. Mein Fuß tritt auf die Bremse, ich reiße das Lenkrad herum, Reifen quietschen. Ein erneuter Stoß, diesmal von der Seite und mein Magen macht einen Satz, als mein Mustang von der Straße gedrängt wird und einen kleinen Abhang hinunterrast. Der Gurt drückt sich schmerzhaft in meinen Oberkörper, raubt mir den Atem. Danach ist alles schwarz.

Einatmen. Ausatmen.

Ich lebe noch.

Tut mir irgendetwas weh? Ein dumpfer Schmerz breitet sich in meinem Hinterkopf aus, ansonsten fühle ich nichts.

Ich hebe den Kopf, den ich auf meinen Händen am Lenkrad verborgen habe, und starre durch die Windschutzscheibe. Die Scheinwerfer meines Wagens beleuchten einen Baumstamm, vor dem ich stehengeblieben bin. Äste, Zweige und Blätter liegen auf meiner Scheibe und der Motorhaube, als hätte ich den halben Wald mit mir gerissen.

Zitternd schnalle ich mich ab und versuche die Tür zu öffnen. Sie schwingt problemlos auf. Mit Beinen wie Wackelpudding steige ich aus dem Wagen in die Nacht. Auf dem unebenen Waldboden knicke ich mit meinen hohen Schuhen direkt um und verziehe vor Schmerz das Gesicht. Ich taumele zur Vorderseite meines Autos, um den Schaden zu begutachten. *Bitte lass meinen geliebten Mustang nicht komplett hinüber sein.*

Offenbar habe ich zuvor noch gut gebremst, sodass ich nicht mit voller Wucht in den Wald gebrettert bin. Meine Motorhaube hat an der Stelle, an der sie Bekanntschaft mit dem Baum gemacht hat, nur eine leichte Delle. Ich wende mich in Richtung Straße, nicht fähig, Erleichterung zu empfinden. Der Abhang ist abgeflacht, sodass die Steigung nur minimal ist. Da oben auf der Straße ist alles dunkel und ruhig. Der andere Fahrer muss schon weg sein.

Ich schlucke den Kloß in meiner Kehle hinunter und gehe zurück zur Autotür, wo ich mein Handy aus meiner kleinen Tasche hole. *Ich hätte sterben können. Ich hätte sterben können.*

Statt Rina rufe ich Lola an, die mir bei unserem zweiten gemütlichen Abend auf ihrer Terrasse ihre Nummer gegeben hatte. Nach dem dritten Klingeln geht sie ran. »Maya?«

»Ja, hi. Ich hoffe, du hast noch nicht geschlafen.«

»Was ist los?«, sofort klingt sie hellwach.

Ich hätte sterben können. »Mein Wagen wurde von der Straße gedrängt. Kannst du herkommen? Ich weiß nicht, ob ich den Wagen allein wieder hoch auf die Straße bekomme.« Ich schlucke und versuche das Beben in meiner Stimme zu unterdrücken. Da Lola einen fetten Jeep hat, sollte ihr Auto es problemlos schaffen, meins zurück auf die Straße zu ziehen. Ich bin unendlich froh, dass sie nicht fragt, ob ich nicht lieber einen Abschleppdienst rufen will, sondern sofort einwilligt, in fünfzehn Minuten hier zu sein.

Als ich auflege, werde ich trotzdem nervös. Der Schock klingt langsam ab, sodass alle anderen Gefühle mich einholen können. Fassungslosigkeit. Wut. Angst. Fünfzehn Minuten erscheinen mir plötzlich fürchterlich lang. Irgendwer hat mich absichtlich von der Straße gedrängt. Vielleicht ist er doch nicht weggefahren, sondern lauert noch irgendwo hier?

Mein Kopf fährt herum und ich mustere jeden Zentimeter des vor mir liegenden Waldes. Ich lausche dem Wind, der durch die Blätter fährt und sie zum Rascheln bringt. Irgendwo knackt ein Ast und mein Herz bleibt beinahe stehen. Ich beschließe, dass es sicherer ist, im Wagen zu warten und die Türen zu verriegeln. Damit Lola mich hier finden kann, schicke ich ihr einen Livestandort, dann schalte ich den Motor aus, damit das Licht der Scheinwerfer erlischt. Die nächsten fünfzehn Minuten sitze ich in völliger Dunkelheit und starre wie gelähmt durch die Windschutzscheibe

»Wohin warst du um diese Zeit überhaupt noch unterwegs?«, fragt Lola mich, als sei es ein Verbrechen, nach zweiundzwanzig Uhr auf den Straßen zu sein.

Ich schließe meinen verbeulten Mustang ab, der neben Lolas Jeep parkt. Zum Glück konnte mein Auto noch eigenständig fahren und außer der Ausbeulung an der Motorhaube, eine gebogene Stoßstange hinten und ein paar Kratzern am Lack scheint mein Mustang nichts abbekommen zu haben. Als Lola mich abgeholt hat, meinte ich, dass ich Glück hatte, doch meine Nachbarin war anderer Ansicht. Sie glaubt, der

Verfolger wollte mich nicht ernsthaft verletzen, sondern mir nur Angst einjagen. *Hat er gut hinbekommen.*

»Ich war auf dem Weg nach Hause. Davor war ich bei Davis. Bei seinem Vater, um genau zu sein. Ach, ich will nicht darüber reden.« Ich schließe die Haustür auf und Lola folgt mir ins Innere. Dankbar nimmt mein Körper die Wärme und das Licht auf. Draußen bin ich in dem kurzen Kleid fast erfroren.

»Willst du dann lieber darüber reden, wer dich hier aus der Stadt jagen will?«, bohrt Lola weiter. Der Vorfall hat sie offenbar fast genauso erschüttert wie mich. Zum Glück habe ich mich mittlerweile wieder einigermaßen gefangen und die Panik in eine gut versteckte hintere Ecke meines Kopfes verbannt.

»Wie kommst du darauf, dass mich jemand hier rausjagen will?«

»Zumindest hast du hier irgendwelche Feinde! Mich hat noch nie jemand von der Straße gedrängt.«

Soll ich ihr jetzt zur beliebtesten Nachbarin des Jahres gratulieren? »Dann hast du hier wohl noch nie jemandem etwas zu leide getan.«

»Und wem hast *du* etwas getan?«, fragt sie und folgt mir ins Wohnzimmer. Scheinbar hat sie nicht so schnell vor zu gehen. Eigentlich sollte ich froh sein, dass Lola sich nicht viel aus ihrem Schönheitsschlaf macht und sich mit mir die Nächte um die Ohren schlägt.

»Da fallen mir mehrere ein«, murmele ich und sehe dabei zu, wie sie es sich auf meiner Couch bequem macht.

»Willst du mir jetzt eigentlich mal von dem Drohbrief erzählen, den du bekommen hast?«, fragt sie. Sie hat wirklich ein gutes Gedächtnis. Und zählt eins und eins genauso schnell zusammen wie ich. Auch ich glaube, dass der Fahrer heute Nacht und der Verfasser des Drohbriefes ein und dieselbe Person sind.

Ich seufze, gehe zu meinem Schreibtisch und ziehe die

rechte Schublade auf. Wenn sie den Brief sieht, kann sie auch direkt alles sehen. Ich hole meine gesammelten Nachrichten heraus und lege sie Lola auf den Schoß.

»Bitte schön.«

Mit gerunzelter Stirn schaut sie erst mich an und dann die Monopolyspielkarten, die ich auf ihr abgeladen habe. Ich greife nach dem gefalteten Zettel und drücke ihr den Brief in die Hand, damit sie chronologisch zu lesen beginnt.

Und sie liest. Stumm. Mit weit aufgerissenen Augen. Irgendwann werde ich es leid, ihr Gesicht zu beobachten und tigere auf dem Teppich auf und ab.

Nachdem sie alle Nachrichten gelesen hat, öffnet sie sprachlos ihren Mund.

»Auf meinem Handy habe ich auch noch ein paar Nachrichten.« Ich setze mich zu ihr und zeige ihr den Chatverlauf. *Ganz oder gar nicht.* Vielleicht ist es gar nicht verkehrt, sich eine Verbündete mit ins Boot zu holen.

Gespannt sehe ich sie an und warte auf ihre Reaktion.

»Jemand *zwingt* dich dazu, dich an Schülern zu vergreifen?«

Ich atme tief durch und lege das Handy weg. Nach den jüngsten Ereignissen und Lolas Behauptung, jemand wolle mir bloß Angst einjagen, sehe ich auch die Aufgaben in einem anderen Licht. Vielleicht weiß ich endlich, was der Spielleiter mit all diesen Nachrichten bezweckt: Er will, dass ich von hier verschwinde.

neunundzwanzig

MAYA

Freitag

Es fühlt sich seltsam an, einen Schultag ohne Davis zu verbringen. Während des Unterrichts sticht mir sein freier Platz die ganze Zeit ins Auge und ich frage mich, was er wohl gerade tut.

In den Pausen schnappe ich die ersten Gerüchte auf, die über sein Fehlen kursieren. Manche davon treffen den Nagel gefährlich nah auf den Kopf: Dass er nach Schulschluss wegen einer Auseinandersetzung mit seinem besten Freund zum Direktor musste und dass er dort ausgerastet ist. Manche davon sind lächerlich weit weg von der Wahrheit: dass er einen Schüler ermordet hat und von der Polizei abgeführt wurde. Manche haben auch mit der Abschussstunde zu tun. Ich höre auf den Gängen einige Mädchen darüber tuscheln, dass Mr. Hendrickson hinter die geheimen Versammlungen gekommen ist und Davis deshalb der Haze Falls High verwiesen hat.

Nach Unterrichtsschluss ist mein Wunsch, zu ihm zu

fahren und zu sehen, wie es ihm geht, beinahe übermächtig und doch so lächerlich, dass ich laut zu lachen beginne.

Hör auf, an ihn zu denken, es hat keinen Sinn, sage ich mir, als ich das Schulgebäude verlasse und zwischen den Grünflächen zum Parkplatz laufe. Wir hatten eine heiße, kurze Affäre, doch mittlerweile ist zu viel vorgefallen, um es weiterhin auf die leichte Schulter zu nehmen. Unsere dunklen Geheimnisse wiegen zu schwer. Er trägt meins mit sich herum und ich seins. Sie sind zu bedrückend, um weiterhin an ungezwungenen Sex zu denken. *Aber geht es hier überhaupt um Sex?* Nichts an unserer Verbindung war je ungezwungen oder leicht. Unsere Begegnungen waren von Anfang an von Machtdemonstrationen, Geheimnissen und Heimlichtuerei vergiftet. Und was bliebe von uns übrig, wenn all die Spielchen und Geheimnisse wegfielen?

Ein schwarzer Wagen fährt auf mich zu und statt aus dem Weg zu gehen und dem Fahrer Platz zu machen, bleibe ich wie angewurzelt stehen. Alle Gedanken an Davis sind wie weggeblasen. *Ich kenne diesen Wagen!*

Mein Blick schnellt hinunter zum Nummernschild, dann wieder hoch.

Hinter der Frontscheibe macht der Fahrer eine auffordernde Bewegung, ihm aus dem Weg zu gehen. Der Fahrer ist Marco Rodriguez, Schüler der elften Klasse und Quarterback des Footballteams. Er fährt das Auto, das an jenem Tag am See mit quietschenden Reifen verschwunden ist, kurz nachdem die Fotos von uns gemacht wurden. *Davis' bester Freund war der Fotograf!*

Mit rasendem Herzen trete ich endlich einen Schritt zur Seite und der schwarze BMW rollt vom Schülerparkplatz. Eine geschlagene Ewigkeit starre ich ihm noch hinterher, während sich in meinem Kopf die Gedanken überschlagen.

Heißt das, Marco ist gleichzeitig auch der Spielleiter?

Wie auf Autopilot laufe ich weiter und biege rechts ab. Als ich meinen roten alten Mustang in den Blick fasse, entdecke ich auch Jared Edwards. Der hat mir gerade noch gefehlt. Jetzt ist der denkbar schlechteste Zeitpunkt für Smalltalk.

Er steht zwischen meinem und seinem Auto, doch anstatt einfach bei sich einzusteigen, mustert er die Seite meines Wagens. Ich weiß genau, dass dort die größten Abschürfungen des Lacks zu sehen sind. Scheiße, vielleicht hätte ich Lolas Angebot annehmen und ihren Jeep nehmen sollen, bis ich meinen Wagen in die Werkstatt gebracht habe. Ich vergesse immer wieder, dass das hier eine Kleinstadt ist, in der jeder seine Nase in die Angelegenheiten seiner Nachbarn steckt.

»Hattest du gestern einen Unfall?«, fragt Edwards mich, als ich bei ihm ankomme.

Da ich immer noch neben mir stehe, brauche ich ein paar Sekunden, bis mir meine zurechtgelegte Erklärung einfällt. »Kann man so sagen. Auf der Straße stand plötzlich ein Reh, ich habe den Lenker herumgerissen und bin dann in den Wald geschlittert«, leiere ich herunter. »Ein paar Äste haben dabei mein Auto zerkratzt.« Ich deute nach vorne zur Motorhaube. »Und eine Delle habe ich auch.«

Edwards sieht mich mitleidend an. »Scheiße. Ich hoffe, dir ist nichts passiert.«

»Nein, alles gut«, sage ich und zeige mit meinen Händen an mir herab. »Dieser Prachtkörper hat keine Schramme abbekommen.«

Das bringt Edwards zumindest zum Schmunzeln und – seinem Blick nach, der über meinen Körper huscht – wohl auch auf andere Gedanken. Oh oh, habe ich etwa schon wieder unbeabsichtigt mit ihm geflirtet?

»Wann wiederholen wir eigentlich das, was wir bei unserem ersten Treffen in deinem Auto angefangen haben?«

Shit. Ich frage mich, wieviel Mut es ihn gekostet hat, diesen Satz herauszubringen. Er hat es bisher kein einziges Mal zur Sprache gebracht. Offenbar fühlt er sich durch meine Flirterei nun bekräftigt, es noch einmal bei mir zu probieren, ohne dass ich ihn erneut mit einer Latte sitzen lasse. Meine Abfuhr hat vermutlich doch mehr an seinem Ego gekratzt, als er den Anschein erweckt hat.

Kann ich jetzt einfach mit »Gar nicht« antworten, ohne unhöflich zu sein?

»Ich glaube, das ist keine gute Idee. Du weißt schon, Verhältnisse am Arbeitsplatz …«, sage ich ausweichend.

Etwas in Edwards Blick verändert sich. Eine Gefühlsregung huscht so schnell über sein Gesicht, dass ich sie nicht benennen kann. Enttäuschung? Wut?

»Verstehe«, sagt er und deutet auf seinen Wagen. »Dann fahre ich mal. Ich wünsche Ihnen noch ein schönes Wochenende. Und bleiben Sie das nächste Mal auf der Straße – auch wenn ein Reh Ihnen im Weg steht.« Der kühle, professionelle Tonfall, den er angeschlagen hat, lässt mein Herz schwerer werden.

Erst als er mit seinem silbernen Audi davonfährt, steige ich in mein Auto und starte den Motor. Irgendwie war das Gespräch seltsam. Habe ich mit meiner Abfuhr jetzt unsere anbahnende Freundschaft zerstört? Warum reichen Edwards unsere gemeinsamen Mittagspausen und netten Gespräche zwischen den Klassenräumen nicht? *Verdammte Männerwelt.*

Geistesabwesend fahre ich vom Schulgelände ab, während meine Gedanken von Edwards zurück zu Marco und Davis springen. Warum ist Marco uns an jenem Tag zum See gefolgt? Hat Davis seinen Freund etwa doch eingeweiht? War es vielleicht eine dämliche Mutprobe oder eine Wette, die Davis dazu bewegt hat, mich rumkriegen zu wollen? Je weiter sich meine Gedanken spinnen, desto enger wird meine Kehle. Kann sein, dass ich mich hierbei total in etwas verrenne, aber mir geht nicht aus dem Kopf, wie Davis gestern mit Marco diskutiert hat, kurz nachdem das Foto online ging.

Was, wenn Davis von den Fotos wusste? Was, wenn die beiden mich gemeinsam erpressen?

Als ich schon auf halbem Weg durch Haze Falls bin, entdecke ich im Augenwinkel etwas Rotes. Diesmal trete ich nicht schlagartig auf die Bremse wie beim letzten Mal. Vielleicht bin ich schon abgehärtet oder aber ich habe damit gerechnet, die nächste Aufgabenkarte heute zu finden.

Ich fahre weiter, bis ich in meiner Einfahrt stehe. Die letzte Aufgabe habe ich verweigert und der Spielleiter hat seine Drohung wahrgemacht. Aber was hat er noch für Beweise, die er öffentlich machen könnte? Ich weiß nicht, ob er noch etwas Schlimmeres als das Foto am See hat, aber lasse ich es darauf ankommen?

Ich steige aus und pflücke die Karte von meiner Windschutzscheibe.

Meine Neugierde siegt und ich drehe sie an Ort und Stelle um.

`Du setzt eine Runde aus und hast ein kleines Stelldichein mit J.M.`
`Ein volles Kondom sollte als Beweisbild reichen.`

J.M.? Die zwei Buchstaben sagen mir gar nichts. Mit wem soll ich bitte schön schlafen? Will der Spielleiter mich jetzt zur Prostituierten machen und mich wahllos in die Betten irgendwelcher Männer stecken? Männer ... oder *Jungs*?

Ich fröstele. Kann ich auch einfach irgendwo anders ein volles Gummi besorgen und den Spielleiter austricksen? Diese Möglichkeit ist viel zu offensichtlich und während ich zur Haustür laufe, fällt mir auch ein, wie der Spielleiter sich dagegen absichert. Durch seine früheren Nachrichten weiß ich schon länger, dass er mein GPS Signal vom Handy tracken kann. Er wird also wissen, wo dieser J.M. wohnt und darauf warten, dass ich dort erscheine. Ich brauche einen besseren Plan.

Zerreiß die Spielkarte und setz dem Ganzen endlich ein Ende, verlangt die innere Stimme der Vernunft von mir. *Oder gib nach, pack deine Sachen zusammen und verlasse die Stadt.*

Obwohl sich in meinem Inneren alles gegens Aufgeben sträubt, spiele ich das Szenario kurz durch. Ich müsste die nächsten elf Monate trotzdem das Geld für die Miete hier aufbringen – und ohne Job wird das schier unmöglich sein. Ich könnte Rina fragen, aber dann müsste ich ihr alles beichten. Nicht nur, dass ich nicht weiß, ob sie mich danach noch unterstützen würde, auch will ich nicht Brandons Geld dafür annehmen müssen. Brandon. Er steht noch immer auf meiner persönlichen Liste, wenn ich an meine Feinde in Haze Falls denke. Er ist zwar ziemlich weit unten auf der Liste, nach der heutigen neuen Erkenntnis definitiv unter Marco, aber dennoch …

Vielleicht sollte ich zuerst herausfinden, wer dieser J.M. ist. Zuhause stürze ich direkt ins Wohnzimmer und krame den Ordner mit den Klassenlisten heraus. Denn die Möglichkeit, dass es sich dabei um einen Schüler handelt, ist ziemlich wahrscheinlich. Bisher hatten alle Aufgaben mit den Schülern der Haze Falls High zu tun.

Ich blättere mich eine geschlagene Ewigkeit durch die Namenslisten der Klassen, in denen ich Unterricht gebe, bis ich zwei Namen habe, zu denen die Initialen passen. Doch einer davon ist ein Mädchenname und der andere gehört einem Vierzehnjährigen. Unmöglich kann der Spielleiter von mir verlangen, mit einem Vierzehnjährigen zu schlafen.

Ich ziehe mein Handy heraus und tippe eine Nachricht:

> Jonathan Mapple ist noch ein Kind. Ich verweigere die Aufgabe.

Noch nie habe ich dem Spielleiter bisher von mir aus geschrieben. Kurz frage ich mich, wieso ich nicht schon vorher diese Möglichkeit zur Kommunikation genutzt habe. Vielleicht könnte ich etwas aus dem Spielleiter herauskitzeln, was mich ihm näherbringt. *Falls er überhaupt antwortet.*

Es dauert gerade mal eine Minute, bis eine Nachricht unter meiner auftaucht.

Das ist nicht der Name deines Ziels. J.M. ist siebzehn. Mit dem Alter scheinst du ja keine Probleme zu haben.

Ich schlucke. Der bissige Tonfall in dieser Nachricht ist neu. Bisher hat der Spielleiter sich mir gegenüber ziemlich neutral ausgedrückt.

Meine Finger tippen eine Antwort:

Ich verweigere die Aufgabe trotzdem. Du hast nichts gegen mich in der Hand außer ein paar verwackelte Bilder aus Distanz.

Ich starre auf den Bildschirm und warte. Gott, das hätte ich schon viel früher tun sollen. Aber ich hatte ja keine Ahnung, wie harmlos die Bilder am See ausgefallen sind. Tja, Marco. Da hast du wohl schlechte Leistung als Fotograf erbracht. Ob ich gerade wirklich mit ihm schreibe? Ob er all die Sachen von mir verlangt? Aber wieso? Hat Davis ihm erzählt, dass er mit mir geschlafen hat? Damit geprahlt? Ich schließe die Augen und lege den Kopf in den Nacken. Um darauf eine Antwort zu erhalten, müsste ich eigentlich mit Davis reden. Er könnte mir vielleicht sagen, wieviel Marco über uns weiß.

Da ich vom Spielleiter immer noch keine Antwort erhalten habe, lege ich mein Handy auf den Tisch und stehe auf. Mein Magen verlangt nach etwas Essbarem, also gehe ich in die Küche und inspiziere den Inhalt meines Kühlschrankes.

Ich habe noch etwas Hackfleisch da, womit ich eine Lasagne zaubern könnte. Ich bin zwar nicht annähernd so ein Koch-Fan wie Rina, aber Pasta jeglicher Art geht immer.

Gerade als ich alle Zutaten zusammensuche und auf dem Tisch vor dem Fenster abstelle, sehe ich, wie Lolas Jeep in die Einfahrt biegt. Auf dem Beifahrersitz sitzt Jordan, den Lola so gut wie immer von der Schule abholt. Zwischen den Zeilen habe ich herausgehört, dass Lola trotz des eindrucksvollen

Hauses nicht viel Geld übrig hat und somit auch Jordans Führerschein noch nicht finanziert ist. Vermutlich hat er es damit nicht leicht hier in der Nachbarschaft.

Als die beiden aussteigen, läuft es mir plötzlich kalt den Rücken hinunter.

Ich habe einmal als ich vor Lolas Tür stand, beiläufig auf ihre Klingel geguckt und gesehen, wie sie mit Nachnamen heißt. Moorbloom. Ich fand den Namen so süß, dass ich ihn mir gemerkt habe. Jetzt gerade wird mir schlecht davon.

Jordan Moorbloom.

J.M.

Oder ist das Zufall?

Nein, das Alter stimmt auch. Das *kann* kein Zufall sein. Aber wieso sollte ausgerechnet Lolas Sohn in die Schusslinie des Spielleiters geraten?

Ich zwinge mich, die Lasagne weiter vorzubereiten, obwohl mir der Appetit wieder vergangen ist. Wenn das so weitergeht, wird meine Zeit in Haze Falls zur effektivsten Diät werden, die ich je gemacht habe.

Ich brate trotzdem das Fleisch an, koche die Soße auf und schichte dann alles in eine Auflaufform. Erst als ich sie in den Ofen schiebe, gehe ich zurück ins Wohnzimmer, wo ich mein Handy in die Hand nehme.

Die anonyme Nummer hat mir mittlerweile eine Antwort geschickt:

> Dann hast du offenbar auch nichts dagegen,
> wenn ganz Haze Falls das hier sieht.

Anbei ist eine Datei gehängt. Als ich sie öffne, stockt mir der Atem. Ich erkenne die Scans auf den ersten Blick, ohne auch nur ein Wort davon zu lesen. Den drei Monate alten Zeitungsartikel kenne ich zu genüge. Danach folgt zusätzlich ein Auszug meines Strafregisters.

Mit klopfendem Herzen lege ich mein Handy weg. Mein Geheimnis ist in Haze Falls nicht mehr sicher. Die Erkenntnis lähmt mich. Adieu, Neuanfang. Es war eine schöne naive Illusion, zu glauben, dass man vor seiner Vergangenheit davonrennen kann. Kann man nämlich nicht. Wenn ich Lolas Sohn nicht verführe, wird bald jeder in Haze Falls wissen, dass ich schon einmal wegen Missbrauch Schutzbefohlener verhaftet worden bin. Ich werde den Job an der Haze Falls High verlieren. Hendrickson kann mich dann trotz unseres Deals nicht mehr dort arbeiten lassen, sobald alle Eltern von meinem Vergehen wissen. Keine Schule hier in der Umgebung wird mich einstellen. Was zur Folge hat, dass ich auch dieses Haus wieder verlieren werde.

Oh Rina, wieso habe ich nur auf dich gehört und bin hierhergezogen? Wie komme ich hier jetzt wieder raus?

Ich stochere mit der Gabel lustlos in meiner Lasagne herum. Statt in der Küche esse ich in meinem Schlafzimmer. Schon als Kind hat mein Vater mich immer dafür gerügt, wenn ich im Bett aß. Jetzt ist niemand hier, der mich zurechtweist. Ich sitze im Schneidersitz auf meiner grauen Tagesdecke und beobachte Fischi, wie er in seinem Aquarium herumschwimmt. So unbesorgt. Es gibt keinerlei Gefahren, die in diesem Wasser auf ihn lauern. Er ist zwar hinter einer Glasscheibe gefangen, aber dennoch ist er freier als manche Menschen.

Immer wieder kreisen meine Gedanken darum, ob ich es irgendwie schaffen könnte, dem Spielleiter etwas vorzumachen, um mir so mehr Zeit zu verschaffen. Er soll glauben, dass ich die Aufgabe erledige, sodass er mein Geheimnis weiterhin für sich behält und ich in Ruhe einen Plan B schmieden kann.

Ich kann dieses Spiel nicht für immer spielen, das ist klar, aber vielleicht muss ich das auch nicht. Vielleicht reicht es, herauszufinden, ob wirklich Marco mein Erpresser ist und was er gegen mich hat. Jeder Mensch hat ein Motiv oder verfolgt irgendein Ziel. Ich muss herausfinden, wieso der Spielleiter mich aus der Stadt jagen will.

Da diesmal kein Timer auf meinem Handy abläuft, nehme ich an, dass ich noch etwas Zeit habe, bis der Spielleiter Ergebnisse sehen will. Vielleicht habe ich sogar das ganze Wochenende Zeit für meine Aufgabe. In meinem Kopf formen sich mehrere Möglichkeiten.

Was ist, wenn ich das Kondom von jemand anderem füllen lasse? Zum Beispiel Davis? Nein, Davis muss ich mir aus dem Kopf schlagen, so verlockend die Vorstellung auch ist.

Ich brauche als Beweis schließlich nur ein volles Gummi, das kann ja nicht so schwer zu beschaffen sein. Und ich müsste mein Handy irgendwo in oder an Lolas Haus deponieren, für den Fall, dass der Spielleiter meinen Standort abruft. Dann gehe ich zurück zum Handy und mache ein Foto.

Merkt man es eigentlich, wenn ich statt Sperma Milch oder Sahne ins Gummi fülle?

Meine Kreativität läuft auf Hochtouren, als plötzlich ein Klingeln durchs Haus schrillt. Ich lasse vor Schreck meine Gabel fallen, die daraufhin klappernd auf dem Teller und anschließend auf der Decke landet. Fluchend springe ich vom Bett und laufe die Treppen hinunter. An der Tür zögere ich. Wer kann mich um diese Zeit besuchen? Unangekündigter Besuch ist selten gut. Außer Carry, aber das war eine Ausnahme. Nochmal werde ich das Glück nicht haben.

Als ich die Tür öffne, hätte ich sie in der nächsten Sekunde am liebsten schreiend wieder zugeknallt.

Ausgerechnet Jordan steht davor!

Meine Wangen werden so heiß, dass ich mir wünsche, der Boden würde sich unter mir auftun.

»Hey.« Meine Stimme klingt viel zu hoch. »Hey, was willst du denn hier?«, versuche ich es erneut. Ich lehne mich lässig gegen den Türrahmen, merke, dass das doof ist, und stelle mich wieder gerade hin. Da meine Arme mir nun untätig und fehl am Platz vorkommen, verschränke ich sie vor der Brust.

Jordan zieht seine blonden Augenbrauen hoch. »Hallo

verrückte Nachbarin. Ich soll dir das Paket bringen. Wurde bei uns abgegeben, als du nicht zuhause warst.«

Ich schaue hinunter auf das Päckchen, das er in der Hand hält. »Ah. Cool, cool, danke.« *Cool, cool,* wirklich? Ich würde mir am liebsten mit der flachen Hand gegen die Stirn schlagen, aber ich unterdrücke den Impuls. Stattdessen nehme ich ihm das Paket ab.

»Lebt Tyrion noch?«, fragt er.

»Was?« Ich sehe ihn so verwirrt an, als hätte er mich gefragt, ob ich mal auf einem Drachen reiten möchte. Ich habe nicht die geringste Ahnung, warum er mit mir über Game of Thrones reden will.

»Der Fisch«, klärt er mich auf.

Oh. Er gibt seinen Tieren deutlich bessere Namen als ich, wenn er den Goldfisch nach dem goldenen Löwen benannt hat. Irgendwie passend. Ich habe den Zwerg in der Serie immer gemocht.

»Ja, ihm geht's gut«, sage ich.

»Will ich mal hoffen.« Er grinst und will sich zum Gehen umwenden.

»Jordan?«

»Ja?«

Mein Herz setzt einen Schlag aus.

Möchtest du mit hochkommen und nach deinem Fisch sehen? »Ist Lola nicht zuhause?«, frage ich stattdessen. Schließlich wundere ich mich, dass er mir das Paket bringt und nicht sie.

»Nein, sie ist bei einer Freundin. Schönen Abend noch, Maya.« Jordan hebt winkend die Hand und hüpft dann von meiner Veranda.

Ich schaue seinem schlanken, athletischen Körper noch nach, bis er aus meinem Blickfeld verschwindet. *Ich kann diesen unschuldigen Blondschopf unmöglich verführen!* Das kann ich Lola nicht antun.

• • •

Ich stelle den kleinen Karton auf dem Esstisch ab und mustere ihn von allen Seiten. Zuvor habe ich ihn geschüttelt und in der Hand gewogen: es klappert nichts und schwer ist das Paket auch nicht. Ich habe keine Ahnung, was sich darin befindet. Kurz packt mich die Angst, dass mein Erpresser dem Spiel eine neue Dimension verleihen will und mir als Drohung beginnt, irgendwelche abgeschnittenen Körperteile zu schicken, aber vermutlich habe ich nur zu viele Kriminalserien gesehen. Der Absender ist aus New York, weshalb es sich eigentlich nicht um den Spielleiter handeln kann. Leider befindet sich der Eingangsstempel der Post genau über dem Namen des Absenders.

Mir bleibt nichts anderes übrig, als das Päckchen zu öffnen.

Darin finde ich nichts weiter, als einen Stapel Briefe und ein Lehrermagazin, das ich vor einem Jahr abonniert habe. Sofort wird mir bewusst, wer mir das Paket geschickt hat und vor Erleichterung fällt mir ein Stein vom Herzen. Gott, diese Stadt macht mich echt verrückt. Habe ich tatsächlich eine Sekunde lang geglaubt, einen abgeschnittenen Finger vorzufinden?

Ich lache laut auf und gehe sporadisch die Briefe durch. Vor meinem Umzug habe ich eine Nachbarin aus dem Appartement unter mir gefragt, ob sie mir meine Post nachsenden kann, falls in den Tagen nach meinem Auszug noch etwas für mich ankommen sollte.

Bei den meisten Briefen handelt es sich um Rechnungen, ein Brief von meinem Anwalt, eine Urlaubskarte von Dad und seiner Frau ... und ein Brief von Alexander.

Zehn Sekunden lang starre ich auf den Namen und warte darauf, dass die Buchstaben plötzlich einen anderen Sinn ergeben oder sich auf magische Weise zu einem anderen Wort anordnen. Schließlich schiebe ich meinen Finger unter die Lasche und reiße den Umschlag auf.

Hey Maya,

ich habe dich hundertmal angerufen und dir Nachrichten geschrieben, aber vermutlich hast du eine neue Nummer. Ich wusste nicht, wie ich dich sonst erreichen kann oder ob wir uns je wiedersehen. Du sollst wissen, dass ich bereue, wie es geendet hat. Als meine Schwester davon erfuhr, habe ich dich ins offene Messer laufen lassen, anstatt dir gegen die Anschuldigungen meiner Familie zu helfen. Vielleicht hätte ich alles verhindern können, wenn ich früher mit ihnen geredet und es ihnen erklärt hätte. Ich will nicht, dass du mit Wut oder Verbitterung an mich zurückdenkst. Ich war vielleicht ein Feigling – aber ich habe dich geliebt. Ich liebe dich immer noch. Ich würde alles tun, um dich wiederzusehen. Sag mir nur, wie ich dich erreichen kann. Ich muss dich wiedersehen, Maya.

Ich gehöre immer noch dir.

Alex

Es dauert, bis ich wieder atmen kann. Eigentlich müsste ich sterben in der Zeit, in der ich die Luft angehalten habe. Blinzelnd löse ich mich aus meiner Starre, zerknülle den Brief, laufe zum Mülleimer unter der Spüle und werfe ihn hinein.

Als der Deckel zuklappt und der Brief nicht mehr in Sichtweite ist, rast mein Herz noch immer. Der Brief muss ein Scherz sein. Eine verlorene Wette oder – keine Ahnung. Aber *Liebe*? Davon war doch nie die Rede gewesen. Sollte ich ihm antworten? Ihm schreiben, dass ich nicht wütend auf ihn bin und er mich vergessen soll? Aber jetzt wieder Kontakt zu ihm aufzubauen, würde meinen Plan, meine Vergangenheit ruhen zu lassen, endgültig sabotieren. Ich will keinen Kontakt mit dem größten Fehler meines Lebens. Ich wollte nichts weiter, als ihn zu vergessen!

Die letzte Zeile des Briefes geht mir nicht aus dem Kopf,

als wenn sie sich in meine Lider eingebrannt hätte. *Ich gehöre immer noch dir* – mir wird schlecht.

Mein Magen dreht sich um und ich lehne mich gerade rechtzeitig über die Spüle, bevor ich mich diesmal wirklich übergebe.

dreißig

MAYA

Samstag,
Wenn ich die Regeln breche, bricht er mir das Genick?

Als ich am nächsten Morgen aufstehe, ist das Erste, was ich checke, mein Handy. Doch ich habe keine neuen Nachrichten und immer noch keinen Countdown, der abläuft. Gut. Ich atme tief durch und bleibe noch eine Weile im Bett liegen, während ich mich durch die neusten Instastorys von Carry klicke, die von ihrer Hotelsuite und dem Essen in Rom schwärmt. Seit sie vergangenes Wochenende abgereist ist, hat sie mich nur einmal gefragt, wie es mir geht und ob es etwas Neues in Sachen D gibt. Ich habe gelogen und gesagt, dass es nichts Neues gibt. Warum ich gelogen habe, weiß ich nicht. Aber ich weiß, dass sie mir auf die Entfernung auch nicht helfen kann. Sie könnte mich höchstens dabei unterstützen, wenn ich die Flinte ins Korn werfe und für ein paar Wochen aus der Stadt verschwinden will. Nur leider dauert es noch etwas bis zu den nächsten Schulferien und ich kann mir nicht einfach so ein paar Wochen freinehmen.

Frustriert lasse ich mein Handy sinken und rolle mich aus dem Bett. Auf dem Weg ins Badezimmer überlege ich, ob ich mich an diesem Wochenende nicht noch einmal mit Rina treffen sollte. Sie hat vor ein paar Tagen gefragt, ob ich mit zu ihrem nächsten Ultraschalltermin möchte und ich habe nur ausweichend geantwortet, weil ich nicht wusste, ob Brandon auch dabei sein wird. Nachdem, was Mr. Hendrickson mir über Brandon gesagt hat, ist meine Lust, Mr. White je wieder zu begegnen, auf demselben Level wie die Lust, für Hendrickson die Beine zu spreizen. Ob Rina weiß, dass ihr Mann mich als Hure angepriesen hat? Vermutlich nicht. Genauso wie sie nicht weiß, dass er sie betrügt. Scheiße, das habe ich schon fast verdrängt. Muss ich es ihr eigentlich sagen? Eigentlich schon, aber – würde sie mir glauben? Und was würde dann aus ihrer heilen Welt werden? Ich meine, sie bekommen in ein paar Monaten ein Baby, verdammt! Ich will keine Familie zerstören.

Ich wasche mir die Hände und als ich auf den Seifenspender drücke, erstarre ich. Blinzelnd schaue ich auf die weiße, geleeartige Flüssigkeit in meinen Handflächen. *Beinahe wie Sperma.*

Der Geistesblitz heitert mich tatsächlich etwas auf. Ich glaube, ich weiß jetzt, wie ich den Spielleiter austricksen kann. Um den Bluff so realistisch wie möglich zu halten, muss ich jedoch bis heute Abend warten. Die Aufregung, die sich in meinem Magen breitmacht, verdrängt auch den letzten Rest der Müdigkeit.

Zurück im Schlafzimmer fasse ich mir ans Herz und schreibe Rina eine Nachricht.

> Wann war nochmal dein nächster Ultraschall?
> Ich werde mitkommen, wenn du noch willst.

Montag um 16:30. Es würde mich freuen,
May.

Ich werde direkt nach dem Training hinfahren.
Schick mir die Adresse.

Kurz zögere ich, dann füge ich hinzu: *Kommt Brandon auch mit?*

Ja. Wieso?

Ich seufze und schließe die Augen. Was soll ich dazu sagen? Ich schreibe nichts, stattdessen erscheint eine weitere Nachricht von Rina.

Es würde mir viel bedeuten, wenn ihr beide
euch anfreundet.

Anfreunden? Wenn du die Sachen wüsstest, die ich weiß ...

Ich lege mein Handy weg und gehe in meinem Nachthemd die Treppen hinunter in die Küche. Die Morgensonne scheint durch die Fenster und wirft helle Flecken auf die schwarzglänzende Arbeitsfläche. Die Ruhe ist trügerisch idyllisch – genauso trügerisch wie der warme Sonnenschein. Wenn ich vor die Tür gehe, würde ich bestimmt frieren.

Ich mache mir einen Kaffee und starre wie eine alte Frau eine geschlagene Ewigkeit einfach nur aus dem Fenster, bis ich ruckartig aufstehe und zum Mülleimer gehe, wo ich Alexanders Brief herausfische. Er liegt noch ganz oben und lächelt mich an, als hätte er nur darauf gewartet, dass ich ihn wieder heraushole.

Mit einem Kugelschreiber und einem Collegeblock bewaffnet setze ich mich an den Küchentisch und schreibe eine Antwort. Da ich seine Nummer nicht mehr habe, ist das die einzige Möglichkeit, um ihm mitzuteilen, dass es vorbei ist. Doch jeden Satz, den ich schreibe, streiche ich wieder durch.

~~*Die Zeit mir dir war nett, aber es waren von meiner Seite aus keine Gefühle im Spiel.*~~

~~*Es tut mir leid.*~~

~~*Ich bin nicht wütend auf dich. Wir kannten das Risiko.*~~

~~*Mir geht es gut. Ich hoffe, dir auch.*~~

Scheiße. Alles davon ist scheiße. In wildem Gekritzel streiche ich alles durch, was ich geschrieben habe, und zusätzlich auch das halbe leere Blatt, bis das Papier einem expressionistischen Kunstwerk gleichkommt.

Erschöpft lasse ich den Kugelschreiber auf die Tischplatte fallen.

Zum Glück wird das mit Davis niemals so enden. Ein Junge wie er wird mir niemals sagen, dass er sich in mich verliebt hat. Ich lache auf, doch das Geräusch bleibt in meinem Hals stecken. *Liebe.* Was ist das überhaupt? Vielleicht existiert dieses Gefühl gar nicht und Menschen denken es sich nur aus, weil sie nicht allein sein wollen.

Weil ich langsam glaube, in meinem Haus den Verstand zu verlieren, stehe ich ruckartig auf und hole mein Handy, um ein paar Autowerkstätten in der Umgebung abzutelefonieren. Ich muss dringend raus an die frische Luft, bevor ich noch durchdrehe.

Ich komme erst bei Sonnenuntergang nach Hause. Nachdem ich meinen Mustang bei einer Werkstatt abgegeben habe, bekam ich einen Leihwagen, mit dem ich zum Silver Lake rausgefahren bin. Den ganzen Tag über habe ich mir verboten an den Spielleiter, Marco, Brandon oder Alex zu denken. Nur die Gedanken an Davis konnte ich nicht abschalten. Was vielleicht aufgrund des Ortes kein Wunder ist. Erst habe ich die ganze Landschaft um den See herum erkundet und bin einen Wanderweg langgejoggt und mittags habe ich mich dann in dem kühlen Gewässer erfrischt. An einer anderen Stelle als an der, zu der mich Davis geführt hat, aber dennoch schweiften meine Erinnerungen immer wieder zu jenem Vormittag ab.

Mir wird bewusst, dass ich nicht darum herumkomme, ihn zu fragen, ob er mit Marco unter einer Decke steckt, aber ich habe seine Nummer nicht und noch einmal unangekündigt bei ihm zu Hause aufzutauchen, halte ich für keine gute Idee. Mir bleibt nichts anderes übrig als abzuwarten, bis ich Davis wieder in der Schule sehe. *Noch vier Tage.* Es erscheint mir wie eine Ewigkeit, vor allem wenn man bedenkt, wie viel in den letzten Tagen passiert ist. Jeder Tag zählt. Wer weiß, wie viele Aufgabenkarten ich bis dahin noch bekomme? Wer weiß, ob ich es überhaupt noch so lange hier aushalte und in vier Tagen noch in Haze Falls bin?

Im Laufe des Nachmittags habe ich mit Lola abgemacht, dass ich abends für ein Glas Wein vorbeikomme. Nach dem Duschen ziehe ich mir also ein dunkelrotes Herbstkleid über, gehe zu meiner Kommode und öffne die unterste Schublade. Ich reiße eins der eingeschweißten Plastiktütchen ab und stecke es mir in den BH. So, was brauche ich noch? Flüssige Seife wird Lola im Bad wohl haben. Mein Handy habe ich auch dabei. Mehr brauche ich nicht. Als ich aus der Tür gehe, fühle ich mich trotzdem so, als hätte ich etwas Wichtiges vergessen. Als hätte ich für den Urlaub gepackt und mein Portemonnaie zuhause gelassen oder mich ohne Führerschein in ein Auto gesetzt.

»Hey, du bist aber überpünktlich!«, ruft Lola aus, als sie mir die Tür öffnet.

»Eine meiner wenigen Stärken«, gebe ich grinsend von mir und folge ihr ins Haus. Auf der Terrasse hat sie dieses Mal schon alles vorbereitet, Kuscheldecken auf die Liegen gelegt und Kerzen angezündet, sodass ich direkt ein schlechtes Gewissen bekomme. Eigentlich habe ich mich heute nur mit ihr verabredet, um meine Aufgabe zu erfüllen.

»Gibt es etwas Neues?«, fragt sie mich, als sie mir mein Glas reicht. Und mir entgeht nicht, dass ihre Augen dabei einen Tick zu neugierig funkeln. Wahrscheinlich hat es für Außenstehende einen gewissen Reiz, wenn man von einem Spiel und Aufgabenkarten erfährt. Auch wenn die Aufgaben moralisch und rechtlich gesehen mehr als verwerflich sind. Ich selbst kann nicht einmal leugnen, in den ersten Tagen einen gewissen Kick verspürt zu haben, wann immer ich eine der roten Ereigniskarten entdeckt hatte.

Wenn Lola wüsste, dass die neuste Aufgabe ihren Sohn mithineinzieht, würde das aufgeregte Funkeln in ihren Augen schnell einem mörderischen Killerblick weichen, da bin ich mir sicher. Deswegen werde ich ihr auch auf keinen Fall von meiner aktuellen Aufgabe berichten. Stattdessen erzähle ich ihr von dem Liebesbrief, den ich erhalten habe.

»Der arme Junge! Was hast du bloß mit ihm gemacht, dass du ihm so den Kopf verdreht hast?«

Ich zucke mit den Achseln. »Es war nur Sex. Ich dachte, das wäre für uns beide von Anfang an klar. Ich meine, wie kann er auch nur auf die Idee kommen, dass es mehr als Sex ist?«

Lola seufzt in ihr Glas. Ich frage mich, ob sie selbst momentan in jemanden verliebt ist. Hoffentlich nicht in Brandon. Ob sie ihre Affäre mit ihm noch weiterführt?

»Ich werde Rina nächste Woche erzählen, dass er sie betrügt«, sage ich.

Lola verschluckt sich und hustet. »Hältst du das für eine gute Idee?«

»Sie ist schwanger von dem Wichser. Sie sollte es wissen und selbst entscheiden, ob sie mit so einem Mann weiter unter einem Dach leben will.«

Lolas Ausdruck nach zu urteilen, wusste sie nichts von der Schwangerschaft. Sie sieht aus, als würde sie etwas sagen wollen, aber als fände sie nicht die richtigen Worte. Gerade als ich glaube, sie wird mir wirklich verkünden, dass sie unsterblich in Brandon verliebt ist, stelle ich mein Glas ab. »Ich muss mal kurz auf die Toilette.«

Die Flucht kommt mir gerade gelegen. Je schneller ich hinter mich bringe, für was ich hier bin, desto freier kann ich mich fühlen. Ansonsten würde das hier bald zu einem Wettsaufen darum werden, wer von uns sich schuldiger fühlt.

Ich gehe ins Haus und erklimme die Treppe zum oberen Badezimmer. Hier oben ist alles dunkel. Die Tür zu Jordans Zimmer geschlossen. Ob er wohl da drin ist? Vielleicht liegt er schon im Bett und guckt sich noch heimlich einen Porno vor dem Einschlafen an.

Manchmal hasse ich meine Fantasie. Ich schlage mir die unpassenden Gedanken aus dem Kopf und husche schnell ins Bad. Erst hier mache ich das Licht an und schließe die Tür hinter mir. Langsam gehe ich über die großen schwarzen Fliesen zum Waschbecken und erstarre, als ich keinen Seifenspender sehe, sondern stattdessen eine muschelförmige harte Handseife. Will das Schicksal mich eigentlich verarschen? Dabei war mein Plan doch so gut!

Ich drehe mich einmal um die eigene Achse und suche nach Alternativen. *Ich kann jetzt nicht ohne das Beweisbild gehen!* Als ich am Badewannenrand – eine Eckbadewanne mit Wellnessdüsen – eine Reihe von Shampooflaschen und Badezusätzen entdecke, gehe ich zielstrebig darauf zu. Mit skeptischem Blick nehme ich ein Kokosnussduschgel unter die Lupe und entscheide, dass dies vermutlich auch seinen Dienst verrichten wird.

Ich knie mich auf die kühlen, harten Fliesen und fische das Kondompäckchen aus meinem Ausschnitt. Mit den Zähnen reiße ich es auf und ziehe das feuchte kreisrunde Gummi heraus. Gott, wieviel spannender das jetzt mit einem Mann wäre. Aber ich bin ja anständig, deshalb verzichte ich auf Sex und fake ihn nur.

Ich ziehe das elastische Gummi hin und her und reibe es zwischen meinen Händen, damit es etwas benutzter aussieht, bevor ich das Duschgel öffne und den Inhalt ins Kondom drücke.

Zufrieden begutachte ich das Ergebnis. Dann schieße ich ein Foto und klicke auf ›Senden‹.

Es ist vielleicht eine Viertelstunde vergangen. Ich sitze noch mit Lola in ihrem Garten und wir reden über unverfänglichere Themen, die mich auf andere Gedanken bringen, als mein Handy vibriert. Ich höre und fühle es durch den Stoff meiner kleinen Umhängetasche, die in meinem Schoß liegt.

Hat der Spielleiter meinen Bluff geschluckt? Am liebsten möchte ich direkt nachsehen, doch irgendwie habe ich auch Angst vor der Nachricht, die mich erwartet. Ist es ein »Herzlichen Glückwunsch, Sie haben die Aufgabe bestanden«? Der Spielleiter hat mir bisher noch nie zu einer bestandenen Karte gratuliert. Als es erneut in meiner Tasche vibriert, kann ich Lola nicht mehr zuhören. Nervös ziehe ich das Handy hervor und werfe einen Blick darauf.

Bereits die erste Nachricht lässt meinen Puls aussetzen.

Den Versuch, mich auszutricksen, kannst du dir sparen.

Nachricht Nummer zwei:

Das wird Konsequenzen haben.

»Alles in Ordnung?«

Ich kann nur mutmaßen, dass mir jegliches Blut aus dem Gesicht gewichen ist und ich leichenblass auf mein Display starre.

»Hast du eine neue Nachricht von deinem anonymen Erpresser erhalten?« Lolas Stimme dringt von weit, weit her zu mir rüber. Bevor sie auf die Idee kommen kann, mir das Handy aus der Hand zu reißen, sollte ich es wegstecken.

»Nein, war nur eine Nachricht von meiner besten Freundin«, lüge ich und setze ein unschuldiges Lächeln auf.

Während ich mein Telefon verstaue, rasen meine Gedanken. Wie hat der Spielleiter so schnell und so zweifellos meinen Bluff durchschauen können? An dem Foto kann es nicht liegen. An meinem Standort auch nicht. Woher weiß derjenige also, dass ich gerade nicht wirklich Sex hatte?

»Warte mal, wo war Jordan heute noch gleich?«, frage ich. Mir egal, wenn die Frage für Lola aus dem Nichts kommt. Mir dämmert nämlich gerade mein Fehler.

Lola runzelt die Stirn und sieht mich skeptisch an. »Ich habe noch nichts bezüglich Jordan gesagt. Er ist heute Abend bei einem Freund, wieso?«

»Bei welchem Freund?«, rutscht es mir heraus, bevor ich es mir verkneifen kann.

Sie zuckt mit den Achseln. »Keine Ahnung, hat er mir nicht gesagt. Ich würde ja sagen, du kennst Teenager, aber das Problem hast du ja zum Glück noch nicht.«

Ich stehe von meinem Stuhl auf und alles dreht sich. Leider ist der Alkohol nicht der Grund für meinen Schwindel. Der Spielleiter muss wissen, dass Jordan sich gerade nicht zuhause aufhält. Ich hätte mir schon denken können, dass Jordan nicht als zufälliges Ziel ausgesucht wurde. Der Spielleiter muss irgendeine Verbindung zu ihm haben, die ich übersehen habe.

Mein Kopf schwirrt vor Fragen, aber das Problem ist, dass ich sie Lola nicht stellen kann. Ich darf sie nicht ausfragen, welche Freunde Jordan vielleicht von der Haze Falls High hat. Oder ob sie ihn anrufen und fragen kann, wo er sich gerade befindet.

»Ich muss gehen«, bringe ich krächzend hervor. »Ich glaube, ich habe schon zu viel Wein getrunken. Danke Lola. Wir sehen uns.« Und noch bevor sie reagieren kann, fliehe ich aus ihrem Garten. Aus dieser gemütlichen Lounge mit Kerzenlicht und warmen Decken. Aus unserer freundschaftlichen Oase, die wir uns in dieser Stadt von Nebel und Geheimnissen erbaut haben. Der Spielleiter hat mir auch diesen Ort vergiftet. Als würde er mir jedes idyllische Fleckchen und jede Person aus meinem Umkreis nehmen, damit ich nichts und niemanden mehr habe.

Das wird Konsequenzen haben. Ich lese die Nachricht immer und immer wieder, traue mich aber nicht, eine Antwort abzuschicken. Ich wurde ertappt und mir fällt nichts ein, womit ich den Spielleiter milde stimmen könnte.

Er wird mein Geheimnis der ganzen Stadt verraten.

Vielleicht sollte ich schon einmal packen.

einunddreißig

MAYA

Montag,
Meine vierte Woche in Haze Falls

»Wo warst du am Wochenende?« Lolas Stimme weht zu mir herüber. Ich habe sie nicht aus ihrem Haus kommen hören oder sehen, sodass ich überrascht zusammenzucke.

»Ich habe keine Zeit, ich muss zur Schule fahren und vorher noch mein Auto abholen.« Mit schnellen Schritten gehe ich zu der grauen Schrottkiste, die ich als Ersatzfahrzeug geliehen bekommen habe, und schließe sie auf. Es ist kurz vor sieben und je weiter wir im Oktober voranschreiten, desto dunkler ist es morgens.

»Hast du Jordan nachspioniert?«

»Was?« Verwirrt drehe ich mich zu Lola um. Sie steht in einem seidenen Morgenmantel auf ihrer Veranda. Regungslos und ernst. Als hätte sie dort auf mich gewartet.

»Nachdem du mich Samstagabend so über ihn ausgefragt

hast und dann geradezu geflüchtet bist, ist mir klar geworden, dass es was mit Jordan zu tun haben muss. Jetzt sag mir, ob es am Spiel liegt oder ob du auch ohne Spiel Interesse an meinem Sohn hast!« Ihre Stimme klingt wie ein anrollendes Gewitter. Selbst ein Donnergrollen hat mich noch nie so sehr bis ins Mark erschüttert.

»Lola, ich kann das erklären. Ich muss jetzt aber wirklich los und nach der Schule bin ich mit Rina verabredet. Können wir morgen reden?«

Sie sieht nicht so aus, als wäre das ein annehmbarer Vorschlag. Mit langsamen Schritten kommt sie auf mich zu und überbrückt die Distanz zwischen uns. »Sag mir, was deine letzte Aufgabenkarte war. Sag es mir jetzt oder wir reden nie wieder ein Wort miteinander.«

Das kann nicht ihr Ernst sein! »Na schön. Wenn du es hören willst. Ich sollte am Samstag Sex mit Jordan haben.« Kapitulierend zucke ich mit den Schultern, als wäre es keine große Sache. »Bist du jetzt glücklich?«

Lola sieht aus, als hätte ich ihr eine Ohrfeige verpasst, oder als würde sie mir gleich selbst eine verpassen. Zum Glück steht der Wagen zwischen uns. Ich greife nach dem Griff der Autotür, um mich im Notfall schnell hineinsetzen zu können.

»Du warst Samstagabend nur da, um mit meinem Sohn zu vögeln? Und als du dich auf die Toilette entschuldigt hast, hast du nachgesehen, ob er zuhause ist, und als er es nicht war, hast du mich danach gefragt. Du hast mich ausgefragt, wo er ist, *um mit ihm vögeln zu können*?!« Die letzten Worte brüllt sie und läuft auf mich zu. Ich kann sie gerade noch so davon abhalten, sich wie eine wilde Furie auf mich zu stürzen.

»So war das nicht! Ich wollte den Spielleiter nur austricksen und so tun, als hätte ich mit Jordan geschlafen!«

»Du wolltest *so tun*, als würdest du mit meinem siebzehnjährigen Sohn schlafen? Bist du völlig verrückt geworden?!«

Mit ausgestreckten Armen halte ich sie auf Abstand,

während sie versucht, mir die Augen aus dem Gesicht zu kratzen oder an meinen Haaren zu ziehen. »Lola, ich hatte keine Wahl!«

»Man hat immer eine Wahl! Als du danach abgehauen bist – hast du ihn gefunden? Hast du ihn Samstagnacht noch gefunden?!«

Ich hole aus und klatsche ihr mit der flachen Hand ins Gesicht, damit sie endlich runterkommt. Schweigen.

Laut keuchend schauen wir uns an. »Ich habe ihn weder gesehen, noch angerührt!«, versichere ich ihr.

Doch sie schüttelt nur fassungslos den Kopf. In ihre grünen Augen tritt eine solche Verbitterung, dass es mir die Kehle zuschnürt. »Du und ich, wir sind fertig miteinander!« Dann dreht sie sich um und geht.

Ich öffne den Mund, doch es bringt nichts, ihr irgendetwas hinterherzurufen. Mir bleibt nichts anderes übrig, als zuzusehen, wie sie mit wehenden roten Haaren in ihrem Haus verschwindet und die Tür hinter sich zuknallt.

Hilflos stehe ich noch ein paar Minuten wie angewurzelt in meiner Einfahrt, bis ich mich endlich dazu durchringen kann, ins Auto zu steigen und zur Werkstatt zu fahren. Ein Teil von mir redet sich ein, dass Lola nur überreagiert hat und sich demnächst wieder einkriegt – der andere Teil glaubt nicht daran.

Ich befinde mich im freien Fall und habe keinen Fallschirm, an dessen Reißleine ich ziehen kann.

Brandon hat heute Nachmittag spontan ein wichtiges Kundengespräch, weshalb er doch nicht mit zum Ultraschall kommen konnte. Was mir ganz gut passt. Wenigstens eine gute Nachricht an diesem Tag. Nach dem Termin bei ihrem Frauenarzt begleite ich Rina zum Einkaufen.

»Es sieht dir gar nicht ähnlich, dass du darauf verzichtest, das Geschlecht zu erfahren«, meine ich nachdenklich und schiebe den Einkaufswagen hinter ihr her, während sie offenbar vorhat, den ganzen Laden leerzuräumen. »Habt ihr einen Schutzbunker, von dem ich nichts weiß und den ihr auffüllen müsst, bevor ein Atomkrieg ausbricht?«, kommentiere ich, als sie zehn riesige Einmachgläser mit Essiggurken in den Wagen stellt.

Rina wirft mir einen giftigen Blick zu. »Nein, aber das Baby steht auf Gewürzgurken.«

Ich hebe beschwichtigend die Hände. »Okay, okay. Und wieso willst du das Geschlecht nicht wissen?«

»Du meinst, weil ich sonst ein Kontrollfreak in allem bin?«

So wollte ich das nicht ausdrücken, aber im Prinzip: ja, genau deswegen.

Rina seufzt. »Brandon findet es besser, wenn wir uns überraschen lassen.«

»Und du hörst auf ihn?«, wundere ich mich. Am liebsten hätte ich »*ihn*« durch sämtliche vulgäre Schimpfwörter ersetzt, aber ich beiße mir noch im richtigen Moment auf die Zunge. Ein Supermarkt ist nun wirklich nicht der ideale Ort, um Rina darüber aufzuklären, was für ein Arschloch ihr Ehemann ist.

»In einer Ehe trifft man Entscheidungen nun einmal gemeinsam.«

Schon wieder muss ich mir auf die Zunge beißen. Ich presse meine Lippen zusammen und beschließe vorerst das Thema zu wechseln. »Hast du von Dad schon die Einladung zu Thanksgiving bekommen? Sie lag heute bei mir in der Post.«

Rina strahlt mich an. »Wir können zum ersten Mal gemeinsam hinfahren. Bringst du dieses Jahr jemanden mit?«

Ich lache auf. »Wen denn?«

»Hast du niemanden von den Lehrern an deiner Schule kennengelernt oder von den Eltern? Es gibt doch sicher den ein oder anderen alleinerziehenden Vater.«

Süß, dass Rina ihre romantischen Hoffnungen für mich noch nicht aufgegeben hat. Wenn sie wüsste, dass meine Gedanken einzig und allein um einen siebzehnjährigen Schüler kreisen und mein einziger intimer Kontakt mit einem Erwachsenen jenseits der dreißig mit dem Vater eben dieses Schülers war, würde sie mich köpfen. Oder auf einem Scheiterhaufen verbrennen. Vor allem, wenn sie all die schmutzigen, unmoralischen Details kennen würde. Also nein, es gibt wahrlich niemanden, den ich mit zu einem Thanksgivingessen nehmen könnte. Jared Edwards würde vielleicht motiviert einspringen, aber bevor ich ihn frage oder ihn Rina gegenüber auch nur erwähne, friert die Hölle zu. Sie würde nicht mehr lockerlassen und ich würde Edwards schlussendlich heiraten müssen.

»Nein, niemand in Sicht. Aber das ist in Ordnung. Ich habe sowieso überlegt, ob ich nicht bald doch woanders hinziehe. In eine etwas lebendigere Stadt. Du weißt doch, ich bin eher so der Großstadtmensch.«

Rina lässt die XXL Marshmallowtüte, die sie in der Hand hatte, fallen und sieht mich schockiert an. »Du willst hier wegziehen? Was ist mit deinem Job und dem Haus? Und mit –« Sie beißt ihre Zähne zusammen, bevor sie das letzte Wort aussprechen kann, doch ich ahne, was sie sagen wollte.

Ein schlechtes Gewissen durchzuckt mich. Sie hat mir eine einmalige Chance gegeben, mit allem, was sie in die Wege geleitet hat, und vielleicht hat sie trotz unseres komplizierten Verhältnisses gehofft, dass ich für ihr Kind eine tolle Tante sein werde.

Ich bücke mich nach den Marshmallows und lege die Tüte in den Einkaufswagen. »Es steht noch nicht fest, aber ich denke darüber nach«, gebe ich ehrlich zu. Es frisst mich innerlich auf, sie in ihrer Situation allein zu lassen. Obwohl ich mir nicht viel aus Babys mache, hätte ich ihr gerne nach der Geburt beigestanden und Tante für den kleinen Knirps gespielt. Aber die Situation um mich herum hat sich zugespitzt, jemand will mich von hier fortjagen und dieser jemand ist ziemlich gut darin. Ich war heute in der Schule schon überrascht darüber, dass die Flure noch nicht mit dem Artikel aus der *New York Post* gespickt waren, in dem es um meine Gerichtsverhandlung ging. Noch scheint der Spielleiter nichts in Umlauf gebracht zu haben, doch ich weiß, dass das nur eine Frage der Zeit ist.

Die Stimmung ist seit meiner Offenbarung angeschlagen und ich merke Rina an, dass sie nicht nur enttäuscht, sondern auch beleidigt ist. Auf der Rückfahrt versuche ich die Wogen nicht einmal zu glätten, weil ich weiß, dass das, was ich ihr gleich erzähle, noch tausendmal schlimmer ist.

Wir packen in ihrer riesigen Küche, die der Drehort für eine Kochshow sein könnte, gerade die Einkäufe aus, als ich es nicht länger aushalte und die Bombe platzen lasse. Zeit zu schinden, hilft niemandem von uns beiden.

»Brandon betrügt dich.« *Jetzt ist es raus.*

Das ist der Moment, in dem ich auch meine zweite Bezugsperson in Haze Falls verliere. Zwei an einem Tag. Den Blick, mit dem meine Stiefschwester mich ansieht, werde ich niemals vergessen. Die Erschütterung darin schnürt mir die Kehle zu. Obwohl wir beide wissen, dass Brandon ihr damit das Herz gebrochen hat, fühlt es sich an, als würde ich es ihr gerade brechen. Als würde ich es mit einem Vorschlaghammer in tausend Stücke zerschlagen.

Ich wende den Blick von ihr ab und hole eine letzte Cornflakes Packung aus der Einkaufstasche, die ich dann ordentlich zusammenfalte.

Rina schweigt noch immer. Die Stille ist so laut. Irgendwie habe ich darauf gewartet, dass Rina zu brüllen anfängt oder mich mit Fragen löchert. Sie tut nichts, weshalb ich mich räuspere und gezwungen fühle, die Stille mit Erklärungen zu füllen.

»Er hat eine Affäre mit einer Nachbarin von mir. Es läuft

wohl schon länger und ich dachte mir, du solltest erfahren, mit was für einem Menschen du zusammenlebst.« So etwas will man doch wissen, oder? Als Rina mich weiterhin nur blinzelnd und bleich wie der Mond ansieht, bin ich mir nicht mehr so sicher. »Es tut mir leid.« Und das tut es wirklich.

zweiunddreißig

MAYA

Mittwoch,
Zwei Tage später

Klingt es dämlich, wenn ich zugebe, dass ich die Tage gezählt habe, bis ich Davis wiedersehe? Wohl genauso dämlich wie die Tatsache, dass ich mich heute Morgen drei Mal umgezogen habe, während der ersten Unterrichtsstunden die ganze Zeit nervös auf die Uhr schaue oder in den Korridoren nach seinen schwarzen Haaren und seinem überheblichen, dunklen Blick Ausschau halte.

Heute endet seine Suspendierung. Was seit Tagen der einzige Lichtblick ist, nachdem mein ganzes Leben über mir zusammengebrochen ist wie ein Kartenhaus. Rina hat nicht mehr mit mir gesprochen, seit ich ihr am Montag von Brandos Affäre erzählt habe. Ohne ein Wort hat sie mich aus dem Haus geworfen. Ich weiß nicht, was sie jetzt vorhat, ob sie mir überhaupt geglaubt hat oder ob sie denkt, dass ich ihr nur alles kaputt machen will. Dabei ist sogar das Gegenteil der Fall. Zum ersten Mal in meinem Leben bin ich so selbstlos, dass ich mir wünsche, dass zumindest sie glücklich ist, wenn ich es schon nicht hinbekomme. Denn das Warten auf mein Wiedersehen mit Davis ist nicht das Einzige, was mich an diesem Morgen verfolgt. Ich hatte ein paar Tage Ruhe vom Spielleiter und die Tatsache, dass niemand hier den Anschein erweckt, als wären irgendwelche Informationen durchgesickert, ist vermutlich der einzige Grund, warum ich meine Koffer noch nicht gepackt habe. Doch ich habe die Warnung des Spielleiters nicht vergessen. Jeden Moment kann eine Bombe platzen oder die nächste Karte auftauchen. Und da ich noch immer nicht im Bilde darüber bin, ob Davis und Marco unter einer Decke stecken, erinnert ein leises Stimmchen mich daran, dass diese Bombe, auf die ich warte, genau heute explodieren kann. Heute, wenn Davis zurückkommt.

Als es dann tatsächlich so weit ist und die elfte Klasse vor mir sitzt, würdigt Davis mich keines Blickes. Keines einzigen verdammten kurzen Blickes. Mein Gehirn rattert unser letztes Gespräch am Donnerstag auf dem Badezimmerboden immer wieder durch und sucht nach Gründen für seine kalte Schulter. Okay, die Ereignisse im Hause Rogan hatten sich etwas überschlagen, aber ich dachte eigentlich, wir wären dennoch auf unsere Weise im Guten auseinander gegangen. Vermutlich ist ihm in den letzten Tagen bewusst geworden, wie gestört ich bin, und dass unser Verhältnis sich auch nicht dadurch verbessert, dass ich jetzt die Probleme mit seinem Vater kenne. Ich weiß etwas, was er vor aller Welt verbergen will. Vermutlich bereut er den kurzen Moment, in dem er mir sein Vertrauen geschenkt hat.

Ja, Reue erklärt den kalten Ausdruck in seinem Gesicht ziemlich gut, wann immer er an mir vorbeistarrt, als wäre ich gar nicht da. Und bittere Enttäuschung nennt man das, was ich hinunterschlucken muss, um nicht völlig wie eine Idiotin auszusehen.

. . .

Die nächste Spielkarte finde ich in der Cafeteria nach der Mittagspause, die ich wie immer mit Edwards verbracht habe.

»Wir sehen uns«, höre ich den Englischlehrer noch im Weggehen sagen. Ich starre währenddessen perplex auf die rote Ereigniskarte, die in meiner Tasche liegt. Während des Essens befand sich meine Tasche die ganze Zeit auf dem leeren Stuhl rechts neben mir. Ich habe sie keines Blickes gewürdigt, sodass ich nicht einmal sagen kann, ob jemand die Karte während der Mittagspause hineingeschoben oder schon vorher im Laufe des Vormittags hineingeschmuggelt hat.

Du treibst es in der Umkleidekabine und filmst es.

Kein Wort über eine Strafe für die letzte verpatzte Aufgabe. *Eigenartig.*

Die Nachricht ist kurz, knackig und diesmal auch unmissverständlich. Nichts, was man mit einem Bluff umgehen kann. Offenbar traut mir der Spielleiter nicht mehr und will einen Beweis, den ich nicht so leicht fälschen kann. Die Aufgabe an sich ist vergleichsweise harmlos, wenn man bedenkt, dass mir das ›mit wem‹ selbst überlassen wird.

Leider gibt es im Moment nur eine Person, mit der ich intim werden will, und diese Person hat mir die letzten neunzig Minuten die kalte Schulter gezeigt. Ein deutlicheres ›Wir werden niemals wieder miteinander schlafen‹ gibt es wohl nicht. Und selbst wenn es mir irgendwie gelingen würde, Davis nach dem Schwimmtraining für eine schnelle Nummer zu überzeugen – ich dürfte es niemals im Leben filmen. Damit würde ich mein Verbrechen für jeden sichtbar und unbestreitbar in Stein meißeln. Ich würde mir damit nicht nur selbst ins Bein schießen, sondern einen gezielten Kopfschuss abfeuern.

So dumm bin ich nicht, Mr. Spielleiter. Ich reiße die Karte in zwei, schultere meine Tasche und stehe auf, ehe ich die Schnipsel in die nächste Mülltonne befördere. Mein Herz rast dabei, als wüsste es ganz genau, dass ich einen Fehler begehe. Nachdem ich den Spielleiter das letzte Mal bereits verärgert habe, ist es vielleicht nicht das Schlauste, auch noch diese Aufgabe auszuschlagen.

Aber was habe ich noch zu verlieren? *Alles* und *nichts* liegen auf einmal ganz nah beieinander. Vielleicht denke ich im Moment aber auch nur so, weil mir gerade alles egal ist. Ich habe schon einmal mein komplettes Leben verloren – ich stehe das auch noch einmal durch. Denn sind wir mal ehrlich: was ist das Größte, was ich verlieren kann, wenn ich hier wegziehen muss? Ich verliere meinen Stolz, weil ich eine Niederlage einstecken muss, aber ansonsten? Die einzigen drei Menschen, die mir in Haze Falls im Entferntesten irgendwie wichtig sind, hassen mich. Lola, Rina ... und nun auch Davis.

Die Tatsache, dass dieser arrogante Junge mir so wichtig geworden ist, dass ich ihm tatsächlich hinterhertrauern würde, ärgert mich. Dabei hat mit ihm alles erst angefangen: Er hat mich vom ersten Tag an provoziert und sein bester Freund ist uns zum See gefolgt. Ich müsste sauer auf ihn sein – und ich habe wegen der Fotos immer noch ein Hühnchen mit ihm zu rupfen. Soll er sich doch dafür schämen, dass er mich in sein Geheimnis eingeweiht hat oder mich dafür verachten, dass ich mit seinem Vater gevögelt habe, ich muss endlich wissen, wieviel er Marco erzählt hat, um dem Spiel ein Ende zu setzen!

Nachdem ich das Ende der Schwimmstunde abpfeife und die Jungs aus dem Wasser steigen, passe ich Davis ab. Mein Kampfgeist ist wieder geweckt und bevor ich aufgebe, will ich zumindest alles versucht haben, um den Spielleiter zu enttarnen und ihm somit die Macht über mich zu nehmen.

Ich stelle mich vor Davis, als er tropfendnass zu seinem Handtuch laufen will. Das zwingt ihn, mich zum ersten Mal an diesem Tag anzusehen. Und beinahe wünschte ich, er hätte es nicht getan. Die Kälte in seinem Blick ist kälter als das Wasser im Schwimmbecken. Kälter als frischgefallener Schnee im Winter.

»Können wir gleich kurz miteinander sprechen?«, frage ich ihn leise, aber mit fester Stimme.

»Ich habe Ihnen nichts mehr zu sagen, Rivers. Halten Sie sich von mir fern.« Seine Worte sind wie eine schallende Ohrfeige. Ich verstehe nicht, was passiert ist, dass er von dem vertrauten Moment auf dem Badezimmerteppich bis jetzt eine solche 180 grad Wendung gemacht hat. Sechs Tage sind seitdem vergangen. Was ist in diesen Tagen bloß passiert? Da ich mir beim Schwimmen seinen Rücken genau angesehen habe, kann ich sicher sein, dass sein Vater nicht noch einmal die Hand gegen ihn erhoben hat, sonst würden dort deutlichere Spuren zu sehen sein als die blass gelben Flecken, die einem unwissenden Auge nicht einmal auffallen.

»Wir müssen aber reden. Es war keine Bitte, sondern eine Anordnung. Ich erwarte dich, nachdem du dich umgezogen hast«, stelle ich klar und wende mich zum Gehen. Wenn ich das letzte Wort habe, fühle ich mich zumindest, als hätte ich das Sagen. Ob er meiner Aufforderung nachkommt und gleich auf mich wartet, ist jedoch eine andere Frage.

Ich verlasse die große Halle, doch der Geruch nach Chlor und Schwimmbad verfolgt mich bis in die Umkleide. Sechs Tage waren offenbar genug Zeit, dass Vertrauen sich in Reue und Reue sich zu Abscheu wandeln kann. Schade, dass die Metamorphose meiner Emotionen eine minimal andere Richtung eingeschlagen hat.

Ich stopfe meine Sportsachen alles andere als behutsam in meine Tasche und schließe den Reißverschluss. Als ich mich zum Spiegel wende, nehme ich das Zopfgummi aus meinen Haaren und binde mir den Pferdeschwanz neu. Währenddessen gehe ich in Gedanken durch, wie ich Davis am besten auf das Thema Marco ansprechen kann. In diesem Moment klopft es an meiner Kabinentür.

Mein Herz macht einen Satz. Ist bei den Jungs schon wieder eine Prügelei ausgebrochen? Ich öffne die Tür, noch ehe ich frage, was los ist – und sehe prompt in ein dunkelbraunes mandelförmiges Augenpaar.

»Davis …«

»Du wolltest reden.« Er kommt zu mir in die Umkleide und schließt die Tür hinter sich. Mir bleibt nichts anderes übrig, als zurückzutreten, und ihm Platz zu machen. Auch wenn Umkleidekabinen im Schwimmbad nicht dafür bekannt sind, besonders viel Platz zu bieten.

Er riecht nach frischem Duschgel und Deo, seine Haare sind noch feucht und hinterlassen dunkle Tropfen auf seinem blauen T-Shirt.

Du treibst es in der Umkleidekabine.

Der Text auf der zerrissenen Spielkarte steht mir plötzlich deutlich vor Augen. Als hätte der Spielleiter in die Zukunft gesehen. Oder als hätte Davis dieselbe Aufgabe erhalten. Der Gedanke lähmt mich für einen Augenblick, sodass ich nicht weiß, was ich sagen soll. Er kann doch unmöglich auch eine Aufgabe zu erfüllen haben, oder?

»Was tust du hier?«, hauche ich beinahe tonlos.

»Wolltest du etwa vor der Schwimmhalle reden, wo uns jeder sehen kann, oder was?«

Ich hätte gewartet, bis alle Schüler weg wären. Aber vermutlich hat er recht: vor dem Gebäude hätte man uns eher beobachten können als hier.

»Mir ist niemand gefolgt, keine Sorge.«

Ich straffe die Schultern und versuche mich zu sammeln. »Danke, dass du hergekommen bist. Ich wollte mit dir über Marco sprechen.«

»Wieso? Hast du ihn auch gefickt? In den Tagen, in denen ich weg war, musstest du dir doch bestimmt Ersatz suchen, oder?«

»Wie bitte?« Ich begreife nicht, wie er darauf kommt.

Er holt einen Zettel aus seiner hinteren Hosentasche und faltet ihn auseinander. Als er ihn mir vor die Nase hält, stockt mir der Atem.

»Mit Schülern zu ficken, ist wohl dein Ding. Aber wie kann es sein, dass Hendrickson eine Triebtäterin wie dich eingestellt hat? Oder hast du ihn für die Stelle mit deinem Körper bezahlt? Habe ich euch dabei das letzte Mal erwischt? Hast du ihn auf diese Weise bezahlt und manipuliert?«

Ich schüttele den Kopf. Bin zu perplex, um richtige Sätze zu bilden. Die Frage, wo Davis den Artikel und mein Strafregister herhat, ist überflüssig. Ich weiß ganz genau, von wem er sie hat. Aber *wie*? Und *wer*?

»Hat Marco dir das gegeben?«, hauche ich.

»Was?« Davis sieht mich so irritiert und abschätzend an, dass ich mir plötzlich mit gar nichts mehr sicher bin.

»Ich weiß, dass er die Fotos von uns am See gemacht hat«, stelle ich klar. »Er hat sie online gestellt, richtig? Wusstest du davon? Warst du eingeweiht?« Endlich habe ich meine Stimme wiedergefunden. Herausfordernd blicke ich ihn an und sehe an den ausgedruckten Scans vorbei, die er zwischen uns hält.

Er verengt seine schmalen Augen und faltet die Zettel wieder zusammen. Als er sie zurück in seine Hosentasche schiebt, verschränkt er anschließend die Arme vor seiner Brust. »Marco hat die Fotos auf meinen Befehl hin geschossen.«

Ich öffne schon meinen Mund für die nächste Fragenflut, als Davis weiterspricht. »Aber er hat sie nicht online gestellt. Er sollte die Fotos für mich machen, damit ich dich in der Hand habe. Damit *ich* entscheide, wann und wer sie sieht.«

Ich runzele die Stirn und ignoriere den Stich in meiner Brust bei seinem Geständnis, mich erpressbar machen zu wollen. Nichts von dem, was am See passiert ist, war echt.

Alles nur eine Show, um mich reinzulegen. Doch ich verkneife mir das Warum und konzentriere mich stattdessen auf das, was wichtig ist. »Also hat Marco sie hinter deinem Rücken hochgeladen?«

Davis schüttelt den Kopf. »Hast du mir nicht zugehört? Er hat das besagte Foto nicht online gestellt. Wieso fragst du mich das überhaupt jetzt? Ist das nicht alles Schnee von gestern?«

Ich atme tief durch. »Ich habe erst vor ein paar Tagen erfahren, dass Marco dahintersteckt. Und dich seitdem nicht mehr gesprochen. Ich wollte wissen, wieso ihr es hochgeladen habt.«

Er breitet seine Arme aus. »Haben wir aber nicht. War das alles? Kann ich jetzt gehen?«

Sein pampiger Tonfall nervt mich. »Interessiert es dich denn nicht, wer es stattdessen getan haben könnte? Du bist schließlich auch auf dem Bild zu sehen!«

»Aber keiner weiß, dass ich es bin. Und so wie ich es sehe, bist du gut damit weggekommen. Deine Stelle hast du ja schließlich noch. Vermutlich bist du unkündbar, so oft, wie du Hendricksons Schwanz gelutscht hast.«

Ich hole aus, um ihm eine zu scheuern, doch er hält meine Hand auf, bevor sie seine Wange erreichen kann. Grob und schmerzhaft umklammern seine Finger mein Handgelenk. Er tritt einen Schritt an mich heran und das Feuer in meiner Brust lodert höher. »Noch einmal schlägst du mich nicht, Rivers.«

Die Art und Weise, wie er das betont, erinnert mich schmerzhaft daran, was körperliche Gewalt für ihn bedeutet, und ich bereue es sofort, meine Hand gegen ihn erhoben zu haben. Wenn er mich bloß nicht immer so provozieren würde.

»Dann hör auf, solche Sachen zu sagen«, zische ich.

Unser Atem geht laut. Schnaubend. Füllt die Zentimeter zwischen uns.

»Dann sieh mir in die Augen und sag mir, dass es nicht stimmt«, verlangt er.

»Es stimmt nicht. Ich hatte weder Sex mit Mr. Hendrickson noch anderen intimen Kontakt. Ich habe ihn *nicht* dafür bezahlt, mir diese Stelle zu geben.« *Meine Stiefschwester und ihr Mann haben ihn dafür bezahlt.* Aber das muss Davis ja nicht wissen.

»Nur zu schade, dass ich weiß, wie schamlos du lügen kannst.« Er lässt mein Handgelenk los. Obwohl nun auch der Schmerz nachlässt, den sein Schraubstockgriff verursacht hat, fehlt mir die Berührung unserer Körper. Als würde ich es bevorzugen, dass er mir wehtut, anstatt mich gar nicht zu berühren. So fürchterlich krank und doch so wahr.

»Ich habe dich nicht angelogen«, murmele ich und unterdrücke den Drang, ihm näher zu kommen. Ihn irgendwie anzufassen.

Er lächelt. Kalt. »Erinnerst du dich nicht mehr an unser Gespräch über Wahnsinn? Ich habe dich gefragt, ob du schon einmal so etwas getan hast. Mit einem Schüler geschlafen. Du hast verneint.«

Ertappt blinzele ich ihn an und spüre, wie meine Wangen heiß werden. Soweit ich mich erinnere, bin ich der Frage an jenem Abend bei ihm im Zimmer ausgewichen, anstatt sie zu verneinen, aber im Prinzip hat er recht und ich habe gelogen. Aber er glaubt doch nicht, dass ich ihm jemals einfach so hätte sagen können, dass ich schon einmal mit einem Schüler geschlafen habe?

»Das muss unter uns bleiben, Davis ... Diese Scans ... wie bist du überhaupt an die gekommen?«

»Kamen per Post. Dass du auffliegst, ist also die einzige Angst, die du hast, ja?«

Ich schließe die Augen, weil ich nicht weiß, was ich dazu sagen soll.

»Ich habe es dir leicht gemacht, weil ich die ganze Zeit über dachte, ich würde dich jagen. Dabei war es von vornherein umgekehrt. Du hast Jagd auf mich gemacht. Weil du Jungs schärfer findest als Männer. Richtig? Es gibt dir einen

Kick. Und dass du schon einmal vom Gesetz verschont wurdest, hat dich glauben gelassen, dass du es noch einmal probieren kannst. Oder warte – der wievielte bin ich überhaupt? Du wurdest nur einmal erwischt, aber das heißt ja nicht, dass ich dann erst der Zweite bin.«

»Hör auf!« Er soll aufhören zu reden und die Wahrheit so zu verdrehen, dass mir selbst davon schlecht wird. »Wieso stört dich das überhaupt? Kratzt diese Tatsache etwa an deinem Ego, weil du dachtest, du bist der Erste, für den ich das Gesetz breche?«

In seinen Augen sehe ich, dass ich ins Schwarze getroffen habe. *Unfassbar.* Es geht hier um mein Leben und er denkt nur an sich. Ich schubse ihn gegen die Kabinentür, weil ich ihn und seine Selbstverliebtheit nicht mehr ertrage. Für sein Riesenego ist hier kein Platz. »Raus hier!«

Er dreht sich tatsächlich um und seine Hand liegt bereits an der Tür, doch dann wendet er sich noch einmal zu mir um. »Es stört mich, weil ich dachte, es wäre etwas Besonderes.«

Wumm.

Wumm.

Wumm.

Mein Herz schlägt drei Mal, bis ich begreife, was er gesagt hat. Bis ich verstehe, warum er sich mir gegenüber den ganzen Morgen so kühl verhalten hat. *Er will, dass unsere Verbindung etwas Besonderes ist.* Es ist mehr als ein angekratztes Ego.

Eine Last fällt von meinen Schultern, meinem Herzen, meinem Körper. Ehe ich darüber nachdenken kann, überbrücke ich den halben Meter zwischen uns, greife sein Gesicht und küsse ihn. Soll er mich doch von sich stoßen, wenn ich seine Worte falsch interpretiert habe. Doch er stößt mich nicht weg. Seine Hände legen sich um meine Wangen, während unsere Lippen miteinander verschmelzen. Genau darauf habe ich gewartet. Unsere Körper können viel besser miteinander reden, wenn wir keine Worte benutzen. Dieser Kuss sagt so viel mehr, als wir in den letzten fünf Minuten gesagt haben.

Alles danach passiert in einer solchen Geschwindigkeit, dass ich nicht weiß, wie und wann ich überhaupt Luft hole. Aber offenbar ist atmen, küssen, ausziehen, atmen eine mögliche Aneinanderreihung von Tätigkeiten. Noch nie in meinem Leben war ich so schnell aus meinen Klamotten raus. Noch nie habe ich das Gefühl von fremder nackter Haut unter meinen Fingerspitzen so sehr genossen.

Davis drängt mich gegen eine der Wände und ich stöhne seinen Namen. Ich spüre seine Härte warm und groß an meinem Bauch, als er mit seinen Händen in meine Haare greift und meinen Kopf so weit zurückzieht, dass ich ihn ansehen muss.

»Ich jage dich. Nicht umgekehrt. Ich entscheide, ob wir es tun. Nicht du.«

Ich versuche zu nicken. Ihm zuzustimmen. Es war nie anders. Wird nie anders sein. Und ich *liebe* es. Er darf alle Entscheidungen treffen, solange er sich immer wieder für mich entscheidet.

Ungeduldig recke ich mich ihm entgegen, um ihn endlich in mir zu spüren. Er versteht mein stummes Flehen, vielleicht kann aber auch er nicht länger warten. Seine Hände wandern von meinem Kopf meinen nackten Körper hinunter, bis sie an meinem Hintern liegen und mich anheben. Sofort gleitet sein Schwanz an die richtige Position zwischen meinen Beinen, drückt sich gegen meine feuchte Mitte und ich stöhne leise auf. Ich habe dieses Gefühl vermisst. Ich habe alles hieran vermisst.

Ich zittere, als er mich wieder auf die Beine stellt und ich ohne seinen Halt stehen muss.

Schwer atmend streicht er sich die Haare aus seiner verschwitzten Stirn. Sein dunkles, raues Stöhnen hallt noch immer in meinen Ohren wider und ich bin ganz betäubt von den Empfindungen, die durch meinen Körper jagen. High von Endorphinen.

Zu spät fällt mir auf, dass ich ihn angrinse wie ein bekiffter Volltrottel. Schnell zwinge ich meine Mundwinkel nach unten.

Davis lehnt seine Stirn an meine und schließt die Augen. Sein Atem streift sanft mein Gesicht und mein Herz klopft mir bis zum Hals. Das hier ist der Moment. Der Moment *danach*, bei dem einer von uns immer geflohen ist. Bei dem der Schalter umgelegt wird, weil unser Verstand zurückkehrt. Jede Sekunde ist es so weit, wenn die Nachbeben seines Orgasmus abgeklungen sind, und der Drang, die Nähe zu Distanz zu verwandeln, übermächtig wird. Ich kenne diesen Drang.

Distanz zu wahren, hat seine Vorteile.

Ich sollte mich wappnen oder selbst den ersten Schritt tun, um von seiner Kälte nicht überrascht zu werden, doch stattdessen genieße ich den Moment. Jeden schnellen Herzschlag, in dem wir einfach nur hier stehen und um Luft ringen.

»Es war viel zu schnell vorbei«, wage ich mich vor und breche das Schweigen.

Davis löst seine Stirn von meiner und sieht mich an. Mit angehaltenem Atem versuche ich in seinem Blick zu erkennen, was er denkt.

Zu meiner Überraschung schmunzelt er. »Habe ich dich nicht vorgewarnt, dass ich auf Quickies stehe?«

Ich schüttele den Kopf.

»Lieber schnell und dafür öfter mal.« Er tritt einen Schritt zurück und bückt sich nach seiner Hose.

Sprachlos sehe ich dabei zu, wie er sich anzieht. Meine Gedanken rasen. Er wirkt nicht so kühl, wie ich befürchtet hatte, und beleidigt hat er mich auch noch nicht, was bei ihm echt an ein Wunder grenzt – und er hat etwas von *öfter mal* gesagt. Steigen mir die ganzen Hormone zu Kopf oder bedeutet das, wir führen unsere Affäre fort? Werden wir jetzt öfter wilden hemmungslosen Sex haben? Ist es überhaupt das, was ich will? Ein dauerhaftes sexuelles Verhältnis mit ihm?

Ich bohre nicht weiter nach, sondern löse mich aus meiner bescheuerten Starre und ziehe mich ebenfalls an.

»Was denkst du?«, will er wissen, nachdem er sich das T-Shirt übergezogen hat. Offenbar ist er irritiert von meiner wortkargen Art.

Ich halte in meinen Bewegungen inne und sehe ihn lange an. »Ich wünschte, wir könnten hier für ein paar Tage fort«, gebe ich dann ehrlich zu. »Irgendwo hinfahren, wo uns niemand kennt. Wo wir nicht Lehrerin und Schüler sind, sondern wo wir so tun können, als wären wir beide einundzwanzig.«

»Beide einundzwanzig?«, wiederholt er halb belustigt, halb ungläubig. »Dich stört, dass ich wieviel Jahre jünger bin? Zehn? Dreizehn?«, fragt er, als wäre das eine Überraschung.

»Elf. Dich nicht? Die damit verbundenen Grenzen, die Heimlichtuerei und die Lügen …«

»Sind wir. Das alles sind eben wir, Rivers.« Und in seinen Augen liegt keinerlei Bedauern. Ihn stört nicht, was wir sind. Ihm *gefällt*, was wir sind. Die Machtspielchen, die Kämpfe, das Verstecken.

Irritiert und gleichzeitig auch irgendwie beeindruckt von der Erkenntnis runzele ich die Stirn. »Warte, willst du mich jetzt eigentlich mit den Bildern vom See immer noch erpressen oder was ist aus den Fotos geworden?«, frage ich, als Davis schon den Riegel der Kabinentür hochklappt.

»Sie sind sicher verwahrt auf meinem Rechner. Wenn du mir keinen Grund gibst, wird sie nie jemand sehen außer ich.«

Mir gefällt es nicht, dass er sie als Druckmittel behält, aber ich – so seltsam das auch klingt – vertraue ihm. *Er* ist nicht das Problem. »Was ist mit den Originalen, die Marco hat?«

»Er hat sie gelöscht, Darling. Kein Grund, paranoid zu werden. Niemand erfährt von unserem kleinen Geheimnis. Versprochen.«

Und mit diesen Worten öffnet er die Tür und schlüpft aus der Umkleide.

Niemand erfährt davon. Wie schön es wäre, die Augen vor der Wahrheit zu verschließen und Davis zu glauben. Wenigstens für ein paar Minuten. Aber ich kenne die Wahrheit. Ich weiß, dass unser Geheimnis alles andere als sicher ist. War es nie.

Wie schlimm es wirklich um mich steht, erfahre ich erst, als ich zuhause ankomme. Ich trage die Einkäufe in die Küche und spüre die Vibration meines Handys in meiner hinteren Hosentasche. Ich weiß gar nicht, wieso ich in letzter Zeit immer davon ausgehe, dass jede eingehende Nachricht vom Spielleiter ist. Es könnten genauso gut Rina, Lola oder Carry sein. Wobei die ersten beiden seit unserem Streit wegfallen. Also ist es eine fifty-fifty Chance, als ich die Einkaufstüte abstelle und mein Handy herausziehe.

Die anonyme Nummer lässt meine Finger verkrampfen und ich zögere, die SMS zu öffnen. *Was kommt jetzt?* Innerlich wappne ich mich für meinen nächsten Tadel über eine weitere unerfüllte Aufgabe. Dass der Spielleiter seine Drohung noch wahrgemacht hat und mein Geheimnis an Davis verraten hat, sollte mich wohl daran erinnern, dass er mich in der Hand hat. Trotzdem war es für mich ertragbar, dass diese Dokumente nur an Davis gingen und nicht an die gesamte Stadt. War es nur ein Warnschuss? Will der Spielleiter sich das Platzen der Bombe aufheben, wenn ich das nächste Mal eine Aufgabe verweigere? So wie heute?

Zum Sex ist es zwar dennoch gekommen, aber das kann der Spielleiter ja nicht wissen, da ich das Beweisvideo nicht gedreht habe.

Ich öffne die Nachricht, bereit für eine weitere Drohung. Meine Finger erstarren über dem Bildschirm, als automatisch ein Videoclip startet.

Mit Ton und in Farbe läuft ein Pornofilm auf meinem Handy. Es dauert mehrere Sekunden, in denen das Stöhnen laut durch meine Küche hallt, bis ich begreife, dass Davis und ich die Hauptdarsteller sind. Dass es unsere nackten Körper sind, die sich von oben aufgenommen aneinander vergehen.

Das Handy entgleitet meinen Fingern und segelt gen Fliesenboden. Das Splittern des Displays übertönt sogar die Schreie der Frau. *Nein, meine Schreie.* Das sind meine lusterfüllten Schreie.

dreiunddreißig

MAYA

Donnerstag, Balanceakt

Danke für das nette Videomaterial. Falls du nicht willst, dass es noch jemand sieht, solltest du deine nächsten Aufgaben wohl besser befolgen. Es ist schade, dass du unsere Spielregeln in letzter Zeit so sehr vernachlässigt hast. Du hast so vielversprechend angefangen.

Es wird Zeit, mir eine bruchsichere Handyhülle anzuschaffen, denke ich mit verbittertem Blick auf die Sprünge im Display.

Ich stecke mein Handy weg, nachdem ich diese SMS schon zum zwanzigsten Mal gelesen habe. Es hilft nichts, mir immer und immer wieder meine eigene Dummheit vorzuwerfen. Wie dämlich es gewesen ist, mit Davis an einem öffentlichen Ort zu vögeln. Noch dazu genau an dem Ort, an dem der Spielleiter es von mir verlangt hat. Er muss eine Kamera angebracht haben oder selbst dort gewesen sein, in der Annahme, ich würde seine Anweisung befolgen.

Auch wenn man uns nur von oben sieht – in dem Video stöhne ich sogar Davis' Namen. Es bleibt kein Zweifel daran, wer wir sind.

Nüchtern betrachtet müsste ich bereits in einer Zelle schmoren, stattdessen sitze ich in meinem alten Mustang und starre durch die Windschutzscheibe auf das alte Gebäude der Haze Falls High. *Irgendetwas hat mein Erpresser noch mit mir vor.*

Der Morgen ist grau und wolkenverhangen. Als ich aus dem Wagen steige, kriecht die Kälte durch den Stoff meines Herbstmantels und dringt bis in meine Knochen. Feine Nebelschwaden lassen die Luft weiß und gespenstisch wirken. Mit großen Schritten überquere ich den Parkplatz und laufe auf die Schule zu, die sich wie ein dunkler Schatten mit Spitzdächern aus dem Nebel schält.

Doch ich komme nur ein paar Schritte weit, als plötzlich ein Auto neben mir hupt. Vor Schreck mache ich einen Satz. Mit rasendem Herzen drehe ich mich nach rechts. Erst als die Frontlichter eines schwarzen Mercedes' aufleuchten, sehe ich, dass hinter der Windschutzscheibe jemand sitzt. Das ist Davis' Auto! Als mir das bewusst wird, laufe ich zur Fahrerseite des Wagens.

Er hat das Seitenfenster hinuntergekurbelt und sieht mich an. »Steig ein.«

»Was? Der Unterricht geht gleich los.«

»In fünf Minuten erst. Steig ein.«

Hat er über Nacht seinen Verstand verloren? »Was hast du vor?«

Er zieht eine Augenbraue hoch, als wäre das die dümmste Frage, die ich je gestellt habe. Das Einzige, was noch dümmer wäre, ist, mich länger hier mit ihm zu streiten. Jeder, der am Parkplatz vorbeikommt, könnte uns sehen. Hastig reiße ich die hintere Tür auf und klettere in seinen Wagen.

»Ich steige nur ein, damit uns niemand sieht«, stelle ich klar und schließe die Tür.

Er blickt zu mir über die Schulter. »Ist klar, Rivers. Rede dir das ruhig weiter ein.« Im nächsten Moment schnallt er sich ab, dreht sich im Sitz um und klettert zu mir auf die Rückbank.

»Was …?«

Mit einem Kuss bringt er mich zum Verstummen. Vor Überraschung vergesse ich tatsächlich, mich zu wehren. Binnen Millisekunden verliere ich mich in dem Gefühl seiner weichen und doch bestimmten Lippen.

Wieso sollten wir das noch gleich lassen?

»Wenn uns jemand sieht …«, murmele ich.

»An diesem dunklen Morgen, in einem Auto, das vom Nebel verschluckt wird, auf der Rückbank?«

Ich weiß nicht, seit wann ich Schmetterlinge in meinem Bauch züchte, aber der Schwarm flattert mit Höchstgeschwindigkeit. Nur mein Herz schlägt noch schneller als ihre Flügel. Doch so sehr sich mein Körper auch darüber freut, dass Davis mich will und unsere Affäre zu mehr als einer Eintagsfliege mutiert ist, kann ich nicht ignorieren, auf welch zerbrechlichem Boden ich stehe. Eine falsche Bewegung und der Spielleiter muss nur mit den Fingern schnippen, um mich in die Tiefe stürzen zu lassen.

»Wir können es nicht auf dem Schulgelände treiben«, sage ich diesmal bestimmt und schiebe ihn von mir. Doch Davis' Hände kann ich nicht so einfach abschütteln. Eine davon schiebt er zwischen meine Beine und seine Fingerkuppen streichen über den dünnen Stoff meiner schwarzen Strumpfhose.

Ich drücke meine Oberschenkel zusammen, doch Davis' Hand hat sich bereits zu der Stelle vorgekämpft, die pochend seine Berührung begrüßt. Unwillkürlich hole ich tief Luft.

Prompt nutzt er meinen Moment der Schwäche aus, packt meine Beine und zieht sie auf die Rückbank hoch, sodass ich eine neunzig Grad Drehung mache. Ehe ich mich versehe, liegt mein Hinterkopf an der kühlen Scheibe und Davis kniet zwischen meinen gespreizten Beinen.

»Davis!«

Ohne mich anzusehen, greift er den Bund meiner Strumpfhose und zieht sie bis zu meinen Knöcheln hinunter. Adrenalin und Lust peitschen durch meine Adern und versengen jeden Zentimeter meiner Haut in unerträglicher Hitze. Mit der einen Hand halte ich mich an dem Kopfstück der Rückbank fest, mit der anderen am Fahrersitz, während Davis' Finger am Rand meines Slips entlangstreichen.

»Sag, dass ich aufhören soll. Ein Wort von dir und ich höre auf.« Er sieht zu mir auf und ich halte die Luft an, während seine Finger sich langsam tastend vorwagen und unter den Spitzenstoff gleiten, meine nackte Scham streifen.

Lieber würde ich sterben, als zuzulassen, dass seine Finger jetzt von mir ablassen. Meine Vernunft versucht es trotzdem.

»A...« Ich schlucke. Unterdrücke ein Stöhnen.

»A?« Seine Finger gleiten spielerisch durch meine Feuchtigkeit, teilen meine Schamlippen und streifen meinen Kitzler.

»Ah...« Ich schließe die Augen und beiße mir auf die Unterlippe. Statt dem Ganzen ein Ende zu setzen, biege ich den Rücken durch und dränge meine Hüfte näher an seine Hand.

»Du musst schon das ganze Wort sagen und nicht nur einen Buchstaben. Ich weiß, du bist zwar Mathematiklehrerin und keine Englischlehrerin, aber den Unterschied zwischen einem Wort und einem Buchstaben solltest du kennen.«

Verdammter Bastard! Statt ihm zu antworten, greife ich seinen Kopf und drücke ihn hinunter in meinen Schoß. Ich spüre seinen Widerstand und sein Zögern, doch ich drücke ihn so lange hinunter, bis sein Mund endlich auf mir landet. Das Gefühl seiner weichen, warmen Lippen auf meiner empfindlichsten Stelle elektrisiert mich. Stöhnend schließe ich die Augen und lehne mich zurück.

Davis' Zunge bewegt sich nur zögerlich und langsam über meine Klit, doch es reicht, um hunderte von Nervenimpulsen zu reizen. »Ja, schneller«, weise ich ihn an und drücke mich ihm entgegen, während meine Finger sich in seine samtig weichen Haare krallen. Jede spitze Bewegung seiner Zunge ist wie ein kleiner Stromschlag, der ein ganzes Blitzlichtgewitter in meinem Körper auslöst. Doch ich will mehr. »Deine Hand«, keuche ich. Er soll sie hinzunehmen.

Zwei Sekunden später spüre ich, wie sich unter seine Zunge zwei Finger in mich schieben. Die Muskeln meiner Pussy ziehen sich zusammen. Mein ganzer Körper erbebt und ich steuere keuchend auf das Finale zu. Als Davis zeitgleich zu den flinken Zungenbewegungen rhythmisch seine Finger in mich stößt, brechen die tosenden Wellen der Lust endgültig über mir zusammen.

»Heilige Scheiße«, stöhne ich und beiße mir auf den Handballen, um meinen Schrei zu dämpfen. Als ich fertig bin, schiebe ich seinen Kopf von mir weg. Ermattet und nach Atem ringend starre ich nach oben an die graue Decke des Wagens.

Am liebsten würde ich mich revanchieren oder Davis über mich herfallen lassen, doch ich weiß, dass wir dafür keine Zeit haben. Vermutlich hat es sogar schon zum ersten Mal geklingelt. Scheiße. Benebelt und ... glücklich senke ich den Kopf und sehe Davis an, der sich aufrecht hinsetzt und mit der Rückhand über seinen Mund wischt.

Hitze steigt mir in die Wangen bei der Erkenntnis, wie egoistisch ich ihn hierzu gedrängt habe. Normalerweise ist er derjenige, der das Ruder in der Hand hat, doch diesmal ... »Sorry«, murmele ich verlegen und ziehe mir schnell die Strumpfhose hoch.

Ich kann Davis' Blick nicht deuten. Er sieht mich so ... nachdenklich an. Ist er sauer, wenn ich jetzt aus dem Auto steige, ohne ihm eine Gegenleistung zu geben? Für seinen Egoismus ist er schließlich bekannt.

»Es war gar nicht so schlimm, wie ich immer geglaubt habe«, sagt er.

Verwirrt sehe ich ihn an. Die Art, wie er sich über die Lippen leckt, als würde er sich noch mit meinem Geschmack beschäftigen, lässt eine Ahnung in mir aufkeimen. Mir klappt die Kinnlade herunter. »Warte. Du hast noch nie zuvor eine Frau …?«

Er zuckt mit den Achseln, als sei das keine große Sache. »Wieso sollte ich? Ich habe nie den Reiz daran gesehen. Aber deine Pussy schmeckt nicht schlecht. Und dein Stöhnen ist auch ganz nett … nur … was mache ich jetzt damit?« Er nickt nach unten in seinen Schoß, wo seine Hose eine deutliche Ausbeulung aufweist, die meine Wangen vermutlich noch röter leuchten lässt.

»Vorfreude ist doch die schönste Freude, oder? Du wirst es schon bis nach dem Unterricht aushalten«, necke ich ihn.

Das unausgesprochene Versprechen hängt für einen Wimpernschlag zwischen uns in der Luft und Davis' Augen funkeln wissend. Bevor ich meinen Vorschlag revidieren kann, öffne ich die Wagentür und klettere hinaus in die Kälte.

Ich komme noch gerade pünktlich zu meinem ersten Kurs. Das feuchte Gefühl zwischen meinen Beinen verfolgt mich jedoch, sodass ich in der ersten Pause zwischen den Unterrichtsstunden direkt auf die Toilette flüchte. Am liebsten wäre ich vor den ersten zwei Stunden schon gegangen, doch lieber spät als gar nicht.

Ich sitze gerade in der Kabine, starre glücklich grinsend auf die vielen Kritzeleien an den weißen Wänden um mich herum, als ich höre, wie noch jemand anderes das WC betritt.

Ich denke mir nichts dabei – bis die Schritte direkt vor meiner Kabinentür stehen bleiben. Irritiert blicke ich nach unten auf den Streifen zwischen Boden und Tür, doch ich kann nur einen Schatten ausmachen. Das Grinsen in meinem Gesicht erlischt. Plötzlich wird der Schatten unter der Tür von einer Spielkarte abgelöst. Eine rote Karte wird auf den weißen Fliesen in meine Richtung geschoben.

Ich schlage mir die Hand vor den Mund, um einen spitzen

Schrei zu unterdrücken. Schnell springe ich vom Toilettensitz, ziehe meine Strumpfhose hoch und reiße die Tür auf. Doch es ist zu spät. Niemand steht mehr vor meiner Kabine. Die Tür zum Waschraum fällt dumpf zu. Ich drehe mich blitzschnell um, um noch die Spülung zu betätigen, dann bücke ich mich nach der Karte und stürze aus der Kabine. Ich renne zur Tür und reiße sie auf, schaue den Schulflur nach links und rechts hinunter, doch keiner der Schüler, die in dem Gang stehen oder zu ihren Spinden laufen, wirkt verdächtig. Mein Blick scannt die Grüppchen nach bekannten Gesichtern – es könnte jeder von ihnen sein. Oder niemand.

Innerlich fluchend gehe ich zurück, um meine Hände zu waschen. Nachdem ich das Wasser zugedreht habe, riskiere ich einen Blick auf die Rückseite der Monopolykarte. Auch wenn ich schon ahne, dass mir das, was draufsteht, so gar nicht gefallen wird.

`Deine vorletzte Aufgabe.`
`Du findest D's Drogenvorrat in seinem Spind`
`und meldest es dem Direktor. Nach der`
`nächsten Runde kriegst du dann auch deine`
`»Du kommst aus dem Gefängnis frei«-Karte.`

Irritiert runzele ich die Stirn. Mein Blick fällt erneut auf die erste Zeile. *Nur noch zwei Aufgaben und das Spiel ist vorbei?* Diese Information verwirrt mich so sehr, dass ich der Aufgabe kaum Beachtung schenke. Ich verstehe die Welt nicht mehr, schaue auf die Karte herunter, als würde sie mir sagen, dass die Erde eine Scheibe ist. Wie kommt es, dass mein Erpresser das Spiel von sich aus beenden will? Hat er schon genug? Oder glaubt er, mit den letzten beiden Aufgaben sein Ziel zu erreichen? Ich schlucke, als mir die Tragweite der neuen Aufgabe bewusst wird. Wenn Davis tatsächlich Drogen in der Schule versteckt hat und ich ihn verpetze, wird das schwerwiegende Konsequenzen für ihn haben. Also geht mein Erpresser entweder davon aus, dass ich die Aufgabe verweigere und er als Strafe das Sexvideo von mir hochladen kann, oder er hat es gar nicht auf mich abgesehen, sondern auf Davis.

Bisher habe ich mir nur Gedanken darüber gemacht, wer *meine* Feinde in Haze Falls sind, aber Davis war von Anfang an in meine Aufgaben involviert. Was, wenn mein Erpresser *ihn* aus dem Weg schaffen will und nicht mich?

Ich atme tief durch und stecke die Karte weg. Über mir ertönt der Gong zur nächsten Stunde. Während ich nach außen hin so tue, als wäre nichts, tobt in meiner Brust ein Kampf. Mein Herz ist mein größter Schwachpunkt, am liebsten würde ich Davis alles erzählen oder ihn zumindest vorwarnen, aber mein Verstand weiß klar, was zu tun ist. Eigentlich habe ich keine Wahl. Ich *muss* die Aufgabe erfüllen und ich *muss* die Regeln befolgen, die mir verbieten über das Spiel zu reden. Wenn der Spielleiter mich erneut bestrafen will, wird das Video von uns weit größere Wellen schlagen als ein paar Drogen.

Die vielsagenden, gierigen Blicke, die Davis mir während der Mathematikstunde zuwirft, lassen mich meine Entscheidung beinahe über den Haufen werfen. Seine letzte Erinnerung gilt unserem lockeren Geplänkel auf dem Parkplatz und meinem Versprechen, es nach Unterrichtsschluss fortzusetzen. Er hat ja keine Ahnung, dass unsere rosarote Seifenblase bereits zerplatzt ist. Keine vier Stunden sind seitdem vergangen und doch hat sich alles verändert.

Ich will ihm das nicht antun, ich *kann* ihm das nicht antun. Je nachdem, wieviel und welche Rauschmittel er besitzt, droht ihm mehr als eine Suspendierung. Er wird einen Drogentest machen müssen und je nachdem wie dieser ausfällt, werden nicht nur seine Eltern, sondern auch die Polizei informiert. Verdammt. Bei dem Gedanken an seinen Vater und dessen vermeintliche Reaktion wird mir innerlich ganz kalt.

Ich fühle mich, als hätte ich Schüttelfrost und trotzdem schwitze ich.

Die Alternative ist schlimmer, Maya. Für das Video landest du nicht nur im Knast, auch seine Zukunft wäre damit zerstört.

Während der Stunde meide ich jeden Blickkontakt zu ihm und als er langsam merkt, dass ich ihn zu ignorieren versuche, meldet er sich bei den Fragen, die ich stelle. Ich nehme ihn kein einziges Mal dran. Ich höre auf, in seine Richtung zu schauen. Selbst als er anfängt, laut irgendwelche Witze zu reißen und den Unterricht zu stören, bringe ich es nicht über mich, ihn anzusehen oder zu ermahnen.

Er wird mir das niemals verzeihen. Er wird niemals verstehen, wieso ich das tun musste.

Nach dem Pausenklingeln fühle ich mich, als handle mein Körper auf Autopilot – meine Seele ist nur ein unbeteiligter Zuschauer. Da ich allein nicht die Befugnis dazu habe, das Schließfach eines Schülers zu öffnen, gehe ich auf direktem Weg zu Mr. Hendrickson. Hätte ich innerlich nicht schon abgeschaltet, hätte ich mich über seine verdutzte Miene amüsiert. Mich hat er von allen Lehrkräften wohl am wenigsten je wieder in seinem Büro erwartet.

»Ich habe den begründeten Verdacht, dass sich Drogen im Spind eines Schülers befinden«, sage ich – oder sagt die seelenlose, leere Hülle, die wie Maya spricht und aussieht, aber sich nicht mehr wie Maya fühlt. Ich drohe an den Worten zu ersticken, aber Mr. Hendrickson bekommt nichts davon mit. Nach ein paar Sekunden, in denen er mich immer noch überrascht anstarrt, steht er von seinem Stuhl auf und folgt mir aus dem Büro.

Verzeih mir, Davis.

DAVIS

Verrat

»Was wird das?«, brülle ich über den Flur, als ich sehe, dass sich zwei Security Männer an meinem Schließfach zu schaffen machen. Ich komme gerade aus der Cafeteria, wo ich mit Marco und den anderen gegessen habe und mein bester Freund mir stolz gesteckt hat, dass er es seit neustem mit Samantha treibt. Die Pause ist nun vorbei und die Schüler packen ihre Sachen aus den Spinden für die letzten Unterrichtsstunden des Tages. Aber meiner wird gerade von zwei Männern aufgebrochen – davor stehen der Schulleiter und Maya.

Wieso steht sie nur dabei und sieht zu? Ich bleibe vor den Erwachsenen stehen, während die Security den Inhalt meines Schließfaches durchsucht.

»Was tut ihr da?« Ich suche Rivers Blick, aber sie weicht mir aus. Wie auch den ganzen Vormittag schon. *Was ist hier los?*

»Da ist es.«

Panisch, mit einer dunklen Vorahnung, die mir ihre Klauen in die Brust schlägt, schaue ich mich um und sehe, wie ein Wachmann mein gefaketes Physikbuch aufklappt, in dem ich immer etwas Gras oder Koks aufbewahre. Da ich schon lange keinen neuen Stoff mehr besorgt habe und bei der letzten Abschussstunde das letzte weiße Pulver gezogen habe, liegt nur ein kleines Tütchen Weed in dem ausgehöhlten Buch. Was trotzdem genug ist, um mich sofort von der Schule zu kicken.

»Das ist nicht meins!«, sage ich direkt, weil das mein einziger Ausweg ist.

»Ein Drogentest bei der schulärztlichen Untersuchung wird uns mehr verraten. Komm erstmal mit. Und am besten ohne Theater, wenn du nicht willst, dass die ganze Schule hiervon Wind bekommt«, sagt Mr. Hendrickson in gesenktem Tonfall.

Ich verstehe nicht, was hier abgeht und wieso Maya dabei ist. Hat sie etwa …? Nein, das ist unmöglich! Mit aufgerissenen Augen starre ich sie an, als mir bewusst wird, was sie getan haben muss. Sie ist die einzige Lehrerin, die weiß, dass ich hin und wieder Drogen nehme, und sie hat keinen Hehl daraus gemacht, dass ihr das nicht gefällt. Hat sie etwa gehofft, Kokain in meinem Spind zu finden?! Hat sie *gewollt*, dass ich von der Schule fliege?!

Anstatt mich endlich anzusehen, nickt sie Mr. Hendrickson nur zu und verabschiedet sich.

Der Wachmann klemmt sich das Buch zwischen die Achsel, der andere schließt die Spindtür, die jedoch aufgebrochen nur noch unnötig in den Angeln hängt, und Mr. Hendrickson streckt einen Arm aus, um mir zu signalisieren, dass ich vorgehen soll.

Langsam setze ich einen Schritt vor den anderen. Ich spüre die Blicke der anderen Schüler auf mir und zum ersten Mal in den zwei Jahren, die ich auf dieser Schule bin, genieße ich ihre Aufmerksamkeit nicht. Sie prallt an mir ab, die Blicke sind mir egal, das Tuscheln widert mich an. Ich wünschte, ich hätte Rivers eine Beleidigung hinterhergeknallt, eine Drohung, dass sie das noch bereuen wird, aber den Moment habe ich verpasst. Vielleicht auch besser so. Sonst hätte die Szenerie nur noch mehr Aufsehen erregt.

Ich presse meinen Kiefer zusammen. Die taube Fassungslosigkeit, die mich gelähmt hat, wird langsam, aber sicher von eiskalter Wut verdrängt, die sich in meinem Magen ausbreitet.

Nachdem ich meine Urinprobe abgegeben habe, schreibe ich Lizzy eine SMS. Meine Finger zittern noch immer vor unterdrückter Wut und ich balle meine Hand mehrmals zur Faust, damit meine Muskeln sich entspannen. Ich habe nun eine halbe Stunde beim Direktor gesessen, mitangehört, wie er mit meiner Mom telefonierte, anschließend mehrere Aufklärungsprospekte in die Hand gedrückt bekommen und dann im Krankenflügel sämtliche Tests über mich ergehen lassen. Da ich in den letzten Tagen weder gekokst, noch gekifft habe, sollten sie alle negativ ausfallen. Bei Hendrickson bin ich bei meiner Geschichte geblieben, dass es sich nicht um mein Gras handelt und ohne Beweis kann er auch nicht das Gegenteil behaupten. Jeder könnte ohne viel Tamtam meinen Spind geknackt haben. Trotzdem bin ich für den restlichen Schultag vom Unterricht befreit.

Komm her. Mädchentoilette, 1. Etage. Jetzt.

Hoffentlich habe ich noch genug Macht über Elisabeth, dass sie ohne Fragen zu stellen anspringt. Sie will mich noch immer, das habe ich in den vergangenen Tagen deutlich an ihren Blicken gesehen, die sie mir heimlich zuwirft, wann immer sie glaubt, dass ich es nicht bemerke. Sie hat mich noch nicht vergessen, auch wenn sie sich Mühe gibt, tough zu wirken. Heute brauche ich sie nicht tough, sondern schwach.

Ich lehne mich an die Wand und blicke auf die Uhr. Nur noch zehn Minuten bis zum nächsten Klingeln. Wehe sie glaubt, ausgerechnet heute auf brave Musterschülerin tun zu müssen und das Unterrichtsende abzuwarten. Geduld ist etwas, womit ich heute nicht mehr dienen kann. Ich muss irgendwie meine Wut loswerden, bevor ich nach Hause fahre, und am besten auf einem Weg, bei dem ich nicht die halbe Schuleinrichtung zerschlage oder jemandem die Nase breche. Ich will ficken, weil mein Schwanz seit dem Vorspiel heute Morgen ohnehin schon den ganzen Vormittag gereizt ist und auf seinen Einsatz wartet. Die verfluchte Fotze hat mich auf dem Trockenen gelassen, während sie selbst auf ihre Kosten kam. Und anschließend hat sie mich an Hendrickson verpfiffen. Einfach so. Aus heiterem Himmel. Warum? Will sie mich von der Schule haben? Hat sie gehofft, er wirft mich raus, wenn er meine Drogen sieht? Natürlich hat sie das gehofft, eine andere Erklärung gibt es nicht.

Ich schlucke die Galle hinunter, die meine Kehle hinaufkriecht und einen bitteren Geschmack in meinem Mund hinterlässt. Das schmerzhafte Ziehen in meiner Brust kotzt mich an und ich will dieses Gefühl loswerden, bevor ich vor Wahnsinn etwas wirklich Dummes tue. Wenn Lizzy nicht kommt, werde ich mir wen anders vornehmen. Irgendwer in meinen Kontakten wird schon anspringen. Ich will nur vergessen, vergessen, vergessen.

Ich scrolle gerade durch mein Handy, als ich schnelle Schritte auf dem Flur höre. Sobald ich aufschaue, sehe ich Elisabeth auf mich zu eilen. Ihre blonden Haare wehen hinter ihr her, ihr schwarz-grün karierter Faltenrock wirbelt bei jedem ihrer energischen Schritte auf. Die schlanken, aber trainierten Beine stecken in kniehohen schwarzen Strümpfen. Mein Blick wandert wieder hoch zu ihrem Gesicht, um zu sehen, welche Laune sie hat, doch der Ausdruck darin gleicht einem meisterhaften Pokerface.

»Nicht reden. Kannst du das?«, frage ich sie, als sie nur noch wenige Schritte von mir entfernt ist. Ich schiebe mein Handy zurück in die Hosentasche und warte, dass Lizzy vor mir stehen bleibt.

»Du willst mich wieder vögeln? Ist deine andere abgesprungen? Hat sie genug von dir oder du von ihr?« Sie verschränkt ihre Arme vor der Brust.

Ich kneife mir in den Nasenrücken und bereue meine Nachricht an sie jetzt schon. »Okay, das mit dem ‚nicht reden' klappt bei dir wohl nicht. Wenn du keinen Sex willst, warum bist du dann hergekommen?«, frage ich sie genervt. Sie wusste ja schließlich, was meine Nachricht bedeutet.

Sie schnalzt mit der Zunge. »Oh, ich will Sex. Ich will nur, dass du dich vorher entschuldigst, mich abserviert zu haben, und einsiehst, dass es dumm war, auf eine andere zu setzen.«

»Ich habe keine andere, wie oft noch?«

»Lüg mich nicht an, sonst bin ich direkt wieder weg. Ich weiß, mit wem du es getrieben hast. Und ich weiß nicht, ob ich angewidert sein soll oder dir meinen Respekt bekunden soll. Deine Jungs klopfen dir dafür bestimmt auf die Schulter, oder? Muss eine riesen Leistung gewesen sein.«

Mein Herz stockt. Was redet sie da? Sie blufft nur. Natürlich blufft sie nur. Sie ist eifersüchtig und will ihren Stolz retten, wenn sie sich schon dazu herablässt, wieder für mich die Beine zu spreizen. »Ich zähle bis drei. Entweder du haust ab und rennst, oder du bleibst und ich höre kein Wort mehr aus deinem Mund. Glaub mir, ich bin heute wirklich nicht in der Stimmung. Und sag nicht, ich habe dich nicht gewarnt«, knurre ich bedrohlich. Ich will nicht mehr an Rivers erinnert werden. Von niemandem. Und bestimmt nicht von ihr. »Eins.«

Lizzy zuckt zusammen und ich sehe in ihrem Blick, dass sie kurz überlegt, das Weite zu suchen. Aber sie ist nicht grundlos hergekommen. Irgendetwas an mir zieht sie an. Sie wird bleiben.

»Zwei.«

Sie bleibt. Statt der Zahl drei greife ich ihr Handgelenk und ziehe sie in die Mädchentoilette.

Kontrolle. Es fühlt sich so gut an, sie wiederzuerlangen.

Die ersten Sekunden fällt es mir trotzdem schwer, meinen Kopf auszuschalten. Aber als Lizzys weiße Bluse fällt und ich ihre weichen Rundungen sehe, als ihre Finger an meiner Hose nesteln und immer mehr Blut in meinen Schwanz strömt, verstummen all die störenden Gedanken. Es zählt nur noch das Hier und Jetzt. Dass das schmerzhafte Ziehen in meiner Brust von einem ungeduldigen Ziehen in meinem Unterleib abgelöst wird.

Ich stolpere mit ihr in eine Kabine, schließe sie ab und dränge Lizzy gegen die Tür. Unser schneller Atem vermischt sich in gierigen Küssen. Ihre Lippen fühlen sich so vertraut an meinen an, dass es mir leichtfällt, so zu tun, als hätten wir nie hiermit aufgehört. Ich küsse sie so hart, bis meine Lippen schmerzen und ich kaum noch Luft bekomme. Ungeduldig schäle ich mich aus meiner Hose und kann es kaum erwarten, mich in dem berauschenden Gefühl zu verlieren, wenn ich mich zum Höhepunkt ficke. Hoffentlich dauert es lange. Ich will das hier so lange wie möglich auskosten. Mich so lange wie möglich von diesem Rausch davontragen lassen. In diesen Minuten hat die Welt da draußen keine Macht über mich. Keine Bedeutung. Und ich wünschte, diese Minuten würden Stunden dauern.

vierunddreißig

MAYA

Wer A sagt, muss auch B sagen

Ich verlasse den Klassenraum, in dem ich gerade die letzte Unterrichtsstunde hatte, als mir ein Mädchen aus der zehnten Klasse im Flur entgegenläuft. »Miss Rivers! Kommen Sie bitte schnell!«

»Was ist los?«

»In der Mädchentoilette …« Ihr Kopf wird knallrot. »Da treibt es jemand. Das ist widerlich. Und gegen die Schulordnung!«

Ich reiße ungläubig die Augen auf. Die Schüler vögeln hier auf den Toiletten? Von einer solchen Schule habe ich definitiv weniger Primitivität erwartet. »Danke, dass du mir Bescheid gegeben hast. Ich kümmere mich darum!«, verspreche ich und mache mich mit schnellen Schritten auf den Weg. Innerlich bereite ich bereits eine Schimpftirade vor über die Zügelung von primitiven Trieben und dass sich Schüler der Haze Falls High nicht wie Tiere aufführen können, obwohl ich weiß, dass ich sie zum Schulleiter schicken muss und der ihnen eine ganz ähnliche Predigt halten wird. Davon gehe ich zumindest aus. Aber vielleicht bleibt es in den Köpfen der Schüler besser hängen, wenn sie die Predigt zweimal hören.

Als ich durch die Toilettentür stürme, werde ich mit einem Widerhall von Stöhnen und Keuchen beschallt. Diese eindeutigen Geräusche lassen das Blut in meinen Venen schneller zirkulieren.

»Aufhören! Wir sind hier an einer Schule und nicht im Puff!«, rufe ich über den Lärm hinweg und versuche meine Verlegenheit in der Situation beiseite zu drängen. Ich starre die Reihe an Kabinen an. Nur eine davon ist geschlossen.

Für einen Moment verstummen die beiden Teenager. Doch dann höre ich einen weiblichen Schrei und etwas donnert gegen die geschlossene Kabine, sodass sogar die Tür erzittert. Das Keuchen und Stöhnen nimmt wieder zu, genauso wie das Poltern von rhythmischen Stößen.

Hitze steigt mir in den Kopf. Rasend durch die Dreistigkeit der Schüler marschiere ich auf die Kabine zu und klopfe mit der geballten Faust gegen die Tür. »Sofort aufmachen oder das Gespräch mit dem Direktor wird das schlimmste in eurem ganzen Leben!«

»Hör auf, Davis, und mach die Tür auf. Meine Eltern killen mich, wenn Hendrickson sie anruft und ihnen das erzählt! Das ist mein Ernst!« Die atemlose Stimme des Mädchens geht mir durch Mark und Bein. Davis' Name ist wie ein Messer, das sich zwischen meine Rippen bohrt.

Ich taumele einen Schritt zurück. Gerade rechtzeitig, denn dann schwingt auch schon die Tür auf.

Die Gesichter der beiden sind gerötet. Um Davis nicht ansehen zu müssen, fokussiere ich mich auf das blonde Mädchen an seiner Seite. Elisabeth van Hall. Sie steckt gerade die Zipfel ihrer Bluse zurück in ihren Rock und richtet sich dann mit den Fingern die Haare. Das sollte sie besser vor einem Spiegel machen, denn so kann sie ganz gewiss nicht raus auf die Schulkorridore treten.

»Miss Rivers. Verzeihen Sie, wir sind auch nur Menschen und Menschen haben gewisse Triebe.« Davis' Stimme schneidet durch die angespannte Luft. Ich zwinge mich, ihn anzusehen – und er zwinkert mir zu. Er zwinkert! »Ich wäre Ihnen sehr verbunden, wenn Sie Hendrickson nichts davon sagen. Das kann doch unter uns bleiben, oder?«

Ich stehe derart neben mir, dass ich nur nicken kann. *Jetzt sag etwas! Steh nicht einfach nur so stumm da! Lass ihn nicht sehen, dass du innerlich gerade erdolcht wurdest!*

»Tut sowas in Zukunft in euren Schlafzimmern«, höre ich mich selbst sagen. »Und jetzt geht.«

Davis schultert seinen Rucksack und verschwindet. Leichtfüßig, mit erhobenem Kopf, als wäre er nicht gerade bei einer so intimen Sache erwischt und unterbrochen worden. Als hätte ich nicht zuhören müssen, wie er nur einen Schritt weiter seinen Penis in ein anderes Mädchen gerammt hat. In seinem Blick hat weder Reue noch Scham gestanden. Aber auch keine Wut oder Rachegelüste. Nur Gelassenheit. Seine Stimme hingegen war getränkt von Erheiterung. *Das ist der Davis, den ich kennengelernt habe.*

Ich merke erst, dass ich wie angewurzelt dastehe und meine Erinnerungen an die letzten Sekunden immer und immer wieder durchspule, als Elisabeth mich anspricht. Sie steht mittlerweile hinter mir, weil sie sich am Waschbecken erfrischt und ihr Äußeres an den Spiegeln kontrolliert hat.

»Bereuen Sie es mittlerweile, nach Haze Falls gezogen zu sein?«

»Wie bitte?« Ihre Frage reißt mich aus meiner Starre und ich drehe mich zu ihr um.

»Sie lebten doch vorher in New York, oder?« Sie lächelt mich unschuldig an, während in mir alles zu Eis gefriert. *Woher weiß sie davon?* »Es war ein Fehler, hierherzukommen.« Ihr Lächeln erlischt. »Aus einer anonymen Großstadt sind Sie in eine beschauliche Kleinstadt gezogen, in der jeder jeden kennt. In der nie ein Geheimnis verborgen bleibt. Niemals.« Ein letztes Mal streicht sie sich über ihre blonden Haare und wirft mir ein zuckersüßes Grinsen zu, bevor sie sich umdreht und den Raum verlässt.

Ich blinzele und Elisabeth ist fort. Am liebsten würde ich auf den kühlen Fliesenboden sinken und hilflos dabei zusehen, wie die Wellen meiner Gefühle über mir zusammenbrechen und ich im Meer ertrinke. Aber ich bin Lehrerin. Ich bin eine erwachsene Frau. Ich kann mich jetzt nicht aufgeben. Nicht hier.

Ich blinzele erneut und schaue auf meine Smartwatch. Nur noch das Schwimmtraining, das ich hinter mich bringen muss, danach habe ich Feierabend und kann zu einem hilflosen Burrito werden, der sich in einer Decke eingewickelt auf die Couch legt und in Selbstmitleid zerfließt. Zum Glück weiß ich, dass Davis vom restlichen Tag befreit ist und somit nicht zum Schwimmtraining kommt. Ihn heute dort zu sehen, hätte ich nicht ausgehalten. Eigentlich bin ich mir sicher, dass ich es nie wieder aushalte, ihn je wiederzusehen. Ich weiß nicht, wie ich das morgen, nächste Woche oder das gesamte restliche Schuljahr über tun soll. Allein an ihn zu denken, bringt mich innerlich fast um.

Selbst schuld. Ich kneife die Augen zusammen und schlucke den Schmerz herunter. War es ein fairer Preis für die Hütung meines Geheimnisses mein Herz in tausend Teile zertrümmern zu lassen? Wenn ich denn zumindest wüsste, dass jetzt alles vorbei wäre und mein Verbrechen niemals wieder zur Sprache kommt. Doch Elisabeths Worte waren wie ein Pfeil in meine Achilles Sehne. Sie weiß über meine Vergangenheit Bescheid – wieviel weiß sie über die Gegenwart? Ist sie mein Erpresser oder gibt es mehrere Leute in Haze Falls, die mein Geheimnis längst kennen? Dann wäre es beinahe unmöglich, es noch zu vertuschen.

Ich fühle mich, als würde ich mit bloßen Händen einen

reißenden Fluss stoppen wollen. Mir bleibt nichts anderes übrig, als auf die letzte Aufgabenkarte zu warten und zu hoffen, dass der Spielleiter Wort hält und das ganze Spektakel danach ein Ende findet.

Freitag

Nachdem ich die halbe Nacht wachgelegen und Lola ein Dutzend Nachrichten und Mailboxansagen hinterlassen habe, in denen ich sie um Entschuldigung anflehe, fühle ich mich am nächsten Morgen wie gerädert. Am liebsten hätte ich Hendrickson angerufen und mich krank gemeldet. Es wäre nicht einmal gelogen, weil mir wirklich kotzübel ist. Ich habe die vergangenen siebzehn Stunden zwar dazu genutzt, die Scherben meines Herzens zusammenzufegen und mich mit dem Bild abzufinden, welches Davis von sich und Elisabeth in meinen Kopf gebrannt hat, doch das versichert mir nicht, dass ich bei seinem Anblick nicht erneut zusammenbreche.

Es sollte mir scheißegal sein, wen er fickt. Wirklich. Selbst bevor ich seinen Spind aufbrechen ließ, hätte ich niemals Treue von ihm erwarten können. Von einer Affäre, besonders von einer, die so verkorkst und pervers ist wie unsere, erwartet man niemals Monogamie. Trotzdem war es ein Schlag unter die Gürtellinie, ihn live dabei zu erwischen und nun die Erinnerung daran zu ertragen. Das muss ich erst einmal verdauen und das braucht Zeit.

Das Gute daran ist, dass ich nun wirklich gar nichts mehr zu verlieren habe. Egal, was die nächste Aufgabe von mir verlangt, ich werde es tun und das Spiel beenden. Ein für alle Mal. Es gibt nichts mehr, was mein Verhältnis zu Davis noch verschlimmern könnte. Ich soll ihn hintergehen, verpfeifen oder mit wem anders schlafen? Gerne. Nur zu. Selbst wenn der Spielleiter sich wieder ein heikles Ziel wie Jordan aussucht, selbst wenn Hendrickson das Ziel ist – diesmal werde ich nicht zimperlich sein und es einfach hinter mich bringen.

Danach ist alles vorbei. Zumindest klammere ich mich daran, dass der Spielleiter seine eigenen Regeln einhält. Die anonymen Drohungen würden ihr Ende finden, ich hätte den Preis für mein Geheimnis abbezahlt und dann liege es an mir, ob ich weiter in Haze Falls wohnen bleibe oder in einer neuen Stadt mein Glück versuche. *Nur noch eine einzige Aufgabe.* Das ist die Hoffnung, aus der ich die Kraft für diesen Tag schöpfe.

Die erste Hälfte bringe ich vorbildlich hinter mich. Als die Zeiger sich der elf nähern, frage ich mich, ob Davis heute überhaupt da sein wird. Mir fällt auf, dass ich gestern nach Schulschluss gar nicht mehr bei Hendrickson nachgefragt habe, wie er in Davis' Fall verfahren ist und ob er ihn für die Drogen von der Schule suspendiert hat. Mit gemischten Gefühlen betrete ich den Klassenraum. Ein Teil von mir hofft sogar, dass Davis heute fehlt – auch wenn ich ihm nach allem, was vorgefallen ist, nicht wünsche, von der Schule geflogen zu sein. Allein bei dem Gedanken daran, was sein Vater dann mit ihm tun würde, verknotet sich mein Magen.

Als ich Davis aber wie üblich an seinem Platz sitzen sehe, geht es mir nicht besser. Meine Erleichterung hält sich in Grenzen, denn sein Anblick löst viel zu viele andere negative Gefühle in mir aus. Schnell schaue ich weg und begrüße stattdessen die Klasse.

Obwohl ich – und offenbar auch zum Teil meine Schüler – in den letzten Wochen von anderen Dingen abgelenkt wurden, kamen wir doch besser mit dem Unterrichtsstoff durch, als ich angenommen hatte. Deshalb habe ich für heute vorgesehen, ein wenig von dem Curriculum abzuweichen und den Schülern in Freiarbeit eine kleine Pause zu gönnen. In ausgelosten Gruppen sollen sie an einer offenen Textaufgabe knobeln.

Während die Jugendlichen sich stets zu viert zusammenfinden und ihre Aufgaben durchlesen, setze ich mich hinter meinen Schreibtisch und gönne mir einen Moment, um meine Gedanken zu sortieren.

Mein Blick begegnet dem von Elisabeth, die alles andere als freundlich in meine Richtung starrt. Eine Sekunde lang lächelt sie mich falsch an, als hätte sie einen Kampf gewonnen, dann wendet sie sich wieder ihrer besten Freundin Samantha zu. Tuschelnd stecken sie ihre Köpfe zusammen und ich habe den Verdacht, dass es bei ihrem Gespräch nicht um Mathematik geht.

Fühlt sie sich wie eine Siegerin, weil sie Davis wieder für sich hat?

Ich versuche darüber zu stehen und lehne mich seufzend zurück. Als ich die Schublade des Schreibtisches aufziehe, um einen Textmarker herauszuholen, erstarre ich zu Eis.

Da ist sie, die letzte Aufgabe. Die rote Spielkarte lächelt mich zwischen Stiften, einem großen Geodreieck und einer Dose Heftzwecken an. Verhöhnt mich.

Mein Blick schnellt zurück zu den Schülern. Dass die letzte Karte ausgerechnet hier in diesem Klassenraum liegt, untermauert meine Theorie, dass mein Erpresser ein Schüler dieser Klasse ist. Ich sehe gerade noch, wie Davis' Blick sich senkt. Alle anderen Schüler achten nicht auf mich. Nur Davis hat mich beobachtet. Aber das hat nichts mit der Spielkarte zu tun. *Oder?*

Ich kann nicht mehr klar denken. Mit schneller schlagendem Herzen greife ich nach der Karte und drehe sie um.

Der Text ist kürzer als sonst. Besteht nur aus zwei Wörtern. Und nie hätte ich geglaubt, dass zwei Wörter reichen können, um mir den Schock meines Lebens zu verpassen.

Töte Davis.

Töte Davis.

Töte Davis.

Töte Davis.

Mit zitternden Händen lege ich die Karte zurück und schiebe die Schublade zu. Als könnte ich sie damit wegsperren oder so tun, als hätte ich sie nie gefunden.

Das kann nicht der Ernst des Spielleiters sein. Stellt er mich auf die Probe? Ist das seine Ansicht von schwarzem Humor? Nach der letzten Aufgabe habe ich zwar schon vermutet, dass der Erpresser Davis aus dem Weg räumen will, aber damit glaubte ich nie an das wörtliche ›aus dem Weg räumen‹. Würde ich mich nicht im Klassenraum befinden, würde ich nach einer versteckten Kamera Ausschau halten.

Nachdem die ersten Sekunden an mir vorbeiziehen und die Welt in meinem Klassenraum immer noch dieselbe ist, bin ich mir hundert Prozent sicher, dass dies keine *richtige* Aufgabenkarte ist. Die typischen Markenzeichen der sonstigen Karten sind nicht erfüllt: Keine Monopolyanspielungen. Keine typischen Floskeln. Und auch keine Details zur Vorgehensweise. Wer auch immer sich diesen Scherz erlaubt und diese Karte in meinem Tisch deponiert hat: es war nicht der Spielleiter.

Mein Blick wandert diesmal gründlicher über die Schüler. Als könnte ich in ihre Köpfe hineinschauen. Diesmal sind es mehrere, die nach vorne zu mir blicken oder an die Tafel, knapp an mir vorbei. Es könnte jeder von ihnen sein. Aber keiner von ihnen würde mir auftragen, einen Mitschüler zu ermorden. Vor allem Marco und Elisabeth nicht, die Davis beide viel zu nahe stehen.

Das Spiel ist schon lange aus dem Ruder gelaufen, aber das hier übersteigt alles. Auch wenn es nur ein makabrer Scherz ist. Er geht zu weit.

Den restlichen Nachmittag warte ich auf eine weitere Nachricht vom Spielleiter, auf eine echte neue Ereigniskarte oder auf eine SMS. Doch es passiert nichts. Erst als ich nach dem Schwimmtraining in mein Auto steige.

Verwirrt sehe ich auf die braune Papiertüte, die auf meinem Beifahrersitz liegt. Mir läuft es eiskalt den Rücken hinunter und ich schaue mich hastig um, als erwarte ich, dass derjenige, der meinen Wagen aufgebrochen hat, sich hinten mit einem Messer auf der Rückbank versteckt.

Sobald ich mich vergewissert habe, dass ich allein bin, greife ich mit klopfendem Herzen nach der Tüte. Eine dunkle Vorahnung schnürt mir die Kehle zu, doch ich will es nicht wahrhaben. Das Papier knistert unter meinen Fingern, als ich sie auf meinen Schoß nehme und öffne. Bereits das Gewicht hätte mich darauf vorbereiten können, aber die Waffe mit eigenen Augen zu sehen, stellt meine Welt auf den Kopf.

Also war die Aufgabenkarte doch ernst gemeint?

Meine Augen entdecken noch einen weißen Zettel neben der Waffe, den ich vorsichtig herausziehe, als wäre die Pistole eine Klapperschlange, die jeden Moment zubeißen könnte.

Der auf dem PC getippte und ausgedruckte Brief erinnert mich von der Aufmachung direkt an meine allererste Drohnachricht, die ich zusammen mit den Vergissmeinnicht in der Küche gefunden hatte. Drei Wochen ist das schon her und doch kommt es mir vor wie gestern.

Jedes Geheimnis hat seinen Preis: Ein Leben.
Wenn du nicht mit deinem bezahlen und den
Rest davon im Gefängnis verbringen willst,
zahle mit seinem.
Du hast Zeit bis Sonntag. Das Wann und Wo
ist dir überlassen.

Ich falte den Zettel ordentlich zusammen und lege ihn zurück in die Tüte. Dann starte ich den Motor und fahre los.

Flughafengetümmel umgibt mich. Lachende Reiselustige, das Rollen von Koffern, die Lautsprecherdurchsagen, das alles ist wie ein summender Bienenstock, in dem ich gefangen bin.

Laut ihren neusten Instaposts befindet sich Carry momentan in London. Ich gehe zum nächsten Schalter und buche ein Oneway-Ticket nach England. Der Preis ist mir egal, mir ist egal, dass ich drei Stunden hier warten muss und mir ist egal, dass ich kein Gepäck bei mir habe oder dass es mein erster Flug ist, bei dem ich den Kontinent verlasse. Ich kann weder Freude, noch Aufregung verspüren. Ich fühle auch keine Angst. Vielleicht haben nicht nur die Untoten in *Vampire Diaries* einen Schalter, den sie umlegen können. Vielleicht können Menschen das auch. Oder vielleicht habe ich in den letzten Wochen zu viel Netflix zum Einschlafen geguckt.

Da mein Gate noch nicht geöffnet ist, schlendere ich durch die Einkaufsmeile. Eigentlich sollte ich etwas essen, aber ich habe keinen Appetit, weshalb ich eine Stunde in einem Buchladen verbringe und sämtliche Klappentexte durchlese, um meinen Kopf zu beschäftigen.

Ich entscheide mich dagegen, Carry zu schreiben und ihr von meinem spontanen Wochenendbesuch zu erzählen, weil ich noch nicht in der Lage dazu bin, ihr etwas zu erklären. Außerdem hat sie dann auch keine Gelegenheit mir zu sagen, dass sie keine Zeit für mich hat. Ich kann eine Abfuhr jetzt gerade nicht gebrauchen. Deshalb fliege ich einfach nach London und sage ihr erst Bescheid, wenn ich gelandet bin. Die zwölf Stunden Flugzeit sind genau das, was ich jetzt brauche, um meine Gedanken zu sortieren: eine Pausetaste, die mein Leben für einen halben Tag einfriert.

Nach der Sicherheitskontrolle und dem Check-In setze ich mich in den Wartebereich auf einen dieser ungemütlichen Stühle in einer riesigen Halle. Ich blicke durch die Glasfront, durch die ich einige stehende Flieger sehen kann, so wie den grauen, wolkenverhangenen Himmel. Es sieht aus, als könnte er jeden Moment aufbrechen und einen Schauer auf die Welt niederlassen.

Fliehen, das ist das, was ich tue. Was ich auch vergangenen Monat getan habe, als die Dinge in New York aus dem Ruder liefen. Vielleicht bin ich ein so schwacher Mensch, dass ich zu nichts anderem als Flucht in der Lage bin.

Verbittert wende ich meinen Blick ab und richte ihn stattdessen auf einen der Flachbildschirme, auf dem gerade irgendein Werbeclip läuft. Anschließend folgt ein Trailer für einen neuen Actionfilm, der diese Woche in den Kinos anläuft. Geistesabwesend verfolge ich das Geschehen und die Autojagd, doch als der heiße asiatische Schauspieler angeschossen wird, rüttelt das etwas in meinem Inneren wach. In meinem Gehirn macht es *Klick* und ich sehe meine einzige Lösung klar und deutlich vor mir. Bevor der Trailer endet, sieht man noch, wie der Schauspieler sich den Bauch hält und Blut zwischen seinen Fingern hindurchsickert.

Ich springe von dem Stuhl und eile mit großen Schritten durch die Halle. *Verdammt, ich werde nicht fliehen!* Mit zusammengebissenen Zähnen reiße ich das Flugticket entzwei und werfe es in den nächsten Mülleimer.

Als ich zurück in Haze Falls bin, verschwindet die Sonne bereits am Horizont. Es regnet immer noch nicht, aber ein kühler Wind zerrt an meinen Haaren und schlüpft unter meinen Mantel, als ich aus dem Wagen steige. In der rechten Hand halte ich die braune Papiertüte umklammert und erklimme den steinigen Pfad zu den Klippen am Silver Lake. Über den Baumwipfeln des Waldes brennt ein letzter roter Schimmer der Sonne, der sich in das Grau der Nacht zieht.

Freitagabend. Früher habe ich meine Freitagabende in gut besuchten Bars verbracht, Getränke von Fremden angenommen und das New Yorker Nachtleben mit all seinen Lichtern in mir aufgenommen – und heute?

Ich setze mich auf den felsigen Abgrund am Rande der Klippe, ein paar Meter über der dunkel schimmernden Wasseroberfläche. Meine Beine lasse ich in die Tiefe baumeln.

Zum ersten Mal nehme ich mir die Zeit, die Pistole auszupacken und zu betrachten. Sie wiegt schwerer in meiner Hand, als ich dachte.

Obwohl ich eine Erwerbsberechtigung für Waffen habe – mein Vater hat bei meinem Auszug darauf bestanden, dass ich mir zum Selbstschutz eine zulege – habe ich mir nie eine eigene Pistole gekauft und mein Firearms-Safety-Training, bei dem ich das letzte Mal eine in der Hand hatte, liegt schon Jahre zurück. Ich bin einfach kein Fan von diesen Dingern.

Der eingravierte Schriftzug am Lauf verrät mir, dass es sich um eine Beretta handelt. Da ich mich nicht traue, die Munition zu prüfen, aus Angst, dass ich versehentlich einen Schuss abfeuere, halte ich sie einfach nur in den Händen und starre sie an, bis sich die Nacht über die Welt senkt. Es wird so dunkel, dass ich meine eigenen Hände nur noch als blasse Schemen in der Schwärze ausmachen kann. Der Wind wird immer kälter und das Rascheln der Bäume immer lauter.

Plötzlich durchbrechen Schritte die Geräusche der Nacht. Der felsige Untergrund knirscht unter den Schuhen einer Person, die sich mir nähert.

Mein Herz springt mir fast aus dem Hals. Schnell taste ich nach der Papiertüte und lasse die Waffe darin verschwinden. Gleichzeitig erhebe ich mich und gebe mir Mühe, nicht in den Abgrund hinter mir zu stürzen. Es ist so dunkel, dass ich mit bloßem Auge nicht erkenne, wo die Klippe aufhört. Ein falscher Schritt reicht, um hinunterzustürzen.

Auf einmal bemerke ich neben den näherkommenden Schritten auch einen Lichtkegel, der durch die Finsternis huscht und immer größer wird. Es gibt keinen Ort, an dem ich mich schnell genug verstecken könnte – außer die Möglichkeit, in den See zu springen. Doch dann ist es auch schon zu spät, und das Licht fällt auf mich.

Ich kneife die Augen zusammen und schirme sie mit der Hand ab.

»Was tust du denn hier? Spionierst du mir nach?«

Die bekannte Stimme fährt mir durch Mark und Bein. Unter dem Anflug von Überraschung ist auch deutlich eine hasserfüllte Kälte in Davis' Worten zu hören. Was für eine Ironie, dass ausgerechnet er hier auftaucht. Wir haben schon immer Spielchen miteinander gespielt, doch unser letzter Verrat war zu groß, um ihn zu verzeihen. Und obwohl ich heute Morgen noch dachte, es gibt nichts, was die Situation noch schlimmer machen könnte, trage ich jetzt gerade eine scharfe Waffe bei mir, die dafür vorgesehen ist, ihn zu töten.

Ein Schuss und alles fände sein Ende.

Wenn meine Aufgabe wenigstens besagte, ich solle nur diesen einen Schuss abfeuern, dann hätte ich vielleicht darüber nachgedacht. Ein Schuss und das Spiel wäre vorbei. Aber jemanden *wirklich* zu töten, nicht bloß zu verletzen, käme für mich niemals in Frage. Darf man über sowas überhaupt nachdenken? Lieber wandere ich ins Gefängnis. Und genau das wird passieren. Es geht schon lange nicht mehr darum, meine damalige Affäre mit Alex geheim zu halten und dadurch meinen Job zu behalten.

Davis ist meine Sünde.

Davis ist mein Geheimnis.

Eins, was mich hinter Gitter bringen wird. Und zwar für bis zu zwanzig Jahre. Die Gesetzeslage hier ist mir bestens bewusst.

»Ich war zuerst hier, also kann ich dir schlecht gefolgt sein«, sage ich ruhig.

»Hau ab. Das hier ist mein Ort.« Zwei Meter von mir entfernt bleibt er stehen. Das Licht seines Handys hält er gesenkt zwischen uns, sodass ich seine harte Miene deutlich sehen kann. Da ist diesmal kein amüsiertes, angriffslustiges Funkeln in seinen Augen – nur bodenlose Distanz.

Ich hasse diesen Ausdruck. Ich hasse das, was aus uns geworden ist. Und ich will mich nicht wieder mit ihm streiten. Vielleicht ist es an der Zeit, die Wahrheit zu sagen und das letzte Geheimnis zwischen uns aufzudecken. Ich blicke hinunter auf die braune Papiertüte, die ich mit vor Kälte tauben Fingern umklammert halte.

Ich weiß nicht, ob er mir glauben wird. Ich weiß nicht, ob er mich danach weniger oder mehr hassen wird. Aber vielleicht sollte ich mich endlich der Frage stellen: Was bleibt von uns übrig, wenn all die Geheimnistuerei, die Spielchen und Lügen vorbei sind? Bleibt überhaupt etwas von uns übrig?

fünfunddreißig

> Ich werde es tun. Samstagabend. 21 Uhr. Im Silver Forest an der Lichtung der ersten Abschussstunde. Ein Leben für ein Geheimnis.

MAYA

21h später
Ein letzter Bluff

Ich kralle mich in das herabgefallene Laub, meine Finger vergraben sich in der feuchten Erde, nur Zentimeter von meinem Gesicht entfernt. Der Geruch von Wald, Moos und modriger Rinde umhüllt mich, während seine Stöße meinen Körper erzittern lassen. Mein Herz schlägt so schnell und laut, dass ich glaube, es durchbricht jeden Moment meine Rippen.

Eigentlich wollte ich den Sex nur vorspielen, weil ich ganz genau weiß, dass wir vom Spielleiter beobachtet werden. Er will natürlich zusehen, wie ich meine letzte Aufgabe erfülle und er muss glauben, dass ich Davis für eine schnelle Nummer hierher gelockt habe.

»Ein aller letztes Mal, Rivers.« Das waren Davis' Worte, bevor er sich mit mir auf den Waldboden gesenkt hat. So leise, dass nur ich es hörte. Wir haben uns nicht geküsst. Wir haben uns kaum angesehen. Trotzdem habe ich ihn nicht zurückgehalten, als er sich in mich geschoben hat, anstatt es nur zu faken. Wieso habe ich ihn nicht aufgehalten? Vielleicht weil auch ich es noch ein letztes Mal fühlen wollte. Kein Blickkontakt. Keine Nähe. Nur sein Körper und mein Körper. Wie früher und doch ganz anders.

Ich kneife meine Augen zusammen. Kleine Zweige und getrocknete Blätter drücken sich gegen meine Wange. Ich spüre Davis' warmen großen Körper über mir. Links und rechts hat er seine Unterarme auf dem Waldboden abgestützt. Und dazwischen liege ich. Nur in Unterwäsche, die ich absichtlich anbehalten habe.

Von hinten schiebt er sich in mich, und jeder Zentimeter, den ich spüre, lässt mich lichterloh in Flammen aufgehen. Ich spüre nichts von der Kälte um mich herum, weil ich innerlich verbrenne. Schon bald bin ich so benebelt von der Hitze und dem Tosen meines Blutes, dass ich alles um mich herum vergesse. Ich vergesse, warum wir das hier tun. Ich vergesse, dass es ein letztes Spiel ist. Dass das nicht echt ist. Dass uns vermutlich jemand zusieht. Ich vergesse, was Davis und ich sind, was wir getan haben, und halte mich keuchend an seinen Armen fest, anstatt meine Finger weiter in die Erde zu krallen. Ich will mich an *ihm* festhalten. Ich will mehr von ihm spüren. Mehr als seine pulsierende Härte, die mich mit einer animalischen Brutalität in den Waldboden hämmert.

Er ist noch wütend auf mich und das merke ich. Seine Hände hinterlassen brennende Spuren, als er mir wiederholt einen Schlag auf meinen Hintern verpasst, seine Finger bohren sich so fest in mein Fleisch, dass sie blaue Flecken zurücklassen werden. Vielleicht wird er mich für immer hassen. Aber seine Lust auf mich ist genauso groß wie früher. Und das beschert mir eine Erleichterung, die ich nicht in Worte fassen kann. Ich brauche diesen Sex, das Gefühl seines nackten Körpers an meinem heute dringender denn je. Ich genieße es, fühle es tief unter meiner Haut. Unsere Herzen mögen vielleicht in einem ewigen Krieg gefangen sein, aber unsere Körper schließen Frieden. Schmerzhaften, lauten, rohen Frieden.

Schwer atmend bleibe ich für einige Sekunden liegen. Ich will das Gefühl festhalten und abspeichern. Wie die Polaroidfotos an meiner Schlafzimmerwand. Ich will nicht, dass es vorbei ist. Aber ich habe keine Zeit dafür, sentimental zu werden. Ich muss zurück zu meinem Plan, muss mich für das sammeln, was jetzt kommt. Wir haben das hier schließlich nicht zu unserem Vergnügen getan. Bis ins kleinste Detail habe ich es unzählige Male in meinem Kopf durchgespielt. Wie bei einer Theaterstückprobe habe ich meinen Text geübt, die Worte auswendiggelernt und die Mimik einstudiert. Der Moment jetzt ist perfekt. Davis ist nach dem Orgasmus genauso erschöpft und abgelenkt wie ich.

Ich rolle mich ächzend durch das Laub von Davis weg. Meine Hand streckt sich nach der Papiertüte aus, die neben einem Baumstumpf bereitliegt.

Davis sitzt derzeit mit dem Rücken zu mir und zieht seine Boxershorts und die Jeans wieder an. Sein T-Shirt hat er während unserer kurzen Showeinlage anbehalten.

Ich hole tief Luft und packe die Waffe aus. *Es ist so weit.* Das Rascheln der Tüte lässt Davis den Kopf in meine Richtung drehen.

»Was tust du?«, fragt er.

»Ich kann nicht ins Gefängnis«, sage ich laut, lade die Waffe, indem ich den Schlitten nach hinten ziehe und richte sie auf ihn. Meine Hand ist ganz ruhig. Kein Zittern. Kein Beben.

Ich knie breitbeinig in Unterwäsche auf dem Boden und visiere seine Brust an.

Davis steht so plötzlich auf, dass er in dem Laub über seine eigenen Beine stolpert. Mit entsetzter Miene hebt er die Hände. Sein Gürtel hängt lose an der Jeans herunter. »Wowowowow. Pack die Waffe weg. Bist du irre?« Seine panische Stimme zerreißt die Idylle des Waldes.

Mein Puls steigt. »Jedes Geheimnis hat seinen Preis«, zitiere ich meinen Erpresser. »Das Spiel hört nicht auf, wenn ich dem kein Ende setze.«

»Wir finden einen Weg! Du musst das nicht machen!«

Ich stehe vom Boden auf, wobei ich weiterhin auf seine Brust ziele. »Ich wandere für dich nicht ins Gefängnis.«

»Aber ...!«

»Es tut mir leid.«

Ich drücke den Abzug und ein Knall ertönt, der mir beinahe das Trommelfell zerfetzt. Das ist der Moment, in dem ich merke, dass etwas nicht stimmt.

Der Schuss war zu laut.

Der Rückstoß zu hart.

Meine ganze rechte Hand vibriert und kribbelt. *Was ist hier los?!* Die Schießübungen mit der Softair-Pistole haben sich so anders angefühlt als das hier!

Verwirrt blinzele ich in Davis' Richtung, der vor dem Baum zusammengesunken ist und sich die Brust hält. Das Echo des Schusses klingt langsam ab und ich realisiere, dass ich zeitgleich noch etwas anderes gehört habe. Einen Schrei. Und der kam sicher nicht von mir. Doch ich habe keine Zeit, darüber nachzudenken. Ich lasse die Waffe fallen und stürze auf Davis zu.

Sein Gesicht ist bleich wie der Mond und aus seiner Brust kommt viel mehr Blut, als das Blutkissen zu bieten hatte, welches wir unter seinem T-Shirt versteckt hatten. Meine Hände zittern, als ich sie auf seine lege, und zu verstehen versuche, was passiert ist. Die warme Flüssigkeit schwappt auf mich über, klebt an meinen Fingern. Echtes Blut! Das hier ist echtes Blut. Die Erkenntnis krempelt mir den Magen um.

»Da hinter dir!«, krächzt Davis.

»Was?« Ich blicke mich um und sehe, wie eine Person aus dem Schatten eines Baumes huscht und im Dickicht verschwindet. Die Person, die uns beobachtet hat. Die Person, die geschrien hat, als der Schuss abgefeuert wurde. Derjenige, für den wir diesen Bluff vorbereitet haben. *Der Spielleiter!*

Mein Herz donnert gegen meine Rippen. Verzweifelt schaue ich zu Davis. Die Gedanken in meinem Kopf überschlagen sich, während meine Gefühle nicht hinterherkommen. Ich kann ihn doch unmöglich hier liegen lassen! Ich kann doch ...

»Hinterher! Ich ruf den Notarzt! Aber schnapp ihn dir!« Davis brüllt so laut, dass ich zusammenzucke und mich so schnell aufrappele, dass sich die Welt einmal dreht. Er hat recht. Wenn ich den Spielleiter jetzt nicht schnappe, dann war alles umsonst.

Ich laufe los. Wie vom Teufel besessen renne ich nur in Unterwäsche durch den Wald. Mein Körper zittert – nicht nur von der Kälte und dem Orgasmus, der mich vor wenigen Minuten noch überrollt hat, sondern vor allem aufgrund des Schocks, der meine Beine in Wackelpudding verwandelt.

Der Nebel wird immer undurchsichtiger und die Person, die ich verfolge, gewinnt immer mehr an Abstand. *Nein. Ich kriege dich!* Ansonsten war alles umsonst. Umsonst. Ich renne, als ginge es um mein Leben. In gewisser Weise tut es das auch. *Ich kann jetzt nicht aufgeben. Dafür habe ich zu viel aufs Spiel gesetzt. Zu viel.*

Äste und Steine bohren sich in meine nackten Fußsohlen, während ich über den unebenen Boden stolpere. Ich nehme den Schmerz kaum wahr. Mein Puls hämmert mir in den Ohren. Mein Körper ist es nicht gewohnt, sich in einer solchen

Ausnahmesituation wiederzufinden. Und mein Herz ist dieses Gefühl nicht gewohnt, das meine Brust von innen zerfetzt und mir die Luft zum Atmen raubt. Es fühlt sich an, als hätte die Kugel *mich* durchbohrt und nicht ihn.

Was passiert, wenn er stirbt?

Was, wenn ich ihn getötet habe?

Nein, an so etwas darf ich nicht einmal denken! Nicht jetzt! Wer hätte gedacht, dass mein Neuanfang in dieser Stadt sich innerhalb weniger Wochen in den schlimmsten Albtraum verwandelt? Oder dass ausgerechnet ein minderjähriger Junge mein Untergang sein wird?

Ich habe mit, für und gegen ihn gekämpft. Wir haben mit der Dunkelheit gespielt, sie herausgefordert, wir waren selbst die Dunkelheit. Wir haben alles riskiert und doch konnten wir nie etwas gewinnen. Ist jetzt alles zu Ende? Haben wir das Spiel verloren?

Die schemenhafte Gestalt, die beinahe vom Nebel und der Dämmerung verschluckt wird und die genauso keuchend durch den Wald stolpert wie ich, stürzt auf einmal zu Boden. Nur ein paar Meter vor mir. *Das ist meine Chance!* Ich sehe die Person fallen und zeitgleich fällt auch mein Herz die letzte Schlucht hinunter, die uns dieses Spiel zu bieten hat.

Mit einem Hechtsprung bin ich bei ihr und drehe sie an der Schulter herum.

Es gibt mehrere Menschen in dieser Stadt, in deren Gesicht ich nun zu schauen erwartet hätte. Aber niemals habe ich mir das von Lias ausgemalt.

Er hat beim Sturz seine Brille verloren, die nun neben ihm auf dem Waldboden liegt. Hilflos sieht mein Schüler zu mir hoch. Sein Gesicht beinahe so bleich wie das von Davis eben, seine braunen Locken stehen wirr in alle Richtungen.

Mit offenem Mund lehne ich mich zurück und lasse mich auf den Boden plumpsen. Jegliche Kraft weicht aus meinen Gliedern. »Du steckst dahinter …« Ich weiß nicht, ob es eine Frage oder eine Feststellung ist. Alles um mich herum bröckelt und zurück bleibt nur Fassungslosigkeit und eine dumpfe, unendliche Wut. »*Du* hast mein Leben zerstört? *Du* wolltest Davis umbringen?« Ich packe Lias am Arm und ziehe ihn hoch. Wir müssen zurück zu Davis! Sofort!

Der dürre, zurückhaltende Schüler greift nach seiner Brille und setzt sie auf. Seine großen grünen Augen sind rot gerändert, als würden Tränen darin brennen. »Sie sollten ihn doch nicht wirklich erschießen! Wir wollten nur sehen, wie weit Sie gehen würden, um sich selbst zu schützen. Davis sollte sehen, dass Sie vor nichts zurückschrecken. Dass Ihr Geheimnis Ihnen wichtiger ist als er. Aber Sie sollten ihn doch nicht in echt erschießen!« Nun schluchzt Lias und eine eisige Kälte lähmt mein Herz, kriecht durch meine Glieder. Sie erstickt meine Wut, doch sie macht mich auch unfähig zu denken.

Ich halte Lias' Arm weiterhin wie im Schraubstock umklammert, während ich ihn mit mir durch den Wald zerre. Er hat noch ein paar Mal den Ansatz gemacht, zu sprechen, doch durch sein immer heftigeres Schluchzen konnte ich kaum ein Wort verstehen. Und selbst die Worte, die ich verstehe, bringen mich nicht weiter. Ich will nicht einmal versuchen zu verstehen, was Lias sich gedacht hat ... wieso er das alles von mir verlangt hat.

Später. Das hat später noch Zeit. Jetzt muss ich zurück zu Davis. Er muss ins Krankenhaus. Sofort.

Als wir zurück auf die kleine Lichtung stolpern, an der wir alles inszeniert haben, hören wir von Weitem bereits die Sirenen. Also hat Davis es geschafft, den Notruf zu wählen. *Gott sei Dank.* Mein Blick sucht ihn in all den tiefen Schatten, die die Bäume mittlerweile werfen.

»Miss Rivers. Ich muss hier weg!« Lias' krächzende Stimme lenkt mich ab. »Und bitte sagen Sie der Polizei nichts von den Karten. Bitte. Ich kann nicht ins Gefängnis. Ich kann nicht!« Er bricht heulend zusammen.

»Lias, jetzt hör mir zu!« Ich hieve ihn zurück auf die Beine und hoffe, dass er diesmal stehen bleibt. Mit der rechten Hand packe ich sein Gesicht und drehe es in meine Richtung. Ein Teil von mir würde diesen dummen, naiven Jungen nur zu gerne in Handschellen abgeführt sehen, aber dann würde ich ihm folgen, das steht fest. »Hör mir ganz genau zu. Du und ich, wir reden später über alles. Jetzt wirst du die Beine in die Hand nehmen und von hier verschwinden. Du wirst niemandem ein Sterbenswörtchen von dem verraten, was hier passiert ist.«

»Wird Davis sterben? Er darf nicht sterben. Er sollte doch nur leiden und nicht sterben.«

»Er wird nicht sterben«, sage ich und lasse Lias los. Die Zeit rennt uns davon und ich muss mich noch anziehen. Ich darf keine Spuren hinterlassen. Mein Blick huscht zurück zu der Stelle, an der ich Davis vermute. Es ist mittlerweile so dunkel geworden, dass ich kaum etwas sehe. Und mein Herz explodiert bei der Vorstellung, dass ich Davis allein in der Finsternis blutend zurückgelassen habe. Dass er jetzt gerade seinen letzten Atemzug tun könnte. Ich will nichts weiter als zu ihm rennen, aber ich *kann* nicht. Die Sirenen kommen immer näher. Es ist nur noch eine Frage von Sekunden. Die Rettungssanitäter werden gleich hier sein und dann wird es auch nicht mehr lange dauern, bis die ersten Polizisten durch den Wald streifen. Bis dahin muss ich über alle Berge sein.

»Komme ich ins Gefängnis?«, fragt Lias weinerlich.

»Keiner kommt ins Gefängnis«, erwidere ich. Hoffentlich stimmt das auch.

Diese Nacht ist die schlimmste meines Lebens. Vom Waldrand habe ich beobachtet, wie sich der Krankenwagen mit Blaulicht entfernt hat. Ich weiß nicht, ob Davis noch lebt. Ich weiß nicht, ob er wieder gesund wird. Und das Schlimmste daran ist, dass ich nicht mit ihm fahren konnte. Ich durfte mich nicht zeigen. Und ich werde auch, wenn er ins nächste Krankenhaus eingeliefert wird, nicht an seinem Bett sitzen dürfen.

Ich werde von den Ärzten nach der Operation keine Auskunft erhalten. Ich werde als eine der Letzten erfahren, ob Davis diese Nacht überhaupt überlebt.

Was habe ich bloß getan?

Mit brennenden Augen wende ich mich von der Straße ab, die nur noch still und verlassen vor mir liegt. Ich weiß nicht, wie ich es bis zurück in mein Auto geschafft habe. Nachdem der Krankenwagen weg war, wurde der Wald noch von Polizisten durchsucht. Doch ich habe die Taschenlampen und das Bellen der Hunde bloß noch von Weitem mitbekommen.

Der Ort, zu dem es mich neben dem Krankenhaus am meisten hinzieht, ist Lias' Zuhause. Ohne Unterlass muss ich an sein tränenverschmiertes, entsetztes Gesicht denken. Doch ich weiß nicht, wo er wohnt, und selbst wenn ich es wüsste, könnte ich dort mitten in der Nacht nicht einfach auftauchen und ihn zur Rede stellen. *Was hat er sich bloß dabei gedacht?*

Ich will über das nachdenken, was er gesagt hat, ich *muss* darüber nachdenken, aber meine Angst um Davis lässt mein Herz so schnell schlagen, dass ich nichts anderes höre als meinen dröhnenden Puls. Ich weiß, dass ich vom Tatort wegfahren muss, aber ich traue mich kaum, den Motor zu starten und Gas zu geben. Alles an mir zittert. Vielleicht habe ich eine Panikattacke. Ich ringe um Luft und starre gegen die Windschutzscheibe, die von meiner hektischen Atmung beschlägt.

Lola. Lola ist der einzige Mensch, dem ich hiervon erzählen kann und der mich davon abhalten kann, zu hyperventilieren. Ich krame nach meinem Handy und rufe sie an. Erst als ich weggedrückt werde, fällt mir unser Streit wieder ein und dass wir uns seitdem nicht vertragen haben. All meine Entschuldigungen hat sie ignoriert und ich wollte ihr Zeit geben, ihrer Wut Luft zu machen, aber heute muss sie einfach drangehen. Sie muss einfach.

Ich schreibe ihr eine kurze Nachricht, obwohl meine

Finger so sehr zittern, dass ich mich fünf Mal vertippe, und aufkommende Tränen mir den Blick verschleiern.

> Ich habe D. angeschossen. Ich weiß nicht, ob er noch lebt. Bitte hilf mir.

Als ich zehn Sekunden später anrufe, geht sie ran.

sechsunddreißig

MAYA

Die Stunden und Tage danach

»Atme, Maya. Atme.«

»Du verstehst das nicht! Ich habe ihm in die Brust geschossen! Mit einer echten Kugel!« Ich blinzele und hole tief Luft, doch der Sauerstoff ist nicht genug. »Du kennst meine Zielgenauigkeit nicht. Ich kann sowas gut. Zielen. Wenn ich sein Herz … Lola, wenn ich sein Herz …« Meine Stimme bricht ab. Ich presse meine Handflächen gegen den Mund, um mein Wimmern zu ersticken.

»Wenn du sein Herz getroffen hättest, wäre er auf der Stelle tot gewesen. Da ihr noch gesprochen habt und er selbstständig anrufen konnte, ist das ein gutes Zeichen.«

»Vielleicht war es nur das Adrenalin. In solchen Momenten können Menschen noch Unmögliches leisten, aber als ich dann weggerannt bin …«

Lola drückt mir einen Becher heiße Schokolade in die

Hände. Ich sitze auf der dunkelgrünen Couch in ihrem Wohnzimmer und höre mit dem Zittern nicht mehr auf.

»Ich bringe schon in Erfahrung, ob er noch lebt. Beruhige dich erstmal und trink das.«

Es war eine doofe Idee von ihr, mir diese volle Tasse zu geben. Die dunkle Schokolade schwappt gefährlich. Ich will das Getränk auf dem Boden abstellen, aber Lola drückt es mir wieder in die Hände. »Trink!« Ihr Ton lässt keine Widerworte zu, also trinke ich und verbrühe mir sofort die Zunge.

Will Lola mich noch mehr leiden lassen? Ich fluche laut und ziehe dann zischend kühle Luft in meinen Mund, um meine Zunge zu kühlen. Doch der Schmerz lenkt mich zumindest für ein paar Sekunden ab.

»Kann ich dich hier sitzen lassen, während ich ein paar Anrufe tätige?«

»Als ob du etwas herausbekommst«, murmele ich schnaubend. Wenn sie kein Familienmitglied ist, erfährt sie gar nichts. Wir werden erst davon erfahren, wenn die Polizei wegen Mordes ermittelt oder wenn ein Totenschrein vor seinem Spind in der Schule aufgebaut ist oder wenn eine Sterbeanzeige in der Zeitung steht oder …

»Unterschätz mich nicht«, unterbricht Lola meine Gedanken. »Ich habe so meine Kontakte. Bleib' hier sitzen und mach ja nichts Dummes.«

Meint sie mit etwas Dummes, dass ich Mr. Rogan anrufe und mich nach seinem Sohn erkundige? Oder dass ich mich aus dem Haus schleiche, um Lias zu suchen? Oder dass ich zu meinem Mustang gehe und die Beretta hole, um sie an meine eigene Schläfe zu halten, weil ich den Gedanken nicht ertrage, dass ich Davis erschossen haben könnte?

Unser Plan war vielleicht naiv, ja, aber nie im Leben hätte ich geglaubt, dass jemand die Waffen austauscht. Wann überhaupt? Während wir uns im Laub gewälzt haben oder schon davor? Ich weiß es nicht. Ich kann nicht klar denken. Anhand von Lias' Reaktion glaube ich nicht, dass er die Waffe ausgetauscht hat. Aber wer dann? Um das herauszufinden, muss ich mit ihm reden. Er hatte im Wald etwas von »wir« gestammelt, was bedeutet, dass er nicht allein hinter all dem stand. Er hatte einen Komplizen.

Ich puste in die heiße Schokolade und sehe zu, wie die dunkle Flüssigkeit kleine Wellen schlägt, als mein Atem auf sie trifft. Manchmal reicht ein Lufthauch, um ein ganzes Meer in Unruhe zu versetzen. Ein kleiner Stein, der große Wellen schlägt.

Was war der Stein in unserer Geschichte? Der Moment, in dem Davis Lias im Schwimmbad gegen den Spind gedrückt hat und ihn eine Schwuchtel genannt hat? Hat Lias mit den Spielkarten angefangen, um sich an Davis zu rächen? Aber wieso habe dann ausgerechnet ich die Karten bekommen? Wie hat Lias von mir und Davis erfahren?

All diese Überlegungen halten mich zumindest für fünf Minuten davon ab, an Davis zu denken. Meine Hände hören auf zu zittern und die heiße Schokolade wärmt mich von innen.

Als Lola zurückkommt, sehe ich ihr erwartungsvoll entgegen.

»Er befindet sich noch im OP. Das ist ein gutes Zeichen. Es heißt, dass er noch lebt.«

Ich schließe die Augen und wiederhole die Worte im Geist. Doch sie reichen nicht aus, um die Starre in meinem Inneren zu brechen. Ich nicke dankbar, doch ich traue mich nicht, so etwas wie Erleichterung zu empfinden. Erleichtert werde ich erst sein, wenn ich wieder in Davis' Gesicht blicke und er mich unverschämt angrinst. Erst dann wird es mir wieder gut gehen. *Aber was, wenn das niemals wieder passiert?*

»Wo ist die Waffe jetzt?«, will Lola wissen und zwingt mich zurück in die Realität. Vielleicht ist Sex mit einem Minderjährigen nicht mehr meine schlimmste Straftat. Vielleicht werde ich bald wegen Mordes gesucht.

»In meinem Wagen.«

»Wir müssen sie von allen Fingerspuren reinigen und loswerden.«

Die Stunden, bis ich am Montag die Gelegenheit bekomme, Lias im Klassenzimmer anzutreffen, ziehen sich wie Kaugummi. Und dann, als es endlich soweit ist – ist er nicht da. Sein leerer Platz in der Klasse ist wie ein Schlag in die Magengrube. Es kostet mich alles an Kraft, nicht über dem Pult zusammenzubrechen. Meinem Inneren gleich, das in tausend Stücke zerfällt. *Wieso ist er nicht da?*

Die schlimmsten Horrorszenarien breiten sich vor meinem geistigen Auge aus: Lias, der auf der Polizeiwache sitzt. Lias, der seinen Eltern alles beichtet und von ihnen zur Aussage gezwungen wird. Lias, der von dem Spiel erzählt und den Aufgabenkarten an mich. Und davon, dass ich geschossen habe.

»Miss Rivers? Alles in Ordnung bei Ihnen?« Die Stimme einer Schülerin reißt mich aus den dunklen kalten Tiefen meiner Selbst. Aus einer Strömung, die seit dem Schuss in meiner Brust festsitzt und meine Seele in den Abgrund zu reißen droht.

»Alles bestens. Ich war nur in Gedanken. Wir sollten uns langsam auf den nächsten Test vorbereiten«, erkläre ich und setze ein Lächeln auf. Ich blinzele mehrmals, um die Klasse wieder vor mir zu sehen, doch sehe ich keinen der Schüler wirklich.

Vielleicht ist Lias jetzt, da ich die Wahrheit kenne und alles aus dem Ruder gelaufen ist, bloß zu feige, um mir unter die Augen zu treten.

Dabei ist ›feige‹ ein Wort, das ich früher nie mit dem Spielleiter in Verbindung gebracht hätte.

»Wir wollten nur sehen, wie weit Sie gehen, um sich selbst zu schützen.«

Lias' Worte aus dem Wald hallen in meinem Kopf wider. *Wir.* Diese eine kleine Silbe geht mir nicht aus dem Kopf. Als ich das nächste Mal blinzele, sehe ich jedes einzelne Gesicht meiner Elftklässler. Mein Blick bohrt sich in den von Elisabeth van Hall und in ihren stechendblauen Augen versuche ich eine einzige Sache zu erkennen: Weiß sie, dass Davis im Krankenhaus liegt?

Meine Frage, ob jemand an der Haze Falls High bereits weiß, was am Wochenende passiert ist, wird mir schneller beantwortet als gedacht.

Als ich aus dem Klassenzimmer gehe und den Flur hinunterlaufe, sehe ich Elisabeth und ihre Freundin Samantha an den Spinden stehen. Die dunkelhäutige Schönheit mit den Beinen bis zum Himmel und dem temperamentvollen starken Blick ist wie das perfekte Gegenstück zu Elisabeth – zumindest äußerlich. Als ich an ihnen vorbeigehe, senke ich den Kopf, doch ich spitze die Ohren.

»Hast du auch eine Vorladung bekommen? Die Cops wollen mich heute um sechzehn Uhr auf dem Revier sehen«, berichtet Elisabeth in gesenktem Tonfall und mein Herzschlag beschleunigt sich.

»Geht es um Davis? Ich habe gestern von meinen Eltern gehört, was passiert ist. Glaubst du es ist wahr und er wurde wirklich angeschossen?«

»Ja, schätze schon. Aber keine Ahnung, warum die ausgerechnet mich befragen wollen.«

»Wahrscheinlich nur eine Routine-Befragung seines näheren Umfelds. Du weißt schon, um herauszufinden, ob Davis irgendwelche Feinde hat oder in was er verwickelt war. Weißt du denn ...«

Ich merke erst, dass ich in Hörweite von ihnen stehengeblieben bin und sie anstarre, als Samantha mitten im Satz aufhört und zu mir herübersieht.

Ertappt wende ich den Blick ab und laufe schnell weiter, bis ich um die nächste Ecke biege. Mit rasendem Herzen lehne ich mich gegen die Wand. Kühl und hart spüre ich sie an meinem Hinterkopf und meinen Schulterblättern. Zu schade, dass ich hier nichts mehr von dem Gespräch höre. Doch mein Bedauern darüber wird ohnehin von Angst überschattet. Wenn Elisabeth mit den Cops spricht ... wird sie ihnen sagen, was sie über mich weiß?

Da mir heiß und kalt zugleich ist, kann mein Körper sich nicht entscheiden, ob er schwitzen oder frösteln soll. Ich bleibe an der Wand stehen und warte, bis ich Schritte höre. Hoffentlich kann ich Elisabeth allein abpassen. Ich muss dringend mit ihr reden.

Als sie um die Ecke biegt – allein – und mich entdeckt, zuckt sie erschrocken zusammen. Schnell versucht sie ihre Emotionen wieder unter einer gelassenen Miene zu verstecken. Sie streicht sich eine blonde Haarsträhne zurück und mustert mich mit zusammengepressten Lippen von oben bis unten. Sie weiß, dass ich etwas von ihr will.

»Wir müssen uns unterhalten.« Ich stoße mich von der Wand ab und straffe die Schultern.

»Sie haben gehört, dass ich mit den Cops rede«, stellt sie fest. Sie kneift ihre Augen zusammen. »Und anhand ihrer Reaktion entnehme ich, dass sie nicht überrascht sind, von Davis' Schusswunde zu hören. Also wissen Sie bereits Bescheid.«

Ich versuche durch ihre Maske zu blicken und zu erkennen, ob sich so etwas wie Schuld in ihrem Gesicht spiegelt. Hat sie etwas mit dem Spiel oder mit dem Austauschen der Waffen zu tun? Wenn ich sie direkt frage, wird sie mir niemals die Wahrheit sagen.

»Ja«, gebe ich zu. »Du hast mir selbst gesagt, das hier ist eine Kleinstadt. Hier verbreiten sich Dinge schnell.«

Sie verschränkt die Arme vor ihrer Brust. Statt einer Krawatte ziert eine dunkelgrüne Schleife heute den Kragen ihrer Bluse, dessen feine Enden bis über ihre Brust reichen. »Was wollen Sie von mir wissen, Miss Rivers?«

»Was du den Cops sagen wirst.«

Sie schnaubt. »Sie wollen wissen, ob ich Ihr schmutziges Geheimnis verrate. Davis liegt im Krankenhaus und kämpft um sein Überleben und Sie denken nur an sich! Typisch. Schade, dass Davis Sie jetzt nicht sehen kann.«

Ihre Worte gepaart mit der Verachtung in ihrem Blick schnüren mir tatsächlich die Kehle zu. So wie sie es darstellt, bin ich tatsächlich eine egoistische Schlampe. Aber ich werde mich vor ihr nicht rechtfertigen. Sie hat keine Ahnung, was ich in den letzten achtundvierzig Stunden durchgemacht habe.

Elisabeth blickt prüfend über ihre Schulter und stöhnt auf, bevor ich etwas erwidern kann. Dann lehnt sie sich zu mir rüber, sodass ihr süßliches Parfum in meine Nase steigt. »Ich bete zu Gott, dass Sie nichts mit dem Schuss auf Davis zu tun haben. Aber meine Menschenkenntnis täuscht mich selten. Sie sind vielleicht eine schamlose Hure, aber ich halte Sie für keine Killerin. Deshalb sage ich Ihnen Folgendes, nur einmal, danach will ich nie wieder ein Wort mit Ihnen wechseln. Ich werde nicht sagen, was ich über Sie weiß. Niemandem. Weil, wenn das mit Davis und Ihnen rauskommt, es nicht nur Ihnen schaden wird, sondern auch ihm. Und im Gegensatz zu Ihnen liegt mir wirklich was an Davis.«

Sie lehnt sich zurück und ich hole tief Luft. Sprachlos schaue ich sie an. Elisabeth wirft ihr blondes Haar zurück, macht auf dem Absatz kehrt und geht mit flatterndem Rock und zügigen Schritten davon.

Aus irgendeinem Grund glaube ich ihr.

Eine Woche später

Mein Blick ist auf Davis geheftet, der friedlich schläft. Er sieht aus wie ein Unschuldsengel. Die ersten Sonnenstrahlen des Tages fallen durch das Fenster und landen auf dem Krankenhausbett, tanzen auf seinen geschlossenen Lidern.

Er durfte gestern die Intensivstation verlassen und kann ab heute Besuch empfangen. Diese Information hat Mr. Hendrickson gestern der ganzen Schule mitgeteilt. Ich bin sofort hergefahren, weil ich es keinen Tag länger ausgehalten hätte, Davis nicht zu sehen. Zum Glück war niemand sonst in seinem Krankenzimmer, als ich ankam, und ich musste keiner müden Mrs. Rogan erklären, warum ich in dieser Frühe ihren Sohn besuche.

»Davis«, flüstere ich leise und lege meine Hand auf seine. Sie erscheint mir blasser als früher, als hätte die gold-braune Farbe seiner Haut an Intensität verloren. Es ist ein seltsames Gefühl, ihn wieder unter meinen Fingerkuppen zu spüren. Unwirklich. Natürlich hoffe ich, dass er aufwacht und wir die Chance haben zu reden, aber ich will ihn auch nicht gewaltsam aus seinem Schlaf reißen. Ihn zu sehen und seinen Herzschlag auf dem Monitor zu betrachten, reicht völlig aus. »Ich hätte mir niemals verziehen, wenn ich dich umgebracht hätte«, flüstere ich in die Stille des Raumes hinein und betrachte weiterhin seine Hand, die unter meiner ruht.

»Gut zu wissen. Ich hatte schon Zweifel, dass du mich reingelegt hast und der Schuss beabsichtigt war, um dein Geheimnis zu wahren.«

Vor Schreck ziehe ich meine Hand weg und mein Kopf schnellt in die Höhe, um seinen Blick zu suchen. Blinzelnd öffnet Davis die Augen und sieht mich an. Seine braunen Iriden mustern mich ernst. Viel zu ernst.

Mein Herz stolpert in seinem Takt. »Das hast du nicht wirklich auch nur eine Sekunde geglaubt, oder?«

Er zuckt kaum merklich mit den Achseln und schließt

wieder die Augen. »Ich weiß nicht, was ich glauben soll. Du hast viel von dem getan, was auf diesen Karten stand.«

Was redet er da? Ich habe ihm von den Karten erzählt, damit er mir vertraut und nicht, damit er mir misstraut. Ernüchtert lehne ich mich zurück und versuche die Realität zu erfassen, die sich so drastisch von der Märchenvorstellung in meinem Kopf unterscheidet. Ich muss gestehen, dass ich mir unser Wiedersehen anders vorgestellt habe. Warmes Blut schießt mir in die Wangen, weil ich mich auf einmal lächerlich fühle, seine Nähe gesucht zu haben.

Ich versuche in meinem Inneren irgendeine Floskel zu finden, die zugleich höflich und distanziert klingt, aber vergebens. Mein Kopf ist komplett leer, weil er mit seinem desinteressierten Schulterzucken alle Worte weggewischt hat, die ich ihm hatte sagen wollen. Nun will ich nichts davon über meine Lippen bringen. Meine steife Zunge schafft es nicht einmal, eine Entschuldigung zu formen.

»Lias war hier.« Davis öffnet die Augen und sieht mich forschend an.

»Hat er dir gebeichtet, was er getan hat?«, frage ich mit krächzender Stimme.

Ich habe Lias in der letzten Woche – als er irgendwann doch wieder in der Schule erschien – einmal abfangen können und mit ihm zu reden versucht, doch außer zig Entschuldigungen habe ich kaum etwas aus ihm herausbekommen. Er beharrt darauf, dass er keinen Komplizen hatte und allein für die Spielkarten verantwortlich war. Er wollte Davis wehtun und ihm schien, dass ich der Schwachpunkt war. Doch ich werde das Gefühl nicht los, dass irgendetwas in dieser Version fehlt.

Davis wendet den Blick von mir ab und schaut stattdessen auf die Blumen, die neben seinem Bett stehen. Es sind mehrere Sträuße, an denen bunte Grußkarten stecken. »Die roten Rosen sind von ihm. Er denkt, ich habe tief und fest geschlafen, als er sich bei mir entschuldigt hat.«

Ich sehe mir den Strauß Rosen an. An ihm hängt keine Grußkarte, keine Notiz.

»Was hat er gesagt, als er dachte, du würdest schlafen?«, frage ich vorsichtig nach.

»Dass er mich liebt. Und er nie wollte, dass es so weit kommt. Er hat von ›wir‹ gesprochen und ein paar Mal von einem ›er‹. Lias hat es also nicht allein gemacht.«

So weit war ich auch schon. Doch die erste Info ist mir neu und ich falle fast vom Stuhl, als er diese Worte ausspricht. Unerwiderte Liebe war sein Motiv? Schlagartig muss ich an Alex denken und an Lola. Es stimmt: Liebe verleitet uns zu vielen fraglichen Dingen. Wir haben den Impuls in uns für sie zu kämpfen – über moralische und strafrechtliche Grenzen hinweg. Ich denke an den tollpatschigen Jungen mit der Brille, wie Davis ihn angefahren hat, wie er immer wieder von anderen schikaniert wurde und wie er so oft gedankenverloren im Unterricht skizziert hat. Es waren Zeichnungen von Davis. Das wird mir erst jetzt bewusst und tiefes Mitleid durchströmt mich.

»Hast du eine Ahnung, wer mit ihm unter einer Decke steckt?«, frage ich.

»Ja, die habe ich. Und wenn sie stimmt, dann musst du schnell handeln. Du musst zu ihm, bevor er die Beweise an die Polizei gibt.«

Verwirrt sehe ich ihn an. »Was meinst du? Das Spiel ist doch vorbei ...«

Davis verdreht die Augen und versucht sich aufzusetzen, was ihm offenbar noch Schmerzen bereitet, denn er verzieht kurz das Gesicht. »Das Spiel war nur Mittel zum Zweck. Wenn ich mit meiner Vermutung richtig liege, dann ist ihm ganz egal, ob du deine Aufgaben erfüllst oder nicht. Lias ging es um mich. Er wollte mir auf emotionaler Ebene wehtun und uns auseinanderbringen. Aber Marco ...« Davis schluckt. »Ihm geht es um *dich* und um das, was du getan hast.«

Marco? Ich reiße die Augen auf. Davis hatte doch gesagt, er vertraue ihm!

In diesem Moment ertönt ein Klopfen an der geschlossenen Tür. Davis und ich sehen uns gleichzeitig an und offenbar geht uns derselbe Gedanken durch den Kopf. Wir brennen nicht gerade darauf, dass seine Eltern oder ein Mitschüler uns hier zu zweit vorfindet.

Davis nickt zu dem leeren Bett, das gegenüber von seinem steht. Er liegt allein in diesem Doppelzimmer und ich zögere nicht, sondern haste zu dem freien Bett und schlüpfe unter die weiße Decke.

Keine Sekunde zu früh. Ich höre, wie die Tür aufgeht. »Bist du wach, Bro?«, ertönt eine bekannte Stimme. *Marco!*

»Ja, komm rein«, erwidert Davis gespielt müde, als wäre er gerade erst aufgewacht.

Ich höre das Schließen der Tür und versuche ganz still und unbeweglich dazuliegen. Mein Gesicht ist dem Fenster zugewandt, die Decke bis an mein Kinn gezogen, sodass Marco nur meine braunen Haare sehen kann und mich für einen schlafenden Patienten halten muss.

»Wie geht es dir? Du hast uns allen einen ziemlichen Schrecken eingejagt.«

Ich höre seine Schritte auf dem Linoleum und versuche die letzten Puzzleteile zusammenzusetzen. Hat Davis recht und er hat das Ganze in Gang gesetzt? Ist er dann auch für das Vertauschen der Waffen verantwortlich?

»Alles gut, ich werde wieder. In zwei Wochen komme ich hier raus.«

Schweigen.

»Was hast du da in der Hand?«, fragt Davis dann. »Hoffentlich bringst du mir keine Hausaufgaben vorbei.«

Marco lacht, doch sein Lachen klingt nicht aufrichtig. Vielleicht bilde ich mir das aber nur ein, weil Davis mich mit seiner Hypothese komplett verrückt gemacht hat.

»Ach das ist nichts. Ich bin nur grad auf dem Sprung und

muss das jemandem vorbeibringen. Dachte aber, ich komme dich vorher besuchen.«

Eine ungute Vorahnung macht sich in mir breit. Am liebsten würde ich mich umdrehen und nachsehen, was Marco offenbar in den Händen hält. Keines seiner Worte ist mir geheuer.

»Warum bist du hier? Was willst du wissen? Wer mich angeschossen hat?«, fragt Davis. Seine Tonlage hat sich verändert. Ich erschaudere.

»Ich will wissen, was du den Cops gesagt hast.« Auch Marcos Stimme ist ernster geworden. Es hängt so viel Unausgesprochenes in der Luft, dass ich kaum atmen kann.

»Ich habe den Cops gesagt, dass ich nicht gesehen habe, wer auf mich geschossen hat.«

»Und was ist die Wahrheit?«

»Die kennst du doch, oder? Deshalb bist du hier. Aber du traust dich nicht, deine eigentliche Frage zu stellen. Dann frage ich dich: Hast du die Waffen ausgetauscht?«

Für ein paar Sekunden herrscht Stille. Ich würde alles dafür geben, um jetzt in Marcos Gesicht zu sehen, aber noch traue ich mich nicht, meine Tarnung fallen zu lassen, weil ich vorher sein Geständnis hören will.

»Wir haben ihr eine Schreckschusspistole gegeben.«

»Bullshit. Sie hat mir die Waffe gezeigt. Es war eine echte. Und ich war dabei, als sie eine Softair gekauft hat, um euch eine Falle zu stellen.«

Marco lacht auf. »Und du glaubst dieser Fotze mehr als mir?«

Unwillkürlich zucke ich zusammen und meine Finger ballen sich zur Faust. *Wieso spricht er so über mich?*

»Nenn sie noch einmal so und in zwei Wochen liegst du im Krankenhaus, das schwöre ich dir.«

Ein Schnauben. »Wie kann es sein, dass du ihr noch immer zugetan bist? Hat sie eine Zauberleckmuschel zwischen den Beinen oder leidest du unter sowas wie dem Stockholm-syndrom?«

Ich kenne Davis gut genug, um zu wissen, dass er mit sich ringt, vom Bett zu springen und seinen Freund in die Schranken zu weisen. Unabhängig davon, ob er noch wütend auf mich ist oder ich ihm mittlerweile vollkommen egal bin – er hasst es, wenn jemand es wagt, so mit ihm zu reden. Aber als er antwortet, ist seine Stimme um Ruhe bemüht, auch wenn ich das Zähneknirschen heraushöre: »Ich weiß, warum du es tust. Es hat lange gedauert, bis es mir gedämmert hat, aber dann ist es mir wieder eingefallen und als deine Mom mit meiner heute Nacht hier war, habe ich ihr einige Fragen gestellt. Ich weiß das von Samira. Aber das mit Rivers ist was völlig anderes.«

»Einen Scheiß weißt du! Mit einem Schüler zu vögeln, ist für jede Lehrkraft ein Verbrechen. Egal, ob männlich oder weiblich. Da gibt es keine Ausnahmen! Ich werde dem Ganzen ein Ende setzen.«

Mir wird schlecht. Marco klingt so entschlossen.

»Für was willst du sie büßen lassen? Missbrauch an Schutzbefohlenen? Denkst du, dass jemand *mich* missbrauchen kann?«, fragt Davis verächtlich. »Denkst du, dass *ich* Schutz brauche? Denkst du, dass sie mich um den Finger gewickelt hat oder irgendetwas getan hat, was ich nicht wollte?«

»Es geht ums Prinzip.« Für einen Moment ist es wieder still. Viel zu lange. Plötzlich fragt Marco: »Wer ist überhaupt dein Zimmergenosse? Der schläft ja wie im Koma. Vielleicht sollten wir wann anders unsere Unterhaltung fortführen.«

Ich schlucke ertappt und fälle innerhalb von Millisekunden eine Entscheidung. Bevor sich Davis eine Antwort ausdenken kann, setze ich mich auf und ziehe die Decke zurück.

Marco, der offenbar die letzten Minuten unruhig hin und her getigert ist, steht mitten im Raum und sieht mich mit offenem Mund an. »Sie ist hier? Sie war die ganze Zeit hier?«

Nein, ich habe mich teleportiert. Ich bleibe auf der Bettkante sitzen und schaue von Davis zu Marco. Ob ich wohl etwas sagen kann, ohne direkt in Stücke gerissen zu werden? Mein Blick schnellt zu dem braunen Umschlag, den Marco in den Händen hält, und ich weiß instinktiv, was da drin ist. *Er hat also wirklich vor, mich an die Polizei zu verraten.*

»Du hast recht, ich habe ein Verbrechen begangen«, sage ich und sehe ihm dabei fest in die Augen. »Aber deine Spielkarten waren nicht besser. Wenn du Gerechtigkeit gewollt hättest, hättest du direkt zu den Cops gehen müssen, anstatt mich in ein Spiel zu verwickeln.«

»Ihm ging es nicht um Gerechtigkeit oder um die Wahrheit. Ihm ging es einzig um Rache für etwas, was keiner mehr ändern kann«, schnaubt Davis.

»Halt die Klappe«, zischt Marco seinen Freund an.

»Wieso? Darf sie nicht von deiner kleinen Schwester erfahren und dem, was ihr passiert ist?«

Marco malmt mit dem Kiefer, dann sieht er mich verächtlich an. »Ihr Geschichtslehrer hat Samira sexuell belästigt und das Einzige, was passiert ist, als sie es gemeldet hat, war, dass er von der Schule verwiesen wurde und einen Batzen Geld zahlen musste. Jetzt unterrichtet der Wichser an einer anderen Schule und kann dort den selben Scheiß abziehen. Ihr seid doch alle verdammte Triebtäter!« Ich öffne den Mund, um etwas zu sagen, aber er unterbricht mich. »Wag es nicht, mir zu sagen, dass du anders bist. Auch du hast den Scheiß schon an einer anderen Schule abgezogen und hast hier wieder dasselbe versucht.«

Schuldbewusst presse ich die Lippen aufeinander. Mir ist nur zu gut bewusst, wie das auf ihn wirken muss. Und ich hatte ja keine Ahnung, dass seine Schwester so etwas durchgemacht hat.

Er wendet sich an seinen Freund: »Ich hab' dir die Beweise geschickt, dass sie das Ganze schon einmal abgezogen hat, und du hast sie danach dennoch weiter geknallt. Was ist nur falsch mit dir?«

»Ich verstehe dich«, sagt Davis beschwichtigend. »Das Schwein, das Samira das angetan hat, gehört weggesperrt. Aber das mit Maya ist anders. *Ich* habe sie gewollt. *Ich* habe sie dazu gebracht, mich zu wollen.«

»Und sie hätte nicht nachgeben dürfen!«

Davis schmunzelt. »Hätte sie nicht. Mag sein. Aber das, was zwischen uns war ... ist, ... geht über das Körperliche hinaus, Marco. Wir haben es nicht nur wegen dem Sex getan ... oder aus Machtgelüsten.«

Haben wir nicht? Mit angehaltenem Atem sehe ich ihn an.

Marco schnaubt. »Jetzt sag nicht, ihr habt es aus Liebe gemacht, dann kotze ich im Strahl.«

Davis schweigt und mein Magen macht einen Purzelbaum. Die nächste Sekunde fühlt sich an wie die längste meines Lebens.

»Für manches gibt es keine Worte. Nicht alles braucht eine Bezeichnung«, sagt er ausweichend. Er sagt es zu Marco, doch es ist mehr als eindeutig, dass die Worte an mich gerichtet sind. »Alter, du kennst mich, oder? Wann war mir je eine Frau so wichtig?«

Wichtig. Sagt er das jetzt nur, damit Marco uns nicht verpfeift? Spielt er eine letzte Show?

»Niemals. Genau deshalb denke ich ja auch, dass du unter irgendeiner Art von Stockholmsyndrom leidest und nicht klar denken kannst!«

Davis grinst. Wie kann er in so einer Situation überhaupt grinsen? In meinem Gesicht ist seit Minuten alles eingefroren. Als habe ich die Kontrolle über jeden Muskel meines Körpers verloren.

»Nette Theorie, Bro, aber ich wurde nie gekidnappt. Wenn dann wäre sie diejenige, die gefesselt und geknebelt ...«

»Hör bloß auf mit den Details!«, unterbricht er ihn.

Davis lacht. »Seit wann zierst du dich so und machst aus Sex so eine dramatische Sache? Ich finde es ja süß, dass du dir Sorgen um mich gemacht hast, aber hinter meinem Rücken so einen Komplott zu schmieden ...« Er schüttelt den Kopf und dreht innerhalb von Sekunden den Spieß um.

Marco ahnt, worauf Davis hinauswill. »Ich wollte dich nie als Freund hintergehen. Du bist der beste Freund, den man haben kann. Ich wollte dir die Augen öffnen und zeigen, was für eine Schlampe diese Frau ist!«

Deshalb die Karten, die von mir verlangten, mit Jordan oder anderen Schülern was anzufangen.

»Es reicht. Wenn du mein Freund bist, dann gib zu, dass es hierbei nicht um mich und Maya geht.« Davis nickt zu dem Umschlag in seiner Hand. »Gib ihn mir und lass es gut sein.«

Marco schluckt. Er scheint zu überlegen und sein Blick gleitet immer wieder von Davis zu mir. Schließlich schüttelt er den Kopf und lacht auf. »Scheiße. Sie ist dir wirklich wichtig, oder?«

Davis nickt. Marco nickt. Mein Herz hüpft.

»Und warum hat sie dich dann angeschossen?«

»Wir wollten dem Spiel ein Ende setzen«, schalte ich mich wieder ein. »Davis wusste, dass ich schießen würde. Nur dachten wir, dass wir eine Softair dafür hätten.«

Glauben wir Marco, dass er die Waffen nicht ausgetauscht hat?

Er schüttelt ungläubig den Kopf. »Glaubst du ihr, dass sie dich nicht kalt machen wollte?«, fragt er Davis.

Zum Glück nickt Davis, bevor ich aus meiner Wut heraus etwas Dummes sage. Jetzt, wo wir Marco so weit haben, dass er besänftigt ist, sollte ich ihn mir nicht wieder zum Feind machen.

»Wenn ich die Beweise zerstöre und niemandem etwas sage ... haltet ihr dann in den Pausen heimlich Händchen und treibt es nach dem Unterricht im Klassenzimmer?« Er verzieht angewidert den Mund. »Ich kann diese Frau dann niemals mehr als meine Lehrerin ansehen.«

»Ich werde mich auf die Silver High versetzen lassen«, sage ich wie aus der Pistole geschossen, als hätte ich auf dieses Stichwort gewartet. Beide braunen Augenpaare blicken mich überrascht an. Ich atme tief aus und versuche, ihren Blicken standzuhalten. »Ich werde die Schule wechseln. Das ist das einzig Richtige«, wiederhole ich. Ich habe schon öfter darüber nachgedacht und es wird nicht von jetzt auf gleich gehen, doch wenn ich in Haze Falls bleiben sollte, ist das nach allem, was passiert ist, die einzige Option für mich. Das, was Davis und ich hatten, ist ohnehin nur noch ein Sammelsurium an tausend zerbrochenen Splittern. Wir können nie wieder etwas Ganzes daraus machen, ohne uns an den Scherben zu schneiden. Das, was er vorhin zu Marco gesagt hat, dass ich ihm wichtig sei, ändert nichts daran. Wahrscheinlich wollte er damit ohnehin nur seinen Freund beschwichtigen. Und das ist okay so. Dass das Spiel vorbei ist und alle Beweise gegen mich verschwinden, ist mehr, als ich nach all dem zu erwarten gehofft habe. Ich kann hier bleiben und Rina beistehen, die sich vor ein paar Tagen wieder bei mir gemeldet hat und bereit ist, wieder mit mir zu reden. Ich kann das Haus behalten und meine neue beste Freundin. Anstatt zu fliehen, könnte ich versuchen, aus meinem Leben wieder etwas Gutes zu machen.

Ich vermeide es, Davis anzuschauen und warte lediglich auf Marcos Reaktion.

Er verzieht die Mundwinkel. »Und dort fickst du dann den nächsten Schüler?«

Ich versuche nicht zusammenzuzucken und schlucke eine schnippische Antwort herunter. Auch ein schlichtes Nein wird ihm als Erwiderung vermutlich nicht reichen. »So war das nie geplant«, sage ich zögerlich und mein Blick fällt auf den Tisch, auf dem all die Blumensträuße stehen. Die roten Rosen von Lias, die vermutlich Entschuldigung und Liebesgeständnis zugleich sind. »Eure Spielanweisungen waren nicht gerade hilfreich, um mich von Davis fernzuhalten. Ihr habt mit Davis und mir gespielt, nur um euch selbst etwas zu beweisen.« Marco wollte beweisen, dass ich eine gewissenlose Triebtäterin bin. Und Lias wollte meine Gefühle dazu nutzen, um mich tiefer zu verletzen, als jede Klinge es könnte. Vielleicht wollte er sogar uns beide verletzen, um seiner Eifersucht ein Ventil zu geben. »Ich will einfach nur ein normales Leben. Einen Neuanfang. Was anderes habe ich nie gewollt«, sage ich aufrichtig und schaue Marco wieder in die Augen. »Wir haben alle einen Neuanfang verdient und dafür mache ich Platz und räume das Schlachtfeld. Du hast mein Wort, dass mir nicht der Sinn danach steht, jemals wieder einem Schüler zu nahe zu kommen. Davis war …« Ich schlucke. »Eine Ausnahme.«

Mir bleibt nichts anderes übrig, als zu hoffen, dass dieser braunhaarige Schüler mit den breiten Schultern eines Quarterbacks und dem Teint eines Latinos meinen Worten glaubt und die Aufrichtigkeit in meinen Augen sieht.

Ein paar Sekunden lang scheint er darüber nachzudenken, dann nickt er plötzlich und kommt auf mich zu. Er hält mir den Umschlag hin. »Da ist alles drin, was ich gegen dich in der Hand habe. Alle Originale werde ich von meinem Handy löschen, das schwöre ich, wenn du schwörst, die Karten und unseren Chatverlauf ebenfalls zu zerstören. Kein Wort über die Aufgaben und über das, was passiert ist. Weder an die Cops, noch an sonst jemanden.«

Ihm ist offenbar klar, dass er sich mit den Aufgaben ebenfalls strafbar gemacht hat, und nun will er seine eigene Haut retten. *Und jetzt, da alles vorbei ist, können wir es einfach vergessen?* Ich nicke und ergreife den Umschlag. Mit der anderen Hand schüttele ich die seine.

»Keine Drohungen mehr. Keine Aufgaben mehr.«

Nachdem Marco das Krankenzimmer verlassen hat, will ich ihm folgen. Jetzt, wo so viel gesagt wurde, ist es mir unangenehm, allein mit Davis zurückzubleiben. Er könnte sich gezwungen fühlen, irgendetwas zu erklären und das will ich nicht.

»Miss Rivers?« Seine Stimme lässt mich kurz vor der Tür

innehalten. Allein schon, dass er mich *so* anspricht, anstatt mit meinem Vornamen, lässt eine kalte Mauer zwischen uns in die Höhe schießen. Um mein Herz zu schützen, würde es am liebsten irgendwo einzementieren.

»Sie fliehen wieder ohne eine Erklärung? Reden ist nicht Ihre Stärke, oder?«

»Mit *dir* zu reden, ist nicht meine Stärke«, konkretisiere ich und drehe mich zu ihm um. »Falls es dir nicht aufgefallen ist, streiten wir dann immer und das sollten wir in einem Krankenhaus vermeiden. Aufregung ist bestimmt nicht das, was dir die Ärzte verordnet haben.«

Er sieht mich nachdenklich, mit aalglatter Miene an. »Das gerade war ein Sieg, Maya. Wenn Marco sagt, die Spiele sind vorbei, dann sind sie es auch. Ich werde noch ein paar Tage hier bleiben ... Versprich mir, dass du mir Bescheid gibst, wenn es doch nicht vorbei sein sollte. Es gibt noch jemanden, der über uns Bescheid weiß.«

Eine Gänsehaut kriecht über meine Wirbelsäule, bei der Vorstellung, dass es noch nicht gänzlich vorbei ist. Doch ich weiß, dass Davis von Elisabeth spricht und Elisabeth ist keine Gefahr für uns.

»Elisabeth wird nichts sagen.«

Er runzelt die Stirn. »Weißt du etwas, was ich nicht weiß?«

»Ich habe mit ihr gesprochen. Glaub mir, sie wird unser Geheimnis für sich behalten und ich glaube nicht, dass sie in das Spiel verwickelt war.«

Er nickt mit gerunzelter Stirn. »Aber falls du jemals wieder eine anonyme Nachricht bekommen solltest, sagst du es mir?«

Ich schlucke. »Natürlich.« Meine Stimme klingt krächzend. Wieso fühlt sich das an wie ein Lebwohl? Es dauert vielleicht noch zwei, drei Wochen, bis Davis zurück in die Schule kommt, aber ich werde ihn wiedersehen. Es ist kein Abschied auf ewig und doch fühlt es sich so an. Als würde ich etwas für immer hier lassen, wenn ich gleich durch diese Tür gehe.

Er will scheinbar nichts mehr zu dem sagen, was er Marco

gesagt hat. *Dass es mehr als Sex war ...* Ich hatte Recht und es gehörte nur zur Show. Ich schließe die Augen und senke den Kopf. Davis bleibt still und sieht zur Seite aus dem Fenster. Es ist alles gesagt.

Dass das Spiel vorbei ist, bedeutet auch, dass das zwischen uns vorbei ist.

Ich drehe mich um und gehe aus der Tür, weil ich das Schweigen nicht länger ertrage.

***

B.Q.

Er kam vielleicht davon,
aber gewonnen habt ihr mit Sicherheit nicht

Ich habe zugesehen, wie Maya Rivers auf ihn geschossen hat. So selbstsicher. Ohne mit der Wimper zu zucken. Ihr kam nicht einmal in den Sinn, dass ich ihr die kleine Spielzeugpistole gestohlen und wieder gegen die echte getauscht haben könnte.

Ich habe den Schock in ihren Augen gesehen, als sie es begriff. Als ihr bewusst wurde, dass sie einen Schuss abgefeuert hat, der tödlich hätte sein können. Hätte sein *müssen.*

Ich habe das unausgesprochene »Warum« in ihren Augen gesehen.

Ich kann der kleinen Bitch ganz genau sagen, warum: *Weil du dich nicht an die Regeln gehalten hast! Weil du das Spiel verloren hast. Jeder, der sich nicht an Regeln hält, gehört bestraft. Du hast mehrere Aufgaben verweigert, hast anderen Leuten von diesem kleinen Spiel erzählt, du hast den geheimen*

Pakt zwischen Spieler und Spielleiter mit Füßen getreten. Marco und Lias sind vielleicht zu schwach, um dein Fehlverhalten zu bestrafen, aber ich bin es nicht.

Sein Tod sollte deine Strafe sein. Aber nicht einmal das hast du richtig hinbekommen.

Ich stelle den Strauß Margeriten auf dem Beistelltisch neben seinem Krankenbett ab, der schon mit unzähligen anderen Blumen vollgestellt ist. So viel Rot und Rosa, dass ich unwillkürlich die Mundwinkel nach unten ziehe. Ob die Farben der Blumen Liebe und Zuneigung symbolisieren sollen? Dann sind all die Besucher Heuchler gewesen. Ich kann mir nicht vorstellen, dass jemand dumm genug ist, einen Menschen wie Davis ernsthaft zu lieben. Er ist selbstsüchtig, arrogant, verlogen und machtgierig. Ich hätte keine Träne um ihn vergossen, wenn Maya Rivers' Schuss ihn getötet hätte.

Mein Blick gleitet über sein schlafendes Gesicht. Ich könnte ihn mit einem Kissen ersticken. Es wäre so einfach, seinen Tod in meine eigenen Hände zu nehmen, aber das wäre nicht Sinn der Sache. Ich will nicht morden – ich wollte nur, dass diese heuchlerische Lehrerin für immer in ihrer Schuld schmort. Das wäre ein tolles Ende für das Spiel gewesen, ein unvergesslicher Abschluss. Aber ich glaube, dass ihr Versagen auch so unvergessen bleibt. Zumindest ist für den Regelbruch etwas Blut geflossen. Ich atme aus und schüttele bedauernd den Kopf. Dann beuge ich mich herunter, bis meine Lippen beinahe Davis' Ohr streifen. Vielleicht hört er mich ja, egal, was er gerade träumt.

»Du hast so ein Glück, Davis Oktavian Rogan. Bei diesem Spiel bist du mit deinem Leben davongekommen, aber beim nächsten wird es nicht so einfach.«

Ich habe schließlich noch anderthalb Jahre Zeit, um ihm und den anderen Schülern der Haze Falls High zu beweisen, wie man richtige Spiele spielt.

siebenunddreißig

MAYA

Samstagmorgen

Mit meinem Lieblingskaffeebecher in der Hand – auf dem *›coffee keeps me going until it's time for wine‹* steht – öffne ich die Tür und will die Zeitung reinholen, die auf meiner Veranda liegt. Die Luft ist schneidend kühl und prickelt in meinem Gesicht. Ich ziehe mit der freien Hand meinen Morgenmantel enger um mich und will mich nach der Zeitung bücken, als ich aus Lolas Haus eine bekannte Gestalt treten sehe. Jemanden, den ich hier in sieben Jahren nicht erwartet hätte.

»Lias?«, murmele ich ungläubig und komme zurück in den Stand, ohne die Zeitung aufgehoben zu haben.

Der Junge mit der großen Brille und den braunen wirren Locken zieht die Kapuze seiner dunklen Sweatjacke über den Kopf und läuft leichtfüßig die Treppen von Lolas Veranda hinunter.

»Lias!« Diesmal rufe ich seinen Namen lauter und haste auf

meine Einfahrt, um ihn abzufangen. Irritiert hebt er den Kopf und als er mich erkennt, weiten sich seine Augen vor Schreck.

»Miss Rivers«, stammelt er.

»Was tust du denn hier?«, will ich wissen.

»Nichts, ich muss nach Hause.« Er versucht an mir vorbeizulaufen und ich möchte ihn auf offener Straße nur ungern körperlich aufhalten, deshalb bleibt mir nichts anderes übrig, als zu sagen: »Marco hat uns alles erzählt! Ich weiß Bescheid.«

Er bleibt stehen und dreht sich zu mir um.

»Also, was machst du hier?«, frage ich erneut und gehe einen Schritt auf ihn zu, damit nicht die halbe Nachbarschaft unser Gespräch mitbekommt.

Lias sieht sich unsicher um, bevor er auf seine Unterlippe beißt und schuldbewusst die Schultern hochzieht. »Ich habe nur bei einem Freund übernachtet.«

Ich blinzele ihn für ein paar Sekunden verwirrt an. Er weicht meinem Blick aus. »Jordan?«, frage ich schließlich, als der Groschen endlich fällt. »Du bist mit Jordan befreundet?«

»Wir haben letztes Schuljahr beide in der Theater AG mitgemacht, die schulübergreifend war, weil sich nicht genug Interessenten gefunden hatten. Also hatten wir gemeinsame Proben.« Er zuckt mit den Achseln.

Doch für mich rasten damit ein paar der letzten fehlenden Puzzleteile ein.

»Das erklärt so einiges.« Zum Beispiel, warum Jordan Teil des Spiels wurde und woher Lias und Marco wussten, dass ich nicht mit ihm geschlafen habe. »War er eingeweiht?«, will ich wissen.

»Oh Gott, nein!«, ruft Lias. »Bitte sagen Sie ihm nichts davon. Es war nur ein Test, um Sie zu prüfen.«

Ich nicke nachdenklich, während der kalte Wind unter meinen dünnen Morgenmantel fährt. Die meisten Aufgaben waren nichts weiter als ein Test, um mich als notgeile Triebtäterin zu überführen, das weiß ich schon von Marco. Ich verschränke die Arme vor meiner Brust. »Wie hast du überhaupt von mir und Davis erfahren?«

Nicht, dass Davis und ich immer vorsichtig gewesen wären, aber ich frage mich, wann uns Lias erwischt hat, um das alles in Gang zu setzen.

Er sieht in den Himmel, stößt die Luft aus seinen Lungen aus und schiebt die Hände in die Hosentaschen. »Nach der ersten Abschussstunde im Wald. Ich kam später als die anderen und habe euch gesehen. Ihr wart euch so nah, als würdet ihr euch gleich küssen. Da wurde ich misstrauisch, habe über Sie recherchiert und das mit Ihrem früheren Schüler rausbekommen.«

Shit. Ich schließe die Augen. Dort im Wald hat alles angefangen. Ich erinnere mich noch genau an diese Nacht und noch immer flattert mein Magen bei der Erinnerung. Drei Tage später hatte ich die Blumen und die erste Warnung auf meinem Küchentisch.

»Es tut mir leid«, murmelt er zu meiner Überraschung und ich reiße die Augen wieder auf. Neugierig sehe ich auf ihn herunter, doch er schaut betreten zu Boden und zermalmt mit seiner Schuhspitze ein gelbes Blatt auf dem regennassen Boden. »Ich wollte weder Ihnen noch Davis wirklich schaden, ich wollte nur ...« Er lässt den Satz unausgesprochen, doch ich kenne seine Fortführung. *Er wollte nur jemanden von uns verletzen, um nicht der Einzige Verletzte zu sein.* »Ich habe es nicht verstanden, schätze ich. Was er an Ihnen fand und wieso Sie sich darauf eingelassen haben, obwohl Sie es nicht dürfen. Aber ich werde niemandem etwas sagen. Sie müssen mich also nicht erpressen oder so.«

Ich ziehe die Augenbrauen hoch. »Ich wollte dich nicht erpressen, Lias.« Obwohl ich manchmal vor Wut und Schock immer noch fast wahnsinnig werde, bei dem Gedanken, dass Davis und ich nur knapp mit unseren Leben davon gekommen sind, obwohl ich durch die Spielkarten fast im Gefängnis gelandet wäre, verspüre ich nicht den Wunsch, einem der beiden Schüler etwas zuleide zu tun. Ihr Freund wäre beinahe gestorben. Ich glaube, sie haben die härteste Lektion bereits erhalten. »Wir begraben das Thema. Das habe ich auch schon mit Davis und Marco abgemacht«, versichere ich ihm. Ich will nicht mehr, als dass es vorbei ist.

Er sieht mich wieder an und nickt, doch ich kann die Emotion hinter seinen braunen Augen nicht deuten. Schuld? Reue? Dankbarkeit? Oder verspürt er einfach nur dieselbe Erleichterung wie ich, darüber dass es ein Ende gefunden hat? Wobei ich glaube, dass es für ihn nie vorbei sein wird, wenn er wirklich tiefere Gefühle für Davis hegt. Es wird ihn jeden Morgen von innen heraus zerfressen, bis er seinen Abschluss macht und Davis nicht mehr jeden Tag sehen muss. Oder vielleicht auch nur, bis er sich in jemand anderen verliebt.

»Kann ich jetzt gehen?«, fragt er, als bräuchte er meine Erlaubnis.

»Moment, eine Frage hätte ich noch«, gestehe ich und er sieht mich abwartend an. »Wieso du und Marco? Ihr seid doch nicht befreundet. Wie kamt ihr dazu, zusammenzuarbeiten?«

So etwas wie ein kleines Lächeln huscht über Lias' Gesicht. »Ein gemeinsamer Feind verbindet, das haben Sie bestimmt schon einmal gehört.« Ich verdrehe die Augen. »Nein, ernsthaft. Ich habe in der zweiten Woche begonnen, nach dem Schwimmtraining vor der Halle auf Davis zu warten ... ich hatte so einen Verdacht und wollte ihn bestätigt oder verworfen wissen. Irgendwann hat Marco mich nachmittags vor der Halle gesehen und gefragt, was ich da mache. Als ich erwähnte, dass ich auf Davis warte, wurde er misstrauisch und hat gefragt, ob Sie denn zumindest schon draußen seien ... da habe ich gemerkt, dass er ebenfalls einen Verdacht hegt. An diesem Tag hat er mir die Fotos vom See gezeigt. Er war so außer sich, dass er sie umgehend zur Polizei bringen wollte, aber ich habe ihm gesagt, dass wir mehr brauchen würden als ein paar unscharfe Bilder aus zehn Meter Entfernung.«

Also zielten die Aufgabenkarten danach darauf ab, die Beweislast gegen mich zu erhöhen.

Ich weiß nicht, wie ich reagieren soll. Wäre Marco an jenem Tag direkt zur Polizei gegangen, säße ich mittlerweile vielleicht schon im Gefängnis. Aber Davis läge nicht mit einer Schusswunde im Krankenhaus. Ich seufze und stoppe das Gedankenkarussell in meinem Kopf. Es wird Zeit, auszusteigen.

»Geh und mach sowas nie wieder«, sage ich zum Abschied und entlasse ihn mit einer knappen Kopfbewegung.

Als Lias nicht mehr zu sehen ist und ich nur noch auf die leeren, regennassen Straßen blicke, spüre ich, wie etwas von meinen Schultern abfällt. Ruhe kehrt in meinem Inneren ein. Alle, die von meinem Geheimnis wissen, werden schweigen und es bewahren. Ich bin in dieser Stadt wieder sicher, trotzdem wird mich die Haze Falls High nie wirklich Frieden finden lassen. Die Gesichter von Elisabeth, Lias, Marco und Davis werden mich nicht loslassen. Deswegen gibt es noch eine Sache, die ich in Angriff nehmen muss, bevor ich Haze Falls eine zweite Chance geben kann.

November

Mit einem Lächeln im Gesicht verlasse ich die Silver High und vergrabe meine Hände in dem roten Mantel. Das Bewerbungsgespräch hat ein gutes Gefühl in meiner Brust hinterlassen und mit ein wenig Glück werde ich im Frühjahr hier anfangen können. Ein paar Argumente und es war ein Leichtes gewesen, Mr. Hendrickson davon zu überzeugen, dass wir alle davon profitieren, wenn er mich persönlich dem Schulleiter der Silver High empfiehlt. Und zwar so wärmstens, dass der Punkt, dass ich vorbestraft bin, auf den Bewerbungsunterlagen nicht weiter auffällt.

Ich drehe mich im Laufen um meine eigene Achse und nehme den Anblick in mich auf. Das rote Backsteingebäude ist kleiner als die Eliteschule, der Schulhof nicht annähernd so grün, doch mir gefällt, was ich sehe. Die städtische Schule gleicht den Schulgebäuden aus New York viel mehr und ich fühle mich weniger fehl am Platz.

Als mein Handy vibriert, bleibt mein Herz kurz stehen. Noch immer halte ich bei jeder eingehenden Nachricht kurz die Luft an und muss mich dann selbst daran erinnern, dass das Spiel vorbei ist und ich nie wieder etwas vom Spielleiter hören werde. Vermutlich werde ich auch nie wieder fähig sein, unbekümmert Monopoly zu spielen.

Ich ziehe mein Smartphone aus dem Mantel und werfe einen Blick darauf.

Die SMS ist von Rina und als ich sie lese, verziehen sich meine Lippen zu einem Grinsen.

> Die Scheidungspapiere sind unterschrieben. Wann geht unser Flieger? Ich bin bereit für eine Nacht in New York!

Dahinter hat sie mehrere Party-Smileys geschickt, drei tanzende Sambafrauen und unzählige Sektflaschen. Ich muss lachen, weil sie in ihrem Zustand gewiss die Letzte ist, die Sekt trinken würde, und tippe sogleich eine Antwort, während ich über die regennasse Straße zu meinem Auto gehe.

Ich habe mit Lola und Rina ein Wochenendausflug in mein geliebtes New York geplant und zeige den beiden Frauen, wie das Nachtleben für Singlefrauen aussehen muss. Seit Rina es übers Herz gebracht hat, sich von Brandon zu trennen, wohnt sie bei mir und obwohl das nur als vorübergehende Lösung geplant war, gefällt uns der Zustand überraschenderweise ganz gut. Trotz täglichen Mecker-Angriffen und Zickenkriegen. Seit ihre Schwangerschaft die ersten sichtbaren

Zeichen hinterlassen hat, ist Rina noch anstrengender als früher. Aber sie ist meine Familie. Und vielleicht bin ich doch nicht dafür gemacht, allein zu wohnen. Schließlich habe ich mich in dem riesigen, leeren Haus schon immer unwohl gefühlt – und das hatte nicht nur mit den anonymen Drohungen zu tun. Zu zweit fühlt es sich viel mehr an wie ein Zuhause.

Ich stecke das Handy weg und setze mich in den Wagen. Der Termin bei meiner Kosmetikerin ist in dreißig Minuten. Und nein, ich lasse mir nicht extra für die New Yorker Nachtwelt meine Bikini-Zone wachsen. Bevor morgen Mittag unser Flieger geht, habe ich nämlich noch ein anderes Date.

Nervös denke ich an den gestrigen Schultag zurück. Als ich Davis nach so langer Zeit plötzlich im Klassenzimmer gesehen habe, bin ich über meine eigenen Füße gestolpert und wäre fast vor der gesamten Klasse auf den Knien gelandet. Seit jenem Morgen im Krankenhaus habe ich Davis nicht mehr gesprochen und es traf mich völlig unvorbereitet, dass er so früh wieder am Unterricht teilnehmen darf.

Verhalten hat er sich wie in den ersten Tagen des Schuljahres: Er hat dauernd am Handy gespielt und scheinbar kaum dem Unterricht gefolgt, doch wenn ich ihn drannahm, wusste er immer die richtige Antwort. Es war schwer, ihn nicht anzugrinsen wie ein Honigkuchenpferd, es war schwer, ihn nicht ständig anzustarren oder ihn mir beim Schwimmen nackt vorzustellen. Das alles sind gute Gründe, warum ich froh bin, dass das Bewerbungsgespräch so gut gelaufen ist und ich nach den Winterferien schon vielleicht eine neue Stelle haben werde.

Nach Davis' Rückkehr war ich auf viele Eventualitäten gefasst – Davis hätte mir die kalte Schulter zeigen können, er hätte so tun können, als wäre ich eine Lehrerin wie jede andere, oder er hätte mich mit unserer Affäre aufziehen können – doch worauf ich nicht gefasst war, war am Ende des gestrigen Schultages eine Monopolykarte in meiner Tasche zu finden. Keine rote Ereigniskarte, sondern eine blaue Gemeinschaftskarte. Auf der Rückseite standen seine Adresse, die mir mittlerweile mehr als bekannt ist, und eine Zeitangabe: *Freitag, 23 Uhr.*

Noch nie habe ich mich über eine Monopolyspielkarte so sehr gefreut. Ich weiß zwar nicht, worüber Davis reden will – vielleicht will er auch gar nicht reden. Aber eins weiß ich mit Sicherheit: Er braucht bestimmt keine Hilfe bei seinen Mathehausaufgaben. Mit etwas Glück wird mein Kosmetiktermin also nicht umsonst sein.

Vermutlich hat Davis mich extra zu einer Uhrzeit herbestellt, bei der er weiß, dass wir das Haus für uns haben. Er würde sicher nicht das Risiko eingehen, dass seine Eltern uns erwischen. Aber ich gehe ebenfalls kein Risiko ein und nehme den Weg, den ich bei meinem ersten Mal schon genommen habe: über den Gartenzaun und mitten durch die Hecke.

Als ich auf das Dach der Garage klettere, sehe ich Licht in seinem Zimmer brennen. Wie eine Einbrecherin schleiche ich mich zu dem geschlossenen Fenster und bin froh, dass ich nur einfache schwarze Sportschuhe trage.

Durch das Fenster kann ich niemanden sehen. Ich gehe in die Hocke und klopfe an die Glasscheibe. Kurz darauf erscheint Davis in meinem Sichtfeld. Erst wirkt seine Miene verdutzt, dann stiehlt sich ein schiefes Grinsen darauf, als er das Fenster hochschiebt. Der gehobene Mundwinkel reicht aus, um mir ein Stein vom Herzen fallen zu lassen.

»Gehört es sich nicht, für eine erwachsene Frau, den Vordereingang zu benutzen?«, fragt er und lässt mich hineinklettern.

»In manchen Situationen ist man froh über Alternativen zum Vordereingang«, gebe ich zurück und schließe das Fenster hinter mir, um die kalte Nachtluft auszusperren. In Davis' Zimmer ist es gemütlich warm, sodass ich direkt meinen

Mantel abstreifen will, doch ich warte lieber noch damit, mich vor ihm auszuziehen. Abwägend sehe ich meinen Schüler an und lehne mich mit dem Gesäß gegen die Fensterbank.

»Miss Rivers, ist das etwa ein Angebot für Analsex?«, fragt Davis dreckig grinsend.

War so klar, dass er das mit dem Vordereingang als perverse Vorlage nutzt. Ich spitze die Lippen und überlege, womit ich zurückfeuern könnte. Doch während ich ihn so anschaue, fällt mir keine geistreiche, humorvolle Erwiderung ein. Er trägt ein schlichtes schwarzes T-Shirt und eine graue kurze Sporthose. Seine schwarzen Haare sind feucht und da von ihm ein frischer Duft ausgeht, gehe ich davon aus, dass er gerade noch unter der Dusche war. Es zieht mich so sehr zu ihm hin, dass es mich sprachlos macht. Hier in seinen eigenen vier Wänden, wo wir allein sind, ist es weitaus schlimmer als in einem großen, vollen Klassenzimmer bei Tageslicht.

Ich schlucke und kralle mich mit den Fingern in das Fensterbrett hinter mir. Wieso hat er mich zu sich bestellt?

Er muss meine plötzliche Anspannung in meinem Gesicht ablesen können, denn seine Miene wird ernst. Er verschränkt die Arme und mustert mich kritisch. »Hätte nicht gedacht, dass die Erwähnung von Analsex dich so erbleichen lässt. Gibt es diesbezüglich ein Trauma, von dem ich nichts weiß?«

»Du Mistkerl!«, erwidere ich mit einem schiefen Grinsen und stoße ihn spielerisch gegen die Brust. Die Anspannung in meinem Inneren bröckelt etwas, doch solange Davis mir nicht sagt, warum ich hier bin, werde ich keinen einzigen ruhigen Atemzug tun können. »Wieso die Spielkarte an mich?«, frage ich also und lasse die Scherze hinter uns.

Davis blinzelt mich an. »Du hast eine neue Spielkarte gefunden?«

Für eine Sekunde bleibt die Welt um mich herum stehen. Auch mein Herz und mein Atem stocken. »Die ist nicht von dir …?«

Seine Mundwinkel zucken. »Doch, ich wollte nur dein schockiertes Gesicht sehen.«

Was? Diesmal gebe ich mich nicht mit einem spielerischen Schlag gegen seine Brust zufrieden. Mein Herz stolpert schmerzhaft unter meinen Rippen. Für diesen geschmacklosen Witz hat er es verdient, verprügelt zu werden! Doch bevor ich mit meinen Fäusten auf ihn losgehen kann, hält er meine Handgelenke fest und zieht mich zu sich.

Mein Magen macht einen Salto und es fühlt sich an, als würden all meine Innereien in eine bodenlose Tiefe stürzen, als Davis sich zu mir beugt und mich küsst.

Seine Lippen liebkosen die meinen und ich verliere mich in dem Gefühl dieser Berührung. Er greift meine Taille und zieht mich vom Fenster weg. Als er beginnt, mich auszuziehen, halte ich inne.

»Was hast du vor?«

»Na wonach sieht es denn aus?« Er streift mir den Mantel ab, der mit einem dumpfen Geräusch auf dem Boden landet. Dann greift er nach dem Saum meines Oberteils und zieht es ohne Umschweife über meinen Kopf. Ich lasse ihn gewähren. Als er meine Jeans öffnet, sich runterbeugt und mir die Hose abstreift, klopft mir das Herz bis zum Hals. *Er will noch einmal mit mir schlafen.*

Mir schießen mehrere Fragen durch den Kopf, doch ich stelle keine einzige. Man sollte keine Fragen stellen, deren Antworten man nicht verkraften kann. Und es gäbe so einige Antworten, denen ich im Moment nicht standhalten würde. Vielleicht ist er einfach nur geil und will seinen Schwanz irgendwo reinstecken. Im Krankenhaus und während seiner anschließenden Bettruhe zuhause war er lang genug abstinent. Vielleicht will er aber auch nur wissen, ob er mich immer noch unter Kontrolle hat.

Ich sage nichts, sondern lasse mich weiter von seinen warmen, großen Händen auspacken, bis ich komplett nackt und entblößt vor ihm stehe. Pures Adrenalin jagt durch meine Adern und wärmt mich.

Ich will seine Gründe hierfür nicht wissen. Nicht im Moment zumindest. Genau hierauf habe ich doch gehofft, als ich den Termin bei der Kosmetikerin gemacht habe. Ich mache einen Schritt auf ihn zu, sodass er zurückweichen muss, bis er mit den Beinen an seine Bettkante stößt. Meine Hände legen sich auf seine trainierte Brust und gleiten über den weichen Stoff seines T-Shirts. Ich sehe ihm tief in die Augen, bevor ich ihn aufs Bett schubse und nackt auf ihn klettere.

Wer weiß, ob ich jemals wieder die Chance dazu bekomme.

»Rivers?« Er berührt meine Hand und ich drehe mich zu ihm um.

»Ja?« Ich sitze auf der Bettkante, bereit aufzustehen und mich anzuziehen. Der Sex mit ihm war leidenschaftlich und wunderschön, aber ich will mein Glück weder überstrapazieren, noch die Erinnerung daran durch eine unangenehme Stille zwischen uns zerstören. Wir waren nie die Sorte Mensch, die danach kuschelt. Also kann ich es mir auch jetzt nicht vorstellen. Zu verschwinden nach dem, was wir getan haben, ist das Einzige, was in meinem Kopf Sinn ergibt.

»Warte.« Davis setzt sich auf und rutscht an mich heran. Ich runzele die Stirn und sehe ihn abwartend an. Will er mir jetzt doch seine Gründe hierfür nennen? »Ich bin zu jung, um dir zu sagen, dass ich den Rest meines Lebens neben dir aufwachen will, aber wie wäre es mit morgen?«

Was? Mein Herz macht einen schwindelerregenden Satz.

»Vielleicht gefällt mir ja dein morgendlicher Anblick – oder er schreckt mich ab und dann können wir das zwischen uns direkt beenden«, fährt er neckisch fort.

»Ey!«, beschwere ich mich halbherzig in dem Versuch, mein rasendes Herz zu übertönen. Ich boxe ihm gegen die

Schulter und will über den letzten Teil seines Satzes lachen, aber der erste Teil hat meine Kehle so zugeschnürt, dass mir das Lachen nicht über die Lippen kommt. *Er will, dass ich bei ihm schlafe und neben ihm aufwache.*

Ich weiß nicht, wie lange es her ist, dass ich das mit jemand anderem als Carry gemacht habe. Bei Männern zu schlafen, bedeutet weit mehr, als *mit* ihnen zu schlafen. Vielleicht kuscheln wir dann sogar tatsächlich.

»Davis, bist du sicher …?« Ich kann mir nicht vorstellen, dass er das will. Aber mir fällt auf, dass ich noch nie wusste, was dieser Junge will.

Er umschlingt meine Taille und zieht mich zu sich, sodass ich auf seinem nackten Oberkörper lande. Mein Blick gleitet automatisch auf seine Brust, an der meine Hände liegen. Nur Zentimeter neben der frischen Narbe, die man deutlich auf seiner goldenen Haut sieht. Meine Finger streichen über den rosa-lilafarbenen Streifen, bis sie schließlich über seinem Herzen ruhen bleiben. Das Pochen klopft gegen meine Handfläche und ich spüre es so deutlich in mir, dass mein Herzschlag den seinen automatisch nachahmt.

»Das ist das, was ich will«, flüstert Davis, während unsere Herzen im Gleichtakt schlagen.

achtunddreißig

MAYA

1,5 Jahre später

Ich stehe in der hintersten Reihe, zwischen Eltern und Familienmitgliedern, die sich auf dem Footballfeld der Haze Falls High versammelt haben. Auf der Grünfläche ist eine kleine Bühne aufgebaut, auf der die Absolventen ihr Zeugnis entgegennehmen. Ein warmes Gefühl durchströmt mich, als ich den neuen Schulleiter dabei beobachte, wie er die Namen der Schüler aufruft und sie zu sich auf die Bühne holt. Mr. Darkin ist sein Name, wenn ich mich von Davis' Erzählungen richtig erinnere. Auch nach meinem Schulwechsel hat Davis es sich nicht nehmen lassen, für ein paar Kleinigkeiten in das Büro des Direktors zitiert worden zu sein. Aber laut Davis ist Mr. Darkin vollkommen in Ordnung, was so viel heißt, dass er ein freundlicher, humorvoller Mann ist, der sich über Klassenstreiche nicht sonderlich aufregt. Die schlimmste Strafe, die Davis je von ihm erhalten hat, war dass er eine Woche dazu verdonnert worden ist, den Schulhof zu säubern. Mr. Darkin und Davis haben alles immer schulintern untereinander geklärt. Mr. Rogan wurde nie mehr über das Fehlverhalten seines Sohnes informiert.

Als sein Name aufgerufen wird, macht mein Herz einen Satz. Ich lasse den Blick keine Sekunde von Davis, als er an diesem strahlenden Sommertag auf die Bühne geht. In seinem Talar und mit dem Doktorhut auf dem Kopf sieht er so anständig aus. Als er sein Diplom ausgehändigt bekommt, klatsche und jubele ich mit der Menge. Stolz flutet meine Brust. Davis weiß nicht, dass ich hier bin, und das ist auch gut so. Für heute Abend sind wir ohnehin bei mir zuhause verabredet. Wir haben nur noch wenige Wochen zusammen, bevor er für sein Studium nach Boston zieht. Obwohl unsere gemeinsamen Nächte dadurch gezählt sind, kann dies den Moment nicht trüben.

Das letzte Jahr mit Davis war mehr, als ich mir je erträumt hatte. Und auch als nach seinem achtzehnten Geburtstag unser Verhältnis vor dem Gesetz legal wurde, hat das unserer Zeit nicht den Kick genommen. Jede Stunde mit Davis ist aufregend, auch wenn wir kein Verbrechen mehr damit begehen, wenn er mich vögelt. Wir haben es nie eine Beziehung genannt, haben uns kein Etikett aufgeklebt, aber das brauchen wir auch nicht. Ich sehe, dass ich etwas Besonderes für ihn bin, wann immer ich in seine Augen blicke.

Und ich hoffe, er sieht genau dasselbe in meinen.

Die Zeremonie nimmt ihr Ende und der letzte Schüler geht mit Applaus von der Bühne. Mein Blick bleibt an Jared Edwards hängen, der in einer Reihe mit den anderen Lehrkräften steht und voller Stolz seine Schüler betrachtet. Auch nach meinem Schulwechsel haben sich unsere Wege hin und wieder gekreuzt, schließlich arbeiten die beiden Schulen oft zusammen an AGs oder Programmen – und seien wir mal ehrlich, Haze Falls ist zu klein, um sich nicht mehr über den Weg zu laufen. Als ich ihm irgendwann klar gemacht habe, dass ich an ihm nicht auf *diese* Weise interessiert bin, haben wir es tatsächlich geschafft, zu einer guten Freundschaft überzugehen.

»Ich habe dich von da oben aus entdeckt. Was machst du hier?«

Ertappt zucke ich zusammen und drehe mich zu Davis um. Ich war so in Gedanken vertieft, dass ich gar nicht gemerkt habe, wie er nach den Glückwünschen bei seinen Eltern sich einen Weg zu mir gebahnt hat.

»Ich darf ja wohl ein bisschen rührselig werden, wenn ein ehemaliger Schüler von mir seinen Abschluss macht.«

Er schmunzelt wissend und sieht sich unauffällig um. Kontrolliert, ob uns jemand beobachtet. Nach dem ganzen Scheiß, den wir in den letzten zwei Jahren durchgemacht haben, ist die Paranoia nie ganz von uns abgefallen. Vielleicht ist uns die Geheimnistuerei über die Zeit auch ins Blut übergegangen. Selbst wenn unsere Beziehung vor dem Gesetz legal ist, heißt das nicht, dass die Menschen in dieser Stadt es gutheißen würden.

»Froh, dass das dein letzter Tag an dieser Schule ist?«, frage ich ihn nun.

»Du fragst, ob ich die ganzen Spiele, Mordversuche und die schwarze Königin vermissen werde?« Ja, seine Schulzeit war echt nicht einfach. Nur weil wir Marco und Lias als meine Spielleiter enttarnt hatten, hieß es nicht, dass die Spiele an der Haze Falls damit vorbei waren. Davis schüttelt lachend den Kopf. »Es gibt nur wenige Sachen, die ich an Haze Falls vermissen werde.«

Ich schlucke und gebe mir Mühe, seinem Blick standzuhalten. Heute ist noch nicht der Tag gekommen, um Abschied zu nehmen.

»Ich bin froh, dass du diese Stadt verlässt und deine Träume verwirklichst. Ich bin stolz auf dich«, sage ich trotzdem. Es muss einfach gesagt werden, damit er nicht auf die Idee kommt, ich würde ihn aufhalten wollen. Er hat aufgrund seiner Schwimmleistungen ein Sportstipendium in Harvard bekommen, womit er nicht mehr auf die finanzielle Unterstützung seines Vaters angewiesen ist. Dort kann er seinen Bachelor machen, bei dem er sich auf Rechtswissenschaften konzentrieren möchte. Hätte mir früher jemand gesagt, dass ausgerechnet Davis Anwalt werden will, hätte ich gelacht, doch heute finde ich, dass kein Beruf besser zu ihm passen würde.

»Und du bist sicher, dass du nach all dem trotzdem in Haze Falls bleiben willst?«, fragt er. »Ich meine, war klar, dass du hierbleibst, bis ich meinen Abschluss habe, du hättest ...«

Ich boxe ihn spielerisch gegen die Schulter und verkneife mir ein Lachen. »Ja genau, ich bin nur wegen dir hiergeblieben.«

Er grinst schief und ich sehe ihm an, dass er mich in diesem Moment gerne geküsst hätte. Aber wir haben uns nie daran gewöhnt, es in der Öffentlichkeit zu tun. Die Gerüchte, die es hin und wieder über uns gab, haben schon gereicht, dass sich die Nachbarschaft das Maul über uns zerreißt. Wir bevorzugen es, mit unserer skandallösen Art von Liebe lieber nicht das Stadtgespräch Nummer eins zu werden.

»Also heute Abend null Uhr, steht?«, fragt er.

Wir treffen uns immer zu einer so späten Stunde, damit Rina und Clay schon tief und fest schlafen. Das Haus ist zwar groß und wenn wir es unten in der Küche oder im Wohnzimmer treiben, würde meine Stiefschwester oben bestimmt nichts davon mitbekommen, aber sicher ist sicher. Sie ist mit der Vorstellung von Davis und mir immer noch nicht warm geworden und ich will sie vor einem Trauma bewahren, mich und Davis beim Sex zu erwischen. Uns bei ihm zu treffen, kommt ebenfalls nicht in Frage, seit wir einmal beinahe von seinem Vater erwischt worden wären. Shiwon Rogan bin ich nach jener Nacht, in der ich seinen Kopf zwischen meinen Beinen hatte, konsequent aus dem Weg gegangen. Zum Glück schien er ebenfalls nie darauf erpicht, mich wiederzusehen. Männer wie er sind wohl froh über unkomplizierte, einmalige Affären, die sich danach nicht mehr blicken lassen.

»Null Uhr steht«, erwidere ich leise und hebe meine Hand ein paar Zentimeter an, um die von Davis zu streifen. Auf Hüfthöhe verhaken sich unsere Zeigefinger miteinander.

Davis beugt sich zu mir heran. »Ich nehme den Talar und den Hut für dich mit. Ich wollte schon immer eine Absolventin über den Tisch legen.«

Ich presse meine Lippen zusammen, um nicht zu grinsen. »Haben dich deine Mitschülerinnen in diesem Aufzug etwa scharf gemacht?«

»Ich wette, Sie werden darin noch schärfer aussehen, Miss Rivers.« Er lässt meinen Finger los, zwinkert mir zu, bevor er sich umdreht und in der Menge verschwindet.

Mit einem Lächeln sehe ich ihm nach, bis ich mich irgendwann darauf besinne, nicht mehr wie ein verknallter Teenager vor mich hin zu starren, und meinen Weg zu meinem geparkten Auto anzutreten.

Als ich im Vorbeilaufen einen blonden Haarschopf entdecke, halte ich inne und sehe, wie Elisabeth von ihren Eltern in die Arme geschlossen wird. Auch sie hat heute ihren Abschluss gemacht. Für den Bruchteil einer Sekunde kreuzen sich unsere Blicke. Sie lächelt mir zu. Ihr Gesicht und ihre Augen sind dennoch nur halb so strahlend wie damals, als ich sie kennengelernt habe. Sie hat im letzten Schuljahr und mit den Spielen im Abschlussjahrgang viel verloren. Ich kann mir nicht ansatzweise ausmalen, wie es ihr erging, als der neue Spielleiter für alles zur Rechenschaft gezogen wurde. *B.Q.* Noch heute läuft es mir kalt den Rücken hinunter, wenn ich daran denke, welche Wellen das Ganze noch geschlagen hat. *Manchmal schlägt ein kleiner Stein große Kreise.*

Zum Glück bekommt B.Q. mittlerweile die psychiatrische Hilfe, die nötig war. Ich nicke Elisabeth zu, weil sie für ihre bewiesene Stärke meinen größten Respekt hat und weil ich ihr – genauso wie allen anderen Abschlussschülern der Haze Falls High – nur das Beste wünsche. Zum Glück ist das Beste in ihrem Fall nicht mehr Davis, denn der gehört nur noch ganz allein mir. Zumindest in den Wochen, in denen er noch in Haze Falls wohnt.

Ob ich danach wirklich hier bleibe? Kurz habe ich erwogen, nach New York zurückzuziehen, weil die Distanz zu Boston so geringer wäre, doch es wäre dennoch eine Fernbeziehung. Außerdem will ich Davis nicht an mich ketten. Er ist noch so jung und muss seine eigenen Erfahrungen sammeln. Seine Freiheit auskosten, die er zum ersten Mal wirklich verspüren wird, sobald er seinem Elternhaus und der Kontrolle seines Vaters entkommen wird.

Ich weiß nicht, ob ich ihm dabei im Weg stehen will. Außerdem habe ich mir hier mittlerweile ein Leben aufgebaut. Nicht nur ein Zuhause mit einer Familie, sondern eine Heimat mit allem, was dazu gehört.

Ich steige in meinen roten Mustang und als ich vom Parkplatz der Haze Falls High fahre und die Schule im Rückspiegel immer kleiner und kleiner wird, fühlt es sich auf einmal doch wie ein Abschied an.

epilog

MAYA

Vier Jahre später

»Danke für den netten Abend«, sage ich schmunzelnd und schnalle mich ab.

»Bekomme ich einen Gute Nacht Kuss?«, fragt Eric und sieht mich im Halbdunkeln an. Das orangewarme Licht einer Straßenlaterne fällt durch die Windschutzscheibe und beleuchtet sein kantiges, glatt rasiertes Gesicht.

Ich beuge mich über die Mittelarmkonsole und gebe ihm einen Kuss. Seine Hand schiebt sich in meinen Nacken und hält mich fest, um den Kuss zu verlängern. Wärme wallt durch meinen Körper, trotzdem löse ich mich von ihm.

»Ich muss jetzt wirklich rein. Wir sehen uns.«

Ich steige aus, während Eric mir noch eine Gute Nacht wünscht. Als ich die Wagentür hinter mir schließe, muss ich lächeln. Vielleicht hat Rina Recht und Eric hat das Potenzial. Das Potenzial für etwas, was länger als eine Woche mein Interesse halten kann. Die Zeit mit ihm fühlt sich gut an, ruhig, idyllisch. Als hätte ich die stürmische See verlassen und an einem sicheren Hafen angelegt. Rina meint, genauso muss sich das anfühlen. Er ist einunddreißig, also drei Jahre jünger als ich und seit ein paar Monaten neu in Haze Falls – um seine kranke Großmutter zu pflegen. Rina hat sich ihn direkt für mich rausgepickt und mich auf ihn gehetzt, bevor die anderen alleinstehenden Frauen in dieser Stadt die Angel nach ihm auswerfen können.

Ich beobachte, wie sein weißer Tesla in der Nacht verschwindet, und drehe mich dann zum Haus. Es brennt kein Licht in den Fenstern, was heißt, dass Rina und Clay schon schlafen. Ich sauge die milde Nachtluft ein und spaziere den angelegten Weg hinunter, der zwischen Rosenbüschen entlang bis zur Veranda führt. Es bleibt stockdunkel, der Bewegungssensor unserer Außenbeleuchtung ist immer noch kaputt. Verdammt. Blind erklimme ich die drei Holzstufen und krame in meiner Handtasche nach dem Hausschlüssel, als ich plötzlich ein Knarzen rechts neben mir höre.

Es ist nur die Hollywoodschaukel, geht es mir durch den Kopf. Aber es ist kein Windzug zu spüren, der die Schaukel in Bewegung gesetzt haben könnte.

Knarz.

Schritte.

Es sind eindeutig Schritte auf der Veranda. Ich greife nach dem Schlüssel, den meine Finger gerade ertastet haben, und halte ihn wie eine Waffe in die Dunkelheit gerichtet, aus der die Geräusche kommen. Blinzelnd versuche ich aus den grauen Schatten mehr zu erkennen, als eine große Gestalt auf mich zukommt.

»Keinen Schritt näher«, warne ich. Im selben Moment geht ein Licht an und ich schreie auf, als ich den fremden Mann nur einen Meter von mir entfernt stehen sehe. Er hat seine Handytaschenlampe geöffnet, die sein Gesicht kalt und gespenstisch von unten beleuchtet.

»Sonst was?«, fragt er mit samtig weicher, dunkler Stimme. »Erstichst du mich mit deinem Schlüssel?«

Ich kenne den Schalk in dieser Stimme. Ich kenne dieses Gesicht, welches nun von dem weißen Licht und ungünstigen Schatten verzerrt wird. Ich kenne diese braunen Augen, die mich belustigt mustern.

Vier Jahre verpuffen, als hätte jemand mit den Fingern geschnipst.

Statt ihm um den Hals zu fallen, bleibe ich einfach stumm stehen. Perplex, als hätte mich jemand in eine Traumwelt gebeamt, die nicht real sein kann. Ich habe heute Abend zwar ein paar Gläser Wein getrunken, aber definitiv nicht genug, um zu halluzinieren. *Was macht er hier in Haze Falls?* Ohne vorher geschrieben oder angerufen zu haben? Seit fast vier Jahren habe ich ihn nicht gesehen. Seit drei Jahren habe ich nichts mehr von ihm gehört. Das erste Studienjahr über haben wir noch hin und wieder Kontakt gehalten, doch irgendwann sind die Nachrichten und Anrufe versiegt. Und nun steht er mitten in der Nacht auf meiner Veranda.

»Wer war der Mann im Auto? Dein Freund?«, fragt Davis. »Oder Ehemann?« Es ist seine Stimme und doch ist sie es nicht. Wobei ich mir kaum noch sicher sein kann, wie der Klang seiner Stimme früher war, weil es einfach zu lange her ist.

So lange her und doch rast mein Herz so sehr, als wären alle Gefühle noch aktuell.

Ich lasse die Hand mit dem Schlüssel sinken, die ich erhoben hatte, und schüttele langsam den Kopf. »Nein. Wir sind noch nicht zusammen.«

»*Noch* nicht«, wiederholt Davis mit einem wissenden Tonfall. »Wievieltes Date?«

»Viertes.«

»Und da nimmst du den armen Kerl anschließend nicht mit rein?«

Ich erröte. Vor etwa zwei Jahren, kurz nach meiner ausgiebigen Weltreise, hatte ich eine wilde Phase, in der ich fast jeden, der in Haze Falls lebte oder auf Durchreise war, abgeschleppt und in mein Schlafzimmer gezerrt habe. Sehr zum Missfallen von Rina. Schon oft hat sie damit gedroht, auszuziehen und sich ein anderes Haus zu suchen, wenn ich so weiter mache, aber sie hat ihre Drohung nie wahrgemacht. Seit der vierjährige Clay vor etwa einem Jahr morgens verschlafen ins Wohnzimmer tappte, wo ich nackt mit einem Mann auf dem Teppichboden lag, und er verwirrt fragte, warum ich auf dem Boden geschlafen habe, nehme ich keine Männer mehr mit nach Hause.

Mal abgesehen davon, dass mit Eric bis auf ein bisschen Fummeln ohnehin noch nichts lief.

»Ich bin aus dem Alter der heißen, schnellen Affären raus. Ich will es langsam angehen«, sage ich und schließe die Tür auf. »Willst du reinkommen? Du musst dann aber leise sein.«

Habe ich ihm gerade tatsächlich angeboten, reinzukommen? Bin ich wahnsinnig?

»Wegen einem Ehemann, den du betrügst, oder wegen Rina und Clay?«

Als Antwort werfe ich ihm einen bösen Blick über die Schulter zu. Ich gehe ins Innere und mache das Licht an. Davis folgt mir über die Türschwelle, als wäre es eine Selbstverständlichkeit.

»Ich dachte, du wärst auch schon aus der Dating-Phase raus, Rivers. Du bist doch jetzt schon vierunddreißig, wenn ich richtig rechne. Wenn du es zu langsam angehst, endest du als alte, unfruchtbare Jungfer. Oder reicht dir Clay als Sohn?«

Seine stichelnden Bemerkungen sind mir noch geläufig, aber seine Frage lässt mich innehalten. Stockend streife ich meinen zweiten Schuh ab und gehe in die Küche, ohne zu antworten. Vermutlich hat er nicht nachgedacht, bevor er sprach, und nicht einmal bemerkt, wie persönlich diese Frage ist. Oder es ist für mich innerhalb der letzten Jahre zu einem empfindlichen Thema geworden.

Früher habe ich mir nie viel aus eigenen Kindern gemacht, ich hatte nie geglaubt, dass ich in das typische Bild einer typischen Familie passe. Es war nie mein Wunsch, aber ich würde lügen, wenn ich jetzt leugne, in der Zwischenzeit, in der ich Clay habe aufwachsen sehen, mir hin und wieder vorgestellt zu haben, ein eigenes kleines Lebewesen in die Welt zu setzen.

»Was machst du hier, Davis? Mitten in der Nacht? Unangekündigt?«, frage ich und beginne, einen Tee aufzusetzen, einfach, um meinen Händen eine Beschäftigung zu geben.

Über die Schulter beobachte ich, wie Davis in dem Zimmer herumgeht und seine Hand über die Möbelstücke gleiten lässt. Vermutlich erinnern sie ihn an alte Zeiten. Rina und ich haben einige der Zimmer zwar renoviert und neu eingerichtet, aber die Küche ist zum größten Teil beim Alten geblieben.

Seine Finger streichen über die Tischplatte, auf der wir es so oft getrieben haben. Zu wissen, dass er jetzt an genau dasselbe denken muss, macht mich wütend. Er kommt her, steht nachts in meiner Küche, denkt an Sex, als wenn er die Berechtigung dafür hätte. Aber nach all den Jahren hat er auf gar nichts mehr ein Recht. Wenn er also hier ist, um irgendetwas dergleichen zu versuchen, werde ich ihm gehörig die Meinung sagen.

Er hört auf, die Möbelstücke zu inspizieren, und sieht mich an. »Du siehst noch genauso aus wie damals. Bis auf die blonden Haare. Steht dir.«

Ich muss schnauben. »Hast du gedacht, ich hätte mich mittlerweile in eine alte Frau verwandelt?«

Er schiebt seine Hände in die Hosentaschen. »Nein, aber ich war mir nicht sicher, ob die Realität meinen Erinnerungen an dich gerecht wird.«

Mein Herz klopft schneller. *Lass dich nicht von seinen Flirtereien um den Finger wickeln!* Ich drehe mich um und hole zwei Tassen aus dem Schrank.

»Falls es dich tröstet, du siehst sehr wohl anders aus als

früher«, sage ich mit dem Rücken zu ihm. Als ich nach der Kanne greife und das Wasser in die Tassen fülle, bemerke ich, dass meine Hände leicht zittern. *Fuck.*

»Bin ich dir jetzt zu alt, um mich noch attraktiv zu finden?«, fragt er. Seine Stimme ist viel näher als angenommen. Im nächsten Moment spüre ich seine Präsenz hinter mir. Und eine weitere Sekunde später seinen warmen Körper dicht hinter meinem Rücken.

Er berührt mich kaum, streift mich höchstens und trotzdem versteife ich mich. Halte die Luft an. Doch er greift nur an mir vorbei nach der Teetasse und hebt sie von der Anrichte. Einen Herzschlag später ist er wieder weggetreten und ich atme zitternd aus. Was ist nur los mit mir?

Ich drehe mich mit gestrafften Schultern um und gehe mit meiner eigenen Tasse in der Hand zu ihm an den Tisch, wo ich gegenüber von ihm Platz nehme. Mein Blick verweilt zum ersten Mal, seit er hier ist, länger auf ihm. Im warmen Licht der Küchenbeleuchtung fällt mir erst recht auf, wie erwachsen Davis geworden ist. Aus einem Jungen ist ein Mann geworden. Sein Körper ist breiter, weniger schlaksig, sein Gesicht härter und die Augen ... klüger. Aber wirkt er dadurch jetzt weniger attraktiv auf mich? Das kann ich nicht beantworten.

Davis' Kiefer spannt sich an und er blickt hinunter in seinen Tee. Offenbar hat er aus meinem Schweigen seine eigenen Schlüsse gezogen. Ich bin nicht fähig, dagegen zu widersprechen. Ich verstehe immer noch nicht, was er hier will. Hat er seine Eltern besucht und sich gedacht, der Vergangenheit halber auch einen kurzen Abstecher bei mir einzulegen? Das war eine dumme Idee. So dumm. Manche Erinnerungen sollte man lieber tief vergraben lassen, anstatt sie auszubuddeln. Unsere damalige Affäre war nur seinem jugendlichen Leichtsinn und meinem falschen Moralkompass geschuldet. Es gibt keinen Grund, sich nun, Jahre später, noch einmal an den damaligen Gesetzesbruch zurückerinnern zu wollen.

»Wie läuft dein Studium?«, frage ich, um das Schweigen zu

brechen. Ich weiß, dass ich es dadurch für Davis nicht besser mache, sondern meine Abfuhr nur noch deutlicher unterstreiche.

»Gut. Ich habe das Grundstudium fertig und fange nächsten Monat mit dem Aufbaustudium an der Law School an.«

»Wow.« Ich sehe ihn beeindruckt an. »Herzlichen Glückwunsch, Davis. Wirklich.«

Er hebt den Blick. »Ich weiß, wieso du mir damals irgendwann aufgehört hast, zu schreiben. Oder wieso du mich nie gefragt hast, ob du mich besuchen kannst. Wieso wir es nie probiert haben, das, was wir hatten, über die Entfernung hinweg fortzusetzen.«

Mein Herz rutscht mir in die Hose. Um Zeit zu schinden, umfasse ich die warme Tasse mit den Händen und führe sie an meine Lippen. Der Tee ist zwar noch verdammt heiß, aber lieber verbrühe ich mir die Zunge, als ihm eine Antwort zu geben. Er hat recht: Ich habe nie wirklich versucht, den Kontakt mit ihm aufrecht zu erhalten. Wir haben uns nie besucht. Er war achtzehn und ich wollte, dass er ein freies, unkompliziertes Studentenleben führt. Dass er mit Mädchen in seinem Alter ausgeht und die Wochenenden auf Verbindungspartys verbringt. Unsere Zeit der geheimen Schüler-Lehrer-Affäre war mit seinem Abschluss vorbei. Und das ist das Einzige, was wir jemals waren: eine verbotene Affäre.

»Ich habe meine Studienzeit in vollen Zügen genossen und dafür bin ich dir dankbar. Ich bin dir für so vieles dankbar.« Seine braunen Augen taxieren mich über den Tisch hinweg. »Ich habe vier Jahre auf dem Campus gelebt, habe reihenweise Studentinnen flachgelegt und die besten Partys geschmissen, aber nun habe ich die Wohnheime und die ganzen Red Cups satt, Rivers. Ich will mir ein eigenes Appartement am Rande der Stadt suchen und erwachsen werden.«

Ich setze den Tee ab und nicke anerkennend. »Das ist toll, Davis. Wirklich.« Irgendwie habe ich das Gefühl, mich zu wiederholen. Aber es gibt sonst nichts, was ich sagen könnte. Ich freue mich für ihn – aber *warum ist er hier?*

»Scheiße, Maya!« Davis ist mit meiner Antwort wohl auch nicht zufrieden.

Ich zucke bei seiner Lautstärke zusammen. Davis sieht aus, als würde er mir meine Teetasse am liebsten aus der Hand schlagen. In meinem Magen verknoten sich meine Eingeweide. Was will er von mir hören?

Er beugt sich über den Tisch und greift mit seiner Hand nach meinem Handgelenk. Seine Finger krallen sich darum, als würden sie es zermalmen wollen. Hitze strömt durch meinen Körper und obwohl sein Griff zu fest ist, ziehe ich meine Hand nicht weg.

»Sieh mir in die Augen und sag mir, dass du in den letzten Jahren nicht an mich gedacht hast. Denn ich habe an dich gedacht. Jeden Tag. Spätestens jede Nacht. Oder wenn ich eine andere vögelte. Jedes verfickte Mal, wenn ich in einer Frau steckte. Ich dachte, es geht vorbei. Mit den Jahren, in denen wir keinen Kontakt hatten, musste es doch vorbeigehen. Aber es ging nicht vorbei. Du hast mich verfolgt wie ein Geist, bis in meine Träume hinein. Ich habe nie wieder eine Frau so gerne genommen wie dich. Es hat sich nie wieder genauso angefühlt. Sie waren allesamt austauschbar. Und ich will mein Leben nicht mit austauschbaren Menschen verbringen.«

Seine Worte dringen durch die kilometerhohe Mauer, die ich um mein Herz errichtet habe. Ich spüre sie wie spitze Pfeile, die mein Innerstes durchbohren. Ich hatte nie eine andere Wahl, als diese Mauer zu errichten und weiterzumachen. Ohne Davis weiterzumachen. Und so zu tun, als wäre er nichts Besonderes gewesen. Mich an diese These zu klammern, war meine einzige Option, um mein Leben fortzuführen.

Ich sehe ihn mehrere Sekunden sprachlos an, während mein Herz mir bis zum Hals klopft. Ich weiß immer noch nicht, was er von mir erwartet. Er hat keine Frage gestellt und doch scheint es, als würde er auf eine Antwort warten. Mein

Blick gleitet auf unsere Hände. Auf seine grazilen, langen Finger, die sich in meine Haut bohren.

»Du hast dich mit einer Frau nie wieder so gefühlt wie mit mir?«, frage ich langsam und leise. Als würde ich seinen Worten nicht glauben oder als würde das Bild in meinem Kopf keinen Sinn ergeben.

Tut es auch nicht.

»Du wurdest mir nie langweilig. Nie zu viel.«

Mein Blick wandert zurück zu seinem ernsten Gesicht. In einer Zeit, in der so viele Menschen immer nur nach neuen Abenteuern suchen, ist das eines der größten Komplimente. Schließlich waren wir über anderthalb Jahre so etwas wie ein Paar. Lang genug, um den anderen irgendwann eintönig zu finden. Sich über Abwechslung zu freuen.

Nach Davis habe ich es nie wieder so lange mit ein und demselben Mann ausgehalten. Und obwohl ich es nicht zugeben will, sickert die Wahrheit durch die frischen Risse meiner Mauer. Auch ich hatte niemals genug von ihm und gleichzeitig niemals zu viel.

Mit meiner freien Hand – die Davis nicht umklammert hält – schiebe ich die Teetasse ein Stück beiseite. So weit von mir weg, wie es geht. Dann stehe ich vom Stuhl auf, hebe mein Bein an und klettere auf den Tisch.

Davis lässt mein Handgelenk los und verfolgt meine Bewegungen mit wachsamen Blicken. Auf allen Vieren nähere ich mich ihm, bis ich vor ihm auf der Tischplatte knie, mein Gesicht nur Zentimeter über seinem. Das Adrenalin macht mich mutig. Und seine Worte schwach. Eine gefährliche Mischung.

Er weicht nicht zurück, sondern hält meinen Blick fest. Herausforderung liegt darin. Ein stummes *»Was willst du jetzt tun?«*.

»Nur weil es sich damals so gut angefühlt hat, heißt es nicht, dass es immer noch so gut ist. Wir haben uns verändert. Unsere Erinnerungen und die Zeit haben die Vergangenheit auf ein Treppchen gestellt. Was ist, wenn der Zauber von damals nicht mehr wirkt?«, frage ich geradeheraus.

»Deshalb bin ich hier.« Er hebt seinen Arm und streicht mir durch die Haare, bis seine Hand in meinem Nacken liegt und mich so nah an sich heranzieht, dass ich seinen Atem auf meinen Lippen spüre.

Ich erzittere und eine Gänsehaut breitet sich von meinen Armen bis zu meinem Hals aus.

»Wenn es sich nicht mehr so anfühlt wie früher, gehe ich und kann dich endlich vergessen. Aber wenn ...« Er schluckt und befeuchtet seine Lippen. Ich starre auf seine Zungenspitze und kann es kaum abwarten, sie an meiner zu fühlen. Diese Empfindungen überraschen mich und doch war es mir irgendwie immer klar gewesen. »Wenn es sich noch immer so anfühlt, wie ich glaube, dass es sich anfühlt, dann ziehst du mit mir nach Boston. Ohne Ausreden zu erfinden. Du hast Rina nach ihrer Scheidung beigestanden und ihr mit Clay geholfen, doch mittlerweile sind beide alt genug, um auch ohne dich klarzukommen. Es wird Zeit, dass du dein eigenes Leben aufbaust.« Das stumme *Mit mir* hängt zwischen uns in der Luft, obwohl er es nicht ausgesprochen hat.

Ist ihm überhaupt bewusst, was er da sagt? Oder liegt es an mir und an seiner Nähe, die mir den Verstand vernebelt, dass ich nicht in der Lage dazu bin, seine Worte zu begreifen? Ich dachte bis gerade eben noch, es ginge ihm wieder einmal um Sex, um eine Wiederholung dessen, was wir früher getan haben, aber das, was er gesagt hat ... *Du ziehst mit mir nach Boston.* Vielleicht ging es zwischen uns nie nur um Sex und *ich* war diejenige, die es nie begriffen hat.

Zum Glück erwartet er darauf keine Antwort. Zumindest keine, die Sprechen erfordert. Er zieht meinen Kopf den letzten Zentimeter herunter, der uns noch trennt, und küsst mich.

Nach all den Jahren ist es endlich wieder er, den ich unter meinen Fingerkuppen spüre und dessen Atem sich mit meinem vereint. Mir wird schwindelig von seinem Duft und der Nähe. Unsere Lippen bewegen sich im Einklang, während meine Hände sein Gesicht umfassen. Für diesen Moment fühlt es sich an wie damals. Als wären wir wieder siebzehn und achtundzwanzig. Jung, verzweifelt und naiv. Doch vor allem eins: echt.

Nachwort und Danksagung

Nun sind wir am Ende von Mayas und Davis' gemeinsamer Geschichte und ich hoffe, ihr habt beim Lesen eine ähnliche emotionale Achterbahnfahrt wie ich beim Schreiben durchlaufen. Maya und Davis haben zum Schluss ihr Happy End bekommen, natürlich ist sie für ihn nach Boston gezogen, denn auch ohne Spielchen, Geheimnisse und Lügen waren die beiden einfach perfekt füreinander.

Ursprünglich habe ich mit dem Gedanken gespielt, ein weiteres Buch – mit anderen Charakteren – an der Haze Falls High zu schreiben und näher auf die Spiele im Abschlussjahrgang, so wie den neuen Spielmacher einzugehen. Letztendlich kam es nie zu weiteren Geschichten in Haze Falls und *Game of Sinners* bleibt ein Einzelband, dessen Andeutungen und Hinweise am Ende euch jedoch nicht davon abhalten sollen, euch mit eurer Fantasie eine eigene Fortsetzung auszumalen. Maya und Davis sind auf jeden Fall froh, dass die Spiele irgendwann *wirklich* vorbei waren, auch wenn sie sich ohne wohl nie so nahe gekommen wären.

Danken möchte ich an dieser Stelle in erster Linie all meinen Lesern, die mir ins neue Genre gefolgt sind, oder die durch die

Neuauflage und Knightstone Academy erst auf mich als Autorin aufmerksam geworden sind. Es war für mich beim Schreiben viel einfacher als gedacht, auf Fantasyelemente zu verzichten. Davis hat schon dafür gesorgt, dass mir nie etwas fehlte – schon gar nicht so etwas wie Spannung. Aber es wäre gelogen, wenn ich sagen würde, dieses Buch zu schreiben, war einfach für mich. Ich musste viele innerliche Hürden und Bedenken überwinden. Ich musste aufhören, mich zu fragen, ob ich von so einer Liebesbeziehung schreiben *darf*, aufhören mich zu fragen, ob so eine Geschichte genug Leser findet, und aufhören mich zu fragen, wie aus morally grey plötzlich *das hier* werden konnte.

Ursprünglich war diese Geschichte sogar ohne Liebe geplant. Es sollte eine rein körperliche Affäre zwischen Maya und Davis entflammen, die auf reiner Leidenschaft beruht und die Maya gehörig in Schwierigkeiten bringt. Dass sie sich wirklich verliebten, war nicht vorgesehen und ich hätte es mir am Anfang nicht einmal vorstellen können. Ich wollte nichts konstruieren oder erzwingen, umso schöner war es, als ich merkte, dass meine Charaktere tatsächlich von selbst Gefühle füreinander entwickelten. Auf ihre Art. Ohne es jemals zu sagen oder zu denken. Die Worte »Ich liebe dich« fallen in diesem Buch nicht, aber ich hoffe, ihr habt sie zwischen den Zeilen mehr als deutlich gespürt.

Außerdem möchte ich meinen Testleserinnen danken, die von der ersten Stunde an, bei der ersten Auflage schon dabei waren: Alexandra Lehnert, Jessica T., Laura N. – vielen Dank für euer kritisches Auge, eure Mühe und euer Vertrauen in diese Geschichte. Ohne euch hätte ich dieses Buch niemals beendet!

Danke auch an all meine Testleserinnen in der zweiten Runde für die überarbeitete Neuauflage. Madita, Jasmin und Eleonora. Ich hätte nicht gedacht, dass euer Feuer und eure Hingabe mein Herz noch einmal so krass für Davis und Maya schlagen lassen können.

Danke an jeden da draußen, der bis hierhin gelesen und mit Maya und Davis mitgefiebert hat. Wenn euch dieses Buch gefallen hat, freue ich mich über jede Rezension, jeden Post und jede Nachricht. Ihr helft damit nicht nur dem Buch, mehr gesehen zu werden, sondern motiviert mich auch für alle kommenden Geschichten.

Eure Christina Rain

instagram: christinarain_
TikTok: @kristinalicht

Weitere Bücher der Autorin:

Unter dem Pseudonym *Christina Rain* schreibt die Autorin Dark Romance und Romance Suspense Romane mit viel Spice, die unter die Haut gehen. Für alle, die von kaputten Charakteren und der dunklen Seite der Liebe fasziniert sind.

Bisher erschienen:

- *Dark Romance/Romance Suspense Dilogie mit Mafia-Vibes und Love Triangle: Kings of Venom – Zwischen uns gefangen (Bd.1)*
- *Princess of Poison – Von ihnen gefesselt (Bd. 2)*
- *Dark Romance mit Kleinstadtfeeling und Crime-Elementen: Dark Neighbor – Verliebt in einen Killer*
- *Dark Romance meets Reverse Harem und Fantasy: Knightstone Academy Reihe (Band 1: Begehre uns nicht)*

Unter dem Pseudonym *Kristina Licht* schreibt die Autorin auch romantische Fantasywerke, mal mit weniger mal mit mehr Spice.

Empfehlung: Incubi Reihe - eine vierteilige abgeschlossene Reihe über Sexdämonen, die sich bei intimen Kontakt von der menschlichen Energie »ernähren«. Ein junges Mädchen kommt dem Geheimnis einer Jungsgruppe auf die Spur, ohne zu wissen, dass ein Kuss von einem von ihnen bereits tödlich enden kann.

Sammelband Incubi-Reihe: Kiss of Death

ISBN 978-3-7584-2548-6
00001
9 783758 425486
www.epubli.com